T0015599

EL SEÑOR PRESIDENTE

MIGUEL ÁNGEL ASTURIAS

EL SEÑOR PRESIDENTE

REAL ACADEMIA ESPAÑOLA

ASOCIACIÓN DE ACADEMIAS
DE LA LENGUA ESPAÑOLA

LIMPIA, FIXA, Y DA ESPLENDOR.

La Real Academia Española y la Asociación de Academias de la Lengua Española rinden homenaje a Miguel Ángel Asturias con la publicación de una de sus más célebres novelas, *El Señor Presidente*. La incorporamos a nuestra colección de ediciones conmemorativas formada hasta hoy por *Don Quijote de la Mancha* (2004), *Cien años de soledad* (2007), *La región más transparente* (2008), *Antología general,* de Pablo Neruda (2010), *Gabriela Mistral en verso y prosa* (2010), *La ciudad y los perros* (2012), *Rubén Darío. Del símbolo a la realidad* (2016), *La colmena* (2016), *Borges esencial* (2017), *Yo el Supremo* (2017) y *Rayuela* (2019).

Miguel Ángel Asturias recibió el premio Nobel de Literatura en el año 1967 y tanto Guatemala, su patria, como todo el mundo de habla española celebraron el galardón como un reconocimiento a su obra y a toda la literatura latinoamericana.

Asturias es reconocido como uno de los autores más brillantes de la literatura universal y precursor del llamado *boom* hispanoamericano. *El Señor Presidente* es la más célebre de sus novelas y uno de los máximos exponentes del subgénero denominado «novela de dictador» reconocido por toda la crítica literaria como característicamente americano. Este subgénero está tan estrechamente relacionado con la tradición literaria latinoamericana que algunos críticos y comentaristas han querido ver sus antecedentes primeros en las crónicas de Bernal Díaz del Castillo o de Francisco López de Gómara. Pero es más razonable situar sus primeras manifestaciones en la literatura relacionada con los caudillos que toman el poder después de las independencias. A esta categoría pertenece *Facundo* de Domingo Faustino Sarmiento, publicado en 1845, y *Amalia* de José Mármol, de 1851. Ambas obras critican el estado policial organizado por el presidente Juan Manuel de Rosas (aunque la de Sarmiento de forma indirecta, porque su protagonista es Facundo Quiroga, un caudillo provincial con ideas políticas semejantes a las del dictador que gobernó Argentina desde 1829 hasta 1852). Pero, dado que *Facundo* no es propiamente una novela, la condición de fundadora del subgénero se ha atribuido a *Amalia.*

La habitualidad de los gobiernos dictatoriales en Latinoamérica, desde principios del siglo XIX hasta hoy mismo, ha ofrecido un argumento novelístico de primer orden a los escritores y, al tiempo, una oportunidad para la protesta y la acción política a través de una literatura comprometida con la crítica al autoritarismo y exigente con su sustitución por sistemas democráticos estables. Los autores más reconocidos han podido, incluso, planificar seriales o colecciones de «novelas de dictador». En 1967, en una reunión en la que participó un grupo importante de los mejores escritores latinoamericanos del momento, se acordó un proyecto literario que denominaron «Los padres de la patria». Proponía la edición de biografías de dictadores de América Latina. Carlos Fuentes escribiría sobre el mexicano Antonio López de Santa Anna, Vargas Llosa lo haría sobre el general peruano Manuel A. Odría, Alejo Carpentier sobre el cubano Gerardo Machado, Jorge Edwards sobre el presidente chileno José Manuel Balmaceda, José Donoso sobre el boliviano Mariano Melgarejo, Julio Cortázar sobre el argentino Juan Domingo Perón, Augusto Monterroso sobre el nicaragüense Anastasio Somoza, y Augusto Roa Bastos sobre el paraguayo doctor Francia. El plan no se realizó completo, pero, impulsadas por este pacto o por iniciativas propias de sus autores, empezarían a publicarse en seguida diversas «novelas de dictador». *El recurso del método* (1974), de Alejo Carpentier; *Yo el Supremo* (1974), de Augusto Roa Bastos; *El otoño del patriarca* (1975), de Gabriel García Márquez; *La novela de Perón* (1985), de Tomás Eloy Martínez; *El general en su laberinto* (1989), de Gabriel García Márquez, y *La Fiesta del Chivo* (2000), de Mario Vargas Llosa, son los exponentes principales de esta corriente literaria.

Por lo que concierne a Asturias, antecesor de todo este movimiento, su interés por el problema del caudillismo se reflejó, por primera vez, en un cuento, escrito en 1923, titulado «Los mendigos políticos». Contó repetidamente en escritos y entrevistas que lo había escrito conmovido por la deplorable respuesta de las autoridades políticas a la catástrofe provocada por el gran terremoto que arrasó Guatemala el 25 de diciembre de 1917, cuando él tenía dieciocho años. Reelaboró su escrito en París a partir de 1924 y lo transformó en una brillante novela. Es segura también la influencia de las conversaciones a las que asistía en Montparnasse, en las que participaban escritores venezolanos, guatemaltecos, mexicanos y otros de diferentes nacionalidades latinoamericanas, que frecuentemente versaban sobre las acciones y desmanes de sus respectivos dictadores, y que a él le llevaban a evocar la dictadura impuesta en Guatemala por Estrada Cabrera (que duró desde 1898 a 1920). Las influencias de los movimientos literarios con los que se relacionó en París también determinaron cambios en la organización de la historia y el lenguaje de la obra.

En el año 1933 Asturias regresó a Guatemala; la novela estaba completamente terminada. Un nuevo dictador estaba entonces en el poder, Jorge Ubico, a quien el escritor imputó una cerrada oposición a la publicación de *El Señor Presidente*. La edición tendría que esperar trece años. En ningún momento de la novela se pone nombre al señor presidente, que tiene trazas de Estrada Cabrera y maneras, en algunos lances, que pudieran ser de Ubico. Pero no quiso Asturias establecer ninguna biografía sino escribir una obra con proyección universal que narrase los efectos de las dictaduras sobre las sociedades sometidas.

En 1946, financiada por el propio autor y su familia, la editorial Costa-Amic de México publicó la primera edición. Enseguida consiguió una favorable acogida por parte de la crítica, que destacó las cualidades latinoamericanas del libro.

Esta nueva edición, más de setenta años después de aquella, va acompañada de un conjunto de estudios monográficos y breves ensayos. Abre la serie una semblanza, ya clásica, de Asturias escrita por Arturo Uslar Pietri, y un repaso por el aspecto sociopolítico de nuestro premio Nobel, Mario Vargas Llosa; Darío Villanueva, de la Española, resalta la «singular mixtura de elementos realistas y míticos» en la obra de Asturias, y el premio Cervantes y miembro de la Academia Nicaragüense de la Lengua, Sergio Ramírez, nos alumbra con esclarecedoras notas sobre las dictaduras americanas. La clave universalista de la obra se expone en el trabajo del escritor y académico de la Española Luis Mateo Díez. La contextualización de Miguel Ángel Asturias y su obra dentro del llamado *boom* latinoamericano corre a cargo del crítico y gran especialista en Asturias Gerald Martin. Todos ellos alumbran la lectura del texto.

Al final del volumen, y bajo el título «Otros poderes de *El Señor Presidente*», se recogen las colaboraciones de Mario Roberto Morales y Lucrecia Méndez de Penedo, de la Academia Guatemalteca de la Lengua, y la escritora y crítica literaria y cultural guatemalteca, Anabella Acevedo.

Completan el volumen una bibliografía básica y un glosario de voces utilizadas en la novela, elaborados por la Academia Guatemalteca de la Lengua y la Real Academia Española en estrecha colaboración.

A todos ellos manifiestan su gratitud la Real Academia Española y la Asociación de Academias de la Lengua Española. Agradecimiento especial merecen la Academia Guatemalteca de la Lengua, en particular la labor de su directora, doña Raquel Montenegro, y don Mario Roberto Morales Álvarez, que tan diligentemente han solucionado todas las cuestiones que han ido surgiendo en la elaboración de esta edición.

Miguel Ángel Asturias

ARTURO USLAR PIETRI

EL BRUJO DE GUATEMALA

El Señor Presidente ha llegado a convertirse en la más famosa y representativa de las obras de Miguel Ángel Asturias.

Yo asistí al nacimiento de este libro. Viví sumergido dentro de la irrespirable atmósfera de su condensación. Entré, en muchas formas, dentro del delirio mágico que le dio formas cambiantes y alucinatorias. Lo vi pasar, por fragmentos, de la conversación al recitativo, al encantamiento y a la escritura. Formó parte irreal de una realidad en la que viví por años sin saber muy bien por dónde navegaba.

Lo escribía, ¿era él solo, o era todo un pueblo de fantasmas próximos y lejanos que se expresaba por su boca de chamán?, aquel mozo risueño y ausente, con cara de estela maya que se hubiera escapado de una galería del Museo del Hombre para asomarse extraviado a la acera de Montparnasse en las tardes de París.

Venía de la más remota América. Mucho más allá de la de bananos, dictadores y quetzales, a la que podía volverse en quince días de navegación oceánica. Era el asombrado y asombroso sobreviviente de un largo viaje que atravesaba siglos, edades y cataclismos. Había pasado al través de toda la colonización española, había sufrido el difícil acomodamiento de lo indígena con lo hispano, había oído las lenguas de antes del diluvio que se habían conservado en los claros de la selva tropical, hablaba un castellano de Pedro de Alvarado o de Bartolomé de las Casas y se quedaba en silencio, con un silencio de brujo de Copán que aguarda la vuelta de Quetzalcóatl.

No sabía uno a ciencia cierta cuándo terminaba de contar la historia del perseguido sin tregua del tirano, o el cuento de fantasmas y barraganas de Antigua, y cuándo comenzaba la pura leyenda de la creación del mundo por los dioses del *Popol Vuh.* O cuándo estaba hilando frases para aquel poema sin término que llevaba en la cabeza abstraída como un códice sagrado.

No era el primer hispanoamericano que llegaba a París. Desde el siglo XIX formaban parte de la crónica pintoresca de la ciudad aquellos criollos ostentosos y rastacueros, trepadores y dispendiosos, que habían llegado a París a ganar prestigio social o aceptación literaria y artística. Los había habido ridículos y conmovedores. Los que a veces asoman en las operetas de Offenbach, los que competían con dispendiosa ostentosidad por los favores de las grandes cortesanas, los de la generación del tango y la gomina, y, también, los que desde fines del siglo XIX habían ido en busca de consagración, aprendizaje y reconocimiento cerca de las transitorias vedetes de la literatura de París. Entre ellos iban algunos meros imitadores, como Gómez Carrillo, u hombres de genio, equivocados sobre su identidad, que aspiraban a ser discípulos de Verlaine, cuando en realidad eran los creadores de un nuevo tiempo de la poesía y de la lengua, como Rubén Darío.

Los más de ellos iban deliberadamente a «afrancesarse» y a atenuar los rasgos y las vivencias de su rica y mestizada cultura nativa. El caso de Miguel Ángel Asturias fue distinto. Traía su América encima. Como uno de aquellos inverosímiles cargadores indios llevaba sobre las espaldas el inmenso hato de su mundo mestizo, con indios, conquistadores, frailes, ensalmos, brujos mágicos, leyendas y climas. Por todas las palabras y todos los gestos le salía aquel inagotable cargamento. Empezaba a conversar de una noticia literaria de París, o de los ballets rusos y desembocaba sin remedio en una historia de Chilam Balam o en la artimaña del prisionero que se escapó en un barquito pintado en la pared.

Con los hombres de la generación de Asturias había cambiado radicalmente la actitud ante lo europeo. Veían lo europeo como una deslumbrante tienda de instrumentos, como una constante incitación a la creación propia, pero no para afrancesarse sino para expresar lo americano con una autenticidad y una fe que eran enteramente nuevas.

El París que los envolvía era el de los últimos ballets rusos y el de la eclosión del surrealismo. Reinaban todavía en el mundo oficial los versos de Madame de Noailles y las librescas aberraciones de Gide, pero también reventaba de pronto, como una bomba de anarquista, una novela inesperada de Malraux, o aquel *revólver de cabellos blancos* de Éluard.

Cuando la bruma y las lámparas del atardecer convertían el bulevar en una asordinada feria pueblerina íbamos cayendo los contertulios a la terraza de La Coupole. A veces, todavía, veíamos pasar o sentarse en una mesa vecina a Picasso, rodeado de picadores y *marchands de tableaux,* a Foujita detrás de sus gruesos anteojos de miope, a Utrillo en su delirio alcohólico, al hirsuto y solitario Ilya Ehrenburg. Según los años y las estaciones cambiaban los contertulios de la mesa. Casi nunca faltábamos Asturias, Alejo Carpentier y yo. En una ocasión nos acompañó por algunos meses Rafael Alberti. Y luego gente transeúnte y pintoresca de la más variada América. El panameño Demetrio Korsi, que vivía en una novela que nunca llegó a escribir, Arkadio Kotapos, griego de Chile, músico, aventurero y gran conversador, que nos inundaba con sus recuerdos, sus anécdotas y sus mil ocurrencias y disparates, verdaderos o imaginados, que constituían el más inagotable relato de una increíble picaresca intelectual, o Tata Nacho, aquel mexicano menudo y melancólico, compositor de canciones populares que de pronto, a la sordina, nos cantaba «mañanitas» y nos metía en el amanecer de una calle de Jalapa.

La noche se poblaba de súbitas e incongruentes evocaciones. Con frecuencia hablábamos del habla. Una palabra nos llevaba a otra y a otra. De *almendra* y el mundo árabe, al *güegüeche* centroamericano, o a las aliteraciones y contracciones para fabricar frases de ensalmo y adivinanza que nos metieran más en el misterio de las significaciones. Había pasado por sobre nosotros el cometa perturbador de James Joyce. Todavía era posible ir por los lados del Odéon y toparse con la librería de la flaca y hombruna Sylvia Beach, que había hecho la primera edición de *Ulises,* y hasta con un poco de suerte mirar al rescoldo de los estantes la menuda figura de barbita y gafas de ciego del mismo Joyce.

Las cosas de la vida americana nos asaltaban. Todo el arsenal inagotable de la naturaleza y de la geografía: los volcanes con nombre de mujer, los lagos poblados de espíritus, los inmensos ríos que devoraban gentes y países, las selvas impenetrables que emanaban olores y humaredas como serpientes, los animales que no conocían los fabularios, el cenzontle, el campanero, el gallito de las rocas, rojo e inasible como una llama, el quetzal embrujado, los oce-

lotes y los jaguares, el manatí que fue sirena y que se queja en la noche de los ríos. Y luego los hombres y su drama.
Los tiranos, los perseguidos, los iluminados, los empeci-
nados, los indios, los negros cargados de magia y los hijos
de los encomenderos con su encomienda de historia remota, los Dorados perdidos en la espesura, las ciudades abandonadas, las rutas de la sed y del delirio. Aquella América
de visiones y de alucinados terminaba por alucinarnos a nosotros mismos y a los hombres de otras latitudes que se
nos acercaban. ¿De qué hablábamos, de quién hablábamos?
De Tonatiú, resplandeciente como el sol, de la ruta infernal
de Las Hibueras, de la Audiencia de los Confines, de la Cu-
bagua de las perlas, de los empalados y los torturados, de
las catedrales barrocas y de las prisiones vegetales. Era la
revelación o la creación de una realidad fantasmagórica, de
un «peyotle» de palabras que estaba lleno de una inmensa
potencialidad literaria. Todo aquello podía ser el libro que
estábamos escribiendo o todos los libros que podíamos escribir. Pasábamos de la conversación al poema. En un papel
del café escribíamos, renglón a renglón, sin concierto, a
paso de manos y de mentes, largos poemas delirantes que
eran como un semillero de motivaciones o caóticos extrac-
tos, llenos de palabras inventadas. Las que pasaron a la literatura y las que se quedaron en aquellos papeles debajo de
las mesas. El tribunal de los siete mesinos, el mesino Presidente y los seis mesinos vocales o la temible evocación
del Grog de Groenlandia o el mero «timón adelante de
barco atrasante».

En alguna ocasión llegó a otra punta del bulevar Montparnasse Ramón Gómez de la Serna, que venía de su Pombo
madrileño, como un empresario de circo sin circo. Ramón
organizó pronto una tertulia a la española en un café de
viajeros. Los sábados en la noche se apeñuscaban allí las

gentes más pintorescas e incongruentes. Algún académico hispanizante, el italiano Bontempelli, Jean Cassou, y algunos jóvenes exploradores, que andaban por el sueño y lo irracional como por un Congo nunca visto: Buñuel y Dalí.

En ese vaivén recibíamos las noticias del libro que se hacía o se deshacía. No tenía todavía nombre, ni estaba todavía armado en toda su redonda exactitud de círculo infernal. A veces se nos leía un capítulo. Veíamos morir al Hombre de la Mulita a manos del mendigo enloquecido en el portal de la catedral de aquella ciudad que estaba siempre bajo la luna. O veíamos brotar, como un conjuro, aquella aliteración inicial del «Alumbra, lumbre de alumbre...».

El libro creció como una selva, sin que el mismo Asturias supiera dónde iba a parar. Andaba dentro de aquella máquina asombrosa de palabras y de imágenes. Ya, casi tanto como nosotros, sus contertulios cotidianos eran Cara de Ángel, la familia Canales, la Masacuata y su cohorte de esbirros y soplones y todos los fantasmas y leyendas que cuatro siglos de mestizaje cultural dejaron sueltos en las calles y las casas de la ciudad de Guatemala.

Asturias creció y pasó su adolescencia en el ambiente de angustia que implantó en Guatemala por más de veinte años la tiranía cursi, corruptora y cruel de aquel maestro de escuela paranoico que se llamó Manuel Estrada Cabrera. Frío, inaccesible, mezquino, vengativo, dueño de todos los poderes, repartía a su guisa y antojo bienes y males sobre las cabezas sin sosiego de sus coterráneos. Mandaba fusilar por una sospecha, o sepultaba en letales prisiones a sus opositores verdaderos o supuestos. Como un prestidigitador del terror hacía aparecer y desaparecer a las personas, inesperadamente un día podían amanecer poderosos y ricos, con la autoridad que él les regalaba, y otro podían hallarse en la infrahumana condición de perseguidos, privados de toda dignidad humana. Con la misma mano con que disponía de las vidas y las suertes, ordenaba levantar un templo a Minerva y pagaba con largueza al poeta Chocano para que le recitara composiciones de ocasión en sus fiestas de miedo.

La atmósfera de pasión, delación y venganzas secretas en la que vive el joven Asturias llega a crear una sobrerrealidad en la que los seres y las cosas dejan de ser lo que debían ser para convertirse en fantasmas o apariencias de lo que súbitamente pueden llegar a ser. Todo es transitorio, falso y cambiante. Lo único fijo y seguro es aquel impredecible y remoto Señor Presidente de quien todos penden y dependen, y que puede tomar, por motivos que solo él conoce, las decisiones más atroces e inesperadas sobre cualquier persona.

El Señor Presidente es la condensación literaria de ese ambiente de círculo infernal. Toda la ciega y fatal máquina de terror está vista desde fuera. Son como círculos concéntricos que abarcan toda una sociedad. Los une y los ata el idéntico sentido de la inseguridad y de la aleatoria posibilidad del mal. Desde los mendigos y léperos del portal de la catedral, que viven en su pesadilla de miseria y de embrujamiento y que pueden desatar, sin proponérselo, toda una reacción sin fin que va a torcer los destinos de las más ajenas y distantes individualidades, hasta la desamparada clase popular, enredada en el tejido de sus creencias tradicionales, sus reverencias, sus esperanzas, sus inacabables cuitas, su sentido azariento del destino y su pasiva resignación, como Vásquez, Godoy, Fedina o la Masacuata, para pasar por los militares de conspiración y burdel y la clase letrada y amenazada de los juristas, los comerciantes y los dueños de haciendas, como los Canales y los Carvajal, para rematar en la inestable y constantemente renovada cúspide de los favoritos del tirano. Aquellos hombres «de la Mulita», Cara de Ángel o el auditor de Guerra, condenados a tener más al precio de sentir mayor riesgo y miedo que todos los otros.

Más que círculos concéntricos constituyen una especie de espiral que dando vueltas sobre sí misma lleva, en una forma continua, desde los mendigos hasta el Señor Presidente.

Es esa atmósfera enrarecida o sofocante la que constituye la materia del libro de Asturias. Allí está lo esencial del país de su adolescencia. Ya nunca más se pudo borrar de su sensibilidad esa «estación en el infierno». En *El Señor Presidente* regresa a ella, con distancia de años, para revivir lo inolvidable de aquella situación.

A todos esos personajes nos los presenta en la inolvidable verdad de su visión de testigo insomne. Conocemos a Cara de Ángel, a aquel bobo de Velásquez que es el Pelele, con su quejido inagotable de huérfano de la vida, al general Canales, a sus hermanos abyectos y a la desventurada Camila, su hija. Al que no llegamos a conocer es al tirano. El autor nos presenta desde fuera aquella figura enteca y malhumorada. No llegamos a asomarnos a su interioridad o a tratar de explicarlo. Está allí y se mantiene allí por una especie de designio fatal. No lo vemos decidir, dudar o siquiera maquinar, no nos percatamos de su manera de andar por entre el vericueto de las intrigas, las denuncias, los falsos testimonios y las maniobras de todos los que lo rodean.

Tal vez Asturias quería decir con esto que, en aquella tragedia colectiva, no era lo más importante la personalidad del tirano, que había uno allí y siempre habría uno allí, sin nombres, sin personalidad, un «Señor Presidente» producto y efecto de toda aquella máquina colectiva de inseguridad, desintegración y miedo.

No es fácil conocer y calificar al «Señor Presidente» de la novela. Nos ayuda a comprenderlo saber que su modelo histórico fue Estrada Cabrera y que, por lo tanto, pertenecía más a la familia pintoresca y temible de los dictadores hispanoamericanos, que a la otra más restringida y representativa de los caudillos criollos. No son lo mismo y la distinción es importante. Los típicos caudillos del siglo XIX y de comienzos del actual fueron la creación social y política que el mundo hispanoamericano dio de sí frente al caos creado por el fracaso reiterado de las instituciones políticas imitadas de Europa y de Estados Unidos. Eran hombres de la tierra, de raíz rural, que representaban a una sociedad tradicional y sus valores y que implantaban, instintivamente, un orden patriarcal animado de un sentido de equidad primitiva y de defensa de la tierra.

Todos fueron dictadores, pero, en cambio, muy pocos de los dictadores fueron, en el correcto sentido de la palabra, caudillos.

Los otros dictadores fueron militares o civiles que lograban por ardides o por fuerza asaltar el poder y mantenerse en él, sin ninguna forma de legitimidad posible o alegable. El caudillo, en cambio, representaba una especie de consecuencia natural de un medio social y de una situación histórica. No era un usurpador del poder, sino que el poder había crecido con él, dentro de la nación, desde una especie de jefatura natural de campesinos hasta la preeminencia regional ante sus semejantes, a base de mayor astucia, de mayor valor o de mejor tino, para terminar luego teniendo en su persona el carácter primitivo de jefes de la nación en formación. No de un modo distinto se formaron los reinos de la Europa medieval.

El manual de angustias, que es el libro de Asturias, llegó en su hora. Un nuevo momento se marcaba para la literatura hispanoamericana. Era la hora de reencontrar a la más genuina América y traducirla y revelarla en palabras transidas de verdad. *El Señor Presidente* logra precisamente eso. Del pintoresquismo criollista, del preciosismo de lo exótico, que había sido el rasgo dominante de nuestra literatura, del inventario de naturaleza y costumbres para un turismo intelectual europeo, va al otro extremo, a la presentación conmovida y conmovedora de una atormentada realidad política y social. No hay ningún propósito de eufemismo o de ocultación. Hay casi más una complacencia heroica en mostrar desnuda la realidad dolorosa.

El Señor Presidente no fue solamente un gran libro de literatura, sino un valiente acto de denuncia y de llamado a la conciencia. Más que todos los tratados y análisis históricos y sociológicos, plantea con brutal presencia inolvidable lo que ha sido para los hispanoamericanos, en muchas horas, la tragedia de vivir.

Hoy, a la distancia del tiempo corrido, vemos este gran libro como un clásico de nuestras letras. Está en medio de ellas con su monumental e imperecedera presencia. Era y es lo que el joven guatemalteco que parecía una figura de estela maya cargaba sobre el alma y tenía que decir para cumplir con sus dioses entrañables y exigentes. Y lo hizo de una manera esplendorosa.

Hay una gran unidad temática en la obra extensa de Miguel Ángel Asturias, que mucho tiene que ver con la lentitud e interioridad de su elaboración. Es como un proceso de la naturaleza, como esas lentas fecundaciones de los lagartos y los quelonios.

Dentro de él crecía vegetalmente una conciencia y una visión del mundo, determinadas por el extraordinario medio cultural de su formación. La sensibilidad lo detiene y lo hace madurar dentro del mundo mestizo que lo rodea.

Ya no escapará de él nunca más. Otros antes, se extraviaron por los alrededores españoles o franceses que los tentaban con el prestigio de sus modelos.

La condición mestiza de su cultura era, ciertamente, como un hecho biológico pero que cada día se hacía más consciente en él. Lo que había recibido de niño, lo que había entrado en su ser, por todos los sentidos, en los años de la infancia y la adolescencia crecía dentro de él, con cataclismos y rupturas y extrañas apariciones y herencias. Todo un fabuloso mundo que estaba en gran parte fuera de los libros o fuera de la literatura y casi en contradicción con ella. Sobre todo en la forma en la que la habían entendido los modernistas afrancesados.

En cierto sentido toda su obra, como toda obra auténtica, es autobiográfica. Su escritura, tan rica, no es sino la revelación lenta y continua del mundo mágico y contradictorio que lo había rodeado en su Guatemala natal.

El Señor Presidente se elabora geológicamente en diez años, desde 1922 a 1932. Y todavía deberá aguardar hasta 1946 para su publicación. Literalmente vivía con la obra y dentro de la obra. Como en un clima inescapable o como en una entrada de conquistador. Hablaba de ella, la rumiaba pacientemente, la salmodiaba, la convertía en relato oral, para las mesas de la madrugada, o la sentía cambiar y transformarse en un duermevela alucinado del que no terminaba de salir nunca.

Pero aquella novela extraordinaria no es sino una forma distinta de las *Leyendas de Guatemala*.

Largos años también vivieron en Asturias las *Leyendas,* antes de que impresionaran y desconcertaran a Paul Valéry, como una droga alucinógena. Fueron largamente orales, formaron parte de su crecimiento fisiológico, las sintió hacerse y deshacerse, en infinitas versiones de viejos y de criados, de fragmentos y de síntesis, dichas en la hora soñolienta y fantasmona de los fogones. Toda frase era esencialmente un ensalmo, un conjuro o una fórmula mágica. ¿Qué significan todos aquellos nombres, aquellos seres o aquellas casas llenas de secretos?

El único libro donde podía hallar algunas claves vino a encontrarlo precisamente en París. El sabio profesor Georges Raynaud dictaba un curso sobre él en la universidad. Era el *Popol Vuh,* el libro sagrado de los maya-quichés. Su primera tarea francesa es la transvasación en español del texto que había traducido Raynaud. Era como un rescate de cautivos. En colaboración con J. M. González de Mendoza vierte el *Popol Vuh* y más tarde los *Anales de Xahil* de los indios cachiqueles. Entre lo que traduce y lo que recuerda, entre lo que olvida sabiamente y lo que imagina por ansia de búsqueda, se va estableciendo una indestructible unidad.

Llega a sentir que vive como extraviado en un mundo inexplorado y desconocido. Lo consciente y lo inconsciente se mezclan. Lo consciente es la voluntad iluminada de servir a Guatemala, de dolerse por la suerte del indio viviente, de combatir las tiranías obtusas, de expresar y entender «su pueblo». Pero lo otro, y con mucho lo más rico, es lo inconsciente. Es el fenómeno vivo del mestizaje cultural que es en él su propia e indescifrable naturaleza. Está poblado de ciudades muertas. Las que destruyeron los conquistadores, y las que enterraron los volcanes y los terremotos. Las viejas ciudades abandonadas de la selva, con sus pirámides enhiestas y las fauces de piedra de sus serpientes emplumadas, y las ciudades cristianas, abandonadas en ruinas sucesivas a los fantasmas y las maldiciones, con sus soportales y sus catedrales barrocas. El sube y baja por los pasadizos de la memoria que llevan de un tiempo a otro,

de una ciudad enterrada a otra ciudad enterrada. Lo guía
el Cuco de los Sueños y tropieza en las esquinas perdidas
con el Sombrerón, con la Tatuana, con el Cadejo «que roba
mozas de trenzas largas y hace nudos en las crines de los
caballos». Sabía, desde antes de su nacimiento, que «seis
hombres poblaron la Tierra de los Árboles, los tres que venían en el viento y los tres que venían en el agua, aunque
no se veían más que tres».

Las *Leyendas* son como un primer inventario del mundo
que ha conocido Asturias en su formación espiritual. Apenas parece tener tiempo de enumerar aquellos ricos y cambiantes materiales que más tarde van a aparecer y reaparecer
en sus obras sucesivas que, al fin, resultan como fragmentos de una sola y lenta revelación mágica. Las *Leyendas* son
como el semillero de su obra.

La aparición de esta obra constituyó una gran novedad.
No había sido vista así la realidad americana. Todo lo que
había podido parecer atrasado, pueblerino o pobre, frente
a la moda europea, se presentaba de pronto como dotado
de un nuevo ser y de un nuevo significado. Dejaban de ser
pintorescos o costumbristas aquellos seres y aquellos usos
para manifestar toda la profundidad de su originalidad cultural.

Por el mismo tiempo Asturias comienza a escribir ese
extraño relato, suma y síntesis de toda su manera, que es
El Alhajadito. Es una visión de embrujamiento y de asombro. Todo parece descomponerse y torcerse, en inesperadas
formas y fondos, ante nuestros ojos. Todo se reviste de una
condición inesperada e inusual. Una historia sin término
de lluvias torrenciales y de montes, de casas viejas y gale-
rías vacías, de pozos malditos y de fantasmas. Que no era
nada extraordinario sino el mundo normal en que podía
crecer un niño en Guatemala. Solo que faltaba darse cuen-

ta de esa extraordinaria condición que había permanecido
como oculta. Más de treinta años va a tardar Asturias en
publicar *El Alhajadito.* Dormía en él y se despertaba a ratos
para detenerse en unas cuantas páginas más.

Era necesario alcanzar un extraordinario virtuosismo
del lenguaje para expresar toda esa nueva visión. Es lo que
Asturias hace con su escritura poética y encantatoria, sin
la cual no hubiera podido revelar lo que reveló. No era un
mero buscador de palabras, sino un ser empeñado en lograr
expresar lo que no había podido ser expresado. ¿Cómo hubiera podido hablar de los aparecidos con un lenguaje de
escribano? O con un lenguaje de realista.

Sin embargo, no abandona en ningún momento la realidad. Está apegado estrechamente a ella, a aquella realidad
que vivió y penetró en sus años infantiles, pero con todas
las dimensiones fantásticas que tenía.

Esto fue lo que, más tarde, pudo llamarse el realismo
mágico o lo real maravilloso. Era descubrir que había una
calidad de desatada fantasía en las más ordinarias formas
de la vida criolla. Tal vez fue necesario, para darse cuenta de
ello, venir a Europa y mirar desde aquel cerrado armario
de valores lo ajeno y original del mundo americano. Muchas veces, en la mesa del café del bulevar, ante los amigos
franceses embelesados e incrédulos, desplegábamos la ina-
cabable reata de las formas inusitadas para ellos de la
existencia americana. Se nos revelaba entonces, de modo
espontáneo, la originalidad tan rica de aquel mundo.

Era eso lo que había que llevar a la literatura. Allí estábamos como en un milagroso ejercicio de autodescubri-
miento. Era esa América la que no había llegado a la literatura, con la simpleza conmovedora de su misterio creador, y
la que había que revelar en una forma que no la desnatu-
ralizara.

Hay una figura del mundo del mestizaje que reaparece con frecuencia en la obra de Asturias, es la del Gran Lengua», el trujamán sagrado que traduce en palabras lo que estaba borrosamente en la percepción de los sentidos. Fue ese, precisamente, su destino. Servir de intérprete a una vieja y rica experiencia colectiva que había permanecido en gran parte oculta, deformada o muda. Para lograrlo tuvo que mirar su circunstancia con los ojos más deslumbradamente cándidos y buscar las inusitadas posibilidades del idioma.

En esos tres libros de su tiempo inicial está entera la originalidad del gran escritor. Lo que hizo a lo largo de todos los años restantes no fue sino profundización, retoma y enriquecimiento de ese hallazgo fundamental.

Había surgido en una hora decisiva para la literatura hispanoamericana y la iba a marcar en una forma indeleble que tiene todo el valor de una revelación.

En la primavera de 1974 andaba yo de viaje por tierras de Europa, cuando me llegó la noticia de que Asturias estaba gravemente enfermo en Madrid.

No me hacía a la idea de que aquella presencia intemporal y casi irreal pudiera desaparecer. Pude llegar para el doloroso final.

Lo que escribí en esa hora no lo quiero ni alterar, ni sustituir:

En un vasto y pululante hospital de Madrid, en la Moncloa misma de los fusilamientos, vino a morir Miguel Ángel Asturias. En un largo delirio final se cerraron todos los soles y las lunas de su maravilloso delirio mágico. Llegué en las últimas horas, cuando en la antesala se hablaba en susurros y se repetían las frases y los recuerdos descosidos que se dicen junto a los moribundos.

Yo hablé poco pero recordé mucho. Recordé aquella estela de Copán que andaba por los bulevares de París en 1930, perdido y hallado en el deslumbramiento de la lengua. Nadie sintió como él la lengua como una revelación religiosa. Había que mirarlo, casi en trance, salmodiando palabras que perdían y ganaban sentidos deslumbrantes.

Había heredado de los mayas el sentido mágico del mundo tropical. Pájaros que eran espíritus, piedras que eran dioses, árboles que andaban en la noche. Todo era conjuro y podía ser conjurado. A veces nos sorprendía el alba en una terraza de café descubriendo aquel «mal doblestar» del sentido en las palabras.

Toda su vida se sintió llamado a responder al doble misterio de la visión humana y vegetal de Guatemala y de la lengua. Amaba los diminutivos y las variantes que los indígenas le habían metido al castellano. Evocaba los dioses del *Popol Vuh* como a su más cercana familia espiritual. Kukulkán, Tohil, el Gran Tapir del Alba, los hombres de maíz. Toda la historia de su Guatemala la sentía como una continuación del *Popol Vuh*. Estrada Cabrera o Ubico pertenecían a la raza de los brujos malvados de la leyenda. La United Fruit había tenido otro nombre en aquel pasado profético y viviente. Había que combatirla y conjurarla.

Toda su obra surge de esa sensibilidad y condición. Quería justicia para los maltrechos hijos de aquel legendario mundo y narraba su dolor y su protesta en una lengua rica en hallazgos y lujo verbal. La prosa de Asturias o la poesía, nadie sabe dónde comienza la una o termina la otra, como él tampoco sabía «¿dónde comienza el día?», pertenece a lo más primitivo y al mismo tiempo sabio de la creación de la lengua. Inventaba palabras o las descubría, o parecía inventarlas al darles nuevos e inesperados sentidos. Allá en la juventud, sonreíamos como ante un prodigioso regalo, al oírlo recitar aquellos versos, aquellos encuentros de «Emulo Lipolidón» donde aparecía el Grog de Groenlandia, y olía «a huele de noche», y por último renunciaba a la final hazaña: «y non decapito el mar, por non matar las sirenas».

Ahora era un personaje mundial. Al maya errante en las selvas de la lengua le cayeron obligaciones y los honores del Premio Nobel de Literatura. Lo llevaban como preso, como desterrado, a festivales, a academias, a paraninfos, a él, que no hubiera querido estar con profesores y eruditos sino en un patio de Antigua, hablando de los aparecidos y de los perseguidos. Tenía tanto que decir de su gente y de su tradición que era mengua robarle el tiempo.

Admiraba mucho a Bartolomé de las Casas, su comprensión del indio y su pasión de la justicia. Lo evocó muchas veces y ahora, con motivo del quinto centenario, habría podido recordarnos nuevamente a aquel «obispo de los Confines». Su otra admiración sin límites era para un lego que vino a Guatemala en la conquista: el hermano Pedro. Le hubiera gustado que canonizaran a aquel siervo del dolor de los indios. Cuando el papa recibió en audiencia al gran escritor, exaltado con el prestigio del Premio Nobel, Miguel Ángel, con su voz mestiza y dulce, no hizo otra cosa que pedirle la canonización del hermano Pedro. Era difícil, como es difícil la justicia y como es difícil la poesía.

Vino a morir lejos de su trópico mágico. Soñaba con que algún día regresaría a aquel mundo tan extraño y tan suyo. Pero no fue así. Ha muerto en Madrid, lo llevan a enterrar a París y allí quedará por largo tiempo, hasta que algún día lo que quede de sus cenizas vuelva a la tierra del faisán y del venado, del lago y del volcán, para reintegrarse a la leyenda sin fin.

En el féretro había recobrado aquella misma cara seria y pensativa que era la suya las más de las veces. Lo único que faltaba no era siquiera el silencio, en el que con frecuencia caía cuando la vereda de sentir se le metía por dentro, sino la sonrisa, con que continuamente se le iluminaban los ojos y el gesto.

Fue la suya la más americana y mestiza de las obras literarias de nuestro tiempo. No se le entiende sin el marco y la raíz del mestizaje cultural americano. Nadie halló un acento más del Nuevo Mundo que el suyo. Toda su escritura sale de su situación y de su ficha antropométrica. Desde las *Leyendas de Guatemala* hasta esa novela o poema que estaba escribiendo cuando el pesado sueño de la muerte le cortó la palabra y le cerró los ojos cargados de visiones.

Ya no podré olvidar nunca su cálida y segura presencia, su compañía de tan abrumadora riqueza, su deslumbrante simplicidad de niño al que le han regalado el mundo. Ya no tendré dónde encontrarlo sino en el eco que nos queda en sus libros. Pero no será lo mismo.

Se ha ido a reunirse con los legendarios guías mágicos del pueblo del quiché, que tanto le enseñaron en su vida del lado oscuro e insondable de las cosas: Brujo del Envoltorio, Brujo Nocturno, Brujo Lunar, Guarda-Botín. A esperar el alba.

En la capilla ardiente del hospital de Madrid
estaba tendida para siempre la estela
maya que encontré en la
juventud.

MARIO VARGAS LLOSA

TRES NOTAS SOBRE
MIGUEL ÁNGEL ASTURIAS

I. UN HECHICERO MAYA EN LONDRES

Hacía una punta de años que no venía a Londres, pero apenas bajó del automóvil —corpulento, granítico, perfectamente derecho a pesar de sus casi setenta años— reconoció el lugar, y se detuvo a echar una larga mirada nostálgica a esa callecita encajonada entre el British Museum y Russell Square donde le habían reservado el hotel. «Pero si en esta calle viví yo, cuando vine a Europa por primera vez», dijo, asombrado. Han pasado cuarenta y cuatro años y ha corrido mucha agua bajo los puentes del Támesis desde entonces. Era el año 1923 y Miguel Ángel Asturias no soñaba todavía en ser escritor. Acababa de recibirse de abogado y unos artículos antimilitaristas le habían creado una situación difícil en Guatemala. José Antonio Encinas, que se hallaba exiliado en ese país, animó a la familia a que dejara partir a Asturias con él a Londres, a fin de que estudiara Economía. Y así ocurrió. Viajaron juntos, se instalaron en esta callecita que ahora Asturias examina, melancólicamente. Pero las brumas londinenses intimidaron al joven guatemalteco que no se consolaba de no haber halla-

do un solo compatriota en la ciudad. «Hasta el Cónsul
guatemalteco, dice, era inglés». A las pocas semanas, hizo
un viaje «de pocos días», a París, para asistir a las fiestas
del 14 de julio. Pero allá cambió bruscamente sus planes,
renunció a Londres y a la economía, se inscribió en un
curso de antropología en la Sorbona, descubrió la cultura
maya en las clases del profesor George Raynaud, pasó años
traduciendo el *Popol Vuh,* escribió poemas, luego unas leyendas que entusiasmaron a Valéry, luego una novela *(El
Señor Presidente)* que haría de él, para siempre, un escritor.
¿Habría sido idéntico su destino si hubiera permanecido
en Londres? Debe habérselo preguntado muchas veces, en
esta semana que acaba de pasar en Inglaterra, dando conferencias, invitado por el King's College. Curiosamente,
una de estas charlas tuvo como escenario la London School
of Economics. La cita que había concertado tantos años
atrás José Antonio Encinas, entre esa institución y su amigo guatemalteco, después de todo ha tenido lugar.

El tema de su conferencia en la Universidad de Londres
se titula «La protesta social en la literatura latinoamericana». El aula está repleta de estudiantes y profesores, y hay
también algunos agregados culturales sudamericanos (naturalmente, no el del Perú). En el estrado, por sobre el
pupitre, solo asoma el rostro tallado a hachazos de hechicero o tótem maya de Asturias, que lee en voz muy alta y
enérgica y hace a ratos ademanes (o pases mágicos) agresi-
vos. Repite cosas que ha dicho ya en otras ocasiones sobre
la literatura latinoamericana, la que, según él, es y ha sido
«una literatura de combate y protesta». «El novelista hispanoamericano escribe porque tiene que pelear con alguien,
nuestra novela nace de una realidad que nos duele». Desde
sus orígenes, afirma, la literatura latinoamericana fue un
vínculo de denuncia de las injusticias, un testimonio de la

explotación del indio y del esclavo, un empeñoso afán de luchar con la palabra por mejorar la condición del hombre americano. Cita, como ejemplos clásicos, los *Comentarios Reales,* del Inca Garcilaso, y la *Rusticatio mexicana,* del jesuita Landívar. Pasa revista someramente a la literatura romántica, en la que la voluntad de denuncia quedó atenuada por un excesivo pintoresquismo folclórico, y aborda luego el movimiento indigenista cuyo nacimiento fija en la publicación de *Aves sin nido.* Los narradores indigenistas, según Asturias, al describir sin concesiones la vida miserable de los campesinos de América, llevan a su más alto grado de rigor y de calidad, incluso de autenticidad, esa vocación militante a favor de la justicia con que ha surgido la profesión literaria en nuestras tierras. Con fervorosa convicción, se refiere a la obra del boliviano Alcides Arguedas, que en *Raza de bronce* describió a los tres protagonistas de la tragedia del Altiplano: «el latifundista insaciable, el mestizo resentido, cruel y segundón, y el indio cuya condición es inferior a la del caballo o la del asno, porque ni siquiera es negociable». Elogia la obra de Augusto Céspedes, que denunció las iniquidades que se cometían contra los mineros en las posesiones de Patiño, en *El metal del diablo,* y *Yanacuna,* de Jesús Lara, «por haber mostrado, en todo su horror bochornoso, la suerte de los pongos bolivianos». Se refiere luego a las obras de Jorge Icaza y de Ciro Alegría, que completan la exposición de los abusos, atropellos y crímenes que se cometen contra el indio en esa región de los Andes. Pero, añade, no solo en los países con una población indígena muy densa ha surgido una literatura inspirada en temas sociales y políticos. La novela latinoamericana ha sabido también denunciar eficazmente los excesos «del capitalismo financiero contemporáneo en las fábricas, los campos petroleros, los suburbios y las planta-

ciones». Pone como ejemplo *El río oscuro,* de Alfredo Vare-
la, que expuso el drama de los campesinos de los yerbatales
del norte de Argentina, y *Hasta ahí, no más,* de Pablo Rojas
Paz, que pinta el vía crucis de los trabajadores cañeros en
Tucumán. La vida larval de las ciudades parásitas, de esos
suburbios de viviendas contrahechas donde se hacinan los
emigrantes del interior, ha estimulado también, dice, el
espíritu combativo y justiciero del escritor latinoamericano: destaca el «estudio psicológico de la solidaridad humana entre la gente de las barriadas» hecho por Bernardo
Verbinski en su novela *Villa miseria también es América,* y el
caso curioso de la brasileña María de Jesús, que en su libro
dictado *La favela* traza un lacerante fresco de la vida cotidiana de ella y sus compañeros de miseria en una favela de
Río de Janeiro. Se extiende sobre las características nacionales que ha asumido la protesta literaria latinoamericana
y explica cómo puede hablarse de «una novela bananera
centroamericana», una «novela petrolera venezolana» y una
«novela minera chilena». Pone como ejemplo, en este último caso, al libro *El hijo del salitre,* de Volodia Tatelboin.
En el pasado, agrega, «los novelistas latinoamericanos venían en su mayor parte de las clases explotadas, y se los
podía acusar de resentimiento o parcialidad». Pero ahora
hay también escritores que proceden de las clases altas, que
no soportan la injusticia, y radiografían en sus libros el
egoísmo y la rapiña de su propio mundo. Este es el caso,
dice, del chileno José Donoso, que en *Coronación* ha descrito la decadencia y colapso de una familia aristocrática de
Santiago. Finalmente, indica que en la actualidad, los escritores latinoamericanos, sin renunciar a la actitud de desafío y denuncia social, muestran un interés mucho mayor
por los problemas de estructura y de lenguaje y que desarrollan sus temas dentro de una complejidad mayor, ela-

borando argumentos que atienden tanto a los actos, como a los mecanismos psicológicos o a la sensibilidad de los personajes y apelando a veces más a la imaginación o al sueño que a la estricta experiencia social.

Mientras lo aplauden afectuosamente, yo trato de adivinar en las caras de los estudiantes de la London University el efecto que puede haber hecho en ellos esta exposición apasionada, esta presentación tan unilateralmente sociopolítica de la literatura latinoamericana. ¿Hasta qué punto puede conmoverlos o sorprenderlos el saber que al otro lado del Atlántico predomina, como se los ha dicho Asturias, entre los escritores, esa concepción dickensiana de la vocación literaria? ¿Admiten, rechazan o simplemente se desinteresan de esa actitud militante, tan extraña hoy a los escritores jóvenes de su país que andan empeñados en la experimentación gramatical, en la revolución «psicodélica» o en el análisis de la alienación provocada por los prodigios de la técnica? Pero no adivino nada: después de ocho meses en Londres, los rostros ingleses siguen siendo para mí perfectamente inescrutables.

Al anochecer —Asturias ha tenido suerte, le ha tocado un día sin lluvia, ni bruma, hace incluso calor mientras merodeamos por los alrededores de Russell Square en busca de un restaurant—, cuando su editor lo deja libre (ha venido al hotel a anunciarle que en septiembre aparecerán simultáneamente las traducciones de *El Señor Presidente* y de *Week-end en Guatemala*) me atrevo a preguntarle si no resultaba, a su juicio, un tanto parcial referirse a la literatura latinoamericana solo por lo que contiene de crítica social y de testimonio político, si la elección de este único ángulo para juzgarla no podía resultar un tanto arbitrario. (Estoy pensando en que este punto de mira tiene, sin duda, una ventaja: sirve para rescatar del olvido a muchos libros bien intencionados, interesantes como documentos, pero literariamente pobres; y una grave desventaja: excluye de la literatura latinoamericana a autores como Borges, Onetti, Cortázar, Arreola y otros, lo que resulta inquietante). Asturias piensa que no es parcial, solo incompleto. Está trabajando actualmente, me dice, en una segunda parte de este ensayo, en la que se referirá con más detalle a los novelistas que se han dado a conocer en los últimos años; su conferencia es, en realidad, bastante antigua. Estoy a punto de decirle que si se aplicara a su propia obra el exclusivo tamiz sociopolítico, varios de sus libros, acaso los más audaces y bellos por su fantasía y su prosa (como *Hombres de maíz,* por ejemplo) quedarían en una situación difícil, marginal. Pero él está entretenido ahora, estudiando el menú, y decido no importunarlo más. Por otra parte, esas afirmaciones suyas sobre la literatura, aunque tan discutibles, son fogosas, vitales, y pueden ser saludables ante auditorios acostumbrados a escuchar nociones tan gaseosas y desvaídas como las que constituyen la moda literaria actual. Un poco de «agresividad telúrica» puede hacerles bien a los jóvenes oníricos de la generación «pop».

Londres, mayo de 1967

II. LA PARADOJA DE ASTURIAS

Hombres de maíz es la más enigmática y controvertida novela de Miguel Ángel Asturias. En tanto que algunos críticos la consideran su mejor acierto, otros la desautorizan por su desintegración anecdótica y su hermetismo estilístico. El profesor Gerald Martin, que la tradujo al inglés, ha preparado la edición crítica del libro para las Obras Completas de Asturias que han comenzado a publicarse, bajo los auspicios de la Unesco. Acabo de leer, en manuscrito, el estudio de Martin y me ronda todavía la sensación de perplejidad y respeto que me ha causado su impresionante trabajo: casi millar y medio de notas y un prólogo dos veces más extenso que la novela.

Y, sin embargo, *Hombres de maíz* no queda enterrada bajo esa montaña de erudición sino sale de ella enriquecida. Gerald Martin transforma el archipiélago que parecía ser el libro en un territorio de regiones sólidamente trabadas entre sí. Su tesis es que la novela constituye una vasta alegoría de lo que ocurrió a la humanidad cuando la cultura tribal se deshizo para dar paso a una sociedad de clases. Este proceso aparece metamorfoseado en el contexto guatemalteco pero sus características valen para cualquier sociedad que haya experimentado ese tránsito histórico y en ello reside, según Martin, la importancia del libro que ha estudiado con tanta ciencia y pasión.

Resulta iluminador conocer las fuentes mayas y aztecas directas o tangencialmente aprovechadas por la novela. Bajo el cuerpo del libro hay un esqueleto compacto de materiales prehispánicos que van desde el título y el bello epígrafe («Aquí la mujer, yo el dormido») hasta ese inquietante hormiguero en que se ha convertido la humanidad al clausurarse la novela. Martin muestra que las idas y venidas abruptas de la narración en *Hombres de maíz,* el curiosísimo ritmo que tiene, no son gratuitas, sino producto de una antiquísima manera de ser. La de aquellos hombres que mantienen vínculos religiosos con el mundo natural y viven ellos mismos en estado de naturaleza. El aparente desorden de *Hombres de maíz* es el orden de la mentalidad primitiva descrita por Lévi-Strauss.

De otro lado, Martin ha cotejado todos los elementos de hechicería, magia, superstición, rito y ceremonia que son tan abundantes en el libro, con las constantes descubiertas por Mircea Eliade en las creencias y prácticas religiosas de los pueblos no occidentales y con las investigaciones de Jung sobre las formas míticas en que suele manifestarse el inconsciente colectivo, y ha encontrado fascinantes coincidencias. El proceso de fabulación del que nació *Hombres de maíz* fue mucho menos libre y espontáneo de lo que pudo sospechar el propio Asturias. Este tenía conciencia de las fuentes que usaba pero creyó, sin duda, que lo hacía sin más cortapisas que las de su libre albedrío. Martin demuestra que no ocurrió así. Al reordenar esos materiales y mezclarlos con los que inventaba —usando para ello técnicas no racionales, como la escritura automática que el surrealismo puso en boga cuando él vivía en Francia— fue, inconsciente, intuitivamente, modelándolos según sistemas de pensamiento, de creación religiosa y mitológica, comunes a las sociedades primitivas, como tendría ocasión de comprobarse científicamente después de aparecer la novela.

Otro mérito del profesor Martin es proporcionar evidencias suficientes para corregir un error muy extendido sobre Asturias: que fue un escritor costumbrista. Serlo supone un esfuerzo encaminado a recrear los usos locales —sociales y lingüísticos— contemporáneos, a convertir en literatura esa vida pintoresca de la región en lo que tiene de actual. Es verdad que Asturias emplea un vocabulario maniáticamente «local», pero este lenguaje no es descriptivista, no está elegido para retratar un habla viva sino por razones poéticas y plásticas. En otras palabras: su razón de ser no es expresar la realidad real sino apartarse de ella, fabricar esa otra realidad que es la literaria y cuya verdad depende de su mentira, o sea de su diferencia, no de su parecido, con aquel modelo. Asturias ni siquiera hablaba alguno de los idiomas indígenas de Guatemala y en *Hombres de maíz* los usos y costumbres indígenas que de veras importan vienen del pasado, no del presente, y, lo que es aún más significativo, de los libros, no de una experiencia vivida. La materia prima indígena aprovechada por Asturias procede de la erudición histórica, mucho más que de un conocimiento inmediato del acervo folclórico guatemalteco de su tiempo. Y es sin duda gracias a ello que, aunque las apariencias parezcan decir lo contrario, los hombres de maíz de la novela tienen que ver tanto con los campesinos de la Mesoamérica de hoy como con los del altiplano boliviano o los de África.

La experiencia histórica reflejada en la novela no es la indefensión y miseria del indígena de nuestros días sino el trauma original de su cultura, bruscamente interrumpida por la llegada de unos conquistadores, de civilización más evolucionada y poderosa, que la sojuzgaron y pervirtieron. Verse, de pronto, ante dioses distintos que venían a sustituir por la fuerza a los propios, ante una concepción del mundo y el trasmundo que no coincidía para nada con aquella en la que habían vivido inmersos, y tener que cambiar de régimen de trabajo, de familia, de alimentación, de pensamiento, para poder sobrevivir, es un drama que han protagonizado todos los pueblos del mundo colonizados por Occidente. Y en todos ellos, la aculturación ha generado la misma complicada dialéctica de apropiación, sustitución y modificación entre colonizador y colonizado. El más extendido de los fenómenos, en este proceso, es la sinuosa y sutil inserción de las viejas creencias y costumbres en las que trae el ocupante y la distorsión interior que estas padecen por efecto de ese paulatino contrabando.

El ambicioso propósito del profesor Martin —en gran parte alcanzado— es mostrar que ese género de experiencias, compartidas por pueblos de las cuatro quintas partes del globo, son el barro con que fue amasada la novela de Asturias y que solo teniendo en cuenta este hecho se puede comprender integralmente la riqueza del libro. Y, también, orientarse por la oscuridad de algunas de sus páginas. La prolija demostración de Martin, contra lo que el propio Asturias creía —pues dijo muchas veces que su obra solo adquirió conciencia social *después* de *Hombres de maíz*— establece con firmeza la imagen de una invención literaria arraigada sobre la historia de la opresión y destrucción de las culturas primitivas, de la que extrae toda su savia, sus mitos, su poesía y extravío. La paradoja es instructiva; Asturias fue un gran escritor comprometido cuando no sabía que lo era. Cuando quiso serlo y escribió la trilogía tremendista *El Papa Verde, Viento fuerte* y *Los ojos de los enterrados* lo fue de manera mucho menos profunda y con sacrificio de lo más original y creativo que había en él.

Lima, septiembre de 1978

III. *El Señor Presidente*

Esta novela nació de un cuento, *Los mendigos políticos,* que escribió Miguel Ángel Asturias en Guatemala antes de partir a Europa. Como la primera edición de la novela es de 1946 —edición imperfecta que él corrigió y rehízo en la siguiente, de la Editorial Losada, Buenos Aires, 1948— la verdad es que trabajó en este libro más que en ninguno de los otros que escribió, aunque con largos intervalos en que no tocó casi el manuscrito. En la novela figuran las fechas «París, noviembre de 1923, 8 de diciembre de 1932». Según todos los críticos que se han ocupado de ella, y el testimonio del propio autor, está inspirada en la dictadura de Manuel Estrada Cabrera, amo y señor de Guatemala por veintidós años, entre 1898 y 1920.

Ya se ha recordado, en la primera de estas notas, que Asturias fue a Londres a estudiar Economía, pero que allí cambió bruscamente de planes, se marchó a París, se inscribió en la Sorbona en el curso del profesor George Raynaud, que le hizo descubrir la cultura maya, y pasó años traduciendo el *Popol Vuh*. En París escribió poemas, *Leyendas de Guatemala* (1930), y, luego, *El Señor Presidente*. La novela fue escrita, pues, casi íntegramente, en Francia.

Hay un cierto malentendido con este libro, al que no es ajeno el propio Asturias, pues contribuyó a crearlo con las cosas que afirmó sobre él. Hemos visto, en la primera de estas notas, que él era un entusiasta de la novela social y de denuncia, aquella que mostraba los horrores que cometieron en América Latina los dictadores, y él mismo, en muchas ocasiones, presentó su novela como ejemplo de aquel género.

Sin duda que este aspecto es importante en el *El Señor Presidente*. Se trata de uno de los temas prototípicos de la llamada novela realista o costumbrista latinoamericana, derivado de la experiencia dramática de la historia de la mayor parte de los países del nuevo continente, que, casi todos, padecieron dictadores. Pero, en *El Señor Presidente,* aunque haya una presencia constante y obsesiva de semejante tema, no es lo más importante en ella. Si lo fuera, la novela no habría descollado jamás entre aquel conjunto de novelas un tanto primitivas y no estaría tan viva todavía.

Desde luego, al igual que otras muchas, esta novela incide en ese hecho muy concreto de la realidad histórica y social hispanoamericana: los estragos que causan sus dictaduras, las tragedias humanas, las catástrofes económicas y la corrupción que significan para el país. Pero lo hace de manera muy especial, sin incurrir en las negligencias y descuidos formales tan frecuentes en la literatura de denun-

cia de América Latina, con recursos literarios sutiles, originales y de aliento, y, sobre todo, dentro de un contexto mucho más amplio que la denuncia o el mero testimonio
político. En la novela este fenómeno aparece enmarcado
más bien como una lucha entre el bien y el mal, en una
sociedad subdesarrollada donde el mal parece haber gana-
do toda la partida. No hay en el libro un solo personaje
que se salve, ni siquiera la joven Camila, que cede al chantaje, se casa con el favorito del dictador, el guapo Miguel
Cara de Ángel, y nada menos que asiste a una recepción
en el palacio del Presidente que ha encarcelado a su padre,
el exiliado general Eusebio Canales, probable asesino del
coronel Parrales Sonriente y que morirá envenenado al final de la historia. Todos los personajes que aparecen en el
libro, militares, jueces, políticos, ricos y pobres, poderosos
y miserables, son la encarnación misma del mal, ladrones,
cínicos, aprovechados, mentirosos, inescrupulosos, borrachos, serviles y violentos; es decir, unos seres repugnantes
y asquerosos. Y, probablemente, el peor de todos no sea
solo el amo de vidas y muertes, el propio Presidente, un
borrachín, traidor y manipulador de infinitas y retorcidas
intrigas, sino el Auditor de Guerra y un militar, el Mayor
Farfán, que perpetran en la novela, por órdenes del Jefe del
Estado, las violencias más crueles e inauditas: el primero,
cuando interroga, humilla y castiga a Niña Fedina por el crimen cometido por su esposo, Genaro Rodas, contra el Pelele;
y, el segundo, deteniendo a Miguel Cara de Ángel en el
puerto, cuando este cree que se va a Nueva York por encargo del Presidente, arrestándolo, golpeándolo sin misericordia y enterrándolo en un calabozo subterráneo donde solo tiene dos horas de luz al día, come inmundicias y
se pudre en vida, muriéndose a pocos, mientras su mujer,
Camila, lo busca a través de la diplomacia y la política por

todo el mundo —incluso en Singapur— creyéndolo a salvo, solo para descubrir, cuando ya es tarde, que Cara de Ángel es también una víctima de aquel monstruo que maneja con su dedo meñique las vidas, muertes y haciendas de todo lo que se mueve en sus dominios.

Lo que es bello y transforma este libro demoníaco de atroces episodios en obra artística y le ha dado la vigencia que tiene es su estructura formal y, principalmente, su lenguaje. En esto, *El Señor Presidente* dio un salto cualitativo a la novela en lengua española. Maravillosamente trabajada, la lengua en que está escrita debe más que a las clases del profesor Raynaud al surrealismo y otros movimientos de vanguardia, en boga en Francia cuando Asturias escribía la novela. Y, sin duda, también a la nostalgia de su tierra lejana, allá, en el otro extremo del mundo y los años que llevaba lejos de ella, en el viejo continente, reunido con sus amigos sudamericanos en el Café de la Rotonde, en Montparnasse. Un lenguaje donde hay algo de escritura automática, mezclas de realidad y sueño —de pesadillas, más bien—, una musicalidad poética fuera de lo común, un conjunto de formas que convierten a la historia en un gran espectáculo novelesco y poético donde la realidad se vuelve teatro de bulevar y fantasía apocalíptica en cada episodio.

El comienzo de la historia, «En el Portal del Señor», es memorable, con esa torva de mendigos —mancos, tuertos, ciegos, inválidos— que han retrocedido a la bestialidad más primitiva y se maltratan unos a otros desde el fondo de su miseria y salvajismo. De entre ellos saldrá el Pelele, el pobre diablo asesinado poco después por un balazo gratuito de Genaro Rodas. Al final del libro —la dictadura sigue intacta, por supuesto— el Portal del Señor es destruido, pero no el horrendo sistema de que es símbolo.

Este lenguaje no es unívoco, no es el español que hablan *todos* los personajes de la historia. Quienes pertenecen al mundo más elevado, pese a su incultura, dominan un castellano más o menos correcto, como es el caso de Cara de Ángel y de Camila, así como de un puñado más de ministros y militares y del propio Presidente. Pero, a medida que la historia desciende a los sectores más populares la riqueza y la novedad de la expresión aumentan, se diversifican, introduciendo palabras, canciones, audacias gramaticales, insólitas metáforas, ritmos, expresiones generalmente relacionadas con los insectos y las plantas y los árboles locales, que dan cuenta de una naturaleza bravía, provinciana, no dominada todavía por el hombre, en un país que se adivina aislado y aletargado en el tiempo, sin automóviles ni aviones todavía, desde el que ir a Nueva York es una larga trayectoria con trenes y barcos. Guatemala no es mencionada ni una sola vez, pero no es necesario; todo indica que se trata de ese desdichado y bellísimo país: su capital está lejos del mar, la rodean los ríos, las selvas y los volcanes, y su desdichado pueblo, que solo habrá conocido dictaduras horrendas hasta mucho después que termina la novela —es decir, hasta el año 1950—, tiene, a la hora de hablar y pensar, una facundia extraordinaria, inventa palabras, fantasea e improvisa cuando habla, crea sin cesar en todo lo que dice y exclama, y tiende a convertir la realidad en ensueño —infernal, a menudo— donde el tiempo corre en redondo, alrededor de sí mismo, como en las pesadillas, y la vida es una tragedia teatral que se repite sin tregua, de la que los seres humanos son meros actores y, a veces, mitos. Solo un capítulo de la novela —cuadro o mural más bien—, el XXXVII, «El baile de Tohil», parece inspirado en los lejanos ancestros del pasado arqueológico maya-quiché, ser una reminiscencia histórica o antropológica que entronca con la riquísima antigüedad de Guatemala. Todos los otros corresponden a un presente actualizado, en el que un pueblo humilde, aislado y primitivo, sometido a los horrores indescriptibles de un régimen brutal y carcelario, vive en la miseria. Pero hay algo que lo defiende e impide perecer: la fuerza vital extraordinaria con que se enfrenta a las vejaciones y la humillación, esa existencia trágica, impregnada de tierra, bosque y animales, enormemente creativa en lo que se refiere a la supervivencia y el lenguaje. Un pueblo que, desde el fondo de la ignominia política y social que padece, es capaz, sin embargo, de crear, dotarse de una personalidad, inventarse un lenguaje, una música, unos ritmos que lo modelan, le dan personalidad y le garantizan la supervivencia.

Asturias consiguió en esta novela algo muy original. La belleza lingüística del libro está dentro de una verdad histórica, la manera de hablar el español del pueblo guatemalteco es creativa, personal, pero el novelista no es un mero transcriptor de esta realidad lingüística, es también un creador, es decir, alguien que selecciona entre la riquísima fuente que es la manera de hablar de su pueblo y de su gente, depura y añade algo de su propia fantasía, de sus obsesiones y de su buen oído, dándole una impronta personal. De modo que *El Señor Presidente* es también una obra de creación, un verdadero *tour de force* de gran originalidad y creatividad, acaso más cerca de la poesía que de la narrativa o de una alianza entre ambas que es poco frecuente.

Muchos de los episodios de la historia comienzan de una manera que podríamos llamar realista, pero, poco a poco, arrastrados por esa dinámica de que está dotado su lenguaje en construcción, de naturaleza poética, es decir, visionaria y metafórica, abandonan el terreno realista y objetivo y pasan a ser leyenda, sueño, teatro, mito, fantasía.

Esto es lo que dio singularidad a la novela y, sobre todo, una novedad y valor literario que no ha perdido en todo el tiempo que lleva publicada. Medio siglo después de escrita, *El Señor Presidente* sigue siendo una de las más originales creaciones de la literatura latinoamericana.

La nostalgia de su viejo país debió de jugar un papel importante en la creación de esta novela. Al mismo tiempo, la distancia que había entre Asturias y Guatemala —él vivía en París— le daba una libertad de la que no gozaban, en América Latina, muchos escritores que, a la vez que vivían, padecían esta brutalidad y por ello mismo se hallaban impedidos de trabajar con absoluta libertad, sin miedo a la persecución y a la censura. Probablemente, también, Miguel Ángel Asturias no fuera cabalmente consciente del gran libro que escribió. Y que no volvería a escribir, porque las novelas, cuentos y poemas posteriores suyos están mucho más cerca de esa literatura estrecha y algo demagógica, de las novelas «comprometidas» que se escribieron sobre los dictadores antes y que él mismo promocionaba, sin advertir que el gran mérito de *El Señor Presidente* fue haber roto con esa tradición y haber elevado la narrativa de nuestros continente muy por encima de la literatura que hasta entonces la representaba.

Madrid, 27 de marzo de 2020

DARÍO VILLANUEVA

LOS REALISMOS DE MIGUEL ÁNGEL ASTURIAS

El guatemalteco Miguel Ángel Asturias es una de las figuras más representativas de la irrupción de la novelística hispanoamericana en el escenario internacional de las letras, en cierto modo consagrada con el Premio Nobel que le fue otorgado en 1967, antes del que le correspondiera, asimismo tan merecidamente, al colombiano Gabriel García Márquez doce años después y al peruano Mario Vargas Llosa en 2010. Pero su obra ejemplifica también cabalmente los aspectos fundamentales que justificaron el éxito obtenido en el mundo entero por estos escritores y todos los que contribuyeron a aquel denominado *boom* novelístico en español sobre el que escribiera su famoso libro José Donoso [1983].

Concretamente, la obra narrativa de Asturias está vinculada a la poética del realismo maravilloso, pero el impulso imaginativo y la exigencia artística no significaron para él desconexión de la dura realidad centroamericana —en particular de su Guatemala natal— en la senda de un escapismo estetizante. Muy al contrario, se ajustó, con originalidad pero inequívocamente, a las pautas del escritor comprometido contra las dictaduras y los imperialismos, desde una posición de humanismo socialista que le deparó, antes del Nobel, el Premio Lenin de la Paz.

Nacido en la ciudad de Guatemala en 1899, en donde
residiría en la primera etapa de su vida salvo una corta
temporada en Salam, Miguel Ángel Asturias experimentó
en persona los rigores del régimen dictatorial de Manuel
Estrada Cabrera, que un año antes del nacimiento del escritor había sido designado presidente provisional de la República a raíz del asesinato de su predecesor Reina Barrios, y
consiguió perpetuarse en el poder hasta 1920, cuando fue
derrocado por un movimiento nacional liderado por el Partido Unionista al que pertenecía Asturias, estudiante primero de Medicina y luego de Derecho en la Universidad.

Restaurada, si bien efímeramente, la democracia en su
país con el presidente unionista Carlos Herrera, Miguel
Ángel Asturias coincide en 1921 con Ramón del Valle-
Inclán en la Ciudad de México, acontecimiento con toda
certeza complementario de su experiencia vital y política
inmediatamente anterior de cara a la elaboración de su
primera novela, *El Señor Presidente*. De nuevo en su país, en
1922 funda la Universidad Popular de Guatemala y al año
siguiente defiende en la Facultad de Derecho, Notariado y
Ciencias Políticas y Sociales una tesis, de tema harto significativo, sobre el problema social del indio, antes de ini-
ciar en Europa otra etapa decisiva para su formación como
escritor.

Allí, fundamentalmente en Londres y luego en París,
permanece durante diez años, en contacto con el movimiento surrealista pero no desconectado de su continente natal,
sino en comunicación constante con intelectuales hispanoamericanos como Arturo Uslar Pietri, César Vallejo y Alejo Carpentier. Entre la trayectoria de este último, cinco
años más joven que él, y la de nuestro autor se pueden establecer —como lo ha hecho G. Bellini [1969; 1982]—
notables paralelismos, porque a ambos la experiencia pari-

sina y el encuentro con las vanguardias europeas, lejos de desarraigarlos hacia un cosmopolitismo fútil, les hizo tomar conciencia de las extraordinarias potencialidades estéticas de su realidad vernácula y de su propia cultura.

En este sentido, las primeras obras de ambos autores, *Leyendas de Guatemala* (1930) y *Ecue-Yamba-O* (1933), respectivamente, vienen a representar lo mismo para el hallazgo por parte de Asturias y de Carpentier de algo —llámesele la «magia de la realidad» o lo «real maravilloso»— que estaba muy cerca a la vez de los planteamientos surrealistas y de la cosmovisión y el arte indígena centroamericanos.

En efecto, trabajando para una tesis —reeditada por Claude Couffon en 1971— con el antropólogo de la Sorbona Georges Raynaud, traductor al francés del *Libro del Consejo* o *Popol Vuh* —la biblia de la civilización maya-quiché— y los *Anales de los Xahil de los indios cakchiqueles,* Miguel Ángel Asturias redescubre en París lo ancestral mayance, la cosmogonía y la lógica del mundo de sus antepasados prehispánicos. No falta en aquellas obras fundacionales —sobre todo en la más importante de ellas, el *Popol Vuh*— una singular mixtura de elementos realistas y míticos, como cuando los dioses encuentran en el maíz la sustancia básica para la creación entera del mundo. El propio Asturias traducirá, en colaboración con J. M. González de Mendoza, los textos franceses de ambos libros elaborados por Raynaud a partir de versiones orales transcritas ya en tiempos de la conquista. Ambas traducciones fueron publicadas en la ciudad del Sena por la editora París-América, en 1927 y 1928, respectivamente.

Pues bien, ese mestizaje de realidad y maravilla se ve potenciado por el choque entre los parámetros racionalistas atribuidos a los europeos y el insólito mundo americano, y no otra cosa es el «realismo mágico» que apunta ya, como adelanto de lo que será la narrativa toda de Miguel Ángel Asturias, en *Leyendas de Guatemala,* publicadas en Madrid en 1930 y acogidas con entusiasmo por Paul Valéry como una síntesis inédita de «historias-sueños-poesía».

Desde tal perspectiva, no resulta difícil comprender el hibridismo característico de un cultivador del realismo mágico y de la novela de denuncia social como Miguel Ángel Asturias, quien además no lo hizo alternativamente, en obras distintas, sino de manera integrada, sin establecer solución de continuidad entre lo uno y lo otro. Se da también tal simbiosis en lo que podríamos denominar una «estilística del mestizaje», y no me refiero solo a la incorporación a su prosa castellana de léxico, ritmos y estructuras de las lenguas autóctonas, sino también al convincente sincretismo que el novelista guatemalteco alcanza entre los hallazgos expresivos de la vanguardia —desde Valle-Inclán hasta James Joyce— y antiguas fórmulas de la literatura maya-quiché.

En 1933 el escritor, con el bagaje de su experiencia europea y su redescubrimiento de la cultura centroamericana, regresa a su país, sometido entonces a una nueva dictadura, en este caso de Jorge Ubico, que gobernará hasta 1944. Ello influirá en la demora con que se publica su primera novela, *El Señor Presidente,* concluida a finales de 1932 y editada en México a mediados de los años cuarenta, que vendrá a contribuir a la demarcación transicional entre la vieja y la nueva novela hispanoamericana. De Miguel Ángel Asturias aparecerá otra novela sumamente representativa del realismo maravilloso —*Hombres de maíz* (1949)— en ese mismo decenio prodigioso de los cuentos borgianos —*El jardín de los senderos que se bifurcan,* 1941; *Ficciones,* 1944; *El Aleph,* 1949—, de *Tierra de nadie* (1941) de Juan

Carlos Onetti, *El túnel* (1948) de Ernesto Sábato, *Al filo del agua* (1947) de Agustín Yáñez, y de *El reino de este mundo* (1949) de Alejo Carpentier.

Cumplida aquella etapa europea, se entrega al servicio de su país como diplomático, lo que lo llevará primero a México como agregado cultural en los años treinta, a Buenos Aires como encargado de negocios en los cuarenta, y a El Salvador, ya como embajador de Guatemala, a comienzos de los cincuenta. Con la invasión del país promovida por la CIA y encabezada por el coronel Carlos Castillo Armas, que interrumpe en junio de 1954 el mandato constitucional del candidato de la coalición de izquierdas Jacobo Arbenz Guzmán, Miguel Ángel Asturias, a la sazón embarcado en la escritura de la llamada «trilogía bananera», abandona su puesto, se exilia en Buenos Aires —donde residirá hasta 1965— y publica un libro de narraciones contra aquel golpe militar, titulado *Week-end en Guatemala* (1956).

Su producción dramática está reunida en el volumen *Teatro,* publicado precisamente en Buenos Aires (Losada, 1964), que contiene *Chantaje,* tragicomedia en tres actos; *Dique seco,* comedia en dos actos; *Soluna,* «comedia prodigiosa en dos jornadas y un final»; y *La Audiencia de los Confines,* «crónica en tres andanzas». Asturias cultivó asimismo la poesía, ininterrumpidamente desde 1918. Su primer libro, *Rayito de Estrella,* fue impreso en París en 1929, sus *Sonetos de Italia* fueron publicados en ese país en 1965, y ese mismo año apareció la edición bilingüe, al cuidado de Giuseppe Bellini, de otro libro cuyo expresivo título —*Parla il Gran Lengua*— remite al universo cultural mayance entusiásticamente revisitado en el que la crítica considera el más trascendente de sus poemarios, *Clarivigilia primaveral,* asimismo de 1965.

Desde 1966, tras las elecciones legislativas y presidenciales que dieron por mayoría relativa la Presidencia de la República al candidato del Partido Revolucionario Julio César Méndez Montenegro, Miguel Ángel Asturias es embajador de Guatemala en París. Una vez retirado de su cargo reside, además de en la capital francesa, en Génova y Palma de Mallorca, hasta su fallecimiento en 1974. Pero como podemos apreciar, la trayectoria biográfica de Miguel Ángel Asturias estuvo marcada por la mediación dictatorial, que condicionó sobremanera su existencia, como la de todos los guatemaltecos y gran parte de los latinoamericanos coetáneos de este autor que con su novela *El Señor Presidente* consolidó un subgénero de amplio cultivo literario en español a partir de entonces.

En el punto de partida de esta serie novelística de las dictaduras hispanoamericanas, al que dedicó todo un libro, entre otros estudiosos, Conrado Zuloaga [1977], se sitúa un texto fundamental, *Tirano Banderas* de Ramón del Valle-Inclán, ubicado en una República imaginaria, la de Santa Trinidad de Tierra Firme, y centrado en la figura de un déspota en el que el escritor español pretendía quintaesenciar las características —según confió por carta a Alfonso Reyes— «del doctor Francia, de Rosas, de Melgarejo, de López y de don Porfirio». Miguel Ángel Asturias, por su parte, no sitúa su novela en Guatemala ni en ningún país determinado, como tampoco identifica su «Señor Presidente Constitucional de la República, Benemérito de la Patria, Jefe del Gran Partido Liberal, Liberal de Corazón y Protector de la Juventud Estudiosa» (p. 116) con ningún autócrata determinado, aunque todo apunta hacia la figura del general Estrada Cabrera, aquel dictador afecto a la brujería y a la meditación frente al espejo en hábito de dominico, bajo cuya égida transcurrió la infancia y primera juventud del escritor.

Ya me he referido a que este estímulo de la realidad fue el germen originario de una novela que comenzó a fermentar en el ingenio de Asturias hacia 1923, cuando el novelista escribe un cuento que así lo da a entender —«Los mendigos políticos»— y varios artículos contra el propio Estrada Cabrera y el general Orellana, su sucesor luego del breve interregno democrático de Carlos Herrera. Con todo, las fechas entre las que transcurrió la redacción de *El Señor Presidente* fueron 1925 y 1932, demorándose su publicación hasta 1946 por nuevas circunstancias dictatoriales a las que asimismo hemos aludido. Simultáneamente, Valle-Inclán, con quien Asturias había coincidido en el México que conmemoraba en 1921 el centenario de la independencia, elaboraba su *Tirano Banderas,* de cuyo texto se publicaron anticipos a lo largo de 1925 y 1926, fecha esta última de la primera edición en libro de la novela.

Entre ella y su homóloga hispanoamericana existen, por cierto, evidentes paralelismos que hablan de una realidad y una sensibilidad artística compartidas, cuando no de concomitancias más estrechas. Pensamos, por ejemplo, en situaciones tan similares como la del Zacarías el Cruzado de Valle, que carga con el cadáver ya corrupto de su hijo a la espera de vengarse de los responsables de su muerte, y la de la Niña Fedina de Miguel Ángel Asturias, que traslada en las mismas condiciones los despojos del suyo cuando los esbirros del Señor Presidente la conducen de la cárcel donde ha sido torturada al prostíbulo de la Chon Diente de Oro, mancebía émula del congal de la Cucarachita valleinclaniano.

Así, es común a ambas obras una reducción temporal —«angostura del tiempo» la denominaba don Ramón— de las anécdotas, más drástica, con todo, en Valle que en Asturias, y un parejo desorden establecido entre el tiempo de la historia y el tiempo del discurso; el juego, en determinadas secuencias, con las posibilidades del relato en simultaneidad, con lo que esto conlleva de cara a la multiplicación de las perspectivas, todo ello relacionado por la crítica, en ambos casos, con el cubismo; y un intenso registro expresionista —esperpentizador— de los personajes y las situaciones.

No son pocas, asimismo, las diferencias, como no se podría por menos que esperar dada la originalidad imaginativa y artística de ambos escritores. Por ejemplo, en Valle se percibe un trasfondo político más explícito, que alcanza al planteamiento dialéctico y colectivo de la realidad dictatorial y a un desenlace que sugiere, con la derrota de la tiranía, un cierto optimismo revolucionario. Por el contrario, en *El Señor Presidente* la interferencia de una anécdota amorosa —el rapto y posterior boda entre el favorito del dictador y la hija del líder de cuantos se le oponen— lleva el desarrollo argumental por otros derroteros, hasta la aniquilación de todas las sombras que se cernían sobre el poder omnímodo del Señor Presidente.

Lo que Miguel Ángel Asturias pretendía era —según sus propias declaraciones a Camilo José Cela en el número (185-186) de *Papeles de Son Armadans* a él dedicado en 1971— «el estudio de la degradación de los valores morales de todas las capas de la sociedad de arriba abajo» sometidas al terror de la dictadura. Junto a este gran tema, tiene cumplida presencia en su novela otro muy caro al autor: el tema del mal. Se ha hablado, a este respecto, de una inversión del mito cristiano. El Supremo es aquí un Dios maléfico, un Tohil en la mitología maya-quiché. Su favorito, Miguel Cara de Ángel —anagrama de Miguel Arcángel—, se rebela contra él, como un Lucifer contradictorio que tratase de elevarse hacia el Bien. El triunfo es finalmente para el Mal, del que es también víctima un símbolo degradado del cristianismo, la figura del idiota conocido como «el Pelele», que con el asesinato incidental del coronel José Parrales Sonriente había puesto en marcha la acción represiva de la dictadura contra los opositores, el general Eusebio Canales y el licenciado Abel Carvajal.

Mas la peculiaridad más notable de *El Señor Presidente* tiene que ver, sobre todo, con ese realismo maravilloso al que tan decisivamente contribuyó Miguel Ángel Asturias, junto a Carpentier y en menor medida Uslar Pietri. No fue ajena por completo esa sugerencia a Ramón del Valle-Inclán, que hace partícipe de la conciencia mágica de los indios al propio Tirano Banderas, y a su enemigo don Roque Cepeda, seguidor de las doctrinas teosóficas. En *El Señor Presidente* ya no se trata, sin embargo, de meras sugerencias temáticas, sino de una imbricación esencial entre las esferas de lo natural y lo sobrenatural, la realidad y la maravilla. Se ha destacado, por ejemplo, cómo la secuencia coherente de causas y efectos propia del realismo *tout court* aparece totalmente mixtificada en esta obra, en donde el crimen inicial, lejos de ser esclarecido, es sistemáticamente tergiversado para crear una ficción como de pesadilla de la que acaban siendo víctimas la mayoría de los personajes. «Entre la realidad y el sueño la diferencia es puramente mecánica», piensa uno de ellos, Cara de Ángel (p. 213), como también entre la realidad y el mito que aparecen fundidos en torno al todopoderoso protagonista.

Existe, en particular, un capítulo donde todos estos índices se revelan con armónica plenitud. Estoy pensando en el titulado «El baile de Tohil», en donde el propio Cara de Ángel experimenta una «visión inexplicable» cuando recibe el fatídico encargo que el Señor Presidente le hace de viajar a Washington como embajador especial. Consiste esa

verdadera epifanía en la identificación del autócrata con
el maléfico dios, dador del fuego, de los mayances, ladrón
de las energías naturales e insaciable devorador de vidas
humanas. Esa fluida transición de lo real a lo que queda
más allá luce poco después por medios exclusivamente
verbales (Asturias es uno de los novelistas que experimenta con más tino todas las posibilidades expresivas del lenguaje novelístico) cuando desde la percepción interior de
Cara de Ángel la onomatopeya que reproduce el traqueteo
del tren que lo traslada hacia lo que será su destino final
se transforma en premonición de su muerte: «cada vez,
cada ver» (p. 321).

De todas formas, donde este realismo maravilloso,
apuntado ya en la primera novela de Miguel Ángel Asturias, alcanza su plenitud es en su otra obra aparecida en el
decenio de los cuarenta, concretamente en 1949: *Hombres
de maíz*. Mario Vargas Llosa, en uno de los textos incluidos
en la edición crítica de 1981, la califica como «la más enigmática novela» de Asturias, confundidora del «lector car-
tesiano» porque el desorden imperante en ella es el orden
de mentalidades primitivas como las que refleja *Leyendas
de Guatemala*. Y destaca allí constantes manifestaciones de
mestizaje entre razón y sinrazón, historia y mito, lógica y
locura, vigilia y sueño. Es decir, los factores constitutivos
de la poética del realismo maravilloso, que desde las primeras formulaciones teóricas del mismo a cargo de Franz
Roh [1927] hasta las muy certeras de Irlemar Chiampi
[1980] y Amaryll Beatrice Chanady [1985] es presentado
como la fusión —mejor que yuxtaposición— de lo uno y
lo otro.

Giuseppe Bellini ha apreciado el carácter de verdadera
elegía de un mundo feliz perdido que esta novela posee.
Pero no es tampoco descabellado subrayar, como así se ha

hecho, su condición de novela de denuncia social. El conflicto inicial apunta, precisamente, en esta dirección. En torno al maíz, la mítica sustancia con la que los dioses construyeron el mundo según el *Popol Vuh,* chocan dos actitudes, la respetuosa de los indios y la de los ladinos o mestizos para los que ese fruto es tan solo una posible fuente de enriquecimiento. Sendos personajes representan ambos posicionamientos: el cacique Gaspar Ilóm y el coronel Chalo Godoy, a quien ayuda la familia traidora de los Machojón. Aquellos, los nativos, son masacrados, y su triste fin se transforma en leyenda; mas su muerte no queda impune, ya que Gaspar Ilóm es vengado por las fuerzas ocultas de la propia tierra con la que se identificaba.

Resulta transparente la lectura que se ha hecho de *Hombres de maíz* como una vasta alegoría de lo que le sucedió a la humanidad cuando la cultura tribal, orgánicamente apegada a su medio y fundida con él, se desintegró dando paso a la alienación y el desarraigo de la moderna sociedad de clases. Este dictamen se puede suscribir desde la realidad de los procesos históricos en general, y desde su concreción centroamericana en particular, pero en el universo de la novela de Asturias convive con todo ello, en plena armonía, un intenso animismo y la creencia india de que cada persona tiene su doble en el mundo animal —su *nahual*— que lo protege y puede prestarle su propio cuerpo. Prueba de la integración de lo que para una mentalidad racionalista serían opuestos incasables está en la cadena de metamorfosis de diversos personajes en sus *nahuales* que la narración de *Hombres de maíz* nos presenta sin el menor signo de reserva por parte del narrador.

Las siguientes obras de Miguel Asturias, sin abandonar en modo alguno esa particular ambientación característica de *Hombres de maíz,* incrementan sin embargo de forma

notable el componente de compromiso y denuncia, y constituyen un ciclo muy trabado, compuesto por las novelas
de la conocida como «trilogía bananera» —*Viento fuerte,* 1949; *El Papa Verde,* 1954; y *Los ojos de los enterrados,*
1960—, a las que cabe añadir sin disonancias apreciables
la colección de ocho relatos que el autor escribió con motivo de la invasión que derrocara al presidente Arbenz,
Week-end en Guatemala, de 1956. Miguel Ángel Asturias
renueva, con estos libros, la tradición de la novela antiim-
perialista hispanoamericana de la primera mitad del siglo,
ofreciéndonos, según Giuseppe Bellini, un a modo de imponente fresco de la América central sometida a los designios
del capital extranjero.

Este poder foráneo y esquilmador se simboliza, ya en
la primera novela de la trilogía, en el nombre que recibe
el ejecutivo máximo de la «Tropical Platanera S. A.» con el
que se da título a la segunda obra de la serie: «El Papa
Verde, para que ustedes lo sepan, es un señor que está metido en una oficina y tiene a sus órdenes millones de dólares. Mueve un dedo y camina o se detiene un barco. Dice
una palabra y se compra una República. Estornuda y se
cae un Presidente, General o Licenciado... Frota el trasero
en la silla y estalla una revolución» [Asturias, 1981: 105].
Aquí, en la segunda entrega se describe, con minucia, la
trayectoria y procedimientos de este *Green Pope:* Maker
Thomson, cabeza de un Estado dentro del Estado, que no
duda en ocupar nuevas tierras para sus plantaciones expul-
sando a los nativos. No falta quien intente oponérsele
inútilmente, como otro personaje con aureola mágica,
Mayarí Palma, hija de un anarquista español. Y es de no-
tar que para huir de la polarización maniqueísta tan frecuente en novelas de denuncia, los líderes de la insurrec-
ción en la novela de 1949 eran los esposos norteamericanos

Lester Mead y Leland Foster, promotores de cooperativas pensadas para resquebrajar el monopolio de la «Tropicaltanera».

El huracán que termina con las vidas de estos héroes de la solidaridad significa también el triunfo de su causa. La cita que acabo de hacer continúa de esta forma: «Contra ese señor tenemos que luchar. Puede que nosotros no veamos el triunfo, ya que la vida tal vez no nos alcance para acabar con el Papa Verde; pero los que nos sigan en la trinchera, sí, si es que se mueven como nosotros, como el viento fuerte que cuando pasa no deja nada en pie, y lo que deja, lo deja seco». Esta profecía hecha por el norteamericano en la primera novela de la serie se cumple puntualmente en la tercera, cuyo título hace referencia a una convicción indígena, la de que los difuntos no cierran los ojos hasta que contemplan cómo se ha vengado la injusticia. Así sucede aquí cuando una huelga general provoca la caída de la Dictadura, la claudicación de la compañía bananera y el desespero del Papa Verde, que muere después de haber perdido al nieto que perpetuaría su imperio.

Después de este paréntesis en que el realismo maravilloso de Miguel Ángel Asturias se desequilibra a favor del primero de sus componentes, de nuevo aflora el segundo, si cabe con más fuerza que antaño, hasta el extremo de rozar en ciertos momentos el territorio de lo que ya es la pura fantasía.

Tal sucede, por ejemplo, en *El Alhajadito,* escrita en los años cuarenta aunque publicada en 1961, libérrima recreación en lenguaje poético del paraíso infantil, universo de ensueño en el que todo es posible, y en dos novelas en las que Miguel Ángel Asturias revive el conflicto de la conquista española desde su condición asumida de mestizo. En el libro de conversaciones que mantuvo con L. López Álvarez

[1974: 163] leemos así: «Yo soy mestizo y tengo la parte indígena, y esa parte lucha con mi parte española».

Me estoy refiriendo a *Mulata de tal*, de 1963, y *Maladrón*, de 1969. La primera de ellas, valorada contradictoriamente por la crítica, es un romance —en la acepción inglesa de la palabra desde el libro de Clara Reeve [1875]— de viaje y de «transformaciones mágicas» al que subyace la tesis de la armonía característica del mundo indígena perturbada por la injerencia de los invasores. El orbe del protagonista, Celestino Yumí, se regía por leyes ancestrales. El intento de recrear gran número de sus tradiciones y de someter la lógica del relato a la cosmovisión mayaquiché —en la que cabe un pacto con el diablo Tazol por el que Celestino sustituye a su mujer por una inquietante mulata— hace de esta obra un texto en el que el lector se mueve con inseguridad, y en donde el realismo maravilloso parece dar paso a la más desbordada fabulación. De todos modos, está clara la conducta desordenada del personaje principal, insolidario en su ambición maléfica, que acaba destruido por un cataclismo de la naturaleza.

El tema español aparece ya explícitamente reflejado en *Maladrón (Epopeya de los Andes Verdes)*, cuyo título viene de una superstición indígena posterior al descubrimiento aludida ya en las dos novelas precedentes. Así, en *El Alhajadito* se menciona, en el capítulo XI de la primera parte, a un criado conocido como el Azacuán que veneraba una imagen del Mal Ladrón, quien, «amarrado a una cruz, rechazaste la oferta del celestial asilo, seguro de que eras lo que somos, solo materia». En *Mulata de tal* es Gabriel Santano, farmacéutico de Tierrapaulita, el «devoto del Mal Ladrón, el crucificado materialista, a quien llamaban San Maladrón los que seguían su doctrina de no creer en el cielo ni en el más allá» [Asturias, 1983: 236].

El Mal Ladrón viene a ser, ahora, emblema de los «seres de injuria» llegados por mar «de otro planeta» según la profecía mayance. Por eso se afirma acertadamente que esta novela trata del mestizaje de dos culturas, desigualmente valoradas por quien escribe, que no en vano se identifica con el mito de «Gran Lengua» indígena. La lucha de los Mam contra la furia de los españoles concluye en tragedia, como también la búsqueda por parte de estos del lugar donde, subterráneamente, se reuniesen los dos océanos. Tan solo sobrevive el hijo mestizo de Titil-Ic y Antolinares, reintegrado a la comunidad natural que le correspondía, como en una síntesis en la que se asumiese con esperanza el hecho inexorable de la mezcla, pero también se afirmase inequívocamente la victoria final de América sobre España. Como herencia, queda la lengua, brillantemente recreada por medio de un contenido registro arcaizante sobre todo en los diálogos de Maladrón.

La última novela de Miguel Ángel Asturias, *Viernes de Dolores* (1972), no está, a mi entender, a la altura de las anteriores. Se trata, una vez más, de una crítica de la dictadura, a partir, en esta oportunidad, de una anécdota juvenil, probablemente autobiográfica, de escasa entidad. Un joven universitario burgués, Ricardo Tantanis, toma conciencia de la realidad política de su país, y rompe con su clase, a raíz de los ridículos avatares desencadenados por la procesión carnavalesca en la que va, para su escarnio, la efigie de un poderoso terrateniente que se vengará sin contemplaciones. Pese a este cierre casi diríamos epigonal de su fecunda trayectoria no cabe, sin embargo, empañar la importancia capital que Miguel Ángel Asturias tiene en el curso de la novelística hispanoamericana del siglo XX.

Su valoración parece haber decrecido injustamente en los últimos decenios, en parte probablemente por sus declaraciones públicas de 1971 contra la auténtica calidad literaria de los novelistas del llamado *boom,* simples productos según él de la publicidad y la comercialización de la literatura. Carlos Fuentes, uno de los escritores que probablemente se sintió injustamente tratado en las declaraciones del autor de *El Señor Presidente,* siempre reconoció su magisterio y ponderó con generosidad la singular aportación del premio Nobel guatemalteco a la narrativa hispanoamericana: «Asturias se enfrenta al mismo mundo fatal e impenetrable de la novela tradicional, pero lejos de detenerse en el documento opaco, encuentra la transparencia en el mito y el lenguaje. Su manera de personalizar a los hombres anónimos de Guatemala consiste en dotarlos de sus mitos y su idioma mágico, un idioma constitutivamente emparentado con el del surrealismo» [Fuentes, 1969: 24].

Encontramos aquí, a la altura cronológica de *Maladrón,* un dictamen ecuánime de lo que Miguel Ángel Asturias representa: denuncia y fantasía; realismo y maravilla; tradición y ruptura. Y, sobre todo, un admirable ejemplo de renovación del lenguaje novelístico, abierto en su obra a todos los experimentalismos vanguardistas, a la herencia de un Cervantes o un Quevedo, y a la recreación en español de la estilística prehispana, la retórica ancestral de «Gran Lengua».

SERGIO RAMÍREZ

EL TIRANO QUE ADORABA A LA DIOSA MINERVA

I

La larga historia de las dictaduras en Guatemala comienza en 1844 con el capitán general Rafael Carrera, tambor del Ejército convertido en cabecilla de alzamientos campesinos, un mulato ladino que ya de adulto aprendió a escribir su nombre y a estampar su firma en los documentos de Estado. En 1847 se proclamó presidente perpetuo del país tras derrotar al general Francisco Morazán, caudillo liberal de la causa unionista de Centroamérica, y así acabó el sueño de la república federal.

Amamantado como había sido en las sacristías, impuso como himno nacional el canto sacro *Salve Regina, mater misericordiae,* y estableció los diezmos y primicias y el régimen de manos muertas en favor de la Iglesia. Gobernó hasta el Viernes Santo del año 1865, cuando murió tras una agonía de un mes, a consecuencia de un veneno que le dieron sus enemigos, dicen algunos, o por un ataque de amebas, según otros, o, en fin, causas a su inveterado alcoholismo. No dejó bienes de fortuna.

A esta estirpe de dictadores novelescos pertenece el licenciado Manuel Estrada Cabrera, la figura de *El Señor*

Presidente, quien se mantuvo en el mando supremo entre 1898 y 1920, heredero espurio de los gobernantes liberales que se habían sucedido a partir de la revolución de 1871, de la que se hizo caudillo el general de división Justo Rufino Barrios, el gran reformador ilustrado anticlerical, que no paró mientes en reelegirse, convertido en autócrata, para imponer el progreso y secularizar el Estado, lo cual pasaba por decretar leyes que obligaban a los pueblos indios al trabajo esclavo; y para enfrentar las rebeliones su mejor política era la de tierra arrasada.

Murió en combate en 1885, cuando en su afán de reunificar Centroamérica bajo el credo de Morazán libraba una guerra contra el gobierno conservador de El Salvador; y este sí, rico hacendado, dejó una herencia sustanciosa. Hasta la llegada de Estrada Cabrera sus sucesores fueron todos militares, el último su propio sobrino, el general José María Reina Barrios, asesinado en plena calle. Las sospechas de que el taimado y oscuro Estrada Cabrera mandó a matarlo, ya colocado en la línea de sucesión como primer designado a la presidencia, nunca se disiparon.

Una rebelión militar precedida por un alzamiento cívico en las calles dio fin a la dictadura de Estrada Cabrera en 1920, pero eso no libraría a Guatemala de los regímenes militares, y así llegó en 1931 la dictadura del general Jorge Ubico, quien se creía el vivo retrato de Napoleón Bonaparte, se peinaba como él y se fotografiaba con la mano metida en la casaca. Fue el autor de la infame Ley contra la Vagancia, que penaba a los pobres por ser pobres y los hacía sospechosos de robo si la autoridad los sorprendía en las calles de un barrio de ricos; y por esos azares inefables del destino, tras su caída en 1944, fue a morir en Nueva Orleans, desde donde la United Fruit Company, que lo había amparado y sostenido, lo mismo que había amparado y sostenido a Estrada Cabrera, dirigía sus operaciones bananeras en Centroamérica y el Caribe.

Sobrevino entonces el período de la revolución democrática, con los gobiernos libremente electos, por primera vez en la historia, del profesor Juan José Arévalo, presidente entre 1945 y 1951, y del coronel Jacobo Árbenz, derrocado en 1954 por un golpe militar patrocinado por el gobierno de Estados Unidos y la siempre todopoderosa United Fruit Company. Eran los peores años de la guerra fría, y los hermanos John Foster Dulles y Allen Dulles, el uno secretario de Estado, el otro director de la CIA, impusieron en el poder al coronel Carlos Castillo Armas. Tras su asesinato en 1957, hubo una sucesión de nuevas dictaduras militares que duró hasta 1986; un largo período de represión y muerte en el que, frente a la insurgencia guerrillera, aparecen las aldeas estratégicas, los cementerios clandestinos y las desapariciones masivas.

II

En América Latina, al inventar, contamos la historia, que a su vez tiene la textura de un invento, porque es desaforada, llena de hechos insólitos y de portentos oscuros. Los novelistas vivimos para inventar porque vivimos en la invención. Los hechos nos desafían a relatarlos, se saben novela, y buscan que los convirtamos en novela. De allí esa fascinación incesante por las dictaduras y los dictadores.

Me gusta recordarlo cuando vuelvo a las páginas de *Democracias y tiranías en el Caribe,* un libro escrito en los años cuarenta del siglo pasado por el corresponsal de la revista *Time*, William Krehm, en el que desfilan los déspotas de nuestras *banana republics* de Centroamérica, en la época de la política del buen vecino del presidente Franklin Delano Roosevelt. Es un reportaje, pero parece más bien una novela, o incita a verlo como novela.

Ese término, *banana republic,* que luego se convirtió en una marca de ropa, fue creado por O. Henry, uno de mis cuentistas preferidos, en sus relatos *De coles y reyes,* escritos en el puerto de Trujillo, en Honduras, donde se había refugiado tras huir de Estados Unidos, acusado de desfalcar un banco para el que trabajaba de contador en Austin, Texas. En Trujillo había sido fusilado en 1860 el filibustero William Walker, quien quiso apoderarse de Centroamérica, y de allí partían ahora los barcos bananeros de la «flota blanca» hacia Nueva Orleans.

El libro de William Krehm es un verdadero bestiario político. Empieza con Ubico, disfrazado de Napoleón, sigue con el general Maximiliano Hernández Martínez, dictador de El Salvador, teósofo y rabdomante, que daba por la radio conferencias espiritistas en las que hablaba del poder de los médicos invisibles, y a quien no tembló el pulso para ordenar en 1932 la masacre de cerca de treinta mil indígenas en Izalco; el general y doctor en Leyes Tiburcio Carías Andino, de Honduras, cuya divisa era «destierro, o encierro, o entierro» y quien tenía en los sótanos de la Penitenciaría Nacional una silla eléctrica de voltaje moderado para chamuscar a los presos políticos; y el general Anastasio Somoza García, de Nicaragua, con su zoológico particular en los jardines del palacio presidencial de la loma de Tiscapa, donde los reos políticos convivían rejas de por medio con las fieras.

En términos contemporáneos, el dictador se convierte en la literatura hispanoamericana en una tradición que iniciaría en 1926 don Ramón del Valle-Inclán con la publicación de *Tirano Banderas (novela de tierra caliente),* parte de lo que él llamaría su «ciclo esperpéntico», y donde nos cuenta la caída de Santos Banderas, dictador de la ficticia Santa Fe de Tierra Firme.

Pero, en realidad, la primera novela que se escribe sobre este tema es *El Señor Presidente,* que Miguel Ángel Asturias empezó a esbozar en Guatemala en 1922, cuando tenía veintitrés años, y continuó en París entre 1925 y 1932. No se publicaría sino en 1946 en México, en una tirada casi clandestina de la editorial Costa-Amic, pagada gracias al préstamo de un primo del autor. Era, en verdad, según Asturias lo supo más tarde, dinero de su propia madre.

El dictador, y la manera como las vidas son alteradas y trastocadas bajo su peso sombrío, siguió pendiente en nuestra literatura como una obsesión que no había manera de saciar, en la medida en que estos personajes de folclore sanguinario, que de tan reales se vuelven irreales, no desaparecían del paisaje. Y esta ambición narrativa repasa la historia, de atrás hacia adelante.

En *Yo el Supremo,* de 1974, Augusto Roa Bastos regresa al siglo XIX para retratar al doctor Gaspar Rodríguez de Francia, obcecado con la eternidad del poder mientras en la soledad de la Casa de Gobierno, frente a los bancales del río Paraguay, se lo va comiendo de puro viejo la polilla. Ese mismo año aparece *El recurso del método,* de Alejo Carpentier, y al siguiente, *El otoño del patriarca,* de Gabriel García Márquez. Un ciclo que se extiende hasta *La Fiesta del Chivo,* de Mario Vargas Llosa, de 2000.

La tendencia a leer la historia como una novela, o a tratar de recrearla como una novela, se vuelve irreprimible sobre todo cuando se trata de los «Padres de la Patria», título que Carlos Fuentes y Vargas Llosa idearon temprano de los años sesenta para una especie de novela coral sobre los dictadores latinoamericanos, escrita a varias manos.

Y aún quedan pendientes muchos de ellos, agregando a esa lista negra a los del siglo XXI, pues seguimos siendo pródigos en producirlos.

III

Como en un parque de atracciones, hay unos dictadores que resultan más atractivos que otros, y Estrada Cabrera se presenta como uno de los más singulares. Primero, porque se aparta del modelo de fantoches de casaca bordada y bicornio adornado con plumas de avestruz como el generalísimo Rafael Leónidas Trujillo, de los sargentones de cuartel como Fulgencio Batista, o de los oportunistas que se inventan ellos mismos su grado de general de división como Anastasio Somoza, llegados todos al poder por golpes de Estado, o fruto de las intervenciones militares. Estrada Cabrera, abogado litigante de juzgados de baja instancia, resulta más parecido en su atuendo de luto riguroso al psicópata François Duvalier, Papa Doc, presidente vitalicio de Haití hasta su muerte en 1971, que era médico y *bokor* o brujo negro de los ritos vudú.

Nacido en Quezaltenango, sus orígenes son de folletín. Hijo de Pedro Estrada Monzón, un antiguo hermano franciscano, fue abandonado por su madre Joaquina Cabrera a las puertas de un convento, lo que obligó al padre a reconocerlo. La señora era una humilde vendedora de dulces y alimentos, que entraba a las casas pudientes a entregar sus viandas, y fue apresada una vez bajo la falsa acusación de robar unos cubiertos de plata en una de esas casas, hecho que mantuvo vivo el rencor del hijo para siempre. Fue escalando puestos burocráticos, pasó de la provincia a la capital, y por fin llegó a formar parte del gabinete del gene-

ral Reina Barrios como ministro de Gobernación, a cargo
de la Policía secreta y las fuerzas de seguridad; y sin ruido
y sin alardes, se colocó en posición de sucederlo.

Estrada Cabrera es un verdadero arquetipo del dictador,
tal como un novelista lo querría: su habilidad para tejer
las artimañas del poder hasta conquistarlo de manera absoluta, sus crueldades y obsesiones, la manera sagaz en que
develó conspiraciones, su obsesión por el escarmiento y la
venganza, al punto de mandar a demoler la Escuela Poli-
técnica, donde se formaban los oficiales del ejército, y regar
sal sobre sus cimientos, después que abortó una conjura de
cadetes para asesinarlo; su complacencia con el servilismo,
sus extravagancias, entre ellas el culto que rendía a la diosa
Minerva el último domingo de octubre de cada año, cuando organizaba las Fiestas Minervalias; el enfermizo culto
que rendía a su madre, y el que se rendía a sí mismo dándose, entre otros, el título de Benemérito de la Patria y
Benefactor de la Juventud Estudiosa, manía que el generalísimo Trujillo copiaría con creces.

Su historia está contada de manera minuciosa en *¡Ecce
Pericles!*, de Rafael Arévalo Martínez, libro publicado en
1945, un año antes que *El Señor Presidente*. Poeta modernista y el primer narrador moderno centroamericano, ya
en 1920 escribió un relato de vanguardia, *El hombre que
parecía un caballo*, donde retrata, lejos del costumbrismo
vernáculo de entonces, al colombiano Porfirio Barba Jacob,
otro poeta modernista. Y *¡Ecce Pericles!*, que es una crónica, o reportaje intensivo, se lee en verdad como una novela preñada de imágenes. Y las imágenes son vitales en un
relato, porque habrán de recordarse siempre.

Hay escenas inolvidables en *¡Ecce Pericles!*, pero bastará
con evocar una: cuando la residencia presidencial de La
Palma es bombardeada en el alzamiento que derrumba al

tirano, entre el humo y la destrucción, está, hasta el último momento, José Santos Chocano. Un mecanógrafo teclea, apresurado, un decreto de concesión de minas que el dictador deberá firmar a favor del poeta peruano antes que sea demasiado tarde, y que él planea negociar con compañías norteamericanas. Es cuando a la poesía le salen zarpas.

Tampoco *Más allá del golfo de México,* de Aldous Huxley, publicado en 1934, es una novela, sino un libro de crónicas de viaje, pero en lo que se refiere a Guatemala se lee también como una novela. Huxley desembarca del HMS Britannic en Puerto Barrios, en el mar Caribe, en 1933, va de allí a Quiriguá, tierras bananeras, y asciende al valle del río Motagua como pasajero del ferrocarril instalado por la United Fruit Company.

Y, otra vez, surgen las imágenes, ahora vistas desde el tren en marcha, al acercarse a El Progreso: «Junto a un grupo de chozas especialmente tétricas un gran templo griego construido de cemento y calamina dominaba el paisaje kilómetros a la redonda. Mientras partíamos entre nubes de vapor vi que el lugar se llamaba Progreso... habré de ver más tarde muchos de esos partenones guatemaltecos. Templos de Minerva los llaman. Toda aldea de cierto tamaño tiene uno de ellos. Fueron construidos por mandato dictatorial y son la contribución a la cultura nacional del difunto presidente (Estrada) Cabrera. Hasta estableció el Día de Minerva en que los niños de las escuelas eran obligados a marchar y hacer exhibiciones gimnásticas, amén de cantar himnos patrióticos, bajo esos techos de lata...».

Pero donde el universo de la dictadura de Estrada Cabrera se muestra en su siniestro concierto es en *El Señor Presidente,* una novela construida de manera cinética, cuadro tras cuadro, estampa tras estampa, miedo y degradación, represión y adulación, sometimiento y crueldad, y que además de novela política, puede leerse también como novela social de denuncia, como novela realista de lenguaje surrealista; y también como una novela de amor.

He vuelto a Asturias, toda una vida de libros de por medio, y de nuevo me siento seducido por ese mundo as-fixiante y cerrado de *El Señor Presidente,* y también por la pirotecnia verbal de *Hombres de maíz,* y por la gracia pica-resca de *Mulata de tal,* y por esa primera puerta mágica a su mundo de vasos comunicantes que es *Leyendas de Gua-temala,* cada libro una entrada que nos lleva al mismo re-cinto total donde señorea un lenguaje híbrido que no se explicaría sin los textos sagrados maya-quichés, los idio-mas indígenas en sus infinitas variantes, los memoriales de los cronistas, la lengua colonial, las tradiciones verbales, los cuentos de camino, los romances memorizados, las ora-ciones nocturnas y los conjuros, el bullicio sonoro de las plazas y los mercados, el habla de la calle que se renueva de manera incesante.

Y tampoco *El Señor Presidente,* ni ninguno de los demás libros del mundo asturiano, se explicaría sin la visión que el novelista construye, desde el sueño y desde la vigilia, para representar a Guatemala, una de las sociedades más singulares de América Latina, que aún en el siglo XXI, re-partida entre un mundo ladino y un mundo indígena en tensión, no abandona su estructura feudal, ni la violencia del conquistador que luego pasa a manos de los señores de horca y cuchillo, después a los gamonales bendecidos por los obispos, como Carrera, a los caudillos militares libera-les que exiliaban a los obispos, como Barrios, a los dicta-dores taimados como Estrada Cabrera, y por último a los coroneles, que en los años de la guerra fría prolongan su poder proclamándose escudos eficaces contra la amenaza comunista.

IV

La gracia de *El Señor Presidente* es la oralidad, la palabra hablada que llega a convertirse en palabra escrita. Arturo Uslar Pietri, que escuchaba a Asturias en París, en las tertulias de La Rotonde, contar la novela mientras iba avanzando en su cabeza, dice: «Yo asistí al nacimiento de este libro. Viví sumergido dentro de la irrespirable atmósfera de su condensación. Entré, en muchas formas, dentro del delirio mágico que le dio formas cambiantes y alucinatorias. Lo vi pasar, por fragmentos, de la conversación al recitativo, al encantamiento y a la escritura...».

Y el mismo Asturias lo confirma en su texto de 1965, *El Señor Presidente como mito:* «No fue escrito, al principio, sino hablado... Ciertas palabras. Ciertos sonidos. Hasta producir el encantamiento, el estado hipnótico, el trance. Del dicho al hecho, dice el proverbio, hay un gran trecho. Pero es mayor la distancia que separa al dicho de lo escrito. Hablado, contado el material de la novela, que sufría constantes cambios, había que estabilizarlo. Pero, cómo acostumbrar al sonido a quedar preso de la letra. Cómo dar permanencia, sin sacrificar su dinámica emocional, hija de la palabra dicha, a lo que una vez escrito palidecía, bajaba de tono...».

Cuando surge el desafío de pasar por escrito la lengua coloquial del propio país, la oralidad entra en el riesgo de trascender o perecer. «Dentro de la lengua española hay una forma castellana o muy española de decir las cosas, así como hay una forma mexicana, argentina, y lo que yo buscaba era la forma guatemalteca, sin hacer literatura criolla», dice también en el mismo texto.

Asturias nos enseña que hay que contar la historia, aunque sea en sus crudezas, como un cuento de camino, los cuentos que se oyen de boca de los peones deslenguados a la luz de la lumbre en las haciendas, o en las tardes de ocio en las barberías de los pueblos centroamericanos en boca de los léperos irreverentes que recogen una historia inventada y la vuelven a inventar en un proceso sin fin. O como la contaría un arriero de los que desmontaban en la tienda de abarrotes de su padre. Crear es siempre recrear. Hacer que la magia de las palabras sobreviva como ensalmo, invocación, conjuro: «... ¡Alumbra, lumbre de alumbre, Luzbel de piedralumbre!...».

¿El mundo imaginativo y verbal de Asturias está vigente? ¿El lenguaje que buscó inventar sobrevive? ¿Es capaz de transmitirnos, en una relectura, algo nuevo? Creo que sí. Los clásicos, dice Italo Calvino, son aquellos que admiten sucesivas lecturas, de una generación a otra, y siempre tienen algo nuevo que decirnos.

El territorio de *El Señor Presidente* es descrito por las palabras, y construido en base a las palabras que pretende ser la realidad, pero no la realidad tan solo, sino un espejismo encarnado en reflejos, una ilusión manifiesta, una simulación de esplendores, hasta desencadenarse en una construcción paralela donde las palabras son piedras, vigas, argamasa ilusoria pero sustancial. Se trata, entonces, de una realidad exaltada. Nada de eso se consigue en la literatura sino con las palabras.

Desde luego, toda obra literaria es una construcción de lenguaje. Pero debe tratarse de un lenguaje capaz de ofrecer un mundo que siendo el mundo verdadero parezca otro y vuelva siempre a ser el mismo. El portal del Señor poblado de mendigos que hablan delante de las sombras custodiadas por la Policía secreta de Estrada Cabrera, o los muertos de Juan Rulfo que hablan desde la oscuridad de sus tumbas.

V

Lo real maravilloso surge antes del realismo mágico de Rulfo y García Márquez. Es la visión encantada del territorio latinoamericano al que tanto Asturias como Carpentier vuelven los ojos desde París en los años veinte del siglo pasado, mirando el uno hacia el lejano altiplano guatemalteco donde las deidades mayas se disfrazan en las iglesias bajo las túnicas de los santos católicos, y el otro hacia el lejano Caribe donde los orishas yorubas han sufrido la misma metamorfosis en los altares.

Este afán de crear un universo verbal donde las palabras cobren nuevos significados, y que permea la obra de Asturias, tiene sus antecedentes en el simbolismo que los modernistas trasplantaron a la lengua española desde finales del siglo XIX, y luego se nutre del surrealismo que conoció de primera mano durante su temporada de iniciación literaria en Francia mientras escribía *El Señor Presidente;* «lo maravilloso es siempre bello, todo lo maravilloso es bello, de hecho, solo lo maravilloso es bello», según el evangelio de Breton. Lo maravilloso, y lo desconcertante.

Fue entonces cuando a través de las enseñanzas del profesor Georges Raynaud, director de Estudios sobre las Religiones de la América Precolombina, Asturias se encontró en la Sorbona con los secretos del mundo maya que, paradójicamente, había dejado atrás en Guatemala: es en París donde conoce el *Popol Vuh,* el libro sagrado del pueblo maya quiché, a través de la versión francesa del propio

Raynaud, en cuya traducción al español colabora junto con su colega mexicano José María González de Mendoza.

Esta traducción no sería publicada sino en 1965 en Buenos Aires, por la Editorial Losada, mientras que la de Adrián Recinos, compatriota suyo, aparecida en 1947, al año siguiente de la publicación de *El Señor Presidente,* se había vuelto la más difundida. La de Recinos se basa en el original bilingüe, español y quiché, de fray Francisco de Ximénez, concluido en 1722.

Es desde París, entonces, que Asturias empieza su viaje exploratorio hacia la riqueza arcaica del mundo indígena de Guatemala, y la magia de sus tradiciones y creencias.

Ese mundo estaba ya en su cabeza desde sus años juveniles, es cierto, pero bajo una perspectiva completamente diferente. Su tan discutida tesis de grado para obtener la licenciatura en Derecho, presentada en 1923 en la Universidad de San Carlos, *El problema social del indio,* tiene como propuesta central la integración de los pueblos indígenas mediante una política de inmigraciones hacia sus territorios ancestrales. Es decir, borrando su identidad y volviéndolos mestizos, a ellos, que son la mayoría. Una mayoría segregada. Es la misma panacea positivista de los gobernantes liberales del siglo XIX para promover el desarrollo y la modernización de un país que no se conoce a sí mismo, ni aprecia su diversidad de culturas y lenguas como una riqueza, sino que la ve como una rémora para el progreso.

Y fue, curiosamente, un doble descubrimiento el que hizo en Francia: el de la herencia mágica del universo indígena, un mundo que antes había tratado de auscultar desde una visión sociológica decimonónica; y el del surrealismo, entonces en la vanguardia de los experimentos estéticos europeos, entre ellos los que representaban Joyce y Virginia Woolf, y de los que *El Señor Presidente* es contemporáneo.

Hasta el final de su carrera como narrador, Asturias arrastra esa doble cauda, como el alquimista que envejece recordando sus primeras cábalas y sus primeros asombros. Vuelve de manera recurrente a sus instrumentos primeros de *Leyendas de Guatemala,* celebradas por Paul Valéry; a partir de entonces, la visión europea de Centroamérica, y sobre todo la francesa, sería definida por ese pequeño libro que expresa el sentido de lo real maravilloso que entra también de lleno en las aguas de *El Señor Presidente.*

La magia de lo insólito, el atractivo del contraste entre el pasado que sigue vivo y choca con la visión de lo contemporáneo. De la separación, o contradicción, entre nuestra idea de modernidad y el peso del mundo rural, e indígena en el caso de Guatemala, es que surge la fascinación por lo arcaico.

VI

Dentro de la visión que exalta lo arcaico como algo aún vivo, se inscribe el dictador que se momifica en la soledad del poder pensado para siempre, mítico porque nadie lo ve, como el Señor Presidente de Asturias, y porque su «domicilio se ignoraba porque habitaba en las afueras de la ciudad muchas casas a la vez, cómo dormía porque se contaba que al lado de un teléfono con un látigo en la mano, y a qué hora, porque sus amigos aseguraban que no dormía nunca».

Estrada Cabrera, el Señor Presidente, es el tirano enlutado, el expósito resentido, el leguleyo de provincias que se vuelve todopoderoso despiadado, el que no tiene amigos sino cómplices, el que utiliza el miedo como principal instrumento de sometimiento. Y siniestro tanto él como los secuaces de su cohorte, policías secretos, jueces venales, auditores de Guerra fieles y medrosos, ministros que temen siempre su caída en desgracia, militares serviles, verdugos, carceleros, sicarios.

Y entre ellos, esa figura que Asturias sitúa en el centro de la trama, la del favorito, misterioso, y de alguna manera irreal, Miguel Cara de Ángel, «bello y malo como Satán». Nunca conocemos sus antecedentes, ni tampoco su papel en el entramado de la dictadura. Un atardecer se topa en un botadero de basura con un leñador, y este encuentro prosaico se convierte en una aparición sobrenatural, suficiente para que el jornalero vuelva a su casa, aún transido por el misterio, y exclame delante de su mujer, que calienta las tortillas a la lumbre del fuego: «En el basurero encontré un ángel».

Cara de Ángel termina redimido por el amor, como en las piezas teatrales de Ibsen, pero su relación con Camila, la heroína desgraciada, se vuelve opresiva desde el principio bajo la omnipresencia del dictador, que todo lo envenena y corrompe. Ambos vendrán a ser personajes malditos. «El haber muerto uno, y el otro, Camila, sin saber si en verdad Cara de Ángel la había abandonado, y Cara de Ángel si en verdad Camila se había dejado seducir por el Señor Presidente...», encarna, en las palabras mismas de Asturias, esa maldición.

La atmósfera en que se mueven todos esos personajes es siempre opresiva, y surge de los recuerdos visuales de la infancia de Asturias bajo la dictadura de Estrada Cabrera, cabildos, plazas, iglesias, portales, cuarteles militares, estaciones de Policía, presidios, cantinas: de Salamá, en Baja Verapaz, adonde la familia busca refugio, el padre perseguido por el tirano, al barrio de la Parroquia Vieja, donde se asientan al volver a la capital.

Luis Cardoza y Aragón, en su libro *Miguel Ángel Asturias, casi novela,* dice, en efecto, que «el timbre peculiar de Asturias nace de París y de Chichicastenango y de la infancia en el barrio de la Parroquia en la capital de Guatemala, en su hogar, en la tienda de granos, en las historias de los arrieros...».

Y él mismo, en su conferencia de Estocolmo tras la ceremonia de entrega del Premio Nobel en 1967, agrega a este inventario: «Cuántos ecos compuestos o descompuestos de nuestro paisaje, de nuestra naturaleza, hay en nuestros vocablos, en nuestras frases..., hay una aventura verbal del novelista, un instintivo uso de palabras. Se guía por sonidos. Se oye. Oye a sus personajes...».

Cuando se expresa sobre los motivos de su literatura, como en la conferencia de Estocolmo, hace énfasis en la denuncia de la explotación y de la dominación, y del compromiso social con los oprimidos. Son los acentos deliberados que están en sus novelas de la trilogía, *El Papa Verde, Los ojos de los enterrados* y *Viento fuerte.*

Pero no es allí donde se encuentra su fortaleza narrativa, y su trascendencia como novelista, sino cuando sus personajes ganan complejidad, y dualidad, para mostrarnos la naturaleza humana de víctimas y victimarios, como en *El Señor Presidente;* y cuando su escritura entra tanto debajo de la piel de los mestizos como de los indígenas enfrentados por la tierra, como en *Hombres de maíz.* Asturias se enfrenta a esa dualidad, que está en la compleja sustancia de su país, y la asume con toda pasión. Sin ella su escritura no tendría razón de ser.

En *El Señor Presidente,* el mundo rural, mestizo e indígena es un mundo derrotado pero vivo, con todos sus rasgos del pasado que van acumulándose hasta dejarle encima una pátina de antigüedad, y el mundo urbano aún no acaba de hacerse y sigue atrapado en lo provinciano, mientras sobre ambos se impregna la sangre de los muertos en las ergástulas. Y el dictador surge de esas sombras como un fruto arcaico, pero letal, en medio de una vasta realidad de desamparo, atraso y miseria seculares, segregación, crueldad y opresión.

Un escritor que busca entrar en este mundo para vivir en él es por fuerza un mago callejero que bajo el sol crudo de la plaza en feria va sacando sorpresas del sombrero, una tras otra, sin amago ni pausas. Sorpresas siniestras, desconcertantes. La corte de los milagros. Mendigos mutilados, ciegos, idiotas, esperpentos como los de Valle-Inclán, o los de *Viridiana,* de Luis Buñuel. Prostitutas, cantineras, sacristanes, prisioneros, torturadores, soplones, sicarios.

En la carta que Paul Valéry escribe en 1931 a Francis de Miomandre, el traductor de *Leyendas de Guatemala,* le dice: «¡Qué mezcla esta mezcla de naturaleza tórrida, de botánica confusa, de magia indígena, de teología de Salamanca, donde el Volcán, los frailes, el Hombre-Adormidera, el Mercader de joyas sin precio, las "bandas de pericos dominicales", los maestros magos que van a las aldeas a enseñar la fabricación de los tejidos y el valor del Cero componen el más delirante de los sueños!».

En *El Señor Presidente,* a ese mundo de esplendores mágicos le salen garras y un pico afilado, como los del zopilote que en el basurero quiere desgarrar al Pelele, el mendigo fugitivo que ha dado muerte al Hombre de la Mulita, el esbirro que abre siempre paso al cortejo del tirano.

Pero Valéry da luego un consejo paternal a Asturias: «No se quede en Francia; su lógica es diferente de la nuestra. Nosotros los franceses estamos encerrados en nuestro cartesianismo, en nuestro helenismo, como en una cárcel. Usted ya se escapó: quédese libre en sus selvas».

Es como si la magia del país natal solo tuviera una dimensión, útil nada más para contemplarlo y admirarlo desde lejos, algo exótico; y como si entre la cultura europea, cartesiana, como Valéry la llama, y la cultura latinoamericana, relegada a lo mágico, no pudiera tenderse el puente de lo universal, que pertenece siempre a la metrópoli. Quedarse libre en las selvas, que son el medio natural de un escritor que llega de lejos, a buscar lo europeo, es devolverlo a su estado natural roussoniano, que es su color local.

Pero Asturias, tanto como Darío antes, como Vallejo después, y más tarde Julio Cortázar, Vargas Llosa, García Márquez, Bryce Echenique, probarían que su viaje era de ida y regreso, y que lo universal, tan mágico y a la vez tan real, es siempre el fruto de una aventura híbrida que resulta triunfante porque se atreve con las formas y descoyunta y renueva las palabras.

LUIS MATEO DÍEZ

LA PODREDUMBRE DEL PODER
(APUNTES DE UNA RELECTURA DE
EL SEÑOR PRESIDENTE)

EL UNIVERSALISMO DE UNA NOVELA

Una relectura, y más cuando se produce tras un largo tiempo de la lectura precedente, como es mi caso al hacerla con la extraodinaria novela de Miguel Ángel Asturias, suele implicar alguna constatación perenne en el recuerdo y algún nuevo descubrimiento.

Mis apuntes de esa relectura, en la que la novela toma otra dimensión todavía más intensa y compleja, quieren dejar constancia de lo que el acto de releer supone como acto de redescubrir, y con ello de la posibilidad de haber reencontrado y refrendado alguna línea de interpretación que me hace recobrar la novela con la enorme riqueza que tiene en su escritura y significaciones.

El Señor Presidente, al igual que toda gran obra literaria, admite ser leída en una clave universal y atemporal, como un fresco narrativo en que la experimentación se conjuga con la voluntad de esclarecer el secreto de los regímenes dictatoriales.

Asturias es un experimentador del lenguaje que, en su novela, pone el vanguardismo de su prosa al servicio de un fin político clásico.

Su ambición es inmensa, tanto en términos literarios como intelectuales, lo que hace de *El Señor Presidente* una obra descifrable en la clave de las innovaciones técnicas ensayadas en la novela europea y americana de las primeras décadas del siglo XX y desde la perspectiva, sedimentada a lo largo de siglos, del interés del pensamiento occidental por el fenómeno del despotismo.

Indudablemente, Asturias, como tantos otros de su generación, estuvo muy influido por las enseñanzas de André Breton. Mas también por toda aquella tradición de filósofos políticos que dilucidaron en la tiranía mucho más que un ejercicio arbitrario del poder al vincularla con una patología de la naturaleza humana y con una atmósfera social densa y sombría en su corrupción.

Asturias se ciñe especularmente, alucinadamente, con una prosa exuberante de tintes surrealistas, a la descripción de esa patología y de esa atmósfera, lo que posibilita leer *El Señor Presidente* no solo como el retrato de una dictadura particular, dentro del grupo hispanoamericano de *novelas de dictador,* donde Asturias figura junto a Valle-Inclán, Roa Bastos, Vargas Llosa, Gabriel García Márquez, etcétera, sino según el punto de vista universal de la preocupación occidental por la arbitrariedad del poder. Enfoque que será el que guíe nuestro comentario de la novela.

TIRANÍAS DE ENTONCES, DE AHORA, DE SIEMPRE

Las tiranías, como categoría política y asunto de interés literario, tienen un largo recorrido en la cultura occidental. Tácito, Maquiavelo y Spinoza, por solo citar algunos nombres reconocibles por todos, indagaron en su obra sobre los mecanismos en que se sustentan tales regímenes, en la atmósfera que segregan y que se expande por la sociedad corrompiéndola hasta el fondo de su ser.

Fue Montesquieu quien, en su celebérrima clasificación de los sistemas políticos, dijo que las repúblicas se basan en la virtud, las monarquías, en el honor y los despotismos, en el temor. Virtud propiciadora de un tipo de hombre sacrificado y austero, entregado al bien común, con sobreabundante espíritu público. Honor como acicate de un comportamiento orgulloso en que la propia individualidad, el nombre propio se hacen acreedores de fama y gloria en la memoria de los hombres. Temor, finalmente, en cuanto expresión del rasgo indeleble de un mundo político en que el gobernante ejerce el poder de manera cruel y caprichosa.

En el siglo XX, el tema clásico de la tiranía y las formas políticas renacerá con fuerza inusitada dada la deriva antidemocrática de ese siglo, sobre todo, en sus primeras décadas.

Justo el período en que Miguel Ángel Asturias escribe *El Señor Presidente* inspirándose en la figura del guatemalteco Manuel Estrada Cabrera.

Lo que sorprende de su recreación entre lírica y descarnada, nocturna e impía de un gobierno dictatorial, más allá de sus coordenadas históricas y su pertenencia al registro de las novelas hispanoamericanas sobre dictadores, en las que descuellan, a partir del *Tirano Banderas,* de Valle-Inclán, títulos tan decisivos como *Yo el Supremo,* de Roa Bastos, *El otoño del patriarca,* de García Márquez, y la inolvidable *La Fiesta del Chivo,* de Vargas Llosa, es la hondura intelectual y la perspicacia política de su descenso a los infiernos del poder.

La atmósfera social mefítica que segrega el ejercicio arbitrario del poder se hace presente en la novela desde el

primer capítulo, dedicado al asesinato del coronel Parrales
Sonriente por el Pelele en el portal del Señor, muerte que de-
satará la secuencia de actos posteriores como si se tratase
de un virus incontenible en su putrefacción de la vida pública y privada.

Asturias capta esa atmósfera con maestría en su descripción alucinada de los pordioseros a través de un uso
libérrimo y muy valleinclanesco del lenguaje. Son esas
voces de mendigos, a los que les aguarda un papel infame
en el juicio-farsa del licenciado Carvajal, y esa noche eterna que se adueña de la novela desde sus primeras palabras
las que prenden en la mente del lector como una manera
sensual, plástica, intuitiva de hacerse cargo de lo que
significa el miedo y el temor, la corrupción moral y el
desprecio de la libertad y los derechos en un régimen
tiránico.

UNA LÍRICA DE TIEMPOS DIFÍCILES

Asturias administra su saber sobre las miserias y ponzoñas
de todo lo que rodea al Señor Presidente sin prurito de teórico o pensador. Él es un novelista de raza, puro, con esa
energía poética de los visionarios del lenguaje. Este se fle-
xibiliza hasta límites inconcebibles para acentuar las posibilidades expresivas que alientan en el corazón de las tinieblas.

La novela es poética y nocturna pues se alimenta de esa
realidad subterránea que, en siglos tan extremos como el XX,
emerge de los infiernos investida con grandes y equívocas
palabras. Como las del manifiesto que conmina a los ciudadanos a reelegir a su presidente:

... la salud de la República está en la REELECCIÓN DE NUESTRO EGREGIO MANDATARIO Y NADA MÁS QUE EN SU REELECCIÓN! [...] CONCIUDADANOS, LAS URNAS OS ESPERAN!!! VOTAD!!!! POR!!! NUESTRO!!! CANDIDATO!!! QUE!!! SERÁ!! REELEGIDO!!! POR!!! EL!!! PUEBLO!!! (pp. 308-309).

Estos usos tipográficos del manifiesto, que cabría denominar *de la impostura,* y el tono declamatorio y enfático del mismo no son baladíes y revelan que la sensibilidad lingüística de Asturias constituye el sustrato más profundo de su perspicacia política.

Pues es en el lenguaje, en la impostura del lenguaje, en la deformación estrambótica y sonora de las palabras, en la grandilocuencia de las voces que exclaman su veneración por el gran líder donde radicaría aquel primitivismo y barbarie que recorre la novela. Como si los símbolos con que se adorna el poder del Señor Presidente revelasen la entraña de ese poder en su carácter más cruel, absurdo y delirante.

EL DELIRIO SUSCITA UNA LÍRICA DE TIEMPOS DIFÍCILES

El absurdo de las bajas pasiones inflamadas de verdad histórica y legitimidad política desata un vendaval novelesco en que las categorías normales de la existencia se hallan completamente alteradas.

Asturias hace un retrato verbalmente agonizante, drástico y vanguardista, de un mundo que se ha puesto literalmente boca abajo, un reino de sombras dominado por militares y pordioseros y galvanizado por la hipocresía, la adulación, el servilismo y, en última instancia, como una luz al final del túnel, por actos heroicos e inanes.

Estas actitudes se funden en el imperio del miedo y la inseguridad. Son comportamientos que denotan la corrupción moral de una sociedad en la que todos susurran al sospechar que, en cualquier esquina, sus conversaciones podrán ser captadas por las antenas del poder.

Si no hay libertad y el Estado no está regulado por la ley al depender del capricho de un tirano, el ambiente reinante es de la anormalidad, que, en *El Señor Presidente,* asume el carácter denso, sofocante de una canícula de tierras calientes.

El surrealismo de la crueldad transforma a los personajes de la novela en una especie de títeres, de marionetas que el lector percibe en una confusa irrealidad, como si la mano del autor que los mueve no quisiese naturalizar demasiado a sus criaturas a fin de conservar su condición ilógica, su carácter de muñecos insertos en un mecanismo cuyas terroríficas ruedas, como en *En la colonia penitenciaria,* de Kafka, dejan huellas imborrables y pavorosas en sus cuerpos y espíritus.

Cada personaje de la novela tiene una mueca característica: el Pelele es un idiota que se topa con ángeles homicidas en los basureros, Cara de Ángel es «bello y malo como Satán» (p. 41), el auditor de Guerra es envidioso, malvado y mezquino, el general Canales es un evadido que morirá sin poder alzarse contra la dictadura, su hija Camila, una niña-mujer víctima de la belleza satánica del ángel finalmente caído en desgracia...

Y así como cada personaje de la novela se encuentra inmovilizado en una mueca característica, prisionero del mecanismo que avanza con dientes de sierra destruyendo cualquier atisbo de piedad y bondad, cada pasaje de la misma contribuye a difuminar por sus páginas la multiplicidad de los paisajes del terror.

Plazas públicas en que se cometen asesinatos, lóbregas prisiones en que se interroga y tortura a los desdichados, casas donde se debate hasta altas horas de la madrugada sobre los próximos pasos a dar en un mundo desquiciado basado en la sospecha y el rumor.

Una ciudad que linda con campos y basureros en que las huidas, sean de peleles o de generales, terminan con la muerte o el confinamiento, salas judiciales donde se escenifican juicios-farsas y los testigos participan del deleite de ver sufrir a un inocente, salones presidenciales en que se manda al criado torpe al escarnio, se halaga al favorito con la presencia del Presidente en su boda para clavarle a continuación un puñal por la espalda o se instiga al devoto torturador a cumplir planes de venganza y castigo indiscriminados.

TÁCITO, ASTURIAS Y LA MENTE
DE LOS TIRANOS

Mucho de lo que hemos leído en posteriores novelas y testimonios sobre las tiranías del siglo XX está ya en *El Señor Presidente*.

Y está de una manera sublimada, poética, exuberante, lo que aporta una nota de valor, de diferencia específica respecto de relatos más convencionales sobre el mismo asunto.

Pero este carácter un tanto velado, por indirecto, de la novela de Asturias no puede llevarnos a desconocer que el punto de vista desde el que ausculta la tiranía, por líricamente abstracto que sea, por lingüísticamente hermético que parezca es exactamente el mismo, de ahí su grandeza perdurable, que el del Tácito de los *Anales*.

En esta obra, el historiador romano, imbuido de una honda melancolía republicana, hace el recuento horrorizado de la destrucción imperial de la virtud cívica y el espíritu público. La época de los emperadores, sobre todo de los más abyectos, es una época, como la descrita por Asturias, de delaciones, miedo, traiciones, adulación, hipocresía y servilismo.

Tácito reconoce que su obra pertenece al registro negro de la historia, en el que no se habla de «la geografía de pueblos, los catálogos de batallas, los éxitos de famosos generales que entretienen y recrean el ánimo de los lectores. Nosotros entrelazamos terribles órdenes, acusaciones continuas, amistades engañosas, muertes de inocentes y las causas de tales muertes, con una evidente monotonía en los temas y el consiguiente cansancio».

Las épocas oscuras de la humanidad, sean las de los peores emperadores romanos o las de los dictadores y tiranos del siglo XX, solo pueden historiarse con un punto de vergüenza y desolación, entrelazando lo peor con lo aberrante y sabiendo que, cuando se describe la oscuridad, las formas más crueles, bárbaras y despóticas adoptadas por las relaciones humanas cuando penden de la arbitrariedad del poder, se incurre en «una evidente monotonía en los temas y el consiguiente cansancio».

Tácito y Asturias, el historiador y el novelista, asumen por deber cívico la monotonía del horror, pues tanto el relato de hechos como la imaginación del poder han de estar al servicio no solo de la gloria imperecedera de grandes generales y estadistas, de grandes sucesos y acontecimientos, sino también de la memoria de la crueldad y el despotismo.

Estos últimos no exaltan en el ánimo del lector sus mejores virtudes, no lo llevan a emprender un camino de sana emulación guiado por los mejores ángeles de su naturaleza, pues lo sumen en una meditación sombría sobre el lado oscuro de lo que somos.

Tácito y Asturias piensan que esa meditación, ese reconocimiento de las fuerzas políticas más bestiales es tan importante en la educación como los espejos de gloria que enardecen el espíritu con imágenes ejemplares.

Hay que conocer las inmundicias del alma humana o, como diría Tácito y hace Asturias, abrir «la mente de los tiranos» para contemplar «los desgarros y los golpes, puesto que, al igual que los cuerpos pueden ser despedazados por los azotes; así el ánimo lo puede ser por la crueldad, el vicio y los malos propósitos».

Lo que se contempla en la mente de un tirano cuando se abren sus compuertas y se ausculta su interior con una luz desasosegante es una noche espectral, una serie de voces cortadas por el patrón de «la crueldad, el vicio y los malos propósitos».

La mente del Señor Presidente se proyecta en el ánimo de sus súbditos de tal manera que «los desgarros y los golpes» que alimentan el carácter infecto de la primera terminan convirtiéndose, política e historia mediantes, en la atribulada biografía de los hipócritas, los aduladores y los valientes; los verdugos y las víctimas, los culpables y los inocentes.

Quizá, la exuberancia verbal con que Asturias retrata su particular reino de sombras tenga su razón de ser en el desafío narrativo de expresar el mundo mental de un tirano a través de la noche que ese mundo derrama, como imperio irrestricto de una subjetividad maléfica, de un plebeyo de satánica grandeza, sobre sus súbditos.

Adentrarse en aquel mundo sin nombrarlo a través de la metáfora de una ciudad nocturna y pestilente, de una urbe deformada por los conciliábulos entre militares y pordioseros, el poder y la miseria permitiría revelar la esencia más impura del temor y el miedo en cuanto engranajes del despotismo.

LA NOCHE CIEGA DEL PODER

Un gran intérprete del siglo XX como Michael Oakeshott describió la noche ciega del poder de una manera que recuerda al desafío narrativo de Asturias:

Toda protección formal en la conducción de los asuntos se declarará un impedimento para la búsqueda de la perfección. Aparecerá el carácter antinómico de toda actividad ligada a un principio absoluto. Se harán a un lado los compromisos, las lealtades, los empeños; se pasarán por alto o se minimizarán las miserias reales (en este camino avasallador a la perfección); se ofrecerán plegarias por la *paz industrial* mientras se olvida a los pobres, los oprimidos, los aterrorizados y los torturados. Ningún precio se considerará demasiado alto por la perfección. En efecto, se anunciará un *interimsethik:* un trasvase temporal de valores en el que se verá que la perfección de la humanidad procede de la degradación de los hombres. El presente, explicado como un interludio entre la noche y el día, se volverá una penumbra incierta. La compasión será traición; el amor, herejía [Oakeshott, 1998]

Esta descripción memorable de la noche ciega del poder tiene su correlato en uno de los grandes momentos de *El Señor Presidente,* cuando «la cuarta voz» dice al resto de encarcelados:

... No hay esperanzas de libertad, mis amigos; estamos condenados a soportarlo hasta que Dios quiera. Los ciudadanos que anhelaban el bien de la patria están lejos; unos piden limosna en casa ajena, otros pudren tierra en fosa común. Las calles van a cerrarse un día de estos horrorizadas. Los árboles ya no frutecen como antes. El maíz ya no alimenta. El sueño ya no reposa. El agua ya no refresca. El aire se hace irrespirable. Las plagas suceden a las pestes, las pestes a las plagas, y ya no tarda un terremoto en acabar con todo. ¡Véanlo mis ojos, porque somos un pueblo maldito! Las voces del cielo nos gritan cuando truena: «¡Viles! ¡Inmundos! ¡Cómplices de iniquidad!». En los muros de las cárceles, cientos de hombres han dejado los sesos estampados al golpe de las balas asesinas. Los mármoles de palacio están húmedos de sangre de inocentes. ¿A dónde volver los ojos en busca de libertad? (pp. 242-243).

La compasión será traición; el amor, herejía. El maíz ya no alimenta. El sueño ya no reposa. El agua ya no refresca.

Oakeshott y Asturias, el pensador político y el novelista, llegan, cada uno por diferentes conductos, al mismo lugar, el de un mundo invertido, puesto bocabajo, en el que las palabras se retuercen hasta significar lo contrario de su recto sentido porque los hechos son administrados contra la naturaleza de las cosas, provocando un efecto aberrante y alucinatorio.

Palabras y hechos, significados y cosas, en la noche ciega del poder cimentan una realidad paralela, anormal, increíble que suscita esa pregunta en la que reside todo el desaliento de la fábula: «¿A dónde volver los ojos en busca de libertad?» (p. 243).

LA LIBERTAD DEL TIRANO
Y EL SECRETO DEL DESPOTISMO

Solo hay una libertad: la del tirano que se encuentra a sus anchas en el estado de naturaleza. Es decir, que tiene el derecho a todo y a lo de todos porque está por encima de las leyes, etéreas criaturas de su voluntad arbitraria que el Señor Presidente instrumentaliza según el vaivén impredecible de sus dictados y caprichos.

Vivir, como él, libre y poderoso en el estado de naturaleza no implica que sus súbditos sobrevivan en un estado civil apropiado a su condición humana.

Si uno solo permanece sin ataduras y no reconoce límites a sus deseos, el contrato social se transforma en una farsa que, en vez de abolir el miedo, lo expande por todos los rincones, calles y esquinas.

Ya no es el miedo de todos a todos, sino el de casi todos a uno solo, el que obliga a los demás a renunciar a sus derechos para poder ejercer sobre ellos un derecho absoluto.

En tal situación, ¿qué les queda a los súbditos? Fugarse como el general Canales. O casarse engañada, como su hija Camila, con Cara de Ángel, «bello y malo como Satán», favorito del Presidente que caerá en desgracia por la envidia que siente por él el auditor de Guerra, gran esbirro y torturador del régimen. O, y aquí se riza el rizo de la infamia, participar como hacen los pordioseros en el juicio-farsa contra el licenciado Carvajal, acusado de haber asesinado con el general Canales al coronel Parrales Sonriente en el portal del Señor.

El coronel fue muerto por la mano idiota del Pelele. Y, en el juicio, son sus compañeros de miseria, el Patahueca, «con cara placentera de borracho, tieso, peinado, colocho, sholco» (p. 247); Salvador Tigre, que se escarbaba «las narices aplastadas o los dientes granudos en la boca que le colgaba de las orejas» (p. 247); el Viuda, «alto, huesudo, siniestro» (p. 247); Lulo, «rollizo, arrugado, enano, con repentes de risa y de ira, de afecto y de odio» (p. 248); don Juan de la leva cuta, «enfundado en su imprescindible leva, menudito, caviloso» (p. 248), son los que actúan como testigos de la falsa acusación contra el licenciado Carvajal pese a que vieron al Pelele acabar con la vida de Parrales Sonriente.

Los pordioseros se deleitan en la infamia pues esta les permite saborear las delicias del poder.

El Señor Presidente habita el estado de naturaleza, está más allá de la ley. Y, como Vargas Llosa posteriormente en *La Fiesta del Chivo,* Miguel Ángel Asturias comprende que el secreto de una tiranía consiste en dejar participar, en ocasiones señaladas, a ciertos súbditos de la arbitrariedad y el capricho; dejarles, en fin, saborear por breves instantes el placer de habitar un estado natural en el que su voluntad es ley.

Vargas Llosa materializaba ese momento en la irrupción salvaje de una turba en la casa de un colaborador del tirano caído en desgracia. La turba arrampla con todo y se solaza en el robo, el expolio y la destrucción. Del mismo modo que los pordioseros del portal del Señor tocan el cielo del poder absoluto participando en un proceso judicial que les permite negar la verdad y condenar a un inocente.

La casa expoliada y el juicio-farsa representan el conocimiento más extremo del miedo que mueve el mecanismo de las tiranías. Pues el miedo se sublima con la complicidad, como si, en un mundo sin libertad, solo pudiésemos escapar de la angustia convirtiéndonos en pequeños tiranos que saborean en pequeñas dosis las mieles de la dictadura, del poder arbitrario.

Con poderosa intuición de novelista, Miguel Ángel Asturias ofrece una desoladora reflexión, que está ya inscrita como un sortilegio oscuro en el primer capítulo de su fábula, sobre el pavoroso vínculo que une al poder con la miseria, a los poderosos, desde el Señor Presidente, el auditor de Guerra y Cara de Ángel, con los pordioseros, Pelele, Patahueca, Viuda, etcétera.

... ¡Alumbra, lumbre de alumbre, Luzbel de piedralumbre, sobre la podredumbre! ¡Alumbra, lumbre de alumbre, sobre la podredumbre, Luzbel de piedralumbre! (p. 5).

Alumbra, lumbre de alumbre,
la podredumbre del
poder.

GERALD MARTIN

LA PRIMERA PÁGINA DEL *BOOM*

I. «... ¡ALUMBRA, LUMBRE DE ALUMBRE...!»

El día 9 de mayo de 1967 conocí a Miguel Ángel Asturias en Londres. Yo estaba escribiendo una tesis sobre él y su obra en Edimburgo, lejos de mi Londres natal, bajo la tutela del distinguido hispanista Alexander A. Parker. Y tuve suerte. Después de doce años de exilio, en 1966, en el momento mismo en que yo empezaba a trabajar sobre él, Asturias fue nombrado embajador de Guatemala en París; y un año después vino a visitar Londres tras cuarenta y tres años de ausencia de la ciudad —porque fue a Londres a donde sus padres lo enviaron en 1924 para sacarlo de un país que se volvía cada vez más peligroso, pero solo aguantó seis meses (dizque aprendiendo economía) antes de trasladarse a París para estudiar etnología en la Sorbona y pasar allí los siguientes diez años, durante los inolvidables *années folles*.

Había leído *El Señor Presidente* en 1963, a los diecinueve años, en la Universidad de Bristol, tres meses después de leer el *Ulises* de James Joyce. *Ulises* cambió mi comprensión de la literatura: me pareció, en seguida, *la* novela del siglo XX —insuperable, estaba seguro, a pesar de que solo estábamos en los años sesenta—. Y *El Señor Pre-sidente* me cambió la vida. Viajaría a América Latina dos años después (a Bolivia, Perú, Argentina, Uruguay y Brasil), pero ya en 1963, aun sin haberla visitado personalmente, *El Señor Presidente* me hizo tener la sensación de haber estado, de una manera muy intensa, en el continente de mis sueños, y me convenció de que ese continente me iba a emocionar y a fascinar para siempre y que el estudio de la literatura latinoamericana iba a ser mi vocación y mi destino.

Mi suerte se extendió también al viaje de Asturias a Londres. Inusitadamente emprendedor y resolutivo, logré convertirme en guía y escolta del escritor y su esposa argentina, doña Blanquita, y cuando lo llevé a dar una conferencia en el King's College de la Universidad de Londres me presentó a un novelista peruano, de quien no había oído hablar, llamado Mario Vargas Llosa: alto, sereno, sonriente y muy seguro de sí mismo. Me explicó Asturias que se habían conocido en París, donde eran contertulios y comensales ocasionales. «Me gustaría ser como él —pensé observando a Vargas Llosa y archivándolo—, parece casi de mi generación» (Asturias, en cambio, tenía sesenta y siete años). Me dije que al volver a Edimburgo leería todas sus novelas. (Eran dos y me gustaron). Vargas Llosa publicaría en junio un artículo sobre la visita: «Un hechicero maya en Londres».

Al día siguiente, en el Hotel Cadogan, en el barrio de Chelsea, conversé con Asturias, Blanquita y un corresponsal mexicano de la BBC, Alberto Díaz Lastra. Este nos habló del auge de la novelística latinoamericana, de Carlos Fuentes, de Julio Cortázar («el único escritor del mundo que intimida a Fuentes, don Miguel Ángel»), de Vargas Llosa y de un colombiano desconocido: «Don Miguel Ángel, ¿usted ha leído alguno de los capítulos que este colombiano García Márquez ha publicado en diferentes revistas de América Latina?». No, don Miguel Ángel no había leído ninguno. «Bueno, don Miguel Ángel, la publicación es inminente y Carlos Fuentes me dice que va a ser una sensación».

Alberto Díaz Lastra tuvo razón. La novela era *Cien años de soledad* y se publicó tres semanas más tarde, la misma semana en que los Beatles lanzaron su emblemático *Sergeant Pepper.* (Música globalizante, novela globalizante, cultura democratizada). Y fue, indudablemente, una sensación. Así que yo había recibido la noticia de la inminencia de la publicación de la novela destinada a ser la más famosa y la más admirada de la historia latinoamericana y ya había oído hablar de Gabriel García Márquez; en agosto, Vargas Llosa, autor de *La ciudad y los perros* y *La casa verde* y portaestandarte del auge de la nueva novela latinoamericana, que algunos ya estaban llamando el *boom,* recibió el Premio Rómulo Gallegos en Caracas; y en octubre, Miguel Ángel Asturias sería el primer novelista latinoamericano en ganar el Premio Nobel.

En 1982 lo ganaría García Márquez; y en 2010, si bien con injusto retraso, Mario Vargas Llosa. Ellos serían los tres escritores de mi vida —traducción al inglés y edición crítica de *Hombres de maíz,* 1975 y 1981; edición crítica de *El Señor Presidente,* 2000; biografía de Gabriel García Márquez, 2008; biografía de Mario Vargas Llosa, prevista para 2021—. Veo ahora que los días 9 y 10 de mayo de 1967 tuve mi primer contacto personal con el realismo mágico latinoamericano. Nunca me ha decepcionado ni aburrido.

Desde mi primera lectura de *El Señor Presidente* quedé muy impresionado por el capítulo XII, «Camila», el primer episodio de la segunda de sus tres partes. Es el único capítulo retrospectivo de los cuarenta y dos que componen la novela —un largo *flashback*— y nos da una experiencia intensa, lírica y estremecedora de juventud, libertad, iluminación, modernización y esperanza aparentemente apolíticas que contrasta de manera radical con la represión y la oscuridad físicas, psicológicas y morales que caracterizan el resto del libro. Incluso llegué a escribir una conferencia sobre la función del capítulo revisado dentro de la estructura del conjunto y esa conferencia sentó las bases de mi visión de la literatura latinoamericana durante los quince años posteriores, hasta la publicación de mi libro *Journeys through the Labyrinth: Latin American Fiction in the Twentieth Century* (1989); y fue, en realidad, el punto de partida de todo lo que he pensado al respecto hasta el día de hoy.

Si estas reflexiones iniciales han parecido algo personales es por una razón muy sencilla. Hace décadas que Miguel Ángel Asturias, como el coronel de García Márquez, no tiene quien lo defienda, o casi. Sigo pensando, contra viento y marea y la inmensa mayoría, que Asturias fue uno de los grandes escritores latinoamericanos y que merece ser comparado de igual a igual con —por ejemplo— Gabriel García Márquez y Mario Vargas Llosa.

II. El escritor y su novela

Publicada en 1946, *El Señor Presidente* fue la primera novela escrita por Asturias y sigue siendo la más famosa y la más leída. Aún tiene, o debería tener, un lugar privilegiado, o cuando menos oficial, dentro del pequeño grupo de las grandes «novelas del dictador» que marcaron hitos variables pero siempre distintivos y a veces decisivos en el desarrollo de la literatura latinoamericana. Es una novela escrita sobre Guatemala desde París, muy parisina y muy guatemalteca, muy política y muy vanguardista, especie exótica si las hay. Asturias, estudiante y participante a la vez del *avant-garde* francés y de la etnología guatemalteca y universal, fue no solo un gran escritor sino un gran artista, gran pintor y escultor de la palabra, de la imagen. Pocos novelistas como él ha habido en el mundo y aunque no coincide con todas las modas y todos los gustos, para los que sí gustan de su escritura es fuente de gozos y satisfacciones estéticas inusuales en su intensidad. Por eso es natural pensar en Quevedo o Goya o Buñuel cuando se entra en el mundo de esta novela.

La obra narrativa de Asturias puede dividirse en tres grandes fases o etapas:

La primera, y la más grandiosa sin duda, es la que se extiende desde *Leyendas de Guatemala* (1930) a *Hombres de maíz* (1949), pasando por *El Señor Presidente* (1946). A pesar de la fuerte referencialidad guatemalteca, nunca ausente de su obra, este es el Asturias más evidentemente universal, el Asturias «modernista» en el sentido angloamericano de la palabra. Es un Asturias que, como Joyce, Proust, Woolf o Faulkner, explora las más minúsculas realidades de su país de origen pero desde una perspectiva universal. Es el Asturias que ganará el Premio Nobel en 1967.

La segunda fase, que va desde 1949 a 1960, es la del escritor comprometido —comprometido con su pueblo y comprometido con su época— y, como en la primera fase, Asturias no necesita de modelos o influencias europeas para encontrar su camino hacia la contemporaneidad: *Viento fuerte,* la primera obra de su «trilogía bananera», es de 1949. (*¿Qué es la literatura?,* de Sartre, traducido por Aurora Bernárdez, no será publicado en Buenos Aires, donde Asturias residía entonces, hasta 1950. Yo lo compré, en Buenos Aires, en 1966). Naturalmente, el Asturias anterior, «*modernist*» y vanguardista, al mismo tiempo era un escritor comprometido, pero el compromiso, si no secundario, quedaba implícito o por lo menos coexistía en equilibrio con la orientación estética y experimental ya mencionada. Este segundo Asturias, que también escribe *El Papa Verde* (1954), *Week-end en Guatemala* (1956) y *Los ojos de los enterrados* (1960), es el que gana el odio de las derechas latinoamericanas y que ganará el Premio Lenin en 1966. El intento quijotesco, de fusionar el realismo socialista con el realismo mágico es, sin duda, una empresa que la crítica ya debió de analizar.

El tercer Asturias, entre 1960 y 1974, es el que gana la gloria universal con la realidad de la leninización y la nobelización, así como, de manera simultánea e increíble, la hostilidad de las izquierdas latinoamericanas, sus compañeros de viaje hasta entonces. Este Asturias, que hasta se podría concebir como un Asturias posmoderno y posmodernista, completa *El Alhajadito* y escribe o completa *Mulata de tal* (una novela subestimada hasta el día de hoy), *Clarivigilia primaveral, El espejo de Lida Sal, Maladrón, Viernes de Dolores* y *Tres de cuatro soles.* Es un Asturias más íntimo y más cósmico a la vez: más filosófico y, curiosamente, más maya. Se le nota, en general, más comprometido consigo mismo y, casi se podría decir, más comprometido con la eternidad.

III. UNA VIDA ACCIDENTADA: LAS DOS DESGRACIAS DE MIGUEL ÁNGEL ASTURIAS

La vida de Asturias fue una historia de exilios: exiliado de Guatemala durante la mayor parte de su vida de adulto, por razones políticas, y exiliado también, insólitamente, de la historia literaria latinoamericana —una historia, me parece obvio, que es imposible escribir sin él, sin el pleno reconocimiento de lo que él hizo entre 1924 y 1949; y de lo que significa dentro de la historia de la literatura latinoamericana y universal—. Sus últimos años, que debieron ser los más gloriosos, apoteósicos incluso, fueron los más amargos. Yo fui testigo.

En este sentido, Miguel Ángel Asturias fue un escritor desgraciado. Se podría decir que su vida fue casi tan accidentada como la geografía y la historia de su país. Y su posteridad lo ha sido todavía más, por dos razones principales.

Más allá de lo anecdótico y las personalidades, ¿cuáles son las dos desgracias que le torcieron el destino a Miguel Ángel Asturias? La primera fue su regreso a Guatemala en 1933, poco tiempo después de la llegada al poder de un nuevo «Señor Presidente», Jorge Ubico. La segunda fue el momento en que recibió el Premio Nobel en 1967, en pleno auge de la nueva novela latinoamericana, es decir, en el momento más brillante y culminante del *boom*.

Empecemos con Ubico.

Es la historia de un exilio interior y un desfase cronológico. Para la gran mayoría de los lectores de literatura latinoamericana, guiados por los manuales de historia literaria, las dos obras más famosas de Asturias, *El Señor Presidente* y *Hombres de maíz,* están adscritas, respectivamente, a 1946 y 1949, los años en que se publicaron; es decir, pertenecen, como es lógico, a la historia de la literatura latinoamericana de después de la Segunda Guerra Mundial. Sin embargo, por las dos ediciones críticas producidas gracias a las investigaciones histórico-genéticas emprendidas sucesivamente bajo los auspicios de la Colección de las Obras Completas de Miguel Ángel Asturias (1972-1983), en la que participé, y de la Colección Archivos (fundada en 1983), que tuve el honor de coordinar, sabemos ahora —o podríamos saberlo ahora si nos *interesara* saberlo— que ambas obras tienen orígenes mucho más remotos y mucho más interesantes de lo que se solía pensar. Aunque parezca inverosímil, el joven guatemalteco que estudiaba en la Sorbona a partir de 1924, que colaboraba en la traducción del *Popol Vuh* y de *Anales de Xahil* con Georges Raynaud, que escribió cuatrocientos cuarenta artículos y crónicas para enviarlos a *El Imparcial* de Guatemala, que preparaba esa obra fenomenal que son las *Leyendas de Guatemala* (primera muestra inequívoca del llamado realismo mágico que casi todos piensan se origina cuarenta años después con García Márquez, obra contemporánea del *Romancero gitano* de Lorca, único ejemplo del realismo mágico español; y de *Macunaíma* del genial brasileño Mário de Andrade), ese joven guatemalteco *también* iba a completar una de las novelas latinoamericanas fundamentales del siglo, *El Señor Presidente;* y pondría los cimientos de otra, *Hombres de maíz.* Y todo ello antes de volver a Guatemala en 1933. Si la mayoría de nosotros aún no lo sabemos, las razones de ello son, esencialmente y en sentido amplio, políticas.

En realidad, Asturias insistía siempre en que había dado comienzo a *El Señor Presidente* antes de salir hacia Europa en 1924; que lo había escrito y vuelto a escribir siete (o nueve) veces; y que lo tenía terminado en forma casi definitiva antes de volver a Guatemala en 1933. Gran parte de la crítica literaria, sin embargo, no daba crédito a esas afirmaciones y basaba sus teorías en la perspectiva genética de un texto elaborado en esencia en la Guatemala del dictador Ubico entre 1933 y 1944. Según algunos críticos entusiastas y mitómanos, incluso, un texto cuyo tema específico era la dictadura de Manuel Estrada Cabrera (1898-1920) encarnaría, de alguna manera, la resistencia supuestamente heroica del escritor frente a la nueva dictadura que oprimiría Guatemala entre 1931 y 1944.

La realidad de su origen y evolución era diferente (brutalmente irónica pero diferente). En el ensayo «*El Señor Presidente* como mito» (1967), el propio Asturias explicó que el libro «no fue escrito en siete días, sino en siete años. Al final de 1923, felices años, había preparado un cuento para un concurso literario de uno de los periódicos de Guatemala. Este cuento se llamaba "Los mendigos políticos". El cuento se quedó en cartera y fue parte de mi equipaje cuando me trasladé a Europa... Mis "Mendigos políticos"... vinieron a ser el primer capítulo de mi novela, la primera novela que yo escribía».

Ese primer cuento desapareció, disuelto en la novela, pero sobrevive otro cuento, «El toque de ánimas», escrito en 1922, que ejemplifica la temática y el estilo asturianos de la época.

Cuando regresó a la Guatemala de Ubico en julio de 1933 dejó con su amigo parisino Georges Pillement, por razones de seguridad (y para ser traducida), una copia del manuscrito original de la novela, titulada, en aquel entonces, *Tohil* (dios maya del fuego). Las fechas de composición fueron anotadas: «París, noviembre de 1925 y 8 de diciembre de 1932». Sin embargo, cuando la novela se publicó finalmente en México en 1946 el mismo Asturias había revisado su propia historia y trayectoria creativas (pensando, con la perspectiva de los años transcurridos, que «Los mendigos políticos» merecía ser recordado) y las fechas aparecen como sigue: «Guatemala, diciembre de 1922. París, noviembre de 1925, 8 de diciembre de 1932». Se notará que aquí se especifica diciembre de 1922 (¿momento en que se inició el cuento?) y no 1923 (¿año en que se terminó?) como la fecha de composición de «Los mendigos

políticos». De todos modos, es importante reconocer que
no se anota ninguna fecha posterior a 1932 como momento creativo decisivo de la novela, aunque sí sabemos que
dos secciones cruciales fueron revisadas con cuidado especial después de 1932: el capítulo XII, «Camila», mencio-
nado arriba (se suprimen las primeras dos páginas y se
insertan siete nuevas); y el «Epílogo» (se modifican tres o
cuatro párrafos). Lo que nunca vamos a saber, parece, es cuándo se emprendieron dichas revisiones: si tras el regreso en
1933, lo cual, a primera vista, parecería más probable (aunque menos, quizás, cuando se toma en cuenta la nueva
orientación y el nuevo brillo estilístico de aquellos capítulos revisados); si entre 1934 y 1944, cuando gobierna y
cae Ubico; o si en México, en 1945-1946, antes de la publicación de la novela.

Hasta 1975, un año después de la muerte de Asturias,
no teníamos ningún dato concreto sobre las versiones de
la novela anteriores a la publicación de la primera edición
en 1946, así que la inclusión del manuscrito de diciembre
de 1932 en la edición crítica de *El Señor Presidente* publicada en 1978 y editada por Ricardo Navas Ruiz y Jean-
Marie Saint-Lu cambió de manera radical nuestra visión
de la cronología y la trayectoria asturianas. También podría
haber modificado hasta cierto punto nuestra concepción
de la historia literaria latinoamericana. Confirmó que si
no hubiera sido por la dictadura de Ubico, esta novela se
habría publicado en 1933 y su título habría sido *Tohil;* y
demostró asimismo que en cuanto a su composición esa
novela era contemporánea de *Doña Bárbara* (1929) y podría haber salido un año antes que *Huasipungo* (1934): es
decir, que no solo había asimilado las lecciones del vanguardismo parisino sino que era un texto real y concretamente vanguardista, que pertenecía a los años veinte y que

era contemporáneo de las *Leyendas de Guatemala* del mismo Asturias, texto que sí salió, en 1930, en Madrid.

(El destino de *Hombres de maíz* fue un fenómeno diferente pero de igual forma interesante, porque también se trata de un texto cuyos orígenes se remontan a los años veinte y comienzos de los treinta, y es sorprendente constatar que la estructura fundamental de aquella novela también estaba concebida y establecida antes de que Asturias regresara a Guatemala en 1933. Su primera página es tan emblemática como la de *Cien años de soledad,* aunque menos obviamente «occidental»: sus temas son la ecología, el feminismo y la liberación de la humanidad. Más de medio siglo después de su publicación, aún nos espera).

De los tres escritores que forman el abecé de la narrativa hispanoamericana —Asturias, Borges y Carpentier—, los dos grandes precursores de la Nueva Narrativa Latinoamericana y su incomparable cristalización, el *boom* de los años sesenta, son Asturias y Borges. A primera vista no podrían ser más diferentes. (Carpentier, que comparte rasgos y temas con ambos contemporáneos, es más didáctico y más discursivo; un maestro de la prosa, un gran teórico de la relación entre la historia de América Latina y su cultura y un novelista destacado, pero menos precursor en cuestiones y efectos «técnicos» que sus dos colegas, menos *imprescindible*). Todos reconocen que sin Borges no habría existido la concepción estructurante, ese humor casi cervantino, esa ironía inconfundible del García Márquez de *Cien años de soledad.* Pero nadie reconoce una deuda igualmente obvia y aún más decisiva: sin Asturias no habría existido la perspectiva y la técnica magicorrealista de *Cien años de soledad.* Borges le dio a García Márquez el aspecto europeo, occidental, universal; pero Asturias le dio el elemento antropológico, tercermundista, la actitud postcolonial, revolucionaria [Rodríguez

Gómez, 1968]. Porque ¿qué es el realismo mágico sino la solución al problema de escribir novelas sobre sociedades híbridas en que una cultura dominante de origen europeo se yuxtapone con una o más culturas diferentes y en muchos casos «premodernas»?

Ahora, Borges es, sobre todo, un cuentista. Y el *boom* representó un florecimiento aparentemente repentino de la novela. A pesar de sus ideas políticas reaccionarias, no era necesario descartarlo (y, para ser honestos, tampoco fue posible; es una figura inmensa, única, ineludible, lapidaria). Pero Asturias era un novelista y una figura con una inequívoca dimensión política —en mi opinión, el novelista más radical y político de la historia latinoamericana: en Asturias cada palabra es política—. Algunos escritores del *boom,* pero sobre todo muchos críticos y propagandistas vinculados al nuevo movimiento, decidieron que los nuevos escritores eran jóvenes valores sin padres literarios directos, escritores de una originalidad inaudita en el continente.

Así que Asturias fue reconocido y admirado entre los años 1948-1949, cuando la Editorial Losada publicó *El Señor Presidente* y *Hombres de maíz,* y 1967, cuando recibió el Premio Nobel. El Premio Nobel, todo el mundo lo sabe, es una lotería: no todos los grandes escritores y escritoras reciben ese reconocimiento. En el caso de Asturias fue un privilegio que apenas duró un instante. Inmediatamente después del comunicado de su nombre lo empezaron a desvalorizar, a ningunear, a hacer desaparecer. *(Timing is all!...).* La principal excepción fue, quizás sorprendentemente, Camilo José Cela. Es una historia amarga para Asturias, pero también, me parece, una historia triste para la comprensión de la evolución de la literatura latinoamericana y la cultura del siglo XX en su totalidad. Porque fue Asturias quien estableció el momento joyceano de la narrativa latinoamericana, el cual comienza no después de la Segunda Guerra Mundial, ni menos con el famoso *boom* de los sesenta, sino en los mismos años veinte en que Joyce escribió sus obras en Italia, Suiza y París.

Sus críticos lo llamaron «anacrónico» (Emir Rodríguez Monegal) o «controversial» (Ángel Rama), aunque reconocieron, a regañadientes, a veces inconscientemente, que sus novelas tienen elementos precursores. Lo que no querían era que se le relea; ya no es necesario leerlo. Escuchemos a Rama, uno de los grandes críticos de la literatura latinoamericana, hablando de la novela de la dictadura:

En esta línea, como en tantas otras, hay que conceder la primacía a Miguel Ángel Asturias. Por controversial que sea ya, para nosotros, su percepción del dictador centroamericano, es forzoso reconocer que la publicación de *El Señor Presidente* (1946) es un punto de partida de obligada mención, por lo que implica de intento de abordar la realidad latinoamericana presente a través de una figura clave que podría procurarnos la comprensión del conjunto social. En una conversación con Elena Poniatowska, Alejo Carpentier subrayó que la razón que explicó en su momento el éxito de la novela de Asturias fue que se había atrevido a presentar un «arquetipo latinoamericano». O sea que había operado una literatura de reconocimiento pero no al nivel de las manifestaciones externas de la sociedad sino de sus formas modelantes, de las energías inconscientes que adquirían forma y expresión a través de precisas imágenes, como en la proposición junguiana sobre los arquetipos. En ese sentido, el dictador se le presentaba, al futuro autor de *El recurso del método,* como una figura que tanto decía sobre sí mismo como sobre la composición del imaginario de los hombres latinoamericanos.

¡Qué curiosa manera de negar afirmando («hay que conceder», «es forzoso reconocer», «obligada mención», etcétera)!
Y sin embargo, muy a su pesar (y a pesar de no decirnos
jamás qué tiene de «controversial» la «percepción» asturiana del dictador centroamericano), Rama nos dio aquí un
breve análisis fundamental del alcance y significado dura-
deros de *El Señor Presidente.* (Otros lapsus freudianos notables son los de Guillermo Cabrera Infante, cuya vida cambió, como la mía, cuando leyó *El Señor Presidente* a los
diecinueve años, solo que insistió, años después, en que
escribió su primer cuento para «parodiar» al guatemalteco; y de Gabriel García Márquez, quien declaró, en un
momento cruel, que estaba escribiendo *El otoño del patriarca* «para enseñarle a Miguel Ángel Asturias cómo se escribe una novela sobre un dictador».)

Si no hubiera sido por Ubico (y por la madre de Asturias, quien le suplicó que regresara a Guatemala), los mé-
ritos y la contribución de Asturias habrían sido obvios,
innegables, naturales. *El Señor Presidente* habría salido en
1933, cuando Hitler llegó a ser el Señor Presidente de
Alemania; sus relaciones con las vanguardias políticas y
artísticas de los años veinte y treinta habrían sido evidentes, como también su casi absoluta originalidad y unicidad
dentro de la novelística latinoamericana de su época. Después, *Hombres de maíz,* una novela que es incluso más original e importante, habría salido a mediados de los cuarenta y habría recibido la más plena atención de la crítica
latinoamericana en vez de morir —quiero decir, optimis-
ta, hibernar— incomprendida o desapercibida, a la sombra
de la sensación, más instantánea y más accesible, que *El
Señor Presidente* seguía siendo en 1949 y de la urgencia
política de los comienzos de la «trilogía bananera» que
Asturias también empezó a publicar en 1949.

Y si no hubiera sido por el *boom* y la lectura muy parcial de su prehistoria y la selección igualmente parcial de sus precursores, no habría sido necesario suprimir los antecedentes reales de Asturias ni tildarlo de «anacrónico» y «traidor político» (ambas acusaciones falsas y absurdas). Era verdad que había nacido en otra época y no era miembro del *boom;* pero ese tipo de distinción no hubiera importado si hubiera sido francés, inglés o norteamericano. (También es verdad que el *boom* fue una asimilación tardía —brillante, intensa, incomparable— del *Modernism* angloamericano de los años veinte —Joyce, Woolf, Faulkner—, los años veinte en que Asturias, hijo indefenso de un país pequeño, «indio» y represivo, escribió *El Señor Presidente;* pero no fue conveniente reconocerlo y aún no lo es). El resultado fue que Asturias, víctima de dos desfases temporales, dejó de ser el puente imprescindible entre dos épocas y dos generaciones y se convirtió —fue convertido— en el eslabón perdido (¿una especie de neandertal?).

IV. «*Boom, bloom... Bloom, boom*»

En resumen, *El Señor Presidente* es una novela única en la historia de la literatura latinoamericana: una novela vanguardista, forjada por la confluencia y el conflicto en la conciencia del escritor entre la Guatemala donde había vivido hasta 1923 y el París donde residió entre 1924 y 1933. Es la primera versión de lo que yo llamo las «novelas ulisianas», obras que no versan necesariamente de manera directa sobre la relación entre América y Europa (como sería el caso de *Los pasos perdidos* o *Rayuela*) pero que llevan la impronta de la odisea europea del escritor en el entretejimiento de experiencias diferentes o en la superposición de una segunda conciencia, europeizada (aunque no en el sentido peyorativo de la palabra), sobre la experiencia latinoamericana anterior; y que se estructuran alrededor de cuatro círculos concéntricos: la autobiografía del escritor, la historia de su país, la de su continente y la historia planetaria, universal.

El Señor Presidente también ejemplifica más que cualquier otra novela latinoamericana la relación entre el surrealismo europeo y el realismo mágico latinoamericano. Es, sin duda, la primera novela plenamente surrealista de América Latina (precursora de *Rayuela*) y también la primera novela expresionista (precursora de *Sobre héroes y tumbas*). Por eso también fue la primera novela latinoamericana en intentar y lograr una revolución del lenguaje literario, la primera en explotar la relación entre el mito y el lenguaje y entre ambos y los deseos inconscientes; asimismo fue la primera en subrayar la funcionalidad del mito en la vida social y política, en demostrar que el mito podía funcionar inclusive al nivel del texto mismo y que hasta la propia narración podía desenvolverse como una especie de mito.

Fue, además, la primera novela en combinar su llamada a la revolución en el lenguaje y la literatura con una llamada a la revolución social y política, y la primera en desenmascarar el autoritarismo y el patriarcalismo al nivel de la conciencia, es decir la interiorización del totalitarismo. Por eso también —y es una iluminación crucial que la crítica no ha percibido (más bien la ha invertido)— fue la primera novela latinoamericana en entender que la inautenticidad y enajenación postcoloniales, el «malestar» de la identidad mestiza y subdesarrollada, hicieron de la vida de los latinoamericanos un melodrama característico del cine mudo que dominaba la cultura popular —más tarde llegarían los culebrones, las telenovelas— cuando Asturias estaba escribiendo su novela. (Cara de Ángel es «bello y malo como Satán»; Camila experimenta el oleaje del cine y su primera visita al mar como posibles canales hacia la liberación de la conciencia). Estos logros, a su vez, la convierten en una de las primeras obras en invertir los signos ideológicos del siglo anterior, cuya literatura, con contadas excepciones, constituía una marcha forzada casi incuestionada hacia el modelo de Europa, su progreso tecnológico y modernización, proceso que en literatura vio su culminación en *Doña Bárbara* en 1929. Como lo haría García Márquez después, Asturias nos advierte implícitamente, de una manera casi buñueliana, que para las regiones del «Tercer Mundo» (como se diría a partir de los años sesenta), dicha visión es un espejismo y América Latina, al igual que sus dictadores ridículos y élites serviles, o acabará como mera caricatura de Europa o dependiente de ella en un mundo de grotesca inautenticidad.

Y se puede seguir: *El Señor Presidente* era la primera novela en concebir y demostrar que la vida social y psicológica de las ciudades latinoamericanas era un laberinto ideológico o telaraña de discursos (diríamos ahora), y que la conciencia humana también era un tejido de sensaciones, emociones e ideas que el lector tenía que descifrar para reconstituirlas y darle un sentido global a la vida que él mostraba en su libro. (La presentación de la conciencia pesadillesca del Pelele es un ejemplo clásico, paradigmático). Ninguna novela anterior había exigido el tipo de compromiso existencial, emocional, político y moral que esta novela requiere de parte del lector, quien, si no toma conciencia de lo que está leyendo, su punto de vista, no puede comprender el mensaje. Ninguna novela anterior había explorado tan empáticamente el mundo de los mendigos

y desvalidos latinoamericanos (los subalternos, se diría ahora), exiliados de las casas e incluso de las calles, dormidos
en los basureros, torturados en los comisariatos y desapa-
recidos no solo de la realidad política sino de la literatura. También es impresionante, a esta distancia, el amor
de Asturias por la cultura popular, sin excluir el folclor
católico, y la simpatía que demuestra hacia la emancipación femenina, en contraste con tantos autores contemporáneos suyos, como Gallegos, Güiraldes, Arlt y Onetti.

Por último, *El Señor Presidente* fue la primera novela
después de *Amalia* (1851) en demostrar que países enteros,
ciudades enteras, pueblos enteros podían convertirse en
prisiones y prisioneros o que, bajo una dictadura, la interiorización de la represión puede convertir la misma conciencia humana en prisión, lo que a su vez hace aún más
invisibles todos los condicionantes biológicos y fisiológicos
que podemos eludir. Es un gran poema lírico, maligno,
proyectado sobre la pantalla de la conciencia del lector
como una película parpadeante del cine mudo.

Es por todo esto que el destacado crítico y novelista
estadounidense William Gass sugirió que *El Señor Presidente* representaba «la primera página del *boom*» —las siguientes, según él, serían *Sobre héroes y tumbas, Rayuela, La
muerte de Artemio Cruz, La casa verde, Tres tristes tigres, Cien
años de soledad* y *Paradiso*—. Como veremos, Gass estaba
pensando en el primer párrafo de la novela, que se abre en
«en el portal del Señor»:

... ¡Alumbra, lumbre de alumbre, Luzbel de piedralumbre! Como
zumbido de oídos persistía el rumor de las campanas a la oración,
maldoblestar de la luz en la sombra, de la sombra en la luz.
¡Alumbra, lumbre de alumbre, Luzbel de piedralumbre, sobre la
podredumbre! ¡Alumbra, lumbre de alumbre, sobre la podre-

dumbre, Luzbel de piedralumbre! ¡Alumbra, alumbra, lumbre de
alumbre..., alumbre..., alumbra..., alumbra, lumbre de alumbre...,
alumbra, alumbre...! (p. 5).

En 1963, cuando leí la novela en español, no sabía que
acababa de ser publicada en inglés (salió en francés en
1952, traducida por Pillement y premiada como mejor
novela extranjera del año), treinta años después de ser escrita (con *blurb* del profesor Parker, a quien aún no conocía
y quien nunca me lo mencionó). Fue traducida por Frances Partridge, la memorialista del famoso Bloomsbury
Group, que había incluido, desde luego, a Virginia Woolf.
La tradujo entre la muerte de su esposo en 1962 y la de su
único hijo en 1963. Ella y su esposo, Ralph Partridge,
eran íntimos amigos del gran hispanista británico Gerald
Brenan y es posible que Frances hiciera parte de su trabajo en la casa de Brenan en Churriana, Málaga.
    La traducción de Partridge comienza:

Boom, bloom, alum-bright, Lucifer of alunite!. The sound of the
church bells summoning people to prayer lingered on, like a hum-
ming in the ears, an uneasy transition from brightness to gloom,
from gloom to brightness. Boom, bloom, alum-bright, Lucifer of
alunite, over the sombre tomb! Bloom, alum-bright, over the
tomb, Lucifer of alunite! Boom, boom, alum-bright... boom...
alum-bright... bloom, alum-bright... bloom, boom.

Es una solución «deslumbrante» a los problemas que
plantea la versión original y empieza, como se ve, con la
palabra... *Boom,* un ejemplo clásico de lo que Jung llamaba «sincronicidad». El nuevo movimiento aún no se había
nombrado pero la traducción de Partridge empieza, en
efecto, «Florezca, Boom»; o, también, «Resuena, Bloom»

(nombre del protagonista de *Ulises*). «*Boom*» es, de hecho, una de las palabras más ricas y más dinámicas —más fértiles— de la lengua inglesa. (Significa, entre otras cosas, auge, retumbo, estampido, tronido, estruendo y explosión, con sus sinónimos y verbos correspondientes; además de barrera, botavara, aguilón, palo de carga, brazo, jirafa de radio y cine, etcétera; y, en la jerga contemporánea internacional, mediante la construcción «*boom-boom*», significa coito, defecación y la celebración de algún golpe de efecto).

Se dijo que el *boom,* con su nombre internacionalista, significó el ingreso de la novela latinoamericana en el «*mainstream*», para citar a Luis Harss. Pero Miguel Ángel Asturias ya estaba en el *mainstream* (con los poetas Vallejo, Neruda, etcétera, de compañía) a comienzos de los años treinta.

Siempre recuerdo el comentario de Gabriel Venaissin reproducido en la portada de mi primer ejemplar de *El Señor Presidente,* edición de Losada comprada en Buenos Aires el mismo día y en la misma librería donde compré *¿Qué es la literatura?* Dice:

Dudo que novela alguna haya logrado crear un ambiente de mayor asfixia. Pero lo milagroso en este libro está en haber partido de este universo para alcanzar otra cosa. Asturias inventa un lenguaje de libertad total. Partiendo de un mundo envenenado, no hay un solo instante en que no nos sintamos proyectados hacia el cielo y las estrellas, conducidos hacia el espacio, empujados hacia la libertad desde una realidad en que la libertad muere a cada instante.

¡Boom!... También recuerdo con absoluta nitidez el impacto que tuvo en mí la reflexión del estudiante que ve pasar a los presos anónimos al final de la novela. Sigo pensando que es el momento clave y culminante del texto, el punto en que la unión de teoría y práctica se alcanza definitivamente, se hace visible y, sobre todo, ineludible. Escribe Asturias: «Los presos seguían pasando... Ser ellos y no ser los que a su paso se alegraban en el fondo de no ser ellos...» (p. 349). Es el momento en que la identificación (Rousseau, Lévi-Strauss) y el compromiso político y ético (Sartre) se confirman como mensaje central de la novela.

V. Posdata vargasllosiana

Hacia fines de 2019, el premio nobel Mario Vargas Llosa, único superviviente del *boom,* a quien Asturias me había presentado en 1967, publicó, para mi inmensa alegría y delectación, una novela «guatemalteca», *Tiempos recios.* Versaba sobre el derrocamiento de Jacobo Árbenz por Carlos Castillo Armas en 1954 y el asesinato de este en 1957. (Se podría haber titulado «Los dos Señores Presidentes»...). De las treinta o cuarenta reseñas que leí durante las primeras semanas, solo una mencionaba el nombre de Miguel Ángel Asturias, ese otro premio nobel que había escrito *El Señor Presidente* sobre una dictadura guatemalteca, la «trilogía bananera» sobre el mismo período que retrata Vargas Llosa, y *Week-end en Guatemala* (1956), sobre los mismos hechos. No digo que haya influencias directas, pero son fascinantes los paralelos entre la relación y la conversación entre los asesinos Johnny Abbes y Enrique Trinidad Oliva que recorren toda la novela de Vargas Llosa y la relación y la conversación entre Lucio Vásquez y Genaro Rodas en los capítulos VI a XI de *El Señor Presidente.* También es intrigante el parecido entre la adolescente

Camila Canales raptada en *El Señor Presidente* y la protagonista de *Tiempos recios,* Marta Borrero Parra, apodada Miss
Guatemala, seducida por un médico amigo de su padre a la
edad de catorce años y casada con su seductor a los quince:
otro ejemplo de sincronicidad junguiana, quizás.

La primera edición crítica de *El Señor Presidente* en 1978
fue publicada bajo los cuidados de un comité internacional
integrado por Léopold Sédar Senghor, el presidente, Amos
Segala, el director de la colección, Arturo Uslar Pietri,
Artur Lundkvist, Dámaso Alonso, Giuseppe Bellini, Adal-
bert Dessau, Mario Vargas Llosa y yo mismo. El 8 de mayo
de ese mismo año tuve la audacia de pedirle a don Mario
que me preparara un prólogo para mi edición crítica de
Hombres de maíz, con el argumento de que sería una especie
de «reconciliación simbólica» entre el *boom* y sus precursores. Era una idea que se me había ocurrido hacia fines de
mayo de 1974 mientras pasaba una semana, enteramente
solo, leyendo documentos en el apartamento de Asturias
en la *rue* Saint Ferdinand de París, donde Asturias y yo
íbamos a conversar sobre la concepción y ejecución de
aquella novela. Estaba solo porque Asturias se enfermó en
Madrid mientras yo lo esperaba —fuera se estaba celebrando la proclamación de un nuevo Señor Presidente francés— y nunca volvió vivo a la capital francesa.

En 1977, como una especie de prólogo a *Tres de cuatro
soles,* una de las obras más profundas de Asturias, Aimé
Césaire había escrito un poema, «Quand Miguel Ángel
Asturias disparut» («Cuando Miguel Ángel Asturias desapareció»), cuyos últimos versos quisiera citar aquí [tra-
ducción de Una Pérez Ruiz]:

... cuando las flechas de la muerte alcanzaron a Miguel
Ángel

no lo encontraron yaciente
sino erguido en su gran estatura
al fondo del lago que se iluminó

Miguel Ángel hundió su piel de hombre
y se puso su piel de delfín

Miguel Ángel se quitó la piel de delfín
y se volvió arco iris

Miguel Ángel se desvistió la piel de agua azul
vistió su piel de volcán

y se instaló montaña siempre verde
en el horizonte de todos los hombres.

    Hasta siempre, pues, don Miguel Ángel.
    Mi saludo...

NOTA AL TEXTO

Las declaraciones de Miguel Ángel Asturias permiten conocer el proceso de composición del texto, sus cambios y
cuál de las versiones fue la que consideró como texto definitivo de su novela. En distintos apartados de esta edición
se recoge, pormenorizadamente, la génesis de la novela,
fundamental para la selección y fijación del texto elegido.
Podemos resumirlo en los siguientes puntos:

1923: Escrita como un cuento para ser publicado por
la prensa local. Llevaba por título *Los mendigos políticos,* pero
nunca vio la luz.

1924: Ya en París, comienza un proceso de reescritura.
El cuento se convirtió en novela.

1933: Asturias ha vuelto ya a Guatemala. La novela está
totalmente terminada. La dictadura de Ubico impide su
publicación.

1946: Asturias, ahora en México, llevó su obra al Fondo de Cultura Económica, donde la rechazaron. Se fija definitivamente el título. Ese mismo año ve la luz la primera edición de *El Señor Presidente,* publicada por la editorial
Costa-Amic de México, el 30 de agosto.

1948: Segunda edición, Buenos Aires, Losada.

1952: Se publica la tercera edición, Buenos Aires, Losada. Supone cambios sustanciales en la novela. Se suceden, sin cambios, una cuarta (1955) en la misma editorial y una quinta, 1955, en la editorial Aguilar (también sin cambios).

1959: Se publica la sexta edición, con ligeras modificaciones en léxico y puntuación. Parece ser que fue la última revisada personalmente por el autor.

1969: Con motivo de la visita de Miguel Ángel Asturias a Guatemala (1966), la editorial universitaria de San Carlos publica una edición de la novela. El colofón reza: «Por indicación del autor se siguió la 3.ª edición de la Editorial Losada del año 1959».

La presente edición ha tomado como base la edición de 1959, considerada por Miguel Ángel Asturias como definitiva. Sobre ella, se ha actuado desde el punto de vista ortográfico regularizando según las últimas reglas de la Real Academia Española (2010) siempre que no entrasen en conflicto con las reivindicaciones expresadas por el autor a lo largo de su vida y obra u obedeciesen a una clara intención suya. Se ha actuado, también, aunque mínimamente, sobre la puntuación.

Se han tenido muy presentes el resto de las ediciones mencionadas, fundamentalmente la de 1948, para la corrección de erratas en la edición de base, así como las ediciones críticas del Fondo de Cultura Económica-Éditions Klincksieck, México-París, 1978, y la más actual, coordinada por Gerald Martin, Barcelona/Madrid, ALLCA XX, 2000.

MIGUEL ANGEL ASTURIAS

EL SEÑOR PRESIDENTE

NOVELA

1 9 4 6

EDITORIAL COSTA-AMIC — MEXICO, D. F.

Apartado Postal 2901

Primera edición de la obra con el título *El Señor
Presidente,* publicada por editorial Costa-Amic de
México, el 30 de agosto de 1946.

MIGUEL ÁNGEL ASTURIAS

EL SEÑOR
PRESIDENTE

novela

EDITORIAL LOSADA S.A.

BUENOS AIRES

1948: Segunda edición, Buenos Aires, Losada.

MIGUEL ÁNGEL ASTURIAS

EL SEÑOR PRESIDENTE

NOVELA

EDITORIAL LOSADA, S. A.
BUENOS AIRES

1959: Sexta edición (tercera de Losada), con ligeros cambios en léxico y puntuación. Parece ser que fue la última revisada personalmente por el autor. Asturias consideró que debía ser la versión definitiva (en 1969 el autor informó a la Universidad de San Carlos en Guatemala que había que seguir esta edición para los propósitos de la inminente publicación de la novela en su país), lo que nos indica que ya no volvió a revisar la novela después de 1959.

EL SEÑOR
PRESIDENTE

PRIMERA PARTE
21, 22 y 23 de abril

I
EN EL PORTAL DEL SEÑOR

... ¡Alumbra, lumbre de alumbre, Luzbel de piedralumbre! Como zumbido de oídos persistía el rumor de las campanas a la oración, maldoblestar de la luz en la sombra, de la sombra en la luz. ¡Alumbra, lumbre de alumbre, Luzbel de piedralumbre, sobre la podredumbre! ¡Alumbra, lumbre de alumbre, sobre la podredumbre, Luzbel de piedralumbre! ¡Alumbra, alumbra, lumbre de alumbre..., alumbre..., alumbra..., alumbra, lumbre de alumbre..., alumbra, alumbre...!

Los pordioseros se arrastraban por las cocinas del mercado, perdidos en la sombra de la catedral helada, de paso hacia la plaza de Armas, a lo largo de calles tan anchas como mares, en la ciudad que se iba quedando atrás íngrima y sola.

La noche los reunía al mismo tiempo que a las estrellas. Se juntaban a dormir en el portal del Señor sin más lazo común que la miseria, maldiciendo unos de otros, insultándose a regañadientes con tirria de enemigos que se buscan pleito, riñendo muchas veces a codazos y algunas con tierra y todo, revolcones en los que tras escupirse, rabiosos, se mordían. Ni almohada ni confianza halló jamás esta familia de parientes del basurero. Se acostaban separados, sin desvestirse, y dormían como ladrones, con la cabeza en el costal de sus riquezas: desperdicios de carne, zapatos rotos, cabos de candela, puños de arroz cocido envueltos en periódicos viejos, naranjas y guineos pasados.

En las gradas del portal se les veía, vueltos a la pared, contar el dinero, morder las monedas de níquel para saber si eran falsas, hablar a solas, pasar revista a las provisiones de boca y de guerra, que de guerra andaban en la calle armados de piedras y escapularios, y engullirse a escondidas cachos de pan en seco. Nunca se supo que se socorrieran entre ellos; avaros de sus desperdicios, como todo mendigo, preferían darlos a los perros antes que a sus compañeros de infortunio.

Comidos y con el dinero bajo siete nudos en un pañuelo atado al ombligo, se tiraban al suelo y caían en sueños agitados, tristes; pesadillas por las que veían desfilar cerca de sus ojos cerdos con hambre, mujeres flacas, perros quebrados, ruedas de carruajes y fantasmas de padres que entraban a la catedral en orden de sepultura, precedidos por una tenia de luna crucificada en tibias heladas. A veces, en lo mejor del sueño, les despertaban los gritos de un idiota que se sentía perdido en la plaza de Armas. A veces, el sollozar de una ciega que se soñaba cubierta de moscas, colgando de un clavo, como la carne en las carnicerías. A veces, los pasos de una patrulla que a golpes arrastraba a un prisionero político, seguido de mujeres que limpiaban las huellas de sangre con los pañuelos empapados en llanto. A veces, los ronquidos de un valetudinario tiñoso o la respiración de una sordomuda encinta que lloraba de miedo porque sentía un hijo en las entrañas. Pero el grito del idiota era el más triste. Partía el cielo. Era un grito largo, sonsacado, sin acento humano.

Los domingos caía en medio de aquella sociedad extraña un borracho que, dormido, reclamaba a su madre llorando como un niño. Al oír el idiota la palabra «madre», que en boca del borracho era imprecación a la vez que lamento, se incorporaba, volvía a mirar a todos lados de punta a punta del portal, enfrente, y tras despertarse bien y despertar a los compañeros con sus gritos, lloraba de miedo juntando su llanto al del borracho.

Ladraban perros, se oían voces, y los más retobados se alzaban del suelo a engordar el escándalo para que se callara. Que se callara o que viniera la Policía. Pero la Policía no se acercaba ni por gusto. Ninguno de ellos tenía para pagar la multa. «¡Viva Francia!», gritaba Patahueca en medio de los gritos y los saltos del idiota, que acabó siendo el hazmerreír de los mendigos por aquel cojo bribón y mal hablado que, entre semana, algunas noches remedaba al borracho. Patahueca remedaba al borracho y el Pelele —así apodaban al idiota—, que dormido daba la impresión de estar muerto, revivía a cada grito sin fijarse en los bultos arrebujados por el suelo en pedazos de manta que, al verle medio loco, rifaban palabritas de mal gusto y risas chillonas. Con los ojos lejos de las caras monstruosas de sus compañeros, sin ver nada, sin oír nada, sin sentir nada, fatigado por el llanto, se quedaba dormido; pero al dormirse, carretilla de todas las noches, la voz de Patahueca le despertaba:

—¡Madre...!

El Pelele abría los ojos de repente, como el que sueña que rueda en el vacío; dilataba las pupilas más y más, encogiéndose todo él, entraña herida cuando le empezaban a correr las lágrimas; luego se dormía poco a poco, vencido por el sueño, el cuerpo casi engrudo, con eco de bascas en la conciencia rota. Pero al dormirse, al no más dormirse, la voz de otra prenda con boca le despertaba:

—¡Madre...!

Era la voz del Viuda, mulato degenerado que, entre risa y risa, con pucheros de vieja, continuaba:

—... madre de misericordia, esperanza nuestra, Dios te salve, a ti llamamos los desterrados que caímos de leva...

El idiota se despertaba riendo, parecía que a él también le daba risa su pena, hambre, corazón y lágrimas saltándole en los dientes, mientras los pordioseros arrebataban del aire la car-car-car-car-cajada, del aire, del aire..., la car-car-car-car-cajada...; perdía el aliento un timbón con los bigotes sucios de revolcado, y de la risa se orinaba un tuerto que daba cabezazos de chivo en la pared, y protestaban los ciegos porque no se podía dormir con tanta bulla, y el Mosco, un ciego al que le faltaban las dos piernas, porque esa manera de divertirse era de amujerados.

A los ciegos los oían como oír barrer y al Mosco ni siquiera lo oían. ¡Quién iba a hacer caso de sus fanfarronadas! «¡Yo, que pasé la infancia en un cuartel de artillería, onde las patadas de las mulas y de los jefes me hicieron hombre con oficio de caballo, lo que me sirvió de joven para jalar por las calles la música de carreta! ¡Yo, que perdí los ojos en una borrachera sin saber cómo, la pierna derecha en otra borrachera sin saber cuándo, y la otra en otra borrachera, víctima de un automóvil, sin saber ónde!...».

Contado por los mendigos, se regó entre la gente del pueblo que el Pelele se enloquecía al oír hablar de su madre. Calles, plazas, atrios y mercados recorría el infeliz en su afán de escapar al populacho que por aquí, que por allá, le gritaba a todas horas, como maldición del cielo, la palabra «madre». Entraba a las casas en busca de asilo, pero de las casas le sacaban los perros o los criados. Lo echaban de los templos, de las tiendas, de todas partes, sin atender a su fatiga de bestia ni a sus ojos que, a pesar de su inconsciencia, suplicaban perdón con la mirada.

La ciudad grande, inmensamente grande para su fatiga, se fue haciendo pequeña para su congoja. A noches de espanto siguieron días de persecución, acosado por las gentes que, no contentas con gritarle: «¡Pelelito, el domingo te casás con tu madre..., la vieja..., somato..., chicharrón y chaleco», le golpeaban y arrancaban las ropas a pedazos. Seguido de chiquillos se refugiaba en los barrios pobres, pero allí su suerte era más dura; allí, donde todos andaban a las puertas de la miseria, no solo lo insultaban, sino que, al verlo correr despavorido, le arrojaban piedras, ratas muertas y latas vacías.

De uno de esos barrios subió hacia el portal del Señor un día como hoy a la oración, herido en la frente, sin sombrero, arrastrando la cola de un barrilete que de remeda remiendo le prendieron por detrás. Lo asustaban las sombras de los muros, los pasos de los perros, las hojas que caían de los árboles, el rodar desigual de los vehículos... Cuando llegó al portal, casi de noche, los mendigos, vueltos a la pared, contaban y recontaban sus ganancias. Patahueca la tenía con el Mosco por alegar, la sordomuda se sobaba el vientre para ella inexplicablemente crecido, y la ciega se mecía en sueños colgada de un clavo, cubierta de moscas, como la carne en las carnicerías.

El idiota cayó medio muerto; llevaba noches y noches de no pegar los ojos, días y días de no asentar los pies. Los mendigos callaban y se rascaban las pulgas sin poder dormir, atentos a los pasos de los gendarmes que iban y venían por la plaza poco alumbrada y a los golpecitos de las armas de los centinelas, fantasmas envueltos en ponchos a rayas, que en las ventanas de los cuarteles vecinos velaban en pie de guerra, como todas las noches, al cuidado del Presidente de la República, cuyo domicilio se ignoraba porque habitaba en las afueras de la ciudad muchas casas a la vez,

cómo dormía, porque se contaba que al lado de un teléfono con un látigo en la mano, y a qué hora, porque sus amigos aseguraban que no dormía nunca.

Por el portal del Señor avanzó un bulto. Los pordioseros
se encogieron como gusanos. Al rechino de las botas militares respondía el graznido de un pájaro siniestro en la
noche oscura, navegable, sin fondo...

Patahueca peló los ojos; en el aire pesaba la amenaza del
fin del mundo, y dijo a la lechuza:

—¡Hualí, hualí, tomá tu sal y tu chile...; no te tengo
mal ni dita y por si acaso, maldita!

El Mosco se buscaba la cara con los gestos. Dolía la atmósfera como cuando va a temblar. El Viuda hacía la cruz
entre los ciegos. Solo el Pelele dormía a pierna suelta, por
una vez, roncando.

El bulto se detuvo —la risa le entorchaba la cara—,
acercose al idiota de puntepié y, en son de broma, le gritó:

—¡Madre!

No dijo más. Arrancado del suelo por el grito, el Pelele se le fue encima y, sin darle tiempo a que hiciera uso de
sus armas, le enterró los dedos en los ojos, le hizo pedazos
la nariz a dentelladas y le golpeó las partes con las rodillas
hasta dejarlo inerte.

Los mendigos cerraron los ojos horrorizados, la lechuza
volvió a pasar y el Pelele escapó por las calles en tinieblas
enloquecido bajo la acción de espantoso paroxismo.

Una fuerza ciega acababa de quitar la vida al coronel
José Parrales Sonriente, alias el Hombre de la Mulita.

Estaba amaneciendo.

II
LA MUERTE DEL MOSCO

El sol entredoraba las azoteas salidizas de la Segunda Sección de Policía —pasaba por la calle una que otra gente—, la capilla protestante —se veía una que otra puerta abierta—, y un edificio de ladrillo que estaban construyendo los masones. En la Sección esperaban a los presos, sentadas en el patio —donde parecía llover siempre— y en los poyos de los corredores oscuros, grupos de mujeres descalzas, con el canasto del desayuno en la hamaca de las naguas tendida de rodilla a rodilla y racimos de hijos, los pequeños pegados a los senos colgantes y los grandecitos amenazando con bostezos los panes del canasto. Entre ellas se contaban sus penas en voz baja, sin dejar de llorar, enjugándose el llanto con la punta del rebozo. Una anciana palúdica y ojosa se bañaba en lágrimas, callada, como dando a entender que su pena de madre era más amarga. El mal no tenía remedio en esta vida y en aquel funesto sitio de espera, frente a dos o tres arbolitos abandonados, una pila seca y policías descoloridos que de guardia limpiaban con saliva los cuellos de celuloide, a ellas solo les quedaba el Poder de Dios.

Un gendarme ladino les pasó restregando al Mosco. Lo había capturado en la esquina del colegio de Infantes y lo llevaba de la mano, hamaqueándolo como a un mico. Pero ellas no se dieron cuenta de la gracejada por estar atalayando a los pasadores que de un momento a otro empezarían a entrar los desayunos y a traerles noticias de los presos: «¡Que dice queeee... no tenga pena por él, que ya siguió mejor! ¡Que dice queeee... le traiga unos cuatro riales de ungüento del soldado en cuanto abran la botica! ¡Que dice queeee... lo que le mandó a dicir con su primo no debe ser cierto! ¡Que dice queeee... tiene que buscar un defensor y que vea si le habla a un tinterillo, porque esos no quitan tanto como los abogados! ¡Que dice queeee... le diga que no sea así, que no hay mujeres allí con ellos para que esté celosa, que el otro día se trajeron preso a uno de esos hombres... pero que luego encontró novio! ¡Que dice queeee... le mande unos dos riales de rosicler porque está que no puede obrar! ¡Que dice queeee... le viene flojo que venda el armario!».

—¡Hombre, usté! —protestaba el Mosco contra los malos tratos del polizonte—, usté sí que como matar culebra, ¿verdá? ¡Ya, porque soy pobre! Pobre, pero honrado... ¡Y no soy su hijo, ¿oye?, ni su muñeco, ni su baboso, ni su qué para que me lleve así! ¡De gracia agarraron ya acarriar con nosotros al asilo de mendigos para quedar bien con los gringos! ¡Qué cacha! ¡A la cran sin cola, los chumpipes de la fiesta! ¡Y siquiera lo trataran a uno bien!... No que ai cuando vino el shute metete de Míster Nos, nos tuvieron tres días sin comer, encaramados a las ventanas, vestidos de manta como locos...

Los pordioseros que iban capturando pasaban derecho a una de las Tres Marías, bartolina estrechísima y oscura. El Mosco entró a rastras como cangrejo. Su voz, ahogada por el ruido de los cerrojos de diente de lobo y las palabrotas de los carceleros hediondos a ropa húmeda y a chenca, cobró amplitud en el interior del sótano abovedado:

—¡Ay, suponte, cuánto chonte! ¡Ay, su pura concección, cuánto jura! ¡Jesupisto me valga!...

Sus compañeros lagrimeaban como animales con moquillo, atormentados por la oscuridad, que sentían que no se les iba a despegar más de los ojos; por el miedo —estaban allí, donde tantos y tantos habían padecido hambre y sed hasta la muerte— y porque les infundía pavor que los fueran a hacer jabón de coche, como a los chuchos, o a degollarlos para darle de comer a la Policía. Las caras de los antropófagos, iluminadas como faroles, avanzaban por las tinieblas, los cachetes como nalgas, los bigotes como babas de chocolate...

Un estudiante y un sacristán se encontraban en la misma bartolina.

—Señor; si no me equivoco era usted el que estaba primero aquí. Usted y yo, ¿verdad?

El estudiante habló por decir algo, por despegarse un bocado de angustia que sentía en la garganta.

—Pues creo que sí... —respondió el sacristán, buscando en las tinieblas la cara del que le hablaba.

—Y... bueno, le iba yo a preguntar por qué está preso...

—Pues que es por política, dicen...

El estudiante se estremeció de la cabeza a los pies y articuló a duras penas:

—Yo también...

Los pordioseros buscaban alrededor de ellos su inseparable costal de provisiones, pero en el despacho del director de la Policía les habían despojado de todo, hasta de lo que llevaban en los bolsillos, para que no entraran ni un fósforo. Las órdenes eran estrictas.

—¿Y su causa? —siguió el estudiante.

—Si no tengo causa, en lo que está usté; ¡estoy por orden superior!

Al decir así el sacristán restregó la espalda en el muro morroñoso para botarse los piojos.

—Era usted...

—¡Nada!... —atajó el sacristán de mal modo—. ¡Yo no era nada!

En ese momento chirriaron las bisagras de la puerta, que se abría como rajándose para dar paso a otro mendigo.

—¡Viva Francia! —gritó Patahueca al entrar.

—Estoy preso... —franqueose el sacristán.

—¡Viva Francia!

—... Por un delito que cometí por pura equivocación. ¡Figure usté que por quitar un aviso de la Virgen de la O, fui y quité del cancel de la iglesia en que estaba de sacristán el aviso del jubileo de la madre del Señor Presidente!

—Pero eso ¿cómo se supo...? —murmuró el estudiante, mientras que el sacristán se enjugaba el llanto con la punta de los dedos, destripándose las lágrimas en los ojos.

—Pues no sé... Mi torcidura... Lo cierto es que me capturaron y me trajeron al despacho del director de la Policía, quien, después de darme un par de gaznatadas, mandó que me pusieran en esta bartolina, incomunicado, dijo, por revolucionario.

De miedo, de frío y de hambre lloraban los mendigos apañuscados en la sombra. No se veían ni las manos. A veces quedábanse aletargados y corría entre ellos, como buscando salida, la respiración de la sordomuda encinta.

Quién sabe a qué hora, a media noche quizá, los sacaron del encierro. Se trataba de averiguar un crimen político, según les dijo un hombre rechoncho, de cara arrugada color de brin, bigote cuidado con descuido sobre los labios gruesos, un poco chato y con los ojos encapuchados. El cual concluyó preguntando a todos y a cada uno de ellos si conocían al autor o autores del asesinato del portal, perpetrado la noche anterior en la persona de un coronel del Ejército.

Un quinqué mechudo alumbraba la estancia adonde les habían trasladado. Su luz débil parecía alumbrar a través de lentes de agua. ¿En dónde estaban las cosas? ¿En dónde estaba el muro? ¿En dónde ese escudo de armas más armado que las mandíbulas de un tigre y ese cincho de policía con tiros de revólver?

La respuesta inesperada de los mendigos hizo saltar de su asiento al auditor general de Guerra, el mismo que les interrogaba.

—¡Me van a decir la verdad! —gritó, desnudando los ojos de basilisco tras los anteojos de miope, después de dar un puñetazo sobre la mesa que servía de escritorio.

Uno por uno repitieron aquellos que el autor del asesinato del portal era el Pelele, refiriendo con voz de ánimas en pena los detalles del crimen que ellos mismos habían visto con sus propios ojos.

A una seña del auditor, los policías que esperaban a la puerta pelando la oreja se lanzaron a golpear a los pordioseros, empujándolos hacia una sala desmantelada. De la viga madre, apenas visible, pendía una larga cuerda.

—¡Fue el idiota! —gritaba el primer atormentado en su afán de escapar a la tortura con la verdad—. ¡Señor, fue el idiota! ¡Fue el idiota! ¡Por Dios que fue el idiota! ¡El idiota! ¡El idiota! ¡El idiota! ¡Ese Pelele! ¡El Pelele! ¡Ese! ¡Ese! ¡Ese!

—¡Eso les aconsejaron que me dijeran, pero conmigo no valen mentiras! ¡La verdad o la muerte!... ¡Sépalo! ¿Oye? ¡Sépalo, sépalo si no lo sabe!

La voz del auditor se perdía como sangre chorreada en el oído del infeliz, que sin poder asentar los pies, colgado de los pulgares, no cesaba de gritar:

—¡Fue el idiota! ¡El idiota fue! ¡Por Dios que fue el idiota! ¡El idiota fue! ¡El idiota fue! ¡El idiota fue!... ¡El idiota fue!

—¡Mentira...! —afirmó el auditor y, a pausa de por medio—, ¡mentira, embustero!... Yo le voy a decir, a ver si se atreve a negarlo, quiénes asesinaron al coronel José Parrales Sonriente; yo se lo voy a decir... ¡El general Eusebio Canales y el licenciado Abel Carvajal!...

A su voz sobrevino un silencio helado; luego, luego una queja, otra queja más luego y por último un sí... Al soltar la cuerda, el Viuda cayó de bruces sin conciencia. Carbón mojado por la lluvia parecían sus mejillas de mulato empapadas en sudor y llanto. Interrogados a continuación sus compañeros, que temblaban como los perros que en la calle mueren envenenados por la Policía, todos afirmaron las palabras del auditor, menos el Mosco. Un rictus de miedo y de asco tenía en la cara. Le colgaron de los dedos porque aseguraba desde el suelo, medio enterrado —enterrado hasta la mitad, como andan todos los que no tienen piernas—, que sus compañeros mentían al inculpar a personas extrañas de un crimen cuyo único responsable era el idiota.

—¡Responsable...! —cogió el auditor la palabrita al vuelo—. ¿Cómo se atreve usted a decir que un idiota es responsable? ¡Vea sus mentiras! ¡Responsable un irresponsable!

—Eso que se lo diga él...

—¡Hay que fajarle! —sugirió un policía con voz de mujer, y otro con un vergajo le cruzó la cara.

—¡Diga la verdad! —gritó el auditor cuando restallaba el latigazo en las mejillas del viejo—. ... ¡La verdad o se está ahí colgado toda la noche!

—¿No ve que soy ciego?...

—Niegue entonces que fue el Pelele...

—¡No, porque esa es la verdad y tengo calzones!

Un latigazo doble le desangró los labios...

—¡Es ciego, pero oye; diga la verdad, declare como sus compañeros...!

—De acuerdo —adujo el Mosco con la voz apagada; el auditor creyó suya la partida—, de acuerdo, macho lerdo, el Pelele fue...

—¡Imbécil!

El insulto del auditor perdiose en los oídos de una mitad del hombre que ya no oiría más. Al soltar la cuerda, el cadáver del Mosco, es decir, el tórax, porque le faltaban las dos piernas, cayó a plomo como péndulo roto.

—¡Viejo embustero, de nada habría servido su declaración, porque era ciego! —exclamó el auditor al pasar junto al cadáver.

Y corrió a dar parte al Señor Presidente de las primeras diligencias del proceso, en un carricoche tirado por dos caballos flacos, que llevaba de lumbre en los faroles los ojos de la muerte. La Policía sacó a botar el cuerpo del Mosco en una carreta de basuras que se alejó con dirección al cementerio. Empezaban a cantar los gallos. Los mendigos en libertad volvían a las calles. La sordomuda lloraba de miedo porque sentía un hijo en las entrañas...

III
LA FUGA DEL PELELE

El Pelele huyó por las calles intestinales, estrechas y retorcidas de los suburbios de la ciudad, sin turbar con sus gritos desaforados la respiración del cielo ni el sueño de los habitantes, iguales en el espejo de la muerte, como desiguales en la lucha que reanudarían al salir el sol; unos sin lo necesario, obligados a trabajar para ganarse el pan, y otros con lo superfluo en la privilegiada industria del ocio: amigos del Señor Presidente, propietarios de casas —cuarenta casas, cincuenta casas—, prestamistas de dinero al nueve, nueve y medio y diez por ciento mensual, funcionarios con siete y ocho empleos públicos, explotadores de concesiones, montepíos, títulos profesionales, casas de juego, patios de gallos, indios, fábricas de aguardiente, prostíbulos, tabernas y periódicos subvencionados.

La sanguaza del amanecer teñía los bordes del embudo que las montañas formaban a la ciudad regadita como caspa en la campiña. Por las calles, subterráneos en la sombra, pasaban los primeros obreros para su trabajo, fantasmas en la nada del mundo recreado en cada amanecer, seguidos horas más tarde por los oficinistas, dependientes, obreros y colegiales, y a eso de las once, ya el sol alto, por los señorones que salían a pasear el desayuno para hacerse el hambre del almuerzo o a visitar a un amigo influyente para comprar en compañía, a los maestros hambrientos, los recibos de sus sueldos atrasados, por la mitad de su valor. En sombra subterránea todavía las calles, turbaba el silencio con ruido de tuzas el fustán almidonado de la hija del pueblo, que no se daba tregua en sus amaños para sostener a su familia —marranera, mantequera, regatona, cholojera— y la que muy de mañana se levantaba a hacer la cacha; y, cuando la claridad se diluía entre rosada y blanca como flor de begonia, los pasitos de la empleada cenceña, vista de menos por las damas encopetadas que salían de sus habitaciones ya caliente el sol a desperezarse a los corredores, a contar sus sueños a las criadas, a juzgar a la gente que pasaba, a sobar al gato, a leer el periódico o a mirarse en el espejo.

Medio en la realidad, medio en el sueño, corría el Pelele perseguido por los perros y por los clavos de una lluvia fina. Corría sin rumbo fijo, despavorido, con la boca abierta, la lengua fuera, enflecada de mocos, la respiración acezosa y los brazos en alto. A sus costados pasaban puertas y puertas y puertas y ventanas y puertas y ventanas... De repente se paraba, con las manos sobre la cara, defendiéndose de los postes del telégrafo, pero al cerciorarse de que los palos eran inofensivos se carcajeaba y seguía adelante, como el que escapa de una prisión cuyos muros de niebla a más correr, más se alejan.

En los suburbios, donde la ciudad sale allá afuera, como el que por fin llega a su cama, se desplomó en un montón de basura y se quedó dormido. Cubrían el basurero telarañas de árboles secos vestidos de zopilotes, aves negras, que sin quitarle de encima los ojos azulencos, echaron pie a tierra al verle inerte y lo rodearon a saltitos, brinco va y brinco viene, en danza macabra de ave de rapiña. Sin dejar de mirar a todos lados, apachurrándose e intentando el vuelo al menor movimiento de las hojas o del viento en la basura, brinco va y brinco viene, fueron cerrando el círculo hasta tenerlo a distancia del pico. Un graznido feroz dio la señal de ataque. El Pelele despertó de pie, defendiéndose ya... Uno de los más atrevidos le había clavado el pico en el labio superior, enterrándoselo, como un dardo, hasta los dientes, mientras los otros carniceros le disputaban los ojos y el corazón a picotazos. El que le tenía por el labio forcejeaba por arrancar el pedazo, sin importarle que la presa estuviera viva, y lo habría conseguido de no rodar el Pelele por un despeñadero de basuras, al ir reculando, entre nubes de polvo y desperdicios que se desplomaban en bloque como costras.

Atardeció. Cielo verde. Campo verde. En los cuarteles sonaban los clarines de las seis, resabio de tribu alerta, de plaza medieval sitiada. En las cárceles empezaba la agonía de los prisioneros, a quienes se mataba a tirar de años. Los horizontes recogían sus cabecitas en las calles de la ciudad, caracol de mil cabezas. Se volvía de las audiencias presidenciales, favorecido o desgraciado. La luz de los garitos apuñalaba en la sombra.

El idiota luchaba con el fantasma del zopilote que sentía encima y con el dolor de una pierna que se quebró al caer, dolor insoportable, negro, que le estaba arrancando la vida.

La noche entera estuvo quejándose quedito y recio, quedito y recio como perro herido...

... Erre, erre, ere... Erre, erre, ere...

... Erre-e-erre-e-erre-e-erre..., e-erre..., e-erre...

Entre las plantas silvestres que convertían las basuras de la ciudad en lindísimas flores, junto a un ojo de agua dulce, el cerebro del idiota agigantaba tempestades en el pequeño universo de su cabeza.

... E-e-err... E-e-eerrr... E-e-eerrr...

Las uñas aceradas de la fiebre le aserraban la frente. Disociación de ideas. Elasticidad del mundo en los espejos. Desproporción fantástica. Huracán delirante. Fuga vertiginosa, horizontal, vertical, oblicua, recién nacida y muerta en espiral...

... erre, erre, ere, ere, erre, ere, erre...

Curvadecurvaencurvadecurvacurvadecurvaencurvala mujer de Lot. (¿La que inventó la lotería?). Las mulas que tiraban de un tranvía se transformaban en la mujer de Lot y su inmovilidad irritaba a los tranvieros que, no contentos con romper en ellas sus látigos y apedrearlas, a veces, invitaban a los caballeros a hacer uso de sus armas. Los más honorables llevaban verduguillos y a estocadas hacían andar a las mulas...

... Erre, erre, ere...

¡I-N-R-Idiota! ¡I-N-R-Idiota!

... Erre, erre, ere...

¡El afilador se afila los dientes para reírse! ¡Afiladores de risa! ¡Dientes del afilador!

—¡Madre!

El grito del borracho lo sacudía.

—¡Madre!

La luna, entre las nubes esponjadas, lucía claramente. Sobre las hojas húmedas, su blancura tomaba lustre y tonalidad de porcelana.

¡Ya se llevan...!

¡Ya se llevan...!

¡Ya se llevan los santos de la iglesia y los van a enterrar!

¡Ay, qué alegre, ay, que los van a enterrar, ay, que los van a enterrar, qué alegre, ay!

¡El cementerio es más alegre que la ciudad, más limpio que la ciudad! ¡Ay, qué alegre que los van, ay, a enterrar!

¡Ta-ra-rá! ¡Ta-ra-rí!

¡Tit-tit!

¡Tararará! ¡Tarararí!

¡Simbarán, bun, bun, simbarán!

¡Panejiscosilatenache-jaja-ajajají-turco-del-portal-aja-jajá!

¡Tit-tit!

¡Simbarán, bun, bun, simbarán!

Y atropellando por todo, seguía a grandes saltos de un volcán a otro, de astro en astro, de cielo en cielo, medio despierto, medio dormido, entre bocas grandes y pequeñas, con dientes y sin dientes, con labios y sin labios, con labios dobles, con pelos, con lenguas dobles, con triples lenguas, que le gritaban: «¡Madre! ¡Madre! ¡Madre!».

¡Pu-pu!... Tomaba el tren del guarda para alejarse velozmente de la ciudad, buscando hacia las montañas que hacían carga-sillita a los volcanes, más allá de las torres del inalámbrico, más allá del rastro, más allá de un fuerte de artillería, volován relleno de soldados.

Pero el tren volvía al punto de partida como un juguete preso de un hilo y a su llegada —trac-trac, trac-trac— le esperaba en la estación una verdulera gangosa con el pelo de varilla de canasto que le gritaba: «¿Pan para el idiota, lorito?... ¡Agua para el idiota! ¡Agua para el idiota!».

Perseguido por la verdulera, que lo amenazaba con un guacal de agua, corría hacia el portal del Señor, pero en llegando... «¡MADRE!». Un grito..., un salto..., un hombre..., la noche..., la lucha..., la muerte..., la sangre..., la fuga..., el idiota... «¡Agua para el idiota, lorito! ¡Agua para el idiota!...».

El dolor de la pierna le despertó. Dentro de los huesos sentía un laberinto. Sus pupilas se entristecieron a la luz del día. Dormidas enredaderas salpicadas de lindas flores invitaban a reposar bajo su sombra, junto a la frescura de una fuente que movía la cola espumosa como si entre musgos y helechos se ocultase argentada ardilla.

Nadie. Nadie.

El Pelele se hundió de nuevo en la noche de sus ojos a luchar con su dolor, a buscar postura a la pierna rota, a detenerse con la mano el labio desgarrado. Pero al soltar los párpados calientes le pasaron por encima cielos de sangre. Entre relámpagos huía la sombra de los gusanos convertida en mariposa.

De espaldas se hizo al delirio sonando una campanilla. ¡Nieve para los moribundos! ¡El nevero vende el viático! ¡El cura vende nieve! ¡Nieve para los moribundos! ¡Tilín, tilín! ¡Nieve para los moribundos! ¡Pasa el viático! ¡Pasa el nevero! ¡Quítate el sombrero, mudo baboso! ¡Nieve para los moribundos!...

IV
CARA DE ÁNGEL

Cubierto de papeles, cueros, trapos, esqueletos de paraguas, alas de sombreros de paja, trastos de peltre agujereados, fragmentos de porcelana, cajas de cartón, pastas de
libros, vidrios rotos, zapatos de lenguas abarquilladas al sol,
cuellos, cáscaras de huevo, algodones, sobras de comidas...,
el Pelele seguía soñando. Ahora se veía en un patio grande
rodeado de máscaras, que luego se fijó que eran caras aten-
tas a la pelea de los gallos. Llama de papel fue la pelea. Uno
de los combatientes expiró sin agonía bajo la mirada vi-
driosa de los espectadores, felices de ver salir las navajas en
arco embarradas de sangre. Atmósfera de aguardiente. Salivazos teñidos de tabaco. Entrañas. Cansancio salvaje. So-
por. Molicie. Meridiano tropical. Alguien pasaba por su
sueño, de puntepié, para no despertarlo...

Era la madre del Pelele, querida de un gallero que tocaba la guitarra como con uñas de pedernal y víctima de sus
celos y sus vicios. Historia de nunca acabar la de sus penas:
hembra de aquel cualquiera y mártir del crío que nació —en
el decir de las comadres sabihondas— bajo la acción «directa» de la luna en trance, en su agonía se juntaron la cabeza
desproporcionada de su hijo —una cabezota redonda y con
dos coronillas como la luna—, las caras huesudas de todos

los enfermos del hospital y los gestos de miedo, de asco, de hipo, de ansia, de vómito del gallero borracho.

El Pelele percibió el ruido de su fustán almidonado, —viento y hojas— y corrió tras ella con las lágrimas en los ojos.

En el pecho materno se alivió. Las entrañas de la que le había dado el ser absorbieron como papel secante el dolor de sus heridas. ¡Qué hondo refugio imperturbable! ¡Qué nutrido afecto! ¡Azucenita! ¡Azucenota! ¡Cariñoteando! ¡Cariñoteando!...

En lo más recóndito de sus oídos canturreaba el gallero:

> *¡Cómo no...,*
> *cómo no...,*
> *cómo no, confite liolio,*
> *como yo soy gallo liolio,*
> *que al meter la pata liolio,*
> *arrastro el ala liolio!*

El Pelele levantó la cabeza y sin decir dijo:

—¡Perdón, ñañola, perdón!

Y la sombra que le pasaba la mano por la cara, cariñoteando, respondió a su queja:

—¡Perdón, hijo, perdón!

La voz de su padre, sendero caído de una copa de aguardiente, se oía hasta muy lejos:

> *¡Me enredé...,*
> *me enredé...,*
> *me enredé con una blanca,*
> *y cuando la yuca es buena,*
> *solo la mata se arranca!*

El Pelele murmuró:

—¡Ñañola, me duele el alma!

Y la sombra que le pasaba la mano por la cara, cariñoteando, respondió a su queja:

—¡Hijo, me duele el alma!

La dicha no sabe a carne. Junto a ellos bajaba a besar la
tierra la sombra de un pino, fresca como un río. Y cantaba
en el pino un pájaro que a la vez que pájaro era campanita
de oro:

—¡Soy la manzana-rosa del ave del paraíso, soy la vida,
la mitad de mi cuerpo es mentira y la mitad es verdad; soy
rosa y soy manzana, doy a todos un ojo de vidrio y un ojo
de verdad: los que ven con mi ojo de vidrio ven porque sueñan, los que ven con mi ojo de verdad ven porque miran!
¡Soy la vida, la manzana-rosa del ave del paraíso; soy la
mentira de todas las cosas reales, la realidad de todas las
ficciones!

Súbitamente abandonaba el regazo materno y corría a
ver pasar los volatines. Caballos de crin larga como sauces
llorones jineteados por mujeres vestidas de vidriera. Carruajes adornados con flores y banderolas de papel de china rodando por la pedriza de las calles con inestabilidad
de ebrios. Murga de mugrientos, soplacobres, rascatripas
y machacatambores. Los payasos enharinados repartían pro-
gramas de colores, anunciando la función de gala dedicada
al Presidente de la República, Benemérito de la Patria, Jefe
del Gran Partido Liberal y Protector de la Juventud Estudiosa.

Su mirada vagaba por el espacio de una bóveda muy alta.
Los volatines le dejaron perdido en un edificio levantado
sobre un abismo sin fondo de color verdegay. Los escaños
pendían de los cortinajes como puentes colgantes. Los con-
fesonarios subían y bajaban de la tierra al cielo, elevadores

de almas manejados por el Ángel de la Bola de Oro y el Diablo de los Oncemil Cuernos. De un camarín —como pasa la luz por los cristales, no obstante el vidrio— salió la Virgen del Carmen a preguntarle qué quería, a quién buscaba. Y con ella, propietaria de aquella casa, miel de los ángeles, razón de los santos y pastelería de los pobres, se detuvo a conversar muy complacido. Tan gran señora no medía un metro, pero cuando hablaba daba la impresión de entender de todo como la gente grande. Por señas le contó el Pelele lo mucho que le gustaba masticar cera y ella, entre seria y sonriente, le dijo que tomara una de las candelas encendidas en su altar. Luego, recogiéndose el manto de plata que le quedaba largo, le condujo de la mano a un estanque de peces de colores y le dio el arco iris para que lo chupara como pirulí. ¡La felicidad completa! Sentíase feliz desde la puntitita de la lengua hasta la puntitita de los pies. Lo que no tuvo en la vida: un pedazo de cera para masticar como copal, un pirulí de menta, un estanque de peces de colores y una madre que sobándole la pierna quebrada le cantara «¡sana, sana, culito de rana, siete peditos para vos y tu nana!», lo alcanzaba dormido en la basura.

Pero la dicha dura lo que tarda un aguacero con sol... Por una vereda de tierra color de leche, que se perdía en el basurero, bajó un leñador seguido de su perro: el tercio de leña a la espalda, la chaqueta doblada sobre el tercio de leña y el machete en los brazos como se carga a un niño. El barranco no era profundo, mas el atardecer lo hundía en sombras que amortajaban la basura hacinada en el fondo, desperdicios humanos que por la noche aquietaba el miedo. El leñador volvió a mirar. Habría jurado que le seguían. Más adelante se detuvo. Le jalaba la presencia de alguien que estaba allí escondido. El perro aullaba, erizado, como si viera al Diablo. Un remolino de aire levantó papeles sucios manchados como de sangre de mujer o de remolacha. El cielo se veía muy lejos, muy azul, adornado como una tumba altísima por coronas de zopilotes que volaban en círculos dormidos. A poco, el perro echó a correr hacia donde estaba el Pelele. Al leñador le sacudió frío de miedo. Y se acercó paso a paso tras el perro a ver quién era el muerto. Era peligroso herirse los pies en los chayes, en los culos de botellas o en las latas de sardina, y había que burlar a saltos las heces pestilentes y los trechos oscuros. Como bajeles en mar de desperdicios hacían agua las palanganas...

Sin dejar la carga —más le pesaba el miedo— tiró de un pie al supuesto cadáver y cuál asombro tuvo al encontrarse con un hombre vivo, cuyas palpitaciones formaban gráficas de angustia a través de sus gritos y los ladridos del can, como el viento cuando entretela la lluvia. Los pasos de alguien que andaba por allí, en un bosquecito cercano de pinos y guayabos viejos, acabaron de turbar al leñador. Si fuera un policía... De veras, pues... Solo eso le faltaba...

—¡Chu-cho! —gritó al perro. Y como siguiera ladrando, le largó un puntapié—. ¡Chucho, animal, dejá estar!...

Pensó huir... Pero huir era hacerse reo de delito... Peor aún si era un policía... Y volviéndose al herido:

—¡Preste, pues, con eso lo ayudo a levantarse!... ¡Ay, Dios, si por poco lo matan!... ¡Preste, no tenga miedo, no grite, que no le estoy haciendo nada malo! Pasé por aquí, lo vide botado y...

—Vi que lo desenterrabas —rompió a decir una voz a sus espaldas— y regresé porque creí que era algún conocido; saquémoslo de aquí...

El leñador volvió la cabeza para responder y por poco se cae del susto. Se le fue el aliento y no escapó por no soltar al herido, que apenas se tenía en pie. El que le hablaba era un ángel: tez de dorado mármol, cabellos rubios, boca pequeña y aire de mujer en violento contraste con la negrura de sus ojos varoniles. Vestía de gris. Su traje, a la luz del crepúsculo, se veía como una nube. Llevaba en las manos finas una caña de bambú muy delgada y un sombrero limeño que parecía una paloma.

¡Un ángel... —el leñador no le desclavaba los ojos—..., un ángel —se repetía—..., un ángel!

—Se ve por su traje que es un pobrecito —dijo el aparecido—. ¡Qué triste cosa es ser pobre!...

—Sigún; en este mundo todo tiene sus asigunes. Véame a mí; soy bien pobre, el trabajo, mi mujer y mi rancho, y no encuentro triste mi condición —tartamudeó el leñador como hablando dormido para ganarse al ángel, cuyo poder, en premio a su cristiana conformidad, podía transformarlo, con solo querer, de leñador en rey. Y por un instante se vio vestido de oro, cubierto por un manto rojo, con una corona de picos en la cabeza y un cetro de brillantes en la mano. El basurero se iba quedando atrás...

—¡Curioso! —observó el aparecido sacando la voz sobre los lamentos del Pelele.

—Curioso ¿por qué?... Después de todo, somos los pobres los más conformes. ¡Y qué remedio, pues!... Verdá es que con eso de la escuela los que han aprendido a ler andan influenciados de cosas imposibles. Hasta mi mujer resulta a veces triste porque dice que quisiera tener alas los domingos.

El herido se desmayó dos y tres veces en la cuesta, cada vez más empinada. Los árboles subían y bajaban en sus ojos de moribundo, como los dedos de los bailarines en las danzas chinas. Las palabras de los que le llevaban casi cargado recorrían sus oídos haciendo equis como borrachas en piso resbaloso. Una gran mancha negra le agarraba la cara. Resfríos repentinos soplaban por su cuerpo la ceniza de las imágenes quemadas.

—¿Conque tu mujer quisiera tener alas los domingos? —dijo el aparecido—. Tener alas, y pensar que al tenerlas le serían inútiles.

—Ansina, pue; bien que ella dice que las quisiera para irse a pasear, y cuando está brava conmigo se las pide al aire.

El leñador se detuvo a limpiarse el sudor de la frente con la chaqueta, exclamando:

—¡Pesa su poquito!

En tanto, el aparecido decía:

—Para eso le bastan y le sobran los pies; por mucho que tuviera alas no se iría.

—De cierto que no, y no por su bella gracia, sino porque la mujer es pájaro que no se aviene a vivir sin jaula, y porque pocos serían los leños que traigo a memeches para rompérselos encima —en esto se acordó que hablaba con un ángel y apresurose a dorar la píldora—, con divino modo, ¿no le parece?

El desconocido guardó silencio.

—¿Quién le pegaría a este pobre hombre? —añadió el leñador para cambiar de conversación, molesto por lo que acababa de decir.

—Nunca falta...

—Verdá que hay prójimos para todo... A este sí que sí que... lo agarraron como matar culebra: un navajazo en la boca y al basurero.

—Sin duda tiene otras heridas.

—La del labio pa mí que se la trabaron con navaja de barba, y lo despeñaron aquí, no vaya usté a crer, para que el crimen quedara oculto.

—Pero entre el cielo y la tierra...

—Lo mesmo iba a decir yo.

Los árboles se cubrían de zopilotes ya para salir del barranco y el miedo, más fuerte que el dolor, hizo callar al Pelele; entre tirabuzón y erizo encogiose en un silencio de muerte.

El viento corría ligero por la planicie, soplaba de la ciudad al campo, hilado, amable, familiar...

El aparecido consultó su reloj y se marchó de prisa, después de echar al herido unas cuantas monedas en el bolsillo y despedirse del leñador afablemente.

El cielo, sin una nube, brillaba espléndido. Al campo asomaba el arrabal con luces eléctricas encendidas como fósforos en un teatro a oscuras. Las arboledas culebreantes surgían de las tinieblas junto a las primeras moradas: cachuchas de lodo con olor de rastrojo, barracas de madera con olor de ladino, caserones de zaguán sórdido, hediendo a caballeriza, y posadas en las que era clásica la venta de zacate, la moza con traido en el castillo de Matamoros y la tertulia de arrieros en la oscuridad.

El leñador abandonó al herido al llegar a las primeras casas; todavía le dijo por dónde se iba al hospital. El Pelele entreabrió los párpados en busca de alivio, de algo que le quitara el hipo, pero su mirada de moribundo, fija como espina, clavó su ruego en las puertas cerradas de la calle desierta. Remotamente se oían clarines, sumisión de pueblo nómada, y campanas que decían por los fieles difuntos de tres en tres toques trémulos: ¡Lás-tima!... ¡Lás-tima!... ¡Lás-tima!...

Un zopilote que se arrastraba por la sombra lo asustó. La queja rencorosa del animal quebrado de un ala era para él una amenaza. Y poco a poco se fue de allí, poco a poco, apoyándose en los muros, en el temblor inmóvil de los muros, quejido y quejido, sin saber adónde, con el viento en

la cara, el viento que mordía hielo para soplar de noche
El hipo lo picoteaba...

El leñador dejó caer el tercio de leña en el patio de su
rancho, como lo hacía siempre. El perro, que se le había
adelantado, lo recibió con fiestas. Apartó el can y, sin qui
tarse el sombrero, abriéndose la chaqueta como murciéla
go sobre los hombros, llegose a la lumbre encendida en el
rincón donde su mujer calentaba las tortillas, y le refirió
lo sucedido.

—En el basurero encontré un ángel...

El resplandor de las llamas lentejueleaba en las pare
des de caño y en el techo de paja, como las alas de otros
ángeles.

Escapaba del rancho un humo blanco, tembloroso, ve
getal.

V
¡ESE ANIMAL!

El secretario del Presidente oía al doctor Barreño.

—Yo le diré, señor secretario, que tengo diez años de ir diariamente a un cuartel como cirujano militar. Yo le diré que he sido víctima de un atropello incalificable, que he sido arrestado, arresto que se debió a..., yo le diré, lo siguiente: en el hospital militar se presentó una enfermedad extraña; día a día morían diez y doce individuos por la mañana, diez y doce individuos por la tarde, diez y doce individuos por la noche. Yo le diré que el jefe de Sanidad Militar me comisionó para que en compañía de otros colegas pasáramos a estudiar el caso e informáramos a qué se debía la muerte de individuos que la víspera entraban al hospital buenos o casi buenos. Yo le diré que después de cinco autopsias logré establecer que esos infelices morían de una perforación en el estómago del tamaño de un real, producida por un agente extraño que yo desconocía y que resultó ser el sulfato de soda que les daban de purgante, sulfato de soda comprado en las fábricas de agua gaseosa y de mala calidad por consiguiente. Yo le diré que mis colegas médicos no opinaron como yo y que, sin duda por eso, no fueron arrestados; para ellos se trataba de una enfermedad nueva que había que estudiar. Yo le diré que han muerto ciento cuarenta soldados y que aún quedan dos barriles de sulfato. Yo le diré que por robarse algunos pesos, el jefe de Sanidad Militar sacrificó ciento cuarenta hombres, y los que seguirán... Yo le diré...

—¡Doctor Luis Barreño! —gritó a la puerta de la secretaría un ayudante presidencial.

—... yo le diré, señor secretario, lo que él me diga.

El secretario acompañó al doctor Barreño unos pasos. A fuer de humanitaria interesaba la jerigonza de su crónica escalonada, monótona, gris, de acuerdo con su cabeza canosa y su cara de bistec seco de hombre de ciencia.

El Presidente de la República le recibió en pie, la cabeza levantada, un brazo suelto naturalmente y el otro a la espalda, y, sin darle tiempo a que lo saludara, le cantó:

—Yo le diré, don Luis, ¡y eso sí!, que no estoy dispuesto a que por chismes de mediquetes se menoscabe el crédito de mi gobierno en lo más mínimo. ¡Deberían saberlo mis enemigos para no descuidarse, porque a la primera, les boto la cabeza! ¡Retírese! ¡Salga!... y ¡llame a Ese Animal!

De espaldas a la puerta, el sombrero en la mano y una arruga trágica en la frente, pálido como el día en que lo han de enterrar, salió el doctor Barreño.

—¡Perdido, señor secretario, estoy perdido!... Todo lo que oí fue: «¡Retírese, salga, llame a Ese Animal!...».

—¡Yo soy Ese Animal!

De una mesa esquinada se levantó un escribiente, dijo así, y pasó a la sala presidencial por la puerta que acababa de cerrar el doctor Barreño.

—¡Creí que me pegaba!... ¡Viera visto..., viera visto!... —hilvanó el médico enjugándose el sudor que le corría por la cara—. ¡Viera visto! Pero le estoy quitando su tiempo, señor secretario, y usted está muy ocupado. Me voy, ¿oye? Y muchas gracias...

—Adiós, doctorcito. De nada. Que le vaya bien.

El secretario concluía el despacho que el Señor Presidente firmaría dentro de unos momentos. La ciudad apuraba la naranjada del crepúsculo vestida de lindos celajes de tarlatana con estrellas en la cabeza como ángel de loa. De los campanarios luminosos caía en las calles el salvavidas del avemaría.

Barreño entró en su casa que pedazos se hacía. ¡Quién quita una puñalada trapera! Cerró la puerta mirando a los tejados, por donde una mano criminal podía bajar a estrangularlo, y se refundió en su cuarto detrás de un ropero.

Los levitones pendían solemnes, como ahorcados que se conservan en naftalina, y bajo su signo de muerte recordó Barreño el asesinato de su padre, acaecido de noche en un camino, solo, hace muchos años. Su familia tuvo que conformarse con una investigación judicial sin resultado; la farsa coronaba la infamia, y una carta anónima que decía más o menos: «Veníamos con mi cuñado por el camino que va de Vuelta Grande a La Canoa a eso de las once de la noche, cuando a lo lejos sonó una detonación; otra, otra, otra…, pudimos contar hasta cinco. Nos refugiamos en un bosquecito cercano. Oímos que a nuestro encuentro venían caballerías a galope tendido. Jinetes y caballos pasaron casi rozándonos, y continuamos la marcha al cabo de un rato, cuando todo quedó en silencio. Pero nuestras bestias no tardaron en armarse. Mientras reculaban resoplando, nos apeamos pistola en mano a ver qué había de por medio y encontramos tendido el cadáver de un hombre boca abajo y a unos pasos una mula herida que mi cuñado despeñó. Sin vacilar regresamos a dar parte a Vuelta Grande. En la comandancia encontramos al coronel José Parrales Sonriente, el Hombre de la Mulita, acompañado de un grupo de amigos, sentados alrededor de una mesa llena de copas. Le llamamos aparte y en voz baja le contamos lo que habíamos visto. Primero lo de los tiros, luego... En oyéndonos se encogió de hombros, torció los ojos hacia la llama de la candela manchada y repuso pausadamente: "¡Váyanse derechito a su casa, yo sé lo que les digo, y no vuelvan a hablar de esto!..."».

—¡Luis!... ¡Luis!...

Del ropero se descolgó un levitón como ave de rapiña.

—¡Luis!

Barreño saltó y se puso a hojear un libro a dos pasos de su biblioteca. ¡El susto que se habría llevado su mujer si lo encuentra en el ropero!...

—¡Ya ni gracia tienes! ¡Te vas a matar estudiando o te vas a volver loco! ¡Acuérdate que siempre te lo digo! No quieres entender que para ser algo en esta vida se necesita más labia que saber. ¿Qué ganas con estudiar? ¿Qué ganas con estudiar? ¡Nada! ¡Dijera yo un par de calcetines, pero qué...! ¡No faltaba más! ¡No faltaba más!...

La luz y la voz de su esposa le devolvieron la tranquilidad.

—¡No faltaba más! Estudiar..., estudiar... ¿Para qué?... Para que después de muerto te digan que eras sabio, como se lo dicen a todo el mundo... ¡Bah!... Que estudien los empíricos; tú no tienes necesidad, que para eso sirve el título, para saber sin estudiar... ¡Y... no me hagas caras! En lugar de biblioteca deberías tener clientela. Si por cada librote inútil de esos tuvieras un enfermo, estaríamos mejor de salud nosotros aquí en la casa. Yo, por mí, quisiera ver tu clínica llena, oír sonar el teléfono a todas horas, verte en consultas... En fin, que llegaras a ser algo...

—Tú le llamas ser algo a...

—Pues entonces... algo efectivo... Y para eso no me digas que se necesita botar las pestañas sobre los libros, como tú lo haces. Ya quisieran saber los otros médicos la mitad de lo que tú sabes. Basta con hacerse buenas cuñas y de nombre. El médico del Señor Presidente por aquí... El médico del Señor Presidente por allá... Y eso sí, ya ves; eso sí ya es ser algo...

—Puessss... —y Barreño detuvo el «pues» entre los labios salvando una pequeña fuga de memoria—... esss, hija, pierde las esperanzas; te caerías de espalda si te contara que vengo de ver al Presidente. Sí, de ver al Presidente.

—¡Ah, caramba!, ¿y qué te dijo, cómo te recibió?

—Mal. Botar la cabeza fue todo lo que le oí decir. Tuve miedo y lo peor es que no encontraba la puerta para salir.

—¿Un regaño? ¡Bueno, no es al primero ni al último que regaña; a otros les pega! —Y tras una prolongada pausa, agregó—: A ti lo que siempre te ha perdido es el miedo...

—Pero, mujer, dame uno que sea valiente con una fiera.

—No, hombre, si no me refiero a eso; hablo de la cirugía, ya que no puedes llegar a ser médico del Presidente. Para eso lo que urge es que pierdas el miedo. Pero para ser cirujano lo que se necesita es valor. Créemelo. Valor y decisión para meter el cuchillo. Una costurera que no echa a perder tela no llegará a cortar bien un vestido nunca. Y un vestido, bueno, un vestido vale algo. Los médicos, en cambio, pueden ensayar en el hospital con los indios. Y lo del Presidente, no hagas caso. ¡Ven a comer! El hombre debe estar para que lo chamarreen con ese asesinato horrible del portal del Señor.

—¡Mira, calla!, no suceda aquí lo que no ha sucedido nunca; que yo te dé una bofetada. ¡No es un asesinato ni nada de horrible tiene el que hayan acabado con ese verdugo odioso, el que le quitó la vida a mi padre, en un camino solo, a un anciano solo...!

—¡Según un anónimo! Pero, no pareces hombre; ¿quién se lleva de anónimos?

—Si yo me llevara de anónimos...

—No pareces hombre...

—Pero ¡déjame hablar! Si yo me llevara de anónimos no estarías aquí en mi casa —Barreño se registraba los bolsillos con la mano febril y el gesto en suspenso—; no estarías aquí en mi casa. Toma: lee...

Pálida, sin más rojo que el químico bermellón de los labios, tomó ella el papel que le tendía su marido y en un segundo le pasó los ojos:

«Doctor: aganos el fabor de consolar a su mujer, ahora que el Hombre de la Mulita pasó a mejor bida. Consejo de unos amigos y amigas que le quieren».

Con una carcajada dolorosa, astillas de risa que llenaban las probetas y retortas del pequeño laboratorio de Barreño, como un veneno a estudiar, ella devolvió el papel a su marido. Una sirvienta acababa de decir a la puerta:

—¡Ya está servida la comida!

En palacio, el Presidente firmaba el despacho asistido por el viejecito que entró al salir el doctor Barreño y oír que llamaban a Ese Animal.

Ese Animal era un hombre pobremente vestido, con la piel rosada como ratón tierno, el cabello de oro de mala calidad, y los ojos azules y turbios perdidos en anteojos color de yema de huevo.

El Presidente puso la última firma y el viejecito, por secar de prisa, derramó el tintero sobre el pliego firmado.

—¡ANIMAL!

—¡Se... ñor!

—¡ANIMAL!

Un timbrazo..., otro..., otro... Pasos y un ayudante en la puerta.

—¡General, que le den doscientos palos a este, ya, ya! —rugió el Presidente; y pasó enseguida a la casa presidencial. La comida estaba puesta.

A Ese Animal se le llenaron los ojos de lágrimas. No habló porque no pudo y porque sabía que era inútil implorar perdón: el Señor Presidente estaba como endemoniado con el asesinato de Parrales Sonriente. A sus ojos nublados asomaron a implorar por él su mujer y sus hijos: una vieja trabajada y una media docena de chicuelos flacos. Con la mano hecha un garabato se buscaba la bolsa de la chaqueta para sacar el pañuelo y llorar amargamente —¡y no poder gritar para aliviarse!—, pensando, no como el resto de los mortales, que aquel castigo era inicuo; por el contrario, que bueno estaba que le pegaran para enseñarle a no ser torpe —¡y no poder gritar para aliviarse!—, para enseñarle a hacer bien las cosas, a no derramar la tinta sobre las notas —¡y no poder gritar para aliviarse!...—.

Entre los labios cerrados le salían los dientes en forma de peineta, contribuyendo con sus carrillos fláccidos y su angustia a darle aspecto de condenado a muerte. El sudor de la espalda le pegaba la camisa, acongojándole de un modo extraño. ¡Nunca había sudado tanto!... ¡Y no poder gritar para aliviarse! Y la basca del miedo le, le, le hacía tiritar...

El ayudante le sacó del brazo como dundo, embutido en una torpeza macabra: los ojos fijos, los oídos con una terrible sensación de vacío, la piel pesada, pesadísima, doblándose por los riñones, flojo, cada vez más flojo...

Minutos después, en el comedor:

—¿Da su permiso, Señor Presidente?

—Pase, general.

—Señor, vengo a darle parte de Ese Animal, que no aguantó los doscientos palos.

La sirvienta que sostenía el plato del que tomaba el Presidente, en ese momento, una papa frita se puso a temblar...

—Y usted ¿por qué tiembla? —la increpó el amo. Y volviéndose al general que, cuadrado, con el quepis en la mano, esperaba sin pestañear—: ¡Está bien, retírese!

Sin dejar el plato, la sirvienta corrió a alcanzar al ayudante y le preguntó por qué no había aguantado los doscientos palos.

—¿Cómo por qué? ¡Porque se murió!

Y siempre con el plato, volvió al comedor.

—¡Señor —dijo casi llorando al Presidente, que comía tranquilo—, dice que no aguantó porque se murió!

—¿Y qué? ¡Traiga lo que sigue!

VI
LA CABEZA DE UN GENERAL

Miguel Cara de Ángel, el hombre de toda la confianza del Presidente, entró de sobremesa.

—¡Mil excusas, Señor Presidente! —dijo al asomar a la puerta del comedor. (Era bello y malo como Satán)—. ¡Mil excusas, Señor Presidente, si vengo-ooo..., pero tuve que ayudar a un leñatero con un herido que recogió de la basura y no me fue posible venir antes! ¡Informo al Señor Presidente que no se trataba de persona conocida, sino de uno así como cualquiera!

El Presidente vestía, como siempre, de luto riguroso: negros los zapatos, negro el traje, negra la corbata, negro el sombrero que nunca se quitaba; en los bigotes canos, peinados sobre las comisuras de los labios, disimulaba las encías sin dientes, tenía los carrillos pellejudos y los párpados como pellizcados.

—¿Y se le llevó adonde corresponde?... —interrogó desarrugando el ceño...

—Señor...

—¡Qué cuento es ese! ¡Alguien que se precia de ser amigo del Presidente de la República no abandona en la calle a un infeliz herido víctima de oculta mano!

Un leve movimiento en la puerta del comedor le hizo volver la cabeza.

—Pase, general...

—Con el permiso del Señor Presidente...

—¿Ya están listos, general?

—Sí, Señor Presidente...

—Vaya usted mismo, general; presente a la viuda mis condolencias y hágale entrega de esos trescientos pesos que le manda el Presidente de la República para que se ayude en los gastos del entierro.

El general, que permanecía cuadrado, con el quepis en la diestra, sin parpadear, sin respirar casi, se inclinó, recogió el dinero de la mesa, giró sobre los talones y, minutos después, salió en automóvil con el féretro que encerraba el cuerpo de Ese Animal.

Cara de Ángel se apresuró a explicar:

—Pensé seguir con el herido hasta el hospital, pero luego me dije: «Con una orden del Señor Presidente lo atenderán mejor». Y como venía para acá a su llamado y a manifestarle una vez más que no me pasa la muerte que villanos dieron por la espalda a nuestro Parrales Sonriente...

—Ya daré la orden...

—No otra cosa podía esperarse del que dicen que no debía gobernar este país...

El Presidente saltó como picado.

—¿Quiénes?

—¡Yo, el primero, Señor Presidente, entre los muchos que profesamos la creencia de que un hombre como usted debería gobernar un pueblo como Francia, o la libre Suiza, o la industriosa Bélgica o la maravillosa Dinamarca!... Pero Francia..., Francia sobre todo... ¡Usted sería el hombre ideal para guiar los destinos del gran pueblo de Gambetta y Victor Hugo!

Una sonrisa casi imperceptible se dibujó bajo el bigote del Presidente, el cual, limpiando sus anteojos con un pañuelo de seda blanca, sin dejar de mirar a Cara de Ángel, tras una breve pausa encaminó la conversación por otro lado.

—Te llamé, Miguel, para algo que me interesa que se arregle esta misma noche. Las autoridades competentes han ordenado la captura de ese pícaro de Eusebio Canales, el general que tú conoces, y lo prenderán en su casa mañana a primera hora. Por razones particulares, aunque es uno de los que asesinaron a Parrales Sonriente, no conviene al gobierno que vaya a la cárcel y necesito su fuga inmediata. Corre a buscarlo, cuéntale lo que sabes y aconséjale, como cosa tuya, que se escape esta misma noche. Puedes prestarle ayuda para que lo haga, pues, como todo militar de escuela, cree en el honor, se va a querer pasar de vivo y si lo agarran mañana le quito la cabeza. Ni él debe saber esta conversación; solamente tú y yo... Y tú ten cuidado que la Policía no se entere que andas por ahí; mira cómo te las arreglas para no dar cuerpo y que este pícaro se largue. Puedes retirarte.

El favorito salió con media cara cubierta en la bufanda negra. (Era bello y malo como Satán). Los oficiales que guardaban el comedor del amo le saludaron militarmente. Presentimiento; o acaso habían oído que llevaba en las manos la cabeza de un general. Sesenta desesperados bostezaban en la sala de audiencia, esperando que el Señor Presidente se desocupara. Las calles cercanas a palacio y a la casa presidencial se veían alfombradas de flores. Grupos de soldados, ni mando del comandante de armas, adornaban el frente de los cuarteles vecinos con faroles, banderitas y cadenas de papel de china azul y blanco.

Cara de Ángel no se dio cuenta de aquellos preparativos de fiesta. Había que ver al general, concertar un plan y proporcionarle la fuga. Todo le pareció fácil antes que ladraran los perros en el bosque monstruoso que separaba al Señor Presidente de sus enemigos, bosque de árboles de orejas que al menor eco se revolvían como agitadas por el huracán. Ni una brizna de ruido quedaba leguas a la redonda con el hambre de aquellos millones de cartílagos. Los perros seguían ladrando. Una red de hilos invisibles, más invisibles que los hilos del telégrafo, comunicaba cada hoja con el Señor Presidente, atento a lo que pasaba en las vísceras más secretas de los ciudadanos.

Si fuera posible hacer pacto con el Diablo, venderle el alma con tal de burlar la vigilancia de la Policía y permitir la fuga al general... Pero el Diablo no se presta para actos caritativos; bien que hasta dónde no dejaría raja aquel lance singular... La cabeza del general y algo más... Pronunció las palabras como si de verdad llevara en las manos la cabeza del general y algo más.

Había llegado a la casa de Canales, situada en el barrio de la Merced. Era un caserón de esquina, casi centenario, con cierta soberanía de moneda antigua en los ocho balcones que caían a la calle principal y el portón para carruajes que daba a la otra calle. El favorito pensó detenerse aquí y, caso de oír gente dentro, llamar para que le abrieran. Le hizo desistir la presencia de los gendarmes, que rondaban en la acera de enfrente. Apuró el paso y fue echando los ojos por las ventanas a ver si dentro había a quien hacerle señas. No vio a nadie. Imposible detenerse en la acera sin hacerse sospechoso. Pero en la esquina opuesta a la casa se abría un fondín de mala muerte, y para poder permanecer cerca de allí lo que faltaba era entrar y tomar algo. Una cerveza. Hizo decir algunas palabras a la que despachaba y con el vaso de cerveza en la mano volvió la cara para ver quién ocupaba una banquita acuñada a la pared, bulto de hombre que al entrar alcanzó a ver con el rabo del ojo. Sombrero de la coronilla a la frente, casi sobre los ojos, toalla alrededor del pescuezo, el cuello de la chaqueta levantado, pantalones campanudos, botines abotonados sin abotonar, talón alto, tapa de hule, cuero amarillo, género café. Distraídamente levantó los ojos el favorito y fue viendo las botellas alineadas en los tramos de la estantería, la ese luminosa de la bombita de la luz eléctrica, un anuncio de vinos españoles, Baco cabalgando un barril entre frailes barrigones y mujeres desnudas, y un retrato del Señor Presidente, echado a perder de joven, con ferrocarriles en los hombros, como charreteras, y un angelito dejándole caer en la cabeza una corona de laurel. Retrato de mucho gusto. De vez en vez volvía la mirada a la casa del general. Sería grave que el de la banquita y la fondera fueran más que amigos y estuvieran haciendo malobra. Se desabrochó la chaqueta al tiempo de cruzar una pierna sobre la otra y recostarse de codos en el mostrador con el aire de la persona que no se va a marchar pronto. ¿Y si pidiera otra cerveza? La pidió y para ganar tiempo pagó con un billete de cien pesos. Tal vez la fondera no tenía vuelto. Esta abrió el cajón de la venta con disgusto, hurgó entre los billetes mugrientos y lo cerró de golpe. No tenía vuelto. Siempre la misma historia de salir a buscar cambio. Se echó el delantal sobre los brazos desnudos y agarró la calle, no sin volver a mirar al de la banquita para recomendarle que estuviera ojo al Cristo con el cliente: un que sí voy a tener cuidado, un que no se vaya a robar algo. Precaución inútil, porque en ese momento salió una señorita de la casa del general, como llovida del cielo, y Cara de Ángel no esperó más.

—Señorita —le dijo andando a la par de ella—, prevenga al dueño de la casa de donde acaba de salir usted, que tengo algo muy urgente que comunicarle...

—¿Mi papá?

—¿Hija del general Canales?

—Sí, señor...

—Pues... no se detenga; no, no... Ande..., andemos, andemos... Aquí tiene usted mi tarjeta. Dígale, por favor, que le espero en mi casa lo más pronto posible; que de aquí me voy para allá, que allá le espero, que su vida está en peligro... Sí, sí, en mi casa, lo más pronto posible...

El viento le arrebató el sombrero y tuvo que volver corriendo a darle alcance. Dos y tres veces se le fue de las manos. Por fin le dio caza. Los aspavientos del que persigue un ave de corral.

Volvió al fondín, con el pretexto del vuelto, a ver la impresión que su salida repentina había hecho al de la banquita y lo encontró luchando con la fondera; la tenía acuñada contra la pared y con la boca ansiosa le buscaba la boca para darle un beso.

—¡Policía desgraciado, no es de balde que te llamás Bascas! —dijo la fondera cuando del susto, al oír los pasos de Cara de Ángel, el de la banquita la soltó.

Cara de Ángel intervino amistosamente para favorecer sus planes; desarmó a la fondera, que se había armado de una botella, y volvió a mirar al de la banquita con ojos complacientes.

—¡Cálmese, cálmese, señora! ¿Qué son esas cosas? ¡Quédese con el vuelto y arréglense por las buenas! Nada logrará con hacer escándalo y puede venir la Policía, más si el amigo...

—Lucio Vásquez, pa servir a usté...

—¿Lucio Vásquez? ¡Sucio Bascas! ¡Y la Policía..., para todo van saliendo con la Policía! ¡Que preben! ¡Que preben a entrar aquí! No le tengo miedo a nadie ni soy india, ¿oye señor?, ¡para que este me asuste con la Casa Nueva!

—¡A una casa-mala te meto si yo quiero! —murmuró Vásquez, escupiendo enseguida algo que se jaló de las narices.

—¡Será metedera! ¡Cómo no, Chon!

—¡Pero, hombre, hagan las paces, ya está!

—¡Sí, señor, si yo ya no estoy diciendo nada!

La voz de Vásquez era desagradable; hablaba como mujer, con una vocecita tierna, atiplada, falsa. Enamorado hasta los huesos de la fondera, luchaba con ella día y noche para que le diera un beso con su gusto, no le pedía más. Pero la fondera no se dejaba por aquello de que la que da el beso da el queso. Súplicas, amenazas, regalitos, llantos fingidos y verdaderos, serenatas, tustes, todo se estrellaba en la negativa cerril de la fondera, la cual no cedió nunca ni jamás se dio por las buenas. «El que me quiera —decía— ya sabe que conmigo el amor es lucha a brazo partido».

—Ahora que se callaron —continuó Cara de Ángel, hablaba como para él, frotando el índice en una monedita de níquel clavada en el mostrador—, les contaré lo que pasa con la señorita de allí enfrente.

E iba a contar que un amigo le había encargado que le preguntara si le recibía una carta, pero la fondera se interpuso...

—¡Dichosote, si ya vimos que es usté el que le está rascando el ala!

El favorito sintió que le llovía luz en los ojos... Rascar el ala... Contar que se opone la familia... Fingir un rapto... Rapto y parto tienen las mismas letras...

Sobre la monedita de níquel clavada en el mostrador seguía frotando el dedo, solo que ahora más de prisa.

—Es verdad —contestó Cara de Ángel—, pero estoy fregado porque su papá no quiere que nos casemos...

—¡Cállese con ese viejo! —intervino Vásquez—. ¡Ahí las carotas de herrero mal pagado que le hace a uno, como si uno tuviera la culpa de la orden que hay de seguirlo por todas partes!

—¡Así son los ricos! —agregó la fondera de mal modo.

—Y por eso —explicó Cara de Ángel— he pensado sacármela de su casa. Ella está de acuerdo. Cabalmente acabamos de hablar y lo vamos a hacer esta noche.

La fondera y Vásquez sonrieron.

—¡Servite un trago! —le dijo Vásquez—, que esto se está poniendo bueno. —Luego se volvió a ofrecer a Cara de Ángel un cigarrillo—. ¿Fuma, caballero?

—No, gracias... Pero..., por no hacerle el desprecio...

La fondera sirvió tres tragos mientras aquellos encendían los cigarrillos.

Un momento después dijo Cara de Ángel, ya cuando les había acabado de pasar el ardor del trago.

—¿Desde luego cuento con ustedes? ¡Valga lo que valga, lo que necesito es que me ayuden! ¡Ah, pero eso sí, debe ser hoy mismo!

—Después de las once de la noche yo no puedo, tengo servicio —observó Vásquez—, pero esta...

—¡Esta será tu cara, mirá cómo hablás!

—¡Ella, que diga, la Masacuata —y volvió a mirar a la fondera— hará mis veces! ¡Vale por dos, salvo que quiera que le mande un suple; tengo un amigo con quien quedé de juntarme por onde los chinos!

—¡Vos para todo vas saliendo con ese Genaro Rodas, guacal de horchata, mi compañero!

—¿Qué es eso de guacal de horchata? —indagó Cara de Ángel.

—Eso es que parece muerto, que es descoli... ya no sé ni hablar..., des-colo-rido, vaya...!

—¿Y qué tiene que ver?

—Que yo vea no hay inconveniente...

—... Pues, sí hay, y perdone, señor, que le corte la palabra; yo no se lo quería decir: la mujer de ese Genaro Rodas, una tal llamada Fedina, anda contando que la hija del general va a ser madrina de su hijo; quiere decir que ese Genaro Rodas, tu amigo, para lo que el señor lo quiere no es mestrual.

—¡Qué trompeta!

—¡Para vos todo es trompeta!

Cara de Ángel agradeció a Vásquez su buena voluntad, dándole a entender que era mejor que no contaran con guacal de horchata, porque, como decía la fondera, efectivamente no era neutral.

—Es una lástima, amigo Vásquez, que usted no pueda ayudarme en la cosa esta...

—Yo también siento no poderle hacer campaña, usté; de haberlo sabido, me arreglo para pedir permiso.

—Si se pudiera arreglar con dinero...

—¡No, usté, de ninguna manera, yo no suelo ser así; es porque ya sabe que no se puede arreglar! —Y se llevó la mano a la oreja.

—¡Qué se ha de hacer, lo que no se puede no se puede! Volveré de madrugada, dos menos cuarto o una y media, que el amor se llama luego y fuego.

Acabó de despedirse en la puerta, se llevó el reloj de pulsera al oído para saber si estaba andando —¡qué cosquillita fatal la de aquella pulsación isócrona!—, y partió a toda prisa con la bufanda negra sobre la cara pálida. Llevaba en las manos la cabeza del general y algo más.

VII
ABSOLUCIÓN ARZOBISPAL

Genaro Rodas se detuvo junto a la pared a encender un cigarrillo. Lucio Vásquez asomó cuando rascaba el fósforo en la cajetilla. Un perro vomitaba en la reja del Sagrario.

—¡Este viento fregado! —refunfuñó Rodas a la vista de su amigo.

—¿Qué tal, vos? —saludó Vásquez, y siguieron andando.

—¿Qué tal, viejo?

—¿Para dónde vas?

—¿Cómo para dónde vas? ¡Vos sí que me hacés gracia! ¿No habíamos quedado de juntarnos por aquí, pues?

—¡Ah! ¡Ah! Creí que te se había olvidado. Ya te voy a contar qué hubo de aquello. Vamos a meternos un trago. No sé, pero tengo ganas de meterme un trago. Venite, pasemos por el portal a ver si hay algo.

—No creo, vos, pero si querés pasemos; allí, desde que prohibieron que llegaran a dormir los pordioseros, ni gatos se ven de noche.

—Por fortuna, decí. Atravesemos por el atrio de la catedral, si te parece. Y qué aire el que se alborotó...

Después del asesinato del coronel Parrales Sonriente, la Policía secreta no desamparaba ni un momento el portal del Señor; vigilancia encargada a los hombres más amargos. Vásquez y su amigo recorrieron el portal de punta a punta, subieron por las gradas que caían a la esquina del palacio arzobispal y salieron por el lado de las Cien Puertas. Las sombras de las pilastras echadas en el piso ocupaban el lugar de los mendigos. Una escalera y otra y otra advertían que un pintor de brocha gorda iba a rejuvenecer el edificio. Y en efecto, entre las disposiciones del Honorable Ayuntamiento encaminadas a testimoniar al Presidente de la República su incondicional adhesión, sobresalía la de pintura y aseo del edificio que había sido teatro del odioso asesinato, a costa de los turcos que en él tenían sus bazares hediondos a cacho quemado. «Que paguen los turcos, que en cierto modo son culpables de la muerte del coronel Parrales Sonriente, por vivir en el sitio en que se perpetró el crimen», decían, hablando en plata, los severos acuerdos edilicios. Y los turcos, con aquellas contribuciones de carácter vindicativo, habrían acabado más pobres que los pordioseros que antes dormían a sus puertas, sin la ayuda de amigos cuya influencia les permitió pagar los gastos de pintura, aseo y mejora del alumbrado del portal del Señor, con recibos por cobrar al Tesoro Nacional, que ellos habían comprado por la mitad de su valor.

Pero la presencia de la Policía secreta les aguó la fiesta. En voz baja se preguntaban el porqué de aquella vigilancia. ¿No se licuaron los recibos en los recipientes llenos de cal? ¿No se compraron a sus costillas brochas grandes como las barbas de los profetas de Israel? Prudentemente, aumentaron en las puertas de sus almacenes, por dentro, el número de trancas, pasadores y candados.

Vásquez y Rodas dejaron el portal por el lado de las Cien Puertas. El silencio ordeñaba el eco espeso de los pasos. Adelante, calle arriba, se colaron en una cantina llamada El Despertar del León. Vásquez saludó al cantinero, pidió dos copas y vino a sentarse al lado de Rodas, en una mesita, detrás de un cancel.

—Contá, pues, vos, qué hubo de mi lío —dijo Rodas.

—¡Salú! —Vásquez levantó la copa de aguardiente blanco.

—¡A la tuya, viejito!

El cantinero, que se había acercado a servirles, agregó maquinalmente:

—¡A su salú, señores!

Ambos vaciaron las copas de un solo trago.

—De aquello no hubo nada... —Vásquez escupió estas palabras con el último sorbo de alcohol diluido en espumosa saliva—; el subdirector metió a un su ahijado y cuando yo le hablé por vos, ya el chance se lo había dado a ese que tal vez es un mugre.

—¡Vos dirés!

—Pero como donde manda capitán no manda marinero... Yo le hice ver que vos querías entrar a la Policía secreta, que eras un tipo muy de a petate. ¡Ya vos sabés cómo son las caulas!

—Y él ¿qué te dijo?

—Lo que estás oyendo, que ya tenía el puesto un ahijado suyo, y ya con eso me tapó el hocico. Ahora que te voy a decir, está más difícil que cuando yo entré conseguir hueso en la secreta. Todos han choteado que esa es la carrera del porvenir.

Rodas frotó sobre las palabras de su amigo un gesto de hombros y una palabra ininteligible. Había venido con la esperanza de encontrar trabajo.

—¡No hombre, no es para que te aflijás, no es para que te aflijás! En cuanto sepamos de otro hueso te lo consigo. Por Dios, por mi madre, que sí; más ahora que la cosa se está poniendo color de hormiga y que de seguro van a aumentar plazas. No sé si te conté... —dicho esto, Vásquez se volvió a todos lados—. ¡No soy baboso! ¡Mejor no te cuento!

—¡Bueno, pues, no me contés nada; a mí qué me importa!

—La cosa está tramada...

—¡Mirá, viejo, no me contés nada; haceme el favor de callarte! ¡Ya dudaste, ya dudaste, vaya...!

—¡No, hombre, no, qué rascado sos vos!

—¡Mirá, callate, a mí no me gustan esas desconfianzas, parecés mujer! ¿Quién te está preguntando nada para que andés con esas plantas?

Vásquez se puso de pie, para ver si alguien le oía y agregó a media voz, aproximándose a Rodas, que le escuchaba de mal modo, ofendido por sus reticencias.

—No sé si te conté que los pordioseros que dormían en el portal la noche del crimen ya volaron lengua, y que hasta con frijoles se sabe quiénes se pepenaron al coronel —y subiendo la voz—, ¿quiénes dirés vos? —y bajándola a tono de secreto de Estado—, nada menos que el general Eusebio Canales y el licenciado Abel Carvajal...

—¿Por derecho es eso que me estás contando?

—Hoy salió la orden de captura contra ellos, con eso te lo digo todo.

—¡Ahí está, viejo —adujo Rodas más calmado—; ese coronel que decían que mataba una mosca de un tiro a cien pasos y al que todos le cargaban pelos se lo volaron sin revólver ni fierro, con solo apretarle el pescuezo como gallina! En esta vida, viejo, el todo es decidirse. ¡Qué de a zompopo esos que se lo soplaron!

Vásquez propuso otro farolazo y ya fue pidiéndolo:

—¡Dos pisitos, don Lucho!

Don Lucho, el cantinero, llenó de nuevo las copas. Atendía a los clientes luciendo sus tirantes de seda negra.

—¡Atravesémosnoslo, pues, vos! —dijo Vásquez y, entre dientes, después de escupir, agregó—: ¡A vos seguido se te va el pájaro! ¡Ya sabés, que es mi veneno ver las copas llenas, y si no lo sabés, sabelo! ¡Salú!

Rodas, que estaba distraído, se apresuró a brindar. Enseguida, al despegarse la copa vacía de los labios, exclamó:

—¡Papos eran esos que se mandaron al otro lado al coronel, de volver por el portal! ¡Cualquier día!

—¿Y quién está diciendo que van a volver?

—¿Cómo?

—¡Mie... entras se averigua, todo lo que vos querrás! ¡Ja, ja, ja! ¡Ya me hiciste rirrr!

—¡Con lo que salís vos! Lo que yo digo es que si ya saben quiénes se tiraron al coronel, no vale la pena que estén esperando que esos señores vuelvan por el portal para capturarlos, o... no hay duda que por la linda cara de los turcos estás cuidando el portal. ¡Decí! ¡Decí!

—¡No alegués ignorancias!

—¡Ni vos me vengás con cantadas a estas horas!

—Lo que la Policía secreta hace en el portal del Señor no tiene nada que ver con el lío del coronel Parrales, ni te importa...

—... ¡de torta por si al caso!

—¡De pura torta, y cuchillo que no corta!

—¡La vieja que te aborta! ¡Somato! ¡Ay, juerzas!

—No, en serio, lo que la Policía secreta aguarda en el portal no tiene que ver con el asesinato. De veras, de veras que no. Ni te figurás lo que estamos haciendo allí... Estamos esperando a un hombre con rabia.

—¡Me zafo!

—¿Te acordás de aquel mudo que en las calles le gritaban «madre»? Aquel alto, huesudo, de las piernas torcidas, que corría por las calles como loco... ¿Te acordás?... Sí te habés de acordar, ya lo creo. Pues a ese es al que estamos atalayando en el portal, de donde desapareció hace tres días. Le vamos a dar chorizo...

Y al decir así Vásquez se llevó la mano a la pistola.

—¡Haceme cosquillas!

—No, hombre, si no es por sacarte franco; es cierto, créelo que es cierto; ha mordido a plebe de gente y los médicos recetaron que se le introdujera en la piel una onza de plomo. ¡Qué tal te sentís!

—Vos lo que querés es hacerme güegüecho, pero todavía no ha nacido quién, viejito, no soy tan zorenco. Lo que la Policía espera en el portal es el regreso de los que le retorcieron el pescuezo al coronel...

—¡Jolón, no! ¡Qué negro, por la gran zoraida! ¡Al mudo, lo que estás oyendo, al mudo, al mudo que tiene rabia y ha mordido a plebe de gente! ¿Querés que te lo vuelva a repetir?

El Pelele engusanaba la calle de quejidos, a la rastra el cuerpo que le mordía el dolor de los ijares, a veces sobre las manos, embrocado, dándose impulso con la punta de un pie, raspando el vientre por las piedras, a veces sobre el muslo de la pierna buena, que encogía mientras adelantaba el brazo para darse empuje con el codo. La plaza asomó por fin. El aire metía ruido de zopilotes en los árboles del parque magullados por el viento. El Pelele tuvo miedo y quedó largo rato desclavado de su conciencia, con el ansia de las entrañas vivas en la lengua seca, gorda y reseca como pescado muerto en la ceniza, y la entrepierna remojada como tijera húmeda. Grada por grada subió al portal del Señor, grada por grada, a estirones de gato moribundo, y se arrinconó en una sombra con la boca abierta, los ojos pastosos y los trapos que llevaba encima tiesos de sangre y tierra. El silencio fundía los pasos de los últimos transeúntes, los golpecitos de las armas de los centinelas y las pisadas de los perros callejeros que, con el hocico a ras del suelo, hurgaban en busca de huesos los papeles y las hojas de tamales que a orillas del portal arrastraba el viento.

Don Lucho llenó otra vez las copas dobles que llamaban «dos pisos».

—¿Cómo es eso de te se pone? —decía Vásquez entre dos escupidas, con la voz más aguda que de costumbre—. ¿No te estoy contando, pues, que estaba yo hoy como a las nueve, más serían, tal vez las nueve y media, antes de venirme a juntar con vos, cortejeándome a la Masacuata, cuando entró a la cantina un tipo a beberse una cerveza? Aquella se la sirvió volando. El tipo pidió otra y pagó con un billete de cien varas. Aquella no tenía vuelto y fue a descambiar. Pero yo me hice una brochota grande, pues desde que vi entrar al traido se me puso que... que ahí había gato encerrado, y como si lo hubiera sabido, viejo: una patoja salió de la casa de enfrente y ni bien había salido, el tipo se había puesto las botas tras ella. Y ya no pude volar más vidrio, porque en eso regresó la Masacuata, y yo, ya sabés, me puse a querérmela luchar...

—Y entonces las cien varas...

—No, ya vas a ver. En lucha estábamos con aquella, cuando el tipo regresó por el vuelto del billete, y como nos encontró abrazados, se hizo de confianza y nos contó que estaba coche por la hija del general Canales y que pensaba robársela hoy en la noche, si era posible. La hija del general Canales era la patoja, que había salido a ponerse de acuerdo con él. No sabés cómo me rogó para que yo le ayudara en el volado, pero yo qué iba a poder, con esta cuidadera del portal...

—¡Qué largos!, ¿verdá, vos?

Rodas acompañó esta exclamación con un chisguetazo de saliva.

—Y como a ese traido yo me lo he visto parado muchas veces por la casa presidencial...

—¡Me zafo, debe ser familia...!

—No, ¡qué va a ser!, ni por donde pasó el zope. Lo que sí me extraña es la prisota que se cargaba por robarse a la muchacha esa hoy mismo. Algo sabe de la captura del general y querrá armarse de traida cuando los cuques carguen con el viejo.

—Sin jerónimo de duda, en lo que estás vos...

—¡Metámonos el ultimátum y nos vamos a la mierda!

Don Lucho llenó las copas y los amigos no tardaron en vaciarlas. Escupían sobre gargajos y chencas de cigarrillos baratos.

—¿Como cuánto le debemos, don Lucho?

—Son dieciséis con cuatro...

—¿De cada uno? —intervino Rodas.

—¡No, cómo va a ser eso; todo junto! —respondió el cantinero, mientras Vásquez le contaba en la mano algunos billetes y cuatro monedas de níquel.

—¡Hasta la vista, don Lucho!

—¡Don Luchito, ya nos vemos!

Estas voces se confundieron con la voz del cantinero, que se acercó a despedirles hasta la puerta.

—¡Ah, la gran flauta, qué frío el que hace...! —exclamó Rodas al salir a la calle, clavándose las manos en las bolsas del pantalón.

Paso a paso llegaron a las tiendas de la cárcel, en la esquina inmediata al portal del Señor, y a instancias de Vásquez, que se sentía contento y estiraba los brazos como si se despegara de una torta de pereza, se detuvieron allí.

—¡Este sí que es el mero despertar del lión que tiene melena de tirabuzones! —decía desperezándose—. ¡Y qué lío el que se debe tener un lión para ser un lión! Y haceme el favor de ponerte alegre, porque esta es mi noche alegre, esta es mi noche alegre; soy yo quien te lo digo, ¡esta es mi noche alegre!

Y a fuerza de repetir así, con la voz aguda, cada vez más aguda, parecía cambiar la noche en pandereta negra con sonajas de oro, estrechar en el viento manos de amigos invisibles y traer al titiritero del portal con los personajes de sus pantomimas a enzoguillarle la garganta de cosquillas para que se carcajeara. Y reía, reía ensayando a dar pasos de baile con las manos en las bolsas de la chaqueta cuta y cuando tomaba su risa ahogo de queja y ya no era gusto sino sufrimiento, se doblaba por la cintura para defender la boca del estómago. De pronto guardó silencio. La carcajada se le endureció en la boca, como el yeso que emplean los dentistas para tomar el molde de la dentadura. Había visto al Pelele. Sus pasos patearon el silencio del portal. La vieja fábrica los fue multiplicando por dos, por ocho, por doce. El idiota se quejaba quedito y recio como un perro herido. Un alarido desgarró la noche. Vásquez, a quien el Pelele vio acercarse con la pistola en la mano, lo arrastraba de la pierna quebrada hacia las gradas que caían a la esquina del palacio arzobispal. Rodas asistía a la escena, sin movimiento, con el resuello espeso, empapado en sudor. Al primer disparo el Pelele se desplomó por la gradería de piedra. Otro disparo puso fin a la obra. Los turcos se encogieron entre dos detonaciones. Y nadie vio nada, pero en una de las ventanas del palacio arzobispal, los ojos de un santo ayudaban a bien morir al infortunado y en el momento en que su cuerpo rodaba por las gradas, su mano con esposa de amatista le absolvía abriéndole el Reino de Dios.

VIII
EL TITIRITERO DEL PORTAL

A las detonaciones y alaridos del Pelele, a la fuga de Vásquez y su amigo, mal vestidas de luna corrían las calles por las calles sin saber bien lo que había sucedido y los árboles de la plaza se tronaban los dedos en la pena de no poder decir con el viento, por los hilos telefónicos, lo que acababa de pasar. Las calles asomaban a las esquinas preguntándose por el lugar del crimen y, como desorientadas, unas corrían hacia los barrios céntricos y otras, hacia los arrabales. ¡No, no fue en el callejón del Judío, zigzagueante y con olas, como trazado por un borracho! ¡No en el callejón de Escuintilla, antaño sellado por la fama de cadetes que estrenaban sus espadas en carne de gendarmes malandrines, remozando historias de mosqueteros y caballerías! ¡No en el callejón del Rey, el preferido de los jugadores, por donde reza que ninguno pasa sin saludar al rey! ¡No en el callejón de Santa Teresa, de vecindario amargo y acentuado declive! ¡No en el callejón del Conejo, ni por la pila de la Habana, ni por las Cinco-Calles, ni por el Martinico...!

Había sido en la plaza Central, allí donde el agua seguía lava que lava los mingitorios públicos con no sé qué de llanto, los centinelas golpea que golpea las armas y la noche

gira que gira en la bóveda helada del cielo con la catedral
y el cielo.

Una confusa palpitación de sien herida por los disparos
tenía el viento, que no lograba arrancar a soplidos las ideas
fijas de las hojas de la cabeza de los árboles.

De repente abriose una puerta en el portal del Señor y
como ratón asomó el titiritero. Su mujer lo empujaba a la
calle, con curiosidad de niña de cincuenta años, para que
viera y le dijera lo que sucedía. ¿Qué sucedía? ¿Qué habían
sido aquellas dos detonaciones tan seguiditas? Al titiritero le resultaba poco gracioso asomarse a la puerta en paños
menores por las novelerías de doña Venjamón, como apodaban a su esposa, sin duda porque él se llamaba Benjamín,
y grosero cuando esta en sus embelequerías y ansia de saber
si habían matado a algún turco empezó a clavarle entre las
costillas las diez espuelas de sus dedos para que alargara el
cuello lo más posible.

—¡Pero, mujer, si no veo nada! ¡Cómo querés que te
diga! ¿Y qué son esas exigencias?...

—¿Qué decís?... ¿Fue por onde los turcos?

—Digo que no veo nada, que qué son esas exigencias...

—¡Hablá claro, por amor de Dios!

Cuando el titiritero se apeaba los dientes postizos, para
hablar movía la boca chupada como ventosa.

—¡Ah!, ya veo, esperá; ¡ya veo de qué se trata!

—¡Pero, Benjamín, no te entiendo nada! —y casi jiri-
miqueando—. ¿Querrés entender que no te entiendo nada?

—¡Ya veo, ya veo!... ¡Allá, por la esquina del palacio
arzobispal, se está juntando gente!

—¡Hombre, quitá de la puerta, porque ni ves nada
—sos un inútil— ni te entiendo una palabra!

Don Benjamín dejó pasar a su esposa, que asomó des-
greñada, con un seno colgando sobre el camisón de indiana

amarilla y el otro enredado en el escapulario de la Virgen del Carmen.

—¡Allí... que llevan la camilla! —fue lo último que dijo don Benjamín.

—¡Ah, bueno, bueno, si fue allí no más!... ¡Pero no fue por onde los turcos, como yo creía! ¡Cómo no me habías dicho, Benjamín, que fue allí no más; pues con razón, pues, que se oyeron los tiros tan cerca!

—Como que vi, ve, que llevaban la camilla —repitió el titiritero. Su voz parecía salir del fondo de la tierra, cuando hablaba detrás de su mujer.

—¿Que qué?

—¡Que yo como que vi, ve, que llevaban la camilla!

—¡Callá, no sé lo que estás diciendo, y mejor si te vas a poner los dientes que sin ellos, como si me hablaras en inglés!

—¡Que yo como que vi, ve...!

—¡No, ahora la traen!

—¡No, niña, ya estaba allí!

—¡Que ahora la traen, digo yo, y no soy choca!, ¿verdá?

—¡No sé, pero yo como que vi...!

—¿Que qué...? ¿La camilla? Entendé que no...

Don Benjamín no medía un metro; era delgadito y velludo como murciélago y estaba aliviado si quería ver en lo que paraba aquel grupo de gentes y gendarmes a espaldas de doña Venjamón, dama de puerta mayor, dos asientos en el tranvía, uno para cada nalga, y ocho varas y tercia por vestido.

—Pero solo vos querés ver... —se atrevió don Benjamín con la esperanza de salir de aquel eclipse total.

Al decir así, como si hubiera dicho ¡ábrete, perejil!, giró doña Venjamón como una montaña, y se le vino encima.

—¡En prestá te cargo, chu-malía! —le gritó. Y alzándolo del suelo lo sacó a la puerta como un niño en brazos.

El titiritero escupió verde, morado, anaranjado, de todos colores. A lo lejos, mientras él pataleaba sobre el vientre o cofre de su esposa, cuatro hombres borrachos cruzaban la plaza llevando en una camilla el cuerpo del Pelele. Doña Venjamón se santiguó. Por él lloraban los mingitorios públicos y el viento metía ruido de zopilotes en los árboles del parque, descoloridos, color de guardapolvo.

—¡Chichigua te doy y no esclava, me debió decir el cura, ¡maldita sea su estampa!, el día que nos casamos! —refunfuñó el titiritero al poner los pies en tierra firme.

Su cara mitad lo dejaba hablar, cara mitad inverosímil, pues si él apenas llegaba a mitad de naranja mandarina, ella sobraba para toronja; le dejaba hablar, parte porque no le entendía una palabra sin los dientes y parte por no faltarle al respeto de obra.

Un cuarto de hora después, doña Venjamón roncaba como si su aparato respiratorio luchase por no morir aplastado bajo aquel tonel de carne, y él, con el hígado en los ojos, maldecía de su matrimonio.

Pero su teatro de títeres salió ganancioso de aquel lance singular. Los muñecos se aventuraron por los terrenos de la tragedia, con el llanto goteado de sus ojos de cartón piedra, mediante un sistema de tubitos que alimentaban con una jeringa de lavativa metida en una palangana de agua. Sus títeres solo habían reído y si alguna vez lloraron fue con muecas risueñas, sin la elocuencia del llanto corriéndoles por las mejillas y anegando el piso del tabladillo de las alegres farsas con verdaderos ríos de lágrimas.

Don Benjamín creyó que los niños llorarían con aquellas comedias picadas de un sentido de pena y su sorpresa no tuvo límites cuando los vio reír con más ganas, a mandíbula batiente, con más alegría que antes. Los niños reían de ver llorar... Los niños reían de ver pegar...

—¡Ilógico! ¡Ilógico! —concluía don Benjamín.

—¡Lógico! ¡Relógico! —le contradecía doña Venjamón.

—¡Ilógico! ¡Ilógico! ¡Ilógico!

—¡Relógico! ¡Relógico! ¡Relógico!

—¡No entremos en razones! —proponía don Benjamín.

—¡No entremos en razones! —aceptaba ella...

—Pero es ilógico...

—¡Relógico, vaya! ¡Relógico, recontralógico!

Cuando doña Venjamón la tenía con su marido iba agregando sílabas a las palabras, como válvulas de escape para no estallar.

—¡Ilolololológico! —gritaba el titiritero a punto de arrancarse los pelos de la rabia...

—¡Relógico! ¡Relógico! ¡Recontralógico! ¡Requetecontrarrelógico!

Lo uno o lo otro, lo cierto es que en el teatrillo del titiritero del portal funcionó por mucho tiempo aquel chisme de lavativa que hacía llorar a los muñecos para divertir a los niños.

IX
OJO DE VIDRIO

El pequeño comercio de la ciudad cerraba sus puertas en las primeras horas de la noche, después de hacer cuentas, recibir el periódico y despachar a los últimos clientes. Grupos de muchachos se divertían en las esquinas con los ronrones que atraídos por la luz revoloteaban alrededor de los focos eléctricos. Insecto cazado era sometido a una serie de torturas que prolongaban los más belitres a falta de un piadoso que le pusiera el pie para acabar de una vez. Se veían en las ventanas parejas de novios entregados a la pena de sus amores, y patrullas armadas de bayonetas y rondas armadas de palos que al paso del jefe, hombre tras hombre, recorrían las calles tranquilas. Algunas noches, sin embargo, cambiaba todo. Los pacíficos sacrificadores de ronrones jugaban a la guerra organizándose para librar batallas cuya duración dependía de los proyectiles, porque no se retiraban los combatientes mientras quedaban piedras en la calle. La madre de la novia, con su presencia, ponía fin a las escenas amorosas haciendo correr al novio, sombrero en mano, como si se le hubiera aparecido el Diablo. Y la patrulla, por cambiar de paso, la tomaba de primas a primeras contra un paseante cualquiera, registrándole de pies a cabeza y cargando con él a la cárcel, cuando no tenía armas, por sospechoso, vago, conspirador, o, como decía el jefe, «porque me cae mal...».

La impresión de los barrios pobres a estas horas de la noche era de infinita soledad, de una miseria sucia con restos de abandono oriental, sellada por el fatalismo religioso que le hacía voluntad de Dios. Los desagües iban llevándose la luna a flor de tierra, y el agua de beber contaba, en las alcantarillas, las horas sin fin de un pueblo que se creía condenado a la esclavitud y al vicio.

En uno de estos barrios se despidieron Lucio Vásquez y su amigo.

—¡Adiós, Genaro!... —dijo aquel requiriéndole con los ojos para que guardara el secreto—, me voy volado porque voy a ver si todavía es tiempo de darle una manita al traido de la hija del general.

Genaro se detuvo un momento con el gesto indeciso del que se arrepiente de decir algo al amigo que se va; luego acercose a una casa —vivía en una tienda— y llamó con el dedo.

—¿Quién? ¿Quién es? —reclamaron dentro.

—Yo... —respondió Genaro, inclinando la cabeza sobre la puerta, como el que habla al oído de una persona bajita.

—¿Quién yo? —dijo al abrir una mujer.

En camisón y despeinada, su esposa, Fedina de Rodas, alzó el brazo levantando la candela a la altura de la cabeza, para verle la cara.

Al entrar Genaro, bajó la candela, y dejó caer los aldabones con gran estrépito y encaminose a su cama, sin decir palabra. Frente al reloj plantó la luz para que viera el resinvergüenza a qué horas llegaba. Este se detuvo a acariciar al gato que dormía sobre la tilichera, ensayando a silbar un aire alegre.

—¿Qué hay de nuevo que tan contento? —gritó Fedina sobándose los pies para meterse en la cama.

—¡Nada! —se apresuró a contestar Genaro, perdido como una sombra en la oscuridad de la tienda, temeroso de que su mujer le conociera en la voz la pena que traía.

—¡Cada vez más amigo de ese policía que habla como mujer!

—¡No! —cortó Genaro, pasando a la trastienda que les servía de dormitorio con los ojos ocultos en el sombrero gacho.

—¡Mentiroso, aquí se acaban de despedir! ¡Ah!, yo sé lo que te digo; nada buenos son esos hombres que hablan, como tu amigote, con vocecita de gallo-gallina. Tus idas y venidas con ese es porque andarán viendo cómo te hacés policía secreto. ¡Oficio de vagos, cómo no les da vergüenza!

—¿Y esto? —preguntó Genaro, para dar otro rumbo a la conversación, sacando un faldoncito de una caja.

Fedina tomó el faldón de las manos de su marido, como una bandera de paz, y sentose en la cama muy animada a contarle que era obsequio de la hija del general Canales, a quien tenía hablada para madrina de su primogénito. Rodas escondió la cara en la sombra que bañaba la cuna de su hijo, y, de mal humor, sin oír lo que hablaba su mujer de los preparativos del bautizo, interpuso la mano entre la candela y sus ojos para apartar la luz, mas al instante la retiró sacudiéndola para limpiarse el reflejo de sangre que le pegaba los dedos. El fantasma de la muerte se alzaba de la cuna de su hijo, como de un ataúd. A los muertos se les debía mecer como a los niños. Era un fantasma color de clara de huevo, con nube en los ojos, sin pelo, sin cejas, sin dientes, que se retorcía en espiral como los intestinos de los incensarios en el oficio de difuntos. A lo lejos escuchaba Genaro la voz de su mujer. Hablaba de su hijo, del bautizo, de la hija del general, de invitar a la vecina de pegado a la casa, al vecino gordo de enfrente, a la vecina

de a la vuelta, al vecino de la esquina, al de la fonda, al de
la carnicería, al de la panadería.

—¡Qué alegres vamos a estar!...

Y cortando bruscamente:

—Genaro: ¿qué te pasa?

Este saltó:

—¡A mí no me pasa nada!

El grito de su esposa bañó de puntitos negros el fantasma de la muerte, puntitos que marcaron sobre la sombra de un rincón el esqueleto. Era un esqueleto de mujer, pero de mujer no tenía sino los senos caídos, fláccidos y velludos como ratas colgando sobre la trampa de las costillas.

—Genaro: ¿qué te pasa?

—A mí no me pasa nada.

—Para eso, para volver como sonámbulo, con la cola entre las piernas, te vas a la calle. ¡Diablo de hombre, que no puede estarse en su casa!

La voz de su esposa arropó el esqueleto.

—No, si a mí no me pasa nada.

Un ojo se le paseaba por los dedos de la mano derecha como una luz de lamparita eléctrica. Del meñique al mediano, del mediano al anular, del anular al índice, del índice al pulgar. Un ojo... Un solo ojo... Se le tasajeaban las palpitaciones. Apretó la mano para destriparlo, duro, hasta enterrarse las uñas en la carne. Pero, imposible; al abrir la mano, reapareció en sus dedos, no más grande que el corazón de un pájaro y más horroroso que el infierno. Una rociada de caldo de res hirviente le empapaba las sienes. ¿Quién le miraba con el ojo que tenía en los dedos y que saltaba, como la bolita de una ruleta, al compás de un doble de difuntos?

Fedina le retiró del canasto donde dormía su hijo.

—Genaro: ¿qué te pasa?

—¡Nada!

Y... unos suspiros más tarde:

—¡Nada, es un ojo que me persigue, es un ojo que me persigue! Es que me veo las manos... ¡No, no puede ser! Son mis ojos, es un ojo...

—¡Encomendate a Dios! —zanjó ella entre dientes, sin entender bien aquellas jerigonzas.

—¡Un ojo..., sí, un ojo redondo, negro, pestañudo, como de vidrio!

—¡Lo que es es que estás borracho!

—¡Cómo va a ser eso, si no he bebido na!

—¡Nada, y se te siente la boca hedionda a trago!

En la mitad de la habitación que ocupaba el dormitorio —la otra mitad de la pieza la ocupaba la tienda—, Rodas se sentía perdido en un subterráneo, lejos de todo consuelo, entre murciélagos y arañas, serpientes y cangrejos.

—¡Algo hiciste —añadió Fedina, cortada la frase por un bostezo—; es el ojo de Dios que te está mirando!

Genaro se plantó de un salto en la cama y con zapatos y todo, vestido, se metió bajo las sábanas. Junto al cuerpo de su mujer, un bello cuerpo de mujer joven, saltaba el ojo. Fedina apagó la luz, mas fue peor; el ojo creció en la sombra con tanta rapidez, que en un segundo abarcó las paredes, el piso, el techo, las casas, su vida, su hijo...

—No —repuso Genaro a una lejana afirmación de su mujer que, a sus gritos de espanto, había vuelto a encender la luz y le enjugaba con un pañal el sudor helado que le corría por la frente—, no es el ojo de Dios, es el ojo del Diablo...

Fedina se santiguó. Genaro le dijo que volviera a apagar la luz. El ojo se hizo un ocho al pasar de la claridad a la tiniebla, luego tronó, parecía que se iba a estrellar con algo, y no tardó en estrellarse contra unos pasos que resonaban en la calle...

—¡El portal! ¡El portal! —gritó Genaro—. ¡Sí! ¡Sí! ¡Luz! ¡Fósforos! ¡Luz! ¡Por vida tuya, por vida tuya!

Ella le pasó el brazo encima para alcanzar la caja de fósforos. A lo lejos se oyeron las ruedas de un carruaje. Genaro, con los dedos metidos en la boca, hablaba como si se estuviera ahogando: no quería quedarse solo y llamaba a su mujer que, para calmarle, se había echado la enagua e iba a salir a calentarle un trago de café.

A los gritos de su marido, Fedina volvió a la cama presa de miedo. «¿Estará engasado o... qué?», se decía, siguiendo con sus hermosas pupilas negras las palpitaciones de la llama. Pensaba en los gusanos que le sacaron del estómago a la Niña Enriqueta, la del mesón del teatro; en el paxte que en lugar de sesos le encontraron a un indio en el hospital; en el cadejo que no dejaba dormir. Como la gallina que abre las alas y llama a los polluelos en viendo pasar al gavilán, se levantó a poner sobre el pechito de su recién nacido una medalla de san Blas, rezando el trisagio en alta voz.

Pero el trisagio sacudió a Genaro como si le estuvieran pegando. Con los ojos cerrados tirose de la cama para alcanzar a su mujer, que estaba a unos pasos de la cuna, y de rodillas, abrazándola por las piernas, le contó lo que había visto.

—Sobre las gradas, sí, para abajo, rodó chorreando sangre al primer disparo, y no cerró los ojos. Las piernas abiertas, la mirada inmóvil... ¡Una mirada fría, pegajosa, no sé...! ¡Una pupila que como un relámpago lo abarcó todo y se fijó en nosotros! ¡Un ojo pestañudo que no se me quita de aquí, de aquí de los dedos, de aquí, Dios mío, de aquí!...

Le hizo callar un sollozo del crío. Ella levantó del canasto al niño envuelto en sus ropillas de franela y le dio el pecho, sin poder alejarse del marido, que le infundía asco y que arrodillado se apretaba a sus piernas, gemebundo.

—Lo más grave es que Lucio...

—¿Ese que habla como mujer se llama Lucio?

—Sí, Lucio Vásquez...

—¿Es al que le dicen Terciopelo?

—Sí...

—¿Y a santo de qué lo mató?

—Estaba mandado, tenía rabia. Pero no es eso lo más grave; lo más grave es que Lucio me contó que hay orden de captura contra el general Canales, y que un tipo que él conoce se va a robar a la señorita su hija hoy en la noche.

—¿A la señorita Camila? ¿A mi comadre?

—Sí.

Al oír lo que no era creíble, Fedina lloró con la facilidad y abundancia con que lloran las gentes del pueblo por las desgracias ajenas. Sobre la cabecita de su hijo que arrullaba caía el agua de sus lágrimas, calentita como el agua que las abuelas llevan a la iglesia para agregar al agua fría y bendita de la pila bautismal. La criatura se adormeció. Había pasado la noche y estaban bajo una especie de ensalmo, cuando la aurora pintó bajo la puerta su renglón de oro y se quebraron en el silencio de la tienda los toquidos de la acarreadora del pan.

—¡Pan! ¡Pan! ¡Pan!

X
PRÍNCIPES DE LA MILICIA

El general Eusebio Canales, alias Chamarrita, abandonó la casa de Cara de Ángel con porte marcial, como si fuera a ponerse al frente de un ejército, pero al cerrar la puerta y quedar solo en la calle, su paso de parada militar se licuó en carrerita de indio que va al mercado a vender una gallina. El afanoso trotar de los espías le iba pisando los calcañales. Le producía basca el dolor de una hernia inguinal que se apretaba con los dedos. En la respiración se le escapaban restos de palabras, de quejas despedazadas y el sabor del corazón que salta, que se encoge, faltando por momentos, a tal punto que hay que apretarse la mano al pecho, enajenados los ojos, suspenso el pensamiento, y agarrarse a él a pesar de las costillas, como a un miembro entablillado, para que dé de sí. Menos mal. Acababa de cruzar la esquina que ha un minuto viera tan lejos. Y ahora a la que sigue, solo que esta... ¡qué distante a través de su fatiga!... Escupió. Por poco se le van los pies. Una cáscara. En el confín de la calle resbalaba un carruaje. Él era el que iba a resbalar. Pero él vio que el carruaje, las casas, las luces... Apretó el paso. No le quedaba más. Menos mal. Acababa de doblar la esquina que minutos ha viera tan distante. Y ahora a la otra, solo que esta... ¡qué remota a través de

su fatiga!... Se mordió los dientes para poder contra las
rodillas. Ya casi no daba paso. Las rodillas tiesas y una
comezón fatídica en el cóccix y más atrás de la lengua. Las
rodillas. Tendría que arrastrarse, seguir a su casa por el suelo ayudándose de las manos, de los codos, de todo lo que
en él pugnaba por escapar de la muerte. Acortó la marcha.
Seguían las esquinas desamparadas. Es más, parecía que se
multiplicaban en la noche sin sueño como puertas de mamparas transparentes. Se estaba poniendo en ridículo ante él
y ante los demás, todos los que le veían y no le veían,
contrasentido con que se explicaba su posición de hombre
público, siempre, aun en la soledad nocturna, bajo la mirada de sus conciudadanos. «¡Suceda lo que suceda —articuló—, mi deber es quedarme en casa, y a mayor gloria si
es cierto lo que acaba de afirmarme este zángano de Cara
de Ángel!».

Y más adelante:

«¡Escapar es decir yo soy culpable!». El eco retecleaba
sus pasos. «¡Escapar es decir yo soy culpable, es...! ¡Pero
no hacerlo!...». El eco retecleaba sus pasos... «¡Es decir yo
soy culpable!... ¡Pero no hacerlo!». El eco retecleaba sus
pasos...

Se llevó la mano al pecho para arrancarse la cataplasma
de miedo que le había pegado el favorito... Le faltaban sus
medallas militares... «Escapar era decir yo soy culpable,
pero no hacerlo...». El dedo de Cara de Ángel le señalaba
el camino del destierro como única salvación posible...
«¡Hay que salvar el pellejo, general! ¡Todavía es tiempo!».
Y todo lo que él era, y todo lo que él valía, y todo lo que
él amaba con ternura de niño, patria, familia, recuerdos,
tradiciones, y Camila, su hija..., todo giraba alrededor de
aquel índice fatal, como si al fragmentarse sus ideas el universo entero se hubiera fragmentado.

Pero de aquella visión de vértigo, pasos adelante no quedaba más que una confusa lágrima en sus ojos...

«"¡Los generales son los príncipes de la milicia!", dije en un discurso... ¡Qué imbécil! ¡Cuánto me ha costado la frasecita! El Presidente no me perdonará nunca eso de los príncipes de la milicia, y ¡como ya me tenía en la nuca, ahora sale de mí achacándome la muerte de un coronel que dispensó siempre a mis canas cariñoso respeto».

Delgada e hiriente apuntó una sonrisa bajo su bigote cano. En el fondo de sí mismo se iba abriendo campo otro general Canales, un general Canales que avanzaba a paso de tortuga, a la rastra los pies como cucurucho después de la procesión, sin hablar, oscuro, triste, oloroso a pólvora de cohete quemado. El verdadero Chamarrita, el Canales que había salido de casa de Cara de Ángel, arrogante, en el apogeo de su carrera militar, dando espaldas de titán a un fondo de gloriosas batallas libradas por Alejandro, Julio César, Napoleón y Bolívar, veíase sustituido de improviso por una caricatura de general, por un general Canales que avanzaba sin entorchados ni plumajerías, sin franjas rutilantes, sin botas, sin espuelas de oro. Al lado de este intruso vestido de color sanate, peludo, deshinchado, junto a este entierro de pobre, el otro, el auténtico, el verdadero Chamarrita parecía, sin jactancia de su parte, entierro de primera por sus cordones, flecos, laureles, plumajes y saludos solemnes. El descharchado general Canales avanzaba a la hora de una derrota que no conocería la historia, adelantándose al verdadero, al que se iba quedando atrás como fantoche en un baño de oro y azul, el tricornio sobre los ojos, la espada rota, los puños de fuera y en el pecho enmohecidas cruces y medallas.

Sin aflojar el paso, Canales apartó los ojos de su fotografía de gala sintiéndose moralmente vencido. Le acongojaba verse en el destierro con un pantalón de portero y una americana, larga o corta, estrecha u holgada, jamás a su medida. Iba sobre las ruinas de él mismo pisoteando a lo largo de las calles sus galones...

«¡Pero si soy inocente!». Y se repitió con la voz más persuasiva de su corazón: «¡Pero si soy inocente! ¿Por qué temer...?».

«¡Por eso! —le respondía su conciencia con la lengua de Cara de Ángel—, ¡por eso!... Otro gallo le cantaría si usted fuera culpable. El crimen es precioso porque garantiza al gobierno la adhesión del ciudadano. ¿La patria? ¡Sálvese, general, yo sé lo que le digo; qué patria ni qué india envuelta! ¿Las leyes? ¡Buenas son tortas! ¡Sálvese, general, porque le espera la muerte!».

«¡Pero si soy inocente!».

«¡No se pregunte, general, si es culpable o inocente: pregúntese si cuenta o no con el favor del amo, que un inocente en mal con el gobierno es peor que si fuera culpable!».

Apartó los oídos de la voz de Cara de Ángel mascullando palabras de venganza, ahogado en las palpitaciones de su propio corazón. Más adelante pensó en su hija. Le estaría esperando con el alma en un hilo. Sonó el reloj de la torre de la Merced. El cielo estaba limpio, tachonado de estrellas, sin una nube. Al asomar a la esquina de su casa vio las ventanas iluminadas. Sus reflejos, que se regaban hasta media calle, eran un ansia...

«Dejaré a Camila en casa de Juan, mi hermano, mientras puedo mandar por ella. Cara de Ángel me ofreció llevarla esta misma noche o mañana por la mañana».

No tuvo necesidad del llavín que ya traía en la mano, pues apenas llegó se abrió la puerta.

—¡Papaíto!

—¡Calla! ¡Ven..., te explicaré!... Hay que ganar tiempo... Te explicaré... Que mi asistente prepare una bestia en la cochera..., el dinero..., un revólver... Después mandaré por mi ropa... No hace falta sino lo más necesario en una valija. ¡No sé lo que te digo ni tú me entiendes! Ordena que ensillen mi mula baya y tú prepara mis cosas, mientras que yo voy a mudarme y a escribir una carta para mis hermanos. Te vas a quedar con Juan unos días.

Sorprendida por un loco no se habría asustado la hija de Canales como se asustó al ver entrar a su papá, hombre de suyo sereno, en aquel estado de nervios. Le faltaba la voz. Le temblaba el color. Nunca lo había visto así. Urgida por la prisa, quebrada por la pena, sin oír bien ni poder decir otra cosa que «¡ay, Dios mío!», «¡ay, Dios mío!», corrió a despertar al asistente para que ensillara la cabalgadura, una magnífica mula de ojos que parecían chispas, y volvió a cómo poner la valija, ya no decía componer (... toallas, calcetines, panes..., sí, con mantequilla, pero se olvidaba la sal...), después de pasar a la cocina despertando a su nana, cuyo primer sueño lo descabezaba siempre sentada en la carbonera, al lado del poyo caliente, junto al fuego, ahora en la ceniza, y el gato que de cuando en cuando movía las orejas, como para espantarse los ruidos.

El general escribía a vuelapluma al pasar la sirvienta por la sala, cerrando las ventanas a piedra y lodo.

El silencio se apoderaba de la casa, pero no el silencio de papel de seda de las noches dulces y tranquilas, ese silencio con carbón nocturno que saca las copias de los sueños dichosos, más leve que el pensamiento de las flores, menos talco que el agua... El silencio que ahora se apoderaba de la casa y que turbaban las toses del general, las carreras de su hija, los sollozos de la sirvienta y un acoquiņado abrir y cerrar de armarios, cómodas y alacenas era un silencio acartonado, amordazante, molesto como ropa extraña.

Un hombre menudito, de cara argeñada y cuerpo de bailarín, escribe sin levantar la pluma ni hacer ruido —parece tejer una telaraña—:

Excelentísimo Señor Presidente Constitucional de la República,

Presente.

Excelentísimo Señor:

Conforme instrucciones recibidas, síguese minuciosamente al general Eusebio Canales. A última hora tengo el honor de informar al Señor Presidente que se le vio en casa de uno de los amigos de Su Excelencia, del señor don Miguel Cara de Ángel. Allí, la cocinera, que espía al amo y a la de adentro, y la de adentro, que espía al amo y a la cocinera, me informan en este momento que Cara de Ángel se encerró en su habitación con el general Canales aproximadamente tres cuartos de hora. Agregan que el general se marchó agitadísimo. Conforme instrucciones se ha redoblado la vigilancia de la casa de Canales, reiterándose las órdenes de muerte al menor intento de fuga.

La de adentro —y esto no lo sabe la cocinera— completa el parte. El amo le dejó entender —me informa por teléfono— que Canales había venido a ofrecerle a su hija a cambio de una eficaz intervención en su favor cerca del Presidente.

La cocinera —y esto no lo sabe la de adentro— es al respecto más explícita: dice que cuando se marchó el general, el amo estaba muy contento y que le encargó que en cuanto abrieran los almacenes se aprovisionara de conservas, licores, galletas, bombones, pues iba a venir a vivir con él una señorita de buena familia.

Es cuanto tengo el honor de informar al Señor Presidente de la República...

Escribió la fecha, firmó —rúbrica garabatosa en forma de rehilete— y, como salvando una fuga de memoria, antes de soltar la pluma, que ya le precisaba porque quería escarbarse las narices, agregó:

Otrosí. — Adicionales al parte rendido esta mañana: doctor Luis Barreño: visitaron su clínica esta tarde tres personas, de las cuales, dos eran menesterosos; por la noche salió a pasear al parque con su esposa. Licenciado Abel Carvajal: por la tarde estuvo en el Banco Americano, en una farmacia de frente a Capuchinas y en el Club Alemán; aquí conversó largo rato con Mr. Romsth, a quien la Policía sigue por separado, y volvió a su casa-habitación a las siete y media de la noche. No se le vio salir después y, conforme instrucciones, se ha redoblado la vigilancia alrededor de la casa. — Firma al calce. Fecha *ut supra.* Vale.

XI
EL RAPTO

Al despedirse de Rodas se disparó Lucio Vásquez —que pies le faltaban— hacia donde la Masacuata, a ver si aún era tiempo de echar una manita en el rapto de la niña, y pasó que se hacía pedazos por la pila de la Merced, sitio de espantos y sucedidos en el decir popular, y mentidero de mujeres que hilvanaban la aguja de la chismografía en el hilo de agua sucia que caía al cántaro.

¡Pipiarse a una gente, pensaba el victimario del Pelele sin aflojar el paso, qué de a rechipuste! Y ya que Dios quiso que me desocupara tempranito en el portal, puedo darme este placer. ¡María Santísima, si uno se pone que no cabe del gusto cuando se pepena algo o se roba una gallina, qué será cuando se birla a una hembra!

La fonda de la Masacuata asomó por fin, pero las aguas se le juntaron al ver el reloj de la Merced... Casi era la hora... o no vio bien. Saludó a algunos de los policías que guardaban la casa de Canales y de un solo paso, ese último paso que se va de los pies como conejo, clavose en la puerta del fondín.

La Masacuata, que se había recostado en espera de las dos de la mañana con los nervios de punta, estrujábase pierna contra pierna, magullábase los brazos en posturas incómodas, espolvoreaba brazas por los poros, enterraba y desenterraba la cabeza de la almohada sin poder cerrar los ojos.

Al toquido de Vásquez saltó de la cama a la puerta sofocada, con el resuello grueso como cepillo de lavar caballos.

—¿Quién es?

—¡Yo, Vásquez, abrí!

—¡No te esperaba!

—¿Qué hora es? —preguntó aquel al entrar.

—¡La una y cuarto! —repuso la fondera en el acto, sin ver el reloj, con la certeza de la que en espera de las dos de la mañana contaba los minutos, los cinco minutos, los diez minutos, los cuartos, los veinte minutos...

—¿Y cómo es que yo vi en el reloj de la Merced las dos menos un cuarto?

—¡No me digás! ¡Ya se les adelantaría otra vez el reloj a los curas!

—Y decime, ¿no ha regresado el del billete?

—No.

Vásquez abrazó a la fondera dispuesto de antemano a que le pagara su gesto de ternura con un golpe. Pero no hubo tal; la Masacuata, hecha una mansa paloma, se dejó abrazar y al unir sus bocas, sellaron el convenio dulce y amoroso de llegar a todo aquella noche. La única luz que alumbraba la estancia ardía delante de una imagen de la Virgen de Chiquinquirá. Cerca veíase un ramo de rosas de papel. Vásquez sopló la llama de la candela y le echó la zancadilla a la fondera. La imagen de la Virgen se borró en la sombra y por el suelo rodaron dos cuerpos hechos una trenza de ajos.

Cara de Ángel asomó por el teatro a toda prisa, acompañado de un grupo de facinerosos.

—Una vez la muchacha en mi poder —les venía diciendo—, ustedes pueden saquear la casa. Les prometo que no saldrán con las manos vacías. Pero ¡eso sí!, mucho ojo ahora y mucho cuidado después con soltar la lengua, que si me han de hacer mal el favor, mejor no me lo hacen.

Al volver una esquina les detuvo una patrulla. El favorito se entendió con el jefe, mientras los soldados los rodeaban.

—Vamos a dar una serenata, teniente...

—¿Y por ónde, si me hace el favor, por ónde...? —dijo aquel dando dos golpecitos con la espada en el suelo.

—Aquí, por el callejón de Jesús...

—Y la marimba no la traen, ni las charrangas... ¡Chasgracias si va a ser serenata a lo mudo!

Disimuladamente alargó Cara de Ángel al oficial un billete de cien pesos, que en el acto puso fin a la dificultad.

La mole del templo de la Merced asomó al extremo de la calle. Un templo en forma de tortuga, con dos ojitos o ventanas en la cúpula. El favorito mandó que no se llegara en grupo adonde la Masacuata.

—¡Fonda El Tus-Tep, acuérdense! —les dijo en alta voz cuando se iban separando—. ¡El Tus-Tep! ¡Cuidado, muchá, quién se mete en otra parte! El Tus-Tep, en la vecindad de una colchonería.

Los pasos de los que formaban el grupo se fueron apagando por rumbos opuestos. El plan de la fuga era el siguiente: al dar el reloj de la Merced las dos de la mañana, subirían a casa del general Canales uno o más hombres mandados por Cara de Ángel, y tan pronto como estos empezaran a andar por el tejado, la hija del general saldría a una de las ventanas del frente de la casa a pedir auxilio contra ladrones a grandes voces, a fin de atraer hacia allí a los gendarmes que vigilaban la manzana, y de ese modo, aprovechando la confusión, permitir a Canales la salida por la puerta de la cochera.

Un tonto, un loco y un niño no habrían concertado tan absurdo plan. Aquello no tenía pies ni cabeza, y si el general y el favorito, a pesar de entenderlo así, lo encontraron aceptable, fue porque uno y otro lo juzgaron para sus adentros trampa de doble fondo. Para Canales la protección del favorito le aseguraba la fuga mejor que cualquier plan, y para Cara de Ángel el buen éxito no dependía de lo acordado entre ellos, sino del Señor Presidente, a quien comunicó por teléfono, en marchándose el general de su casa, la hora y los pormenores de la estratagema.

Las noches de abril son en el trópico las viudas de los días cálidos de marzo, oscuras, frías, despeinadas, tristes. Cara de Ángel asomó a la esquina del fondín y esquina de la casa de Canales contando las sombras color de aguacate de los policías de línea repartidos aquí y allá, le dio la vuelta a la manzana paso a paso y de regreso colose en la puertecita de madriguera de El Tus-Tep con el cuerpo cortado: había un gendarme uniformado por puerta en todas las casas vecinas y no se contaba el número de agentes de la Policía secreta que se paseaban por las aceras intranquilos. Su impresión fue fatal. «Estoy cooperando a un crimen —se dijo—; a este hombre lo van a asesinar al salir de su casa». Y en este supuesto, que a medida que le daba vueltas en la cabeza se le hacía más negro, alzarse con la hija de aquel moribundo le pareció odioso, repugnante, tanto como amable y simpático y grato de añadidura a su posible fuga. A un hombre sin entrañas como él, no era la bondad lo que llevaba a sentirse a disgusto en presencia de una emboscada, tendida en pleno corazón de la ciudad contra un ciudadano que, confiado e indefenso, escaparía de su casa sintiéndose protegido por la sombra de un amigo del

Señor Presidente, protección que a la postre no pasaba de ser un ardid de refinada crueldad para amargar con el desengaño los últimos y atroces momentos de la víctima al verse burlada, cogida, traicionada, y un medio ingenioso para dar al crimen cariz legal, explicado como extremo recurso de la autoridad, a fin de evitar la fuga de un presunto reo de asesinato que iba a ser capturado el día siguiente. Muy otro era el sentimiento que llevaba a Cara de Ángel a desaprobar en silencio, mordiéndose los labios, una tan ruin y diabólica maquinación. De buena fe se llegó a consentir protector del general y por lo mismo con cierto derecho sobre su hija, derecho que sentía sacrificado al verse, después de todo, en su papel de siempre, de instrumento ciego, en su puesto de esbirro, en su sitio de verdugo. Un viento extraño corría por la planicie de su silencio. Una vegetación salvaje alzábase con sed de sus pestañas, con esa sed de los cactus espinosos, con esa sed de los árboles que no mitiga el agua del cielo. ¿Por qué será así el deseo? ¿Por qué los árboles bajo la lluvia tienen sed?

Relampagueó en su frente la idea de volver atrás, llamar a casa de Canales, prevenirle... (Entrevió a su hija que le sonreía agradecida). Pero pasaba ya la puerta del fondín y Vásquez y sus hombres le reanimaron, aquel con su palabra y estos con su presencia.

—Rempuje no más, que de mi parte queda lo que ordene. Sí, usté, estoy dispuesto a ayudarlo en todo, ¿oye?, y soy de los que no se rajan y tienen siete vidas, hijo de moro valiente.

Vásquez se esforzaba por ahuecar la voz de mujer para dar reciedumbre a sus entonaciones.

—Si usté no me hubiera traído la buena suerte —agregó en voz baja—, de fijo que no le hablaría como le estoy hablando. No, usté, créame que no. ¡Usté me enderezó el amor con la Masacuata, que ahora sí que se portó conmigo como la gente!

—¡Qué gusto encontrármelo aquí, y tan decidido; así me cuadran los hombres! —exclamó Cara de Ángel, estrechando la mano del victimario del Pelele con efusión—. ¡Me devuelven sus palabras, amigo Vásquez, el ánimo que me robaron los policías; hay uno por cada puerta!

—¡Venga a meterse un puyón para que se le vaya el miedo!

—¡Y conste que no es por mí, que, por mí, sé decirle que no es la primera vez que me veo en trapos de cucaracha; es por ella, porque, como usted comprende, no me gustaría que al sacarla de su casa nos echaran el guante y fuéramos presos!

—Pero vea usté, ¿quién se los va a cargar, si no quedará un policía en la calle ni para remedio cuando vean que en la casa hay saqueo? No, usté, ni para remiendo, y podría apostar mi cabeza. Se lo aseguro, usté. En cuanto vean dónde afilar las de gato, todos se meterán a ver qué sacan, sin jerónimo de duda...

—¿Y no sería prudente que usted saliera a hablar con ellos, ya que tuvo la bondad de venir, y como saben que usted es incapaz...?

—¡Cháchara, nada de decirles nada; cuando ellos vean la puerta de par en par van a pensar: «por aquí, que no peco»... y hasta con dulce, usté! ¡Más cuando me vuelen; ojo a mí, que tengo fama desde que nos metimos, con Antonio Libélula, a la casa de aquel curita que se puso tan afligido al vernos caer del tabanco en su cuarto y encender la luz, que nos tiró las llaves del armario donde estaba la mashushaca, envueltas en un pañuelo para que no sonaran al caer, y se hizo el dormido! Sí, usté, esa vez sí que salí yo franco. Y más que los muchachos están decididos —acabó

Vásquez refiriéndose al grupo de hombres de mala traza, callados y pulgosos, que apuraban copa tras copa de aguardiente, arrojándose el líquido de una vez hasta el gargüero y escupiendo amargo al despegarse el cristal de los labios—. ¡Sí, usté, están decididos!...

Cara de Ángel levantó la copa invitando a beber a Vásquez a la salud del amor. La Masacuata agregose con una copa de anisado. Y bebieron los tres.

En la penumbra —por precaución no se encendió la luz eléctrica y seguía como única luz en la estancia la candela ofrecida a la Virgen de Chiquinquirá— proyectaban los cuerpos de los descamisados sombras fantásticas, alargadas como gacelas en los muros color de pasto seco, y las botellas parecían llamitas de colores en los estantes. Todos seguían la marcha del reloj. Los escupitajos golpeaban el piso como balazos. Cara de Ángel, lejos del grupo, esperaba recostado de espaldas a la pared, muy cerca de la imagen de la Virgen. Sus grandes ojos negros seguían de mueble en mueble el pensamiento que con insistencia de mosca le asaltaba en los instantes decisivos: tener mujer e hijos. Sonrió para su saliva recordando la anécdota de aquel reo político condenado a muerte que, doce horas antes de la ejecución, recibe la visita del auditor de Guerra, enviado de lo alto para que pida una gracia, incluso la vida, con tal que se reporte en su manera de hablar. «Pues la gracia que pido es dejar un hijo», responde el reo a quemarropa. «Concedida», le dice el auditor y, tentándoselas de vivo, hace venir una mujer pública. El condenado, sin tocar a la mujer, la despide y al volver aquel le suelta: «¡Para hijos de puta basta con los que hay!...».

Otra sonrisilla cosquilleó en las comisuras de sus labios, mientras se decía: «¡Fui director del instituto, director de un diario, diplomático, diputado, alcalde, y ahora, como si nada, jefe de una cuadrilla de malhechores!... ¡Caramba, lo que es la vida! *That is the life in the tropic!*».

Dos campanadas se arrancaron de las piedras de la Merced.

—¡Todo el mundo a la calle! —gritó Cara de Ángel, y sacando el revólver dijo a la Masacuata antes de salir—: ¡Ya regreso con mi tesoro!

—¡Manos a la obra! —ordenó Vásquez, trepando como lagartija por una ventana a la casa del general, seguido de dos de la pandilla—. ¡Y... cuidado quién se raja!

En la casa del general aún resonaban las dos campanadas del reloj.

—¿Vienes, Camila?

—¡Sí, papaíto!

Canales vestía pantalón de montar y casaca azul. Sobre su casaca limpia de entorchados se destacaba, sin mancha, su cabeza cana. Camila llegó a sus brazos desfallecida, sin una lágrima, sin una palabra. El alma no comprende la felicidad ni la desgracia sin deletrearlas antes. Hay que morder y morder el pañuelo salóbrego de llanto, rasgarlo, hacerle dientes con los dientes. Para Camila todo aquello era un juego o una pesadilla; verdad no, verdad no podía ser; algo que estuviera pasando, pasándole a ella, pasándole a su papá, no podía ser. El general Canales la envolvió en sus brazos para decirle adiós.

—Así abracé a tu madre cuando salí a la última guerra en defensa de la patria. La pobrecita se quedó con la idea de que yo no regresaría y fue ella la que no me esperó.

Al oír que andaban en la azotea, el viejo militar arrancó a Camila de sus brazos y atravesó el patio, por entre arriates y macetas con flores, hacia la puerta de la cochera. El perfume de cada azalea, de cada geranio, de cada rosal le decía adiós. Le decía adiós el búcaro rezongón, la claridad de las habitaciones. La casa se apagó de una vez, como cortada a tajo del resto de las casas. Huir no era digno de un soldado... Pero la idea de volver a su país al frente de una revolución libertadora...

Camila, de acuerdo con el plan, salió a la ventana a pedir auxilio:

—¡Se están entrando los ladrones! ¡Se están entrando los ladrones!

Antes que su voz se perdiera en la noche inmensa acudieron los primeros gendarmes, los que cuidaban el frente de la casa, soplando los largos dedos huecos de los silbatos. Sonido destemplado de metal y madera. La puerta de calle se franqueó enseguida. Otros agentes vestidos de paisanos asomaron a las esquinas, sin saber de qué se trataba, mas por aquello de las dudas, con el «Señor de la Agonía» bien afilado en la mano, el sombrero sobre la frente y el cuello de la chaqueta levantado sobre el pescuezo. La puerta de par en par se los tragaba a todos. Río revuelto. En las casas hay tanta cosa indispuesta con su dueño... Vásquez cortó los alambres de la luz eléctrica al subir al techo, corredores y habitaciones eran una sola sombra dura. Algunos encendían fósforos para dar con los armarios, los aparadores, las cómodas. Y sin hacer más ni más las registraban de arriba abajo, después de hacer saltar las chapas a golpe vivo, romper los cristales a cañonazos de revólver o convertir en astillas las maderas finas. Otros, perdidos en la sala, derribaban las sillas, las mesas, las esquineras con retratos, barajas trágicas en la tiniebla, o manoteaban un piano de media cola que había quedado abierto y que se dolía como bestia maltratada cada vez que lo golpeaban.

A lo lejos se oyó una risa de tenedores, cucharas y cuchillos regados en el piso y enseguida un grito que machacaron de un golpe. La Chabelona ocultaba a Camila en el comedor, entre la pared y uno de los aparadores. El favo-

rito la hizo rodar de un empellón. La vieja se llevó en las trenzas enredado el agarrador de la gaveta de los cubiertos, que
se esparcieron por el suelo. Vásquez la calló de un barretazo.
Pegó al bulto. No se veían ni las manos.

SEGUNDA PARTE
24, 25, 26 y 27 de abril

XII
CAMILA

Horas y horas se pasaba en su cuarto ante el espejo. «El diablo se le va a asomar por mica», le gritaba su nana. «¿Más diablo que yo?», respondía Camila, el pelo en llamas negras alborotado, la cara trigueña lustrosa de manteca de cacao para despercudirse, náufragos los ojos verdes, oblicuos y jalados para atrás. La pura China Canales, como la apodaban en el colegio, aunque fuera con su gabacha de colegiala cerrada hasta las islillas, se veía más mujercita, menos fea, caprichuda y averiguadora.

—Quince años —se decía ante el espejo—, y no paso de ser una burrita con muchos tíos y tías, primos y primas, que siempre han de andar juntos como insectos.

Se tiraba del pelo, gritaba, hacía caras. Le caía mal formar parte de aquella nube de gente emparentada. Ser la nena. Ir con ellos a la parada. Ir con ellos a todas partes. A misa de doce, al cerro del Carmen, a montarse al Caballo Rubio, a dar vueltas al teatro Colón, a bajar y subir barrancos por El Sauce.

Sus tíos eran unos espantajos bigotudos, con ruido de anillos en los dedos. Sus primos, unos despeinados, gordinflones, plomosos. Sus tías, unas repugnantes. Así los veía, desesperada de que unos —los primos— la regalaran cartuchos de caramelos con banderita, como a una chiquilla; de que otros —los tíos— la acariciaran con las manos malolientes a cigarro, tomándola de los cachetes con el pulgar y el índice para moverle la cara de un lado a otro —instintivamente Camila entiesaba la nuca—; o de que la besaran sus tías sin levantarse el velito del sombrero, solo para dejarle en la piel sensación de telaraña pegada con saliva.

Los domingos por la tarde se dormía o se aburría en la sala, cansada de ver retratos antiguos en un álbum de familia, fuera de los que pendían de las paredes tapizadas de rojo o se habían distribuido en esquineras negras, mesas plateadas y consolas de mármol, mientras su papá ronroneaba como mirando a la calle desierta por una ventana, o correspondía a los adioses de vecinos y conocidos que le saludaban al pasar. Uno allá cada año. Le rendían el sombrero. Era el general Canales. Y el general les contestaba con la voz campanuda: «Buenas tardes...». «Hasta luego...». «Me alegro de verlo...». «¡Cuídese mucho!...».

Las fotografías de su mamá recién casada, a la que solo se le veían los dedos y la cara —todo lo demás eran los tres reinos de la naturaleza, a la última moda en el traje hasta los tobillos, los mitones hasta cerca del codo, el cuello rodeado de pieles y el sombrero chorreando listones y plumas bajo una sombrilla de encajes alechugados—; y las fotografías de sus tías pechugonas y forradas como muebles de sala, el pelo como empedrado y diademitas en la frente; y las de las amigas de entonces, unas con mantón de manila, peineta y abanico, otras retratadas de indias con sandalias, güipil, tocoyal y un cántaro en el hombro, o fotografiadas con madrileña, lunares postizos y joyas, iban adormeciendo a Camila, untándola somnolencias de crepúsculo y presentimientos de dedicatoria: «Este retrato tras de ti como mi sombra». «A todas horas contigo este pálido testigo de mi cariño». «Si el olvido borra estas letras enmudecerá mi recuerdo». Al pie de otras fotografías solo se alcanzaba a leer entre violetas secas fijadas con listoncitos descoloridos: «*Remember,* 1898»; «... idolatrada»; «Hasta más allá de la tumba»; «Tu incógnita...».

Su papá saludaba a los que pasaban por la calle desierta, uno allá cada cuando, mas su voz campanuda resonaba en la sala como respondiendo a las dedicatorias. «Este retrato tras de ti como mi sombra»: «¡Me alegro mucho, que le vaya bien...!». «A todas horas contigo este pálido testigo de mi cariño»: «¡Adiós, que se conserve bien...!». «Si el olvido borra estas letras enmudecerá mi recuerdo»: «¡Para servirlo, saludos a su mamá!».

Un amigo escapaba a veces del álbum de retratos y se detenía a conversar con el general en la ventana. Camila lo espiaba escondida en el cortinaje. Era aquel que en el retrato tenía aire de conquistador, joven, esbelto, cejudo, de vistoso pantalón a cuadros, levita abotonada y sombrero entre bolero y cumbo, el «ya me atrevo» de fin de siglo.

Camila sonreía y se tragaba estas palabras: «Mejor se hubiera quedado en el retrato, señor... Sería anticuado en su vestir, se prestaría a burlas su traje de museo, pero no estaría barrigón, calvo y con los cachetes como chupando bolitas».

Desde la penumbra del cortinaje de terciopelo, oliendo a polvo, asomaba Camila sus ojos verdes al cristal de la tarde dominguera. Nada cambiaba la crueldad de sus pupilas de vidrio helado para ver desde su casa lo que pasaba en la calle.

Separados por los barrotes del balcón voladizo, mataban el tiempo su papá, con los codos hundidos en un cojín de raso —relumbraban las mangas de su camisa de lino, pues estaba en mangas de camisa—, y un amigo que parecía muy de su confianza. Un señor bilioso, nariz ganchuda, bigote pequeño y bastón de pomo de oro. Las casualidades. Callejeando allí por la casa lo detuvo el general con un «¡Dichosos los ojos que te ven por la Merced, qué milagrote!», y Camila lo encontró en el álbum. No era fácil reconocerlo. Solo fijándose mucho en su retrato. El pobre señor tuvo su nariz proporcionada, la cara dulzona, llenita. Bien dicen que el tiempo pasa sobre la gente. Ahora tenía la cara angulosa, los pómulos salientes, filo en las arcadas de las cejas despobladas y la mandíbula cortante. Mientras conversaba con su papá con voz pausada y cavernosa, se llevaba el pomo del bastón a la nariz a cada rato, como para oler el oro.

La inmensidad en movimiento. Ella en movimiento. Todo lo que en ella estaba inmóvil, en movimiento. Jugaron palabras de sorpresa en sus labios al ver el mar por primera vez, mas al preguntarle sus tíos qué le parecía el espectáculo, dijo con aire de huera importancia: «¡Me lo sabía de memoria en fotografía!...».

El viento palpitante le agitaba en las manos un sombrero rosado de ala muy grande. Era como un aro. Como un gran pájaro redondo.

Los primos, con la boca abierta y los ojos de par en par, no salían de su asombro. El oleaje ensordecedor ahogaba las palabras de sus tías. ¡Qué lindo! ¡Cómo se hace! ¡Cuánta agua! ¡Parece que está bravo! ¡Y allá, vean..., es el sol que se está hundiendo! ¿No olvidaríamos algo en el tren por bajar corriendo?... ¿Ya vieron si las cosas están cabales?... ¡Hay que contar las valijas!...

Sus tíos, cargados con valijas de ropas ligeras, propias para la costa, esos trajes arrugados como pasas que visten los temporadistas; con los racimos de cocos que las señoras arrebataron de las manos de los vendedores en las estaciones de tránsito, solo porque eran baratos, y una runfia de tanates y canastas, se alejaron hacia el hotel en fila india.

—Lo que dijiste, yo me fijé... —habló por fin uno de sus primos, el más canillón. (Un golpe de sangre bajo la piel acentuó el color trigueño de Camila con ligero carmín, al sentirse aludida)—. Y no lo tomé como lo dijiste. Para mí lo que tú quisiste decir es que el mar se parece a los retratos que salen en las vistas de viajes, solo que en más grande.

Camila había oído hablar de las vistas de movimiento que daban a la vuelta del portal del Señor, en las Cien Puertas, pero no sabía ni tenía idea de cómo eran. Sin embargo, con lo dicho por su primo, fácil le fue imaginárselas entornando los ojos y viendo el mar. Todo en movimiento. Nada estable. Retratos y retratos confundiéndose, revolviéndose, saltando en pedazos para formar una visión fugaz a cada instante, en un estado que no era sólido, ni líquido, ni gaseoso, sino el estado en que la vida está en el mar. El estado luminoso. En las vistas y en el mar.

Con los dedos encogidos en los zapatos y la mirada en todas partes, siguió contemplando Camila lo que sus ojos no acababan de ver. Si en el primer instante sintió vaciarse sus pupilas para abarcar la inmensidad, ahora la inmensidad se las llenaba. Era el regreso de la marea hasta sus ojos.

Seguida de su primo bajó por la playa poco a poco —no era fácil andar en la arena—, para estar más cerca de las olas, pero en lugar de una mano caballerosa, el océano Pacífico le lanzó una guantada líquida de agua clara que le bañó los pies. Sorprendida, apenas si tuvo tiempo para retirarse, no sin dejarle prenda —el sombrero rosado que se veía como un punto diminuto entre los tumbos— y no sin un chillidito de niña consentida que amenaza con ir a dar la queja a su papá: «¡Ah..., mar!».

Ni ella ni su primo se dieron cuenta. Había pronunciado por primera vez el verbo «amar» amenazando al mar. El cielo color tamarindo, hacia el sitio en que se ocultaba el sol completamente, enfriaba el verde profundo del agua.

¿Por qué se besó los brazos en la playa respirando el olor de su piel asoleada y salobre? ¿Por qué hizo otro tanto con las frutas que no la dejaban comer, al acercárselas a los labios juntitos y olisquearlas? «A las niñas les hace mal el ácido —sermoneaban sus tías en el hotel—, quedarse con los pies húmedos y andar potranqueando». Camila había besado a su papá y a su nana, sin olerlos. Conteniendo la respiración había besado el pie como raíz lastimada de Jesús de la Merced. Y sin oler lo que se besa, el beso no sabe a nada. Su carne salobre y trigueña como la arena, y las piñuelas y los membrillos la enseñaron a besar con las ventanas de la nariz abiertas, ansiosas, anhelantes. Mas del descubrimiento al hecho, ella no supo si olía o si mordía cuando ya, para terminar la temporada, la besó en la boca el primo que hablaba de las vistas del movimiento y sabía silbar el tango argentino.

Al volver a la capital, Camila le metió flota a su nana que la llevara a las vistas. Era a la vuelta del portal del Señor, en las Cien Puertas. Fueron a escondidas de su papá, tronándose los dedos y rezando el trisagio. Por poco se vuelven desde la puerta al ver el salón lleno de gente. Se apropiaron de dos sillas cercanas a una cortina blanca, que por ratitos bañaban con un como reflejo de sol. Estaban probando los aparatos, los lentes, la electricidad, que producía un ruido de chisporroteo igual al de los carbones de la luz eléctrica en los faroles de las calles.

La sala se oscureció de repente. Camila tuvo la impresión de que estaba jugando al tuero. En la pantalla todo era borroso. Retratos con movimientos de saltamontes.

Sombras de personas que al hablar parecía que mascaban, al andar, que iban dando saltos y al mover los brazos, que se desgonzaban. A Camila se le hizo tan precioso el recuerdo de una vez que se escondió con un muchacho en el cuarto del tragaluz, que se olvidó de las vistas. El candil de las ánimas moqueaba en el rincón más tenebroso de la estancia, frente a un Cristo de celuloide casi transparente. Se escondieron bajo una cama. Hubo que tirarse al suelo. La cama no dejaba de echar fuerte, traquido y traquido. Un mueble abuelo que no estaba para que lo resmolieran. «¡Tuero!», se oyó gritar en el último patio. «¡Tuero!», gritaron en el primer patio. «¡Tuero! ¡Tuero!...». Al oír los pasos del que buscaba diciendo a voces: «¡Voy con tamaño cuero!», Camila empezó a quererse reír. Su compañero de escondite la miraba fijamente, amenazándola para que se callara. Ella le oía el consejo con los ojos serios, pero no aguantó la risa al sentir una mesa de noche entreabierta y apestosa a loco que le quedaba en las narices, y habría soltado la carcajada si no se le llenan los ojos de una arenita que se le fue haciendo agua al sentir en la cabeza el ardor de un coscorrón.

Y como aquella vez del escondite, así salió de las vistas, con los ojos llorosos y atropelladamente, entre los que abandonaban las sillas y corrían hacia las puertas en la oscuridad. No pararon hasta el portal del Comercio. Y allí supo Camila que el público había salido huyendo de la excomunión. En la pantalla, una mujer de traje pegado al cuerpo y un hombre mechudo de bigote y corbata de artista bailaban el tango argentino.

Vásquez salió a la calle armado todavía —la barreta que le sirvió para callar a la Chabelona era arma contundente—, y a una señal de su cabeza, asomó Cara de Ángel con la hija del general en los brazos.

La Policía empezaba a huir con el botín cuando aquellos desaparecieron por la puerta de El Tus-Tep.

De los policías, el que no llevaba a miches un galápago, llevaba un reloj de pared, un espejo de cuerpo entero, una estatua, una mesa, un crucifijo, una tortuga, gallinas, patos, palomas y todo lo que Dios creó. Ropa de hombre, zapatos de mujer, trastos de China, flores, imágenes de santos, palanganas, trébedes, lámparas, una araña de almendrones, candelabros, frascos de medicinas, retratos, libros, paraguas para aguas del cielo y para aguas humanas.

La fondera esperaba en El Tus-Tep con la tranca en la mano, para acuñar luego la puerta.

Jamás sospechó Camila que existiera este cuchitril hediendo a petate podrido, a dos pasos de donde feliz vivía entre los mimos del viejo militar, parece mentira ayer dichoso; los cuidados de su nana, parece mentira hoy malherida; las flores de su patio ayer no pisoteadas, hoy por tierra; la gata fugada y el canario muerto, aplastado con jaula y todo. Al quitarle el favorito de los ojos la bufanda negra, Camila tuvo la impresión de estar muy lejos de su casa... Dos y tres veces se pasó la mano por la cara, mirando a todos lados para saber dónde estaba. Los dedos se le perdieron en un grito al darse cuenta de su desgracia. No estaba soñando.

—Señorita... —alrededor de su cuerpo adormecido, pesado, la voz del que esa tarde le anunció la catástrofe—, aquí, por lo menos, no corre usted ningún peligro. ¿Qué le damos para que le pase el susto?

—¡Susto de agua y fuego! —dijo la fondera, y corrió a desenterrar el rescoldo en el apaste con ceniza que le servía de cocina, instante que aprovechó Lucio Vásquez para tocar a degüello y empinarse una garrafa de aguardiente de sabor, sin saborearlo, como quien bebe mataburro.

A soplidos le sacaba la fondera los ojos al fuego, sin dejar de repetir entre dientes: «Fuego y luego, luego y fuego». A su espalda, por la pared de la trastienda, que alumbraba de rojo el resplandor del rescoldo, resbaló la sombra de Vásquez camino al patio.

—Aquí fue donde él le dijo a ella... —decía Lucio con su voz aflautada—. No hay quién que por cien no venga... y por mil también. El que a mataburro vive a mataburro muere...

El agua que llenaba una taza de bola tomó color de persona asustada al caerle la brasa y apagarse. Como la pepita de una fruta infernal flotó el carbón negro que la Masacuata echó ardiendo y sacó apagado con las tenazas. «Susto de agua y fuego», repetía. Camila recobró la voz a los primeros tragos:

—¿Y mi papá? —fue lo primero que dijo.

—Tranquilícese, no tenga pena; beba más agüita de brasa, al general no le ha sucedido nada —le contestó Cara de Ángel.

—¿Lo sabe usted?

—Lo supongo...

—Y una desgracia...

—¡Isht, no la llame usted!

Camila volvió a mirar a Cara de Ángel. El semblante dice muchas veces más que las palabras. Pero se le perdieron los ojos en las pupilas del favorito, negras y sin pensamiento.

—Es menester que se siente, niña... —observó la Masacuata. Volvía arrastrando la banquita que Vásquez ocupaba esa tarde, cuando el señor de la cerveza y el billete entró en la fonda por primera vez...

... ¿Esa tarde hacía muchos años o esa tarde hacía pocas horas? El favorito fijaba los ojos, alternativamente, en la hija del general y en la llama de la candela ofrecida a la Virgen de Chiquinquirá. El pensamiento de apagar la luz y hacer una que no sirve le negreaba en las pupilas. Un soplido y... suya por la razón o la fuerza. Pero trajo las pupilas de la imagen de la Virgen a la figura de Camila caída en el asiento y, al verle la cara pálida bajo las lágrimas granudas, el cabello en desorden y el cuerpo de ángel a medio hacer, cambió el gesto, le quitó la taza de la mano con aire paternal y se dijo: «¡Pobrecita!»...

Las toses de la fondera, para darles a entender que los dejaba a solas, y sus improperios al encontrar a Vásquez completamente borracho, tirado en el patiecito oloroso a rosas de cachirulo que seguía a la trastienda, coincidieron con nuevos llantos de Camila.

—¡Vos sí que dialtiro sos liso —la Masacuata estaba hecha una chichigua—, desconsiderado, que solo servís para derramarle a uno las bilis! ¡Bien dicen que con vos el que parpadea pierde! ¡Mucho que decís que me querés!... Se ve..., se ve... ¡Apenas di media vuelta te sembraste la garrafa! ¡Para vos que no me cuesta..., que lo salgo a fiar..., que me lo regalan!... ¡Ladronote!... ¡Salí de aquí o te saco a pescozadas!

La voz quejosa del borracho, los golpes de su cabeza en el suelo cuando la fondera empezó a jalarlo de los pies... El aire cerró la puerta del patiecito. No se oyó más.

—Pero si ya pasó, si ya pasó... —entredecía Cara de Ángel al oído de Camila, que lloraba a mares—. Su papá no corre peligro y usted escondida aquí está segura; aquí estoy yo para defenderla... Ya pasó, no llore; llorando así se va a poner más nerviosa... Míreme sin llorar y le explico todo bien cómo fue...

Camila dejó de llorar poco a poco. Cara de Ángel, que le acariciaba la cabeza, le quitó el pañuelo de la mano para secarle los ojos. Una lechada de cal y pintura rosada fue el día en el horizonte, entre las cosas, bajo las puertas. Los seres se olfateaban antes de verse. Los árboles, enloquecidos por la comezón de los trinos y sin poderse rascar. Bostezo y bostezo las pilas. Y el aire botando el pelo negro de la noche, el pelo de los muertos, para tocarse con peluca rubia.

—Pero lo indispensable es que usted se calme, porque es echarlo a perder todo. Se compromete usted, comprometemos a su papá y me compromete a mí. Esta noche volveré para llevarla a casa de sus tíos. El cuento aquí es ganar tiempo. Hay que tener paciencia. No se pueden arreglar ciertas cosas así no más. Algunas necesitan más *eme o de o* que otras.

—No, si por mí qué pena; ya, con lo que me ha dicho, me siento segura. Se lo agradezco. Todo está explicado y debo quedarme aquí. La angustia es por mi papá. Lo que yo quisiera es tener la certeza de que a mi papá no le ha pasado nada.

—Yo me encargaré de traerle noticias...

—¿Hoy mismo?

—Hoy mismo...

Antes de salir, Cara de Ángel se volvió para darle con la mano un golpecito cariñoso en la mejilla.

—¡*Cal-ma-da!*

La hija del general Canales alzó los ojos otra vez llenos de lágrimas y le contestó:

—Noticias...

XIII
CAPTURAS

Ni el pan recibió por salir a la carrera la esposa de Genaro Rodas. A saber Dios si venían los canastos con su ganancia. Dejó a su marido tirado en la cama sin desvestirse, como estropajo, y a su mamoncito dormido en el canasto que le servía de cuna. Las seis de la mañana.

Sonando en el reloj de la Merced y dando ella el primer toquido en casa de Canales. Que dispensaran la alarma y el madrugón, pensaba, tocador en mano ya para llamar de nuevo. Pero venían a abrir o no venían a abrir. El general debe saber cuanto antes lo que Lucio Vásquez le contó anoche al atarantado de mi marido en esa cantina que se llama de El Despertar del León...

Dejó de tocar y mientras salían a abrir fue reflexionando: que los limosneros le echan el muerto del portal del Señor, que van a venir a capturarlo esta mañana y lo último, lo peor del mundo, que se quieren robar a la señorita...

«¡Eso sí que es canela! ¡Eso sí que es canela!», repetía para sus adentros sin dejar de tocar.

Y un vuelco con otro del corazón. ¿Que me llevan preso al general? Bueno, pues para eso es hombre y preso se queda. Pero que acarreen con la señorita... ¡Sangre de Cristo! El tiznón no tiene remedio. Y apostara mi cabeza que esas son cosas de algún guanaco salado y sin vergüenza, de esos que vienen a la ciudad con las mañas del monte.

Tocó de nuevo. La casa, la calle, el aire, todo como en un tambor. Era desesperante que no abrieran. Deletreó el nombre de la fonda de la esquina para hacer tiempo: El Tus-Tep... No había mucho que deletrear, si no se fijaba en lo que decían los muñecos pintarrajeados de uno y otro lado de la puerta; de un lado, un hombre, del otro lado, una mujer; de la boca de la mujer salía este letrero: «¡Ven a bailar al tustepito!», y de por la espalda del hombre, que apretaba una botella en la mano: «¡No, porque estoy bailando el tustepón!»...

Cansada de tocar —no estaban o no abrían— empujó la puerta. La mano se le fue hasta a saber dónde... ¿Solo entornada? Se terció el pañolón barbado, franqueó el zaguán en un mar de corazonadas y asomó al corredor que no sabía de ella, helada por la realidad como el ave por el perdigón, huida la sangre, pobres los alientos, fatua la mirada, paralizados los miembros al ver las macetas de flores por tierra, por tierra las colas de quetzal, mamparas y ventanas rotas, rotos los espejos, destrozados los armarios, violadas las llaves, papeles y trajes y muebles y alfombras todo ultrajado, todo envejecido en una noche, todo hecho un molote despreciable, basura sin vida, sin intimidad, sucia, sin alma...

La Chabelona vagaba con el cráneo roto, como fantasma entre las ruinas de aquel nido abandonado, en busca de la señorita.

—¡Ja-ja-ja-ja!... —reía—. ¡Ji-ji-ji-ji! ¿Dónde se esconde, niña Camila?... ¡Ahí voy con tamaño cuero! ....

....

¿Por qué no responde?... ¡Tuero! ¡Tuero! ¡TUERO! ....

....

Creía jugar al escondite con Camila y la buscaba y rebuscaba en los rincones, entre las flores, bajo las camas, tras las puertas, revolviéndolo todo como torbellino...

—¡Ja-ja-ja-ja!... ¡Ji-ji-ji-ji!... ¡Ju-ju-ju-ju!... ¡Tuero! ¡Tuero! ¡Salga, niña Camila, que no la jallo!... ¡Salga, niña Camilita, que ya me cansé de buscarla! ¡Ja-ja-ja-ja!... ¡Salga!... ¡Tuero!... ¡Voy con tamaño cuero!... ¡Ji-ji-ji-ji!... ¡Ju-ju-ju-ju!...

Busca buscando se arrimó a la pila y al ver su imagen en el agua quieta, chilló como mono herido y con la risa hecha temblor de miedo entre los labios, el pelo sobre la cara y sobre el pelo las manos, acurrucose poco a poquito para huir de aquella visión insólita. Suspiraba frases de perdón como si se excusara ante ella misma de ser tan fea, de estar tan vieja, de ser tan chiquita, de estar tan clinuda... De repente dio otro grito. Por entre la lluvia estropajosa de sus cabellos y las rendijas de sus dedos había visto saltar el sol desde el tejado, caerle encima y arrancarle la sombra que ahora contemplaba en el patio. Mordida por la cólera se puso en pie y la tomó contra su sombra y su imagen golpeando el agua y el piso, el agua con las manos, el piso con los pies. Su idea era borrarlas. La sombra se retorcía como animal azotado, mas a pesar del furioso taconeo, siempre estaba allí. Su imagen despedazábase en la congoja del líquido golpeado, pero en cesando la agitación del agua reaparecía de nuevo. Aulló con berrinche de fiera rabiosa, al sentirse incapaz de destruir aquel polvito de carbón regado sobre las piedras, que huía bajo sus pisotones como si de veras sintiera los golpes, y aquel otro polvito luminoso espolvoreado en el agua y con no sé qué de pez de su imagen que abollaba a palmotadas y puñetazos.

Ya los pies le sangraban, ya botaba las manos de cansancio y su sombra y su imagen seguían indestructibles.

Convulsa e iracunda, con la desesperación del que arremete por última vez, se lanzó de cabeza contra la pila...

Dos rosas cayeron en el agua...

La rama de un rosal espinudo le había arrebatado los ojos...

Saltó por el suelo como su propia sombra hasta quedar exánime al pie de un naranjo que pringaba de sangre un choreque de abril.

La banda marcial pasaba por la calle. ¡Cuánta violencia y cuánto aire guerrero! ¡Qué hambre de arcos triunfales! Sin embargo, y a pesar de los esfuerzos de los trompeteros por soplar duro y parejo, los vecinos, lejos de abrir los ojos con premura de héroes fatigados de ver la tizona sin objeto en la dorada paz de los trigos, se despertaban con la buena nueva del día de fiesta y el humilde propósito de persignarse para que Dios les librara de los malos pensamientos, de las malas palabras y de las malas obras contra el Presidente de la República.

La Chabelona topó a la banda al final de un rápido adormecimiento. Estaba a oscuras. Sin duda la señorita había venido de puntillas a cubrirle los ojos por detrás.

«¡Niña Camila, si ya sé que es usté, déjeme verla!», balbuceó, llevándose las manos a la cara para arrancarse de los párpados las manos de la señorita, que le hacían un daño horrible.

El viento aporreaba las mazorcas de sonidos calle abajo. La música y la oscuridad de la ceguera que le vendaba los ojos como en un juego de niños trajeron a su recuerdo la escuela donde aprendió las primeras letras, allá por Pueblo Viejo. Un salto de edad y se veía ya grande, sentada a la sombra de dos árboles de mango y luego, lueguito, relueguito, de otro salto, en una carreta de bueyes que rodaba por caminos planos y olorosos a troj. El chirriar de las ruedas desangraba como doble corona de espinas el silencio del carretero imberbe que la hizo mujer. Rumia que rumia fueron arrastrando los vencidos bueyes el tálamo nupcial. Ebriedad de cielo en la planicie elástica... Pero el recuerdo se dislocaba de pronto y con ímpetu de catarata veía entrar a la casa un chorro de hombres... Su hálito de bestias negras, su grita infernal, sus golpes, sus blasfemias, sus risotadas, el piano que gritaba hasta desgañitarse como si le arrancaran las muelas a manada limpia, la señorita perdida como un perfume y un mazazo en medio de la frente acompañado de un grito extraño y de una sombra inmensa.

La esposa de Genaro Rodas, Niña Fedina, encontró a la sirvienta tirada en el patio, con las mejillas bañadas en sangre, los cabellos en desorden, las ropas hechas pedazos, luchando con las moscas que manos invisibles le arrojaban por puños a la cara; y como la que se encuentra con un espanto, huyó por las habitaciones presa de miedo.

—¡Pobre! ¡Pobre! —murmuraba sin cesar.

Al pie de una ventana encontró la carta escrita por el general para su hermano Juan. Le recomendaba que mirara por Camila... Pero no la leyó toda Niña Fedina, parte porque la atormentaban los gritos de la Chabelona, que parecían salir de los espejos rotos, de los cristales hechos trizas, de las sillas maltrechas, de las cómodas forzadas, de los retratos caídos, y parte porque precisaba poner pies en polvorosa. Se enjugó el sudor de la cara con el pañuelo que, doblado en cuatro, apretaba nerviosamente en la mano repujada de sortijas baratas, y guardándose el papel en el cotón, se encaminó a la calle a toda prisa.

Demasiado tarde. Un oficial de gesto duro la apresó en la puerta. La casa estaba rodeada de soldados. Del patio subía el grito de la sirvienta atormentada por las moscas.

Lucio Vásquez, quien a instancias de la Masacuata y de Camila volaba ojo desde la puerta de El Tus-Tep, se quedó sin respiración al ver que agarraban a la esposa de Genaro Rodas, el amigo a quien al calor de los tragos había contado anoche, en El Despertar del León, lo de la captura del general.

—¡No lloro, pero me acuerdo! —exclamó la fondera, que había salido a la puerta en el momento en que capturaban a Niña Fedina.

Un soldado se acercó a la fonda. «¡A la hija del general buscan!», se dijo la fondera con el alma en los pies. Otro tanto pensó Vásquez, turbado hasta la raíz de los pelos. El soldado se acercó a decir que cerraran. Entornaron las puertas y se quedaron espiando por las rendijas lo que pasaba en la calle.

Vásquez reanimose en la penumbra y con el pretexto del susto quiso acariciar a la Masacuata, pero esta, como de costumbre, no se dejó. Por poco le pega un sopapo.

—¡Vos sí que tan chucana!

—¡Ah, sí!, ¿verdá? ¡Cómo no, Chon! ¡Cómo no me iba a dejar que me estuvieras manosiando! ¡Qué tal si no te cuento anoche que esta babosa andaba con que la hija del general...!

—¡Mirá que te pueden oír! —interrumpió Vásquez. Hablaban inclinados, mirando a la calle por las rendijas de la puerta.

—¡No siás bruto, si estoy hablando quedito!... Te decía que qué tal si no te cuento que esta mujer andaba con que la hija del general iba a ser la madrina de su chirís; traés al Genaro y se amuela la cosa.

—¡Siriaco! —contestó aquel, jalándose después una tela indespegable que sentía entre el galillo y la nariz.

—¡No siás desasiado! ¡Vos sí que dialtiro sos cualquiera; no tenés gota de educación!

—¡Qué delicada, pues...!

—¡Ischt!

El auditor de Guerra bajaba en aquel instante de un carricoche.

—Es el auditor... —dijo Vásquez.

—¿Y a qué viene? —preguntó la Masacuata.

—A la captura del general...

—¿Y por eso anda vestido de loro? ¡Haceme favor!... ¡Ay-y-jo del mismo!, volale pluma a las que se ha puesto en la cabeza...

—No, ¡qué va a ser por eso!; y vos sí que para preguntona te pintás. Anda vestido así porque de aquí se va a ir adonde el Presidente.

—¡Dichoso!

—¡Si no capturaron anoche al general, ya me llevó puta!

—¡Qué lo van a capturar anoche!

—¡Mejor hacés sho!

Al bajar el auditor del carricoche se pasaron órdenes en voz baja y un capitán, seguido de un piquete de soldados, se entró a la casa de Canales con el sable desenvainado en una mano y el revólver en la otra, como los oficiales en los cromos de las batallas de la guerra ruso-japonesa.

Y a los pocos minutos —siglos para Vásquez, que seguía los acontecimientos con el alma en un hilo— volvió el oficial con la cara descompuesta, descolorido y agitadísimo, a dar parte al auditor de lo que sucedía.

—¿Qué?... ¿Qué? —gritó el auditor.

Las palabras del oficial salían atormentadas de los pliegues de sus huelgos crecidos.

—¿Que..., que..., que se ha fugado...? —rugió aquel; dos venas se le hincharon en la frente como interrogaciones negras—... ¿Y que, que, que, que han saqueado la casa?...

Sin perder segundo desapareció por la puerta seguido del oficial; una rápida ojeada de relámpago, y volvió a la calle más ligero, la mano gordezuela y rabiosa apretada a la empuñadura del espadín y tan pálido que se confundía con sus labios su bigote color de ala de mosca.

—¡Cómo se ha fugado es lo que yo quisiera saber! —exclamó al salir a la puerta—. ¡Órdenes; para eso se inventó el teléfono, para capturar a los enemigos del gobierno! ¡Viejo salado; como lo coja lo cuelgo! ¡No quisiera estar en su pellejo!

La mirada del auditor dividió como un rayo a Niña Fedina. Un oficial y un sargento la habían traído casi a la fuerza adonde él vociferaba.

—¡Perra!... —le dijo y, sin dejar de mirarla, añadió—: ¡Haremos cantar a esta! ¡Teniente, tome diez soldados y llévela deprisita adonde corresponde! ¡Incomunicada!, ¿eh?...

Un grito inmóvil llenaba el espacio, un grito aceitoso, lacerante, descarnado.

—¡Dios mío, qué le estarán diciendo a ese Señor Crucificado! —se quejó Vásquez. El grito de la Chabelona, cada vez más agudo, le abría hoyo en el pecho.

—¡Señor! —recalcó la fondera con retintín—, ¿no oís que es mujer? ¡Para vos que todos los hombres tienen acento de cenzontle señorita!

—No me digás así...

El auditor ordenó que se catearan las casas vecinas a la del general. Grupos de soldados, al mando de cabos y sargentos, se repartieron por todos lados. Registraban patios, habitaciones, dependencias privadas, tapancos, pilas. Subían a los tejados, removían roperos, camas, tapices, alacenas, barriles, armarios, cofres. Al vecino que tardaba en abrir la puerta se la echaban abajo a culatazos. Los perros ladraban furibundos junto a los amos pálidos. Cada casa era una regadera de ladridos...

—¡Como registren aquí! —dijo Vásquez, que casi había perdido el habla de la angustia—. ¡En la que nos hemos metido!... Y siquiera fuera por algo, pero por embeleQueros...

La Masacuata corrió a prevenir a Camila.

—Yo soy de opinión —vino diciendo Vásquez detrás— que se tape la cara y se vaya de aquí...

Y a reculones volvió a la puerta sin esperar respuesta.

—¡Esperen! ¡Espérense! —dijo al poner el ojo en la rendija—. ¡El auditor ya dio contraorden, ya no están registrando, nos hemos salvado!

De dos pasos se plantó la fondera en la puerta para ver con propios ojos lo que Lucio le anunciaba con tanta alegría.

—¡Mirujeá tu Señor Crucificado!... —susurró la fondera.

—¿Quién es esa, vos?

—¡La posolera, no estás viendo! —Y agregó retirando el cuerpo de la mano codiciosa de Vásquez—: ¡Estate quieto, vos, hombre! ¡Estate quieto! ¡Estate quieto! ¡A la perra con vos!

—¡Pobre, choteá cómo la traen!

—¡Como si el tranvía le hubiera pasado encima!

—¿Por qué harán turnio los que se mueren?

—¡Quitá, no quiero ver!

Una escolta, al mando de un capitán con la espada desenvainada, había sacado de casa de Canales a la Chabelona, la infeliz sirvienta. El auditor ya no pudo interrogarla. Veinticuatro horas antes, esta basura humana ahora agonizante era el alma de un hogar donde por toda política el canario urdía sus intrigas de alpiste, el chorro en la pila, sus círculos concéntricos, el general, sus interminables solitarios, y Camila, sus caprichos.

El auditor saltó al carricoche seguido de un oficial. Humo se hizo el vehículo en la primera esquina. Vino una camilla cargada por cuatro hombres desguachipados y sucios, para llevar al anfiteatro el cadáver de la Chabelona. Desfilaron las tropas hacia uno de los castillos y la Masacuata abrió el establecimiento. Vásquez ocupaba su habitual banquita, disimulando mal la pena que le produjo la captura de la esposa de Genaro Rodas, con la cabeza hecha un horno de cocer ladrillos, el flato del tóxico por todas partes, hasta sentir que le volvía la borrachera por momentos, y la sospecha de la fuga del general.

Niña Fedina acortaba mientras tanto el camino de la cárcel en lucha con los de la escolta, que a cada paso la bajaban a empellones de la acera a mitad de la calle. Se dejaba maltratar sin decir nada, pero, de pronto, andando, andando, como rebasada su paciencia, le dio a uno de todos un bofetón en la cara. Un culatazo, respuesta que no esperaba y otro soldado que le pegó por detrás, en la espalda le hicieron trastabillar, golpearse los dientes y ver luces.

—¡Calzonudos!... ¡Para lo que les sirven las armas!... ¡Deberían tener más vergüenza! —intervino una mujer que volvía del mercado con el canasto lleno de verduras y frutas.

—¡Sho! —le gritó un soldado.

—¡Será tu cara, machetón!

—¡Vaya, señora! Señora, siga su camino; ligerito siga su camino; ¿o no tiene oficio? —le gritó un sargento.

—¡Seré como ustedes, cebones!

—¡Cállese —intervino el oficial—, o la rompemos!

—¡La rompemos, qué mismas! ¡Eso era lo único que nos faltaba, ishtos que ai andan y que parecen chinos de tan secos, con los codos de fuera y los pantalones comidos del fundillo! ¡Repasearse quisieran en uno y que uno se quedara con el hocico callado! ¡Partida de piojosos..., ajar a la gente por gusto!

Y entre los transeúntes que la miraban asustados, poco a poco se fue quedando atrás la desconocida defensora de la esposa de Genaro Rodas. En medio de la patrulla seguía hacia la cárcel, trágica, descompuesta, sudorosa, barriendo el suelo con las barbas de su pañolón de burato.

El carricoche del auditor de Guerra asomó a la esquina de casa del licenciado Abel Carvajal, en el momento en que este salía de bolero y leva hacia palacio. El auditor dejó el carruaje bamboleándose al saltar del estribo a medio andén. Carvajal había cerrado la puerta de su casa y se calzaba un guante con parsimonia cuando lo capturó el colega. Un piquete de soldados lo condujo por el centro de la calle, vestido con traje de ceremonia, hasta la Segunda Sección de Policía, adornada por fuera con banderitas y cadenas de papel de china. Derechito lo pasaron al calabozo en que seguían presos el estudiante y el sacristán.

XIV
¡TODO EL ORBE CANTE!

Las calles iban apareciendo en la claridad huidiza del alba entre tejados y campos que trascendían a frescura de abril. Por allí se descolgaban las mulas de la leche a todo correr, las orejas de los botijos de metal repiqueteando, perseguidas por el jadeo y el látigo del peón que las arreaba. Por allí les amanecía a las vacas que ordeñaban en los zaguanes de las casas ricas y en las esquinas de los barrios pobres, entre parroquianos que en vía de restablecimiento o aniquilamiento, con ojos de sueños hondos y vidriosos, hacían tiempo a la vaca preferida y se acercaban a su turno, personalmente, a recibir la leche, ladeando el vaso con divino modo para que de tal suerte se hiciera más líquido que espuma. Por allí pasaban las acarreadoras del pan con la cabeza hundida en el tórax, comba la cintura, tensas las piernas y los pies descalzos, pespunteando pasos seguidos e inseguros bajo el peso de enormes canastos, canasto sobre canasto, pagodas que dejaban en el aire olor a hojaldres con azúcar y ajonjolí tostado. Por allí se oía la alborada en los días de fiesta nacional, despertador que paseaban fantasmas de metal y viento, sonidos de sabores, estornudos de colores, mientras aclara no aclara sonaba en las iglesias, tímida y atrevida, la campana de la primera misa, tímida y atrevida porque si su tantaneo formaba parte del día de fiesta con gusto a chocolate y a torta de canónigo, en los días de fiesta nacional olía a cosa prohibida.

Fiesta nacional...

De las calles ascendía con olor a tierra buena el regocijo del vecindario, que echaba la pila por la ventana para que no levantaran mucho polvo el paso de las tropas que pasaban con el pabellón hacia palacio —el pabellón oloroso a pañuelo nuevo—, ni los carruajes de los señorones que se echaban a la calle de punta en blanco, doctores con el armario en la leva traslapada, generales de uniforme relumbrante, hediendo a candelero —aquellos tocados con sombreros de luces, estos con tricornio de plumas—, ni el trotecito de los empleados subalternos, cuya importancia se medía en lenguaje de buen gobierno por el precio del entierro que algún día les pagaría el Estado.

¡Señor, Señor, llenos están los cielos y la tierra de vuestra gloria! El Presidente se dejaba ver, agradecido con el pueblo que así correspondía a sus desvelos, aislado de todos, muy lejos, en el grupo de sus íntimos.

¡Señor, Señor, llenos están los cielos y la tierra de vuestra gloria! Las señoras sentían el divino poder del Dios Amado. Sacerdotes de mucha enjundia le incensaban. Los juristas se veían en un torneo de Alfonso el Sabio. Los diplomáticos, excelencias de Tiflis, se daban grandes tonos consintiéndose en Versalles, en la corte del Rey Sol. Los periodistas nacionales y extranjeros se relamían en presencia del redivivo Pericles. ¡Señor, Señor, llenos están los cielos y la tierra de vuestra gloria! Los poetas se creían en Atenas, así lo pregonaban al mundo. Un escultor de santos se consideraba Fidias y sonreía poniendo los ojos en blanco y frotándose las manos, al oír que se vivaba en las calles el nombre del egregio gobernante. ¡Señor, Señor, llenos están los cielos y la tierra de vuestra gloria! Un compositor de marchas fúnebres, devoto de Baco y del Santo Entierro, asomaba la cara de tomate a un balcón para ver dónde estaba la tierra.

Mas si los artistas se creían en Atenas, los banqueros judíos se las daban en Cartago, paseando por los salones del estadista que depositó en ellos su confianza y en sus cajas sin fondo los dineritos de la nación a cero y nada por ciento, negocio que les permitía enriquecerse con los rendidos y convertir la moneda de metal de oro y plata en pellejillos de circuncisión. ¡Señor, señor, llenos están los cielos y la tierra de vuestra gloria!

Cara de Ángel se abrió campo entre los convidados. (Era bello y malo como Satán).

—¡El pueblo lo reclama en el balcón, Señor Presidente!

—¿... el pueblo?

El amo puso en estas dos palabras un bacilo de interrogación. El silencio reinaba en torno suyo. Bajo el peso de una gran tristeza que pronto debeló con rabia para que le llegara a los ojos, se levantó del asiento y fue al balcón.

Lo rodeaba el grupo de los íntimos cuando apareció ante el pueblo: un grupo de mujeres que venían a festejar el feliz aniversario de cuando salvó la vida. La encargada de pronunciar el discurso comenzó apenas vio aparecer al Presidente.

—«¡Hijo del pueblo...!».

El amo tragó saliva amarga evocando tal vez sus años de estudiante, al lado de su madre sin recursos, en una ciudad empedrada de malas voluntades; pero el favorito, que le bailaba el agua, se atrevió en voz baja:

—Como Jesús, hijo del pueblo...

—¡Hijo de-el pueblo! —repitió la del discurso—, del pueblo digo: el sol, en este día de radiante hermosura, el

cielo viste, cuida su luz tus ojos y tu vida, enseña del trabajo sacrosanto que sucede en la bóveda celeste a la luz la
sombra, la sombra de la noche negra y sin perdón de donde salieron las manos criminales que en lugar de sembrar
los campos, como tú, señor, lo enseñas, sembraron a tu
paso una bomba que a pesar de sus científicas precauciones
europeas, te dejó ileso...

Un aplauso cerrado ahogó la voz de la Lengua de Vaca,
como llamaban por mal nombre a la regatona que decía el
discurso, y una serie de abanicos de vivas dieron aire al
mandatario y a su séquito:

—¡Viva el Señor Presidente!

—¡Viva el Señor Presidente de la República!

—¡Viva el Señor Presidente Constitucional de la República!

—¡Con un viva que resuene por todos los ámbitos del
mundo y no acabe nunca, viva el Señor Presidente Constitucional de la República, Benemérito de la Patria, Jefe
del Gran Partido Liberal, Liberal de corazón y Protector de
la Juventud Estudiosa!...

La Lengua de Vaca continuó:

—«¡En cien ajada habría sido la bandera, de lograr sus
propósitos esos malos hijos de la Patria, robustecidos en su
intento criminal por el apoyo de los enemigos del Señor
Presidente; nunca reflexionaron que la mano de Dios velaba
y vela sobre su preciosa existencia con beneplácito de todos
los que sabiéndolo digno de ser el Primer Ciudadano de la
Nación lo rodearon en aquellos instantes así-agos, y le rodean y rodearán siempre que sea necesario!

»¡Sí, señores..., señores y señoras; hoy más que nunca
sabemos que de cumplirse los fines nefandos de aquel día
de triste recuerdo para nuestro país, que marcha a la des-
cubierta de los pueblos cevilizados, la Patria se habría que-

dado huérfana de padre y protector en manos de los que trabajan en la sombra los puñales para herir el pecho de la democracia, como dijo aquel gran tribuno que se llamó Juan Montalvo!

»¡Mercé a eso, el pabellón sigue ondeando impoluto y no ha huido del escudo patrio el ave que, como el ave tenis, renació de las cenizas de las manos —corrigiéndose— mames que declararon la independencia nacional en aquella agora de la libertá de América, sin derramar una sola gota de sangre, ratificando de tal suerte el anhelo de libertá que habían manifestado los mames —corrigiéndose— manes indios que lucharon hasta la muerte por la conquista de la libertá y del derecho!

»Y por eso, señores, venimos a festejar hoy día al muy ilustre protector de las clases necesitadas, que vela por nosotros con amor de padre y lleva a nuestro país, como ya dije, a la vanguardia del progreso que Fulton impulsó con el vapor de agua y Juan Santa María defendió del filibustero intruso poniendo fuego al polvorín fatal en tierras de Lempira. ¡Viva la Patria!; ¡viva el Presidente Constitucional de la República, Jefe del Partido Liberal, Benemérito de la Patria, Protector de la mujer desvalida, del niño y de la instrucción!

Los vivas de la Lengua de Vaca se perdieron en un incendio de vítores que un mar de aplausos fue apagando.

El Presidente contestó algunas palabras, la diestra empuñada sobre el balcón de mármol, de medio lado para no dar el pecho, paseando la cara de hombro a hombro sobre la concurrencia, entrealforzado el ceño, los ojos a cigarritas. Hombres y mujeres enjugaron más de una lágrima.

—Si el Señor Presidente se entrara... —se atrevió Cara de Ángel al oírlo moquear—. El populacho le afecta el corazón...

El auditor de Guerra se precipitó hacia el Presidente, que volvía del balcón seguido de unos cuantos amigos, para darle parte de la fuga del general Canales y felicitarle por su discurso antes que los demás; pero como todos los que se acercaron con este propósito, se detuvo cohibido por un temor extraño, por una fuerza sobrenatural, y para no quedarse con la mano tendida, se la alargó a Cara de Ángel.

El favorito le volvió la espalda y, con la mano al aire, oyó el auditor la primera detonación de una serie de explosiones que se sucedieron en pocos segundos como descargas de artillería. Aún se escuchan los gritos; aún saltan, aún corren, aún patalean las sillas derribadas, las mujeres con ataque; aún se oye el paso de los soldados que se van regando como arroces, la mano en la cartuchera que no se abre pronto, el fusil cargado, entre ametralladoras, espejos rojos y oficiales y cañones...

Un coronel se perdió escalera arriba guardándose el revólver. Otro bajaba por una escalera de caracol guardándose el revólver. No era nada. Un capitán pasó por una ventana guardándose el revólver. Otro ganó una puerta guardándose el revólver. No era nada. ¡No era nada! Pero el aire estaba frío. La noticia cundió por las salas en desorden. No era nada. Poco a poco se fueron juntando los convidados; quién había hecho aguas del susto, quién había perdido los guantes, y a los que les volvía el color no les bajaba el habla, y a los que les volvía el habla les faltaba el color. Lo que ninguno pudo decir fue por dónde y a qué hora desapareció el Presidente.

Por tierra yacía, al pie de una escalinata, el primer bombo de la banda marcial. Rodó desde el primer piso con bombo y todo, y ahí la de ¡sálvese el que pueda!

XV
TÍOS Y TÍAS

El favorito salió de palacio entre el presidente del poder judicial, viejecillo que de leva y chistera recordaba los ratones de los dibujos infantiles, y un representante del pueblo, descascarado como santo viejo de puro antiguo; los cuales discutían con argumentos de hacerse agua la boca si era mejor el Gran Hotel o una cantina de los alrededores para ir a quitarse el susto que les había dado el idiota del bombo, a quien ellos mandaran sin pizca de remordimiento a baterías, al infierno o a otro peor castigo. Cuando hablaba el representante del pueblo, partidario del Gran Hotel, parecía dictar reglas de observancia obligatoria acerca de los sitios más aristocráticos para empinar la botella, lo que de carambola de bola y banda era en bien de las cargas del Estado. Cuando hablaba el magistrado, lo hacía con el énfasis del que resuelve un asunto en sentencia que causa ejecutoria: «Atañedera a la riqueza medular es la falta de apariencia y por eso, yo, amigo mío, prefiero el fondín pobre, en el que se está de confianza con amigos de abrazo, al hotel suntuoso donde no todo lo que brilla es oro».

Cara de Ángel les dejó discutiendo en la esquina de palacio —en aquel conflicto de autoridades lo mejor era lavarse las manos— y echó por el barrio de El Incienso, en busca del domicilio de don Juan Canales. Urgía que este señor fuera o mandara a recoger a su sobrina a la fonda de El Tus-Tep. «Que vaya o mande por ella, ¡a mí qué me importa! —se iba diciendo—; que no dependa más de mí, que exista como existía hasta ayer que yo la ignoraba, que yo no sabía que existía, que no era nada para mí...». Dos o tres personas se botaron a la calle cediéndole la acera para saludarlo. Agradeció sin fijarse quiénes eran.

De los hermanos del general, don Juan vivía por El Incienso, en una de las casas del costado de El Cuño, como se llamaba la fábrica de moneda que, dicho sea de paso, era un edificio de solemnidad patibularia. Desconchados bastiones reforzaban las murallas llorosas y por las ventanas, que defendían rejas de hierro, se adivinaban salas con aspecto de jaulas para fieras. Allí se guardaban los millones del Diablo.

Al toquido del favorito respondió un perro. Advertíase por la manera de ladrar de tan iracundo cancerbero que estaba atado.

Con la chistera en la mano franqueó Cara de Ángel la puerta de la casa —era bello y malo como Satán—, contento de encontrarse en el sitio en que iba a dejar a la hija del general y aturdido por el ladrar del perro y los «paseadelante», «paseadelante» de un varón sanguíneo, risueño y ventrudo, que no era otro que don Juan Canales.

—¡Pase adelante, tenga la bondad, pase adelante, por aquí, señor, por aquí, si me hace el favor! ¿Y a qué debemos el gusto de tenerle en casa? —Don Juan decía todo esto como autómata, en un tono de voz que estaba muy lejos de la angustia que sentía en presencia de aquel precioso arete del Señor Presidente.

Cara de Ángel rodaba los ojos por la sala. ¡Qué ladridos daba a las visitas el perro del mal gusto! Del grupo de los retratos de los hermanos Canales advirtió que habían quitado el retrato del general. Un espejo, en el extremo opuesto, repetía el hueco del retrato y parte de la sala tapizada de un papel que fue amarillo, color de telegrama.

El perro, observó Cara de Ángel, mientras don Juan agotaba las frases comunes de su repertorio de fórmulas sociales, sigue siendo el alma de la casa, como en los tiempos primitivos. La defensa de la tribu. Hasta el Señor Presidente tiene una jauría de perros importados.

El dueño de la casa apareció por el espejo manoteando desesperadamente. Don Juan Canales, dichas las frases de cajón, como buen nadador se había tirado al fondo.

—¡Aquí, en mi casa —refería—, mi mujer y este servidor de usted hemos desaprobado con verdadera indignación la conducta de mi hermano Eusebio! ¡Qué cuento es ese! Un crimen es siempre repugnante y más en este caso, tratándose de quien se trataba, de una persona apreciabilísima por todos conceptos, de un hombre que era la honra de nuestro Ejército y, sobre todo, diga usted, de un amigo del Señor Presidente.

Cara de Ángel guardó el pavoroso silencio del que, sin poder salvar a una persona por falta de medios, la ve ahogarse, solo comparable con el silencio de las visitas cuando callan, temerosas de aceptar o rechazar lo que se está diciendo.

Don Juan perdió el control sobre sus nervios al oír que sus palabras caían en el vacío y empezó a dar manotadas al aire, a querer alcanzar fondo con los pies. Su cabeza era un hervor. Suponíase mezclado en el asesinato del portal del Señor y en sus largas ramificaciones políticas. De nada le serviría ser inocente, de nada. Ya estaba complicado, ya estaba complicado. ¡La lotería, amigo, la lotería! ¡La lotería, amigo, la lotería! Esta era la frase-síntesis de aquel país, como lo pregonaba tío Fulgencio, un buen señor que

vendía billetes de lotería por las calles, católico fervoroso
y cobrador de ajuste. En lugar de Cara de Ángel miraba
Canales la silueta de esqueleto de tío Fulgencio, cuyos huesos, mandíbulas y dedos parecían sostenidos con alambres
nerviosos. Tío Fulgencio apretaba la cartera de cuero negro
bajo el brazo anguloso, desarrugaba la cara y, dándose palmaditas en los pantalones fondilludos, alargaba la quija-
da para decir con una voz que le salía por las narices y la boca
sin dientes: «¡Amigo, amigo, la gúnica ley en egta tierra eg
la lotería: pog lotería cae ugté en la cágcel, pog lotería lo
fugilan, por lotería lo hagen diputado, diplomático, pre-
gidente de la Gepública, general, minigtro! ¿De qué vale
el egtudio aquí, si todo eg pog lotería? ¡Lotería, amigo,
lotería, cómpreme, pueg, un número de la lotería!». Y todo
aquel esqueleto nudoso, tronco de vid retorcido, se sacudía de la risa que le iba saliendo de la boca, como lista de
lotería toda de números premiados.

Cara de Ángel, muy lejos de lo que don Juan pensaba,
lo observaba en silencio, preguntándose hasta dónde aquel
hombre cobarde y repugnante era algo de Camila.

—¡Por ahí se dice, mejor dicho, le contaron a mi mujer,
que se me quiere complicar en el asesinato del coronel Parrales Sonriente!... —continuó Canales, enjugándose con un
pañuelo, que gran dificultad tuvo para sacarse del bolsillo,
las gruesas gotas de sudor que le rodaban por la frente.

—No sé nada —le contestó aquel en seco.

—¡Sería injusto! Y ya le digo, aquí, con mi mujer, de-
saprobamos desde el primer momento la conducta de Eusebio. Además, no sé si usted estará al tanto, en los últimos
tiempos nos veíamos muy de cuando en vez con mi hermano. Casi nunca. Mejor dicho, nunca. Pasábamos como
dos extraños: buenos días, buenos días; buenas tardes, buenas tardes; pero nada más. Adiós, adiós, pero nada más.

Ya la voz de don Juan era insegura. Su esposa seguía la visita detrás de una mampara y creyó prudente salir en auxilio de su marido.

—¡Preséntame, Juan! —exclamó al entrar saludando a Cara de Ángel con una inclinación de cabeza y una sonrisa de cortesía.

—¡Sí, de veras! —contestó el aturdido esposo poniéndose de pie al mismo tiempo que el favorito—. ¡Aquí voy a tener el gusto de presentarle a mi señora!

—Judith de Canales...

Cara de Ángel oyó el nombre de la esposa de don Juan, pero no recuerda haber dicho el suyo.

En aquella visita, que prolongaba sin motivo, bajo la fuerza inexplicable que en su corazón empezaba a desordenar su existencia, las palabras extrañas a Camila perdíanse en sus oídos sin dejar rastro.

«¡Pero por qué no me hablan estas gentes de su sobrina! —pensaba—. Si me hablaran de ella yo les pondría atención; si me hablaran de ella yo les diría que no tuvieran pena, que no se está complicando a don Juan en asesinato alguno; si me hablaran de ella... ¡Pero qué necio soy! De Camila, que yo quisiera que dejara de ser Camila y que se quedara aquí con ellos sin yo pensar más en ella; yo, ella, ellos... ¡Pero qué necio! Ella y ellos, yo no, yo aparte, aparte, lejos, yo con ella no...».

Doña Judith —como ella firmaba— tomó asiento en el sofá y restregose un pañuelito de encajes en la nariz para darse un compás de espera.

—Decían ustedes... Les corté su conversación. Perdonen...

—¡De...!

—¡Sí...!

—¡Han...!

Los tres hablaron al mismo tiempo y después de unos cuantos «siga usted, siga usted» de lo más gracioso, don Juan, sin saber por qué, se quedó con la palabra. («¡Qué animal!», le gritó su esposa con los ojos).

—Le contaba yo aquí al amigo que contigo nosotros nos indignamos cuando, en forma puramente confidencial, supimos que mi hermano Eusebio era uno de los asesinos del coronel Parrales Sonriente...

—¡Ah, sí, sí, sí!... —apuntaló doña Judith, levantando el promontorio de sus senos—. ¡Aquí, con Juan, hemos dicho que el general, mi cuñado, no debió jamás manchar sus galones con semejante barbaridad, y lo peor es que ahora, para ajuste de penas, nos han venido a decir que quieren complicar a mi marido!

—Por eso también le explicaba yo a don Miguel, que estábamos distanciados desde hacía mucho tiempo con mi hermano, que éramos como enemigos..., sí, como enemigos a muerte; ¡él no me podía ver ni en pintura y yo menos a él!

—No tanto, verdá, cuestiones de familia, que siempre enojan y separan —añadió doña Judith dejando flotar en el ambiente un suspiro.

—Eso es lo que yo he creído —terció Cara de Ángel—; que don Juan no olvide que entre hermanos hay siempre lazos indestructibles...

—¿Cómo, don Miguel, cómo es eso?... ¿Yo cómplice?

—¡Permítame!

—¡No crea usted! —hilvanó doña Judith con los ojos bajos—. Todos los lazos se destruyen cuando median cuestiones de dinero; es triste que sea así, pero se ve todos los días; ¡el dinero no respeta sangre!

—¡Permítame!... Decía yo que entre los hermanos hay lazos indestructibles, porque a pesar de las profundas diferencias que existían entre don Juan y el general, este, viéndose perdido y obligado a dejar el país, contó...

—¡Es un pícaro si me mezcló en sus crímenes! ¡Ah, la calumnia!...

—¡Pero si no se trata de nada de eso!

—¡Juan, Juan, deja que hable el señor!

—¡Contó con la ayuda de ustedes para que su hija no quedara abandonada y me encargó que hablara con ustedes para que aquí, en su casa...!

Esta vez fue Cara de Ángel el que sintió que sus palabras caían en el vacío. Tuvo la impresión de hablar a personas que no entendían español. Entre don Juan, panzudo y rasurado, y doña Judith, metida en la carretilla de mano de sus senos, cayeron sus palabras en el espejo para todos ausente.

—Y es a ustedes a quienes corresponde ver lo que se debe hacer con esa niña.

—¡Sí, desde luego!... —Tan pronto como don Juan supo que Cara de Ángel no venía a capturarlo, recobró su aplomo de hombre formal—. ¡No sé qué responder a usted, pues, la verdad, esto me agarra tan de sorpresa!... En mi casa, desde luego, ni pensarlo... ¡Qué quiere usted, no se puede jugar con fuego!... Aquí, con nosotros ya lo creo que esa pobre infeliz estaría muy bien, pero mi mujer y yo no estamos dispuestos a perder la amistad de las personas que nos tratan, quienes nos tendrían a mal el haber abierto la puerta de un hogar honrado a la hija de un enemigo del Señor Presidente... Además, es público que mi famoso hermano ofreció... ¿cómo dijéramos?..., sí, ofreció a su hija a un íntimo amigo del Jefe de la Nación, para que este a su vez...

—¡Todo por escapar a la cárcel, ya se sabe! —interrumpió doña Judith, hundiendo el promontorio de su pecho en el barranco de otro suspiro—. Pero, como Juan decía, ofreció a su hija a un amigo del Señor Presidente, quien a su vez debía ofrecerla al propio Presidente, el cual, como es natural y lógico pensar, rechazó propuesta tan abyecta, y fue entonces cuando el Príncipe de la Milicia, como le apodaban desde aquel su famosísimo discurso, viéndose en un callejón sin salida, resolvió fugarse y dejarnos a su señorita hija. ¡Ello..., qué podía esperarse de quien como la peste trajo el entredicho político a los suyos y el descrédito sobre su nombre! No crea usted que nosotros no hemos sufrido por la cola de este asunto. ¡Vaya que nos ha sacado canas, Dios y la Virgen son testigos!

Un relámpago de cólera cruzó las noches profundas que llevaba Cara de Ángel en los ojos.

—Pues no hay más que hablar...

—Lo sentimos por usted, que se molestó en venir a buscarnos. Me hubiera usted llamado...

—Y por usted —agregó doña Judith a las palabras de su marido—, si no nos fuera del todo imposible, habríamos accedido de mil amores.

Cara de Ángel salió sin volverse a mirarlos ni pronunciar palabra. El perro ladraba enfurecido, arrastrando la cadena por el suelo de un punto a otro.

—Iré a casa de sus hermanos —dijo en el zaguán, ya para despedirse.

—No pierda su tiempo —apresurose a contestar don Juan—; si yo, que tengo fama de conservador porque vivo por aquí, no la acepté en mi casa, ellos, que son liberales... ¡Bueno, bueno!, van a creer que usted está loco o simplemente que es una broma...

Estas palabras las dijo casi en la calle; luego cerró la puerta poco a poco, frotose las manos gordezuelas y se volvió después de un instante de indecisión. Sentía irresistibles deseos de acariciar a alguien, pero no a su mujer, y fue a buscar al perro, que seguía ladrando.

—Te digo que dejes a ese animal si vas a salir —le gritó doña Judith desde el patio, donde podaba los rosales aprovechando que ya había pasado la fuerza del sol.

—Sí, ya me voy...

—Pues apúrate, que yo tengo que rezar mi hora de guardia, y no es hora de andar en la calle después de las seis.

XVI
EN LA CASA NUEVA

A un salto de las ocho de la mañana (¡buenos días aquellos de la clepsidra, cuando no había relojes saltamontes, ni se contaba el tiempo a brincos!), fue encerrada Niña Fedina en un calabozo que era casi una sepultura en forma de guitarra, previa su filiación regular y un largo reconocimiento de lo que llevaba sobre su persona. La registraron de la cabeza a los pies, de las uñas a los sobacos, por todas partes —registro enojosísimo— y con más minuciosidad al encontrarle en la camisa una carta del general Canales, escrita de su puño y letra, la carta que ella había recogido del suelo en la casa de este.

Fatigada de estar de pie y sin espacio en el calabozo para dos pasos, se sentó —después de todo era mejor estar sentada—, mas al cabo de un rato volvió a levantarse. El frío del piso le ganaba las asentaderas, las canillas, las manos, las orejas —la carne es heladiza—, y en pie estuvo de seguida otro rato, si bien más tarde tornó a sentarse, y a levantarse y a sentarse y a levantarse...

En los patios se oía cantar a las reclusas que sacaban de los calabozos a tomar el sol, tonadas con sabor de legumbres crudas, a pesar de tanto hervor de corazón como tenían. Algunas de estas tonadas, que a veces quedábanse tarareando con voz adormecida, eran de una monotonía cruel, cuyo peso encadenador rompían, de repente, gritos desesperados... Blasfemaban..., insultaban..., maldecían...

Desde el primer momento atemorizó a Niña Fedina una voz destemplada que en tono de salmodia repetía y repetía:

De la Casa-Nueva
a las casas malas,
cielito lindo,
no hay más que un paso,
y ahora que estamos solos,
cielito lindo,
dame un abrazo.

¡Ay, ay, ay, ay!,
dame un abrazo,
que de esta, a las
malas casas,
cielito lindo,
no hay más que un paso.

Los dos primeros versos disonaban del resto de la canción; sin embargo, esta pequeña dificultad parecía encarecer el parentesco cercano de las casas malas y la Casa-Nueva. Se desgajaba el ritmo, sacrificado a la realidad, para subrayar aquella verdad atormentadora, que hacía sacudirse a Niña Fedina con miedo de tener miedo cuando ya estaba temblando y sin sentir aún todo el miedo, el indiscernible y espantoso miedo que sintió después, cuando aquella voz de disco usado que escondía más secretos que un crimen la caló hasta los huesos. Desayunarse de canción tan aceda era injusto. Una despellejada no se revuelve en su tormento como ella en su mazmorra, oyendo lo que otras detenidas, sin pensar que la cama de la prostituta es más helada que la cárcel, oirían tal vez como suprema esperanza de libertad y de calor.

El recuerdo de su hijo la sosegó. Pensaba en él como si aún lo llevara en las entrañas. Las madres nunca llegan a sentirse completamente vacías de sus hijos. Lo primero que haría en saliendo de la cárcel sería bautizarlo. Estaba pendiente el bautizo. Era lindo el faldón y linda la cofia que le regaló la señorita Camila. Y pensaba hacer la fiesta con tamal y chocolate al desayuno, arroz a la valenciana y pipián al mediodía, agua de canela, horchata, helados y barquillos por la tarde. Al tipógrafo del ojo de vidrio ya le diera el encargo de las estampitas impresas con que pensaba obsequiar a sus amistades. Y quería que fueran dos carruajes de «onde Shumann», de esos de los caballotes que semejan locomotoras, de cadenas plateadas que hacen ruido y de cocheros de leva y sombrero de copa. Luego trató de quitarse de la cabeza estos pensamientos, no le fuera a suceder lo que cuentan que le pasó a aquel que la víspera de su matrimonio se decía: «¡Mañana, a estas horas, ya te verás, boquita!», y a quien, por desgracia, el día siguiente, antes de la boda, pasando por una calle, le dieron un ladrillazo en la boca.

Y volvió a pensar en su hijo, y tan adentro se le fue el gozo, que, sin fijarse, tenía puestos los ojos en una telaraña de dibujos indecentes, a cuya vista se turbó de nuevo. Cruces, frases santas, nombres de hombres, fechas, números cabalísticos enlazábanse con sexos de todos tamaños. Y se veían: la palabra Dios junto a un falo, un número 13 sobre un testículo monstruoso, y diablos con cuerpos retorcidos como candelabros, y florecillas de pétalos en forma de dedos, y caricaturas de jueces y magistrados, y barquitos, y áncoras, y soles, y lunas, y botellas, y manecitas entrelazadas, y ojos y corazones atravesados por puñales, y soles bigotudos como policías, y lunas con cara de señorita vieja, y estrellas de tres y cinco picos, y relojes, y sirenas, y guitarras con alas, y flechas...

Aterrorizada, quiso alejarse de aquel mundo de locuras perversas, pero dio contra los otros muros también manchados de obscenidades. Muda de pavor cerró los ojos; era una mujer que empezaba a rodar por un terreno resbaladizo y a su paso, en lugar de ventanas, se abrían simas y el cielo le enseñaba las estrellas como un lobo los dientes.

Por el suelo, un pueblo de hormigas se llevaba una cucaracha muerta. Niña Fedina, bajo la impresión de los dibujos, creyó ver un sexo arrastrado por su propio vello hacia las camas del vicio.

De la Casa Nueva
a las casas malas,
cielito lindo...

Y volvía la canción a frotarle suavemente astillitas de vidrio en la carne viva, como lijándole el pudor femenino.

En la ciudad continuaba la fiesta en honor del Presidente de la República. En la plaza Central, se alzaba por las noches la clásica manta de las vistas a manera de patíbulo, y exhibíanse fragmentos de películas borrosas a los ojos de una multitud devota que parecía asistir a un auto de fe. Los edificios públicos se destacaban iluminados en el fondo del cielo. Como turbante se enrollaba un tropel de pasos alrededor del parque de forma circular, rodeado de una verja de agudísimas puntas. Lo mejor de la sociedad, reunido allí, daba vueltas y vueltas en las noches de fiesta, mientras la gente del pueblo presenciaba aquel cinematógrafo, bajo las estrellas, con religioso silencio. Un sardinero de viejos y viejas, de lisiados y matrimonios que ya no disimulaban el fastidio, bostezo y bostezo, seguían desde los bancos y escaños del jardín a los paseantes, que no dejaban muchacha sin piropo ni amigo sin saludo. De tiempo en tiempo, ricos y pobres levantaban los ojos al cielo: un cohete de colores, tras el estallido, deshilaba sedas de güipil en arco iris.

La primera noche en un calabozo es algo terrible. El prisionero se va quedando en la sombra como fuera de la vida, en un mundo de pesadilla. Los muros desaparecen, se borra el techo, se pierde el piso, y, sin embargo, ¡qué lejos el ánima de sentirse libre!; más bien se siente muerta.

Apresuradamente Niña Fedina empezó a rezar: «¡Acordaos, oh, misericordiosísima Virgen María, que jamás se ha oído decir que haya sido abandonado de vos ninguno de cuantos han acudido a vuestro amparo, implorando vuestro auxilio y reclamando vuestra protección! Yo, animada con tal confianza, acudo a vos, oh, Madre Virgen de las Vírgenes, a vos me acerco y llorando mis pecados me postro delante de vuestros pies. No desechéis mis súplicas, oh, Virgen María; antes bien oídlas propicia y acogedlas. Amén». La sombra le apretaba la garganta. No pudo rezar más. Se dejó caer y con los brazos, que fue sintiendo muy largos, muy largos, abarcó la tierra helada, todas las tierras heladas, de todos los presos, de todos los que injustamente sufren persecución por la justicia, de los agonizantes y caminantes... Y ya fue de decir la letanía...

> *Ora pronobis...*
> *Ora pronobis...*
> *Ora pronobis...*
> *Ora pronobis...*
> *Ora pronobis...*

Ora pronobis...
Ora pronobis...
Ora pronobis...

Poco a poco, se incorporó. Tenía hambre. ¿Quién le daría de mamar a su hijo? A gatas acercose a la puerta, que golpeó en vano.

Ora pronobis...
Ora pronobis...
Ora pronobis...

A lo lejos se oyeron sonar doce campanadas...

Ora pronobis...
Ora pronobis...

En el mundo de su hijo...

Ora pronobis...

Doce campanadas, las contó bien... Reanimada, hizo esfuerzos para pensarse libre y lo consiguió. Viose en su casa, entre sus cosas y sus conocidos, diciendo a la Juanita: «¡Adiós, me alegro de verla!», saliendo a llamar a palmotadas a la Gabrielita, atalayando el carbón, saludando con una reverencia a don Timoteo. Su negocio se le antojaba como algo vivo, como algo hecho de ella y de todos...

Fuera, seguía la fiesta, la manta de las vistas en lugar del patíbulo y la vuelta al parque de los esclavos atados a la noria.

Cuando menos lo esperaba se abrió la puerta del calabozo. El ruido de los cerrojos la hizo recoger los pies, como si de pronto se hubiera sentido a la orilla de un precipicio. Dos hombres la buscaron en la sombra y, sin dirigirle la palabra, la empujaron por un corredor estrecho, que el viento nocturno barría a soplidos, y por dos salas en tinieblas, hacia un salón alumbrado. Cuando ella entró, el auditor de Guerra hablaba con el amanuense en voz baja.

—¡Este es el señor que le toca el armonio a la Virgen del Carmen! —se dijo Niña Fedina—. Ya me parecía conocerle cuando me capturaron; lo he visto en la iglesia. ¡No debe ser mal hombre!...

Los ojos del auditor se fijaron en ella con detenimiento. Luego, la interrogó sobre sus generales: nombre, edad, estado, profesión, domicilio. La mujer de Rodas contestó a estas cuestiones con entereza, agregando por su parte, cuando el amanuense aún escribía su última respuesta, una pregunta que no se oyó bien porque a tiempo llamaron por teléfono y escuchose, crecida en el silencio de la habitación vecina, la voz ronca de una mujer que decía: «... ¡Sí! ¿Cómo siguió?... ... ¡Que me alegro!... ... Yo mandé a preguntar esta mañana con la Canducha... ¿El vestido?... ... El vestido está bueno, sí, está bien tallado... ¿Cómo?... ... No, no, no está manchado... ¡Que digo que no está manchado!... Sí, pero sin falta... ... Sí, sí... ... Sí... vengan sin falta... Adiós... Que pasen buena noche... Adiós...».

El auditor, mientras tanto, respondía a la pregunta de Niña Fedina en tono familiar de burla cruel y lépera:

—Pues no tenga cuidado, que para eso estamos nosotros aquí, para dar informes a las que, como usted, no saben por qué están detenidas...

Y cambiando de voz, con los ojos de sapo crecidos en las órbitas, agregó con lentitud:

—Pero antes va usted a decirme lo que hacía en la casa del general Eusebio Canales esta mañana.

—Había... Había ido a buscar al general para un asunto...

—¿Un asunto de qué, si se puede saber?...

—¡Un mi asuntito, señor! ¡Un mi mandado! De... Vea... Se lo voy a decir todo de una vez: para decirle que lo iban a capturar por el asesinato de ese coronel no sé cuántos que mataron en el portal...

—¿Y todavía tiene cara de preguntar por qué está presa? ¡Bandida! ¿Le parece poco, poco?... ¡Bandida! ¿Le parece poco, poco?...

A cada «poco» la indignación del auditor crecía.

—¡Espéreme, señor, que le diga! ¡Espéreme, señor, si no es lo que usted está creyendo de mí! ¡Espéreme, óigame, por vida suya, si cuando yo llegué a la casa del general, el general ya no estaba; yo no lo vi, yo no vi a ninguno, todos se habían ido, la casa estaba sola, la criada andaba por allí corriendo!

—¿Le parece poco? ¿Le parece poco? ¿Y a qué hora llegó usted?

—¡Sonando en el reló de la Mercé las seis de la mañana, señor!

—¡Qué bien se acuerda! ¿Y cómo supo usted que el general Canales iba a ser preso?

—¡Yo!

—¡Sí, usted!

—¡Por mi marido lo supe!

—Y su marido... ¿Cómo se llama su marido?

—¡Genaro Rodas!

—¿Por quién lo supo? ¿Cómo lo supo? ¿Quién se lo dijo?

—Por un amigo, señor, uno llamádose Lucio Vásquez, que es de la Policía secreta; ese se lo contó a mi marido y mi marido...

—¡Y usted al general! —se adelantó a decir el auditor.

Niña Fedina movió la cabeza como quien dice: «¡Qué negro, NO!».

—¿Y qué camino tomó el general?

—¡Pero por Dios Santo, si yo no he visto al general, como se lo estoy diciendo! ¿No me oye, pues? ¡No lo he visto, no lo he visto! ¡Qué me sacaba yo con decirle que no; y pior si eso es lo que está escribiendo en mi declaración ese señor!... —Y señaló al amanuense, que la volvió a mirar, con su cara pálida y pecosa, de secante blanco que se ha bebido muchos puntos suspensivos.

—¡A usted poco le importa lo que él escribe! ¡Responda a lo que se le pregunta! ¿Qué camino tomó el general?

Sobrevino un largo silencio. La voz del auditor, más dura, martilló:

—¿Qué camino tomó el general?

—¡No sé! ¿Qué quiere que le responda yo de eso? ¡No sé, no le vi, no le hablé!... ¡Vaya una cosa!

—¡Mal hace usted en negarlo, porque la autoridad lo sabe todo, y sabe que usted habló con el general!

—¡Mejor me da risa!

—¡Óigalo bien y no se ría, que todo lo sabe la autoridad, todo todo! —A cada «todo» hacía temblar la mesa—. Si usted no vio al general, ¿de dónde tenía usted esta carta?... Ella sola vino volando y se le metió en la camisa, ¿verdad?

—Esa es la carta que me encontré botada en la casa de él; la pepené del suelo cuando ya salía; pero mejor ya no le digo nada, porque usted no me cree, como si yo fuera alguna mentirosa.

—¡La «pepené»...! ¡Ni hablar sabe! —refunfuñó el amanuense.

—¡Vea, déjese de cuentos, señora, y confiese la verdad, que lo que se está preparando con sus mentiras es un castigo que se va a acordar de mí toda su vida!

—¡Pues lo que le he dicho es la verdá; ahora, si usted no quiere creerlo así, tampoco es mi hijo para que yo se lo haga entender a palos!

—¡Le va a costar muy caro, vea que se lo estoy diciendo! Y, otra cosa; ¿qué tenía usted que hacer con el general? ¿Qué era usted, qué es usted de él? Su hermana, su qué... ¿Qué se sacó...?

—Yo... del general... nada, onque tal vez solo lo habré visto dos veces; pero ai tiene usted, que cupo la casualidad de que yo tenía apalabrada a su hija, para que me llevara al bautismo a mi hijo...

—¡Eso no es una razón!

—¡Ya era casi mi comadre, señor!

El amanuense agregó por detrás:

—¡Son embustes!

—Y si yo me afligí y perdí la cabeza y corrí adonde corrí, fue porque ese Lucio le contó a mi marido que un hombre iba a robarse a la hija de...

—¡Déjese de mentiras! ¡Más vale que me confiese por las buenas el paradero del general, que yo sé que usted lo sabe, que usted es la única que lo sabe y que nos lo va a decir aquí, solo a nosotros, solo a mí...! ¡Deje de llorar, hable, la oigo!

Y amortiguando la voz, hasta tomar acento de confesor, añadió:

—Si me dice en dónde está el general..., vea, óigame; yo sé que usted lo sabe y que me lo va a decir; si me dice el sitio donde el general se escondió, la perdono; óigame, pues, la perdono; la mando poner en libertad y de aquí se va ya derechito a su casa, tranquilamente... Piénselo... ¡Piénselo bien!

—¡Ay, señor, si yo supiera se lo diría! Pero no lo sé, cabe la desgracia que no lo sé... ¡Santísima Trinidad, qué hago yo!

—¿Por qué me lo niega? ¿No ve que con eso usted misma se hace daño?

En las pausas que seguían a las frases del auditor, el amanuense se chupaba las muelas.

—Pues si no vale que la esté tratando por bien, porque ustedes son mala gente —esta última frase la dijo el auditor más ligero y con un enojo creciente de volcán en erupción—, me lo va a decir por mal. Sepa que usted ha cometido un delito gravísimo contra la seguridad del Estado, y que está en manos de la justicia por ser responsable de la fuga de un traidor, sedicioso, rebelde, asesino y enemigo del Señor Presidente... ¡Y ya es mucho decir, esto ya es mucho decir, mucho decir!

La esposa de Rodas no sabía qué hacer. Las palabras de aquel hombre endemoniado escondían una amenaza inmediata, tremenda, algo así como la muerte. Le temblaban las mandíbulas, los dedos, las piernas... Al que le tiemblan los dedos, diríase que ha sacado los huesos, y que sacude como guantes las manos. Al que le tiemblan las mandíbulas sin poder hablar, está telegrafiando angustias. Y al que le tiemblan las piernas, va de pie en un carruaje que arrastran, como alma que se lleva el diablo, dos bestias desbocadas.

—¡Señor! —imploró.

—¡Vea que no es juguete! ¡A ver, pronto! ¿Dónde está el general?

Una puerta se abrió a lo lejos para dar paso al llanto de un niño. Un llanto caliente, acongojado...

—¡Hágalo por su hijo!

Ni bien el auditor había dicho así y la Niña Fedina, erguida la cabeza, buscaba por todos lados a ver de dónde venía el llanto.

—Desde hace dos horas está llorando, y es en balde que busque dónde está... ¡Llora de hambre y se morirá de hambre si usted no me dice el paradero del general!

Ella se lanzó por una puerta, pero le salieron al paso tres hombres, tres bestias negras que sin gran trabajo quebraron sus pobres fuerzas de mujer. En aquel forcejeo inútil se le soltó el cabello, se le salió la blusa de la faja y se le desprendieron las enaguas. Pero qué le importaba que los trapos se le cayeran. Casi desnuda volvió arrastrándose de rodillas a implorar del auditor que le dejara dar el pecho a su mamoncito.

—¡Todo lo que usted quiera, pero dígame antes dónde está el general!

—¡Por la Virgen del Carmen, señor —suplicó abrazándose al zapato del licenciado—; sí, por la Virgen del Carmen, déjeme darle de mamar a mi muchachito; vea que está que ya no tiene fuerzas para llorar, vea que se me muere; aunque después me mate a mí!

—¡Aquí no hay Vírgenes del Carmen que valgan! ¡Si usted no me dice dónde está oculto el general, aquí nos estamos, y su hijo hasta que reviente de llorar!

Como loca se arrodilló ante los hombres que guardaban la puerta. Luego luchó con ellos. Luego volvió a arrodillarse ante el auditor, a quererle besar los zapatos.

—¡Señor, por mi hijo!

—Pues por su hijo: ¿dónde está el general? ¡Es inútil que se arrodille y haga toda esa comedia, porque si usted no responde a lo que le pregunto, no tenga esperanza de darle de mamar a su hijo!

Al decir esto, el auditor se puso de pie, cansado de estar sentado. El amanuense se chupaba las muelas, con la pluma presta a tomar la declaración que no acababa de salir de los labios de aquella madre infeliz.

—¿Dónde está el general?

En las noches de invierno, el agua llora en las reposaderas. Así se oía el llanto del niño, gorgoriteante, acoquinado.

—¿Dónde está el general?

Niña Fedina callaba como una bestia herida, mordiéndose los labios sin saber qué hacer.

—¿Dónde está el general?

Así pasaron cinco, diez, quince minutos. Por fin el auditor, secándose los labios con un pañuelo de orilla negra, añadió a todas sus preguntas la amenaza:

—¡Pues si no me dice, va a molernos un poco de cal viva a ver si así se acuerda del camino que tomó ese hombre!

—¡Todo lo que quieran hago; pero antes déjenme que... que... que le dé de mamar al muchachito! ¡Señor, no sea así, vea que no es justo! ¡Señor, la criaturita no tiene la culpa! ¡Castígueme a mí como quiera!

Uno de los hombres que cubrían la puerta la arrojó al suelo de un empujón; otro le dio un puntapié que la dejó por tierra. El llanto y la indignación le borraban los ladrillos, los objetos. No sentía más que el llanto de su hijo.

Y era la una de la mañana cuando empezó a moler la cal para que no le siguieran pegando. Su hijito lloraba...

De tiempo en tiempo, el auditor repetía:

—¿Dónde está el general? ¿Dónde está el general?

La una...

Las dos...

Por fin, las tres... Su hijito lloraba...

Las tres cuando ya debían ser como las cinco...

Las cuatro no llegaban... Y su hijito lloraba...

Y las cuatro... Y su hijito lloraba...

—¿Dónde está el general? ¿Dónde está el general?

Con las manos cubiertas de grietas incontables y profundas, que a cada movimiento se le abrían más, los dedos despellejados de las puntas, llagados los entrededos y las uñas sangrantes, Niña Fedina bramaba del dolor al llevar y traer la mano de la piedra sobre la cal. Cuando se dete-

nía a implorar, por su hijo más que por su dolor, la golpeaban.

—¿Dónde está el general? ¿Dónde está el general?

Ella no escuchaba la voz del auditor. El llorar de su hijo,
cada vez más apagado, llenaba sus oídos.

A las cinco menos veinte la abandonaron sobre el piso,
sin conocimiento. De sus labios caía una baba viscosa y de
sus senos lastimados por fístulas casi invisibles manaba la
leche más blanca que la cal. A intervalos corrían de sus ojos
inflamados llantos furtivos.

Más tarde —ya pintaba el alba— la trasladaron al calabozo. Allí despertó con su hijo moribundo, helado, sin
vida, como un muñeco de trapo. Al sentirse en el regazo
materno, el niño se reanimó un poco y no tardó en arro-
jarse sobre el seno con avidez; mas, al poner en él la boquita, y sentir el sabor acre de la cal, soltó el pezón y soltó
el llanto, e inútil fue cuanto ella hizo después porque lo
volviera a tomar. Con la criatura en los brazos dio voces,
golpeó la puerta... Se le enfriaba... Se le enfriaba... Se le
enfriaba... No era posible que le dejaran morir así cuando
era inocente, y tornó a golpear la puerta y a gritar...

—¡Ay, mi hijo se me muere! ¡Ay, mi hijo se muere! ¡Ay
mi vida, mi pedacito, mi vida!... ¡Vengan, por Dios! ¡Abran!
¡Por Dios, abran! ¡Se me muere mi hijo! ¡Virgen Santísima! ¡San Antonio bendito! ¡Jesús de Santa Catarina!

Fuera seguía la fiesta. El segundo día como el primero.
La manta de las vistas a manera de patíbulo y la vuelta al
parque de los esclavos atados a la noria.

XVII
AMOR URDEMALES

—... ¡Si vendrá, si no vendrá!

—¡Como si lo estuviera viendo!

—Ya tarda; pero con tal que venga, ¿no le parece?

—De eso esté usté segura, como de que ahora es de noche; una oreja me quito si no viene. No se atormente...

—¿Y cree usted que me va a traer noticias de papá? Él me ofreció...

—Por supuesto... Pues con mayor razón...

—¡Ay, Dios quiera que no me traiga malas noticias!... Estoy que no sé... Me voy a volver loca... Quisiera que viniera pronto para salir de dudas, y que mejor no viniera si me trae malas noticias.

La Masacuata seguía desde el rincón de la cocinita improvisada las palpitaciones de la voz de Camila, que hablaba recostada en la cama. Una candela ardía pegada al suelo delante de la Virgen de Chiquinquirá.

—En lo que está usté; ya lo creo que va a venir, y con noticias que le van a dar gusto, acuérdese de mí... Que dónde lo estoy leyendo, dirá usté... Me se pone y lo que es para eso de las corazonadas soy infalible... ¡Mirá con quién, con los hombres!... Bueno, si yo le fuera a contar... Es verdá que un dedo no hace mano, pero todos son los mismos: al olor del hueso ai están que parecen chuchos...

El ruido del soplador espaciaba las frases de la fondera. Camila la veía soplar el fuego sin ponerle asunto.

—El amor, niña, es como las granizadas. Cuando se empiezan a chupar, acabaditas de hacer, abunda el jarabe que es un contento; por todos lados sale y hay que apurarse a jalar para adentro, que si no, se cae; pero después, después no queda más que un terrón de hielo desabrido y sin color.

Por la calle se oyeron pasos. A Camila le latía el corazón tan fuerte que tuvo que oprimírselo con las dos manos. Pasaron por la puerta y se alejaron presto.

—Creí que era él...

—No debe tardar...

—Debe ser que fue adonde mis tíos antes de venir aquí; probablemente se venga con él mi tío Juan...

—¡Chist, gato! El gato se está bebiendo su leche; espántelo...

Camila volvió a mirar el animal que, asustado por el grito de la fondera, se lamía los bigotes empapados en leche, cerca de la taza olvidada en una silla.

—¿Cómo se llama su gato?

—Benjuí...

—Yo tenía uno que se llamaba Gota; era gata...

Ahora sí se oyeron pasos y tal vez que...

Era él.

Mientras la Masacuata desatrancaba la puerta, Camila se pasó las manos por los cabellos para arreglárselos un poco. El corazón le daba golpes en el pecho. Al final de aquel día que ella creyó por momentos eterno, interminable, que no iba a acabar nunca, estaba entumecida, floja, sin ánimo, ojerosa, como la enferma que oye cuchichear de los preparativos de su operación.

—¡Sí, señorita, buenas noticias! —dijo Cara de Ángel desde la puerta, cambiando la cara de pena que traía.

Ella esperaba de pie al lado de la cama, con una mano puesta sobre la cabecera, los ojos llenos de lágrimas y el semblante frío. El favorito le acarició las manos.

—Las noticias de su papá, que son las que más le interesan, primero... —Pronunciadas estas palabras se fijó en la Masacuata y entonces, sin cambiar de tono de voz, mudó de pensamiento—. Pues su papá no sabe que está usted aquí escondida...

—¿Y dónde está él...?

—¡Cálmese!

—¡Con solo saber que no le ha pasado nada, me conformo!

—Siéntese, donnn... —se interpuso la fondera, ofreciendo la banquita a Cara de Ángel.

—Gracias...

—Y como de necesidad ustedes tendrán su qué hablar, si no se les ofrece nada, van a dejar que me vaya para volver de acún rato. Voy a salir a ver qué es de Lucio, que se fue desde esta mañana y no ha regresado.

El favorito estuvo a punto de pedir a la fondera que no lo dejara a solas con Camila.

Pero ya la Masacuata pasaba al patiecito oscuro a cambiarse de enagua y Camila decía:

—Dios se lo pague por todo, ¿oye, señora?... ¡Pobre, tan buena que es!... Y tiene gracia todo lo que habla. Dice que usted es muy bueno, que es usted muy rico y muy simpático, que lo conoce hace mucho tiempo...

—Sí, es mera buena. Sin embargo, no se podía hablar ante ella con toda confianza y estuvo mejor que se largara. De su papá todo lo que se sabe es que va huyendo, y mientras no pase la frontera no tendremos noticias ciertas. Y diga: ¿le contó algo de su papá usted a esta mujer?

—No, porque creí que estaba enterada de todo...

—Pues conviene que no sepa ni media palabra...

—Y mis tíos ¿qué le dijeron?...

—No los pude ir a ver por andar agenciándome noticias de su papá; pero ya les anuncié mi visita para mañana.

—Perdone mis exigencias, pero usted comprende, me sentiré más consolada allí con ellos; sobre todo con mi tío Juan; él es mi padrino y ha sido para mí como mi padre...

—¿Se veían ustedes muy a menudo...?

—Casi todos los días... Casi..., sí... Sí, porque cuando no íbamos a su casa, él venía a la nuestra con su señora o solo. Es el hermano a quien más ha querido mi papá. Siempre me dijo: «Cuando yo falte te dejaré con Juan, y a él debes buscar y obedecer como si fuera tu padre». Todavía el domingo comimos todos juntos.

—En todo caso quiero que usted sepa que si yo la escondí aquí, fue para evitar que la atropellara la Policía y porque esto quedaba más cerca.

El cansancio de la candela sin despabilar flotaba como la mirada de un miope. Cara de Ángel se veía en aquella luz disminuido en su personalidad, medio enfermo, y miraba a Camila más pálida, más sola y más chula que nunca en su trajecito color limón.

—¿En qué piensa?...

Su voz tenía intimidad de hombre apaciguado.

—En las penas en que andará mi pobre papá huyendo por sitios desconocidos, oscuros, no me explico bien, con hambre, con sueño, con sed y sin amparo. La Virgen lo acompañe. Todo el día le he tenido su candela encendida...

—No piense en esas cosas, no llame la desgracia; las cosas tienen que suceder como está escrito que sucedan. ¡Qué lejos estaba usted de conocerme y qué lejos estaba yo de poder servir a su papá!... —Y apañándole una mano, que ella se dejó acariciar, fijaron ambos los ojos en el cuadro de la Virgen.

El favorito pensaba:

> *¡En el ojo de la llave del cielo*
> *cabrías bien, porque fue el cerrajero,*
> *cuando nacías, a sacar con nieve*
> *la forma de tu cuerpo en un lucero!*

La estrofa, sin razón de ser en aquellos momentos, quedó suelta en su cabeza y como confundida a la palpitación en que se iban envolviendo sus dos almas.

—¿Y qué me dice usted? Ya mi papá irá muy lejos; se sabrá cuándo más o menos...

—No tengo ni idea, pero es cuestión de días...

—¿De muchos días?

—No...

—Mi tío Juan tal vez tiene noticias...

—Probablemente...

—Algo le pasa a usted cuando le hablo de mis tíos...

—Pero ¡qué está usted diciendo! De ninguna manera. Por el contrario, pienso que sin ellos mi responsabilidad sería mayor. Adónde iba yo a llevarla a usted si no estuvieran ellos...

Cara de Ángel cambiaba de voz cuando se dejaba de fantasear sobre la fuga del general y hablaba de los tíos, del general que se temía ver regresar amarrado y seguido de una escolta, o frío como un tamal en un tapesco ensangrentado.

La puerta se abrió de repente. Era la Masacuata, que entraba que se hacía pedazos. Las trancas rodaron por el suelo. Un soplo de aire hamaqueó la luz.

—Acepten y perdonen que les interrumpa y que venga así tan brusca... ¡Lucio está preso!... Me lo acaba de decir una mi conocida cuando me llegó este papelito. Está en la penitenciaría... ¡Chismes de ese Genaro Rodas! ¡Lástima de pantalones de hombre! ¡No he tenido gusto en toda la santa tarde! A cada rato el corazón me hacía pon-gon, pon-gon, pon-gon... Ai fue a decir que usted y Lucio se habían sacado a la señorita de su casa...

El favorito no pudo impedir la catástrofe. Un puñado de palabras y la explosión... Camila, él y su pobre amor acababan de volar deshechos en un segundo, en menos de un segundo... Cuando Cara de Ángel empezó a darse cuenta de la realidad, Camila lloraba sin consuelo tirada de bruces sobre la cama; la fondera seguía habla que habla contando los detalles del rapto, sin comprender el mundo que precipitaba en las simas de la desesperación con sus palabras, y en cuanto a él, sentía que lo estaban enterrando vivo con los ojos abiertos.

Después de llorar mucho rato se levantó Camila como sonámbula, pidiendo a la fondera algo con que taparse para salir a la calle.

—Y si usted es, como dice, un caballero —se volvió a decir a Cara de Ángel, cuando aquella le hubo dado un perraje—, acompáñeme a casa de mi tío Juan.

El favorito quiso decir eso que no se puede decir, esa palabra inexpresable con los labios y que baila en los ojos de los que golpea la fatalidad en lo más íntimo de su esperanza.

—¿Dónde está mi sombrero? —preguntó con la voz ronca de tragar saliva de angustias.

Y ya con el sombrero en la mano volviose al interior de la fonda para mirar nuevamente, antes de partir, el sitio en que acababa de naufragar una ilusión.

—Pero... —objetó ya para dejar la puerta—, me temo que sea demasiado tarde...

—Si fuéramos a casa ajena, sí; pero vamos a mi casa; donde cualquiera de mis tíos sepa usted que estoy en mi casa...

Cara de Ángel la detuvo de un brazo con suavidad y
como arrancándose el alma, le dijo violentamente la verdad:

—En casa de sus tíos ni pensarlo; no quieren oír hablar
de usted, no quieren saber nada del general, lo desconocen
como hermano. Me lo ha dicho hoy su tío Juan...

—¡Pero usted mismo acaba de decirme que no los ha
visto, que les anunció su visita!... ¿En qué quedamos?
¡Olvida usted sus palabras de hace un momento y calumnia a mis tíos para retener en esta fonda a la prenda robada
que se le va de las manos! ¡Que mis tíos no quieren oír hablar de nosotros, que no me reciben en su casa!... Bueno,
está usted loco. ¡Venga, acompáñeme, para que se conven-
za de lo contrario!

—No estoy loco, no crea, y daría la vida porque no fuera
usted a exponerse a un desprecio, y si he mentido es porque..., no sé... Mentía por ternura, por querer ahorrarle hasta el último momento el dolor que ahora va a sufrir... Yo pensaba volver a suplicarles mañana, menear otras pitas, pedirles
que no la dejaran en la calle abandonada, pero eso ya no es
posible, ya usted va andando, ya no es posible...

Las calles alumbradas se ven más solas. La fondera salió
con la candela que ardía ante la Virgen para seguirles los
primeros pasos. El viento se la apagó. La llamita hizo movimiento de santiguada.

XVIII
TOQUIDOS

¡Ton-torón ton! ¡Ton-torón-ton!

Como buscaniguas corrieron los aldabonazos por toda la casa, despertando al perro, que en el acto ladró hacia la calle. El ruido le había quemado el sueño. Camila volvió la cabeza a Cara de Ángel —en la puerta de su tío Juan ya se sentía segura— y le dijo muy ufana:

—¡Ladra porque no me ha conocido! ¡Rubí! ¡Rubí! —agregó llamando al perro, que no dejaba de ladrar—. ¡Rubí! ¡Rubí!, ¡soy yo! ¿No me conoce, Rubí? Corra, vaya a que vengan luego a abrir.

Y volviéndose otra vez a Cara de Ángel:

—¡Vamos a esperar un momentito!

—¡Sí, sí, por mí no tenga cuidado, esperemos!

Este hablaba con desmigado decir, como el que lo ha perdido todo, a quien todo le da igual.

—Tal vez no han oído; será menester tocar más duro.

Y levantó y dejó caer el llamador muchas veces; un llamador de bronce dorado, que tenía forma de mano.

—¡Las criadas deben estar dormidas; aunque ya era tiempo que hubiesen salido a ver! Por algo mi papá, que padece de no dormir, dice siempre que pasa mala noche: «¡Quién con sueño de criada!».

Rubí era el único que daba señales de vida en toda la casa. Su ladrar se oía cuándo en el zaguán, cuándo en el patio. Correteaba incansable tras los toquidos, piedras lanzadas contra el silencio que a Camila se le iba haciendo tranca en la garganta.

—¡Es extraño! —observó sin separarse de la puerta—. ¡Indudablemente están dormidos; voy a tocar más duro a ver si salen!

¡Ton-torón-ton-ton...! ¡Ton-ton-torontón!

—¡Ahora vendrán! Es que sin duda no habían oído...

—¡Primero están saliendo los vecinos! —dijo Cara de Ángel; aunque no se veía en la neblina, se oía el ruido de las puertas.

—Pero no tiene nada, ¿verdad?

—¡Más que fuera, toque, toque, no tenga cuidado!

—Vamos a aguardar un ratito a ver si ahora vienen...

Y mentalmente Camila fue contando para hacer tiempo: uno, dos, tres, cuatro, cinco, seis, siete, ocho, nueve, diez, once, doce, trece, catorce, quince, dieciséis, diecisiete, dieciocho, diecinueve, veinte, veintiuno, veintidós, veintitrés, veintitrés, veintitrés..., veinticuatro..., ve in ti cinco...

—¡No vienen!

—... veintiséis, veintisiete, veintiocho, veintinueve, treinta..., treinta y uno, treinta y dos, treinta y tres, treinta y cuatro..., treinta y cinco... —le daba miedo llegar a cincuenta—, treinta y seis..., treinta y siete, treinta y ocho...

Repentinamente, sin saber por qué, había sentido que era verdad lo que Cara de Ángel le afirmara de su tío Juan, y con ahogo y alarma, aldabeó una y muchas veces más. ¡Tontororón! Ya no quitaba la mano del tocador... ¡Tororón-ton, tororón-ton! ¡No podía ser! Ton-ton-ton-ton-tontón-tontontonlón, tontontontontontontontontontontón...

La respuesta fue siempre la misma; el interminable ladrar del perro. ¿Qué les hizo ella, que ella ignoraba, para que no le abrieran la puerta de su casa? Llamó de nuevo. Su esperanza renacía a cada aldabonazo. ¿Qué iba a ser de ella si la dejaban en la calle? De solo pensarlo se le dormía el cuerpo. Llamó y llamó. Llamó con saña, como si diera de martillazos en la cabeza de un enemigo. Sentía los pies pesados, la boca amarga, la lengua como estropajo y en los dientes la bullidora picazón del miedo.

Una ventana hizo ruido de rasguño y hasta se adivinaron voces. Todo su cuerpo se recalentó. ¡Ya salían, bendito sea Dios! Le alegraba separarse de aquel hombre cuyos ojos negros despedían fosforescencias diabólicas, como los de los gatos; de aquel individuo repugnante a pesar de ser bello como un ángel. En ese momentito, el mundo de la casa y el mundo de la calle, separados por la puerta, se rozaban como dos astros sin luz. La casa permite comer el pan en oculto —el pan comido en oculto es suave, enseña la sabiduría—; posee la seguridad de lo que permanece y apareja la consideración social, y es como retrato familiar, en el que el papá se esmera en el nudo de la corbata, la mamá luce sus mejores joyas y los niños están peinados con agua florida legítima. No así la calle, mundo de inestabilidades, peligroso, aventurado, falso como los espejos, lavadero público de suciedades de vecindario.

¡Cuántas veces había jugado de niña en aquella puerta! ¡Cuántas otras, en tanto su papá y su tío Juan conversaban de sus asuntos, ya para despedirse, ella se había entretenido en mirar desde allí los aleros de las casas vecinas, recortados como lomos escamosos sobre el azul del cielo!

—¿No oyó usted que salieron por esa ventana? ¿Verdad que sí? Pero no abren. O... nos equivocaríamos de casa... ¡Tendría gracia!

Y soltando el tocador se bajó del andén para verle la cara a la casa. No se había equivocado. Sí que era la de su tío Juan. «Juan Canales. Constructor», decía en la puerta una placa de metal. Como un niño, hizo pucheros y soltó el llanto. Los caballitos de sus lágrimas arrastraban desde lo más remoto de su cerebro la idea negra de que era verdad lo que le afirmó Cara de Ángel al salir de El Tus-Tep. Ella no quería creerlo, aunque fuera cierto.

La neblina vendaba las calles. Estuquería de natas con color de pulque y olor a verdolaga.

—Acompáñeme a casa de mis otros tíos; vamos primero a ver a mi tío Luis, si le parece.

—Adonde usted diga...

—Véngase, pues... —el llanto le caía de los ojos como una lluvia—; aquí no me han querido abrir...

Y echaron adelante. Ella volviendo la cabeza a cada paso —no abandonaba la esperanza de que por último abrieran— y Cara de Ángel, sombrío. Ya vería don Juan Canales; era imposible que él dejara sin venganza semejante ultraje. Cada vez más lejos, el perro seguía ladrando. Pronto desapareció todo consuelo. Ni el perro se oía ya. Frente al Cuño encontraron un cartero borracho. Iba arrojando las cartas a mitad de la calle como dormido. Casi no podía dar un paso. De vez en vez alzaba los brazos y reía con cacareo de ave doméstica, en lucha con los alambres de sus babas enredados en los botones del uniforme. Camila y Cara de Ángel, movidos por el mismo resorte, se pusieron a recogerle las cartas y a ponérselas en la mochila, advirtiéndole que no las botara de nuevo.

—¡Mu... uchas gra... cias...; le es... digo... que mu... uchas... gra... cias! —deletreaba las palabras, recostado en un bastión del Cuño. Después, cuando aquellos le dejaron, ya con las cartas en el bolso, se alejó cantando:

¡Para subir al cielo
se necesita,
una escalera grande
y una chiquita!

Y mitad cantado, mitad hablado, añadió con otra música:

¡Suba, suba, suba
la Virgen al cielo,
suba, suba, suba,
subirá a su Reino!

—¡Cuando san Juan baje el dedo, yo, Gup... Gup... Gu... mercindo Solares, ya no seré cartero, ya no seré cartero, ya no seré cartero...

Y cantando:

¡Cuando yo me muera
quién me enterrará,
solo las Hermanas
de la Caridad!

—¡Ay, juin-juin-juilín, por demás estás, por demás estás, por demás estás!

En la neblina se perdió dando tumbos. Era un hombrecillo cabezón. El uniforme le quedaba grande y la gorra, pequeña.

Mientras tanto, don Juan Canales hacía lo imposible por ponerse en comunicación con su hermano José Antonio. La central de teléfonos no contestaba y ya el ruido del manubrio le producía bascas. Por fin le respondieron con voz de ultratumba. Pidió la casa de don José Antonio Canales y, contra lo que esperaba, inmediatamente la voz de su hermano mayor se oyó en el aparato.

—... Sí, sí, Juan es el que te habla... ... Creí que no me habías conocido... Pues figúrate... Ella y el tipo, sí... Ya lo creo, ya lo creo... ... Por supuesto... ... Sí..., sí... ¿Qué me dices?... ... ¡Nooo, no le abrimos!... ... Ya te figuras... ... Y, sin duda, que de aquí se fueron para allá contigo... ... ¿Qué, qué?... Ya me lo suponía así... ¡Nos dejaron temblando!... ¡También a ustedes, y para tu mujer el susto no estuvo bueno; mi mujer quería salir a la puerta, pero yo me opuse!... ... ¡Naturalmente! ... Naturalmente, eso se cae de su peso!... Bueno, el vecindario allí contig... ... Sí, hombre... ... Y aquí conmigo peor. Deben de estar para echar chispas... Y de tu casa seguramente que se fueron para donde Luis... ¡Ah!, ¿no? ¿Ya venían?...

Un palor calderil, de luego en luego claridad sumisa, jugo de limón, jugo de naranja, rubor de hoguera nueva, oro mate de primera llama, luz de amanecer, les agarró en la calle, cuando volvían de llamar inútilmente a la casa de don José Antonio.

A cada paso repetía Camila:

—¡Yo me las arreglaré!

Los dientes le castañeteaban del frío. Las praderas de sus ojos, húmedas de llanto, veían pintar la mañana con insospechada amargura. Había tomado el aire de las personas heridas por la fatalidad. Su andar era poco suelto. Su gesto un no estar en sí.

Los pajaritos saludaban la aurora en los jardines de los parques públicos y en los del interior de las casas, los pequeños jardines de los patios. Un concierto celestial de músicas trémulas subía al azul divino del amanecer, mientras despertaban las rosas y, mientras, por otro lado, el tantaneo de las campanas, que daban los buenos días a Nuestro Señor, alternaba con los golpes fofos de las carnicerías donde hachaban la carne; y el solfeo de los gallos que con las alas se contaban los compases, con las descargas en sordina de las panaderías al caer el pan en las bateas; y las voces y pasos de los trasnochadores con el ruido de alguna puerta abierta por

viejecilla en busca de comunión o mucama en busca de pan
para el viajero que en desayunando saldría a tomar el tren.

Amanecía...

Los zopilotes se disputaban el cadáver de un gato a picota-
do limpio. Los perros perseguían a las perras, jadeantes, con los
ojos enardecidos y la lengua fuera. Un perro pasaba renquean-
do, con la cola entre las piernas, y apenas si volvía a mirar,
melancólico y medroso, para enseñar los dientes. A lo largo de
puertas y muros dibujaban los canes las cataratas del Niágara.

Amanecía...

Las cuadrillas de indios que barrían durante la noche
las calles céntricas regresaban a sus ranchos uno tras otro,
como fantasmas vestidos de jerga, riéndose y hablando en
una lengua que sonaba a canto de chicharra en el silencio
matinal. Las escobas a manera de paraguas cogidas con el
sobaco. Los dientes de turrón en las caras de cobre. Descalzos. Rotos. A veces se detenía uno de ellos a la orilla del
andén y se sonaba al aire, inclinándose al tiempo de apretarse la nariz con el pulgar y el índice. Delante de las puertas de los templos todos se quitaban el sombrero.

Amanecía...

Araucarias inaccesibles, telarañas verdes para cazar estrellas fugaces. Nubes de primera comunión. Pitos de locomotoras extranjeras.

La Masacuata se felicitó de verles volver juntos. No pudo
cerrar los ojos de la pena en toda la noche e iba a salir enseguida para la penitenciaría con el desayuno de Lucio Vásquez.

Cara de Ángel se despidió, mientras Camila lloraba su
desgracia increíble.

—¡Hasta luego! —dijo sin saber por qué; él ya no tenía
qué hacer allí.

Y al salir sintió por primera vez, desde la muerte de su
madre, los ojos llenos de lágrimas.

XIX
LAS CUENTAS Y EL CHOCOLATE

El auditor de Guerra acabó de tomar su chocolate de arroz con una doble empinada de pocillo, para beberse hasta el asiento; luego se limpió el bigote color de ala de mosca con la manga de la camisa y, acercándose a la luz de la lámpara, metió los ojos en el recipiente para ver si se lo había bebido todo. Entre sus papelotes y sus códigos mugrientos, silencioso y feo, miope y glotón, no se podía decir cuando se quitaba el cuello, si era hombre o mujer aquel licenciado en Derecho, aquel árbol de papel sellado, cuyas raíces nutríanse de todas las clases sociales, hasta de las más humildes y miserables. Nunca, sin duda, vieran las generaciones un hambre tal de papel sellado. Al sacar los ojos del pocillo, que examinó con el dedo para ver si no había dejado nada, vio asomar por la única puerta de su escritorio a la sirvienta, espectro que arrastraba los pies como si los zapatos le quedaran grandes, poco a poco, uno tras otro, uno tras otro.

—¡Ya te bebiste el chocolate, dirés!

—¡Sí, Dios te lo pague, estaba muy sabroso! A mí me gusta cuando por el tragadero le pasa a uno el pusunque.

—¿Dónde pusistes la taza? —inquirió la sirvienta, buscando entre los libros que hacían sombra sobre la mesa.

—¡Allí! ¿No la estás viendo?

—Ahora que decís eso, mirá, ya estos cajones están llenos de papel sellado. Mañana, si te parece, saldré a ver qué se vende.

—Pero que sea con modo, para que no se sepa. La gente es muy fregada.

—¡Vos estás creyendo que no tengo dos dedos de frente! Hay como sobre cuatrocientas fojas de a veinticinco centavos, como doscientas de a cincuenta... Las estuve contando mientras que se calentaban mis planchas ahora en la tardecita.

Un toquido en la puerta de calle le cortó la palabra a la sirvienta.

—¡Qué manera de tocar, imbéciles! —respingó el auditor.

—Si así tocan siempre... A saber quién será... Muchas veces estoy yo en la cocina y hasta allá llegan los toquidotes...

La sirvienta dijo estas últimas palabras ya para salir a ver quién llamaba. Parecía un paraguas la pobre, con su cabeza pequeña y sus enaguas largas y descoloridas.

—¡Que no estoy! —le gritó el auditor—... Y mirá, mejor si salís por la ventana...

Transcurridos unos momentos volvió la vieja, siempre arrastrando los pies, con una carta.

—Esperan contestación...

El auditor rompió el sobre de mal modo; pasó los ojos por la tarjetita que encerraba y dijo a la sirvienta con el gesto endulzado:

—¡Que está recibida!

Y esta, arrastrando los pies, volvió a dar la respuesta al muchacho que había traído el mandado, y cerró la ventana a piedra y lodo.

Tardó en volver; andaba bendiciendo las puertas. Nunca acababa de llevarse la taza sucia de chocolate.

En tanto, aquel, arrellanado en el sillón, releía con sus puntos y sus comas la tarjetita que acababa de recibir. Era de un colega que le proponía un negocio. La Chon Diente de Oro —le decía el licenciado Vidalitas—, amiga del Señor Presidente y propietaria de un acreditado establecimiento de mujeres públicas, vino a buscarme esta mañana a mi bufete, para decirme que vio en la Casa Nueva a una mujer joven y bonita que le convendría para su negocio. Ofrece 10 000 pesos por ella. Sabiendo que está presa de tu orden, te molesto para que me digas si tienes inconveniente en recibir ese dinerito y entregarle dicha mujer a mi clienta...

—Si no se te ofrece nada, me voy a acostar.

—No, nada, que pasés buena noche...

—Así la pasés vos... ¡Que descansen las ánimas del purgatorio!

El auditor, mientras la sirvienta salía arrastrando los pies, repasaba la cantidad del negocio en perspectiva, número por número: un uno, un cero, otro cero, otro cero, otro cero... ¡Diez mil pesos!

La vieja regresó:

—No me acordaba de decirte que el padre mandó a avisar que mañana va a decir la misa más temprano.

—¡Ah, verdad pues, que mañana es sábado! Despertame en cuanto llamen, ¿oíste?, que anoche me desvelé y me puede agarrar el sueño.

—Ai te despierto, pues...

Dicho esto se fue poco a poco, arrastrando los pies. Pero volvió a venir. Había olvidado de llevar al lavadero de los trastes la taza sucia. Ya estaba desnuda cuando se acordó.

—Y por fortuna me acordé —díjose a media voz—; si no, sí que sí que... —con gran trabajo se puso los zapatos—... sí que sí que... —Y acabó con un «¡sea por Dios!»

envuelto en un suspiro. De no poderle tanto dejar un traste sucio se habría quedado metidita en la cama.

El auditor no se dio cuenta de la última entrada y salida de la vieja, enfrascado en la lectura de su última obra
maestra: el proceso de la fuga del general Eusebio Canales.
Cuatro eran los reos principales: Fedina de Rodas, Genaro
Rodas, Lucio Vásquez y... —se pasaba la lengua por los
labios— el otro, un personaje que se las debía, Miguel Cara
de Ángel.

El rapto de la hija del general, como esa nube negra que
arroja el pulpo cuando se siente atacado, no fue sino una
treta para burlar la vigilancia de la autoridad, se decía. Las
declaraciones de Fedina Rodas son terminantes a este respecto. La casa estaba vacía cuando ella se presentó a buscar
al general a las seis de la mañana. Sus declaraciones me pa-
recieron veraces desde el primer momento, y si apreté un
poquito el tornillo fue para estar más seguro: su dicho era
la condenación irrefutable de Cara de Ángel. Si a las seis
de la mañana en la casa ya no había nadie, y por otra parte,
si de los partes de policía se desprende que el general llegó
a recogerse al filo de las doce de la noche, ergo, el reo se
fugó a las dos de la mañana, mientras el otro hacía el si-
mulacro de alzarse con su hija...

¡Qué decepción para el Señor Presidente cuando sepa
que el hombre de toda su confianza preparó y dirigió la
fuga de uno de sus más encarnizados enemigos!... ¡Cómo
se va a poner cuando se entere que el íntimo amigo del
coronel Parrales Sonriente coopera a la fuga de uno de sus
victimarios!...

Leyó y releyó los artículos del Código Militar, que ya
se sabía de memoria, en todo lo concerniente a los encu-
bridores, y como el que se regala con una salsa picante, la
dicha le brillaba en los ojos de basilisco y en la piel de brin

al encontrar en aquel cuerpo de leyes por cada dos renglo
nes esta frasecita: «pena de muerte», o su variante: «pena
de la vida».

¡Ay, don Miguelín Miguelito, por fin en mis manos y
por el tiempo que yo quiera! ¡Jamás creí que nos fuéramo
a ver la cara tan pronto, ayer que usted me despreció er
palacio! ¡Y la rosca del tornillo de mi venganza es inter
minable, ya se lo advierto!

Y calentando el pensamiento de su desquite, helado
corazón de bala, subió las gradas de palacio a las once de
la mañana, el día siguiente. Llevaba el proceso y la orden
de captura contra Cara de Ángel.

—¡Vea, señor auditor —le dijo el Presidente al concluir
aquel de exponerle los hechos—; déjeme aquí esa causa y
óigame lo que le voy a decir: ni la señora de Rodas ni Mi
guel son culpables; a esa señora mándela poner en libertad
y rompa esa orden de captura; los culpables son ustedes
imbéciles, servidores de qué..., de qué sirven..., de nada!...
Al menor intento de fuga la Policía debió haber acabado
a balazos con el general Canales. ¡Eso era lo que estaba
mandado! ¡Ahora, como la Policía no puede ver puerta
abierta sin que le coman las uñas por robar! Póngase usted
que Cara de Ángel hubiera cooperado a la fuga de Canales
No cooperaba a la fuga, sino a la muerte de Canales... Pero
como la Policía es una solemne porquería... Puede retirar
se... Y en cuanto a los otros dos reos, Vásquez y Rodas
siéntemeles la mano, que son un par de pícaros; sobre todo
a Vásquez, que sabe más de lo que le han enseñado... Pue
de retirarse.

XX
COYOTES DE LA MISMA LOMA

Genaro Rodas, que no había podido arrancarse de los ojos con el llanto la mirada del Pelele, compareció ante el auditor baja la frente y sin ración de ánimo por las desgracias de su casa y por el desaliento que en el más templado deja la falta de libertad. Aquel mandó retirarle las esposas y, como se hace con un criado, le ordenó que se acercara.

—Hijito —le dijo al cabo de un largo silencio que por sí solo era una reconvención—, lo sé todo, y si te interrogo es porque quiero oír de tu propia boca cómo estuvo la muerte de ese mendigo en el portal del Señor...

—Lo que pasó... —rompió a hablar Genaro precipitadamente, pero luego se detuvo, como asustado de lo que iba a decir.

—Sí, lo que pasó...

—¡Ay, señor, por el amor de Dios, no me vaya a hacer nada! ¡Ay, señor! ¡Ay, no! ¡Yo le diré la verdad, pero por vida suya, señor, no me vaya a hacer nada!

—¡No tengás cuidado, hijito; la ley es severa con los criminales empedernidos, pero tratándose de un muchachote!... ¡Perdé cuidado, decime la verdad!

—¡Ay, no me vaya a hacer nada, vea que tengo miedo!

Y al hablar así se retorcía suplicante, como defendién
dose de una amenaza que flotaba en el aire contra él.

—¡No, hombre!

—Lo que pasó... Fue la otra noche, ya sabe usted cuán
do. Esa noche yo quedé citado con Lucio Vásquez al cos
tado de la catedral, subiendo por onde los chinos. Yo, se
ñor, andaba queriendo encontrar empleo y este Lucio me
había dicho que me iba a buscar trabajo en la secreta. Nos
juntamos como se lo consigno y al encontrarnos, que qué
tal, que aquí que allá, aquel me invitó a tomar un trago
en una cantina que viene quedando arribita de la plaza de
Armas y que se llama El Despertar del León. Pero ahí está
que el trago se volvieron dos, tres, cuatro, cinco, y para no
cansarlo...

—Sí, sí... —aprobó el auditor, al tiempo de volver la
cabeza al amanuense pecoso que escribía la declaración del
reo.

—Entonces, usté verá, resultó con que no me había
conseguido el empleo en la secreta. Entonces le dije yo que
no tuviera cuidado. Entonces resultó que... ¡ah, ya me
acuerdo!, que él pagó los tragos. Y entonces ya salimos
los dos juntos otra vez y nos fuimos para el portal del Señor
donde Lucio me había dicho que estaba de turno, en es
pera de un mudo con rabia que me contó después que tenía
que tronarse. Tanto es así que yo le dije: ¡me zafo! Enton
ces nos fuimos para el portal. Yo me quedé un poco atrás
ya para llegar. Él atravesó la calle paso a paso, pero al llegar
a la boca del portal salió volado. Yo corrí detrás de él cre
yendo que nos venían persiguiendo. Pero qué... Vásquez
arrancó de la pared un bulto, era el mudo; el mudo, al
sentirse cogido, gritó como si le hubiera caído una pared
encima. Aquí ya fue sacando el revólver y, sin decirle nada,
le disparó el primer tiro, luego otro... ¡Ay, señor, yo no

tuve la culpa, no me vaya a hacer nada, yo no fui quien lo mató! Por buscar trabajo, señor..., vea lo que me pasa... Mejor me hubiera quedado de carpintero... ¡Quién me metió a querer ser policía!...

La mirada gélida del Pelele volvió a pegársele entre los ojos a Rodas. El auditor, sin cambiar el gesto, oprimió en silencio un timbre. Se oyeron pasos y asomaron por una puerta varios carceleros precedidos de un alcaide.

—Vea, alcaide, que le den doscientos palos a este.

La voz del auditor no se alteró en lo más mínimo para dar aquella orden; lo dijo como el gerente de un banco que manda pagar a un cliente doscientos pesos.

Rodas no comprendía. Levantó la cabeza para mirar a los esbirros descalzos que le esperaban. Y comprendió menos cuando les vio las caras serenas, impasibles, sin dar muestras del menor asombro. El amanuense adelantaba hacia él la cara pecosa y los ojos sin expresión. El alcaide habló con el auditor. El auditor habló con el alcaide. Rodas estaba sordo. Rodas no comprendía. Empero, tuvo la impresión del que va a hacer de cuerpo cuando el alcaide le gritó que pasara al cuarto vecino —un largo zaguán abovedado— y cuando al tenerlo al alcance de la mano, le dio un empellón brutal.

El auditor vociferaba contra Rodas al entrar Lucio Vásquez, el otro reo.

—¡No se puede tratar bien a esta gente! ¡Esta gente lo que necesita es palo y más palo!

Vásquez, a pesar de sentirse entre los suyos, no las tenía todas consigo, y menos oyendo lo que oía. Era demasiado grave haber contribuido, aunque involuntariamente y ¡por embelequería!, a la fuga del general Canales.

—¿Su nombre?

—Lucio Vásquez.

—¿Originario?

—De aquí...

—¿De la penitenciaría?

—¡No, cómo va a ser eso: de la capital!

—¿Casado? ¿Soltero?

—¡Soltero toda la vida!

—¡Responda a lo que se le pregunta como se debe! ¿Profesión u oficio?

—Empleado toda la vidurria...

—¿Qué es eso?

—¡Empleado público, pues...!

—¿Ha estado preso?

—Sí.

—¿Por qué delito?

—Asesinato en cuadrilla.

—¿Edad?

—No tengo edad.

—¿Cómo que no tiene edad?

—¡No sé cuántos años tengo; pero clave ahí treinta y cinco, por si hace falta tener alguna edad!

—¿Qué sabe usted del asesinato del Pelele?

El auditor lanzó la pregunta a quemarropa, con los ojos puestos en los ojos del reo. Sus palabras, contra lo esperado por él, no produjeron ningún efecto en el ánimo de Vásquez, que en forma muy natural, poco faltó para que se frotara las manos, dijo:

—Del asesinato del Pelele lo que sé es que yo lo maté. —Y, llevándose la mano al pecho, recalcó para que no hubiera duda—: ¡Yo!...

—¡Y a usted le parece esto algo así como una travesura! —exclamó el auditor—. ¿O es tan ignorante que no sabe que puede costarle la vida?...

—Tal vez...

—¿Cómo que tal vez?

El auditor estuvo un momento sin saber qué actitud debía tomar. Lo desarmaban la tranquilidad de Vásquez, su voz de guitarrilla, sus ojos de lince. Para ganar tiempo, volviose al amanuense:

—Escriba...

Y con voz trémula agregó:

—Escriba que Lucio Vásquez declara que él asesinó al Pelele, con la complicidad de Genaro Rodas.

—Si ya está escrito —respondió el amanuense entre dientes.

—Lo que veo —objetó Lucio, sin perder la calma, y con un tonito zumbón que hizo morderse los labios al auditor— es que el licenciado no sabe muchas cosas. ¿A qué viene esta declaración? No hay duda que yo me iba a manchar las manos por un baboso así...

—¡Respete al tribunal, o lo rompo!

—Lo que le estoy diciendo lo veo muy en su lugar. Le digo que yo no iba a ser tan orejón de matar a ese por el placer de matarlo, y que al obrar así, obedecía órdenes expresas del Señor Presidente...

—¡Silencio! ¡Embustero! ¡Ja...! ¡Aliviados estábamos...!

Y no concluyó la frase porque en ese momento entraban los carceleros a Rodas colgando de los brazos, con los pies arrastrados por el suelo, como un trapo, como el lienzo de la Verónica.

—¿Cuántos fueron? —preguntó el auditor al alcaide, que sonreía al amanuense con el vergajo enrollado en el cuello como la cola de un mono.

—¡Doscientos!

—Pues...

El amanuense sacó al auditor del embarazo en que estaba:

—Yo decía que le dieran otros doscientos... —murmuró juntando las palabras para que no le entendieran.

El auditor oyó el consejo:

—Sí, alcaide; vea que le den otros doscientos, mientras yo sigo con este.

«¡Este será tu cara, viejo cara de asiento de bicicleta», pensó Vásquez.

Los carceleros volvieron sobre sus pasos arrastrando la afligida carga, seguidos del capataz. En el rincón del suplicio le embrocaron sobre un petate. Cuatro le sujetaron las manos y los pies, y los otros le apalearon. El capataz llevaba la cuenta. Rodas se encogió a los primeros latigazos, pero ya sin fuerzas, no como cuando hace un momento le empezaron a pegar, que revolcábase y bramaba de dolor. En las varas de membrillo húmedas, flexibles, de color amarillento verdoso, salían los coágulos de sangre de las heridas de la primera tanda, que empezaban a cicatrizar. Ahogados gritos de bestia que agoniza sin conciencia clara de su dolor fueron los últimos lamentos. Juntaba la cara al petate, áfono, con el gesto contraído y el cabello en desorden. Su queja acuchillante se confundía con el jadear de los carceleros, que el capataz, cuando no pegaban duro, castigaba con la verga.

—¡Aliviados estábamos, Lucio Vásquez, con que cada hijo de vecino que cometiese un acto delictuoso fuera a salir libre con solo afirmar que había sido de orden del Señor Presidente! ¿Dónde está la prueba? El Señor Presidente no está loco para dar una orden así. ¿Dónde está el papel en que consta que se le ordenó a usted proceder contra ese infeliz en forma tan villana y cobarde?

Vásquez palideció, y, mientras buscaba la respuesta, se puso las manos temblorosas en los bolsillos del pantalón.

—En los tribunales, ya sabe usted que cuando se habla es con el papel al canto; si no, ¿adónde íbamos a parar? ¿Dónde está esa orden?

—Vea, lo que pasa es que ya esa orden no la tengo. La devolví. El Señor Presidente debe saber.

—¿Cómo es eso? ¿Y por qué la devolvió?

—¡Porque decía al pie que se devolviera firmada al estar cumplida! No me iba a quedar con ella, ¿verdá?... Me parece... Comprenda usté...

—¡Ni una palabra, ni una palabra más! ¡Mañas conmigo! ¡Presidentazos conmigo! ¡Bandolero, yo no soy niño de escuela para creerle tonterías de ese jaez! El dicho de una persona no hace prueba, salvo los casos especificados en los códigos, cuando el dicho de la Policía funge como plena prueba. Pero no se trata de un curso de Derecho Penal... Y basta..., basta; he dicho basta...

—Pues si no quiere creerme a mí, vaya a preguntárselo a él; quizás así lo crea. ¿Acaso no estaba yo con usted cuando los limosneros acusaron...?

—¡Silencio, o lo hago callar a palos...! ¡Ya me veo yo preguntándole al Señor Presidente...! ¡Lo que sí le digo, Vásquez, es que usted sabe más de lo que le han enseñado y su cabeza está en peligro!

Lucio dobló la cabeza como guillotinado por las palabras del auditor. El viento, detrás de las ventanas, soplaba iracundo.

XXI
VUELTA EN REDONDO

Cara de Ángel se arrancó el cuello y la corbata frenético. Nada más tonto, pensaba, que la explicacioncilla que el prójimo se busca de los actos ajenos. Actos ajenos... ¡Ajenos!... El reproche es a veces murmuración aceda. Calla lo favorable y exagera lo corriente. Un bello estiércol. Arde como cepillo sobre llaga. Y va más hondo ese reproche velado, de pelo muy fino, que se disimula en la información familiar, amistosa o de simple caridad... ¡Y hasta las criadas! ¡Al diablo con todos estos chismes de hueso!

Y de un tirón saltaron los botones de la camisa. Una desgarradura. Se oyó como si se hubiese partido el pecho.

Las sirvientas le habían informado por menudo de cuanto se contaba en la calle de sus amores. Los hombres que no han querido casarse por no tener en casa mujer que les repita, como alumna aplicada en día de premios, lo que la gente dice de ellos —nunca nada bueno— acaban, como Cara de Ángel, oyéndolo de labios de la servidumbre.

Entornó las cortinas de su habitación sin acabar de quitarse la camisa. Necesitaba dormir o, por lo menos, que el cuarto fingiera ignorar el día, ese día, constataba con rencor, que no podía ser otro más que ese mismo día.

«¡Dormir! —repitiose al borde de la cama, ya sin zapatos, ya sin calcetines, con la camisa abierta, desabrochándose el pantalón—. ¡Ah, pero qué idiota! ¡Si no me he quitado la chaqueta!».

De talones, con las puntas de los dedos hacia arriba para no asentar en el piso de cemento heladísimo la planta de los pies, llegose a colgar la americana al respaldo de una silla y a saltitos, rápido y friolento y en un pie como un alcaraván, volvió a la cama. Y ¡pun!..., se enterró perseguido por..., por el animal del piso. Las piernas de sus pantalones arrojados al aire giraron como las agujas de un reloj gigantesco. El piso, más que de cemento, parecía de hielo. ¡Qué horror! De hielo con sal. De hielo de lágrimas. Saltó a la cama como a una barca de salvamento desde un témpano de hielo. Buscaba a echarse fuera de cuanto le sucedía, y cayó en su cama, que antojósele una isla, una isla blanca rodeada de penumbras y de hechos inmóviles, pulverizados. Venía a olvidar, a dormir, a no ser. Ya no más razones montables y desmontables como las piezas de una máquina. A la droga con los tornillos del sentido común. Mejor el sueño, la sinrazón, esa babosidad dulce de color azul al principio, aunque suele presentarse verde, y después negra, que desde los ojos se destila por dentro al organismo, produciendo la inhibición de la persona. ¡Ay, anhelo! Lo anhelado se tiene y no se tiene. Es como un ruiseñor de oro al que nuestras manos le hacen jaula con los diez dedos juntos. Un sueño de una pieza, reparador, sin visitas que entran por los espejos y se van por las ventanas de la nariz. Algo así anhelaba, algo como su reposado dormir de antes. Pronto se convenció de lo alto que le quedaba el sueño, más alto que el techo, en el espacio claro que sobre su casa era el día, aquel imborrable día. Se acostó boca abajo. Imposible. Del lado izquierdo, para callarse el corazón. Del lado derecho. Todo igual. Cien horas le separaban de sus sueños perfectos, de cuando se acostaba sin preocupaciones sentimentales. Su instinto le acusaba de estar en ese desasosiego por no haber tomado a Camila por la fuerza. Lo oscuro de la vida se siente tan cerca algunas veces, que el suicidio es el único medio de evasión. «¡Ya no seré más!...», se decía. Y todo él temblaba en su interior. Se tocó un pie con otro. Le comía la falta de clavo en la cruz en que estaba. «Los borrachos tienen no sé qué de ahorcados cuando marchan —se dijo—, y los ahorcados no sé qué de borrachos cuando patalean o los mueve el viento». Su instinto le acusaba. Sexo de borracho... Sexo de ahorcado... ¡Tú, Cara de Ángel! ¡Sexo de moco de chompipe!... «La bestia no se equivoca de una cifra en este libro de contabilidades sexuales», fue pensando. «Orinamos hijos en el cementerio. La trompeta del juicio... Bueno, no será trompeta. Una tijera de oro cortará ese chorro perenne de niños. Los hombres somos como las tripas de cerdo que el carnicero demonio rellena de carne picada para hacer chorizos. Y al sobreponerme a mí mismo para librar a Camila de mis intenciones, dejé una parte de mi ser sin relleno y por eso me siento vacío, intranquilo, colérico, enfermo, dado a la trampa. El hombre se rellena de mujer —carne picada— como una tripa de cerdo para estar contento. ¡Qué vulgaridad!».

Las sábanas le quedaban como faldones. Insoportables faldones mojados en sudor.

¡Le deben doler las hojas al Árbol de la Noche Triste! «¡Ay, mi cabeza!». Sonido licuado de carillón... *Brujas la muerta...* Tirabuzones de seda sobre su nuca... ...«Nunca». Pero en la vecindad tienen un fonógrafo. No lo había oído. No lo sabía. Primera noticia. En la casa de atrás tienen un perro. Deben ser dos. Pero aquí tienen un fonógrafo. Uno solo. «Entre la trompeta del fonógrafo de esta vecindad, y

los perros de la casa de allá atrás, que oyen la voz del amo,
queda mi casa, mi cabeza, yo... Estar cerca y estar lejos es ser
vecinos. Esto es lo feo de ser vecino de alguien. Pero estos
¡qué trabajo tienen!: tocar el fonógrafo. Y hablar mal de todo
el mundo. Ya me figuro lo que dirán de mí. Par de anisillos
descoloridos. De mí que digan lo que quieran, qué me importa; pero de ella... Como yo llegue a averiguar que han
dicho media palabra mal de ella, los hago miembros de La
Juventud Liberal. Muchas veces los he amenazado con eso;
mas ahora, ahora estoy dispuesto a cumplirlo. ¡Cómo les
amargaría la vida! Aunque tal vez no, son muy sinvergüen-
zas. Ya los oigo repetir por todas partes: "¡Se sacó a la pobre
muchacha después de media noche, la arrastró al fondín de
una alcahueta y la violó; la Policía secreta guardaba la puerta para que nadie se acercara! La atmósfera —se quedarán
pensando, ¡caballos!— mientras la desnudaba, desgarrándo-
le las ropas, tenía carne y pluma temblorosa de ave recién
caída en la trampa. Y la hizo suya —se dirán— sin acariciarla, con los ojos cerrados, como quien comete un crimen o se
bebe un purgante". Si supieran que no es así, que aquí estoy
medio arrepentido de mi proceder caballeroso. Si imaginaran
que todo lo que dicen es falso. A la que deben de estarse ima-
ginando es a ella. Se la imaginarán conmigo, conmigo y con
ellos. Ellos desnudándola; ellos haciendo lo que yo hice según ellos. Lo de La Juventud Liberal es poco para este par de
serafines. Algo más duro hay que buscar. El castigo ideal, ya
que los dos son solteros —¡es verdad que son solterones!—,
sería... con un par de señoras de aquellas, aquellas. Sé de dos
que el Señor Presidente tiene sobre la nuca. Pues con esas.
Pues con esas. Pero una de ellas está embarazada. No importa. Mejor. Cuando el Señor Presidente quiere algo no es
cosa de andarle mirando el vientre a la futura... Y que esos,
por miedo, se casan, se casan...».

Se hizo un ovillo y con los brazos prensados entre las piernas recogidas apretó la cabeza en las almohadas para dar tregua al relampagueante herir de sus ideas. Los rincones helados de las sábanas le reservaban choques físicos, alivios pasajeros en la fuga desencadenada de su pensamiento. Allá lejos fue a buscar por último estas gratas sorpresas desagradables, alargando los pies para sacarlos de las sábanas y tocar con ellos los barrotes de bronce de la cama. Poco a poco abrió los ojos enseguida. Parecía que al hacerlo iba rompiendo la costura finísima de sus pestañas. Colgaba de sus ojos, ventosas adheridas al techo, ingrávido como la penumbra, los huesos sin endurecer, las costillas reducidas a cartílagos y la cabeza a blanda sustancia... Aldabeaba entre las sombras una mano de algodón... La mano de algodón de una sonámbula... Las casas son árboles de aldabas... Bosques de árboles de aldabas las ciudades son... Las hojas del sonido iban cayendo mientras ella llamaba... El tronco intacto de la puerta después de botar las hojas del sonido intacto... A ella no le quedaba más que tocar... A ellos no les quedaba más que abrir... Pero no abrieron. Así les hubiera echado abajo la puerta. Clavo que te clavas, así les hubiera echado abajo la puerta; clavo que te clavas, y nada; así les hubiera echado abajo la casa...

—... ¿Quién?... ¿Qué?...

Es una esquela de muerto que acaban de traer.

—Sí, pero no se la entrés, porque debe estar dormido. Ponésela por ahí, por su escritorio.

—«El señor Joaquín Cerón falleció anoche auxiliado por los Santos Sacramentos. Su esposa, hijos y demás parientes cumplen con el triste deber de participarlo a Vd. y le ruegan encomendar su alma a Dios y asistir a la conducción del cadáver al Cementerio General hoy, a las 4 p. m.

El duelo se despide en la puerta del cementerio. Casa mortuoria: callejón del Carrocero».

Involuntariamente había oído leer a una de sus sirvientas la esquela de don Joaquín Cerón.

Liberó un brazo de la sábana y se lo dobló bajo la cabeza. Don Juan Canales se le paseaba por la frente vestido de plumas. Había arrancado cuatro corazones de palo a cuatro Corazones de Jesús y los tocaba como castañuelas. Y sentía a doña Judith en el occipucio, los cíclopes senos presos en el corsé crujiente, corsé de tela metálica y arena, y en el peinado pompeyano un magnífico peine de manola que le daba aspecto de tarasca. Se le acalambró el brazo que tenía bajo la cabeza a guisa de almohada y lo fue desdoblando poco a poco, como se hace con una prenda de vestir en la que anda un alacrán...

Poco a poco...

Hacia el hombro le iba subiendo un ascensor cargado de hormigas... Hacia el codo le iba bajando un ascensor cargado de hormigas de imán... Por el tubo del antebrazo caía el calambre en la penumbra... Era un chorro su mano. Un chorro de dedos dobles... Hasta el piso sentía las diez mil uñas...

¡Pobrecita, clava que te clava y nada!... So bestias, mulas; si abren les escupo a la cara... Como tres y dos son cinco..., y cinco diez..., y nueve, diecinueve, que les escupo a la cara. Tocaba al principio con mucho brillo y a las últimas, más parecía dar con un pico en tierra... No llamaba, cavaba su propia sepultura... ¡Qué despertar sin esperanza!... Mañana iré a verla... Puedo... Con el pretexto de llevarle noticias de su papá, puedo... O... si hoy hubiera noticias... Puedo...., aunque de mis palabras dudará...

«... ¡De sus palabras no dudo! ¡Es cierto, es indudablemente cierto que mis tíos le negaron a mi padre y le dijeron que no me querían ver ni pintada por sus casas!». Así reflexionaba Camila tendida en la cama de la Masacuata, quejándose del dolor de espalda, algo así como mal de yegua, mientras que en la fonda, que separaba de la alcoba un tabique de tablas viejas, brines y petates, comentaban los parroquianos entre copa y copa los sucesos del día: la fuga del general, el rapto de su hija, las vivezas del favorito... La fondera hacía oídos sordos o se desayunaba de todo lo que aquellos le contaban...

Un fuerte mareo alejó a Camila de aquella gentuza pestilente. Sensación de caída vertical en el silencio. Entre gritar —sería imprudencia— y no gritar —susto de aquel total aflojamiento—, gritó... Amortajábala un frío de plumas de ave muerta. La Masacuata acudió en el acto —¿qué le sucedía?— y todo fue verla de color verdoso de botella, con los brazos rígidos como de palo, las mandíbulas trabadas y los párpados caídos, como correr a echarse un trago de aguardiente, de la primera garrafa que tuvo a mano, y volver a rociárselo en la cara. Ni supo, de la pena, a qué hora se marcharon los clientes. Clamaba con la Virgen de Chiquinquirá y todos los santos para que aquella niña no se le fuera a quedar allí.

«... Esta mañana, cuando nos despedimos, lloraba sobre mis palabras, ¡qué le quedaba!... Lo que nos parece mentira siendo verdad nos hace llorar de júbilo o de pena...».

Así pensaba Cara de Ángel en su cama, casi dormido, aún despierto, despierto a una azulosa combustión angélica. Y poco a poco, ya dormido, flotando bajo su propio pensamiento, sin cuerpo, sin forma, como un aire tibio, móvil al soplo de su propia respiración...

Solo Camila persistía en aquel hundirse de su cuerpo en el anulamiento, alta, dulce y cruel como una cruz de camposanto...

El Sueño, señor que surca los mares oscuros de la realidad, le recogió en una de sus muchas barcas. Invisibles manos le arrancaron de las fauces abiertas de los hechos, olas hambrientas que se disputaban los pedazos de sus víctimas en peleas encarnizadas.

—¿Quién es? —preguntó el Sueño.

—Miguel Cara de Ángel... —respondieron hombres invisibles. Sus manos como sombras blancas salían de las sombras negras, y eran impalpables.

—Llevadle a la barca de... —el Sueño dudó—... los enamorados que habiendo perdido la esperanza de amar ellos se conforman con que les amen.

Y los hombres del Sueño le conducían obedientes a esa barca, caminando por sobre esa capa de irrealidad que recubre de un polvo muy fino los hechos diarios de la vida, cuando un ruido, como una garra, se los arrancó de las manos...

... La cama...

... Las sirvientas...

No; la esquela, no... ¡Un niño!

Cara de Ángel pasose la mano por los ojos y alzó la cabeza aterrorizado. A dos pasos de su cama había un niño acezoso, sin poder hablar. Por fin dijo:

—... Es ... que... ... man... da... a decir... la señora de la fonda... que se vaya para allá..., porque la señorita... está muy... grave...

Si tal hubiera oído del Señor Presidente, no se habría vestido el favorito con tanta rapidez. Salió a la calle con el primer sombrero que arrancó de la capotera, sin amarrarse bien los zapatos, mal hecho el nudo de la corbata...

—¿Quién es? —preguntó el Sueño. Sus hombres acababan de pescar en las aguas sucias de la vida una rosa en vías de marchitarse.

—Camila Canales... —le respondieron.

—Bien, ponedla, si hay lugar, en la barca de las enamo-
radas que no serán felices...

—¿Cómo dice, doctor? —La voz de Cara de Ángel sobaba dejos paternales. El estado de Camila era alarmante.

—Es lo que yo creo, que la fiebre le tiene que subir. El
proceso de la pulmonía...

XXII
LA TUMBA VIVA

Su hijo había dejado de existir... Con ese modo de moverse, un poco de fantoche, de los que en el caos de su vida deshecha se van desatando de la cordura, Niña Fedina alzó el cadáver que pesaba como una cáscara seca hasta juntárselo a la cara fiebrosa. Lo besaba. Se lo untaba. Mas pronto se puso de rodillas —fluía bajo la puerta un reflejo pajizo—, inclinándose adonde la luz del alba era reguero claro, a ras del suelo, en la rendija casi, para ver mejor el despojo de su pequeño.

Con la carita plegada como la piel de una cicatriz, dos círculos negros alrededor de los ojos y los labios terrosos, más que niño de meses parecía un feto en pañales. Lo arrebató sin demora de la claridad, apretujándolo contra sus senos pletóricos de leche. Quejábase de Dios en un lenguaje inarticulado de palabras amasadas con llanto; por ratitos se le paraba el corazón y, como un hipo agónico, lamento tras lamento, balbucía: ¡hij!..., ¡hij!..., ¡hij!..., ¡hij!...

Las lágrimas le rodaban por la cara inmóvil. Lloró hasta desfallecer, olvidándose de su marido, a quien amenazaban con matar de hambre en la penitenciaría si ella no confesaba; haciendo caso omiso de sus propios dolores físicos, manos y senos llagados, ojos ardorosos, espalda molida a golpes; posponiendo las preocupaciones de su nego-

cio abandonado, inhibida de todo, embrutecida. Y cuando
el llanto le faltó que ya no pudo llorar, se fue sintiendo la
tumba de su hijo, que de nuevo lo encerraba en su vientre,
que era suyo su último interminable sueño. Incisoria alegría partió un instante la eternidad de su dolor. La idea de
ser la tumba de su hijo le acariciaba el corazón como un
bálsamo. Era suya la alegría de las mujeres que se enterra-
ban con sus amantes en el Oriente sagrado. Y en medida mayor, porque ella no se enterraba con su hijo; ella era la tumba viva, la cuna de tierra última, el regazo materno donde
ambos, estrechamente unidos, quedarían en suspenso hasta que les llamasen a Josafat. Sin enjugarse el llanto, se
arregló los cabellos como la que se prepara para una fiesta
y apretó el cadáver contra sus senos, entre sus brazos y sus
piernas, acurrucada en un rincón del calabozo.

Las tumbas no besan a los muertos, ella no lo debía besar;
en cambio los oprimen mucho, mucho, como ella lo estaba
haciendo. Son camisas de fuerza y de cariño que los obligan
a soportar quietos, inmóviles, las cosquillas de los gusanos,
los ardores de la descomposición. Apenas aumentó la luz de
la rendija un incierto afán cada mil años. Las sombras, perseguidas por el claror que iba subiendo, ganaban los muros
paulatinamente como alacranes. Eran los muros de hueso...
Huesos tatuados por dibujos obscenos. Niña Fedina cerró los
ojos —las tumbas son oscuras por dentro— y no dijo palabra
ni quiso quejido —las tumbas son calladas por fuera—.

Mediaba la tarde. Olor de cipresales lavados con agua del
cielo. Golondrinas. Media luna. Las calles bañadas de sol
entero aún, se llenaban de chiquillos bulliciosos. Las escuelas vaciaban un río de vidas nuevas en la ciudad. Algunos
salían jugando a la tenta, en mareante ir y venir de moscas.
Otros formaban rueda a dos que se pegaban como gallos
coléricos. Sangre de narices, mocos, lágrimas. Otros corrían

aldabeando las puertas. Otros asaltaban las tilicheras de dulces, antes que se acabaran los bocadillos amelcochados, las cocadas, las tartaritas de almendra, las espumillas; o caían, como piratas, en los canastos de frutas que abandonaban tal como embarcaciones vacías y desmanteladas. Atrás se iban quedando los que hacían cambalaches, coleccionaban sellos o fumaban, esforzándose por dar el golpe.

De un carruaje que se detuvo frente a la Casa Nueva se apearon tres mujeres jóvenes y una vieja doble ancho. Por su traza se veía lo que eran. Las jóvenes vestían cretonas de vivísimos colores, medias rojas, zapatos amarillos de tacón exageradamente alto, las enaguas arriba de las rodillas, dejando ver el calzón de encajes largos y sucios, y la blusa descotada hasta el ombligo. El peinado que llamaban colochera Luis XV, consistente en una gran cantidad de rizos mantecosos, que de un lado a otro recogía un listón verde o amarillo; y el color de las mejillas, que recordaba los focos eléctricos rojos de las puertas de los prostíbulos. La vieja vestida de negro con pañolón morado pujó al apearse del carruaje, asiéndose a una de las loderas con la mano regordeta y tupida de brillantes.

—Que se espere el carruaje, ¿verdá, Niña Chonita? —preguntó la más joven de las tres jóvenes gracias, alzando la voz chillona, como para que en la calle desierta la oyeran las piedras.

—Sí, pues; que se espere aquí —contestó la vieja.

Y entraron las cuatro a la Casa Nueva, donde la portera las recibió con fiestas.

Otras personas esperaban en el zaguán inhospitalario.

—Ve, Chinta, ¿está el secretario?... —interrogó la vieja a la portera.

—Sí, doña Chon, acaba de venir.

—Decile, por vida tuya, que si me quiere recibir, que le traigo una ordencita que me precisa mucho.

Mientras volvía la portera, la vieja se quedó callada. El ambiente, para las personas de cierta edad, conservaba su aire de convento. Antes de ser prisión de delincuentes había sido cárcel de amor. Mujeres y mujeres. Por sus murallones vagaba, como vuelo de paloma, la voz dulce de las teresas. Si faltaban azucenas, la luz era blanca, acariciadora, gozosa, y a los ayunos y cilicios sustituían los espineros de todas las torturas florecidos bajo el signo de la cruz y de las telarañas.

Al volver la portera, doña Chon pasó a entenderse con el secretario. Ya ella había hablado con la directora. El auditor de Guerra mandaba a que le entregaran, a cambio de los diez mil pesos —lo que no decía—, a la detenida Fedina de Rodas, quien, a partir de aquel momento, haría alta en El Dulce Encanto, como se llamaba el prostíbulo de doña Chon Diente de Oro. Dos toquidos como dos truenos resonaron en el calabozo donde seguía aquella infeliz acurrucada con su hijo, sin moverse, sin abrir los ojos, casi sin respirar. Sobreponiéndose a su conciencia, ella hizo como que no oía. Los cerrojos lloraron entonces. Un quejido de viejas bisagras oxidadas prolongose como lamentación en el silencio. Abrieron y la sacaron a empellones. Ella apretaba los ojos para no ver la luz —las tumbas son oscuras por dentro—. Y así, a ciegas, con el tesoro de su muertecito apretado contra su corazón, la sacaron. Ya era una bestia comprada para el negocio más infame.

—¡Se está haciendo la muda!

—¡No abre los ojos por no vernos!

—¡Es que debe tener vergüenza!

—¡No querrá que le despierten a su hijo!

Por el estilo eran las reflexiones que la Chon Diente de Oro y las tres jóvenes gracias se hicieron en el camino. El carruaje rodaba por las calles desempedradas produciendo un ruido de todos los diablos. El auriga, un español con aire de quijote, enflaquecía a insultos los caballos, que luego, como era picador, le servirían en la plaza de toros. Al lado de este hizo Niña Fedina el corto camino que separaba la Casa Nueva de las casas malas, como en la canción, en el más absoluto olvido del mundo que la rodeaba, sin mover los párpados, sin mover los labios, apretando a su hijo con todas sus fuerzas.

Doña Chon se detuvo a pagar el carruaje. Las otras, mientras tanto, ayudaron a bajar a Fedina y con manos afables de compañeras, a empujoncitos, la fueron entrando a El Dulce Encanto.

Algunos clientes, casi todos militares, pernoctaban en los salones del prostíbulo.

—¿Qui-horas son, vos? —gritó doña Chon de entrada al cantinero.

Uno de los militares respondió:

—Las seis y veinte, doña Chompipa...

—¿Aquí estás vos, cuque buruque? ¡No te había visto!...

—Y veinticinco son en este reloj... —interpuso el cantinero.

La *nueva* fue la curiosidad de todos. Todos la querían para esa noche. Fedina seguía en su obstinado silencio de tumba, con el cadáver de su hijo cubierto entre sus brazos, sin alzar los párpados, sintiéndose fría y pesada como piedra.

—Vean —ordenó la Diente de Oro a las tres jóvenes gracias—; llévenla a la cocina para que la Manuela le dé un bocado, y hagan que se vista y se peine un poco.

Un capitán de artillería, de ojos zarcos, se acercó a la *nueva* para hurgarle las piernas. Pero una de las tres gracias la defendió. Mas luego otro militar se abrazó a ella, como al tronco de una palmera, poniendo los ojos en blanco y mostrando sus dientes de indio magníficos, como un perro junto a la hembra en brama. Y la besó después, restregándole los labios aguardentosos en la mejilla helada y salobre de llanto seco. ¡Cuánta alegría de cuartel y de burdel! El calor de las rameras compensa el frío ejercicio de las balas.

—¡Ve, cuque buruque, calientamicos, estate quieto!... —intervino doña Chon, poniendo fin a tanto desplante—. ¡Ah, sí, ¿verdá?, será cosa de echarle chachaguate...!

Fedina no se defendió de aquellos manipuleos deshonestos, contentándose con apretar los párpados y cerrar los labios para librar su ceguera y su mutismo de tumba amenazados, no sin oprimir contra su oscuridad y su silencio, exprimiéndolo, el despojo de su hijo, que arrullaba todavía como un niño dormido.

La pasaron a un patio pequeño donde la tarde se ahogaba en una pila poco a poco. Oíanse lamentos de mujeres, voces quebradizas, frágiles, cuchicheos de enfermas o colegialas, de prisioneras o monjas, risas falsas, gritos raspantes y pasos de personas que andan en medias. De una habitación arrojaron una baraja que se regó en abanico por el suelo. No se supo quién. Una mujer, con el cabello en desorden, sacó la cara por una puertecita de palomar y volviéndose a la baraja, como a la fatalidad misma, se enjugó una lágrima en la mejilla descolorida.

Un foco rojo alumbraba la calle en la puerta de El Dulce Encanto. Parecía la pupila inflamada de una bestia. Hombres y piedras tomaban un tinte trágico. El misterio de las cámaras fotográficas. Los hombres llegaban a bañarse en aquella lumbrarada roja, como variolosos para que no les quedara la cicatriz. Exponían sus caras a la luz con vergüenza de que los vieran, como bebiendo sangre, y se volvían después a la luz de las calles, a la luz blanca del alumbrado municipal, a la luz clara de la lámpara hogareña con la molestia de haber velado una fotografía.

Fedina seguía sin darse cuenta de nada de lo que pasaba, con la idea de su inexistencia para todo lo que no fuera su hijo. Los ojos más cerrados que nunca, así mismo los labios, y el cadáver siempre contra sus senos pletóricos de leche. Inútil decir todo lo que hicieron sus compañeras por sacarla de aquel estado antes de llegar a la cocina.

La cocinera, Manuela Calvario, reinaba desde hacía muchos años entre el carbón y la basura de El Dulce Encanto y era una especie de Padre Eterno sin barbas y con los fustanes almidonados. Los carrillos fláccidos de la respetable y gigantesca cocinera se llenaron de una sustancia aeriforme que pronto adquirió forma de lenguaje al ver aparecer a Fedina.

—¡Otra sinvergüenza!... Y esta ¿de dónde sale?... ¿Y qué es lo que trae ahí tan agarrado...?

Por señas —ya las tres gracias, sin saber por qué, tampoco osaban hablar— le dijeron a la cocinera que salía de la cárcel, poniendo una mano sobre la otra en forma de reja.

—¡Gallina pu... erca! —continuó aquella. Y cuando las otras se marcharon, añadió—: ¡Veneno te diera yo en lugar de comida! ¡Aquí está tu bocadito! ¡Aquí..., tomá..., tomá...!

Y le propinó una serie de golpes en la espalda con el asador.

Fedina se tendió por tierra con su muertecito sin abrir los ojos ni responder. Ya no lo sentía de tanto llevarlo en la misma postura. La Calvario iba y venía vociferando y persignándose.

En una de tantas vueltas y revueltas sintió mal olor en la cocina. Regresaba del lavadero con un plato. Sin detenerse en pequeñas dio de puntapiés a Fedina gritando:

—¡La que jiede es esta podrida! ¡Vengan a sacarla de aquí! ¡Llévensela de aquí! ¡Yo no la quiero aquí!

A sus gritos alborotadores vino doña Chon y entre ambas, a la fuerza, como quebrándole las ramas a un árbol, le abrieron los brazos a la infeliz, que, al sentir que le arrancaban a su hijo, peló los ojos, soltó un alarido y cayó redonda.

—El niño es el que jiede. ¡Si está muerto! ¡Qué bárbara!... —exclamó doña Manuela. La Diente de Oro no pudo soplar palabra y mientras las prostituidas invadían la cocina, corrió al teléfono para dar parte a la autoridad. Todas querían ver y besar al niño, besarlo muchas veces, y se lo arrebataban de las manos, de las bocas. Una máscara de saliva de vicio cubrió la carita arrugada del cadáver, que ya olía mal. Se armó la gran lloradera y el velorio. El mayor Farfán intervino para lograr la autorización de la Policía. Se desocupó una de las alcobas galantes, la más amplia; quemose incienso para quitar a los tapices la hedentina de esperma viejo; doña Manuela quemó brea en la cocina, y en un charol negro, entre flores y linos, se puso al niño todo encogido, seco, amarillento, como un germen de ensalada china...

A todas se les había muerto aquella noche un hijo. Cuatro cirios ardían. Olor de tamales y aguardiente, de carnes enfermas, de colillas y orines. Una mujer medio borracha, con un seno fuera y un puro en la boca, que tan pronto lo masticaba como lo fumaba, repetía, bañada en lágrimas:

¡Dormite, niñito,
cabeza de ayote,
que si no te dormís
te come el coyote!
¡Dormite, mi vida,
que tengo que hacer,
lavar los pañales,
sentarme a coser!

XXIII
EL PARTE AL SEÑOR PRESIDENTE

1. Alejandra, viuda de Bran, domiciliada en esta ciudad, propietaria de la colchonería La Ballena Franca, manifiesta que por quedar su establecimiento comercial pared de por medio de la fonda El Tus-Tep ha podido observar que en esta última se reúnen frecuentemente, y sobre todo por las noches, algunas personas con el cristiano propósito de visitar a una enferma. Que lo pone en conocimiento del Señor Presidente porque a ella se le figura que en esa fonda está escondido el general Eusebio Canales, por las conversaciones que ha escuchado a través del muro, y que las personas que allí llegan conspiran contra la seguridad del Estado y contra la preciosa vida del Señor Presidente.

2. Soledad Belmares, residente en esta capital, dice: que ya no tiene que comer porque se le acabaron los recursos y que como es desconocida no le facilita ninguna persona dinero, por ser de otra parte; que en tal circunstancia le ruega al Señor Presidente concederle la libertad de su hijo Manuel Belmares H. y su cuñado Federico Horneros P.; que el ministro de su país puede informar que ellos no se ocupan de política; que solo vinieron a buscar la vida con su trabajo honrado, siendo todo su delito el haber acep-

tado una recomendación del general Eusebio Canales para
que les facilitaran trabajo en la estación.

3. El coronel Prudencio Perfecto Paz, manifiesta: que
el viaje que hizo últimamente a la frontera fue con el objeto de ver las condiciones del terreno, estado de los caminos y veredas, para formarse juicio de los lugares que
deben ocuparse: describe detalladamente un plan de campaña que puede desarrollarse en los puntos ventajosos y
estratégicos en caso de un movimiento revolucionario: que
confirma la noticia de que en la frontera hay gente engan-
chada para venir a esta: que los que se ocupan de tal en-
ganche son Juan León Parada y otros, teniendo como material de guerra bombas de mano, ametralladoras, rifles de
calibre reducido y dinamita para minas y todo lo concerniente a sus aplicaciones; que la gente armada que hay
entre los revolucionarios se compone de 25 a 30 individuos,
quienes atacan a las fuerzas del Supremo Gobierno a cada
momento; que no ha podido confirmar la noticia de que
Canales esté al frente de ellos, y que en este supuesto, de
seguro invadirán, salvo arreglos diplomáticos para la con-
centración de los revoltosos: que él está listo para el caso
de llevarse a cabo la invasión que anuncian para principios del mes entrante, pero que carece de armas para la
compañía de tiradores y solo tiene parque cal. 43: que con
excepción de algunos pocos enfermos que son atendidos
como corresponde, la tropa está bien y se le da instrucción
diaria de 6 a 8 de la mañana; beneficiándoles una res por
semana para su racionamiento: que ya pidió al puerto cos-
tales llenos de arena para que les sirvan de fortín.

4. Juan Antonio Mares, rinde su agradecimiento al Señor
Presidente por el interés que se sirvió poner para que lo asis-
tieran los doctores: que estando nuevamente a sus órdenes
le suplica permitirle pasar a esta capital por tener varios asun-

tos que poner en su superior conocimiento, acerca de las actividades políticas del licenciado Abel Carvajal.

5. Luis Raveles M. manifiesta que, encontrándose enfermo y falto de elementos para curarse, desea regresar a Estados Unidos, en donde suplica quedar empleado en algún consulado de la República, pero no en Nueva Orleans, ni en las mismas condiciones de antes, sino como un sincero amigo del Señor Presidente: que a fines de enero pasado tuvo la inmensa suerte de salir marcado en la lista de audiencia, pero que cuando estaba en el zaguán, ya para entrar, notó cierta desconfianza de parte del Estado Mayor, que lo transferían del orden de la lista y cuando parecía llegar su turno, un oficial lo llevó aparte a una habitación, lo registró como si hubiera sido un anarquista y le dijo que hacía aquello porque tenían informes de que venía, pagado por el licenciado Abel Carvajal, a asesinar al Señor Presidente: que al regresar ya se había suspendido la audiencia: que ha hecho cuanto ha podido después por hablar con el Señor Presidente, pero que no lo ha logrado, para manifestarle ciertas cosas que no puede confiar al papel.

6. Nicomedes Aceituno escribe informando que a su regreso a esta capital, de donde sale frecuentemente por asuntos comerciales, encontró en uno de los caminos que el letrero de la caja de agua donde figura el nombre del Señor Presidente fue destrozado casi en su totalidad, que le arrancaron seis letras y otras fueron dañadas.

7. Lucio Vásquez, preso en la Penitenciaría Central por orden de la Auditoría de Guerra, suplica le conceda audiencia.

8. Catarino Regisio, pone en conocimiento: que estando de administrador en la finca La Tierra, propiedad del general Eusebio Canales, en agosto del año pasado, este señor recibió un día a cuatro amigos que lo llegaron a ver, a quie-

nes en medio de su embriaguez les manifestó que si la revolución lograba tomar cuerpo, él tenía a su disposición dos
batallones: el uno era de uno de ellos, dirigiéndose a un mayor de apellido Farfán, y el otro, de un teniente coronel cuyo
nombre no indicó: y que como siguen los rumores de revolución lo pone en conocimiento del Señor Presidente por
escrito, ya que no le fue posible hacerlo personalmente, a
pesar de haber solicitado varias audiencias.

9. El general Megadeo Rayón remite una carta que el
presbítero Antonio Blas Custodio le dirigió, en la cual le
manifiesta que el padre Urquijo lo calumnia por el hecho
de haberlo ido a substituir en la parroquia de San Lucas, de
orden del señor arzobispo, poniendo con sus dichos falsos en
movimiento al pueblo católico con ayuda de doña Arcadia
de Ayuso: que como la presencia del padre Urquijo, amigo del licenciado Abel Carvajal, puede acarrear serias consecuencias, lo pone en conocimiento del Señor Presidente.

10. Alfredo Toledano, de esta ciudad, manifiesta que
como padece de insomnios se duerme siempre tarde durante la noche, por cuyo motivo sorprendió a uno de los amigos
del Señor Presidente, Miguel Cara de Ángel, llamando con
toquidos alarmantes a la casa de don Juan Canales, hermano
del general del mismo apellido, y quien no deja de echar sus
chifletas contra el gobierno. Lo pone en conocimiento del
Señor Presidente por el interés que pueda tener.

11. Nicomedes Aceituno, agente viajero, pone en conocimiento que el que desperfeccionó el nombre del Señor
Presidente en la caja de agua fue el tenedor de libros Guillermo Lizazo, en estado de ebriedad.

12. Casimiro Rebeco Luna, manifiesta que ya va a
completar dos años y medio de estar detenido en la Segunda Sección de Policía; que como es pobre y no tiene parientes que intercedan por él, se dirige al Señor Presidente

suplicándole que se sirva ordenar su libertad: que el delito de que se le acusa es el de haber quitado del cancel de la iglesia donde estaba de sacristán el aviso de jubileo por la madre del Señor Presidente, por consejo de enemigos del gobierno; que eso no es cierto, y que si él lo hizo así, fue por quitar otro aviso, porque no sabe leer.

13. El doctor Luis Barreño, solicita al Señor Presidente permiso para salir al extranjero en viaje de estudios, en compañía de su señora.

14. Adelaida Peñal, pupila del prostíbulo El Dulce Encanto, de esta ciudad, se dirige al Señor Presidente para hacerle saber que el mayor Modesto Farfán le afirmó, en estado de ebriedad, que el general Eusebio Canales era el único general de verdad que él había conocido en el Ejército y que su desgracia se debía al miedo que le alzaba el Señor Presidente a los jefes instruidos; que, sin embargo, la revolución triunfaría.

15. Mónica Perdomino, enferma en el Hospital General, en la cama n.º 14 de la sala de San Rafael, manifiesta que por quedar su cama pegada a la de la enferma Fedina Rodas, ha oído que en su delirio dicha enferma habla del general Canales; que como no tiene muy bien segura la cabeza no ha podido fijarse en lo que dice, pero que sería conveniente que alguien la velara y apuntara: lo que pone en conocimiento del Señor Presidente por ser una humilde admiradora de su gobierno.

16. Tomás Javelí participa su efectuado enlace con la señorita Arquelina Suárez, acto que dedicó al Señor Presidente de la República.

28 de abril...

XXIV
CASA DE MUJERES-MALAS

—¡Indi-pi, a pa!

—¿*Yo-po? Pe-pe, ro-po,chu-pu, la-pa...*

—¿*Quitín-qué?*

—¡Na-pa, la-pa!

—¡Na-pa, la-pa!

—... ¡Chu-jú!

—¡Cállense, pues, cállense! ¡Qué cosas! Que desde que Dios amanece han de estar ahí chalaca, chalaca; parecen animales que no entienden —gritó la Diente de Oro.

Vestía su excelencia blusa negra y naguas moradas y rumiaba la cena en un sillón de cuero detrás del mostrador de la cantina.

Pasado un rato, habló a una criada cobriza de trenzas apretadas y lustrosas:

—¡Ve, Pancha, diciles a las mujeres que se vengan para acá; no es ese el modo, va a venir gente y ya deberían estar aquí aplastadas! ¡Siempre hay que andar arriando a estas, por la gran chucha!

Dos muchachas entraron corriendo en medias.

—¡Quietas ustedes! ¡Consuelo! ¡Ah, qué bonitas las chiquitillas! ¡Chu-Malía, con sus juegos!... Y mirá, Adelaida —¡Adelaida, se te está hablando!—, si viene el mayor es bueno que le quités la espada en prenda de lo que nos debe. ¿Cuánto debe a la casa, vos, jocicón?

—Nuevecientos cabales, más treinta y seis que le di anoche —contestó el cantinero.

—Una espada no vale tanto; bueno..., ni que fuera de oro, pero pior es nalgas. ¡Adelaida!, ¿es con la paré, no es con vos, verdá?

—Sí, doña Chon, si ya oí... —dijo entre risa y risa Adelaida Peñal, y siguió jugando con su compañera, que la tenía cogida por el moño.

El surtido de mujeres de El Dulce Encanto ocupaba los viejos divanes en silencio. Altas, bajas, gordas, flacas, viejas, jóvenes, adolescentes, dóciles, hurañas, rubias, pelirrojas, de cabellos negros, de ojos pequeños, de ojos grandes, blancas, morenas, zambas. Sin parecerse, se parecían; eran parecidas en el olor; olían a hombre, todas olían a hombre, olor acre de marisco viejo. En las camisitas de telas baratas les bailaban los senos casi líquidos. Lucían, al sentarse despernadas, los caños de las piernas flacas, las ataderas de colores gayos, los calzones rojos a las veces con tira de encaje blanco, o de color salmón pálido y remate de encaje negro.

La espera de las visitas las ponía irascibles. Esperaban como emigrantes, con ojos de reses, amontonadas delante de los espejos. Para entretener la nigua, unas dormían, otras fumaban, otras devoraban pirulíes de menta, otras contaban en las cadenas de papel azul y blanco del adorno del techo el número aproximado de cagaditas de moscas; las enemigas reñían, las amigas se acariciaban con lentitud y sin decoro.

Casi todas tenían apodo. Mojarra llamaban a la de ojos grandes; si era de poca estatura, Mojarrita, y si ya era tarde y jamona, Mojarrona. Chata, a la de nariz arremangada; Negra, a la morena; Prieta, a la zamba; China, a la de ojos oblicuos; Canche, a la de pelo rubio; Tartaja, a la tartamuda.

Fuera de estos motes corrientes, había la Sanata, la Marrana, la Patuda, la Mielconsebo, la Mica, la Lombriz, la Paloma, la Bomba, la Sintripas, la Bombasorda.

Algunos hombres pasaban en las primeras horas de la noche a entretenerse con las mujeres desocupadas en conversaciones amorosas, besuqueos y molestentaderas. Siempre lisos y lamidos. Doña Chon habría querido darles sus gaznatadas, que veneno y bastante tenían para ella con ser gafos, pero los aguantaba en su casa sin tronarles el caite por no disgustar a las reinas. ¡Pobres las reinas, se enredaban con aquellos hombres —protectores que las explotaban, amantes que las mordían— por hambre de ternura, de tener quién por ellas!

También caían en las primeras horas de la noche muchachos inexpertos. Entraban temblando, casi sin poder hablar, con cierta torpeza en los movimientos, como mariposas aturdidas, y no se sentían bien hasta que no se hallaban de nuevo en la calle. Buenas presas. Al mandado y no al retozo. Quince años. «Buenas noches». «No me olvides». Salían del burdel con gusto de sabandija en la boca, lo que antes de entrar tenía de pecado y de proeza, y con esa dulce fatiga que da reírse mucho a repicar con volteadora. ¡Ah, qué bien se encontraban fuera de aquella casa hedionda! Mordían el aire como zacate fresco y contemplaban las estrellas como irradiaciones de sus propios músculos.

Después iba alternándose la clientela seria. El bienfamado hombre de negocios, ardoroso, barrigón. Astronómica cantidad de vientre le redondeaba la caja torácica. El empleado de almacén que abrazaba como midiendo género por vara, al contrario del médico, que lo hacía como auscultando. El periodista, cliente que al final de cuentas dejaba empeñado hasta el sombrero. El abogado con algo de gato y de geranio en su domesticidad recelosa y vulgar. El provinciano con los dientes de leche. El empleado público encorvado y sin gancho para las mujeres. El burgués adiposo. El artesano con olor de zalea. El adinerado que a cada momento se tocaba con disimulo la leopoldina, la cartera, el reloj, los anillos. El farmacéutico, más silencioso y taciturno que el peluquero, menos atento que el dentista...

La sala ardía a media noche. Hombres y mujeres se quemaban con la boca. Los besos, triquitraques lascivos de carne y de saliva, alternaban con los mordiscos, las confidencias con los golpes, las sonrisas con las risotadas y los taponazos de champán con los taponazos de plomo cuando había valientes.

—¡Esta es media vida! —decía un viejo acodado a una mesa, con los ojos bailarines, los pies inquietos y en la frente un haz de venas que le saltaban enardecidas.

Y cada vez más entusiasmado, preguntaba a un compañero de juerga:

—¿Me podré ir con aquella mujer que está allá?...

—Sí, hombre, si para eso son...

—¿Y aquella que está junto a esa?... ¡Esa me gusta más!

—Pues con esa también.

Una morena que por coquetería llevaba los pies desnudos atravesó la sala.

—¿Y con esa que va allí?

—¿Cuál? ¿La mulatísima?...

—¿Cómo se llama?

—Adelaida y le dicen la Marrana. Pero no te fijes en ella, porque está con el mayor Farfán. Creo que es su casera.

—¡Marrana, cómo lo acaricia! —observó el viejo en voz baja.

La cocota embriagaba a Farfán con sus artes de serpiente, acercándole los filtros embrujadores de sus ojos, más hermosos que nunca bajo la acción de la belladona; el cansancio de sus labios pulposos —besaba con la lengua como pegando sellos— y el peso de sus senos tibios y del vientre combo.

—¡Quítese mejor esta su porquería! —insinuó la Marrana a la oreja de Farfán. Y sin esperar respuesta —para luego es tarde— le desenganchó la espada del arnés y se la dio al cantinero.

Un ferrocarril de gritos pasó corriendo, atravesó los túneles de todos los oídos y siguió corriendo...

Las parejas bailaban al compás y al descompás con movimientos de animales de dos cabezas. Tocaba el piano un hombre pintarrajeado como mujer. Al piano y a él les faltaban algunos marfiles. «Soy mico, remico y plomoso», respondía a los que le preguntaban por qué se pintaba, agregando para quedar bien: «Me llaman Pepe los amigos y Violeta los muchachos. Uso camisa deshonesta, sin ser jugador de tenis, para lucir los pechos de cucurrucú, monóculo por elegancia y levita por distracción. Los polvos —¡ay, qué mal hablado!— y el colorete me sirven para disimular las picaduras de viruela que tengo en la cara, pues han de estar y estarán que la maligna conmigo jugó confeti... ¡Ay, no les hago caso, porque estoy con mi costumbre!».

Un ferrocarril de gritos pasó corriendo. Bajo sus ruedas triturantes, entre sus émbolos y piñones, se revolcaba una mujer ebria, blanda, lívida, color de afrecho, apretándose las manos en las ingles, despintándose las mejillas y la boca con el llanto.

—¡Ay, mis o... vaaaAAArios! ¡Ay, mis ovAAArios! ¡Ay, mis o... vaaAAAAAArios! ¡Mis ovarios! ¡Ay..., mis ovarios! ¡Ay...!

Solo los borrachos no se acercaron al grupo de los que corrían a ver qué pasaba. En la confusión, los casados preguntaban si estaba herida para marcharse antes que entrara la Policía, y los demás, tomando las cosas menos a la tremenda, corrían de un punto a otro por el gusto de dar contra los compañeros. Cada vez era más grande el grupo alrededor de la mujer, que se sacudía interminablemente con los ojos en blanco y la lengua fuera. En lo agudo de la crisis se le escapó la dentadura postiza. Fue el delirio, la locura entre los espectadores. Una sola carcajada saludó el rápido deslizarse de los dientes por el piso de cemento.

Doña Chon puso fin al escándalo. Andaba por allá adentro y vino a la carrera como gallina esponjada que acude a sus polluelos cacareando; tomó de un brazo a la infeliz gritona y barrió con ella la casa hasta la cocina donde, con ayuda de la Calvario, la sepultaron en la carbonera, no sin que esta le propinase algunos puntazos con el asador.

Aprovechando la confusión, el viejo enamorado de la Marrana se la birló al mayor, que ya no veía de borracho.

—¡Mipiorquería!, ¿verdá, mayor Farfán? —exclamó la Diente de Oro al volver de la cocina—. ¡Para hartarse y estar todo el día echada no le duelen los ovarios; es como si a la hora de la batalla resultara un militar con que le duelen...!

Una risotada de ebrios ahogó su voz. Reían como escupiendo melcocha. Ella, mientras tanto, se volvió a decir al cantinero:

—¡A esta mula escandalosa iba yo a sustituirla con la muchachona que traje ayer de la Casa Nueva! ¡Lástima que se me accidentó!...

—¡Y bien güena que era...!

—Yo ya le dije al licenciado que veya cómo se las arregla para que el auditor me devuelva mi pisto... No es así, no más, que se va a quedar con esos diez mil pesos ese hijo de puta... Así, papo...

—¡Por usté, pues!... ¡Porque lo que es ese likcencioso me tengo sabido que es un relágrima!

—¡Como todo santulón!

—¡Puesss... y de ajuste likcencioso, figúrese usté!

—¡Todo lo que vos quedrás, pero lo que yo te aseguro es que conmigo no se asegunda la bañada!... ¡No son zompopos, sino los meros culones, achís...!

No concluyó la frase por asomarse a la ventana a ver quién tocaba.

—¡Jesúsmaríasantísima, y toda la corte celestial! ¡Pensando en usté estaba y Dios me lo manda! —dijo en alta voz al caballero que esperaba a la puerta con el embozo hasta los ojos, bañado por la luz purpúrea del foco, y, sin contestarle las buenas noches, entrose a ordenar a la interina que abriera pronto—. ¡Ve, Pancha, abrí ligerito, date priesa; abrí, corré, ve, que es don Miguelito!

Doña Chon lo había conocido por pura corazonada y por los ojos de Satanás.

—¡Esos sí que son milagros!

Cara de Ángel paseó la mirada por el salón, mientras saludaba, tranquilizándose al encontrar un bulto que debía ser el mayor Farfán; una baba larga le colgaba del labio caído.

—¡Un milagrote, porque lo que es usté no sabe visitar a los pobres!

—No, doña Chon, ¡cómo va a ser eso!...

—¡Y viene que ni mandado a traer! Estaba yo clamando con todos los santos con un apuro que tengo y me lo traen a usté...

—Pues ya sabe que estoy siempre a sus órdenes...

—Muchas gracias. Ando en un apuro que ai le voy a contar; pero antes quiero que se beba un trago.

—No se moleste...

—¡Qué molestia! ¡Alguna cosita, cualquier cosa, lo que desee, lo que le pida su corazón!... ¡Vaya, por no hacernos el desprecio...! Un güisquey le cae bien. Pero que se lo sirvan allá conmigo. Pase por aquí.

Las habitaciones de la Diente de Oro, separadas por completo del resto de la casa, quedaban como en un mundo aparte. En mesas, cómodas y consolas de mármol amontonábanse estampas, esculturas y relicarios de imágenes piadosas. Una Sagrada Familia sobresalía por el tamaño y la perfección del trabajo. Al Niñito Dios, alto como un lirio, lo único que le faltaba era hablar. Relumbraban a sus lados san José y la Virgen en traje de estrellas. La Virgen alhajada y san José con un tecomatillo formado con dos perlas que valían cada una un potosí. En larga bomba agonizaba un Cristo moreno bañado en sangre y en ancho escaparate recubierto de conchas, subía al cielo una Purísima, imitación en escultura del cuadro de Murillo, aunque lo que más valía era la serpiente de esmeralda enroscada a sus pies. Alternaban con las imágenes piadosas los retratos de doña Chon (diminutivo de Concepción, su verdadero nombre), a la edad de veinte años, cuando tuvo a sus plantas a un presidente de la República que le ofrecía llevársela a París de Francia, dos magistrados de la Corte Suprema y tres carniceros que pelearon por ella a cuchilladas en una feria. Por ahí había arrinconado, para que no lo vieran las visitas, el retrato del sobreviviente, un mechudo que con el tiempo llegó a ser su marido.

—Siéntese en el sofá, don Miguelito, que en el sofá quedará más a su gusto.

—¡Vive usted muy bien, doña Chon!

—Procuro no pasar trabajos...

—¡Como en una iglesia!

—¡Vaya, no sea masón, no se burle de mis santos!

—¿Y en qué la puedo servir?...

—Pero antes bébase su güisquey...

—¡A su salud, pues!

—A la suya, don Miguelito, y disimule que no lo acompañe, pero es que estoy un poco mala de la inflamación. Ponga por aquí el vas... ito; en esta mesa lo vamos a poner; preste, démelo...

—Gracias...

—Pues, como le decía, don Miguelito, estoy en un gran apuro y quiero que me dé un consejo, de esos que solo saben dar ustedes, los como usté. De resultas de una mujer que tengo aquí en el negocio y que dialtiro no sirve para nada, me metí a buscar otra y averigüé por ahí con una mi conocida que en la Casa Nueva tenían presa, de orden del auditor de Guerra, una muchachona muy tres piedras. Como yo sé dónde me aprieta el zapato, derecho me fui adonde mi licenciado, don Juan Vidalitas, quien ya otras veces me ha conseguido mujeres, para que le escribiera en mi nombre una buena carta al auditor, ofreciéndole por esa fulana diez mil pesos.

—¿Diez mil pesos?

—Como usté lo oye. No se lo dejó decir dos veces. Contestó en el acto que estaba bueno y al recibir el dinero, que yo personalmente le conté sobre su escritorio en billetes de a quiñentos, me dio una orden escrita para que en la Casa-Nueva me entregaran a la mujer. Allí supe que era por política por lo que estaba presa. Parece que la cacturaron en casa del general Canales...

—¿Cómo?

Cara de Ángel, que seguía el relato de la Diente de Oro sin prestar atención, con las orejas en la puerta, cuidando que no se le fuera a salir el mayor Farfán, a quien buscaba desde hacía muchas horas, sintió una red de alambres finos en la espalda al oír el nombre de Canales mezclado a aquel negocio. Aquella infeliz era, sin duda, la sirvienta Chabela, de quien hablaba Camila en el delirio de la fiebre.

—Perdóneme que la interrumpa... ¿Dónde está esa mujer?

—Va usté a saberlo, pero déjeme seguirle contando. Yo misma fui personalmente con la orden de la Auditoría, acompañada de dos muchachas, a sacarla de la Casa Nueva. No quería que me fueran a dar gato por liebre. Fuimos en carruaje para más lujo. Y ai tiene usté que llegamos, que enseñé la orden, que la vieron bien leída, que la consultaron, que sacaron a la muchacha, que me la dieron, y, para no cansarlo, que la trajimos aquí a la casa, que aquí todos esperaban, que a todos les gustó... En fin, que estaba, don Miguelito, ¡para qué te hacés tristeza!

—¿Y dónde la tiene...?

Cara de Ángel estaba dispuesto a llevársela de allí esa misma noche. Los minutos se le hacían años en el relato de aquella vieja del diablo.

—Zacatillo come el conejo, dice usté..., como todos los chancles. Pero déjeme seguir continuando. Desde que salimos con ella de la Casa Nueva, me fijé que se empeñaba la mujer en no abrir los ojos y en no decir ni palabra. Se le hablaba y era como hablarle a la paré de enfrente. Para mí que eran mañas. También me fijé que apretaba en los brazos un tanatillo como del tamaño de un niño.

En la mente del favorito, la imagen de Camila se alargó hasta partirse por la mitad, como un ocho por la cintura, con ese movimiento rapidísimo de la pompa de jabón que rompe un disparo.

—¿Un niño?

—Efectivamente; mi cocinera, la Manuela Calvario Cristales, descubrió que lo que aquella desgraciada arrullaba era una criatura muertecita que ya hedía. Me llamó, corrí a la cocina y entre las dos se la quitamos a la pura fuerza, pero ai está, que todo fue separarle los brazos —casi se los quiebra la Manuela— y arrancarle al crío, como ella abrir los ojos, así como los van a abrir los muertos el Día del Juicio, pegar un grito que debe haberse oído hasta el mercado, y caer redonda.

—¿Muerta?

—De momento así lo creímos. Vinieron por ella y se la llevaron envuelta en una sábana a San Juan de Dios. Yo no quise ver, me impresionó. De los ojos cerrados dicen que se le salía el llanto como esa agua que ya no sirve para nada.

Doña Chon se repuso en una pausa; luego añadió entre dientes:

—Las muchachas que fueron esta mañana a pasar visita al hospital preguntaron por ella y parece que sigue grave. Y aquí viene mi molestia. Como usté comprende no puedo ni pensar en que el auditor se quede con mis diez mil pesos, y ando viendo cómo hago para que me los devuelva, que a santo de qué se va a quedar con lo que es mío, a santo de qué... ¡Preferiría mil veces regalarlos al hospicio o a los pobres!

—Que su abogado se los reclame, y en cuanto a esa pobre mujer...

—Si cabalmente hoy fue dos veces —perdone que le corte la palabra— el licenciado Vidalitas a buscarlo: una a su casa y otra a su despacho, y las dos veces le dijo lo mismo: que no me devolvía ni agua. Vea usté cómo es ese hombre sin vergüenza, que cuando se compra una vaca si se muere no pierde el que la vendió sino el que la compró... Eso tratándose de animales, contimás de una gente... Así dice... ¡Ay, vea si me dan ganas...!

Cara de Ángel guardó silencio. ¿Quién era aquella mujer vendida? ¿Quién, aquel niño muerto?

Doña Chon enseñó el diente de oro para amenazar:

—¡Ah, pero lo que es yo me voy a ir a dar una repasiada en él que no se la ha dado ni su madre!... ¡Por algo me meten presa! Sabe Dios lo que a uno le cuesta ganar el medio para que se lo deje robar así. ¡Viejo embustero, cara de india envuelta, maldito! Ya esta mañana mandé que le echaran tierra de muerto en la puerta de su casa. Ai me va a contar si hace huesos viejos...

—Y al niño ¿lo enterraron?

—Aquí en la casa lo velamos; las muchachas son muy embelequeras. Hubieron tamales...

—Fiesta...

—¡Vaya por allá!

—Y la Policía ¿qué hace...?

—Por pisto se consiguió la licencia. Al día siguiente nos fuimos a enterrarlo a la isla, en una caja preciosa de raso blanco.

—¿Y no teme usted que haya familia que le reclame el cadáver, al menos el aviso...?

—Solo eso me faltaba; y ¿quién va a reclamar? Su padre está preso en la penitenciaría por político; es de apellido Rodas, y la madre, ya lo sabe usté, en el hospital.

Cara de Ángel sonrió interiormente, libre de un peso enorme. No era de la familia de Camila...

—Aconséjeme usté, don Miguelito, usté que es tan de a sombrero, qué debo hacer para que ese viejo chelón no se quede con mi dinero. ¡Son diez mil pesos, acuérdese...! ¿Acaso son frijoles?

—A mi juicio debe usted ver al Señor Presidente y quejarse a él. Solicítele audiencia y vaya confiada, que él se lo arreglará. Está en su mano.

—Es lo que yo había pensado y es lo que voy a hacer. Mañana le pongo un telegrama doble urgente pidiéndole audiencia. Vale que con él somos viejas amistades; cuando no era más que ministro tuvo pasión por mí. De eso ya hace rato. Yo era joven y bonita; parecía una lámina, como en aquella fotografía, vea... Recuerdo que vivíamos por El Cielito con mi nana, que en paz descanse, y a quien, vea usté lo que es la torcidura, me la dejó tuerta un loro de un picotazo; excuso decirle que tosté al loro —dos que hubieran sido— y se lo di a un chucho que por chucán se lo comió y le dio rabia. Lo más alegre que me acuerdo de ese tiempo es que por la casa pasaban todos los entierros. Va de pasar y va de pasar muertos... Y que por esa singraciada quebramos para siempre jamás con el Señor Presidente. A él le daban miedo los entierros, pero yo qué culpa tenía. Era muy lleno de cuentos y muy niño. Con nadita que fuera contra él creíba lo que se le contaba, o cuando era para darle el pase de su talento. Al principio, yo, que estaba bien gas por él, le borraba a puros besos largos aquel interminable pasar de muertos en cajones de todos colores. Después me cansé y lo dejé estar. Su mero cuatro era que uno le lamiera la oreja, aunque a veces le sabía a difunto. Como si lo estuviera viendo, ahí donde usté está sentado: su pañuelo de seda blanco amarrado al cuello con un nudito, el sombrero limeño, los botines con orejas rosadas y el vestido azul...

—Y después, lo que son las cosas; ya de Presidente, debe haber sido su padrino de matrimonio...

—Nequis... Al difunto mi marido, que en paz descanse, no le venían esas cosas. «Solo los chuchos necesitan de padrinos y testigos que los estén mirando cuando se casan», decía, «y ai andan con racimo de chuchos detrás, todos con la lengua fuera y la baba caída...».

XXV
EL PARADERO DE LA MUERTE

El cura vino a rajasotanas. Por menos corren otros. «¿Qué puede valer en el mundo más que un alma?», preguntó... Por menos se levantan otros de la mesa con ruido de tripas... ¡Tri paz!... ¡Tres personas distintas y un solo Dios verdadero-de-verdad!... El ruido de las tripas, allá no, aquí, aquí conmigo, migo, migo, migo, en mi barriga, en mi barriga, barriga... De tu vientre, Jesús... Allá la mesa puesta, el mantel blanco, la vajilla de porcelana limpiecita, la criada seca...

Al entrar el sacerdote —seguíanle vecinas amigas de andar en últimos trances—, Cara de Ángel se arrancó de la cabecera de Camila con pasos que sonaban a raíces destrozadas. La fondera arrastró una silla para el padre y luego se alejaron todos.

—... Yo, pecador, me confieso a Dios to... —se fueron diciendo.

—*In nomine Pater, et Filii et...* Hijita: ¿cuánto hace que no te confiesas?...

—Dos meses...

—¿Cumpliste la penitencia?

—Sí, padre...

—Di tus pecados...

—Me acuso, padre, que he mentido...

—¿En materia grave?

—No..., que he desobedecido a mi papá y...

(... tic-tac, tic-tac, tic-tac).

—... y me acuso, padre...

(... tic-tac).

—... que he faltado a misa...

Enferma y confesor hablaban como en una catacumba. El Diablo, el Ángel Custodio y la Muerte asistían a la confesión. La Muerte vaciaba, en los ojos vidriosos de Camila, sus ojos vacíos; el Diablo escupía arañas, instalado en la cabecera de la cama, y el Ángel lloraba en un rincón a moco tendido.

—Me acuso, padre, que no he rezado al acostarme y al levantarme y... me acuso, padre, que...

(... tic-tac, tic-tac).

—... ¡que he peleado con mis amigas!

—¿Por cuestiones de honra?

—No...

—Hijita, has ofendido a Dios muy gravemente.

—Me acuso, padre, que monté a caballo como hombre...

—¿Y había otras personas presentes y fue motivo de escándalo?

—No, solo estaban unos indios.

—Y tú te sentiste por eso capaz de igualar al hombre y por lo mismo en grave pecado, ya que si Dios Nuestro Señor hizo a la mujer mujer, esta no debe pasar de ahí, para querer ser hombre, imitando al Demonio, que se perdió porque quiso ser Dios.

En la mitad de la habitación ocupada por la fonda, frente a la estantería, altar de botellas de todos colores, esperaban Cara de Ángel, la Masacuata y las vecinas, sin chistar palabra, consultándose temores y esperanzas con los

ojos, respirando a compás lento, orquesta de resuellos oprimidos por la idea de la muerte. La puerta medio entornada dejaba ver en las calles luminosas el templo de la Merced, parte del atrio, las casas y a los pocos transeúntes que
por ahí pasaban. Cara de Ángel sufría al ver a esas gentes
que iban y venían sin importarles que Camila se estuviera
muriendo; arenas gruesas en cernidor de sol fino; sombras
con sentido común; fábricas ambulantes de excremento...

Por el silencio arrastraba cadenitas de palabras la voz
del confesor. La enferma tosió. El aire rompía los tamborcitos de sus pulmones.

—Me acuso, padre, de todos los pecados veniales y mortales que he cometido y que no recuerdo.

Los latines de la absolución, la precipitada fuga del
Demonio y los pasos del Ángel que, como una luz, se acercaba de nuevo a Camila con las alas blancas y calientes
sacaron al favorito de su cólera contra los transeúntes, de
su odio infantil, teñido de ternura, y le hicieron concebir
—la gracia llega por ocultos caminos— el propósito de
salvar a un hombre que estaba en gravísimo peligro de muerte; Dios, en cambio, tal vez le daba la vida de Camila, lo
que, según la ciencia, ya era imposible.

El cura se marchó sin hacer ruido; se detuvo en la puerta a encender un cigarrillo de tuza y a recogerse la sotana,
que en la calle era ley que la llevasen oculta bajo la capa.
Parecía un hombre de ceniza dulce. Andaba en lenguas que
una muerta lo llamó para que la confesara. Tras él salieron
las vecinas currutacas y Cara de Ángel, que corría a realizar
su propósito.

El callejón de Jesús, el Caballo Rubio y el cuartel de
caballería. Aquí preguntó al oficial de guardia por el mayor Farfán. Se le dijo que esperara un momento y el cabo
que fue a buscarlo entró gritando:

—¡Mayor Farfán!... ¡Mayor Farfán!...

La voz se extinguía en el enorme patio sin respuesta. Un temblor de sonidos contestaba en los aleros de las casas lejanas: ... ¡Yor fan fan!... ¡Yor fan fan!...

El favorito quedose a pocos pasos de la puerta, ajeno a lo que pasaba a su alrededor. Perros y zopilotes disputábanse el cadáver de un gato a media calle, frente al comandante que, asomado a una ventana de rejas de hierro, se divertía con aquella lucha encarnizada, atusándose las guías del bigote. Dos señoras bebían fresco de súchiles en una tiendecita llena de moscas. De la casa vecina, pasado un portón, salían cinco niños vestidos de marineros, seguidos de un señor pálido como matasano y de una señora embarazada (papá y mamá). Un hachador de carne pasaba entre los niños encendiendo un cigarrillo; llevaba el traje ensangrentado, las mangas de la camisa arremangadas y junto al corazón, el hacha filuda. Los soldados entraban y salían. En las losas del zaguán se marcaba una serpiente de huellas de pies descalzos y húmedos, que se perdía en el patio. Las llaves del cuartel tintineaban en el arma del centinela parado cerca del oficial de guardia, que ocupaba una silla de hierro en medio de un círculo de salivazos.

Con paso de venadito aproximose al oficial una mujer de piel cobriza, curtida por el sol y encanecida y arrugada por los años, y, subiéndose el rebozo de hilo, para hablar con la cabeza cubierta en señal de respeto, suplicó:

—Va a dispensar, mi siñor, si por vida suyita le pido que me dé su permiso para hablar con mi hijo. La Virgen se lo va a agradecer.

El oficial lanzó un chorro de saliva hediendo a tabaco y dientes podridos antes de responder.

—¿Cómo se llama su hijo, señora?

—Ismael, siñor...

—¿Ismael qué...?

—Ismael Mijo, siñor.

El oficial escupió ralo.

—Pero ¿cuál es su apellido?

—Es Mijo, siñor...

—Vea, mejor venga otro día, hoy estamos ocupados.

La anciana se retiró sin bajarse el rebozo, poco a poco, contando los pasos como si midiera su infortunio; se detuvo un momentito en la orilla del andén y luego acercose otra vez al oficial, que seguía sentado.

—Perdone, siñor, es que yo no estoy aquí no más; vengo de bien lejos, de más de veinte leguas, y ansina es que si no le veyo hoy a saber hasta cuándo voy a poder volver. Hágame la gracia de llamarlo...

—Ya le dije que estamos ocupados. ¡Retírese, no sea molesta!

Cara de Ángel, que asistía a la escena, impulsado por el deseo de hacer bien para que Dios le devolviese la salud a Camila, dijo al oficial en voz baja:

—Llame a ese muchacho, teniente, y tome para cigarrillos.

El militar recibió el dinero, sin mirar al desconocido, y ordenó que llamaran a Ismael Mijo. La viejecita quedose contemplando a su bienhechor como a un ángel.

El mayor Farfán no estaba en el cuartel. Un oficinista asomose a un balcón, con la pluma tras de la oreja, e informó al favorito que a esas horas de la noche solo podía encontrarlo en El Dulce Encanto, pues el noble hijo de Marte repartía su tiempo entre las obligaciones del servicio y el amor. No era malo, sin embargo, que lo buscara en su casa. Cara de Ángel tomó un carruaje. Farfán alquilaba una pieza redonda en el quinto infierno. La puerta de pino sin pintar, desajustada por la acción de la humedad, dejaba ver el interior oscuro. Dos, tres veces llamó Cara de Ángel. No había nadie. Regresó en seguida, pero antes de ir a El Dulce Encanto pasaría a ver cómo seguía Camila. Le sorprendió el ruido del carruaje, al dejar las calles de tierra, en las calles empedradas. Ruido de cascos y de llantas, de llantas y de cascos.

El favorito volvió al salón cuando la Diente de Oro acabó de relatarle sus amores con el Señor Presidente. Era preciso no perder de vista al mayor Farfán y averiguar algo más acerca de la mujer capturada en casa del general Canales y vendida por el canalla del auditor en diez mil pesos.

El baile seguía en lo mejor. Las parejas danzaban al compás de un vals de modo que Farfán, perdido de borracho, acompañaba con la voz más de allá que de acá:

> *¿Por qué me quieren*
> *las putas a mí?*
> *Porque les canto*
> *la* Flor del Café...

De pronto se incorporó y al darse cuenta que le faltaba la Marrana, dejó de cantar y dijo a gritos cortados por el hipo:

—¿No está la Marrana, verdá, babosos...? ¿Está ocupada, verdá, babosos...? ... Pues me voy..., lo creo que me voy, ya loc... creo que me voy... Me voy... ¿Pues por qué no me de ir yo?... Lo creo que me voy...

Se levantó con dificultad, ayudándose de la mesa en que había fondeado, de las sillas, de la pared, y fue dando traspiés hacia la puerta que la interina se precipitó a abrir.

—¡Ya loc... creo que me voy-oy...! ¡La que es puta vuelve, ¿verdá, Ña-Chon?, pero yo me voy! ¡Ji-jiripago...; a los militares de escuela no nos queda más que beber hasta la muerte y que después en lugar de incinerarnos nos destilen! ¡Que viva el chojín y la chamuchina!... ¡Chujú!

Cara de Ángel lo alcanzó enseguida. Iba por la cuerda floja de la calle como volatín: ora se quedaba con el pie derecho en el aire, ora con el izquierdo, ora con el izquierdo, ora con el derecho, ora con los dos... Ya para caerse daba el paso y decía: «¡Está bueno, le dijo la mula al freno!».

Alumbraban la calle las ventanas abiertas de otro burdel. Un pianista melenudo tocaba el *Claro de luna* de Beethoven. Solo las sillas le escuchaban en el salón vacío, repartidas como invitados alrededor del piano de media cola, no más grande que la ballena de Jonás. El favorito se detuvo herido por la música, pegó al mayor contra la pared, pobre muñeco manejable, y acercose a intercalar su corazón destrozado en los sonidos: resucitaba entre los muertos —muerto de ojos cálidos—, suspenso, lejos de la tierra, mientras apagábanse los ojos del alumbrado público y goteaban los tejados clavos de sereno para crucificar borrachos y reclavar féretros. Cada martillito del piano, caja de imanes, reunía las arenas finísimas del sonido, soltándolas, luego de tenerlas juntas, en los dedos de los arpegios que des... do... bla... ban las falanges para llamar a la puerta del amor cerrada para siempre; siempre los mismos dedos; siempre la misma mano. La luna derivaba por empedrado cielo hacia prados dormidos, huía y tras ella los oquedales infundían miedo a los pájaros y a las almas, a quienes el mundo se antoja inmenso y sobrenatural cuando el amor nace, y pequeño cuando el amor se extingue.

Farfán despertó en el mostrador de un fondín, entre las manos de un desconocido que le sacudía, como se hace con un árbol para que caigan los frutos maduros.

—¿No me reconoce, mi mayor?

—Sí..., no..., por el momento..., de momento...

—Recuérdese...

—¡Ah... uuUU! —bostezó Farfán apeándose del mostrador donde estaba alargado, como de una bestia de trote, todo molido.

—Miguel Cara de Ángel, para servir a usted.

El mayor se cuadró.

—Perdóneme, vea que no le había reconocido; es verdad, usted es el que anda siempre con el Señor Presidente.

—¡Muy bien! No extrañe, mayor, que me haya permitido despertarle así, bruscamente...

—No tenga cuidado.

—Pero usted tendrá que volver al cuartel y por otra parte yo necesitaba hablarle a solas y ahora cabe la casualidad que la dueña de este... cuento, de esta cantina, no está. Ayer le he buscado como aguja toda la tarde, en el cuartel, en su casa... Lo que le voy a decir no debe usted repetirlo a nadie.

—Palabra de caballero...

El favorito estrechó con gusto la mano del mayor y con los ojos puestos en la puerta, le dijo muy quedito:

—Tengo por qué saber que existe orden de acabar con usted. Se han dado instrucciones al hospital militar para que le den un calmante definitivo en la primera borrachera que se ponga de hacer cama. La meretriz que usted frecuenta en El Dulce Encanto informó al Señor Presidente de sus farfanadas revolucionarias.

Farfán, a quien las palabras del favorito habían clavado en el suelo, alzó las manos empuñadas.

—¡Ah, la bandida!

Y tras el ademán de golpear, dobló la cabeza anonadado.

—¿Qué hago yo, Dios mío?

—Por de pronto, no emborracharse; así conjura el peligro inmediato, y no...

—Sí, eso es lo que estoy pensando, pero no voy a poder, va a ser difícil. ¿Qué me iba a decir?

—Le iba a decir, además, que no comiera en el cuartel.

—No tengo cómo pagar a usted.

—Con el silencio...

—Naturalmente, pero eso no es bastante; en fin, ya habrá ocasión y, desde luego, cuente usted siempre con este hombre que le debe la vida.

—Bueno es también que le aconseje como amigo que busque la manera de halagar al Señor Presidente.

—Sí, ¿verdá?

—Nada le cuesta.

Ambos agregaron con el pensamiento «cometer un delito», por ejemplo, medio el más eficaz para captarse la buena voluntad del mandatario; o «ultrajar públicamente a las personas indefensas»; o «hacer sentir la superioridad de la fuerza sobre la opinión del país» o «enriquecerse a costillas de la Nación»; o...

El delito de sangre era ideal; la supresión de un prójimo constituía la adhesión más completa del ciudadano al Señor Presidente. Dos meses de cárcel, para cubrir las apariencias, y derechito después a un puesto público de los de confianza, lo que solo se dispensaba a servidores con proceso pendiente, por la comodidad de devolverlos a la cárcel conforme a la ley, si no se portaban bien.

—Nada le cuesta.

—Es usted bondadosísimo...

—No, mayor, no debe agradecerme nada; mi propósito de salvar a usted está ofrecido a Dios por la salud de una enferma que tengo muy muy grave. Vaya su vida por la de ella.

—Su esposa, quizás...

La palabra más dulce del *Cantar de los cantares* flotó un instante, adorable bordado, entre árboles que daban querubines y flores de azahar.

Al marcharse el mayor, Cara de Ángel se tocó para saber si era el mismo que a tantos había empujado hacia la muerte el que ahora, ante el azul infrangible de la mañana, empujaba a un hombre hacia la vida.

XXVI
TORBELLINO

Cerró la puerta —el cebolludo mayor se alejaba como un globo de caqui— y fue de puntillas hasta la trastienda oscura. Creía soñar. Entre la realidad y el sueño la diferencia es puramente mecánica. Dormido, despierto, ¿cómo estaba allí? En la penumbra sentía que la tierra iba caminando... El reloj y las moscas acompañaban a Camila casi moribunda. El reloj regaba el arrocito de su pulsación para señalar el camino y no perderse de regreso, cuando ella hubiese dejado de existir. Las moscas corrían por las paredes limpiándose las alitas del frío de la muerte. Otras volaban sin descanso, rápidas y sonoras. Sin hacer ruido se detuvo junto a la cama. La enferma seguía delirando...

... Juego de sueños..., charcas de aceite alcanforado..., astros de diálogo lento..., invisible, salobre y desnudo contacto del vacío..., doble bisagra de las manos..., lo inútil de las manos en las manos..., en el jabón de Reuter..., en el jardín del libro de lectura..., en el lugar del tigre..., en el allá grande de los pericos..., en la jaula de Dios...

... En la jaula de Dios, la misa del gallo de un gallo con una gota de luna en la cresta de gallo..., picotea la hostia..., se enciende y se apaga, se enciende y se apaga, se enciende y se apaga... Es misa cantada... No es un gallo; es un relám-

pago de celuloide en la boca de un botellón rodeado de
soldaditos... Relámpagos de la pastelería de la Rosa Blanca, por santa Rosa... Espuma de cerveza del gallo por el
gallito... Por el gallito...

> *¡La pondremos de cadáver*
> *matatero, tero, la!*
> *¡Ese oficio no le gusta*
> *matatero, tero, la!*

... Se oye un tambor donde no está sonándose los mocos,
traza palotes en la escuela del viento, es un tambor... ¡Alto,
que no es un tambor; es una puerta la que están sonando con
el pañuelo del golpe y la mano de un tocador de bronce!
Como taladros penetran los toquidos a perforar todos los
lados del silencio intestinal de la casa... Tan..., tan..., tan...
Tambor de la casa... Cada casa tiene su puertambor para
llamar a la gente que *la vive* y que cuando está cerrada es
como si la viviera muerta... n tan de la casa... puerta... n tan
de la casa... El agua de la pila se torna toda ojos cuando oye
sonar el puertambor y decir a las criadas con tonadita: «¡A-y
tocan!», y repellarse las paredes de los ecos que van repitiendo: «¡A-y tocan, vayana-brirrr!». «¡A-y tocan, vayana-brirrr!»,
y la ceniza se inquieta, sin poder hacer nada frente al gato,
su centinela de vista, con un escalofrío blando tras la cárcel
de las parrillas, y se alarman las rosas, víctimas inocentes de
intransigencia de las espinas, y los espejos, absortos mé-
diums que por el alma de los muebles muertos dicen con
voz muy viva: «¡A-y tocan, vayanabrir!».

... La casa entera quiere salir en un temblor de cuerpo
como cuando tiembla, a ver quién está toca que toca que
toca el puertambor: las cacerolas caracoleando, los floreros
con paso de lana, las palanganas ¡palangán!, ¡palangán!,

los platos con tos de china, las tazas, los cubiertos regados como una risa de plata alemana, las botellas vacías precedidas de la botella condecorada de lágrimas de sebo que sirve y no sirve de candelero en el último cuarto, los libros de oraciones, los ramos benditos que cuando tocan creen defender la casa contra la tempestad, las tijeras, las caracolas, los retratos, el pelo viejo, las aceiteras, las cajas de cartón, los fósforos, los clavos...

... Solo sus tíos fingen dormir entre las despiertas cosas inanimadas, en las islas de sus camas matrimoniales, bajo la armadura de sus colchas hediendo a bolo alimenticio. En baldo de silencios amplios saca bocados el puertambor. «¡Siguen tocando!», murmura la esposa de uno de sus tíos, la más cara de máscara. «¡Sí, pero con cuidado quien abre!», le contesta su marido en la oscuridad. «¿"Qui-horas" serán? ¡Ay, hombre, y yo tan bien dormida que estaba!... ¡Siguen tocando!». «¡Sí, pero con cuidado quien abre!». «¡Qué van a decir en las vecindades!». «¡Sí, pero con cuidado quien abre!». «¡Solo por eso habría que salir-abrir, por nosotros, por lo que van a decir de nosotros, figúrate!... ¡Siguen tocando!». «¡Sí, pero con cuidado quien abre!». «¡Es un abuso, ¿dónde se ha visto?, una desconsideración, una grosería!». «¡Sí, pero con cuidado quien abre!»...

En la garganta de las criadas se afina la voz ronca de su tío. Fantasmas olorosos a terneros llegan a chismear al dormitorio de los señores: «¡Señor! ¡Señora!, como que tocan...», y vuelven a sus catres, entre las pulgas y el sueño, repite que repite: «¡A-í..., pero con cuidado quien abre! ¡A-í..., pero con cuidado quien abre!».

... Tan, tan, tambor de la casa..., oscuridad de la calle... Los perros entejan el cielo de ladridos, techo para estrellas, reptiles negros y lavanderas de barro con los brazos empapados en espuma de relámpagos de plata...

—¡Papá..., paíto..., papá...!

En el delirio llamaba a su papá, a su nana, fallecida en el hospital, y a sus tíos, que ni moribunda quisieron recibirla en casa.

Cara de Ángel le puso la mano en la frente. «Toda curación es un milagro —pensaba al acariciarla—. ¡Si yo pudiera arrancarle con el calor de mi mano la enfermedad!». Le dolía a saber dónde la molestia inexplicable del que ve morir un retoño, cosquilleo de ternura que arrastra su ahogo trepador bajo la piel, entre la carne, y no hallaba qué hacer. Maquinalmente unía pensamientos y oraciones. «¡Si pudiera meterme bajo sus párpados y remover las aguas de sus ojos... ... misericordiosos y después de este destierro... ... en sus pupilas color de alitas de esperanza... ... nuestra, Dios te salve, a ti llamamos los desterrados...».

«Vivir es un crimen... ... de cada día... ... cuando se ama... dádnoslo hoy, Señor...».

Pensó en su casa como se piensa en una casa extraña. Su casa era allí, allí con Camila, allí donde no era su casa, pero estaba Camila. ¿Y al faltar Camila?... En el cuerpo le picaba una pena vaga, ambulante... ¿Y al faltar Camila?...

Un carretón pasó sacudiéndolo todo. En la estantería del fondín tintinearon las botellas, hizo ruido una aldaba, temblaron las casas vecinas... Al susto sintió Cara de Ángel que se estaba durmiendo de pie. Mejor era sentarse. Junto a la mesa de los remedios había una silla. Un segundo después la tenía bajo su cuerpo. El ruidito del reloj, el olor del alcanfor, la luz de las candelas ofrecidas a Jesús de la Merced y a Jesús de Candelaria, todopoderosos, la mesa, las toallas, los remedios, la cuerda de San Francisco que prestó una vecina para ahuyentar al diablo, todo se fue desgranando sin choque, a rima lenta, gradería musical del adormecimiento, disolución momentánea, malestar sabroso con más agujeros que una esponja, invisible, medio líquido, casi visible, casi sólido, latente, sondeado por sombras azules de sueño sin hilván:

... ¿Quién está trasteando la guitarra?... Quiebrahuesitos, en el diccionario oscuro... Quiebrahuesitos en el subterráneo oscuro cantará la canción del ingeniero agrónomo... ... Fríos de filo en la hojarasca... ... Por todos los poros de la tierra, ala cuadrangular, surge una carcajajajada interminable, endemoniada... Ríen, escupen, ¿qué hacen?... ... No es de noche y la sombra le separa de Camila, la sombra de esa carcajada de calaveras de fritanga mortuoria... La risa se desprende de los dientes negruzca, bestial, pero el contacto del aire se mezcla al vapor de agua y sube a formar las nubes... Cercas hechas con intestinos humanos dividen la tierra... Lejos hechos con ojos humanos dividen el cielo... ... Las costillas de un caballo sirven de violineta al huracán que sopla... ... Ve pasar el entierro de Camila... Sus ojos nadan en los espumarajos que van llevando las bridas del río de carruajes negros... ¡Ya tendrá ojos el mar Muerto!... ... Sus ojos verdes... ¿Por qué se agitan en la sombra los guantes blancos de los palafreneros?... Detrás del entierro canta un osario de caderitas de niño: «¡Luna, luna, tomá tu tuna y and'echá las cáscaras a la laguna!». Así canta cada huesito blando... «¡Luna, luna, tomá tu tuna y and'echá las cáscaras a la laguna!»... Ilíacos con ojos en forma de ojales... «¡Luna, luna, tomá tu tuna y and'echá las cáscaras a la laguna!»... ¿Por qué sigue la vida cotidiana?... ¿Por qué anda el tranvía?... ¿Por qué no se mueren todos?... Después del entierro de Camila nada puede ser, todo lo que hay está sobrepuesto, es postizo, no existe... Mejor le da risa... La torre inclinada de risa... ... Se registra los bolsillos para hacer recuerdos... ... Polvito de los días de Camila... Basuritas... Un hilo... Camila debe estar a estas horas... Un hilo... Una tarjeta sucia...

¡Ah, la de aquel diplomático que entra vinos y conservas sin pagar derechos y los menudea en el almacén de un tirolés!... Todoelorbecante... Naufragio... ... Los salvavidas de las coronas blancas... Todoelorbecante... Camila, inmóvil en su abrazo... ... Encuentro... ... Las manos del campanero... ... Están doblando las calles... ... La emoción desangra... Lívida, silenciosa, incorpórea... ... ¿Por qué no ofrecerle el brazo?... Va descolgándose por las telarañas de su tacto hasta el brazo que le falta; solo tiene la manga... ... En los alambres del telégrafo... Por mirar los alambres del telégrafo pierde tiempo y de una casucha del callejón del Judío salen cinco hombres de vidrio opaco a cortarle el paso, todos los cinco con un hilo de sangre en la sien... Desesperadamente lucha por acercarse adonde Camila le espera, olorosa a goma de sellos postales... A lo lejos se ve el cerrito del Carmen... Cara de Ángel da manotadas en su sueño para abrirse campo... Se ciega... Llora... Intenta romper con los dientes la tela finísima de la sombra que le separa del hormiguero humano que en la pequeña colina se instala bajo toldos de petate a vender juguetes, frutas, melcochas... ... Saca las uñas... ... Se eriza... Por una alcantarilla logra pasar y corre a reunirse con Camila, pero los cinco hombres de vidrio opaco tornan a cortarle el paso... «¡Vean que se la están repartiendo a pedacitos en el corpus!», les grita... «¡Déjenme pasar antes que la destrocen toda!»... «¡Ella no se puede defender porque está muerta!». «¿No ven?»... «¡Vean!». «¡Vean, cada sombra lleva una fruta y en cada fruta ensartado un pedacito de Camila!». «¡Cómo dar crédito a los ojos; yo la vi enterrar y estaba cierto que no era ella; ella está aquí en el corpus, en este cementerio oloroso a membrillo, a mango, a pera y melocotón y de su cuerpo han hecho palomitas blancas, docenas, cientos, palomitas de algodón ahorcadas en listones de colores con adornos de frases primorosas: "Recuerdo mío", "Amor eterno", "Pienso en ti", "Ámame siempre", "No me olvides"!»... Su voz se ahoga en el ruido estridente de las trompetillas, de los tamborcitos fabricados con tripa de mal año y migajón duro; en la bulla de la gente, pasos de papás que suben arrastrando los pies como forlones, carreritas de chicos que se persiguen; en el voliván de las campanas, en las campanillas, en el ardor del sol, en el calor de los cirios ciegos a mediodía, en la custodia resplandeciente... Los cinco hombres opacos se juntan y forman un solo cuerpo... Papel de humo dormido... Dejan de ser sólidos en la distancia... Van bebiendo agua gaseosa... Una bandera de agua gaseosa entre manos agitadas como gritos... ... Patinadores... Camila resbala entre patinadores invisibles, a lo largo de un espejo público que ve con indiferencia el bien y el mal. Empalaga el cosmético de su voz olorosa cuando habla para defenderse: «¡No, no, aquí, no!»... «¿Pero aquí, por qué no?»... «¡Porque estoy muerta!»... «¿Y eso qué tiene?»... «¡Tiene que...!» «¡Qué, dime qué!»... Entre los dos pasa un frío de cielo largo y corre una columna de hombres de pantalón rojo... Camila sale tras ellos... Él sale tras ella en el primer pie que siente... La columna se detiene de golpe al último requetetambién del tambor... Avanza el Señor Presidente... Ser dorado... ¡Tararí!... El público retrocede, tiembla... Los hombres de pantalón rojo están jugando con sus cabezas... ¡Bravo! ¡Bravo! ¡Una segunda vez! ¡Que se repita! ¡Qué bien lo hacen!... Los del pantalón rojo no obedecen la voz de mando, obedecen la voz del público y vuelven a jugar con sus cabezas... Tres tiempos... ¡Uno!, quitarse la cabeza... ¡Dos!, lanzarla a lo alto a que se peine en las estrellas... ¡Tres!, recibirla en las manos y volvérsela a poner... ¡Bravo! ¡Bravo! ¡Otra vez! ¡Que se repita!... ¡Eso es! ¡Que se repita!... Hay carne de gallina repartida... Poco a poco cesan las voces... ... Se oye el tambor... ... Todos están viendo lo que no quisieran ver... ... Los hombres de pantalón rojo se quitan las cabezas, las lanzan al aire y no las reciben al caer... Delante de dos filas de cuerpos inmóviles, con los brazos atados a la espalda, se estrellan los cráneos en el suelo.

Dos fuertes golpes en la puerta despertaron a Cara de Ángel. ¡Qué horrible pesadilla! Por fortuna, la realidad era otra. El que regresa de un entierro, como el que sale de una pesadilla, experimenta el mismo bienestar. Voló a ver quién llamaba. Noticias del general o una llamada urgente de la Presidencia.

—Buenos días...

—Buenos días —respondió el favorito a un individuo más alto que él, de cara rosadita, pequeña, que al oírle hablar inclinó la cabeza y se puso a buscarlo con sus anteojos de miope...

—Perdone usted. ¿Usted me puede decir si es aquí donde vive la señora que les cocina a los músicos? Es una señora enlutada de negro...

Cara de Ángel le cerró la puerta en las narices. El miope se quedó buscándolo. Al ver que no estaba fue a preguntar a la casa vecina.

—¡Adiós, Niña Tomasita, que le vaya bien!

—¡Voy por la placita!

Estas dos voces se oyeron al mismo tiempo. Ya en la puerta, agregó la Masacuata:

—Paseadora...

—No se diga...

—¡Cuidado se la roban!

—¡Vayan por allá, quién va a querer prenda con boca!

Cara de Ángel se acercó a abrir la puerta.

—¿Cómo le fue? —preguntó a la Masacuata, que regresaba de la penitenciaría.

—Como siempre.

—¿Qué dicen?

—Nada.

—¿Vio a Vásquez?...

—¡Usté sí que me gusta; le entraron el desayuno y sacaron el canasto como si tal cosa!

—Entonces ya no está en la penitenciaría...

—¡A mí se me aguadaron las piernas cuando vi que traían el canasto sin tocar; pero un señor de allí me dijo que lo habían sacado al trabajo!

—¿El alcaide?

—No. A ese bruto lo aventé por allá; me estaba queriendo sobar la cara.

—¿Cómo encuentra a Camila?...

—¡Caminando..., ya la pobrecita va caminando!

—Muy muy mala, ¿verdad?

—Ella dichosota, ¡qué más quisiera uno que irse sin conocer la vida!... A usté es al que yo siento. Debía pasar a pedirle a Jesús de la Merced. ¿Quién quita le hace el milagro?... Ya esta mañana, antes de irme a la penitenciaría, fui a prenderle una su candela y a decirle: «¡Mirá, negrito, aquí vengo con vos, que por algo sos tata de todos nosotros y me tenés que oír: en tu mano está que esa niña no se muera; así se lo pedí a la Virgen antes de levantarme y ahora paso a molestarte por la misma necesidad; te dejo esta candela en intención y me voy confiada en tu poder, aunque dia-cún rato pienso pasar otra vez a recordarte mi súplica!».

Medio adormecido recordaba Cara de Ángel su visión. Entre los hombres de pantalón rojo, el auditor, con cara de lechuza, esgrimía un anónimo, lo besaba, lo lamía, se lo comía, lo defecaba, se lo volvía a comer...

XXVII
CAMINO AL DESTIERRO

La cabalgadura del general Canales tonteaba en la poca luz del atardecer, borracha de cansancio, con la masa inerte del jinete cogido a la manzana de la silla. Los pájaros pasaban sobre las arboledas y las nubes sobre las montañas subiendo por aquí, por allá, bajando, bajando por aquí, por allá, subiendo, como este jinete, antes que le vencieran el sueño y la fatiga, por cuestas intransitables, por ríos anchos con piedra que tenía reposo en el fondo del agua revuelta para avivar el paso de la cabalgadura, por flancos castigados de lodo que resbalaban lajas quebradizas a precipicios cortados a pico, por bosques inextricables con berrinche de zarzas, y por caminos cabríos con historia de brujas y salteadores.

La noche traía la lengua fuera. Una legua de campo húmedo. Un bulto despegó al jinete de la caballería, le condujo a una vivienda abandonada y se marchó sin hacer ruido. Pero volvió enseguida. Sin duda fue por ahí no más, por donde cantaban los chiquirines: ¡chiquirín!, ¡chiquirín!, ¡chiquirín!... Estuvo en el rancho un ratito y tornó a las del humo. Pero ya regresaba... Entraba y salía. Iba y volvía. Iba como a dar parte del hallazgo y volvía como a cerciorarse si aún estaba. El paisaje estrellado le seguía las carreritas de lagartija como perro fiel moviendo en el silencio nocturno su cola de sonidos: ¡chiquirín!, ¡chiquirín!, ¡chiquirín!...

Por último se quedó en el rancho. El viento andaba a saltos en las ramas de las arboledas. Amanecía en la escuela nocturna de las ranas que enseñaban a leer a las estrellas. Ambiente de digestión dichosa. Los cinco sentidos de la luz. Las cosas se iban formando a los ojos de un hombre encuclillado junto a la puerta, religioso y tímido, cohibido por el amanecer y por la respiración impecable del jinete que dormía. Anoche un bulto, hoy un hombre; este fue el que le apeó. Al aclarar se puso a juntar fuego: colocó en cruz los tetuntes ahumados, escarbó con astilla de ocote la ceniza vieja y con palito seco y leña verde compuso la hoguera. La leña verde no arde tranquila; habla como cotorra, suda, se contrae, ríe, llora... El jinete despertó helado en lo que veía y extraño en su propia carne y plantose de un salto en la puerta, pistola en mano, resuelto a vender caro el pellejo. Sin turbarse ante el cañón del arma, aquel le señaló con gesto desabrido el jarro de café que empezaba a hervir junto al fuego. Pero el jinete no le hizo caso. Poco a poco se asomó a la puerta —la cabaña, sin duda, estaba rodeada de soldados— y encontró solo el llano grande en plena evaporación color de rosa. Distancia. Enjabonamiento azul. Árboles. Nubes. Cosquilleo de trinos. Su mula dormitaba al pie de un amate. Sin mover los párpados se quedó escuchando para acabar de creer lo que veía y no oyó nada, fuera del concierto armonioso de los pájaros y del lento resbalar de un río caudaloso que dejaba en la atmósfera adolescente el fusss... casi imperceptible del polvo de azúcar que caía en el guacal de café caliente.

—¡No vas a ser autoridá!... —murmuró el hombre que lo había desmontado, afanándose por esconder cuarenta o cincuenta mazorcas de maíz tras las espaldas.

El jinete alzó los ojos para mirar a su acompañante. Movía la cabeza de un lado a otro con la boca pegada al guacal.

—¡Tatita!... —murmuró aquel con disimulado gusto, dejando vagar por la estancia sus ojos de perro perdido.

—Vengo de fuga...

El hombre dejó de tapar las mazorcas y acercose al jinete para servirle más café. Canales no podía hablar de la pena.

—Los mismes yo, siñor; ai ande huyende porque mere me jui a robar el meis. Pero no soy ladrón, porque ese mi terrene era míe y me lo quitaren con las mulas...

El general Canales se interesó por la conversación del indio, que debía explicarle cómo era eso de robar y no ser ladrón.

—Vas a ver, tatita, que robo sin ser ladrón de oficie, pues antos yo, aquí come me ves, ere dueñe de un terrenite, cerca de aquí, y de ocho mulas. Tenía mi casa, mi mujer y mis hijes, ere honrade como vos...

—Sí, y luego...

—Hora-ce tres añes vine el comisionade politique y pare el sante del Siñor Presidento me mandó que le juera a llevar pine en mis mulas. Le llevé, siñor, ¡qu'iba a hacer yo!..., y al llegar a ver mis mulas, me mandó poner prese incomunicade y con el alcalde, un ladine, se repartieren mis besties, y come quise reclamar lo que es míe, de mi trabaje, me dije el comisionade que yo ere un brute y que si no me iba callando el hocique que me iba a meter al cepo. Está buene, siñor comisionade, le dije, hacé lo que querrás conmigue, pero el mulas son míes. No dije más, tatita, porque con el charpe me dio un golpe en el cabece que mere por poque me muere...

Una sonrisa avinagrada aparecía y desaparecía bajo el bigote cano del viejo militar en desgracia. El indio continuó sin subir la voz, en el mismo tono:

—Cuande salí del hospital me vinieren a avisar del pueble que se habién llevade a los hijes al cupo y que por tres mil peses los dejaban libres. Como los hijes eran tiernecites, corrí al comandancie y dije que los dejaren preses, que no me los echaren al cuartel mientres yo iba a empeñer el terrenite para pagar los tres mil pesos. Jui al capital y allí el licenciade escribió la escriture de acuerde con un siñor extranjiere, diciende que decíen que daban tres mil peses en hipoteque; pere jue ese lo que me leyeren y no jue ese lo que pusieren. A poque mandaren un hombre del juzgade a dicirme que saliere de mi terrenite porque ya no ere míe, porque se lo habíe vendide al siñor extranjiere en tres mil pesos. Juré por Dios que no ere cierte, pere no me creyeren a mí sino al licenciade y tuve que salir de mi terrenite, mientres los hijes, no ostante que me quitaren los tres mil pesos, se jueren al cuartel; une se me murió cuidande el frontere, el otre se calzó, como que se hubiera muerte, y su nane, mi mujer, se murió del paludisme... Y por ese, tata, es que robo sin ser ladrón, onque me maten a pales y echen al cepo.

—... ¡Lo que defendemos los militares!

—¿Qué decís, tata?

En el corazón del viejo Canales se desencadenaban los sentimientos que acompañan las tempestades del alma del hombre de bien en presencia de la injusticia. Le dolía su país como si se le hubiera podrido la sangre. Le dolía afuera y en la medula, en la raíz del pelo, bajo las uñas, entre los dientes. ¿Cuál era la realidad? No haber pensado nunca con su cabeza, haber pensado siempre con el quepis. Ser militar para mantener en el mando a una casta de ladrones, explotadores y vendepatrias endiosados es mucho más triste, por infame, que morirse de hambre en el ostracismo. A santo de qué nos exigen a los militares lealtad a regímenes desleales con el ideal, con la tierra y con la raza...

El indio contemplaba al general como un fetiche raro, sin comprender las pocas palabras que decía.

—¡Vonos, tatita..., que el montade va venir!

Canales propuso al indio que se fuera con él al otro Estado, y el indio, que sin su terreno era como árbol sin raíces, aceptó. La paga era buena.

Salieron de la cabaña sin apagar el fuego. Camino abierto a machetazos en la selva. Adelante se perdían las huellas de un tigre. Sombra. Luz. Sombra. Luz. Costura de hojas. Atrás vieron arder la cabaña como un meteoro. Mediodía. Nubes inmóviles. Árboles inmóviles. Desesperación. Ceguera blanca. Piedras y más piedras. Insectos. Osamentas limpias, calientes, como ropa interior recién planchada. Fermentos. Revuelo de pájaros aturdidos. Agua con sed. Trópico. Variación sin horas, igual el calor, igual siempre, siempre...

El general llevaba un pañuelo a guisa de tapasol sobre la nuca. Al paso de la mula, a su lado, caminaba el indio.

—Pienso que andando toda la noche podemos llegar mañana a la frontera y no sería malo que arriesgáramos un poco por el camino real, pues tengo que pasar por Las Aldeas, en casa de unas amigas...

—¡Tata, por el camine rial! ¿Qué vas a hacer? ¡Te va a encontrarte el montade!

—¡Un ánimo recto! ¡Seguime, que el que no arriesga no gana y esas amigas nos pueden servir de mucho!

—¡Ay, no, tata!

Y sobresaltado agregó el indio:

—¿Oís? ¿Oís, tata...?

Un tropel de caballos se acercaba, pero a poco cesó el viento y entonces, como si regresaran, se fue quedando atrás.

—¡Callá!

—¡El montade, tata, yo sé lo que te digue, y hora no hay más que cojemes por aquí, onque tengames que dar un gran güelte pa salir a Las Aldees!

Detrás del indio sesgó el general por un extravío. Tuvo que desmontarse y bajar tirando de la mula. A medida que se los tragaba el barranco se iban sintiendo como dentro de un caracol, más al abrigo de la amenaza que se cernía sobre ellos. Oscureció enseguida. Las sombras se amontonaban en el fondo del siguán dormido. Árboles y pájaros parecían misteriosos anuncios en el viento que iba y venía con vaivén continuo, sosegado. Una polvareda rojiza cerca de las estrellas fue todo lo que vieron de la montada que pasaba al galope por el sitio del que se acababan de apartar.

Habían andado toda la noche.

—En saliende al subidite visteamos Las Aldees, patrón...

El indio se adelantó con la cabalgadura a prevenir a las amigas de Canales, tres hermanas solteras que se pasaban la vida del trisagio a las anginas, del novenario al dolor de oído, del dolor de cara a la espina en el costado. Se desayunaron de la noticia. Casi se desmayan. En el dormitorio recibieron al general. La sala no les daba confianza. En los pueblos, no es por decir, pero las visitas entran gritando ¡ave María!; ¡ave María! hasta la cocina. El militar les relató su desgracia con la voz pausada, apagadiza, enjugándose una lágrima al hablar de su hija. Ellas lloraban afligidas, tan afligidas que de momento olvidaron su pena, la muerte de su mamá, por lo que traían riguroso luto.

—Pues nosotras le arreglamos la fuga, el último paso al menos. Voy a salir a informarme entre los vecinos... Ahora que hay que acordarse de los que son contrabandistas... ¡Ah, ya sé! Los vados practicables casi todos están vigilados por la autoridad.

La mayor, que así hablaba, interrogó con los ojos a sus hermanas.

—Sí, por nosotras queda la fuga, como dice mi hermana, general; y como no creo que le caiga mal llevar un poco de bastimento, yo se lo voy a preparar.

Y a las palabras de la mediana, a quien hasta el dolor de muelas se le espantó del susto, agregó la menor:

—Y como aquí con nosotras va a pasar todo el día, yo me quedo con él para platicarle y que no esté tan triste.

El general miró a las tres hermanas agradecido —lo que hacían con él no tenía precio—, rogándoles en voz baja que le perdonaran tanta molestia.

—¡General, no faltaba más!

—¡No, general, no diga eso!

—Niñas, comprendo sus bondades, pero yo sé que las comprometo estando en su casa...

—Pero si no son los amigos... Figúrese nosotras ahora, con la muerte de mamá...

—Y cuéntenme: ¿de qué murió su mamaíta...?

—Ya le contará mi hermana; nosotras nos vamos a lo que tenemos que hacer...

Dijo la mayor. Luego suspiró. En el tapado llevaba el corsé enrollado y se lo fue a poner a la cocina, donde la mediana, entre coches y aves de corral, preparaba el bastimento.

—No fue posible llevarla a la capital y aquí no le conocieron la enfermedad; ya usté sabe lo que es eso, general. Estuvo enferma y enferma... ¡Pobrecita! Murió llorando porque nos dejaba sin quién en el mundo. De necesidad... Pero, figúrese lo que nos pasa, que no tenemos materialmente cómo pagarle al médico, pues nos cobra, por quince visitas que le hizo, algo así como el valor de esta casa, que fue todo lo que heredamos de mi papá. Permítame un momento, voy a ver qué quiere su muchacho.

Al salir la menor, Canales se quedó dormido. Ojos cerrados, cuerpo de pluma...

—¿Qué se te ofrecía, muchacho?

—Que por vida tuya me vas a decir dónde voy a hacer un cuerpo...

—Por allí, ve..., con los coches...

La paz provinciana tejía el sueño del militar dormido. Gratitud de campos sembrados, ternura de campos verdes y de florecillas simples. La mañana pasó con el susto de las perdices que los cazadores rociaban de perdigones, con el susto negro de un entierro que el cura rociaba de agua bendita y con los embustes de un buey nuevo retopón y brincador. En el patio de las solteras hubo en los palomares acontecimientos de importancia: la muerte de un seductor, un noviazgo y treinta ayuntamientos bajo el sol... ¡Como quien no dice nada!

¡Como quien no dice nada!, salían a decir las palomas a las ventanitas de sus casas; ¡como quien no dice nada!...

A las doce despertaron al general para almorzar. Arroz con chipilín. Caldo de res. Cocido. Gallina. Frijoles. Plátanos. Café.

—¡Ave María...!

La voz del comisionado político interrumpió el almuerzo. Las solteras palidecieron sin saber qué hacer. El general se escondió tras una puerta.

—¡No asustarse tanto, niñas, que no soy el Diablo de los Oncemil Cuernos! ¡Ay, fregado, el miedo que ustedes le tienen a uno y con lo requetebienbién que me caen!

A las pobres se les fue el habla.

—¡Y... ni de coba le dicen a uno de pasar adelante y tomar asiento..., aunque seya en el suelo!

La menor arrimó una silla a la primera autoridad del pueblo.

—... chas gracias, ¿oye? Pero ¿quién estaba comiendo con ustedes, que veo que hay tres platos servidos y este cuatro...?

Las tres fijaron a un tiempo los ojos en el plato del general.

—Es que... ¿verdá?... —tartamudeó la mayor; se jalaba los dedos de la pena.

La mediana vino en su ayuda:

—No sabríamos explicarle; pero a pesar de haber muerto mamá, nosotras siempre le ponemos su plato para no sentirnos tan solas...

—Pues me se da que ustedes se van a volver espiritistas.

—¿Y no es servido, comandante?

—Dios se lo pague, pero acaba, acaba la señora de echarme de comer y no me pegué la siesta porque recibí un telegrama del ministro de Gobernación con orden de proceder en contra de ustedes si no le arreglan al médico...

—Pero, comandante, no es justo, ya ve usté que no es justo...

—Bien bueno será que no sea justo, pero como donde manda Dios se calla el diablo...

—Por supuesto... —exclamaron las tres con el llanto en los ojos.

—A mí me da pena venir a afliccionarlas; y así es que ya lo saben: nueve mil pesos, la casa o...

En la media vuelta, el paso y la manera como les pegó la espalda a los ojos, un espaldón que parecía tronco de ceiba, estaba toda la abominable resolución del médico.

El general las oía llorar. Cerraron la puerta de la calle con tranca y aldaba, temerosas de que volviera el comandante. Las lágrimas salpicaban los platos de gallina.

—¡Qué amarga es la vida, general! ¡Dichoso de usté, que se va de este país para no volver nunca!

—¿Y con qué las amenazan?... —interrumpió Canales a la mayor de las tres, la cual, sin enjugarse el llanto, dijo a sus hermanas:

—Cuéntelo una de ustedes...

—Con sacar a mamá de la sepultura... —balbució la menor.

Canales fijó los ojos en las tres hermanas y dejó de mascar:

—¿Cómo es eso?

—Como lo oye, general, con sacar a mamá de la sepultura...

—Pero eso es inicuo...

—Cuéntale...

—Sí. Pues ha de saber, general, que el médico que tenemos en el pueblo es un sinvergüenza de marca mayor, ya nos lo habían dicho, pero como la experiencia se compra con el pellejo, nos dejamos hacer la jugada. ¡Qué quiere usté! Cuesta creer que haya gente tan mala...

—Más rabanitos, general...

La mediana alargó el plato y, mientras Canales se servía rabanitos, la menor siguió contando:

—Y nos la hizo... Su cacha consiste en mandar a construir un sepulcro cuando tiene enfermo grave y como los parientes en lo que menos están pensando es en la sepultura... Llegado el momento —así nos pasó a nosotras—, con tal que no pusieran a mamá en la pura tierra, aceptamos uno de los lugares de su sepulcro, sin saber a lo que nos exponíamos...

—¡Como nos ven mujeres solas! —observó la mayor, con la voz cortada por los sollozos.

—A una cuenta, general, que el día que la mandó a cobrar por poco nos da vahído a las tres juntas: nueve mil pesos por quince visitas, nueve mil pesos, esta casa, porque parece que se quiere casar, o...

—o... si no le pagamos, le dijo a mi hermana —¡es insufrible!— ¡que saquemos nuestra mierda de su sepulcro!

Canales dio un puñetazo en la mesa:

—¡Mediquito!

Y volvió el puño —platos, cubiertos y vasos tintineaban—, abriendo y cerrando los dedos como para estrangular no solo a aquel bandido con título, sino a todo un sistema social que le traía de vergüenza en vergüenza. Por eso —pensaba— se les promete a los humildes el Reino de los Cielos —jesucristerías—, para que aguanten a todos esos pícaros. ¡Pues no! ¡Basta ya de Reino de Camelos! Yo juro hacer la revolución completa, total, de abajo arriba y de arriba abajo; el pueblo debe alzarse contra tanto zángano, vividores con título, haraganes que estarían mejor trabajando la tierra. Todos tienen que demoler algo; demoler, demoler... Que no quede Dios ni títere con cabeza...

La fuga se fijó para las diez de la noche, de acuerdo con un contrabandista amigo de la casa. El general escribió varias cartas, una de urgencia para su hija. El indio pasaría como mozo carguero por el camino real. No hubo adioses. Las cabalgaduras se alejaron con las patas envueltas en trapos. Pegadas a la pared, lloraban las hermanas en la tiniebla de un callejón oscuro. Al salir a la calle ancha, una mano detuvo el caballo del general. Se oyeron pasos arrastrados.

—¡Qué miedo el que pasé —murmuró el contrabandista—, se me fue hasta la respiración! Pero no hay cuidado, es gente que va pa-llá, donde el doctor le debe estar dando serenata a su quequereque.

Un hachón de ocote, encendido al final de la calle, juntaba y separaba en las lenguas de su resplandor luminoso los bultos de las casas, de los árboles y de cinco o seis hombres agrupados al pie de una ventana.

—¿Cuál de todos es el médico...? —preguntó el general con la pistola en la mano.

El contrabandista arrendó el caballo, levantó el brazo y señaló con el dedo al de la guitarra. Un disparo rasgó el aire y como plátano desgajado del racimo se desplomó un hombre.

—¡Ju-juy!... ¡Vea lo que ha hecho!... ¡Huygamos, vamos! ¡Nos cogen..., vamos..., meta las espuelas...!

—¡Lo... que... to... dos... de... bié... ra... mos... ha... cer... pa... ra... com... po... ner... es... te... pue... blo...! —dijo Canales con la voz cortada por el galope del caballo.

El paso de las bestias despertó a los perros, los perros despertaron a las gallinas, las gallinas a los gallos, los gallos a las gentes, a las gentes que volvían a la vida sin gusto, bostezando, desperezándose, con miedo...

La escolta llegó a levantar el cadáver del médico. De las casas cercanas salieron con faroles. La dueña de la serenata no podía llorar y atolondrada del susto, medio desnuda, con un farol chino en la mano lívida, perdía los ojos en la negrura de la noche asesina.

—Ya estamos tentando el río, general; pero por onde vamos a pasar nosotros no pasan sino los meros hombres, soy yo quien se lo digo... ¡Ay, vida, para que fueras eterna...!

—¡Quién dijo miedo! —contestó Canales, que venía atrás, en un caballo retinto.

—¡Ándele! ¡Ay, juerzas de colemico, las que le agarran a uno cuando lo vienen siguiendo! ¡Arrebiáteseme bien, bien, para que no se me en-pierda!

El paisaje era difuso, el aire tibio, a veces helado como de vidrio. El rumor del río iba tumbando cañas.

Por un desfiladero bajaron corriendo a pie. El contrabandista apersogó las bestias en un sitio conocido para recogerlas a la vuelta. Manchas de río reflejaba, entre las sombras, la luz del cielo constelado. Flotaba una vegetación extraña, una vegetación de árboles con viruela verde, ojos color de talco y dientes blancos. El agua bullía a sus costados adormecida, mantecosa, con olor a rana...

De islote en islote saltaban el contrabandista y el general, los dos, pistola en mano, sin pronunciar palabra. Sus sombras los perseguían como lagartos. Los lagartos como sus sombras. Nubes de insectos los pinchaban. Veneno alado en el viento. Olía a mar, a mar pescado en red de selva, con todos sus peces, sus estrellas, sus corales, sus madréporas, sus abismos, sus corrientes... Largas babosidades de pulpo columpiaba el paxte sobre sus cabezas como postrera señal de vida. Ni las fieras se atrevían por donde ellos pasaban. Canales volvía la cabeza a todos lados, perdido en medio de aquella naturaleza fatídica, inabordable y destructora como el alma de su raza. Un lagarto, que sin duda había probado carne humana, atacó al contrabandista; pero este tuvo tiempo de saltar; no así el general, que para defenderse quiso volver atrás y se detuvo como a la orilla de un relámpago de segundo, al encontrarse con otro lagarto que le esperaba con las fauces abiertas. Instante decisivo. La espalda le corrió muerta por todo el cuerpo. Sintió en la cara el cuero cabelludo. Se le fue la lengua. Encogió las manos. Tres disparos se sucedieron y el eco los repetía cuando él, aprovechando la fuga del animal herido que le cortaba el paso, saltaba sano y salvo. El contrabandista hizo otros disparos. El general, impuesto del susto, corrió a estrecharle la mano y se quemó los dedos en el cañón del arma que esgrimía aquel.

Al pintar el alba se despidieron en la frontera. Sobre la esmeralda del campo, sobre las montañas del bosque tupido que los pájaros convertían en cajas de música, y sobre las selvas pasaban las nubes con forma de lagarto llevando en los lomos tesoros de luz.

TERCERA PARTE
Semanas, meses, años...

XXVIII
HABLA EN LA SOMBRA

La primera voz:

—¿Qué día será hoy?

La segunda voz:

—De veras, pues, ¿qué día será hoy?

La tercera voz:

—Esperen... A mí me capturaron el viernes: viernes..., sábado..., domingo..., lunes..., lunes... Pero ¿cuánto hace que estoy aquí...? De veras, pues, ¿qué día será hoy?

La primera voz:

—Siento ¿ustedes no saben cómo...? Como si estuviéramos muy lejos, muy lejos...

La segunda voz:

—Nos olvidaron en una tumba del cementerio viejo enterrados para siempre...

La tercera voz:

—¡No hable así!

Las dos voces primeras:

—¡¡No ha...

—... blemos aassíí!!

La tercera voz:

—Pero no se callen; el silencio me da miedo, tengo miedo, se me figura que una mano alargada en la sombra va a cogerme por el cuello para estrangularme.

La segunda voz:

—¡Hable usted, qué caramba; cuéntenos cómo anda la ciudad, usted que fue el último que la vio; qué es de la gente, cómo está todo...! A ratos me imagino que la ciudad entera se ha quedado en tinieblas como nosotros, presa entre altísimas murallas, con las calles en el fango muerto de todos los inviernos. No sé si a ustedes les pasa lo mismo, pero al final del invierno yo sufría de pensar que el lodo se me iba a secar. A mí me da una maldita gana de comer cuando hablo de la ciudad, se me antojan manzanas de California...

La primera voz:

—¡Casi na-ranjas! ¡En cambio, yo sería feliz con una taza de té caliente!

La segunda voz:

—Y pensar que en la ciudad todo debe estar como si tal cosa, como si nada estuviera pasando, como si nosotros no estuviéramos aquí encerrados. El tranvía debe seguir andando. ¿Qué hora será, a todo esto?

La primera voz:

—Más o menos...

La segunda voz:

—No tengo ni idea...

La primera voz:

—Más o menos deben ser las...

La tercera voz:

—¡Hablen, sigan hablando; no se callen, por lo que más quieran en el mundo; que el silencio me da miedo, tengo miedo, se me figura que una mano alargada en la sombra va a cogerme del cuello para estrangularme!

Y agregó con ahogo:

—No se los quería decir, pero tengo miedo de que nos apaleen...

La primera voz:

—¡La boca se le tuerza! ¡Debe ser tan duro recibir un látigo!

La segunda voz:

—¡Hasta los nietos de los hijos de los que han sufrido látigos sentirán la afrenta!

La primera voz:

—¡Solo pecados dice; mejor, cállese!

La segunda voz:

—Para los sacristanes todo es pecado...

La primera voz:

—¡Qué va! ¡Cabeza que le han metido!

La segunda voz:

—¡Digo que para los sacristanes todo es pecado en ojo ajeno!

La tercera voz:

—¡Hablen, sigan hablando; no se callen, por lo que más quieran en el mundo; que el silencio me da miedo, tengo miedo, se me figura que una mano alargada en la sombra va a cogernos del cuello para estrangularnos!

En la bartolina donde estuvieron los mendigos detenidos una noche, seguían presos el estudiante y el sacristán, acompañados ahora del licenciado Carvajal.

—Mi captura —refería Carvajal— se llevó a cabo en condiciones muy graves para mí. La criada que salió a comprar el pan en la mañana regresó con la noticia de que la casa estaba rodeada de soldados. Entró a decírselo a mi mujer, mi mujer me lo dijo, pero yo no le di importancia, dando por de contado que sin duda se trataba de la captura de algún contrabando de aguardiente. Acabé de afeitarme, me bañé, me desayuné y me vestí para ir a felicitar al Presidente. ¡Mero catrín iba yo...! «¡Hola, colega; qué milagro!», dije al auditor de Guerra, al cual encontré de gran uniforme en la puerta de mi casa. «¡Paso por usted —me respondió— y apúrese, que ya es tardecito!». Di con él algunos pasos y como me preguntara si no sabía lo que hacían los soldados que rodeaban la manzana de mi casa, le contesté que no. «Pues entonces yo se lo voy a decir, mosquita muerta —me repuso—; vienen a capturarlo a usted». Le miré a la cara y comprendí que no estaba bromeando. Un oficial me tomó del brazo en ese momento y en medio de una escolta, vestido de levita y chistera, dieron con mis huesos en esta bartolina.

Y después de una pausa añadió:

—¡Ahora hablen ustedes; el silencio me da miedo, tengo miedo...!

—¡Ay! ¡Ay! ¿Qué es esto? —gritó el estudiante—. ¡El sacristán tiene la cabeza helada como piedra de moler!

—¿Por qué lo dice?

—Porque lo estoy palpando, ya no siente, pues...

—No es a mí, fíjese cómo habla...

—¡Y a quién! ¿A usted, licenciado?

—No...

—Entonces es... ¡Entre nosotros hay un muerto!

—No, no es un muerto, soy yo...

—¿Pero quién es usted...? —atajó el estudiante—. ¡Está usted muy helado!

Una voz muy débil:

—Otro de ustedes...

Las tres voces primeras:

—¡Ahhhh!

El sacristán relató al licenciado Carvajal la historia de su desgracia:

—Salí de la sacristía —y se veía salir de la sacristía aseada, olorosa a incensarios apagados, a maderas viejas, a oro de ornamentos, a pelo de muerto—; atravesé la iglesia —y se veía atravesar la iglesia cohibido por la presencia del Santísimo y la inmovilidad de las veladoras y la movilidad de las moscas— y fui a quitar del cancel el aviso del novenario de la Virgen de la O, por encargo de un cofrade y en vista de que ya había pasado. Pero —mi torcidura— como no sé leer, en lugar de ese aviso arranqué el papel del jubileo de la madre del Señor Presidente, por cuya intención estaba expuesto Nuestro Amo, ¡y para qué quise más!... ¡Me capturaron y me pusieron en esta bartolina por revolucionario!

Solo el estudiante callaba los motivos de su prisión. Hablar de sus pulmones fatigados le dolía menos que decir mal de su país. Se deleitaba en sus dolencias físicas para olvidar que había visto la luz en un naufragio, que había visto la luz entre cadáveres, que había abierto los ojos en una escuela sin ventanas, donde al entrar le apagaron la lucecita de la fe y, en cambio, no le dieron nada: oscuridad, caos, confusión, melancolía astral de castrado. Y poco a poco fue mascullando el poema de las generaciones sacrificadas:

> *Andamos en los puertos del no ser,*
> *sin luz en los mástiles de los brazos*
> *y empapados de lágrimas salobres,*
> *como vuelven del mar los marineros.*

> *Tu boca me place en la cara —¡besa!—*
> *y tu mano en la mano —... todavía*
> *ayer...—. ¡Ah, inútil la vida repasa*
> *el cauce frío de nuestro corazón!*

> *La alforja rota y el panal disperso*
> *huyeron las abejas como bólidos*
> *por el espacio —... todavía no...—.*
> *La rosa de los vientos sin un pétalo...*
> *El corazón iba saltando tumbas.*

¡Ah, ri-ri-ri, carro que rueda y rueda!...
Por la noche sin luna van los caballos
rellenos de rosas hasta los cascos,
regresar parecen desde los astros
cuando solo vuelven del cementerio.

¡Ah, ri-ri-ri, carro que rueda y rueda,
funicular de llanto, ri-ri-ri,
entre cejas de pluma, ri-ri-ri...!

Acertijos de aurora en las estrellas,
recodos de ilusión en la derrota,
y qué lejos del mundo y qué temprano...

Por alcanzar las playas de los párpados
pugnan en alta mar olas de lágrimas.

—¡Hablen, sigan hablando —dijo Carvajal después de un largo silencio—; sigan hablando!

—¡Hablemos de la libertad! —murmuró el estudiante.

—¡Vaya una ocurrencia! —se le interpuso el sacristán—; ¡hablar de la libertad en la cárcel!

—Y los enfermos ¿no hablan de la salud en el hospital?...

La cuarta voz observó muy a sopapitos:

—... No hay esperanzas de libertad, mis amigos; estamos condenados a soportarlo hasta que Dios quiera. Los ciudadanos que anhelaban el bien de la patria están lejos; unos piden limosna en casa ajena, otros pudren tierra en fosa común. Las calles van a cerrarse un día de estos horrorizadas. Los árboles ya no frutecen como antes. El maíz ya no alimenta. El sueño ya no reposa. El agua ya no refresca. El aire se hace irrespirable. Las plagas suceden a las pestes, las pestes a las plagas, y ya no tarda un terremoto en acabar con todo. ¡Véanlo mis ojos, porque somos un pueblo maldito! Las voces del cielo nos gritan cuando truena: «¡Viles! ¡Inmundos! ¡Cómplices de iniquidad!». En los muros de las cárceles, cientos de hombres han dejado los sesos estampados al golpe de las balas asesinas. Los mármoles de palacio están húmedos de sangre de inocentes. ¿Adónde volver los ojos en busca de libertad?

El sacristán:

—¡A Dios, que es todopoderoso!

El estudiante:

—¿Para qué, si no responde?...

El sacristán:

—Porque esa es Su Santísima voluntad...

El estudiante:

—¡Qué lástima!

La tercera voz:

—¡Hablen, sigan hablando; no se callen, por lo que más quieran en el mundo; que el silencio me da miedo, tengo miedo, se me figura que una mano alargada en la sombra va a cogernos del cuello para estrangularnos!

—Es mejor rezar...

La voz del sacristán regó de cristiana conformidad el ambiente de la bartolina. Carvajal, que pasaba entre los de su barrio por liberal y comecuras, murmuró:

—Recemos...

Pero el estudiante se interpuso:

—¡Qué es eso de rezar! ¡No debemos rezar! ¡Tratemos de romper esa puerta y de ir a la revolución!

Dos brazos de alguien que él no veía le estrecharon fuertemente, y sintió en la mejilla la brocha de una barbita empapada en lágrimas:

—¡Viejo maestro del colegio de San José de los Infantes: muere tranquilo, que no todo se ha perdido en un país donde la juventud habla así!

La tercera voz:

—¡Hablen, sigan hablando, sigan hablando!

XXIX
CONSEJO DE GUERRA

El proceso seguido contra Canales y Carvajal por sedición, rebelión y traición con todas sus agravantes se hinchó de folios; tantos, que era imposible leerlo de un tirón. Catorce testigos contestes declaraban bajo juramento que encontrándose la noche del 21 de abril en el portal del Señor, sitio en el que se recogían a dormir habitualmente por ser pobres de solemnidad, vieron al general Eusebio Canales y al licenciado Abel Carvajal lanzarse sobre un militar que, identificado, resultó ser el coronel José Parrales Sonriente, y estrangularlo a pesar de la resistencia que este les opuso cuerpo a cuerpo, hecho un león, al no poderse defender con sus armas, agredido como fue con superiores fuerzas y a mansalva. Declaraban, además, que una vez perpetrado el asesinato, el licenciado Carvajal se dirigió al general Canales en estos o parecidos términos: «Ahora que ya quitamos de en medio al de la Mulita, los jefes de los cuarteles no tendrán inconveniente en entregar las armas y reconocerlo a usted, general, como Jefe Supremo del Ejército. Corramos, pues, que puede amanecer y hagámoslo saber a los que en mi casa están reunidos, para que se proceda a la captura y muerte del Presidente de la República y a la organización de un nuevo gobierno».

Carvajal no salía de su asombro. Cada página del proceso le reservaba una sorpresa. No, si mejor le daba risa. Pero era muy grave el cargo para reírse. Y seguía leyendo. Leía a la luz de una ventana con vistas a un patio poco abierto, en la salita sin muebles de los condenados a muerte. Esa noche se reuniría el Consejo de Guerra de Oficiales Generales que iba a fallar la causa y le habían dejado allí a solas con el proceso para que preparara su defensa. Pero esperaron la última hora. Le temblaba el cuerpo. Leía sin entender ni detenerse, atormentado por la sombra que le devoraba el manuscrito, ceniza húmeda que se le iba deshaciendo poco a poco entre las manos. No alcanzó a leer gran cosa. Cayó el sol, consintiose la luz y una angustia de astro que se pierde le nubló los ojos. El último renglón, dos palabras, una rúbrica, una fecha, el folio... Vanamente intentó ver el número del folio; la noche se regaba en los pliegos como una mancha de tinta negra, y, extenuado, quedó sobre el mamotreto, como si en lugar de leerlo, se lo hubiesen atado al cuello al tiempo de arrojarlo a un abismo. Las cadenas de los presos por delitos comunes sonaban a lo largo de los patios perdidos y más lejos se percibía amortiguado el ruido de los vehículos por las calles de la ciudad.

—Dios mío, mis pobres carnes heladas tienen más necesidad de calor y más necesidad de luz mis ojos que todos los hombres juntos del hemisferio que ahora va a alumbrar el sol. Si ellos supieran mi pena, más piadosos que tú, Dios mío, me devolverían el sol para que acabara de leer...

Al tacto contaba y recontaba las hojas que no había leído. Noventa y una. Y pasaba y repasaba las yemas de los dedos por la cara de los folios de grano grueso, intentando en su desesperación leer como los ciegos.

La víspera le habían trasladado de la Segunda Sección de Policía a la penitenciaría central, con gran aparato de fuerza, en carruaje cerrado, a altas horas de la noche; sin embargo, tanto le alegró verse en la calle, oírse en la calle, sentirse en la calle, que por un momento creyó que lo llevaban a su casa: la palabra se le deshizo en la boca amarga, entre cosquilla y lágrima.

Los esbirros le encontraron con el proceso en los brazos y el caramelo de calles húmedas en la boca; le arrebataron los papeles y, sin dirigirle la palabra, le empujaron a la sala donde estaba reunido el consejo de guerra.

—¡Pero, Señor Presidente! —adelantose a decir Carvajal al general que presidía el consejo—. ¿Cómo podré defenderme, si ni siquiera me dieron tiempo para leer el proceso?

—Nosotros no podemos hacer nada en eso —contestó aquel—; los términos legales son cortos, las horas pasan y esto apura. Nos han citado para poner el «fierro».

Y cuanto sucedió enseguida fue para Carvajal un sueño, mitad rito, mitad comedia bufa. Él era el principal actor y los miraba a todos desde el columpio de la muerte, sobrecogido por el vacío enemigo que le rodeaba. Pero no sentía miedo, no sentía nada, sus inquietudes se le borraban bajo la piel dormida. Pasaría por un valiente. La mesa del tribunal estaba cubierta por la bandera, como lo prescribe la ordenanza. Uniformes militares. Lectura de papeles. De muchos papeles. Juramentos. El Código Militar, como una piedra, sobre la mesa, sobre la bandera. Los pordioseros ocupaban las bancas de los testigos. Patahueca, con cara placentera de borracho, tieso, peinado, colocho, sholco, no perdía palabra de lo que leían ni gesto del presidente del tribunal. Salvador Tigre seguía el consejo con dignidad de gorila, escarbándose las narices aplastadas o los dientes granudos en la boca que le colgaba de las orejas. El Viuda, alto, huesudo, siniestro, torcía la cara con mueca de cadáver

sonriendo a los miembros del tribunal. Lulo, rollizo, arrugado, enano, con repentes de risa y de ira, de afecto y de
odio, cerraba los ojos y se cubría las orejas para que supieran que no quería ver ni oír nada de lo que pasaba allí. Don
Juan de la Leva Cuta, enfundado en su imprescindible leva,
menudito, caviloso, respirando a familia burguesa en las prendas de vestir a medio uso que llevaba encima: corbata de
plastrón pringada de mil-tomate, zapatos de charol con los
tacones torcidos, puños postizos, pechera móvil y mudable,
y en el tris de elegancia de gran señor que le daba su sombrero de paja y su sordera de tapia entera. Don Juan, que
no oía nada, contaba los soldados dispuestos contra los
muros a cada dos pasos en toda la sala. Cerca tenía a Ricardo el Tocador, con la cabeza y parte de la cara envueltas
en un pañuelo de yerbas de colores, la nariz encarnada y la
barba de escobilla sucia de alimentos. Ricardo el Tocador
hablaba a solas, fijos los ojos en el vientre abultado de la
sordomuda, que babeaba las bancas y se rascaba los piojos
del sobaco izquierdo. A la sordomuda seguía Pereque, un
negro con solo una oreja como bacinica. Y a Pereque, la
Chica-miona, flaquísima, tuerta, bigotuda y hediendo a
colchón viejo.

Leído el proceso, el fiscal, un militar peinado *à la brosse,*
con la cabeza pequeñita en una guerrera de cuello dos
veces más grande, se puso en pie para pedir la cabeza del
reo. Carvajal volvió a mirar a los miembros del tribunal,
buscando saber si estaban cuerdos. Con el primero que
tropezaron sus pupilas no podía estar más borracho. Sobre
la bandera se dibujaban sus manos morenas, como las manos de los campesinos que juegan a los pronunciados en
una feria aldeana. Le seguía un oficial retinto que también
estaba ebrio. Y el presidente, que daba la más acabada impresión del alcohólico, casi se caía de la juma.

No pudo defenderse. Ensayó a decir unas cuantas palabras, pero inmediatamente tuvo la impresión dolorosa de
que nadie le oía, y en efecto, nadie le oía. La palabra se le
deshizo en la boca como pan mojado.

La sentencia, redactada y escrita de antemano, tenía
algo de inmenso junto a los simples ejecutores, junto a los
que iban a echar el «fierro», muñecos de oro y de cecina, que
bañaba de arriba abajo la diarrea del quinqué; junto a los
pordioseros de ojos de sapo y sombra de culebra, que man-
chaba de lunas negras el piso naranja; junto a los soldaditos, que se chupaban el barbiquejo; junto a los muebles
silenciosos, como los de las casas donde se ha cometido un
delito.

—¡Apelo de la sentencia!

Carvajal enterró la voz hasta la garganta.

—¡Déjese de cuentos —respingó el auditor—; aquí no
hay pelo ni apelo, será matatusa!

Un vaso de agua inmenso, que pudo coger porque tenía
la inmensidad en las manos, le ayudó a tragarse lo que buscaba a expulsar su cuerpo: la idea del padecimiento, de lo
mecánico de la muerte, el choque de las balas con los huesos, la sangre sobre la piel viva, los ojos helados, los trapos
tibios, la tierra. Devolvió el vaso con miedo y tuvo la mano
alargada hasta que encontró la resolución del movimiento.
No quiso fumar un cigarrillo que le ofrecieron. Se pelliz-
caba el cuello con los dedos temblorosos, rodando por los
encalados muros del salón una mirada sin espacio, desasi-
do del pálido cemento de su cara.

Por un pasadizo chiflonudo le llevaron casi muerto, con
sabor de pepino en la boca, las piernas dobladas y un la-
grimón en cada ojo.

—Lic, échese un trago... —le dijo un teniente de ojos
de garza.

Se llevó la botella a la boca, que sentía inmensa, y bebió.

—Teniente —dijo una voz en la oscuridad—; mañana pasará usted a baterías. Tenemos orden de no tolerar complacencias de ninguna especie con los reos políticos.

Pasos adelante le sepultaron en una mazmorra de tres varas de largo por dos y media de ancho, en la que había doce hombres sentenciados a muerte, inmóviles por falta de espacio, unos contra otros como sardinas, los cuales satisfacían de pie sus necesidades pisando y repisando sus propios excrementos. Carvajal fue el número 13. Al marcharse los soldados, la respiración aquejante de aquella masa de hombres agónicos llenó el silencio del subterráneo que turbaban a lo lejos los gritos de un emparedado.

Dos y tres veces se encontró Carvajal contando maquinalmente los gritos de aquel infeliz sentenciado a morir de sed: «¡Sesenta y dos!... ¡Sesenta y tres!... ¡Sesenta y cuatro!...».

La hedentina de los excrementos removidos y la falta de aire le hacían perder la cabeza y rodaba solo él, arrancado de aquel grupo de seres humanos, contando los gritos del emparedado, por los despeñaderos infernales de la desesperación.

Lucio Vásquez se paseaba fuera de las bartolinas, ictérico, completamente amarillo, con las uñas y los ojos color de envés de hoja de encina. En medio de sus miserias, le sustentaba la idea de vengarse algún día de Genaro Rodas, a quien consideraba el causante de su desgracia. Su existencia se alimentaba de esa remota esperanza, negra y dulce como la rapadura. La eternidad habría esperado con tal de vengarse —tanta noche negra anidaba en su pecho de gusano en las tinieblas—, y solo la visión del cuchillo que rasga la entraña y deja la herida como boca abierta clarificaba un poco sus pensamientos enconosos. Las manos en-

garabatadas del frío, inmóvil como lombriz de lodo amarillo, hora tras hora saboreaba Vásquez su venganza. ¡Matarlo! ¡Matarlo! Y como si ya tuviera al enemigo cerca,
arrastraba la mano por la sombra, sentía el pomo helado
del cuchillo, y como fantasma que ensaya ademanes, imaginativamente se abalanzaba sobre Rodas.

El grito del emparedado lo sacudía.

—¡*Per Dio, per favori...*, aaagua! ¡Agua! ¡Agua! ¡Agua,
tineti, agua, agua! ¡*Per Dio, per favori...*, aaagua, aaaguaa...,
agua...!

El emparedado se somataba contra la puerta que había
borrado por fuera una tapia de ladrillo, contra el piso, contra los muros.

—¡Agua, *tineti!* ¡Agua, *tineti!* ¡Agua, *per Dio,* agua, *per
favori, tineti!*

Sin lágrimas, sin saliva, sin nada húmedo, sin nada fresco, con la garganta en espinero de ardores, girando en un
mundo de luces y manchas blancas, su grito no cesaba de
martillar:

—¡Agua, *tineti!* ¡Agua, *tineti!* ¡Agua, *tineti!*

Un chino con la cara picada de viruelas cuidaba de los
prisioneros. De siglo en siglo pasaba como postrer aliento
de vida. ¿Existía aquel ser extraño, semidivino, o era una
ficción de todos? Los excrementos removidos y el grito del
emparedado les causaban vértigos y acaso, acaso, aquel ángel bienhechor era solo una visión fantástica.

—¡Agua, *tineti!* ¡Agua, *tineti!* ¡*Per Dio, per favori,* agua,
agua, agua, agua!...

No faltaba trajín de soldados que entraban y salían golpeando los caites en las lozas, y entre estos, algunos que
carcajeándose contestaban al emparedado:

—¡Tirolés, tirolés!... ¿*Per* qué te manchaste la gallina
verde *qui parla* como la *chente?*

—¡Agua, *per Dio, per favori,* agua, *signori,* agua *per favori!*

Vásquez masticaba su venganza y el grito del italiano que en el aire dejaba sed de bagazo de caña. Una descarga le cortó el aliento. Estaban fusilando. Debían ser las tres de la mañana.

XXX
MATRIMONIO IN EXTREMIS

—¡Enferma grave en la vecindad!

De cada casa salió una solterona.

—¡Enferma grave en la vecindad!

Con cara de recluta y ademanes de diplomático, la de la casa de Las doscientas, llamada Petronila, ella, que a falta de otra gracia habría querido por lo menos llamarse Berta. Con vestimenta de merovingia y cara de garbanzo, una amiga de Las doscientas, cuyo nombre de pila era Silvia. Con el corsé, tanto da decir armadura, encallado en la carne, los zapatos estrechos en los callos y la cadena del reloj alrededor del cuello como soga de patíbulo, cierta conocida de Silvia llamada Engracia. Con cabeza de corazón como las víboras, ronca, acañutada y varonil, una prima de Engracia, que también habría podido ser una pierna de Engracia, muy dada a menudear calamidades de almanaque, anunciadora de cometas, del Anticristo y de los tiempos en que, según las profecías, los hombres treparán a los árboles huyendo de las mujeres enardecidas y estas subirán a bajarlos.

¡Enferma grave en la vecindad! ¡Qué alegre! No lo pensaban, pero casi lo decían celebrando del diente al labio, con voz de amasaluegos, un suceso que por mucho que echaran a retozar la tijera, dejaría sobrada y bastante tela para que cada una de ellas hiciese el acontecimiento de su medida.

La Masacuata atendía.

—Mis hermanas están listas —anunciaba la de Las doscientas, sin decir para qué estaban listas.

—En cuanto a ropa, si hace falta, desde luego pueden contar conmigo —observaba Silvia.

Y Engracia, Engracita, que cuando no olía a tricófero trascendía a caldo de res, agregaba articulando las palabras a medias, sofocada por el corsé:

—¡Yo les recé una salve a las ánimas, al acabar mi hora de guardia, por esta necesidad tan grande!

Hablaban a media voz, congregadas en la trastienda, procurando no turbar el silencio que envolvía como producto farmacéutico la cama de la enferma, ni molestar al señor que la velaba noche y día. Un señor muy regular. Muy regular. De punta de pie se acercaban a la cama, más por verle la cara al señor que por saber de Camila, espectro pestañudo, con el cuello flaco flaco, y los cabellos en desorden, y como sospecharan que había gato encerrado —¿en qué devoción no hay gato encerrado?— no sosegaron hasta lograr arrancar a la fondera la llave del secreto. Era su novio. ¡Su novio! ¡Su novio! ¡Su novio! Conque eso, ¿no? ¡Conque su novio! Cada una repitió la palabrita dorada, menos Silvia; esta se fue con disimulo, tan pronto como supo que Camila era hija del general Canales, y no volvió más. Nada de mezclarse con los enemigos del gobierno. Él será muy su novio, se decía, y muy del Presidente, pero yo soy hermana de mi hermano y mi hermano es diputado y lo puedo comprometer. «¡Dios libre l'hora!».

En la calle todavía se repitió: «¡Dios libre l'hora!».

Cara de Ángel no se fijó en las solteras que, cumpliendo obra de misericordia, además de visitar a la enferma se

acercaron a consolar al novio. Les dio las gracias sin oír lo
que le decían —palabras— con el alma puesta en la queja
maquinal, angustiosa y agónica de Camila, ni correspon-
der las muestras de efusión con que le estrecharon las manos. Abatido por la pena sentía que el cuerpo se le enfriaba. Impresión de lluvia y adormecimiento de los miembros,
de enredo con fantasmas cercanos e invisibles en un espacio
más amplio que la vida, en el que el aire está solo, sola la
luz, sola la sombra, solas las cosas.

El médico rompía la ronda de sus pensamientos.

—Entonces, doctor...

—¡Solo un milagro!

—Siempre vendrá por aquí, ¿verdad?

La fondera no paraba un instante y ni así le rendía el
tiempo. Con permiso de lavar en la vecindad mojaba de mañana muy temprano, luego se iba a la penitenciaría llevando el desayuno de Vásquez, de quien nada averiguaba; de
regreso enjabonaba, desaguaba y tendía, y, mientras los
trapos se secaban, corría a su casa a hacer lo de adentro y
otros oficios: mudar a la enferma, encender candelas a los
santos, sacudir a Cara de Ángel para que tomara alimento,
atender al doctor, ir a la farmacia, sufrir a las presbíteras, como
llamaba a las solteras, y pelear con la dueña de la colchonería.

—¡Colchones para cebones! —gritaba en la puerta haciendo
como que espantaba las moscas con un trapo—. ¡Colchones
para cebones!

—¡Solo un milagro!

Cara de Ángel repitió las palabras del médico. Un milagro, la continuación arbitraria de lo perecedero, el triunfo sobre el absoluto estéril de la migaja humana. Sentía la
necesidad de gritar a Dios que le hiciera el milagro, mientras el mundo se le escurría por los brazos inútil, adverso,
inseguro, sin razón de ser.

Y todos esperaban de un momento a otro el desenlace. Un perro que aullara, un toquido fuerte, un doble en la Merced hacían santiaguarse a los vecinos y exclamar, suspiro va y suspiro viene: —¡Ya descansó!... ¡Vaya, era su hora llegada! ¡Pobre su novio!... ¡Qué se ha de hacer! ¡Que se haga la voluntad de Dios! ¡Es lo que somos, en resumidas cuentas!

Petronila relataba estos sucesos a uno de esos hombres que envejecen con cara de muchachos, profesor de Inglés y otras anomalías, a quien familiarmente llamaban Tícher. Quería saber si era posible salvar a Camila por medios sobrenaturales y el Tícher debía saberlo, porque, además de profesor de Inglés, dedicaba sus ocios al estudio de la teosofía, el espiritismo, la magia, la astrología, el hipnotismo, las ciencias ocultas y hasta fue inventor de un método que llamaba «Cisterna de embrujamiento para encontrar tesoros escondidos en las casas donde espantan». Jamás habría sabido explicar el Tícher sus aficiones por lo desconocido. De joven tuvo inclinaciones eclesiásticas, pero una casada de más saber y gobierno que él se interpuso cuando iba a cantar epístola, y colgó la sotana quedándose con los hábitos sacerdotales, un poco zonzo y solo. Dejó el seminario por la escuela de comercio y habría terminado felizmente sus estudios de no tener que huir a un profesor de teneduría de libros que se enamoró de él perdidamente. La mecánica le abrió los brazos tiznados, la mecánica fregona de las herrerías, y entró a soplar el fuelle a un taller de por su casa, mas poco habituado al trabajo y no muy bien constituido, pronto abandonó el oficio. ¡Qué necesidad tenía él, único sobrino de una dama riquísima, cuya intención fue dedicarlo al sacerdocio, empresa en la que dale que le das siempre estaba la buena señora! «¡Vuelve a la iglesia —le decía— y no estés ahí bostezando; vuelve a la igle-

sia, no ves que el mundo te disgusta, que eres medio lo-
quito y débil como chivito de mantequilla, que de todo
has probado y nada te satisface; militar, músico, torero!...
O, si no quieres ser padre, dedícate al magisterio, a dar
clases de Inglés, pongo por caso. Si el Señor no te eligió,
elige tú a los niños; el inglés es más fácil que el latín y más
útil, y dar clases de Inglés es hacer sospechar a los alumnos
que el profesor habla inglés aunque no le entiendan; mejor
si no le entienden».

Petronila bajó la voz, como lo hacía siempre que hablaba con el corazón en la mano.

—Un novio que la adora, que la idolatra, Tícher, que
no obstante haberla raptado la respetó en espera de que la
Iglesia bendijera su unión eterna. Eso ya no se ve todos los
días...

—¡Y menos en estos tiempos, criatura! —añadió al pasar por la sala con un ramo de rosas la más alta de Las
doscientas, una mujer que parecía subida en la escalera de
su cuerpo.

—Un novio, Tícher, que la ha colmado de cuidados y
que sin que le quepa duda, se va a morir con ella..., ¡ay!

—¿Y dice usted, Petronila —el Tícher hablaba pausadamente—, que ya los señores médicos facultativos se declararon incompetentes para rescatarla de los brazos de la
parca?

—Sí, señor, incompetentes; la han desahuciado tres veces.

—¿Y dice usted, Nila, que ya solo un milagro puede
salvarla?

—Figúrese... Y está el novio que parte el alma...

—Pues yo tengo la clave; provocaremos el milagro.
A la muerte únicamente se le puede oponer el amor, porque ambos son igualmente fuertes, como dice el *Cantar de
los cantares;* y si como usted me informa, el novio de esa

señorita la adora, digo la quiere entrañablemente, digo con las entrañas y la mente, digo con la mente de casarse, puede salvarla de la muerte si comete el sacramento del matrimonio, que en mi teoría de los injertos se debe emplear en este caso.

Petronila estuvo a punto de desmayarse en brazos del Tícher. Alborotó la casa, pasó a casa de las amigas, puso en autos a la Masacuata, a quien se encargó que hablara al cura, y ese mismo día Camila y Cara de Ángel se desposaron en los umbrales de lo desconocido. Una mano larga y fina y fría como cortapapel de marfil estrechó el favorito en la diestra afiebrada, en tanto el sacerdote leía los latines sacramentales. Asistían Las doscientas, Engracia y el Tícher vestido de negro. Al concluir la ceremonia, el Tícher exclamó:

—¡ *Make thee another self, for love of me...!*

XXXI
CENTINELAS DE HIELO

En el zaguán de la penitenciaría brillaban las bayonetas de la guardia sentada en dos filas, soldado contra soldado, como de viaje en un vagón oscuro. Entre los vehículos que pasaban, bruscamente se detuvo un carruaje. El cochero, con el cuerpo echado hacia atrás para tirar de las riendas con más fuerza, se bamboleó de lado y lado, muñeco de trapos sucios, escupimordiendo una blasfemia. ¡Por poco más se cae! Por las murallas lisas y altísimas del edificio patibulario resbalaron los chillidos de las ruedas castigadas por las rozaderas, y un hombre barrigón que apenas alcanzaba el suelo con las piernas cortas apeose poco a poco. El cochero, sintiendo aligerarse el carruaje del peso del auditor de Guerra, apretó el cigarrillo apagado en los labios resecos —¡qué alegre quedarse solo con los caballos!— y dio rienda para ir a esperar enfrente, al costado de un jardín yerto como la culpa traidora, en el momento en que una dama se arrodillaba a los pies del auditor implorando a gritos que la atendiera.

—¡Levántese, señora! Así no la puedo atender; no, no, levántese, hágame favor... Sin tener el honor de conocerla...

—Soy la esposa del licenciado Carvajal...

—Levántese...

Ella le cortó la palabra.

—De día, de noche, a todas horas, por todas partes, en su casa, en la casa de su mamá, en su despacho le he buscado, señor, sin lograr encontrarlo. Solo usted sabe qué es de mi marido, solo usted lo sabe, solo usted me lo puede decir. ¿Dónde está? ¿Qué es de él? ¡Dígame, señor, si está vivo! ¡Dígame, señor, que está vivo!

—Cabalmente, señora, el consejo de guerra que conocerá del proceso del colega ha sido citado con urgencia para esta noche.

—¡Aaaaah!

Cosquilleo de cicatriz en los labios, que no pudo juntar del gusto. ¡Vivo! A la noticia unió la esperanza. ¡Vivo!... Y, como era inocente, libre...

Pero el auditor, sin mudar el gesto frío, añadió:

—La situación política del país no permite al gobierno piedad de ninguna especie con sus enemigos, señora. Es lo único que le digo. Vea al Señor Presidente y pídale la vida de su marido, que puede ser sentenciado a muerte y fusilado, conforme a la ley, antes de veinticuatro horas...

—¡... le, le, le!

—La ley es superior a los hombres, señora, y salvo que el Señor Presidente lo indulte...

—¡... le, le, le!

No pudo hablar. Blanca, como el pañuelo que rasgaba con los dientes, se quedó quieta, inerte, ausente, gesticulando con las manos perdidas en los dedos.

El auditor se marchó por la puerta erizada de bayonetas. La calle, momentáneamente animada por el trajín de los coches que volvían del paseo principal a la ciudad, ocupados por damas y caballeros elegantes, quedó fatigada y sola. Un minúsculo tren asomó por un callejón entre chispas y pitazos, y se fue cojeando por los rieles...

—¡... le, le, le!

No pudo hablar. Dos tenazas de hielo imposibles de romper le apretaban el cuello y el cuerpo se le fue resbalando de los hombros para abajo. Había quedado el vestido vacío con su cabeza, sus manos y sus pies. En sus oídos iba un carruaje que encontró en la calle. Lo detuvo. Los caballos engordaron como lágrimas al enarcar la cabeza y apelotonarse para hacer alto. Y ordenó al cochero que la llevara a la casa de campo del Presidente lo más pronto posible, mas su prisa era tal, su desesperada prisa, que a pesar de ir los caballos a todo escape, no cesaba de reclamar y reclamar al cochero que diera más rienda... Ya debía estar allí... Más rienda... Necesitaba salvar a su marido... Más rienda..., más rienda..., más rienda... Se apropió del látigo... Necesitaba salvar a su marido... Los caballos, fustigados con crueldad, apretaron la carrera... El látigo les quemaba las ancas... Salvar a su marido... Ya debía estar allí... Pero el vehículo no rodaba, ella sentía que no rodaba, ella sentía que no rodaba, que las ruedas giraban alrededor de los ejes dormidos, sin avanzar, que siempre estaban en el mismo punto... Y necesitaba salvar a su marido... Sí, sí, sí, sí, sí... —se le desató el pelo—, salvarlo... —la blusa se le zafó—, salvarlo... Pero el vehículo no rodaba, ella sentía que no rodaba, rodaban solo las ruedas de adelante, ella sentía que lo de atrás se iba quedando atrás, que el carruaje se iba alargando como el acordeón de una máquina de retratar y veía los caballos cada vez más pequeñitos... El cochero le había arrebatado el látigo. No podía seguir así... Sí, sí, sí, sí... Que sí..., que no..., que sí..., que no..., que sí..., que no... Pero ¿por qué no?... ¿Cómo no?... Que sí..., que no..., que sí..., que no... Se arrancó los anillos, el prendedor, los aritos, la pulsera y se los echó al cochero en el bolsillo de la chaqueta, con tal que no detuviera el coche.

Necesitaba salvar a su marido. Pero no llegaban... Llegar, llegar, llegar, pero no llegaban... Llegar, pedir y salvarlo, pero no llegaban... Piedras, zanjas, polvo, lodo seco, hierbas, pero no llegaban... Estaban fijos como los alambres del telégrafo, más bien iban para atrás como los alambres del telégrafo, como los cercos de chilca y chichicaste, como los campos sin sembrar, como los celajes dorados del crepúsculo, las encrucijadas solas y los bueyes inmóviles.

Por fin desviaron hacia la residencia presidencial por una franja de carretera que se perdía entre árboles y cañadas. El corazón le ahogaba. La ruta se abría paso entre las casitas de una población limpia y desierta. Por aquí empezaron a cruzar los coches que volvían de los dominios presidenciales —landós, *sulkys,* calesas—, ocupados por personas de caras y trajes muy parecidos. El ruido se adelantaba, el ruido de las ruedas en los empedrados, el ruido de los cascos de los caballos... Pero no llegaban, pero no llegaban... Entre los que volvían en carruaje, burócratas cesantes y militares de baja gordura bien vestida, regresaban a pie los finqueros llamados por el Presidente meses y meses hacía con urgencia, los poblanos con zapatos como bolsas de cuero, las maestras de escuela que a cada poco se paraban a tomar aliento —los ojos ciegos de polvo, rotos los zapatos de polvillo, arremangadas las enaguas— y las comitivas de indios que, aunque municipales, tenían la felicidad de no entender nada de todo aquello. ¡Salvarlo, sí, sí, sí, pero no llegaban! Llegar era lo primero, llegar antes que se acabara la audiencia, llegar, pedir, salvarlo... ¡Pero no llegaban! Y no faltaba mucho; salir del pueblo. Ya debían estar allí, pero el pueblo no se acababa. Por este camino fueron las imágenes de Jesús y la Virgen de Dolores un Jueves Santo. Las jaurías, entristecidas por la música de las trompetas, aullaron al pasar la procesión delante del Presidente, asomado a un balcón bajo toldo de tapices mashentos y flores de buganvilla. Jesús pasó vencido bajo el peso del madero frente al César y al César se volvieron admirados hombres y mujeres. No fue mucho el sufrir, no fue mucho el llorar hora tras hora, no fue mucho el que familias y ciudades envejecieran de pena; para aumentar el escarnio era preciso que a los ojos del Señor Presidente cruzara la imagen de Cristo en agonía y pasó con los ojos nublados bajo un palio de oro que era infamia, entre filas de monigotes, al redoble de músicas paganas.

El carruaje se detuvo a la puerta de la augusta residencia. La esposa de Carvajal corrió hacia adentro por una avenida de árboles copudos. Un oficial le salió a cerrar el paso.

—Señora, señora...

—Vengo a ver al Presidente...

—El Señor Presidente no recibe, señora; regrese...

—Sí, sí, sí recibe, sí me recibe a mí, que soy la esposa del licenciado Carvajal... —Y siguió adelante, se le fue de las manos al militar que la perseguía llamándola al orden, y logró llegar a una casita débilmente iluminada en el desaliento del atardecer—. ¡Van a fusilar a mi marido, general!...

Con las manos a la espalda se paseaba por el corredor de aquella casa que parecía de juguete un hombre alto, trigueño, todo tatuado de entorchados, y hacia él se dirigió animosa:

—¡Van a fusilar a mi marido, general!

El militar que la seguía desde la puerta no se cansaba de repetir que era imposible ver al Presidente.

No obstante sus buenas maneras, el general le respondió golpeado:

—El Señor Presidente no recibe, señora, y háganos el favor de retirarse, tenga la bondad...

—¡Ay, general! ¡Ay, general! ¿Qué hago yo sin mi marido, qué hago yo sin mi marido? ¡No, no, general! ¡Sí recibe! ¡Paso, paso! ¡Anúncieme! ¡Vea que van a fusilar a mi marido!

El corazón se le oía bajo el vestido. No la dejaron arrodillarse. Sus tímpanos flotaban agujereados por el silencio con que respondían a sus ruegos.

Las hojas secas tronaban en el anochecer como con miedo del viento que las iba arrastrando. Se dejó caer en un banco. Hombres de hielo negro. Arterias estelares. Los sollozos sonaban en sus labios como flecos almidonados, casi como cuchillos. La saliva le chorreaba por las comisuras con hervor de gemido. Se dejó caer en un banco que empapó de llanto como si fuera piedra de afilar. A troche y moche la habían arrancado de donde tal vez estaba el Presidente. El paso de una patrulla le sacudió frío. Olía a butifarra, a trapiche, a pino despenicado. El banco desapareció en la oscuridad como una tabla en el mar. Anduvo de un punto a otro por no naufragar con el banco en la oscuridad, por quedar viva. Dos, tres, muchas veces detuviéronla los centinelas apostados entre los árboles. Le negaban el paso con voz áspera, amenazándola cuando insistía con la culata o el cañón del arma. Exasperada de implorar a la derecha, corría a la izquierda. Tropezaba con las piedras, se lastimaba en los zarzales. Otros centinelas de hielo le cortaban el paso. Suplicaba, luchaba, tendía la mano como menesterosa y cuando ya nadie le oía, echaba a correr en dirección opuesta...

Los árboles barrieron una sombra hacia un carruaje, una sombra que apenas puso el pie en el estribo regresó como loca a ver si le valía la última súplica. El cochero despertó y estuvo a punto de botar los guajes que calentaba en el bolsillo al sacar la mano para coger las riendas. El tiempo se le hacía eterno; ya no miraba las horas de quedar bien con la Minga. Aritos, anillos, pulsera... ¡Ya tenía para empeñar! Se rascó un pie con otro, se agachó el sombrero y escupió. ¿De dónde saldrá tanta oscuridad y tanto sapo?... La esposa de Carvajal volvió al carruaje como sonámbula. Sentada en el coche ordenó al cochero que esperaran un ratito, tal vez abrirían la puerta... Media hora..., una hora...

El carruaje rodaba sin hacer ruido; o era que ella no oía bien o era que seguían parados... El camino se precipitaba hacia lo hondo de un barranco por una pendiente inclinadísima, para ascender después como un cohete en busca de la ciudad. La primera muralla oscura. La primera casa blanca. En el hueco de una pared un aviso de Onofroff... Sentía que todo se soldaba sobre su pena... El aire... Todo... En cada lágrima un sistema planetario... Ciempiés de sereno caían de las tejas a los andenes estrechos... Se le iba parando la sangre... ¿Cómo está?... ¡Yo estoy mal, pero muy mal!... Y mañana, ¿cómo estará?... ¡Lo mismo, y pasado mañana, igual!... Se preguntaba y se respondía... Y más pasado mañana...

El peso de los muertos hace girar la tierra de noche y de día el peso de los vivos... Cuando sean más los muertos que los vivos, la noche será eterna, no tendrá fin, faltará para que vuelva el día al peso de los vivos...

El carruaje se detuvo. La calle seguía, pero no para ella, que estaba delante de la prisión donde, sin duda... Paso a paso se pegó al muro. No estaba de luto y ya tenía tacto de murciélago... Miedo, frío, asco; se sobrepuso a todo por estrecharse a la muralla que repetiría el eco de la descarga... Después de todo, ya estando allí, se le hacía imposible que fusilaran a su marido, así como así; así, de una descarga, con balas, con armas, hombres como él, gente como él, con ojos, con boca, con manos, con pelo en la cabeza, con uñas en los dedos, con dientes en la boca, con lengua, con galillo... No era posible que lo fusilaran hombres así, gente con el mismo color de piel, con el mismo acento de voz, con la misma manera de ver, de oír, de acostarse, de levantarse, de amar, de lavarse la cara, de comer, de reír, de andar, con las mismas creencias y las mismas dudas...

XXXII
EL SEÑOR PRESIDENTE

Cara de Ángel, llamado con gran prisa de la casa presidencial, indagó el estado de Camila, elasticidad de la mirada ansiosa, humanización del vidrio en los ojos, y como reptil cobarde enroscose en la duda de si iba o no iba; el Señor Presidente o Camila, Camila o el Señor Presidente...

Aún sentía en la espalda los empujoncitos de la fondera y el tejido de su voz suplicante. Era la ocasión de pedir por Vásquez. «Vaya, yo me quedo aquí cuidando a la enferma»... En la calle respiró profundamente. Iba en un carruaje que rodaba hacia la casa presidencial. Estrépito de los cascos de los caballos en los adoquines, fluir líquido de las ruedas. El Can-dado Ro-jo... La Col-mena... El Vol-cán... Deletreaba con cuidado los nombres de los almacenes; se leían mejor de noche, mejor que de día. El Gua-da-le-te... El Ferro-carril... La Ga-llina con Po-llos... A veces tropezaban sus ojos con nombres de chinos: Lon Ley Lon y Cía.... Quan See Chan... Fu Quan Yen... Chon Chan Lon... Sey Yon Sey... Seguía pensando en el general Canales. Lo llamaban para informarle... ¡No podía ser!... ¿Por qué no podía ser?... Lo capturaron y lo mataron, o... no lo mataron y lo traen amarrado... Una polvareda se alzó de repente. El viento jugaba al toro con el carruaje. ¡Todo podía ser! El vehículo rodó más ligero al salir al campo, como un cuerpo que pasa del estado sólido al estado líquido. Cara de Ángel se apretó las manos en las choquezuelas y suspiró. El ruido del coche se perdía entre los mil ruidos de la noche que avanzaba lenta, pausada, numismática. Creyó oír el vuelo de un pájaro. Salvaron una mordida de casas. Ladraban perros semidifuntos...

El subsecretario de la Guerra le esperaba en la puerta de su despacho y, sin anunciarlo, al tiempo de darle la mano y dejar en la orilla de un pilar el habano que fumaba, lo condujo a las habitaciones del Señor Presidente.

—General —Cara de Ángel tomó de un brazo al subsecretario—, ¿no sabe para qué me querrá el patrón...?

—No, don Miguelito, lo ignórolo.

Ahora ya sabía de qué se trataba. Una carcajada rudimentaria, repetida dos y tres veces, confirmó lo que la respuesta evasiva del subsecretario le había dejado suponer. Al asomar a la puerta vio un bosque de botellas en una mesa redonda y un plato de fiambre, guacamole y chile pimiento. Completaban el cuadro las sillas, desarregladas unas y otras por el suelo. Las ventanas de cristales blancos, opacos, coronadas de crestas rojas, jugaban a picotearse con la luz que les llegaba de los focos encendidos en los jardines. Oficiales y soldados volaban en pie de guerra, un oficial por puerta y un soldado por árbol. Del fondo de la habitación avanzó el Señor Presidente, con la tierra que le andaba bajo los pies y la casa sobre el sombrero.

—Señor Presidente —saludó el favorito, e iba a ponerse a sus órdenes, cuando este le interrumpió.

—¡«Ni ni mier...va»!

—¡De la diosa habla el Señor Presidente!

Su Excelencia se acercó a la mesa a paso de saltacharquitos y, sin tomar en cuenta el cálido elogio que el favorito hacía de Minerva, le gritó:

—Miguel, el que encontró el alcohol, ¿tú sabes que lo que buscaba era el licor de larga vida...?

—No, Señor Presidente, no lo sabía —apresurose a responder el favorito.

—Es extraño, porque está en Swit Marden...

—Extraño, ya lo creo, para un hombre de la vasta ilustración del Señor Presidente, que con sobrada razón se le tiene en el mundo por uno de los primeros estadistas de los tiempos modernos; pero no para mí.

Su Excelencia puso los ojos bajo los párpados, para ahogar la visión invertida de las cosas que el alcohol le producía en aquel momento.

—¡Chis, yo sé mucho!

Y esto diciendo dejó caer la mano en la selva negra de sus botellas de whisky y sirvió un vaso a Cara de Ángel.

—Bebe, Miguel... —Un ahogo le atajó las palabras, algo trabado en la garganta; golpeose el pecho con el puño para que le pasara, contraídos los músculos del cuello flaco, gordas las venas de la frente, y con ayuda del favorito, que le hizo tomar unos tragos de sifón, recobró el habla a pequeños eructos.

»¡Ja!, ¡ja!, ¡ja!, ¡ja! —rompió a reír señalando a Cara de Ángel—. ¡Ja!, ¡ja!, ¡ja!, ¡ja! En artículo de muerte... —Y carcajada sobre carcajada—... En artículo de muerte. ¡Ja!, ¡ja!, ¡ja!, ¡ja!...

El favorito palideció. En la mano le temblaba el vaso de whisky que le acababa de brindar.

—El Se...

—ÑORRR Presidente todo lo sabe —interrumpió Su Excelencia—. ¡Ja!, ¡ja!, ¡ja!, ¡ja!... En artículo de muerte y por consejo de un débil mental como todos los espiritistas... ¡Ja!, ¡ja!, ¡ja!, ¡ja!...

Cara de Ángel se puso el vaso como freno para no gritar y beberse el whisky; acababa de ver rojo, acababa de estar a punto de lanzarse sobre el amo y apagarle en la boca la carcajada miserable, fuego de sangre aguardentosa. Un ferrocarril que le hubiera pasado encima le habría hecho menos daño. Se tuvo asco. Seguía siendo el perro educado, intelectual, contento de su ración de mugre, del instinto que le conservaba la vida. Sonrió para disimular su encono, con la muerte en los ojos de terciopelo, como el envenenado al que le va creciendo la cara.

Su Excelencia perseguía una mosca.

—Miguel, ¿tú no conoces el juego de la mosca...?

—No, Señor Presidente...

—¡Ah, es verdad que túúúúúú..., en artículo de muerte...! ¡Ja!, ¡ja!, ¡ja!, ¡ja!... ¡Ji!, ¡ji!, ¡ji!, ¡ji!... ¡Jo!, ¡jo!, ¡jo!, ¡jo!... ¡Ju!, ¡ju!, ¡ju!, ¡ju!, ¡ju!...

Y carcajeándose continuó persiguiendo la mosca que iba y venía de un punto a otro, la falda de la camisa al aire, la bragueta abierta, los zapatos sin abrochar, la boca untada de babas y los ojos de excrecencias color de yema de huevo.

—Miguel —se detuvo a decir sofocado, sin lograr darle caza—, el juego de la mosca es de lo más divertido y fácil de aprender; lo que se necesita es paciencia. En mi pueblo yo me entretenía de chico jugando reales a la mosca.

Al hablar de su pueblo natal frunció el entrecejo, la frente colmada de sombras, volviose al mapa de la República, que en ese momento tenía a la espalda, y descargó un puñetazo sobre el nombre de su pueblo.

Un columbrón a las calles que transitó de niño, pobre, injustamente pobre, que transitó de joven, obligado a ganarse el sustento en tanto los chinos de buena familia se pasaban la vida de francachela en francachela. Se vio empequeñecido en el hoyo de sus coterráneos, aislado de todos, bajo el velón que le permitía instruirse en las noches, mientras su madre dormía en un catre de tijera y el viento con olor de carnero y cuernos de chiflón topeteaba las calles desiertas. Y se vio más tarde en su oficina de abogado de tercera clase, entre marraneras, jugadores, cholojeras, cuatreros, visto de menos por sus colegas que seguían pleitos de campanillas.

Una tras otra vació muchas copas. En la cara de jade le brillaban los ojos entumecidos y en las manos pequeñas, las uñas ribeteadas de medias lunas negras.

—¡Ingratos!

El favorito lo sostuvo del brazo. Por la sala en desorden paseó la mirada llena de cadáveres y repitió:

—¡Ingratos! —Añadió, después, a media voz—: Quise y querré siempre a Parrales Sonriente, y lo iba a hacer general, porque potreó a mis paisanos, porque los puso en cintura, se repaseó en ellos y de no ser mi madre acaba con todos para vengarme de lo mucho que tengo que sentirles y que solo yo sé... ¡Ingratos!... Y no me pasa —porque no me pasa— que lo hayan asesinado, cuando por todos lados se atenta contra mi vida, me dejan los amigos, se multiplican los enemigos y... ¡no!, ¡no!, de ese portal no quedará ni una piedra.

Las palabras tonteaban en sus labios como vehículos en piso resbaloso. Se recostó en el hombro del favorito con la mano apretada en el estómago, las sienes tumultuosas, los ojos sucios, el aliento frío, y no tardó en soltar un chorro de caldo anaranjado. El subsecretario vino corriendo con una palangana que en el fondo tenía esmaltado el escudo de la República, y entre ambos, concluida la ducha que el favorito recibió casi por entero, le llevaron arrastrando a una cama.

Lloraba y repetía:

—¡Ingratos!... ¡Ingratos!...

—Lo felicito, don Miguelito, lo felicito —murmuró el subsecretario cuando ya salían—; el Señor Presidente ordenó que se publicara en los periódicos la noticia de su casamiento y él encabeza la lista de padrinos.

Asomaron al corredor. El subsecretario alzó la voz.

—Y eso que al principio no estaba muy contento con usted. Un amigo de Parrales Sonriente no debía haber hecho —me dijo— lo que este Miguel ha hecho; en todo caso debió consultarme antes de casarse con la hija de uno de mis enemigos. Le están haciendo la cama, don Miguelito, le están haciendo la cama. Por supuesto; yo traté de hacerle ver que el amor es fregado, lamido, belitre y embustero.

—Muchas gracias, general.

—¡Vean, pues, al cimarrón! —continuó el subsecretario en tono jovial y, entre risa y risa, empujándolo a su despacho con afectuosas palmaditas, remató—: ¡Venga, venga a estudiar el periódico! El retrato de la señora se lo pedimos a su tío Juan. ¡Muy bien, amigo, muy bien!

El favorito enterró las uñas en el papelote. Además del Supremo Padrino figuraban el ingeniero don Juan Canales y su hermano don José Antonio.

«Boda en el gran mundo. Ayer por la noche contrajeron matrimonio la bella señorita Camila Canales y el señor don Miguel Cara de Ángel. Ambos contrayentes... —de aquí pasó los ojos a la lista de los padrinos—... boda que fue apadrinada ante la ley por el Excelentísimo Señor Presidente Constitucional de la República, en cuya casa-habitación tuvo lugar la ceremonia, por los señores ministros de Estado, por los generales (saltó la lista) y por los apreciables tíos de la novia, ingeniero don Juan Canales y don José Antonio del mismo apellido. El Nacional, concluía, ilustra las sociales de hoy con el retrato de la señorita Canales y augura a los contrayentes, al felicitarles, toda clase de bienandanzas en su nuevo hogar». No supo dónde poner los ojos. «Sigue la batalla de Verdún. Un desesperado esfuerzo de las tropas alemanas se espera para esta noche...». Apartó la vista de la página de cables y releyó la noticia que calzaba el retrato de Camila. El único ser que le era querido bailaba ya en la farsa en que bailaban todos.

El subsecretario le arrancó el periódico.

—Lo ve y no lo cree, ¿verdá, dichosote...?

Cara de Ángel sonrió.

—Pero, amigo, usted necesita mudarse; tome mi carruaje...

—Muchas gracias, general...

—Vea, allí está; dígale al cochero que lo vaya a dejar en una carrerita y que vuelva después por mí. Buenas noches y felicidades. ¡Ah, vea! Llévese el periódico para que lo estudie la señora, y felicítela de parte de un humilde servidor.

—Muy agradecido por todo, y buenas noches.

El carruaje en que iba el favorito arrancó sin ruido, como una sombra tirada por dos caballos de humo. El canto de los grillos techaba la soledad del campo desnudo, oloroso a reseda, la soledad tibia de los maizales primerizos, los pastos mojados de sereno y las cercas de los huertos tupidas de jazmines.

—... Sí; si se sigue burlando de mí lo ahorc... —có su pensamiento, escondiendo la cara en el respaldo del vehículo, temeroso de que el cochero adivinara lo que veían sus ojos: una masa de carne helada con la banda presidencial en el pecho, yerta la cara chata, las manos envueltas en los puños postizos, solo la punta de los dedos visibles, y los zapatos de charol ensangrentados.

Su ánimo belicoso se acomodaba mal a los saltos del carruaje. Habría querido estar inmóvil, en esa primera inmovilidad del homicida que se sienta en la cárcel a reconstruir su crimen, inmovilidad aparente, externa, necesaria compensación a la tempestad de sus ideas. Le hormigueaba la sangre. Sacó la cara a la noche fresca, mientras se limpiaba el vómito del amo con el pañuelo húmedo de sudor y llanto. ¡Ah —maldecía y lloraba de la rabia—, si pudiera limpiarme la carcajada que me vomitó en el alma!

Un carruaje ocupado por un oficial los pasó rozando. El cielo parpadeaba sobre su eterna partida de ajedrez. Los caballos huracanados corrían hacia la ciudad envueltos en nubes de polvo. ¡Jaque a la reina!, se dijo Cara de Ángel, viendo desaparecer la exhalación en que iba aquel oficial en busca de una de las concubinas del Señor Presidente. Parecía un mensajero de los dioses.

En la estación central se revolcaba el ruido de las mercaderías descargadas a golpes, entre los estornudos de las locomotoras calientes. Llenaba la calle la presencia de un negro asomado a la baranda verde de una casa de altillo, el paso inseguro de los borrachos y una música de carreta que iba tirando un hombre con la cara amarrada, como una pieza de artillería después de una derrota.

XXXIII
LOS PUNTOS SOBRE LAS ÍES

La viuda de Carvajal erró de casa en casa, pero en todas la recibieron fríamente, sin aventurarse en algunas a manifestarle la pena que les causaba la muerte de su marido, temiendo acarrearse la enemiga del gobierno, y no faltó donde la sirvienta salió a gritar a la ventana de mal modo: «¿A quién buscaba? ¡Ah!, los señores no están»...

El hielo que iba recogiendo en sus visitas se le derretía en casa. Regresaba a llorar a mares allegada a los retratos de su marido, sin más compañía que un hijo pequeño, una sirvienta sorda que hablaba recio y no cesaba de decir al niño: «¡Amor de pagre, que lo demás es aire!», y un loro que repetía y repetía: «¡Lorito real, del Portugal, vestido de verde, sin medio real! ¡Daca la pata, lorito! ¡Buenos días, licenciado! ¡Lorito, daca la pata! Los zopes están en el lavadero. Huele a trapo quemado. ¡Alabado sea el Santísimo Sacramento del Altar, la Reina Purísima de los Ángeles, Virgen concebida sin mancha de pecado original!... ¡Ay, ay!...». Había salido a pedir que le firmaran una petición al Presidente para que le entregaran el cadáver de su esposo, pero en ninguna parte se atrevió a hablar; la recibían tan mal, tan a la fuerza, entre toses y silencios fatales... Y ya estaba de vuelta con el escrito sin más firma que la suya bajo su manto negro.

Se le negaba la cara para el saludo, se le recibía en la puerta sin la gastada fórmula del «pase-adelante», se le hacía sentirse contagiada de una enfermedad invisible, peor que la pobreza, peor que el vómito negro, peor que la fiebre amarilla, y, sin embargo, le llovían «anónimos», como decía la sirvienta sorda cada vez que encontraba una carta bajo la puertecita de la cocina que caía a un callejón oscuro y poco transitado, pliegos escritos con letra temblequeante que se depositaban allí al amparo de la noche, y en los que lo menos que le decían era santa, mártir, víctima inocente, además de poner a su desdichado esposo por las nubes y de relatar con pormenores horripilantes los crímenes del coronel Parrales Sonriente.

Bajo la puerta amanecieron dos anónimos. La sirvienta los trajo agarrados con el delantal, porque tenía las manos mojadas. El primero que leyó decía:

«Señora: no es este el medio más correcto para manifestar a Vd. y a su apesarada familia la profunda simpatía que me inspira la figura de su esposo, el digno ciudadano licenciado don Abel Carvajal, pero permítame que lo haga así por prudencia, ya que no se pueden confiar al papel ciertas verdades. Algún día le daré a conocer mi verdadero nombre. Mi padre fue una de las víctimas del coronel Parrales Sonriente, el hombre que esperaban en el infierno todas las tinieblas, esbirro de cuyas fechorías hablará la historia si hay quien se decida a escribirla mojando la pluma en veneno de tamagás. Mi padre fue asesinado por este cobarde en un camino solo hace muchos años. Nada se averiguó, como era de esperarse, y el crimen habría quedado en el misterio de no ser un desconocido que, valiéndose del anónimo, refirió a mi familia los detalles de aquel horroroso asesinato. No sé si su esposo, tipo de hombre ejemplar, héroe que ya tiene un monumento en el corazón de sus

conciudadanos, fue efectivamente el vengador de las víctimas de Parrales Sonriente (al respecto circulan muchas
versiones); mas he juzgado de mi deber en todo caso llevar
a Vd. mi voz de consuelo y asegurarle, señora, que todos
lloramos con Vd. la desaparición de un hombre que salvó
a la Patria de uno de los muchos bandidos con galones que
la tienen reducida, apoyados en el oro norteamericano, a
porquería y sangre B. S. M. Cruz de Calatrava».

Vacía, cavernosa, con una pereza interna que le parali-
zaba en la cama horas enteras alargada como un cadáver, más
inmóvil a veces que un cadáver, su actividad se reducía a
la mesa de noche cubierta por los objetos de uso inmediato para no levantarse y algunas crisis de nervios cuando le
abrían la puerta, pasaban la escoba o hacían ruido junto a
ella. La sombra, el silencio, la suciedad daban forma a su
abandono, a su deseo de sentirse sola con su dolor, con esa
parte de su ser que con su marido había muerto en ella y
que poco a poco le ganaría cuerpo y alma.

«Señora de todo mi respeto y consideración —empezó
leyendo en alta voz el otro anónimo—: Supe por algunos
amigos que Vd. estuvo con el oído pegado a los muros de
la penitenciaría la noche del fusilamiento de su marido, y
que si oyó y contó las descargas, nueve descargas cerradas,
no sabe cuál de todas arrancó del mundo de los vivos al licenciado Carvajal, que de Dios haya. Bajo nombre supuesto —los tiempos que corren no son para fiarse del papel—
y no sin dudarlo mucho por el dolor que iba a ocasionarle,
decidí comunicar a Vd. todo lo que sé al respecto, por haber
sido testigo de la matanza. Delante de su esposo caminaba
un hombre flaco, trigueño, al cual le bañaba la frente espa-
ciosa el pelo casi blanco. No pude ni he podido averiguar
su nombre. Sus ojos hundidos hasta muy adentro conser-
vaban, a pesar del sufrimiento que denunciaban sus lágri-

mas, una gran bondad humana y leíase en sus pupilas que
su poseedor era hombre de alma noble y generosa. El licenciado le seguía tropezando con sus propios pasos, sin alzar
la vista del suelo que tal vez no sentía, la frente empapada
de sudor y una mano en el pecho como para que no se le za-
fara el corazón. Al desembocar en el patio y verse en un
cuadro de soldados se pasó el envés de la mano por los párpados para darse cuenta exacta de lo que veía. Vestía un
traje descolorido que le iba pequeño, las mangas de la chaqueta abajo de los codos; y los pantalones abajo de las rodillas. Ropas ajadas, sucias, viejas, rotas, como todas las que
visten los prisioneros que regalan las suyas a los amigos
que dejan en las sepulturas de las mazmorras, o las cambian
por favores con los carceleros. Un botoncito de hueso le cerraba la camisa raída. No llevaba cuello ni zapatos. La presencia de sus compañeros de infortunio, también semides-
nudos, le devolvió el ánimo. Cuando acabaron de leerle la
sentencia de muerte, levantó la cabeza, paseó la mirada
adolorida por las bayonetas y dijo algo que no se oyó. El
anciano que estaba al lado suyo intentó hablar, pero los
oficiales lo callaron amenazándolo con los sables, que en el
pintar del día y en sus manos temblorosas de la goma parecían llamas azulosas de alcohol, mientras en las murallas
se golpeaba con sus propios ecos una voz que pregonaba:
¡por la Nación!... Una, dos, tres, cuatro, cinco, seis, siete,
ocho, nueve descargas siguieron. Sin saber cómo las fui
contando con los dedos, y desde entonces tengo la impresión extraña de que me sobra un dedo. Las víctimas se re-
torcían con los ojos cerrados, como queriendo huir a tientas de la muerte. Un velo de humo nos separaba de un
puñado de hombres que al ir cayendo intentaban lo imposible por asirse unos con otros, para no rodar solos al vacío.
Los tiros de gracia sonaron como revientan los cohetillos,

mojados, tarde y mal. Su marido tuvo la dicha de morir a la primera descarga. Arriba se veía el cielo azul, inalcanzable, mezclado a un eco casi imperceptible de campanas, de pájaros, de ríos. Supe que el auditor de Guerra se encargó de dar sepultura a los cadá...».

Ansiosamente volvió el pliego. «... Cadá...» Pero no seguía allí, no seguía allí ni en los otros pliegos; la carta se cortaba de golpe, faltaba la continuación. En vano releyó cuanto papel tuvo a la vista, registró el sobre, deshizo la cama, levantó las almohadas, buscó en el piso, en la mesa, volviendo y revolviéndolo todo, mordida por el deseo de saber dónde estaba enterrado su marido.

En el patio discurría el loro:

«¡Lorito real, del Portugal, vestido de verde sin medio real! ¡Ai viene el licenciado! ¡Hurra, lorito real! ¡Ya mero, dice el embustero! ¡No lloro, pero me acuerdo!».

La sirvienta del auditor de Guerra dejó en la puerta a la viuda de Carvajal, mientras atendía a dos mujeres que hablaban a gritos en el zaguán.

—¡Oiga, pues, oiga —decía una de ellas—; ai le dice que no le esperé, porque, achís, yo no soy su india para enfriarme el trasero en ese poyo que está como su linda cara! Dígale que vine a buscarlo para ver si por las buenas me devuelve los diez mil pesos que me quitó por una mujer de la Casa Nueva que no me sacó de apuros, porque el día que la llevé allá conmigo le dio el sincopié. Dígale, vea, que es la última vez que lo molesto, que lo que voy a hacer es quejarme con el Presidente.

—¡Vonos, doña Chon, no se incomode, dejemos a esta vieja cara de mi... seria!

—La señori... —intentó decir la sirvienta, pero la señorita se interpuso:

—¡Sho, verdá!

—Dígale lo que le dejo dicho con usté, por aquello, veya, que no diga después que no se lo alvertí a tiempo: que estuvieron a buscarlo doña Chon y una muchacha, que lo esperaron y que como vieron que no venía se fueron y le dejaron dicho que zacatillo come el conejo...

Sumida en sus pensamientos, la viuda de Carvajal no se dio cuenta de lo que pasaba. De su traje negro, como muerta en ataúd con cristal, no asomaba más que la cara. La sirvienta le tocó el hombro —tacto de telaraña tenía la vieja en la punta de los dedos—, y le dijo que pasara adelante. Pasaron. La viuda habló con palabras que no se resolvían en sonidos distintos, sino en un como bisbiseo de lector cansado.

—Sí, señora, déjeme la carta que traye escrita. Así, cuando él venga, que no tardará en venir —ya debía estar aquí—, yo se la entriego y le hablo a ver si se logra.

—Por vida suya...

Un individuo vestido de lona café, seguido de un soldado que le custodiaba *remington* al hombro, puñal a la cintura, cartuchera de tiros al riñón, entró cuando salía la viuda de Carvajal.

—Es que me dispensa —dijo a la sirvienta—; ¿estará el licenciado?

—No, no está.

—¿Y por dónde podría esperarlo?

—Siéntese por ai, vea; que se siente el soldado.

Reo y custodio ocuparon en silencio el poyo que la sirvienta les señaló de mal modo.

El patio trascendía a verbena del monte y a begonia cortada. Un gato se paseaba por la azotea. Un cenzontle preso en una jaula de palito de canasto ensayaba a volar. Lejos se oía el chorro de la pila, zonzo de tanto caer, adormecido.

El auditor sacudió sus llaves al cerrar la puerta y, guardándoselas en el bolsillo, acercose al preso y al soldado. Ambos se pusieron de pie.

—¿Genaro Rodas? —preguntó. Venía olfateando. Siempre que entraba de la calle le parecía sentir en su casa hedentina a caca de gato.

—Sí, señor, pa servirlo.

—¿El custodio entiende español?

—No muy bien —respondió Rodas. Y volviéndose al soldado, añadió—: ¿Qué decís, vos, entendés castilla?

—Medie entiende.

—Entonces —zanjó el auditor—, mejor te quedás aquí: yo voy a hablar con el señor. Espéralo, ya va a volver; va a hablar conmigo.

Rodas se detuvo a la puerta del escritorio. El auditor le ordenó que pasara y sobre una mesa cubierta de libros y papeles fue poniendo las armas que llevaba encima: un revólver, un puñal, una manopla, un *casse-tête.*

—Ya te deben haber notificado la sentencia.

—Sí, señor, ya...

—Seis años, ocho meses, si no me equivoco.

—Pero, señor, yo no fui complicís de Lucio Vásquez; lo que él hizo lo hizo sin contar conmigo; cuando yo me vine a dar cuenta ya el Pelele rodaba ensangrentado por las gradas del portal, casi muerto. ¡Qué iba yo a hacer! ¡Qué podía yo hacer! Era orden. Según dijo él era orden...

—Ahora ya está juzgado de Dios...

Rodas volvió los ojos al auditor, como dudando de lo que su cara siniestra le confirmó, y guardaron silencio.

—Y no era malo aquel... —suspiró Rodas adelgazando la voz para cubrir con estas pocas palabras la memoria de su amigo; entre dos latidos cogieron la noticia y ahora ya la sentía en la sangre—... ¡Qué se ha de hacer!... El Terciopelo le clavamos porque era muy de al pelo y corría unos terciotes.

—Los autos lo condenaban a él como autor del delito, y a vos como cómplice.

—Pero, pa mí, que hubiera cabido defensa.

—El defensor fue cabalmente el que conociendo la opinión del Señor Presidente reclamó para Vásquez la pena de muerte y para vos el máximum de la pena.

—Pobre aquel, yo siquiera puedo contar el cuento...

—Y podés salir libre, pues el Señor Presidente necesita de uno que, como vos, haya estado preso un poco por política. Se trata de vigilar a uno de sus amigos, que él tiene sus razones para creer que lo está traicionando.

—Dirá usté...

—¿Conocés a don Miguel Cara de Ángel?

—No, solo de nombre lo he oído mentar; es el que se sacó a la hija del general Canales, según creo.

—El mismo. Lo reconocerás enseguida, porque es muy guapo: hombre alto, bien hecho, de ojos negros, cara pálida, cabello sedoso, movimientos muy finos. Una fiera. El gobierno necesita saber todo lo que hace, a qué personas visita, a qué personas saluda por la calle, qué sitios frecuenta por la mañana, por la tarde, por la noche, y lo mismo de su mujer; para todo eso te daré instrucciones y dinero.

Los ojos estúpidos del preso siguieron los movimientos del auditor, que, mientras decía estas últimas palabras, tomó un canutero de la mesa, lo mojó en un tinterote que ostentaba entre dos fuentes de tinta negra, una estatua de la diosa Themis, y se lo tendió agregando:

—Firmá aquí; mañana te mando poner en libertad. Prepara ya tus cosas para salir mañana.

Rodas firmó. La alegría le bailaba en el cuerpo como torito de pólvora.

—No sabe cuánto le agradezco —dijo al salir; recogió al soldado, casi le da un abrazo, y marchose a la penitenciaría como el que va a subir al cielo.

Pero más contento se quedó el auditor con el papel que aquel acababa de firmarle y que a la letra decía:

«Por $ 10 000 m/n. —Recibí de doña Concepción Gamucino (a) la Diente de Oro, propietaria del prostíbulo El Dulce Encanto, la suma de diez mil pesos moneda nacional, que me entregó para resarcirme en parte de los perjuicios y daños que me causó por haber pervertido a mi esposa, señora Fedina de Rodas, a quien sorprendiendo en su buena fe y sorprendiendo la buena fe de las autoridades, ofreció emplear como sirvienta y matriculó sin autorización ninguna como su pupila. Genaro Rodas».

La voz de la criada se oyó tras de la puerta:

—¿Se puede entrar?

—Sí, entrá...

—Vengo a ver si se te ofrecía algo. Voy a ir a la tienda a trer candelas, y a decirte que vinieron a buscarte dos mujeres de esas de las casas malas y te dejaron dicho conmigo que si no les devolvés los diez mil pesos que les quitaste que se van a quejar con el Presidente.

—¿Y qué más?... —articuló el auditor con muestras de fastidio, al tiempo de agacharse a recoger del suelo una estampilla de correo.

—Y también estuvo a buscarte una señora enlutada de negro que parece ser mujer del que fusilaron...

—¿Cuál de todos ellos?

—El señor Carvajal...

—¿Y qué quiere?...

—La pobre me dejó esta carta. Parece que quiere saber dónde está enterrado su marido.

Y en tanto el auditor pasaba los ojos de mal modo por el papel orlado de negro, la sirvienta continuó:

—Te diré que yo le prometí interesarme, porque me dio una lástima, y la pobre se fue con mucha esperanza.

—Demasiado te he dicho que me disgusta que congeniés con toda la gente. No hay que dar esperanzas. ¿Cuándo entenderás que no hay que dar esperanzas? En mi casa, lo primero, lo que todos debemos saber, hasta el gato, es que no se dan esperanzas de ninguna especie a nadie. En estos puestos se mantiene uno porque hace lo que le ordenan y la regla de conducta del Señor Presidente es no dar esperanzas y pisotearlos y zurrarse en todos porque sí. Cuando venga esa señora le devolvés su papelito bien doblado y que no hay tal saber dónde está enterrado...

—No te disgustés, pues, te va a hacer mal; así se lo voy a decir. Sea por Dios con tus cosas.

Y salió con el papel, arrastrando los pies uno tras otro, uno tras otro, entre el ruido de la nagua.

Al llegar a la cocina arrugó el pliego que contenía la súplica y lo lanzó a las brasas. El papel, como algo vivo, revolcose en una llama que palideció convertida sobre la ceniza en mil gusanitos de alambre de oro. Por las tablas de los botes de las especias, tendidas como puentes, vino un gato negro, saltó al poyo junto a la vieja, frotósele en el vientre estéril como un sonido que se va alargando en cuatro patas, y en el corazón del fuego que acababa de consumir el papel, puso los ojos dorados con curiosidad satánica.

XXXIV
LUZ PARA CIEGOS

Camila se encontró a media habitación, entre el brazo de su marido y el sostén de un bastoncito. La puerta principal daba a un patio oloroso a gatos y adormideras, la ventana, a la ciudad adonde la trajeron convaleciente en silla de mano y una puerta pequeña a otra habitación. A pesar del sol que ardía en las quemaduras verdes de sus pupilas y del aire con peso de cadena que llenaba sus pulmones, Camila se preguntaba si era ella la que iba andando. Los pies le quedaban grandes, las piernas como zancos. Andaba fuera del mundo, con los ojos abiertos, recién nacida, sin presencia. Las telarañas espumaban el paso de los fantasmas. Había muerto sin dejar de existir, como en un sueño, y revivía juntando lo que en realidad era ella con lo que ahora estaba soñando. Su papá, su casa, su Nana-Chabela formaban parte de su primera existencia. Su marido, la casa en que estaban de temporada, las criadas, de su nueva existencia. Era y no era ella la que iba andando. Sensación de volver a la vida en otra vida. Hablaba de ella como de persona apoyada en bastón de lejanías, tenía complicidad con las cosas invisibles y si la dejaban sola se perdía en otra, ausente, con el cabello helado, las manos sobre la falda larga de recién casada y las orejas llenas de ruidos.

Pronto estuvo de correr y parar y no por eso menos enferma, enferma no, absorta en la cuenta de todo lo que le sobraba desde que su marido le posó los labios en la mejilla. Todo le sobraba. Lo retuvo junto a ella como lo único suyo en un mundo que le era extraño. Se gozaba de la luna en la tierra y en la luna, frente a los volcanes en estado de nube, bajo las estrellas, piojillo de oro en palomar vacío.

Cara de Ángel sintió que su esposa tiritaba en el fondo de sus franelas blancas —tiritaba pero no de frío, no de lo que tirita la gente, de lo que tiritan los ángeles— y la volvió a su alcoba paso a paso. El mascarón de la fuente... La hamaca inmóvil... El agua inmóvil como la hamaca... Los tiestos húmedos... Las flores de cera... Los corredores remendados de luna...

Se acostaron hablando de un aposento a otro. Una puertecita comunicaba las habitaciones. De los ojales con sueño salían los botones produciendo leve ruido de flor cortada, caían los zapatos con estrépito de anclas y se despegaban las medias de la piel, como se va despegando el humo de las chimeneas.

Cara de Ángel hablaba de los objetos de su aseo personal compuestos sobre una mesa, al lado de un toallero, para crear ambiente de familia, de tontería íntima en aquel caserón que parecía seguir deshabitado, y para apartar el pensamiento de la puertecita estrecha como la puerta del cielo que comunicaba las habitaciones.

Luego se dejó caer en la cama abandonado a su propio peso y estuvo largo rato sin moverse, en medio del oleaje continuo y misterioso de lo que entre los dos se iba haciendo y deshaciendo fatalmente. La rapta para hacerla suya por la fuerza, y viene amor, de ciego instinto. Renuncia a su propósito, intenta llevarla a casa de sus tíos y estos le cierran la puerta. La tiene de nuevo en las manos y, pues la gente lo dice, sin menoscabo de lo que ya está perdido, puede hacerla suya. Ella, que lo sabe, quiere huir. La enfermedad se lo impide. Se agrava en pocas horas. Agoniza. La muerte va a cortar el nudo. Él lo sabe y se resigna por momentos, aunque más son aquellos en que se subleva contra las fuerzas ciegas. Pero la muerte es donde se la llama la ausencia de su consolación definitiva, y el destino esperaba el último trance para atarlos.

Infantil, primero, cuando todavía no andaba, adolescente después al levantarse y dar los primeros pasos; de la noche a la mañana toman sus labios color de sangre, se llena de fruta la redecilla de sus corpiños y se turba y resuda cada vez que se aproxima al que jamás imaginó su marido.

Cara de Ángel saltó de la cama. Se sentía separado de Camila por una falta que ninguno de los dos había cometido, por un matrimonio para el que ninguno de los dos había dado su consentimiento. Camila cerró los ojos. Los pasos se alejaron hacia una ventana.

La luna entraba y salía de los nichos flotantes de las nubes. La calle rodaba como un río de huesos blancos bajo puentes de sombra. Por momentos se borraba todo, pátina de reliquia antigua. Por momentos reaparecía realzado en algodón de oro. Un gran párpado negro interrumpió este juego de párpados sueltos. Su pestaña inmensa se fue desprendiendo del más alto de los volcanes, se extendió con movimiento de araña de caballo sobre la armadura de la ciudad, y se enlutó la sombra. Los perros sacudieron las orejas como aldabas, hubo revuelo de pájaros nocturnos, queja y queja de ciprés en ciprés y teje y maneje de cuerdas de relojes. La luna desapareció completamente tras el cráter erecto y una neblina de velos de novia se hizo casa entre las casas. Cara de Ángel cerró la ventana. En la alcoba de Camila se percibía su respiración lenta, trasegada, como si se hubiera dormido con la cabeza bajo la ropa o en el pecho le pesara un fantasma.

En esos días fueron a los baños. Las sombras de los árboles manchaban las camisas blancas de los marchantes cargados de tinajas, escobas, cenzontles en jaula de palito, pino, carbón, leña, maíz. Viajaban en grupos, recorriendo largas distancias sin asentar el calcañal, sobre la punta de los pies. El sol sudaba con ellos. Jadeaban. Braceaban. Desaparecían como pájaros.

Camila se detuvo a la sombra de un rancho a ver cortar café. Las manos de las cortadoras se dibujaban en el ramaje metálico con movimientos de animales voraces: subían, bajaban, anudábanse enloquecidas como haciendo cosquillas al árbol, se separaban como desabrochándole la camisa.

Cara de Ángel la ciñó el talle con el brazo y la condujo por una vereda que caía del sueño caliente de los árboles. Se sentían la cabeza y el tórax; todo lo demás, piernas y manos, flotaba con ellos, entre orquídeas y lagartijas relumbrantes, en la penumbra, que se iba haciendo oscura miel de talco a medida que penetraban en el bosque. A Camila se le sentía el cuerpo a través de la blusa fina, como a través de la hoja de maíz tierno, el grano blando, lechoso, húmedo. El aire les desordenaba el cabello. Bajaron a los baños por entre quiebracajetes tempranizos. En el agua se estaba durmiendo el sol. Seres invisibles flotaban en la umbría vecindad de los helechos. De una casa de techo de cinc salió el guardián de los baños con la boca llena de frijoles, les saludó moviendo la cabeza y mientras se tragaba el bocado, que le cogía los dos carrillos, les estuvo observando para darse a respetar. Le pidieron dos baños. Les respondió que iba a ir a traer las llaves. Fue a traer las llaves y les abrió dos aposentillos divididos por una pared. Cada cual ocupó el suyo, pero antes de separarse corrieron a darse un beso. El bañero, que estaba con mal de ojos, se tapó la cara para que no le fuera a dar escupelo.

Perdidos en el rumor del bosque, lejos uno del otro, se encontraban extraños. Un espejo partido por la mitad veía desnudarse a Cara de Ángel con prisa juvenil. ¡Ser hombre, cuando mejor sería ser árbol, nube, libélula, burbuja o burrión!... Camila dio de gritos al tocar el agua fría con los pies, en la primera grada del baño, nuevos chillidos a la segunda, más agudos a la tercera, a la cuarta más agudos y... ¡chiplungún! El güipil abombose como traje de crinolina, como globo, mas casi al mismo tiempo el agua se lo chupó y en la tela de colores subidos, azul, amarillo, verde, se fijó su cuerpo: senos y vientre firmes, ligera curva de las caderas, suavidad de la espalda, un poco flacuchenta de los hombros. Pasada la zambullida, al volver a la superficie, Camila se desconcertó. El silencio fluido de la cañada daba la mano a alguien que estaba por allí, a un espíritu raro que rondaba los baños, a una culebra color de mariposa: la Siguamonta. Pero oyó la voz de su marido que preguntaba a la puerta si se podía entrar, y se sintió segura.

El agua saltaba con ellos como animal contento. En las telarañas luminosas de los reflejos colgados de los muros, se veían las siluetas de sus cuerpos grandes como arañas monstruosas. Penetraba la atmósfera el olor del suquinay, la presencia ausente de los volcanes, la humedad de las pancitas de las ranas, el aliento de los terneros que mamaban praderas transformadas en líquido blanco, la frescura de las cascadas que nacían riendo, el vuelo inquieto de las moscas verdes. Los envolvía un velo impalpable de haches mudas, el canto de un guardabarranca y el revoloteo de un shara.

El bañero asomó a la puerta preguntando si eran para
los señores los caballos que mandaban de Las Quebradi-
tas. El tiempo de salir del baño y de vestirse. Camila sintió un gusano en la toalla que se había puesto sobre los
hombros, mientras se peinaba, para no mojarse el vestido
con los cabellos húmedos. Sentirlo, gritar, venir Cara de
Ángel y acabar con el gusano, todo fue uno. Pero ella ya
no tuvo gusto: la selva entera le daba miedo, era como de
gusanos su respiración sudorosa, su adormecimiento sin
sueño.

Los caballos se espantaban las moscas con la cola al pie
de un amate. El mozo que los trajo se acercó a saludar a
Cara de Ángel con el sombrero en la mano.

—¡Ah, eres tú; buenos días! ¿Y qué andas haciendo por
aquí?...

—Trabajando, dende que usté me hizo el favor de sa-
carme del cuartel que ando por aquí, ya va para un año.

—Creo que nos agarró el tiempo...

—Así parece, pero yo más creyo, patrón, que es al sol
al que le está andando la mano más ligero, y no han pasado los azacuanes.

Cara de Ángel consultó a Camila si se marchaban; se
había detenido a pagar al bañero.

—A la hora que tú digas...

—Pero ¿no tienes hambre? ¿No quieres alguna cosa?
¡Tal vez aquí el bañero nos puede vender algo!

—¡Unos huevitos! —intervino el mozo, y de la bolsa
de la chaqueta, con más botones que ojales, sacó un pañuelo en el que traía envueltos tres huevos.

—Muchas gracias —dijo Camila—, tienen cara de estar
muy frescos.

—¡De usté son las gracias, niña, y en cuanto a los huevitos, son puro buenos; esta mañana los pusieron las galli-

nas y yo le dije a mi mujer: dejármelos por ai aparte, que se los pienso llevar a don Ángel!

Se despidieron del bañero, que seguía moqueando con el mal de ojo y comiendo frijoles.

—Pero yo decía —agregó el mozo— que bien bueno sería que la señora se bebiera los huevitos, que de aquí pa allá está un poco retirado y puede que le dé hambre.

—No, no me gustan crudos y me pueden hacer mal —contestó Camila.

—¡Yo porque veyo que la señora está un poco desmandada!

—Es que aquí, como me ve, me estoy levantando de la cama...

—Sí —dijo Cara de Ángel—, estuvo muy enferma.

—¡Pero ahora se va a alentar —observó aquel, mientras apretaba las cinchas de los galápagos—; a las mujeres, como a las flores, lo que les hace falta es riego; galana se va poner con el casamiento!

Camila bajó los párpados ruborosa, sorprendida como la planta que en lugar de hojas parece que le salen ojos por todos lados, pero antes miró a su marido y se desearon con la mirada, sellando el tácito acuerdo que entre los dos faltaba.

XXXV
CANCIÓN DE CANCIONES

Si el azar no nos hubiera juntado... —solían decirse. Y les daba tanto miedo haber corrido este peligro, que si estaban separados se buscaban, si se veían cerca se abrazaban, si se tenían en los brazos se estrechaban y además de estrecharse se besaban y además de besarse se miraban y al mirarse unidos se encontraban tan claros, tan dichosos, que caían en una transparente falta de memoria, en feliz concierto con los árboles recién inflados de aire vegetal verde, y con los pedacitos de carne envueltos en plumas de colores que volaban más ligero que el eco.

Pero las serpientes estudiaron el caso. Si el azar no los hubiera juntado, ¿serían dichosos?... Se sacó a licitación pública en las tinieblas la demolición del inútil encanto del paraíso y empezó el acecho de las sombras, vacuna de culpa húmeda, a enraizar en la voz vaga de las dudas y el calendario a tejer telarañas en las esquinas del tiempo.

Ni ella ni él podían faltar a la fiesta que esa noche daba el Presidente de la República en su residencia campestre.

Se encontraron como en casa ajena, sin saber qué hacer, tristes de verse juntos entre un sofá, un espejo y otros muebles, fuera del mundo maravilloso en que habían trans-

currido sus primeros meses de casados, con lástima uno del
otro, lástima y vergüenza de ser ellos.

Un reloj sonó horas en el comedor, mas les parecía encontrarse tan lejos que para ir allí tuvieron la impresión
de que había que tomar un barco o un globo. Y estaban
allí...

Comieron sin hablar siguiendo con los ojos el péndulo
que les acercaba la fiesta a golpecitos. Cara de Ángel se
levantó a ponerse el frac y sintió frío al enfundar las manos
en las mangas, como el que se envuelve en una hoja de plátano. Camila quiso doblar la servilleta, la servilleta le dobló las manos a ella, presa entre la mesa y la silla, sin fuerzas para dar el primer paso. Retiró el pie. El primer paso
estaba ahí. Cara de Ángel volvió a ver qué hora era y regresó a su habitación por sus guantes. Sus pasos se oyeron
a lo lejos como en un subterráneo. Dijo algo. Algo. Su voz
se oyó confusa. Un momento después vino de nuevo al
comedor con el abanico de su esposa. No sabía qué había
ido a traer a su cuarto y buscaba por todos lados. Por fin
se acordó, pero ya los tenía puestos.

—Vean que no se vayan a quedar las luces encendidas;
las apagan y cierran bien las puertas; se acuestan luego...
—recomendó Camila a las sirvientas, que les veían salir
desde la boca del pasadizo.

El carruaje desapareció con ellos al trote de los caballos
corpulentos en el río de monedas que formaban los arneses.
Camila iba hundida en el asiento del coche bajo el peso de
una somnolencia irremediable, con la luz muerta de las
calles en los ojos. De vez en cuando, el bamboleo del carruaje la levantaba del asiento, pequeños saltos que inte-
rrumpían el movimiento de su cuerpo, que iba siguiendo
el compás del coche. Los enemigos de Cara de Ángel contaban que el favorito ya no estaba en el candelero, insi-

nuando en el círculo de los amigos del Señor Presidente que en vez de llamarle por su nombre, le llamaran Miguel Canales. Mecido por el brincoteo de las llantas, Cara de Ángel saboreaba de antemano el susto que se iban a llevar al verlo en la fiesta.

El coche, desencadenado de la pedriza de las calles, se deslizó por una pendiente de arena fina como el aire, con el ruido aguacalado entre las ruedas. Camila tuvo miedo; no se veía nada en la oscuridad del campo abierto, aparte de los astros, ni se oía nada bajo el sereno que mojaba, solo el canto de los grillos; tuvo miedo y se crispó como si la arrastraran a la muerte por un camino o engaño de camino, que de un lado limitaba el abismo hambriento y de otro, el ala de Lucifer extendida como una roca en las tinieblas.

—¿Qué tienes? —le dijo Cara de Ángel, tomándola suavemente de los hombros para apartarla de la portezuela.

—¡Miedo!

—¡Isht, calla!...

—Este hombre nos va a embarrancar. Dile que no vaya tan ligero; ¡díselo! ¡Qué sin gracia! Parece que no sientes. ¡Díselo!, tan mudo...

—En estos carruajes... —empezó Cara de Ángel, mas lo hizo callar un apretón de su esposa y el golpe en seco de los resortes. Creyeron rodar al abismo.

»Ya pasó —se sobrepuso aquel—, ya pasó, es... Las ruedas se deben haber ido en una zanja...

El viento soplaba en lo alto de las rocas con quejidos de velamen roto. Cara de Ángel sacó la cabeza por la portezuela para gritar al cochero que tuviera más cuidado. Este volvió la cara oscura, picada de viruelas, y puso los caballos a paso de entierro.

El carruaje se detuvo a la salida de un pueblecito. Un oficial encapotado avanzó hacia ellos haciendo sonar las espuelas, los reconoció y ordenó al cochero que siguiera. El viento suspiraba entre las hojas de los maizales resecos y tronchados. El bulto de una vaca se adivinaba en un corral. Los árboles dormían. Doscientos metros más adelante se acercaron a reconocerlos dos oficiales, pero el carruaje casi no se detuvo. Y ya para apearse en la residencia presidencial, tres coroneles se acercaron a registrar el carruaje.

Cara de Ángel saludó a los oficiales del Estado Mayor. (Era bello y malo como Satán). Tibia nostalgia de nido flotaba en la noche inexplicablemente grande vista desde ahí. Un farolito señalaba en el horizonte el sitio en que velaba, al cuidado del señor Presidente de la República, un fuerte de artillería.

Camila bajó los ojos delante de un hombre de ceño mefistofélico, cargado de espaldas, con los ojos como tildes de eñes y las piernas largas y delgadas. En el momento en que ellos pasaban, este hombre alzaba el brazo con lento ademán y abría la mano, como si en lugar de hablar fuese a soltar una paloma.

—Partenios de Bithania —decía— fue hecho prisionero en la guerra de Mitríades y llevado a Roma, enseñó el alejandrino. De él lo aprendimos Propercio, Ovidio, Virgilio, Horacio y yo...

Dos señoras de avanzada edad conversaban a la puerta de la sala en que el Presidente recibía a sus invitados.

—Sí, sí —decía una de ellas pasándose la mano por el peinado de rodete—, ya yo le dije que se tiene que reelegir.

—Y él ¿qué le contestó? Eso me interesa...

—Solo se sonrió, pero yo sé que sí se reelegirá. Para nosotros, Candidita, es el mejor presidente que hemos tenido. Con decirle que desde que él está, Moncho, mi marido, no ha dejado de tener buen empleo.

A espaldas de estas señoras el Tícher pontificaba entre un grupo de amigos:

—A la que se da casa, es decir, a la casada, se le saca como una casaca...

—El Señor Presidente preguntó por usted —iba diciendo el auditor de Guerra a derecha e izquierda—, el Señor Presidente preguntó por usted, el Señor Presidente preguntó por usted...

—¡Muchas gracias! —le contestó el Tícher.

—¡Muchas gracias! —se dio por aludido un jockey negro, de las piernas en horqueta y los dientes de oro.

Camila habría querido pasar sin que la vieran. Pero imposible. Su belleza exótica, sus ojos verdes, descampados, sin ala, su cuerpo fino, copiado en el traje de seda blanco, sus senos de media libra, sus movimientos graciosos, y, sobre todo, su origen: hija del general Canales.

Una señora comentó en un grupo:

—No vale la pena. Una mujer que no se pone corsé... bien se ve que era mengala...

—Y que mandó a arreglar su vestido de casamiento para salir a las fiestas —murmuró otra.

—¡Los que no tienen como figurar, figúrense! —creyó oportuno agregar una dama de pelo ralo.

—¡Ay, qué malas somos! Yo dije lo del vestido porque se ve que están pobres.

—¡Claro que están pobres, en lo que está usted! —observó la del cabello ralo, y luego añadió en voz baja—: ¡Si dicen que el Señor Presidente no le da nada desde que casó con esta!...

—Pero Cara de Ángel es muy de él...

—¡Era!, dirá usted. Porque según dicen —no me lo crean a mí— este Cara de Ángel se robó a la que es su mujer para echarle pimienta en los ojos a la Policía, y que su suegro, el general, pudiera escaparse; ¡y así fue como se escapó!

Camila y Cara de Ángel seguían avanzando por entre los invitados hacia el extremo de la sala en que se encontraba el Presidente. Su Excelencia conversaba con un canónigo, doctor Irrefragable, en un grupo de señoras que al aproximarse al amo se quedaban con lo que iban diciendo metido en la boca, como el que se traga una candela encendida, y no se atreve a respirar ni a abrir los labios; de banqueros con proceso pendiente y libres bajo fianza; de amanuenses jacobinos que no apartaban los ojos del Señor Presidente, sin atreverse a saludarlo cuando él los miraba, ni a retirarse cuando dejaba de fijarse en ellos; de las lumbreras de los pueblos, con el ocote de sus ideas políticas apagado y una brizna de humanismo en su dignidad de pequeñas cabezas de león ofendidas al sentirse colas de ratón.

Camila y Cara de Ángel se aproximaron a saludar al Presidente. Cara de Ángel presentó a su esposa. El amo dispensó a Camila su diestra pequeñita, helada al contacto, y apoyó sobre ella los ojos al pronunciar su nombre, como diciéndole: «¡Fíjese quién soy!». El canónigo, mientras tanto, saludaba con los versos de Garcilaso la aparición de una beldad que tenía el nombre y singular de la que amaba Albanio:

> ¡Una obra sola quiso la Natura
> hacer como esta, y rompió luego apriesa
> la estampa do fue hecha tal figura!

Los criados repartían champaña, pastelitos, almendras saladas, bombones, cigarrillos. El champaña encendía el fuego sin llama del convite protocolar y todo, como por encanto, parecía real en los espejos sosegados y ficticio en los salones, así como el sonido hojoso de un instrumento primitivamente compuesto de tecomates y ya civilizado de cajoncitos de muerto.

—General... —resonó la voz del Presidente—, haga salir a los señores, que quiero cenar solo con las señoras...

Por las puertas que daban frente a la noche clara fueron saliendo los hombres en grupo compacto sin chistar palabra, cuáles atropellándose por cumplir presto la orden del amo, cuáles por disimular su enojo en el apresuramiento. Las damas se miraron sin osar recoger los pies bajo las sillas.

—El Poeta puede quedarse... —insinuó el Presidente. Los oficiales cerraron las puertas. El Poeta no hallaba donde colocarse entre tanta dama.

»Recite, Poeta —ordenó el Presidente—, pero algo bueno; el *Cantar de los cantares...*

Y el Poeta fue recitando lo que recordaba del texto de Salomón:

> *Canción de canciones la cual es de Salomón.*
> *¡Oh si él me besara con ósculos de su boca!*
> *Morena soy, oh hijas de Jerusalén,*
> *mas codiciable*
> *como las tiendas de Salomón.*
> *No miréis en que soy morena*
> *Porque el sol me miró...*

> *Mi amado es para mí un manojito de mirra*
> *que reposa entre mis pechos...*

> *Bajo la sombra del deseado me senté*
> *y su fruto fue dulce a mi paladar.*
> *Llevome a la cámara del vino*
> *y la bandera sobre mí fue amor...*

Yo os conjuro, oh doncellas de Jerusalén,
que no despertéis ni hagáis velar al amor,
hasta que quiera,
hasta que quiera...

He aquí que tú eres hermosa, amiga mía;
tus ojos entre tus guedejas como de paloma;
tus cabellos como manada de cabras;
tus dientes como manada de ovejas
que suben del lavadero,
todas son crías mellizas
y estéril no hay entre ellas...

Sesenta son las reinas y ochenta las concubinas...

El Presidente se levantó funesto. Sus pasos resonaron como pisadas del jaguar que huye por el pedregal de un río seco. Y desapareció por una puerta azotándose las espaldas con los cortinajes que separó al pasar.

Poeta y auditorio quedaron atónitos, pequeñitos, vacíos, malestar atmosférico de cuando se pone el sol. Un ayudante anunció la cena. Se abrieron las puertas y mientras los caballeros que habían pasado la fiesta en el corredor ganaban la sala tiritando, el Poeta vino hacia Camila y la invitó a cenar. Ella se puso en pie e iba a darle el brazo cuando una mano le detuvo por detrás. Casi da un grito. Cara de Ángel había permanecido oculto en una cortina a espaldas de su esposa; todos le vieron salir del escondite.

La marimba sacudía sus miembros entablillados atada a la resonancia de sus cajones de muerto.

XXXVI
LA REVOLUCIÓN

No se veía nada delante. Detrás avanzaban los reptiles silenciosos, largos, escaramuzas de veredas que desdoblaban ondulaciones fluidas, lisas, heladas. A la tierra se le contaban las costillas en los aguazales secos, flaca, sin invierno. Los árboles subían a respirar a lo alto de los ramajes densos, lechosos. Los fogarines alumbraban los ojos de los caballos cansados. Un soldado orinaba de espaldas. No se le veían las piernas. Era necesario explicárselo, pero no se lo explicaban, atareados como estaban sus compañeros en limpiar las armas con sebo y pedazos de fustanes que todavía olían a mujer. La muerte se los iba llevando, los secaba en sus camas uno por uno, sin mejoría para los hijos ni para nadie. Mejor era exponer el pellejo a ver qué se sacaba. Las balas no sienten cuando atraviesan el cuerpo de un hombre; creen que la carne es aire tibio, dulce, aire un poco gordito. Y pían como pajarracos. Era necesario explicárselo, pero no se lo explicaban, ocupados como estaban en dar filo a los machetes comprados por la revolución en una ferretería que se quemó. El filo iba apareciendo como la risa en la cara de un negro. ¡Cante, compadre, decía una voz, que dende-oíto le oí cantar!

Para qué me cortejeastes,
ingrato, teniendo dueña,
mejor me hubieras dejado
para arbolito de leña...

¡Sígale, compadre, el tono!...

La fiesta de la laguna
nos agarró de repente;
este año no hubo luna
ni tampoco vino gente...

¡Cante, compadre!

El día que tú nacistes,
ese día nací yo,
y hubo tal fiesta en el cielo
que hasta tata Dios fondeó...

¡Cante, compadrito, cante!... El paisaje iba tomando quinina de luna y tiritaban las hojas de los árboles. En vano habían esperado la orden de avanzar. Un ladrido remoto señalaba una aldea invisible. Amanecía. La tropa, inmovilizada, lista esa noche para asaltar la primera guarnición, sentía que una fuerza extraña, subterránea, le robaba movilidad, que sus hombres se iban volviendo de piedra. La lluvia hizo papa la mañana sin sol. La lluvia corría por la cara y la espalda desnuda de los soldados. Todo se oyó después en grande en el llanto de Dios. Primero solo fueron noticias entrecortadas, contradictorias. Pequeñas voces que por temor a la verdad no decían todo lo que sabían. Algo muy hondo se endurecía en el corazón de los soldados: una bola de hierro, una huella de huesos. Como una sola herida sangró todo el campo: el general Canales había muerto. Las noticias se concretaban en sílabas y frases. Sílabas de silabario. Frases de oficio de difuntos. Cigarrillos y aguardiente teñido con pólvora y malhayas. No era de creer lo que contaban, aunque fuera cierto. Los viejos callaban impacientes por saber la mera verdad, unos de pie, otros echados, otros acurrucados. Estos se arrancaban el sombrero de petate, lo somataban en el suelo y se cogían la cabeza a rascones. Por allí habían volado los muchachos, quebrada abajo, en busca de noticias. La reverberación solar atontaba. Una nube de pájaros se revolvía a lo lejos. De vez en cuando sonaba un disparo. Luego entró la tarde. Cielo de matadura bajo el mantillón roto de las nubes. Los fuegos de los *vivacs* se fueron apagando y todo fue una gran masa oscura, una solíngrima tiniebla; cielo, tierra, animales, hombres. El galope de un caballo turbó el silencio con su ¡cataplán, cataplán!, que el eco repasó en la tabla de multiplicar. De centinela en centinela se fue oyendo más y más próximo, y no tardó en llegar, en confundirse con ellos, que creían soñar despiertos al oír lo que contaba el jinete. El general Canales había fallecido de repente, al acabar de comer, cuando salía a ponerse al frente de las tropas. Y ahora la orden era de esperar. «¡Algo le dieron, raíz de chiltepe, aceitillo que no deja rastro cuando mata, que qué casual que muriera en ese momento!», observó una voz. «¡Y es que se debía haber cuidado!», suspiró otra. ¿Ahhhhh?... Todos callaron conmovidos hasta los calcañales desnudos, enterrados en la tierra... ¿Su hija?...

Y al cabo de un rato largo como un mal rato, agregó otra voz: «¡Si quieren, la maldigo; yo sé una oración que me enseñó un brujo de la costa; fue una vez que escaseó el maíz en la montaña y yo bajé a comprar, que la aprendí!... ¿Quieren?...». «¡Pues ai ve vos —respondió otra habla en la sombra—, lo que es por mí lo aprebo porque mató a su pagre».

El galope del caballo volvió de nuevo al camino —¡cataplán, cataplán, cataplán!—; se escucharon de nuevo los gritos de los centinelas, y de nuevo reinó el silencio. Un eco de coyotes subió como escalera de dos bandas hasta la luna que asomó tardía y con una gran rueda alrededor. Más tarde se oyó un retumbo.

Y con cada uno de los que contaban lo sucedido, el general Canales salía de su tumba a repetir su muerte: sentábase a comer delante de una mesa sin mantel a la luz de un quinqué, se oía el ruido de los cubiertos, de los platos, de los pies del asistente, se oía servir un vaso de agua, desdoblar un periódico y... nada más, ni un quejido. Sobre la mesa lo encontraron muerto, el cachete aplastado sobre *El Nacional,* los ojos entreabiertos, vidriosos, absortos en una visión que no estaba allí.

Los hombres volvieron a las tareas cotidianas con disgusto; ya no querían seguir de animales domésticos y habían salido a la revolución de Chamarrita, como llamaban cariñosamente al general Canales, para cambiar la vida, y porque Chamarrita les ofrecía devolverles la tierra que con el pretexto de abolir las comunidades les arrebataron a la pura garnacha; repartir equitativamente las tomas de agua; suprimir el poste; implantar la tortilla obligatoria por dos años; crear cooperativas agrícolas para la importación de maquinaria, buenas semillas, animales de raza, abonos, técnicos; facilitación y abaratamiento del transporte; exportación y venta de los productos; limitar la prensa a manos de personas electas por el pueblo y responsables directamente ante el mismo pueblo; abolir la escuela privada, crear impuestos proporcionales; abaratar las medicinas; fundir a los médicos y abogados y dar la libertad de cultos, entendida en el sentido de que los indios, sin ser perseguidos, pudiesen adorar a sus divinidades y rehacer sus templos.

Camila supo el fallecimiento de su padre muchos días después. Una voz desconocida le dio la noticia por teléfono.

—Su padre murió al leer en el periódico que el Presidente de la República había sido padrino de su boda...

—¡No es verdad! —gritó ella...

—¿Que no es verdad? —se le rieron en las narices.

—¡No es verdad, no fue padri...! ¡Aló! ¡Aló! —Ya habían cortado la comunicación; bajaron el interruptor poco a poquito, como el que se va a escondidas—. ¡Aló! ¡Aló!... ¡Aló!...

Se dejó caer en un sillón de mimbre. No sentía nada. Un rato después levantó el plano de la estancia tal y como estaba ahora, que no era como estaba antes; antes tenía otro color, otra atmósfera. ¡Muerto! ¡Muerto! ¡Muerto! Trenzó las manos para romper algo y rompió a reír con las mandíbulas trabadas y el llanto detenido en los ojos verdes.

Una carreta de agua pasó por la calle; lagrimeaba el grifo y los botes de metal reían.

XXXVII
EL BAILE DE TOHIL

—Los señores ¿qué toman?...

—Cerveza...

—Para mí, no; para mí, whisky...

—Y para mí, coñac...

—Entonces son...

—Una cerveza...

—Un whisky y un coñac...

—¡Y unas boquitas!

—Entonces son una cerveza, un whisky, un coñá y unas bocas...

—¡Y a mí... go que me coma el chucho! —se oyó la voz de Cara de Ángel, que volvía abrochándose la bragueta con cierta prisa.

—¿Qué va a tomar?

—Cualquier cosa; tráeme una chibola...

—¡Ah, pues... entonces son una cerveza, un whisky, un coñá y una chibola!

Cara de Ángel trajo una silla y vino a sentarse al lado de un hombre de dos metros de alto, con ademanes y gestos de negro, a pesar de ser blanco, la espalda como línea férrea, una yunta de yunques que parecían manos, y una cicatriz entre las cejas rubias.

—Déjeme lugar, Míster Gengis —dijo aquel—, que voy a poner mi silla junto a la de usted.

—Con pleto gusto, señor...

—Y solo bebo y me largo, porque el patrón me está esperando.

—¡Ah! —siguió Míster Gengis—, ya que usted va a ver al Señor Presidente, precisa dejar de ser muy baboso y decirle que no están nada ciertas, pero nada ciertas, las cosas que ai andan diciendo de usted.

—Eso se cae de su peso —observó otro de los cuatro, el que había pedido coñac.

—¡Y a mí me lo dice usted! —intervino Cara de Ángel, dirigiéndose a Míster Gengis.

—¡Y a cualquiera! —exclamó el gringo somatando las manos abiertas sobre la mesa de mármol—. ¡Por supuesto! Mí estar aquí esta noche aquella y oír de mis oídos al auditor que decía de usted ser enemigo de la reelección y con el difunto general Canales, amigo de la revolución.

Cara de Ángel disimulaba mal la inquietud que sentía. Ir a ver al Presidente en aquellas circunstancias era temerario.

El criado se acercó a servir. Lucía gabacha blanca y en la gabacha bordada con cadenita roja la palabra «Gambrinus».

—Son un whisky..., una cerveza...

Míster Gengis se pasó el whisky sin parpadear, de tesón, como el que apura un purgante; luego, sacó la pipa y la llenó de tabaco.

—Sí, amigo, el rato menos pensado lleg-a a oídos del patrón esas cosas y ya tuvo usted para no divertirse mucho. Debe aprovechar ahora y decirle claro lo que es y lo que no es; vaya una ocasión con más pelo que un elote.

—Recibido el consejo, Míster Gengis, y hasta la vista; voy a buscar un carruaje para llegar más rápido; muchas gracias, ¿eh?, y hasta luego todo el mundo.

Míster Gengis encendió la pipa.

—¿Cuántos whiskys lleva, Míster Gengis? —dijo uno de los que estaban en la mesa.

—¡Di-e-ci-ocho! —contestó el gringo, la pipa en la boca, un ojo entrecerrado y el otro azul azul abierto sobre la llamita amarilla del fósforo.

—¡Qué razón tiene usted! ¡El whisky es una gran cosa!

—A saber Dios, mí no sabría decirlo; eso pregúntelo usted a los que no beben como mí bebe, por pura desesperación...

—¡No diga eso, Míster Gengis!

—¡Cómo que no diga eso, si eso es lo que siente! En mi país todo el mundo dice lo que siente. Completamente.

—Una gran cualidad...

—¡Oh no, a mí me gusto más aquí con ustedes: decir lo que no se siente con tal que sea muy bonito!

—Entonces allá, con ustedes, no se conocen los cuentos...

—¡Oh, no, absolutamente; todo lo que estar cuento ya está la Biblia divinamente!

—¿Otro whisky, Míster Gengis?

—¡Ya lo creo que sí me lo voy a beber el otro whisky!

—¡Bravo, así me gusta, es usted de los que mueren en su ley!

—*Comment?*

—Dice mi amigo que usted es de los que mueren...

—Sí, ya entiende de los que mueren en su ley, no; mí ser de los que viven en su ley; mí ser más vivo; morir no importa, y si puede, que me muero en la ley de Dios.

—¡Lo que es este Míster Gengis quisiera ver llover whisky!

—No, no, ¿por qué?... Entonces ya no se venderían los paraguas para paraguas, sino para embudos. —Y añadió, después de una pausa que llenaban el humo de su pipa y su respirar algodonoso, mientras los otros reían—: ¡Bueno-muchacho este Cara de Ángel; pero si no hace lo que yo le diga, no va a tener perdón nunca y se va a ir mucho a la droga!

Un grupo de hombres silenciosos entró en la cantina de sopapo; eran muchos y la puerta no alcanzaba para todos al mismo tiempo. Los más quedaron en pie a un lado de la puerta, entre las mesas, junto al mostrador. Iban de pasada, no valía la pena de sentarse. «¡Silencio!», dijo un medio bajito, medio viejo, medio calvo, medio sano, medio loco, medio ronco, medio sucio, extendiendo un cartelón impreso que otros dos le ayudaron a pegar con cera negra en uno de los espejos de la cantina.

«CIUDADANOS:

»Pronunciar el nombre del Señor Presidente de la República es alumbrar con las antorchas de la paz los sagrados intereses de la Nación que bajo su sabio mando ha conquistado y sigue conquistando los inapreciables beneficios del Progreso en todos los órdenes y del Orden en todos los progresos!!!! Como ciudadanos libres, conscientes de la obligación en que estamos de velar por nuestros destinos, que son los destinos de la Patria, y como hombres de bien, enemigos de la Anarquía, ¡¡¡proclamamos!!! que la salud de la República está en la REELECCIÓN DE NUESTRO EGREGIO MANDATARIO Y NADA MÁS QUE EN SU REELECCIÓN! ¿Por qué aventurar la barca del Estado en lo que no conocemos, cuando a la cabeza de ella se encuentra el Estadista más completo de nuestros tiempos, aquel a quien la Historia saludará Grande entre los Grandes, Sabio entre los Sabios, Liberal, Pensador y Demócrata??? ¡El solo imaginar a otro que no sea Él en tan alta magistratura es atentatorio contra los Destinos de la Nación, que

son nuestros destinos, y quien tal osara, que no habrá
quién, debería ser recluido por loco peligroso y de no estar
loco, juzgado por traidor a la Patria conforme a nuestras
leyes!!! CONCIUDADANOS, LAS URNAS OS ESPERAN!!! VO-
TAD!!!! POR!!! NUESTRO!!! CANDIDATO!!! QUE!!! SERÁ!!!
REELEGIDO!!! POR!!! EL!!! PUEBLO!!!».

La lectura del cartelón despertó el entusiasmo de cuantos se encontraban en la cantina; hubo vivas, aplausos,
gritos, y a pedido de todos habló un desguachipado de
melena negra y ojos talcosos.

—¡Patriotas, mi pensamiento es de Poeta, de ciudadano
mi lengua patria! Poeta quiere decir el que inventó el cielo;
os hablo, pues, en inventor de esa tan inútil, bella cosa que
se llama el cielo. ¡Oíd mi desgonzada jerigonza!... Cuando
aquel alemán que no comprendieron en Alemania, no Goethe,
no Kant, no Schopenhauer, trató del Superlativo del Hombre, fue presintiendo, sindudamente, que de Padre Cosmos
y Madre Naturaleza, iba a nacer en el corazón de América
el primer hombre superior que haya jamás existido. Hablo,
señores, de ese romaneador de auroras que la Patria llama
Benemérito, Jefe del Partido y Protector de la Juventud
Estudiosa; hablo, señores, del Señor Presidente Constitucional de la República, como, sin duda, vosotros todos habéis
comprendido, por ser él el Prohombre de «Nitche», el Superúnico... Lo digo y lo repito desde lo alto de esta tribu!...
—Y al decir así dio con el envés de la mano en el mostrador
de la cantina—... Y de ahí, compatriotas, que sin ser de esos
que han hecho de la política el ganapán ni de aquellos que
dicen haber inventado el perejil chino por haberse aprendido de memoria las hazañas de Chilperico; crea desinteresada-
íntegra-honradamente que mientras no exista entre nosotros
otro ciudadano hipersuperhombre, superciudadano, solo

estando locos o ciegos, ciegos o locos de atar, podríamos permitir que se pasaran las riendas del gobierno de las manos del auriga-super-único que ahora y siempre guiará el carro de nuestra adorada Patria a las manos de otro ciudadano, de un ciudadano cualquiera, de un ciudadano, conciudadanos, que aun suponiéndole todos los merecimientos de la tierra, no pasaría de ser hombre. La Democracia acabó con los Emperadores y los Reyes en la vieja y fatigada Europa, mas, preciso reconocer es, y lo reconocemos, que trasplantada a América sufre el injerto cuasi divino del Superhombre y da contextura a una nueva forma de gobierno: la Superdemocracia. Y a propósito, señores, voy a tener el gusto de recitar...

—Recite, poeta —se alzó una voz—, pero no la oda...

—... ¡mi Nocturno en Do Mayor al Superúnico!

Siguieron al poeta en el buen uso de la palabra otros más exaltados contra el nefando bando, la cartilla de San Juan, el silabario de la abracadabra y otros supositorios teologales. A uno de los asistentes le salió sangre de las narices y entre discurso y discurso pedía con gritos de sed que le trajeran un ladrillo nuevo empapado en agua para olerlo y que se le contuviera la hemorragia.

—Ya a estas horas —dijo Míster Gengis— está Cara de Ángel entre la pared y el Señor Presidente. Mi gust-o cómo habla este poeta, pero yo cre-e que debe ser muy triste ser poeta; solo ser licenciado debe de ser la más triste cosa del mundo. ¡Y ya me voy a beber el otro whisky! ¡Otro whisky —gritó— para este super-hiper-ferro-casi-carri-lero!

Al salir del Gambrinus, Cara de Ángel encontró al ministro de la Guerra.

—¿Para dónde la tira, general?

—Para onde el Patrón...

—Entonces vonos juntos...

—¿Va usted también para allá? Esperemos mi carruaje, que no tardará en venir. Ni le cuento; vengo de con una viuda...

—Ya sé que le gustan las viudas alegres, general...

—¡Nada de músicas!

—¡No, si no es música, es Clicot!

—¡Qué Clicot ni qué india envuelta, postrimería de carne y hueso!

—¡Caracoles!

El carruaje rodaba sin hacer ruido, como sobre ruedas de papel secante. En los postes de las esquinas se oían los golpes de los gendarmes que se pasaban la señal de «avanza el ministro de la Guerra, avanza el ministro de la Guerra, avanza...».

El Presidente se paseaba a lo largo de su despacho, corto de pasos, el sombrero en la coronilla traído hacia adelante, el cuello de la americana levantado sobre una venda que le cogía la nuca y los botones del chaleco sin abrochar. Traje negro, sombrero negro, botines negros...

—¿Qué tiempo hace, general?

—Fresco, Señor Presidente...

—Y Miguel sin abrigo...

—Señor Presidente...

—Nada, estás que tiemblas y vas a decirme que no tienes frío. Eres muy desaconsejado. General, mande a casa de Miguel a que le traigan el abrigo inmediatamente.

El ministro de la Guerra salió que saludos se hacía —por poco se le cae la espada—, mientras el Presidente tomaba asiento en un sofá de mimbre, ofreciendo a Cara de Ángel el sillón más próximo.

—Aquí, Miguel, donde yo tengo que hacerlo todo, estar en todo, porque me ha tocado gobernar en un pueblo de gente de voy —dijo al sentarse—, debo echar mano de los amigos para aquellas cosas que no puedo hacer yo mismo. Esto de gente de voy —se dio una pausa— quiere decir gente que tiene la mejor intención del mundo para hacer y deshacer, pero que por falta de voluntad no hace ni deshace nada, que ni huele ni hiede, como caca de loro. Y es así como entre nosotros el industrial se pasa la vida repite y repite: voy a introducir una fábrica, voy a montar una maquinaria nueva, voy a esto, voy a lo otro, a lo de más allá; el señor agricultor, voy a implantar un cultivo, voy a exportar mis productos; el literato, voy a componer un libro; el profesor, voy a fundar una escuela; el comerciante, voy a intentar tal o cual negocio, y los periodistas —¡esos cerdos que a la manteca llaman alma!—, vamos a mejorar el país; mas, como te decía al principio, nadie hace nada y, naturalmente, soy yo, es el Presidente de la República el que lo tiene que hacer todo, aunque salga como el cohetero. Con decir que si no fuera por mí no existiría la fortuna, ya que hasta de diosa ciega tengo que hacer en la lotería...

Se sobó el bigote cano con la punta de los dedos transparentes, frágiles, color de madera de carrizo, y continuó cambiando de tono:

—Viene todo esto a que me veo obligado por las circunstancias a aprovechar los servicios de los que, como tú, si cerca me son preciosos, más aún fuera de la República, allí donde las maquinaciones de mis enemigos y sus intrigas y escritos de mala cepa están a punto de dar al traste con mi reelección...

Dejó caer los ojos como dos mosquitos atontados, ebriedad de sangre, sin dejar de hablar:

—No me refiero a Canales ni a sus secuaces: ¡la muerte ha sido y será siempre mi mejor aliada, Miguel! Me refiero a los que tratan de influir en la opinión norteamericana con el objeto de que Washington me retire su confianza. ¿Que a la fiera enjaulada se le empieza a caer el pelo y que por eso no quiere que se lo soplen? ¡Muy bien! ¿Que soy un viejo que tiene el cerebro en salmuera y el corazón más duro que matilisguate? ¡Mala gente, mas está bien que lo digan! Pero que los mismos paisanos se aprovechen, por cuestiones políticas, de lo que yo he hecho por salvar al país de la piratería de esos hijos de tío y puta eso es lo que ya no tiene nombre. Mi reelección está en peligro y por eso te he mandado llamar. Necesito que pases a Washington y que me informes detalladamente de lo que sucede en esas cegueras de odio, en esos entierros en los que para ser el bueno, como en todos los entierros, habría que ser el muerto.

—El Señor Presidente... —tartamudeó Cara de Ángel entre la voz de Míster Gengis que le aconsejaba poner las cosas en claro y el temor de echar a perder por indiscreto un viaje que desde el primer momento comprendió que era su salvación—. El Señor Presidente sabe que me tiene para todo lo que él me ordene incondicionalmente a sus órdenes; sin embargo, si el Señor Presidente me quisiera permitir dos palabras, ya que mi aspiración ha sido siempre ser el último de sus servidores, pero el más leal y consecuente, querría pedirle, si el Señor Presidente no ve obstáculo alguno, que antes de confiarme tan delicada misión, se tomara la molestia de ordenar que se investiguen si son o no son ciertos los gratuitos cargos que de enemigo del Señor Presidente me hace, para citar nombre, el auditor de Guerra...

—Pero ¿quién está dando oídos a esas fantasías?

—El Señor Presidente no puede dudar de mi incondicional adhesión a su persona y a su gobierno; pero no quiero que me otorgue su confianza sin controlar antes si son o no ciertos los dichos del auditor.

—¡No te estoy preguntando, Miguel, qué es lo que debo hacer! ¡Acabáramos! Todo lo sé y voy a decirte más: en este escritorio tengo el proceso que la Auditoría de Guerra inició contra ti cuando la fuga de Canales, y más todavía: puedo afirmarte que el odio del auditor de Guerra se lo debes a una circunstancia que tú tal vez ignoras: el auditor de Guerra, de acuerdo con la Policía, pensaba raptar a la que ahora es tu mujer y venderla a la dueña de un prostíbulo, de quien, tú lo sabes, tenía diez mil pesos recibidos a cuenta; la que pagó el pato fue una pobre mujer que ai anda medio loca.

Cara de Ángel se quedó quieto, dueño de sus más pequeños gestos delante del amo. Refundido en la negrura de sus ojos aterciopelados, depuso en su corazón lo que sentía, pálido y helado como el sillón de mimbre.

—Si el Señor Presidente me lo permitiera, preferiría quedar a su lado y defenderlo con mi propia sangre.

—¿Quiere decir que no aceptas?

—De ninguna manera, Señor Presidente...

—Entonces, palabras aparte, todas esas reflexiones están de más; los periódicos publicarán mañana la noticia de tu próxima partida y no es cosa de dejarme colgado; el ministro de la Guerra tiene orden de entregarte hoy mismo el dinero necesario para los preparativos del viaje; a la estación te mandaré los gastos y las instrucciones.

Una palpitación subterránea de reloj subterráneo que marca horas fatales empezaba para Cara de Ángel. Por una ventana abierta de par en par entre sus cejas negras distinguía una fogata encendida junto a cipresales de carbón verdoso y tapias de humo blanco, en medio de un patio borrado por la noche, amasia de centinelas y almácigo de estrellas. Cuatro sombras sacerdotales señalaban las esquinas del patio, las cuatro vestidas de musgo de adivinaciones fluviales, las cuatro con las manos de piel de rana más verde que amarilla, las cuatro con un ojo cerrado en parte de la cara sin tiznar y un ojo abierto, terminado en chichita de lima, en parte de la cara comida de oscuridad. De pronto, se oyó el sonar de un tun, un tun, un tun, un tun, y muchos hombres untados de animales entraron saltando en filas de maíz. Por las ramas del tun, ensangrentadas y vibrátiles, bajaban los cangrejos de los tumbos del aire y corrían los gusanos de las tumbas del fuego. Los hombres bailaban para no quedar pegados a la tierra con el sonido del tun, para no quedar pegados al viento con el sonido del tun, alimentando la hoguera con la trementina de sus frentes. De una penumbra color de estiércol vino un hombrecillo con cara de güisquil viejo, lengua entre los carrillos, espinas en la frente, sin orejas, que llevaba al ombligo un cordón velludo adornado de cabezas de guerreros y hojas de ayote; se acercó a soplar las macollas de llamas y entre la alegría ciega de los tacuazines se robó el fuego con la boca masticándolo para no quemarse como copal. Un grito se untó a la oscuridad que trepaba a los árboles y se oyeron cerca y lejos las voces plañideras de las tribus que abandonadas en la selva, ciega de nacimiento, luchaban con sus tripas —animales del hambre—, con sus gargantas —pájaros de la sed— y su miedo, y sus bascas, y sus necesidades corporales, reclamando a Tohil, Dador del Fuego, que les devolviera el ocote encendido de la luz. Tohil llegó cabalgando un río hecho de pechos de paloma que se deslizaba como leche. Los venados corrían para que no se detuviera el agua, venados de cuernos más finos que la lluvia y patitas que acababan en aire aconsejado por arenas pajareras. Las aves corrían para que no se parara el reflejo nadador del agua. Aves de huesos más finos que sus plumas. ¡Re-tun-tun! ¡Re-tun-tun!..., retumbó bajo la tierra. Tohil exigía sacrificios humanos. Las tribus trajeron a su presencia los mejores cazadores, los de la cerbatana erecta, los de las hondas de pita siempre cargadas. «Y estos hombres, ¡qué!; ¿cazarán hombres?», preguntó Tohil. ¡Re-tun-tun! ¡Re-tun-tun!..., retumbó bajo la tierra. «¡Como tú lo pides —respondieron las tribus—, con tal que nos devuelvas el fuego, tú, el Dador de Fuego, y que no se nos enfríe la carne, fritura de nuestros huesos, ni el aire, ni las uñas, ni la lengua, ni el pelo! ¡Con tal que no se nos siga muriendo la vida, aunque nos degollemos todos para que siga viviendo la muerte!». «¡Estoy contento!», dijo Tohil. ¡Re-tun-tun! ¡Re-tun-tun!, retumbó bajo la tierra. «¡Estoy contento! Sobre hombres cazadores de hombres puedo asentar mi gobierno. No habrá ni verdadera muerte ni verdadera vida. ¡Que se me baile la jícara!».

Y cada cazador-guerrero tomó una jícara, sin despegársela del aliento que le repellaba la cara, al compás del tun, del retumbo y el tun de los tumbos y el tun de las tumbas, que le bailaban los ojos a Tohil.

Cara de Ángel se despidió del Presidente después de aquella visión inexplicable. Al salir, el ministro de Guerra le llamó para entregarle un fajo de billetes y su abrigo.

—¿No se va, general? —casi no encontraba las palabras.

—Si pudiera... Pero mejor por ai lo alcanzo, o nos vemos tal vez otro día; tengo que estar aquí, vea... —y torció la cabeza sobre el hombro derecho—, escuchando la voz del amo.

XXXVIII
EL VIAJE

Y ese río que corría sobre el techo, mientras arreglaba los baúles, no desembocaba allí en la casa, desembocaba muy lejos, en la inmensidad que daba al campo, tal vez al mar. Un puñetazo de viento abrió la ventana; entró la lluvia como si se hubieran hecho añicos los cristales, se agitaron las cortinas, los papeles sueltos, las puertas, pero Camila siguió en sus arreglos; la aislaba el hueco de los baúles que iba llenando y aunque la tempestad le prendiera alfileres de relámpago en el pelo, no sentía nada lleno ni diferente, sino todo igual, vacío, cortado, sin peso, sin cuerpo, sin alma, como estaba ella.

—... ¡Entre vivir aquí y vivir lejos de la fiera! —repitió Cara de Ángel al cerrar la ventana—. ¿Qué dices?... ¡Solo eso me faltaba! ¡Acaso me le voy huido!

—Pero con lo que me contabas anoche de los brujos jicaques que bailan en su casa...

—¡Si no es para tanto!... —Un trueno ahogó su voz—... Y además, dime: ¿qué podrían adivinar? Hazme el favor: el que me manda a Washington es él; él es el que me paga el viaje... Así, ¡caramba! Ahora, que cuando esté lejos cambie de parecer, todo cabe en lo posible: te vienes tú con el pretexto de que estás o estoy enfermo y que por vida suya nos busque después en el almanaque...

—Y si no me va dejando salir...

—Pues vuelvo yo callada la boca y nada se ha perdido, ¿no te parece? La peor cacha es la que no se hace...

—¡Tú todo lo ves tan fácil!...

—Y con lo que tenemos podemos vivir en cualquier parte; y vivir, lo que se llama vivir, que no es este estarse repitiendo a toda hora: «Pienso con la cabeza del Señor Presidente, luego existo, pienso con la cabeza del Señor Presidente, luego existo...».

Camila se le quedó mirando con los ojos metidos en agua, la boca como llena de pelo, los oídos como llenos de lluvia.

—Pero ¿por qué lloras?... No llores...

—¿Y qué quieres que haga?...

—¡Con las mujeres siempre ha de ser la misma cosa!

—¡Déjame!...

—¡Te vas a enfermar si sigues llorando así; sea por Dios!...

—¡No, déjame!...

—¡Ya parece que me fuera a morir o me fueran a enterrar vivo!

—¡Déjame!

Cara de Ángel la guardó entre sus brazos. Por sus mejillas de hombre duro para llorar corrían dos lágrimas torcidas y quemantes como clavos que no acaban de arrancarse.

—Pero me escribes... —murmuró Camila.

—Por supuesto...

—¡Mucho te lo encargo! Mira que nunca hemos estado separados. No me vayas a tener sin carta; para mí va a ser agonía que pasen los días y los días sin saber de ti... ¡Y cuídate! No te fíes de nadie, ¿oyes? Que no se te entre por un oído, de nadie, y menos de los paisanos, que son tan mala gente... ¡Pero lo que más te encargo es... —los besos de su marido le cortaban las palabras— ... que... te encargo... es que... que... te encargo... es que me escribas!

Cara de Ángel cerró los baúles sin apartar los ojos de los de su esposa cariñosos y zonzos. Llovía a cántaros. El agua se escurría por las canales con peso de cadena. Los ahogaba la aflictiva noción del día próximo, ya tan próximo, y sin decir palabra —todo estaba listo— se fueron quitando los trapos para meterse en la cama, entre el tijereteo del reloj que les hacía pedacitos las últimas horas —¡tijeretictac!, ¡tijeretictac!, ¡tijeretictac!...— y el zumbido de los zancudos que no dejaban dormir.

—¡Ahora sí que dialtiro se me pasó por alto que cerraran los cuartos para que no se entraran los zancudos! ¡Qué tont-ay, Dios mío!

Por toda respuesta, Cara de Ángel la estrechó contra su pecho; la sentía como ovejita sin balido, desvalida.

No se atrevía a apagar la luz, ni a cerrar los ojos, ni a decir palabra. Estaban tan cerca en la claridad, cava tal distancia la voz entre los que se hablan, los párpados separan tanto... Y luego que en la oscuridad era como estar lejos, y luego que con todo lo que querían decirse aquella última noche, por mucho que se dijeran, todo les habría parecido dicho como por telegrama.

La bulla de las criadas, que andaban persiguiendo un pollo entre los sembrados, llenó el patio. Había cesado la lluvia y el agua se destilaba por las goteras como en una clepsidra. El pollo corría, se arrastraba, revoloteaba, se somataba por escapar a la muerte.

—Mi piedrecita de moler... —le susurró Cara de Ángel al oído, aplanchándole con la palma de la mano el vientrecillo combo.

—Amor... —le dijo ella recogiéndose contra él. Sus piernas dibujaron en la sábana el movimiento de los remos que se apoyan en el agua arrebujada de un río sin fondo.

Las criadas no paraban. Carreras. Gritos. El pollo se les iba de las manos palpitante, acoquinado, con los ojos fuera, el pico abierto, medio en cruz las alas y la respiración en largo hilván.

Hechos un nudo, regándose de caricias con los chorritos temblorosos de los dedos, entre muertos y dormidos, atmosféricos, sin superficie... —¡Amor! —le dijo ella—... —¡Cielo! —le dijo él—... ¡Mi cielo! —le dijo ella...

El pollo dio contra el muro o el muro se le vino encima... Las dos cosas se le sentían en el corazón... Le retorcieron el pescuezo... Como si volara muerto sacudía las alas... «¡Hasta se ensució, el desgraciado!», gritó la cocinera y sacudiéndose las plumas que le moteaban el delantal fue a lavarse las manos en la pila llena de agua llovida.

Camila cerró los ojos... El peso de su marido... El aleteo... La queda mancha...

El reloj, más lento, ¡tijeretic!, ¡tijeretac!, ¡tijeretic!, ¡tijeretac!...

Cara de Ángel se apresuró a hojear los papeles que el Presidente le había mandado con un oficial a la estación. La ciudad arañaba el cielo con las uñas sucias de los tejados al irse quedando y quedando atrás. Los documentos le tranquilizaron. ¡Qué suerte alejarse de aquel hombre en carro de primera, rodeado de atenciones, sin cola con orejas, con cheques en la bolsa! Entrecerró los ojos para guardar mejor lo que pensaba. Al paso del tren los campos cobraban movimientos y echaban a correr como chiquillos uno tras otro, uno tras otro, uno tras otro: árboles, casas, puentes...

... ¡Qué suerte alejarse de aquel hombre en carro de primera!...

... Uno tras otro, uno tras otro, uno tras otro... ... La casa perseguía al árbol, el árbol a la cerca, la cerca al puente, el puente al camino, el camino al río, el río a la montaña, la montaña a la nube, la nube a la siembra, la siembra al labriego, el labriego al animal...

... Rodeado de atenciones, sin cola con orejas...

... El animal a la casa, la casa al árbol, el árbol a la cerca, la cerca al puente, el puente al camino, el camino al río, el río a la montaña, la montaña a la nube...

... Una aldea de reflejos corría en un arroyo de pellejito transparente y oscuro fondo de mochuelo...

... La nube a la siembra, la siembra al labriego, el labriego al animal, el animal...

... Sin cola con orejas, con cheques en la bolsa...

... El animal a la casa, la casa al árbol, el árbol a la cerca, la cerca...

... ¡Con muchos cheques en la bolsa!...

... Un puente pasaba como violineta por las bocas de las ventanillas... ... Luz y sombra, escalas, fleco de hierro, alas de golondrinas...

... La cerca al puente, el puente al camino, el camino al río, el río a la montaña, la montaña...

Cara de Ángel abandonó la cabeza en el respaldo del asiento de junco. Seguía la tierra baja, plana, caliente, inalterable de la costa con los ojos perdidos de sueño y la sensación confusa de ir en el tren, de no ir en el tren, de irse quedando atrás del tren, cada vez más atrás del tren, más atrás del tren, más atrás del tren, más atrás del tren, cada vez más atrás, cada vez más atrás, cada vez más atrás, más y más cada vez, cada ver cada vez, cada ver cada vez, cada ver cada vez, cada ver cada vez, cada ver cada ver cada ver cada ver cada ver...

De repente abría los ojos —el sueño sin postura del que huye, la zozobra del que sabe que hasta el aire que respira es colador de peligros— y se encontraba en su asiento, como si hubiera saltado al tren por un hueco invisible, con la nuca adolorida, la cara en sudor y una nube de moscas en la frente.

Sobre la vegetación se amontonaban cielos inmóviles, empanzados de beber agua en el mar, con las uñas de sus rayos escondidas en nubarrones de felpa gris.

Una aldea vino, anduvo por allí y se fue por allá, una aldea al parecer deshabitada, una aldea de casas de alfeñique en tuza de milperíos secos entre la iglesia y el cementerio. ¡Que la fe que construyó la iglesia sea mi fe, la iglesia y el cementerio; no quedaron vivos más que la fe y los muertos! Pero la alegría del que se va alejando se le empañó en los ojos. Aquella tierra de asidua primavera era su tierra, su ternura, su madre, y por mucho que resucitara al ir dejando atrás aquellas aldeas, siempre estaría muerto entre los vivos, eclipsado entre los hombres de los otros países por la presencia invisible de sus árboles en cruz y de sus piedras para tumbas.

Las estaciones seguían a las estaciones. El tren corría sin detenerse, zangoloteándose sobre los rieles mal clavados. Aquí un pitazo, allá un estertor de frenos, más allá un yagual de humo sucio en la coronilla de un cerro. Los pasajeros se abanicaban con los sombreros, con los periódicos, con los pañuelos, suspendidos en el aire caliente de las mil gotas de sudor que les lloraba el cuerpo, exasperados por los sillones incómodos, por el ruido, por la ropa que les picaba como si tejida con paticas de insectos les saltara por la piel, por la cabeza que les comía como si les anduviera el pelo, sedientos como de purgante, tristes como de muerte.

Se apeó la tarde, luego de luz rígida, luego de sufrimiento de lluvias exprimidas, y ya fue de desempedrarse el horizonte y de empezar a lucir a lo lejos, muy lejos, una caja de sardinas luminosas en aceite azul.

Un empleado del ferrocarril pasó encendiendo las lámparas de los vagones. Cara de Ángel se compuso el cuello, la corbata, consultó el reloj... Faltaban veinte minutos para llegar al puerto; un siglo para él, que ya no veía las horas de estar en el barco sano y salvo, y echose sobre la ventanilla a ver si divisaba algo en las tinieblas. Olía a injertos. Oyó pasar un río. Más adelante tal vez el mismo río...

El tren refrenó la marcha en las calles de un pueblecito tendidas como hamacas en la sombra, se detuvo poco a poco, bajaron los pasajeros de segunda clase, gente de tanate, de mecha y yesca, y siguió rodando cada vez más despacio hacia los muelles. Ya se oían los ecos de la reventazón, ya se adivinaba la indecisa claridad de los edificios de la aduana hediendo a alquitrán, ya se sentía el respirar entredormido de millones de seres dulces y salados...

Cara de Ángel saludó desde lejos al comandante del puerto que esperaba en la estación —¡mayor Farfán!...—, feliz de encontrarse en paso tan difícil al amigo que le debía la vida —¡mayor Farfán!...—.

Farfán le saludó desde lejos, le dijo por una de las ventanillas que no se ocupara de sus equipajes, que ahí venían unos soldados a llevárselos al vapor, y al parar el tren subió a estrecharle la mano con vivas muestras de aprecio. Los otros pasajeros se apeaban más corriendo que andando.

—Pero, ¿qué es de su buena vida?... ¿Cómo le va?...

—¿Y a usted, mi mayor? Aunque no se lo debía preguntar, porque se le ve en la cara...

—El Señor Presidente me telegrafió para que me pusiera a sus órdenes a efecto, señor, de que nada le haga falta.

—¡Muy amable, mayor!

El vagón había quedado desierto en pocos instantes. Farfán sacó la cabeza por una de las ventanillas y dijo en voz alta:

—Teniente, vea que vengan por los baúles. ¿Qué es tanta dilación?...

A estas palabras asomaron a las puertas grupos de soldados con armas. Cara de Ángel comprendió la maniobra demasiado tarde.

—¡De parte del Señor Presidente —le dijo Farfán con el revólver en la mano—, queda usté detenido!

—¡Pero, mayor!... Si el Señor Presidente... ¿Cómo puede ser?... Venga, hágame favor, venga conmigo; permítame telegrafiar...

—¡Las órdenes son terminantes, don Miguel, y es mejor que se esté quieto!

—Como usted quiera, pero yo no puedo perder el barco, voy en comisión, no puedo...

—¡Silencio, si me hace el favor, y entregue ligerito todo lo que lleva encima!

—¡Farfán!

—¡Que entregue, le digo!

—¡No, mayor, óigame!

—¡No se oponga, vea, no se oponga!

—¡Es mejor que me oiga, mayor!

—¡Dejémonos de plantas!

—¡Llevo instrucciones confidenciales del Señor Presidente..., y usted será responsable!...

—¡Sargento, registre al señor!... ¡Vamos a ver quién puede más!

Un individuo con la cara disimulada en un pañuelo surgió de la sombra, alto como Cara de Ángel, pálido como Cara de Ángel, medio rubio como Cara de Ángel; apropiose de lo que el sargento arrancaba al verdadero Cara de

Ángel (pasaporte, cheques, argolla de matrimonio —por un escupitajo resbaló dedo afuera el aro en que estaba grabado el nombre de su esposa—, mancuernas, pañuelos...), y desapareció enseguida.

La sirena del barco se oyó mucho después. El prisionero se tapó los oídos con las manos. Las lágrimas le cegaban. Habría querido romper las puertas, huir, correr, volar, pasar el mar, no ser el que se estaba quedando —¡qué río revuelto bajo el pellejo, qué comezón de cicatriz en el cuerpo!—, sino el otro, el que con sus equipajes y su nombre se alejaba en el camarote número 17 rumbo a Nueva York.

XXXIX
EL PUERTO

Todo sosegaba en el recalmón que precedió al cambio de la marea, menos los grillos húmedos de sal con pavesa de astro en los élitros, los reflejos de los faros, imperdibles perdidos en la oscuridad, y el prisionero que iba de un lado a otro, como después de un tumulto, con el pelo despeinado sobre la frente, las ropas en desorden, sin probar asiento, ensayando gestos como los que se defienden dormidos, entre ayes y medias palabras, de la mano de Dios que se los lleva, que los arrastra porque se necesitan para las llagas, para las muertes de repente, para los crímenes en frío, para que los despierten destripados.

«¡Aquí el único consuelo es Farfán! —se repetía—. ¡Dónde no fuera el comandante! ¡Por lo menos que mi mujer sepa que me pegaron dos tiros, me enterraron y parte sin novedad!».

Y se oía la machacadera del piso, un como martillo de dos pies, a lo largo del vagón clavado con estacas de centinelas de vista en la vía férrea, aunque él andaba muy lejos, en el recuerdo de los pueblecitos que acababa de recorrer, en el lodo de sus tinieblas, en el polvo cegador de sus días de sol, cebado por el terror de la iglesia y el cementerio, la iglesia y el cementerio, la iglesia y el cementerio. ¡No quedaron vivos más que la fe y los muertos!

El reloj de la comandancia dio una campanada. Tiritaron las arañas. La media, ahora que la aguja mayordoma estaba capoteando el cuarto para la media noche. Cachazudamente, el mayor Farfán enfundó el brazo derecho, luego el izquierdo, en la guerrera; y con la misma lentitud empezó a abrocharse por el botón del ombligo, sin parar mientes en nada de lo que allí tenía a la vista: un mapa con la República en forma de bostezo, una toalla con mocos secos y moscas dormidas, una tortuga, una escopeta, unas alforjas... Botón por botón hasta llegar al cuello. Al llegar al cuello alzó la cabeza y entonces toparon sus ojos con algo que no podía dejar de ver sin cuadrarse: el retrato del Señor Presidente.

Acabó de abrocharse, pedorreose, encendió un cigarrillo en el aliento del quinqué, tomó el fuete y... a la calle. Los soldados no le sintieron pasar; dormían por tierra, envueltos en sus ponchos, como momias; los centinelas le saludaron con las armas y el oficial de guardia se levantó queriendo escupir un gusano de ceniza, todo lo que le quedaba del cigarrillo en los labios dormidos, y apenas si tuvo tiempo para botárselo con el envés de la mano al saludar militarmente: «¡Parte sin novedad, señor!».

En el mar entraban los ríos como bigotes de gato en taza de leche. La sombra licuada de los árboles, el peso de los lagartos cachondos, la calentura de los vidrios palúdicos, el llanto molido, todo iba a dar al mar.

Un hombre con un farol se adelantó a Farfán al entrar al vagón. Seguíanles dos soldados risueños afanados en el desenredar a cuatro manos los «lacitos» para atar al preso. Los ataron por orden de Farfán y le sacaron en dirección al pueblo, seguido de los centinelas de vista que guardaban

el vagón. Cara de Ángel no opuso resistencia. En el gesto
y la voz del mayor, en el *primor* que exigía de parte de los
soldados, que ya sin eso lo trataban mal, para que lo hicie-
ran a la pura baqueta, creía adivinar una maniobra del
amigo para poderle ser útil después, cuando lo tuviera en
la comandancia, sin comprometerse de antemano. Pero no
lo llevaban a la comandancia. Al dejar la estación doblaron
hacia el tramo más apartado de la línea férrea y en un furgón con el piso cubierto de estiércol, le hicieron subir a
golpes. Le golpeaban sin que él diera motivo, como obe-
deciendo a órdenes recibidas anteriormente.

—Pero, ¿por qué me golpean, Farfán? —se volvió a
gritar al mayor, que seguía el cortejo conversando con el
del farol.

La respuesta fue un culatazo; mas por pegarle en la espalda, le dieron en la cabeza, desangrándole una oreja y
haciéndole rodar de bruces en el estiércol.

Resopló para escupir el excremento; la sangre le gotea-
ba la ropa, y quiso protestar.

—¡Se me calla! ¡Se me calla! —gritó Farfán alzando el
fuete.

—¡Mayor Farfán! —gritó Cara de Ángel sin arredrarse,
fuera de sí, en el aire que ya olía a sangre.

Farfán tuvo miedo de lo que le iba a decir y descargó el
golpe. El fuetazo se pintó en la mejilla del infeliz, que
forcejeaba, rodilla en tierra, por desasirse las manos de la
espalda.

—... Ya veo... —dijo con la voz temblorosa, incontenci-
ble, latigueante—..., ya veo... Esta batalla... le valdrá a
usted otro galón...

—¡Calle, si no quiere!... —atajó Farfán, levantando de
nuevo el fuete.

El del farol le detuvo el brazo.

—¡Pegue, no se detenga, no tenga miedo; que para eso soy hombre, y el fuete es arma de castrados!...

Dos, tres, cuatro, cinco fuetazos cubrieron en menos de un segundo la cara del prisionero.

—¡Mayor, cálmese, cálmese!... —intervino el del farol.

—¡No, no!... A este hijo de puta le tengo que hacer morder el polvo... Lo que ha dicho contra el Ejército no se queda así... ¡Bandido... de mierda!... —Y ya no con el fuete, que se había quebrado, con el cañón de la pistola arrancaba a golpes pelos y carne de la cara y cabeza del prisionero, repitiendo a cada golpe con la voz sofocada—: ... Ejército..., institución..., bandido de mierda..., así...

El cuerpo exánime de la víctima fue llevado y traído como cayó en el estiércol, de un punto a otro de la vía férrea, hasta que el tren de carga, que lo debía devolver a la capital, quedó formado.

El del farol ocupó lugar en el furgón. Farfán lo encaminó. Habían estado en la comandancia hasta la hora de la partida conversando y tomando copas.

—La primera vez que quise entrar a la Policía secreta —contaba el del farol—, era polis un mismas mío que se llamaba Lucio Vásquez, el Terciopelo...

—Como que lo oí mentar —dijo el mayor.

—Pero ai está que esa vez no me ligó, y eso que aquel era muy al pelo para los tercios —cuando le decían el Terciopelo, figúrese usté—, y en cambio me saqué una mi carceleada y la pérdida de un pisto que con mi mujer —yo era casado en ese entonces— habíamos puesto en un negocito. Y mi mujer, pobre, hasta en El Dulce Encanto estuvo...

Farfán se despabiló al oír hablar de El Dulce Encanto, pero el recuerdo de la Marrana, pestazo de sexo hediendo a letrina, que antes le habría entusiasmado, le dejó frío, luchando, como si nadara bajo de agua, con la imagen de Cara de Ángel que le repetía: «¡... otro galón!», «¡... otro galón!».

—¿Y cómo se llamaba su mujer? Porque va a ver que yo conocí a casi todas las de El Dulce Encanto...

—Por no dejar le diría el nombre, porque apenas estuvo entrada por salida. Allí se le murió un muchachito que teníamos y eso la medio trastornó. ¡Vea usté, cuando no conviene!... Ahora está en la lavandería del hospital con las hermanas. ¡No le convenía ser mujer mala!

—Pues ya lo creo que la conocí. Tanto que yo fui el que consiguió el permiso de la Policía para velar a la criatura, y se veló allí con la Chon; pero ¡qué lejos estaba yo de saber que era hijito suyo!...

—Y yo, diga, en la tencha bien fregado, sin un real... ¡No, si cuando uno mira para atrás lo que ha pasado, le dan ganas de salir corriendo!

—Y yo, diga, sin saber nada y una hija de la gran flauta mal-informándome con el Señor Presidente...

—Y desde entonces que este Cara de Ángel andaba en cuentos con el general Canales; era un ten con ten con su hija, la que después fue su mujer, y que, según dicen, se comió el mandado del patrón. Todo esto lo sé yo porque Vásquez, el Terciopelo, lo encontró en una fonda que se llamaba El Tus-Tep, horas antes de que se fugara el general.

—El Tus-Tep... —repetió el mayor haciendo memoria.

—Era una fonda que quedaba en la mera mera esquina. Adiós, pues, donde había dos muñecos pintados en la pared, uno de cada lado de la puerta, una mujer y un hombre; la mujer con el brazo en gancho diciéndole al hombre —yo todavía me acuerdo de los letreros—: «¡Ven a bailar el tustepito!», y el hombre con una botella respondiéndole: «¡No, porque estoy bailando el tustepón!».

El tren arrancó poco a poco. Un terroncico de alba se mojaba en el azul del mar. De entre las sombras fueron surgiendo las casas de paja del poblado, las montañas lejanas, las embarcaciones míseras del comercio costero y el edificio de la comandancia, cajita de fósforos con grillos vestidos de *tropa*.

XL
GALLINA CIEGA

... «¡Hace tantas horas que se fue!». El día del viaje se cuentan las horas hasta juntar muchas, las necesarias para poder decir: «¡Hace tantos días que se fue!». Pero dos semanas después se pierde la cuenta de los días y entonces: «¡Hace tantas semanas que se fue!». Hasta un mes. Luego se pierde la cuenta de los meses. Hasta un año. Luego se pierde la cuenta de los años...

Camila atalayaba al cartero en una de las ventanas de la sala, oculta tras las cortinillas para que no la vieran desde la calle; había quedado encinta y cosía ropitas de niño.

El cartero se anunciaba, antes de aparecer, como un loco que jugara a tocar en todas las casas. Toquido a toquido se iba acercando hasta llegar a la ventana. Camila dejaba la costura al oírlo venir y al verlo, el corazón le saltaba del corpiño a agitar todas las cosas en señal de gusto. ¡Ya está aquí la carta que espero! «Mi adorada Camila. Dos puntos...».

Pero el cartero no tocaba... Sería que... Tal vez más tarde... Y reanudaba la costura, tarareando canciones para espantarse la pena.

El cartero pasaba de nuevo por la tarde. Imposible dar puntada en el espacio de tiempo que ponía en llegar de la ventana a la puerta. Fría, sin aliento, hecha todo oídos, se quedaba esperando el toquido y al convencerse de que nada había turbado la casa en silencio, cerraba los ojos de miedo, sacudida por amagos de llanto, vómitos repentinos y suspiros. ¿Por qué no salió a la puerta? Acaso... Un olvido del cartero —¿y a santo de qué es cartero?— y que mañana puede traerla como si tal cosa...

Casi arranca la puerta el día siguiente por abrir a las volandas. Corrió a esperar al cartero, no solo para que no la olvidara, sino también para ayudar a la buena suerte. Pero este, que ya se pasaba como todos los días, se le fue de las preguntas vestido de verde alberja, el que dicen color de la esperanza, con sus ojos de sapo pequeñitos y sus dientes desnudos de maniquí para estudiar anatomía.

Un mes, dos meses, tres, cuatro...

Desapareció de las habitaciones que daban a la calle sumergida por el peso de la pena, que se la fue jalando hacia el fondo de la casa. Y es que se sentía un poco cachivache, un poco leña, un poco carbón, un poco tinaja, un poco basura.

«No son antojos, son pruritos», explicó una vecina algo comadre a las criadas que le consultaron el caso más por tener que contar que por pedir remedio, pues en lo de remedio, ellas sabían lo suyo para no quedarse atrás; candelas a los santos y alivio de la necesidad por disminución del peso de la casa, que iban descargando de las cositas de valor.

Pero un buen día la enferma salió a la calle. Los cadáveres flotan. Refundida en un carruaje, hurtando los ojos a los conocidos —casi todos escondían la cara para no decirle adiós— estuvo *ir e ir* adonde el Presidente. Su desayuno, almuerzo y comida era un pañuelo empapado en llanto. Casi se lo comía en la antesala. ¡Cuánta necesidad, a juzgar por

el gentío que esperaba! Los campesinos, sentados en la ori-
llita de las sillas de oro. Los de la ciudad más adentro, go-
zando del respaldo. A las damas se les cedían los sillones en
voz baja. Alguien hablaba en una puerta. ¡El Presidente! De
pensarlo se acalambraba. Su hijo le daba pataditas en el vientre, como diciéndole: «¡Vámonos de aquí!». El ruido de los
que cambiaban de postura. Bostezos. Palabritas. Los pasos
de los oficiales del Estado Mayor. Los movimientos de un
soldado que limpiaba los vidrios de una ventana. Las moscas. Las pataditas del ser que llevaba en el vientre. «¡Ay, tan
bravo! ¡Qué son esas cóleras! ¡Estamos en hablarle al Presidente para que nos diga qué fue de ese señor que no sabe
que usted existe y que cuando regrese lo va a querer mucho!
¡Ah, ya no ve las horas de salir a tomar parte en esto que se
llama la vida!... ¡No, no es que yo no quiera, sino que mejor
se está ahí bien guardadito!».

El Presidente no la recibió. Alguien le dijo que era mejor solicitar audiencia. Telegramas, cartas, escritos en papel
sellado... Todo fue inútil; no le contestó.

Anochecía y amanecía con el hueco del no dormir en los
párpados, que a ratitos botaba sobre lagunas de llanto. Un
gran patio. Ella, tendida en una hamaca, jugando con un caramelo de las mil y una noches y una pelotita de hule negro.
El caramelo en la boca, la pelotica en las manos. Por llevarse
el caramelo de un carrillo a otro, se le escapó la pelotica,
botó en el piso del corredor, bajo la hamaca, y rebotó en el
patio muy lejos, mientras el caramelo le crecía en la boca,
cada vez más lejos, hasta desaparecer de pequeñita. No estaba completamente dormida. El cuerpo le temblaba al
contacto de las sábanas. Era un sueño con luz de sueño y luz
eléctrica. El jabón se le fue de las manos dos y tres veces,
como la pelotica, y el pan del desayuno —comía por pura
necesidad— le creció en la boca como el caramelo.

Desiertas las calles, de misa las gentes, y ella ya por los ministerios atalayando a los ministros, sin saber cómo ganarse a los porteros, viejecillos gruñones que no le contestaban cuando les hablaba, y le echaban fuerte, racimos de lunares de carne, cuando insistía.

Pero su marido había corrido a recoger la pelotica. Ahora recordaba la otra parte de su sueño. El patio grande. La pelotica negra. Su marido cada vez más pequeñito, cada vez más lejos, como reducido por una lente, hasta desaparecer del patio tras la pelotica, mientras a ella, y no pensó en su hijo, le crecía el caramelo en la boca.

Escribió al cónsul de Nueva York, al ministro en Washington, al amigo de una amiga, al cuñado de un amigo, pidiendo noticias de su marido, y como echar las cartas a la basura. Por un abarrotero judío supo que el honorable secretario de la Legación Americana, detective y diplomático, tenía noticias ciertas de la llegada de Cara de Ángel a Nueva York. No solo se sabe oficialmente que desembarcó —así consta en los registros del puerto, así consta en los registros de los hoteles en que se hospedó, así consta en los registros de la Policía— sino también por los periódicos y por noticias de personas llegadas muy recientemente de allá. «Y ahora lo están buscando —le decía el judío— y vivo o muerto tienen que dar con él, aunque parece ser que de Nueva York siguió en otro barco para Singapur». «¿Y dónde queda eso?», preguntaba ella. «¿En dónde ha de quedar? En Indochina», respondía el judío entrechocando las planchas de sus dientes postizos. «¿Y como cuánto dura una carta en venir de allá?», indagaba ella. «Exactamente no sé, pero no más de tres meses». Ella contaba con los dedos. Cuatro tenía Cara de Ángel de haberse ido.

En Nueva York o en Singapur... ¡Qué peso se le quitaba de encima! ¡Qué consuelo tan grande sentirlo lejos —saber que no se lo habían matado en el puerto, como dio en decir la gente—, lejos de ella, en Nueva York o en Singapur, pero con ella en el pensamiento!

Se apoyó en el mostrador del almacén del judío para no caer redonda. El gusto la mareaba. Iba como en el aire, sin tocar los jamones envueltos en papel plateado, las botellas en paja de Italia, las latas de conservas, los chocolates, las manzanas, los arenques, las aceitunas, el bacalao, los moscateles, conociendo países del brazo de su marido. ¡Tonta que fui, atormentarme por atormentarme! Ahora comprendo por qué no me ha escrito y hay que seguir haciendo la comedia. El papel de la mujer abandonada que va en busca del que la abandonó, ciega de celos..., o el de la esposa que quiere estar al lado de su marido en el trance difícil del parto.

El camarote reservado, el equipaje hecho, todo listo ya para partir, de orden superior le negaron el pasaporte. Un como reborde de carne gorda alrededor de un hueco con dientes manchados de nicotina se movió de arriba abajo, de abajo arriba, para decirle que de orden superior no se le podía extender el pasaporte. Ella movió los labios de arriba abajo, de abajo arriba ensayando a repetir las palabras como si hubiera entendido mal.

Y gastó una fortuna en telegramas al Presidente. No le contestó. Nada podían los ministros. El subsecretario de la Guerra, hombre de suyo bondadoso con las damas, le rogó que no insistiera, que el pasaporte no se lo daban aunque metiera flota, que su marido había querido jugar con el Señor Presidente y que todo era inútil.

Le aconsejaron que se valiera de aquel curita que parecía tener ranas, no almorranas, varón de mucha vara alta, o de una de las queridas del que montaba los caballos presidenciales, y como en ese tiempo corrió la noticia de que Cara de Ángel había muerto de fiebre amarilla en Panamá, no faltó quien la acompañara a consultar con los espiritistas para salir de duda.

Estos no se lo dejaron decir dos veces. La que anduvo un poco renuente fue la médium. «Eso de que encarne en mí el espíritu de uno que fue enemigo del Señor Presidente —decía— no muy me conviene». Y bajo la ropa helada le temblaban las canillas secas. Pero las súplicas, acompañadas de monedas, quebrantan piedras y untándole la mano la hicieron consentir. Se apagó la luz. Camila tuvo miedo al oír que llamaban al espíritu de Cara de Ángel, y la sacaron arrastrando los pies, casi sin conocimiento: había escuchado la voz de su marido, muerto, según dijo, en alta mar y ahora en una zona en donde nada alcanza a ser y todo es, en la mejor cama, colchones de agua con resortes de peces, y el no estar, la más sabrosa almohada.

Enflaquecida, con arrugas de gata vieja en la cara cuando apenas contaba veinte años, ya solo ojos, ojos verdes y ojeras grandes como sus orejas transparentes, dio a luz un niño y por consejo del médico, al levantarse de la cama salió de temporada al campo. La anemia progresiva, la tuberculosis, la locura, la idiotez y ella a tientas por un hilo delgado, con un niño en los brazos, sin saber de su marido, buscándolo en los espejos, por donde solo pueden volver los náufragos, en los ojos de su hijo o en sus propios ojos, cuando dormida sueña con él en Nueva York o en Singapur.

Por entre los pinos de sombra caminante, los árboles fruteros de las huertas y los de los campos más altos que las nubes, aclaró un día en la noche de su pena; el domingo de Pentecostés, en que recibió su hijo sal, óleo, agua, saliva de cura y nombre de Miguel. Los cenzontles se daban el pico. Dos onzas de plumas y un sin fin de trinos. Las ovejas se entretenían en lamer las crías. ¡Qué sensación tan completa de bienestar de domingo daba aquel ir y venir de la lengua materna por el cuerpo del recental, que entremoría los ojos pestañosos al sentir la caricia! Los potrancos correteaban en pos de las yeguas de mirada húmeda. Los terneros mugían con las fauces babeantes de dicha junto a las ubres llenas. Sin saber por qué, como si la vida renaciera en ella, al concluir el repique del bautizo, apretó a su hijo contra su corazón.

El pequeño Miguel creció en el campo, fue hombre de campo, y Camila no volvió a poner los pies en la ciudad.

XLI
PARTE SIN NOVEDAD

La luz llegaba de veintidós en veintidós horas hasta las bóvedas, colada por las telarañas y las ramazones de mampostería, y de veintidós en veintidós horas, con la luz, la lata de gas, más orín que lata, en la que bajaban de comer a los presos de los calabozos subterráneos por medio de una cuerda podrida y llena de nudos. Al ver el bote de caldo mantecoso con desechos de carne gorda y pedazos de tortilla, el prisionero del diecisiete volvió la cara. Aunque se muriera no probaría bocado, y por días y días la lata bajó y subió intacta. Pero la necesidad lo fue acorralando, vidriósele la pupila en el corral ralo del hambre, le crecieron los ojos, divagó en alta voz mientras se paseaba por el calabozo que no daba para cuatro pasos, se frotó los dientes en los dedos, se tiró de las orejas frías y un buen día, al caer la lata, como si alguien fuera a arrebatársela de las manos, corrió a meter en ella la boca, las narices, la cara, el pelo, ahogándose por tragar y mascar al mismo tiempo. No dejó nada y cuando tiraron de la cuerda vio subir la lata vacía con el gusto de la bestia satisfecha. No acababa de chuparse los dedos, de lamerse los labios... Pero del gozo al pozo y la comida afuera, revuelta con palabras y quejidos... La carne y la tortilla se le pegaban a las entrañas para no dejarse arrancar, mas a cada

envión del estómago no le quedaba sino abrir la boca y apo-
yarse en la pared como el que se asoma a un abismo. Por fin
pudo respirar, todo daba vueltas; peinose el cabello húmedo
con la mano que por detrás de la oreja resbaló y trajo hacia
la barba sucia de babas. Le silbaban los oídos. Le bañaba la
cara un sudor gélido, pegajoso, ácido, como agua de pila eléctrica. Ya la luz se iba, aquella luz que se estaba yendo desde
que venía. Agarrado a los restos de su cuerpo, como si lu-
chara con él mismo, pudo medio sentarse, alargar las piernas, recostar la cabeza en la pared y caer bajo el peso de los
párpados como bajo la acción violenta de un narcótico. Pero
no durmió a gusto; a la respiración penosa por falta de aire
sucedió el ir y venir de las manos por el cuerpo, el recoger
y estirar de una y otra pierna y el correr apresurado de los
dedos sobre los casquitos de las uñas para arrancarse de la
garganta el tizón que le estaba quemando por dentro; y ya
medio despierto empezó a cerrar y abrir la boca como pez
sin agua, a paladear el aire helado con la lengua seca y a
querer gritar y a gritar ya despierto, aunque atontado por la
calentura, no solo de pie, sino empinándose, estirándose lo
más posible para que lo oyeran. Las bóvedas desmenuzaban
sus gritos de eco en eco. Palmoteó en las paredes, dio de
patadas en el piso, dijo y redijo con voces que bien pronto
fueron aullidos... Agua, caldo, sal, grasa, algo; agua, caldo...

Un hilo de sangre de alacrán destripado le tocó la mano...,
de muchos alacranes porque no dejaba de correr..., de todos
los alacranes destripados en el cielo para formar las lluvias... Sació la sed a lengüetazos sin saber a quién debía
aquel regalo que después fue su mayor tormento. Horas y
horas pasaba subido en la piedra que le servía de almohada,
para salvar los pies de la charca que el agua del invierno
formaba en el calabozo. Horas y horas, empapado hasta la
coronilla, destilando agua, húmedos los suburbios de los

huesos, entre bostezos y escalofríos, inquieto porque tenía hambre y ya tardaba la lata de caldo mantecoso. Comía, como los flacos, para engordarse el sueño y con el último bocado se dormía de pie. Más tarde bajaban el bote en que satisfacían sus necesidades corporales los presos incomunicados. La primera vez que el del diecisiete lo oyó bajar, creyendo que se trataba de una segunda comida, como en ese tiempo no probaba bocado, lo dejó subir sin imaginarse que fueran excrementos; hedían igual que el caldo. Pasaban esta lata de calabozo en calabozo y llegaba al diecisiete casi a la mitad. ¡Qué terrible oírla bajar y no tener ganas y tener ganas cuando tal vez acababa de perder el oído en las paredes su golpetear de badajo de campana muerta! A veces, para mayor tormento, se espantaban las ganas de solo pensar en la lata, que venía, que no venía, que ya tardaba, que acaso se olvidaron —lo que no era raro—, o se les rompió la cuerda —lo que pasaba casi todos los días— con baño para alguno de los condenados; de pensar en el vaho que despedía, calor de huelgo humano, en los bordes filudos del cuadrado recipiente, en el pulso necesario, y entonces, cuando las ganas se espantaban, a esperar el otro turno, a esperar veintidós horas entre cólicos y saliva con sabor a cobre, angurrias, llantos, retortijones y palabras soeces, o en caso extremo a satisfacerse en el piso, a reventar allí la tripa hedionda como perro o como niño, a solas con las pestañas y la muerte.

Dos horas de luz, veintidós horas de oscuridad completa, una lata de caldo y una de excrementos, sed en verano, en invierno el diluvio; esta era la vida en aquellas cárceles subterráneas.

... ¡Cada vez pesas menos —el prisionero del diecisiete ya no se conocía la voz— y cuando el viento pueda contigo te llevará adonde Camila espera que regreses! ¡Estará atontada de esperar, se habrá vuelto una cosa insignificante, pequeñita! ¡Qué importa que tengas las manos flacas! ¡Ella las engordará con el calor de su pecho!... ¿Sucias?... Ella las lavará con su llanto... ¿Sus ojos verdes?... Sí, aquella campiña del Tirol austríaco que estaba en *La Ilustración*... o la caña de bambú con vivos áureos y golpes de añil marino... Y el sabor de sus palabras, y el sabor de sus labios, y el sabor de sus dientes, y el sabor de su sabor... Y su cuerpo ¿dónde me lo dejas?; ocho alargado de cinturita estrecha, como las guitarras de humo que forman las girándulas al apagarse e ir perdiendo el impulso... Se la robé a la muerte una noche de fuegos artificiales... Andaban los ángeles, andaban las nubes, andaban los tejados con pasitos de sereno, las casas, los árboles, todo andaba en el aire con ella y conmigo...

Y sentía a Camila junto a su cuerpo, en la pólvora sedosa del tacto, en su respiración, en sus oídos, entre sus dedos, contra las costillas que sacudían como pestañas los ojos de las vísceras ciegas...

Y la poseía...

El espasmo sobrevenía sin contorsión alguna, suavemente, con un ligero escalofrío a lo largo de la espina dorsal, torzal de espinas, una rápida contracción de la glotis y la caída de los brazos como cercenados del cuerpo...

La repugnancia que le causaba la satisfacción de sus necesidades en la lata, multiplicada por la conciencia que le remordía satisfacer sus necesidades fisiológicas con el recuerdo de su esposa en forma tan amarga, le dejaba sin valor para moverse.

Con un pedacito de latón que arrancó a una de las correas de sus zapatos, único utensilio de metal de que disponía, grabó en la pared el nombre de Camila y el suyo entrelazados y, aprovechando la luz, de veintidós en veintidós horas, añadió un corazón, un puñal, una corona de espinas, un áncora, una cruz, un barquito de vela, una estrella, tres golondrinas como tildes de eñe y un ferrocarril, el humo en espiral...

La debilidad le ahorró, por fortuna, el tormento de la carne. Físicamente destruido recordaba a Camila como se aspira una flor o se oye un poema. Antojábasele la rosa que por abril y mayo florecía año con año en la ventana del comedor donde de niño desayunaba con su madre. Orejita de rosal curioso. Una procesión de mañanas infantiles le dejaba aturdido. La luz se iba. Se iba... Aquella luz que se estaba yendo desde que venía. Las tinieblas se tragaban los murallones como obleas y ya no tardaba el bote de los excrementos. ¡Ah, si la rosa aquella! El lazo con carraspera y el bote loco de contento entre las paredes intestinales de las bóvedas. Estremecíase de pensar en la peste que acompañaba a tan noble visita. Se llevaban el recipiente, pero no el mal olor. ¡Ah, si la rosa aquella, blanca como la leche del desayuno!...

A tirar de años había envejecido el prisionero del diecisiete, aunque más usan las penas que los años. Profundas e incontables arrugas alforzaban su cara y botaba las canas como las alas las hormigas de invierno. Ni él ni su figura... Ni él ni su cadáver... Sin aire, sin sol, sin movimiento, diarreico, reumático, padeciendo neuralgias errantes, casi ciego, lo único y lo último que alentaba en él era la esperanza de volver a ver a su esposa, el amor que sostiene el corazón con polvo de esmeril.

El director de la policía secreta reculó la silla en que estaba sentado, metió los pies debajo, se apoyó en las puntas echándose de codos sobre la mesa canela negra, trajo la pluma a la luz de la lámpara y con la pinza de dos dedos, de un pellizquito, le quitó el hilo que le hacía escribir las letras como camaroncillos bigotudos, no sin acompañar el gesto de una enseñadita de dientes. Luego continuó escribiendo:

«... Y conforme a instrucciones —la pluma rascaba el papel de gavilán en gavilán—, el susodicho Vich trabó amistad con el prisionero del calabozo número diecisiete, después de dos meses de estar encerrado allí con él haciendo la comedia de llorar a todas horas, gritar todos los días y quererse suicidar a cada rato. De la amistad a las palabras, el prisionero del diecisiete le preguntó qué delito había cometido contra el Señor Presidente para estar allí donde acaba toda esperanza humana. El susodicho Vich no contestó, conformándose con somatar la cabeza en el suelo y proferir maldiciones. Mas insistió tanto que Vich acabó por soltar la lengua: "Poligloto nacido en un país de poliglotos. Noticias de la existencia de un país donde no había poliglotos. Viaje. Llegada. País ideal para los extranjeros. Cuñas por aquí, por allá, amistad, dinero, todo... De pronto, una señora en la calle, los primeros pasos tras ella, dudosos, casi a la fuerza... Casada... Soltera... Viuda... ¡Lo único que sabe es que debe ir tras ella! ¡Qué ojos verdes tan lindos! ¡Qué boca de rosoli! ¡Qué andar! ¡Qué Arabia felice!... Le hace la corte, le pasea la casa, se le insinúa, mas a partir del momento en que intenta hablar con ella, no la vuelve a ver y un hombre a quien él no conoce ni nunca ha visto empieza a seguirlo por todas partes como su sombra... Amigos, ¿de qué se trata?... Los amigos dan la vuelta. Piedras de la calle, ¿de qué se trata?... Las piedras de la calle tiemblan de oírlo pasar. Paredes de la casa, ¿de qué se trata?... Las paredes de la casa tiemblan de oírlo hablar. Todo lo que llega a poner en limpio es su imprudencia: había querido enamorar a la *prefe...* del Señor Presidente, una señora que, según supo antes que lo metieran a la cárcel por anarquista, era hija de un general y hacía aquello por vengarse de su marido que la abandonó...

»El susodicho informa que a estas palabras sobrevino un ruido quisquilloso de reptil en tinieblas, que el prisionero se le acercó y le suplicó con voz de ruidito de aleta de pescado que repitiera el nombre de esa señora, nombre que por segunda vez dijo el susodicho...

»A partir de ese momento el prisionero empezó a rascarse como si le comiera el cuerpo que ya no sentía, se arañó la cara por enjugarse el llanto en donde solo le quedaba la piel lejana y se llevó la mano al pecho sin encontrarse: una telaraña de polvo húmedo había caído al suelo...

»Conforme a instrucciones entregué personalmente al susodicho Vich, de quien he procurado transcribir la declaración al pie de la letra, ochenta y siete dólares por el tiempo que estuvo preso, una mudada de casimir de segunda mano y un pasaje para Vladivostok. La partida de defunción del calabozo número diecisiete se asentó así: N. N.: disentería pútrida.

»Es cuanto tengo el honor de informar al Señor Presidente..."».

EPÍLOGO

El estudiante se quedó plantado a la orilla del andén, como si nunca hubiera visto un hombre con sotana. Pero no era la sotana lo que le había dejado estupefacto, sino lo que el sacristán le dijo al oído mientras se abrazaban por el gusto de encontrarse libres:

—Ando vestido así por orden superior...

Y allí se queda aquel, de no ser un cordón de presos que entre fila y fila de soldados traía media calle.

—¡Pobre gente... —murmuró el sacristán, cuando el estudiante se hizo a la acera—, lo que les ha costado botar el portal! ¡Hay cosas que se ven y no se creen!...

—¡Que se ven —exclamó el estudiante—, que se tientan y no se creen! Me refiero a la municipalidad...

—Yo creí que a mi sotana...

—No les bastó pintar el portal a costillas de los turcos; para que la protesta por el asesinato del de la Mulita no dejara lugar a dudas, había que echar abajo el edificio...

—Deslenguado, vea que nos pueden oír. ¡Cállese, por Dios! Eso no es cierto...

Y algo más iba a decir el sacristán, pero un hombre pequeñito que corría por la plaza sin sombrero vino, plantificose entre ellos, y les cantó a gritos:

> —*¡Figurín, figurero,*
> *quién te figuró,*
> *que te fizo figura*
> *de figurón!*

—¡Benjamín!... ¡Benjamín!... —lo llamaba una mujer que corría tras él con máscara de romper a llorar.

> —*¡Benjamín tiritero,*
> *no te figuró...,*
> *¿quién te fizo jura*
> *de figurón?*

—¡Benjamín!... ¡Benjamín!... —gritaba la mujer ya casi llorando—: ¡No le hagan caso, señores, no le pongan asunto, que está loco!; ¡no se le quiere hacer a la cabeza la idea de que ya no hay portal del Señor!

Y mientras la esposa del titiritero lo excusaba con el sacristán y el estudiante, don Benjamín corrió a cantarle el alabado a un gendarme de malas pulgas;

> —*¡Figurín, figurero,*
> *quién te figuró,*
> *que te fizo figura*
> *de figurón!*

> —*¡Benjamín tiritero,*
> *no te figuró...,*
> *¿quién te fizo jura*
> *de figurón?*

—¡No, señor, no se lo lleve, no lo está haciendo de intento, sospeche que está loco —intervino la mujer de don

Benjamín entre el policía y el titiritero—; vea que está loco, no se lo lleve..., no, no le pegue!... ¡Figúrese cómo estará de loco que dice que vio toda la ciudad tumbada por tierra como el portal!

Los presos seguían pasando... Ser ellos y no ser los que a su paso se alegraban en el fondo de no ser ellos... Al tren de carretillas de mano sucedía el grupo de los que cargaban al hombro la pesada cruz de las herramientas y atrás, en formación, los que arrastraban el ruido de la serpiente cascabel en la cadena.

Don Benjamín se le fue de las manos al gendarme, que alegaba con su mujer cada vez más recio, y corrió a saludar a los presos con palabras sacadas de su cabeza.

—¡Quién te ve y quién te vio, Pancho Tanancho, el de la cuchilla come cuero y punta con ganas en dormitorio de corcho!... ¡Quién te vio y quién te ve hecho un Juan Diego, Lolo Cusholo, el del machete colipavo!... ¡Quién te ve a pie y quién te vio a caballo, Mixto Melindres, agua dulce para la daga, mamplor y traicionero!... ¡Quién te vio con la plomosa cuando te llamabas Domingo y quién te ve sin el chispero triste como día entre semana!... ¡La que les pegó las liendres que les destripe los piojos!... ¡La tripa bajo los trapos que no es pepián pa' la tropa!... ¡El que no tenga candados para callarse la boca que se ponga los condedos!...

Empezaban a salir los empleados de los almacenes. Los tranvías iban que no cabía una gente. Alguna vez un carruaje, un automóvil, una bicicleta... Repentín de vida que duró lo que tardaron el sacristán y el estudiante en atravesar el atrio de la catedral, refugio de mendigos y basurero de gente sin religión, y en despedirse a la puerta del palacio arzobispal.

El estudiante burló los escombros del portal del Señor a lo largo de un puente de tablas sobrepuestas. Una ráfaga de viento helado acababa de alzar espesa nube de polvo. Humo sin llama de la tierra. Restos de alguna erupción distante. Otra ráfaga hizo llover pedazos de papel de oficio, ahora ocioso, sobre lo que fue salón del ayuntamiento. Retazos de tapices pegados a las paredes caídas se agitaban al paso del aire como banderas. De pronto surgió la sombra del titiritero montado en una escoba, a su espalda las estrellas en campo de azur y a sus pies cinco volcancitos de cascajo y piedra.

¡Chiplongón!... Zambulléronse las campanadas de las ocho de la noche en el silencio... ¡Chiplongón!... ¡Chiplongón!...

El estudiante llegó a su casa, situada al final de una calle sin salida, y, al abrir la puerta, cortada por las tosecitas de la servidumbre que se preparaba a responder la letanía, oyó la voz de su madre que llevaba el rosario:

—Por los agonizantes y caminantes... Porque reine la paz entre los príncipes cristianos... Por los que sufren persecución de justicia... Por los enemigos de la fe católica... Por las necesidades sin remedio de la Santa Iglesia y nuestras necesidades... Por las benditas ánimas del santo purgatorio...

Kyrie eleison...

Guatemala, diciembre de 1922 -
París, noviembre de 1925, 8 de diciembre de 1932

OTROS PODERES DE
EL SEÑOR PRESIDENTE

Mario Roberto Morales

EL SEÑOR PRESIDENTE O LAS TRANSFIGURACIONES DEL DESEO DE MIGUEL (CARA DE) ÁNGEL ASTURIAS

«... Estrada Cabrera, que de Dios goce con Nerón y Calígula...».

Miguel Ángel Asturias

En el ensayo «La estética y la política de la interculturalidad», publicado en la edición crítica de los *Cuentos y leyendas* de Miguel Ángel Asturias coordinada por mí para la Editorial Archivos en el año 2000, traté de establecer que Asturias desarrolló una propuesta poética y política consistente en propugnar un mestizaje intercultural democrático para Guatemala y la América Latina, la cual inició en *Leyendas de Guatemala,* prosiguió en *Hombres de maíz* y culminó en *Mulata de tal,* y que la clave de esa propuesta articula casi toda su obra literaria. Creo que *El Señor Presidente* no es la excepción, y en este ensayo trataré de establecer cómo funciona esta clave asturiana en los ejes que estructuran la novela. Pero antes de entrar en materia debemos empezar por explicar en qué consiste esa clave, la cual se devela en las primeras páginas de las *Leyendas.*

En su ensayo «Las *Leyendas de Guatemala* de Miguel Ángel Asturias» [Pupo Walker, 1995], René Prieto esta-

bleció que «todos los temas fundamentales que este escritor blande como arma ideológica durante casi medio siglo
de vida profesional están presentes en su primera gran obra
de ficción». Estos elementos son, primero, que «Asturias
se forja él mismo el papel de "Gran Lengua" o transmisor
de una cultura maya desposeída de voz y voto desde la
colonia. Su misión como escritor comprometido será devolver ambos al pueblo indígena con quien empieza a identificarse tras haber empezado a ponderar su propia identidad» [Prieto, 1995: 239]; segundo, que lo hace planteando
«un objeto que es él mismo y su antítesis o, simultáneamente, presencia y ausencia como la de la "Guatemala" del
primer relato, simultáneamente indígena y española, pagana y cristiana, antigua y moderna» empleando la metáfora de una «ciudad integrada en la cual coinciden sin
suprimirse lo maya y lo español» [Prieto, 1995: 244-
245], que aparecen equiparados aunque sin llegar a formar una síntesis, sino manteniendo ambos elementos sus
especificidades al tiempo que se mezclan en infinidad de
formas diversas; tercero, que cuando el personaje Cuero
de Oro convence a don Chepe y doña Tina, sus interlocutores ladinos, de que él es la encarnación de Quetzalcóatl,
«se acopla a la tierra en una "sexual agonía", imagen típica del proceso analógico por medio del cual el poeta
surrealista acopla elementos provenientes de distintas
esferas... y la intensidad de lo maravilloso depende de la
abolición repentina y siempre violenta de la brecha entre
estos polos» [Prieto, 1995: 248]; cuarto, que esta «perspectiva no deja de incluir al sujeto mismo, el cual... termina negándose ("No existo yo"), fragmentándose ("¡Que
mi mano derecha tire de mi izquierda hasta partirme en
dos..., partido por la mitad... pero cogido de las manos...!"). La meta de Asturias, claro está, es relatar, a tra

vés de la polaridad, el proceso de transformación perpetua» [Prieto, 1995: 248]; quinto, que «el objetivo de la polaridad y el choque de contrarios es sugerir un retorno de lo reprimido —es decir, de la cultura indígena—...» [Prieto, 1995: 249].

De acuerdo a esto, no puede caber la menor duda de que Cuero de Oro, la encarnación de Quetzalcóatl, es el medio ficcional por medio del que Asturias se inviste a sí mismo como una transfiguración de este héroe cultural y como Gran Lengua, incorporando a su identidad ladina (o mestiza) la parte reprimida de la misma (la parte indígena), la cual se constituye así como objeto de deseo.

Ahora bien, mi argumento es que el objeto de deseo de Asturias no es ninguna de las polaridades sino la fisura. Es decir, no es la cultura indígena como otredad diferenciada y contrapuesta a la cultura ladina, sino que es la creación o construcción de un sujeto popular interétnico en el que estos componentes se encuentren balanceados de diversas formas, dependiendo de la clase social, el sexo y la condición humana del sujeto individual, híbrido y mestizo de que se trate. Este sujeto se encuentra mejor perfilado en *Mulata de tal*. Pero, para lo que ahora interesa, es necesario establecer que esta «abolición repentina y siempre violenta de la brecha entre estos polos» de que habla Prieto explica que justamente es la abolición de la brecha el objeto de deseo, y no la diferencia (cualquiera que sea) en sí misma. La ansiedad binaria funciona en la etapa del conflicto, pero en la etapa de la toma de conciencia del conflicto, el sujeto escindido busca integrarse como uno solo con todos sus componentes. La parte reprimida se incorpora, se asume pero no para que sustituya a la otra sino para que la complemente y así se acerquen ambas al verdadero objeto de deseo que, en el caso de Asturias, es lo que hemos lla-

mado un sujeto interétnico e intercultural, el cual, hemos
argumentado, es también popular y democrático. Prieto
asienta igualmente que la opción asturiana por lo indígena implica la locura de asumir el síntoma anómalo de que
habla el psicoanálisis. En *Mulata de tal,* la locura asturiana
es parte de un periplo más grande que culmina en una
nueva utopía pospolítica. Me explico: es sabido que el objeto de deseo (que es carencia y represión de la conciencia
de la carencia) funciona como motor permanente de la
capacidad «deseante» del deseador y que no culmina ni
acaba con la obtención de ese objeto, sino que su función
consiste en mantener vigente la capacidad de desear. Por
eso es que creamos nuestro objeto de deseo como inalcanzable. Se sabe también que el verdadero objeto de deseo es
el sujeto deseador, es decir, uno mismo (en sus aspectos
reprimidos de carencia). Por tanto, el carácter utópico de
la opción por la fisura y no por una de las polaridades tiene también un lado individual, y si se quiere narcisista,
por medio del cual Asturias se funda como encarnación
posible de su ansiado sujeto intercultural, nacido de la
ocurrencia y el anhelo de llenar el vacío existente entre las
polaridades, concibiendo el acto de llenarlo como superación de las mismas al incluirlas en el nuevo producto. Este
nuevo producto se ubica siempre más allá de las posibilidades de la política, en un espacio de cualitativo cambio
espiritual.

La interetnicidad e interculturalidad que Asturias pro-
clama en el inicio de las *Leyendas* es el eje ideológico de
toda su obra, el cual, como dijimos, desarrolló en forma
sistemática en *Hombres de maíz* y *Mulata de tal,* sobre todo.
Pero antes, en las obras parisinas y vanguardistas, también
actúa este principio como importante factor estructurador
de sus textos. Con esta clave en nuestro poder es, pues,

posible abrir la puerta del laberinto asturiano y leer su propuesta a la luz que ella nos brinda, esta vez en *El Señor Presidente*.

Se ha repetido mucho que esta es una novela sobre la dictadura y sobre los dictadores latinoamericanos. En realidad, es eso y mucho más. Es también, como dice Gerald Martin, una novela que «refleja de la manera más concreta los horizontes de la niñez y la adolescencia de Asturias», y en la que se «ejemplifica más claramente que en cualquier otra novela el crucial vínculo entre el surrealismo europeo y el realismo mágico latinoamericano». Se trata —continúa Martin— de «una obra original tanto de su tiempo como adelantada a él», pero «debido a que su tema —la dictadura— es tan obvio, sus dimensiones más universales se escamotean muy fácilmente». Es «también la primera novela importante que une el llamado a una revolución política y social con el llamado a una revolución en el lenguaje y la literatura». Es «la primera verdadera novela sobre el dictador... y la primera en mostrar la vida política, social y psicológica de América Latina como un laberinto o telaraña de corrupción». El amor de Asturias «por la cultura popular y su comprensión de sus motivaciones y psicología fue igualmente inusual en la literatura de ficción, como lo fue su innata simpatía por la emancipación femenina». «Finalmente —dice Martin— *El Señor Presidente* fue el primer libro, desde *Amalia,* en 1851, en mostrar el hecho de que comunidades y ciudades enteras podían ser prisiones, o que bajo una dictadura que hace interiorizar el terror y la represión, la conciencia humana misma deviene una prisión, tornando aún más imperceptibles todos los otros determinismos biológicos y psicológicos que no podemos conocer enteramente pero que tampoco podemos enteramente evadir» [Martin, 1989: 148-151].

La caracterización de Martin nos ubica ante el texto como, primero, el entorno condicionante de la niñez y adolescencia del autor; segundo, como una expresión híbrida que se construye a partir de los postulados del surrealismo (el psicoanálisis, la hiperrealidad del sueño, la validez del inconsciente sobre el consciente) y el realismo mágico (el animismo indígena y la superstición medioeval europea en las condiciones de vida de la modernidad latinoamericana); tercero, como la propuesta asturiana de la necesidad de realizar una revolución social, política y cultural que lleve a América Latina a su propia superación. Esta propuesta democratizadora —argumento yo tomando en cuenta la develada clave asturiana del principio— tiene como eje el mestizaje, la hibridación y la diglosia culturales, partiendo de que las diferencias culturales no desaparecen en los procesos de transculturación, sino que siguen existiendo y su ejercicio varía según la clase, la etnia y el sexo del sujeto en cuestión. Cuarto, se trata de una visión de la dictadura y el poder omnímodo como una telaraña, laberinto o —agrego— calle sin salida en la que la propia mente del pueblo se encuentra prisionera de sí misma, ante lo cual la masa reacciona según los postulados de su cultura espontánea, caracterizada por el mestizaje que justamente expresa el realismo mágico como recurso literario; en tal sentido —argumento— esta novela es un estudio del poder y de las maneras de articularse este en los individuos como inconfesable objeto de deseo, en vista de que el pueblo carece de poder. Y, quinto, el texto se nos presenta como una novela (obvia y fuertemente) temática que, por serlo, suele encandilar la visión de sus críticos haciéndolos perder de vista sus «dimensiones más universales». Nosotros trataremos de explorar en parte el espacio de estas dimensiones elucidando el significado de las relaciones entre los personajes principales de la novela y su autor, teniendo en cuenta las características del texto enumeradas arriba, sobre todo la referida al poder como objeto de deseo.

Cara de Ángel, figura demoníaca y angelical al mismo tiempo, es un personaje que encarna las preocupaciones asturianas en el período en que nuestro autor construía su gran mural de la interculturalidad y la interetnicidad. Cara de Ángel es un adulador del Señor Presidente, le prodiga elogios, lo alaba, le miente en forma deliberada y sistemática porque ese mecanismo le garantiza su sobrevivencia en calidad de favorito del dictador. La figura de un personaje que le devuelve a otro —que por lo general se encuentra en una posición de poder— una imagen falsa de sí mismo para así asegurar la propia existencia y, eventualmente, causar la caída del personaje poderoso es recurrente en la obra asturiana y su referente extratextual es la leyenda de Quetzalcóatl (o Cuculcán) y su «espejo humeante», Tezcatlipoca. Como motivo asturiano lo encontramos primero en el Guacamayo Saliva de Espejo engañador, de las *Leyendas de Guatemala* [Asturias, 1957], quien le miente a Cuculcán en forma pertinaz con el fin de mantenerlo contento y engañado en un espacio sin tiempo y en un tiempo sin espacio en el que solo la apariencia es real, cuestión esta que valida la existencia del mismo Guacamayo como un ser cuya esencia es la apariencia (un ser-espejo). Cuando Cuculcán exclama: «¡Soy como el sol!», el Guacamayo lo corrige espetándole: «¡Eres el sol, acucuác, eres el sol!». Igualmente, en «El rey de la altanería», es Hablarasambla, el bufón, quien juega este papel, engañando al rey, que encuentra, de engaño en engaño, su perdición personal. La condición servil de bufón, de individuo sometido al poder pero que extrae del poder, mediante su manipulación, las ventajas del mismo aunque sea a costa de su propia dignidad, constituye un motivo constante en la construcción identitaria asturiana, caracterizada por una diglosia intercultural en la que los componentes del constructo sirven a la intención de proponer un sujeto popular interétnico como eje de la nacionalidad. Los juegos de transfiguraciones e interpenetraciones especulares de las que Asturias se vale para construir las historias de *Mulata de tal* ilustran claramente esta intencionalidad. El condicionamiento servil propiciado por el ejercicio omnímodo del poder lo desplaza Asturias de los individuos al pueblo, porque es en medio de las condiciones sociales y políticas concretas de su país (agobiado por las dictaduras militares) que él intenta forjar su construccionismo identitario, el cual va desde la propia asunción de sí mismo como sujeto mestizo *(Leyendas),* hasta la superación del conflicto político *(Mulata),* habiendo pasado por la mestización del pueblo *(Hombres de maíz)* y, antes de eso, por la toma de conciencia de la condición psicológica, social y política concreta de ese pueblo *(El Señor Presidente,* que es simultánea en su hechura a las *Leyendas).* Para explicarnos esta toma de conciencia acerca de la condición psicológica, social y política concreta de su pueblo en relación a la novela que nos ocupa, debemos empezar por preguntarnos, ¿cómo funciona el papel del bufón especular en esta lógica asturiana?

La obra que nos ocupa es, entre otras cosas, una exploración del poder como agresividad, identificación, narcisismo y objeto de deseo; y como significante arbitrario que da sentido a una sociedad: es decir, del poder como una realidad cuya mayor concreción la extrae de su mera enunciación; de una validez en sí misma que ha sido socialmente impuesta como «significante flotante» o «punto nodal» que otorga sentido a todo el universo simbólico. Y, como tal, actúa como un superego traumatizante que cohesiona la sociedad a partir de la represión individual y colectiva de su verdad. Con ello, la dictadura se justifica mediante valores liberales como los de justicia, orden, progreso y paz. Al reprimir la verdadera naturaleza del poder (que consiste en que la ley carece de verdad y solamente posee «necesidad»), su ejercicio y su padecimiento comienzan a articular los objetos de deseo de los individuos precisamente porque estos carecen de él, y los esclavos comienzan a admirar a los amos, a soñar en ser como ellos a fin de llenar su carencia, y empiezan a practicar en sus prójimos todas las maldades que aquellos les aplican, para lo cual el único camino expedito es identificarse con los amos y servirlos, complacerlos, divertirlos, humillarse ante ellos, mirarse en su espejo, ser su espejo y devolverles una imagen bella de sí mismos (que es la misma que el espejo desea), como ocurre con los lacayos, los esbirros, los consejeros y los bufones. Esta conducta contradictoria lo es porque la identificación con el objeto de deseo es inconsciente, y el inconsciente opera no con los significados sino con los significantes; por ello, reprime el hecho de que el orden social carece de sentido y que el «significante flotante», en este caso el que le da sentido a la dictadura como régimen de orden, paz y progreso, es arbitrario y depende de la voluntad del amo. Con la cual el sujeto carente se identifica (por deseo-carencia inconsciente) y a la cual repudia (por represión «moral» consciente).

Aunque Cara de Ángel no es exactamente un bufón en el sentido lato de la palabra, las implicaciones morales de su conducta frente al distanciado narrador de hecho lo colocan en un espacio de servilismo al poder que lo equipara despectivamente con la bufonería. Además, el poder omnímodo del dictador a menudo se autoinstituye como evocación —si bien caricaturizada— de algún lejano absolutismo monárquico (Rey-Dios) que, dicho sea de paso, permeó muchísimas conciencias criollas durante el limbo histórico que dejó la época posterior a los procesos independentistas, en los que los caudillos militares dieron paso a las dictaduras liberales. Pero junto a la condena explícita que el narrador aplica a Cara de Ángel mediante un distanciamiento que se torna poético (y hasta humorístico) precisamente porque no se confunde con la mentalidad servil de quienes rodean al Señor Presidente (es decir, de todos los personajes de la historia), Asturias deposita en el favorito también las virtudes del amor (desinterés, nobleza, bondad, sacrificio), si bien lo hace en la clave melodramática romántica y modernista en que funcionaba la inercia estética que convivía entonces con las vanguardias artísticas en las que nuestro autor se vio inmerso en el París de los años veinte. Cara de Ángel es, entonces, para su autor, ángel y demonio en igualdad de condiciones: cara de ángel y alma de diablo, polaridades que al final se intercambian intertransfigurándose como ocurre con los diablos de *Mulata de tal* y con los componentes identitarios de Cuero de Oro. De esta extraña manera, la moral (conducta) de Cara de Ángel queda, a la vez, condenada y justificada en el clima de miedo y consecuente identificación con el poder dictatorial en el que tanto él como el pueblo (seres especulares) deben vivir, a la sombra de la suprema voluntad del Señor Presidente. Aquí tampoco opta Asturias por una polaridad u otra sino por la fisura, por la zona gris de la ambigüedad (del mestizaje) y la hibridación moral.

La falsa imagen que el favorito devuelve al dictador en forma constante recuerda, por supuesto, la función del espejo humeante en la leyenda de Quetzalcóatl. El espejo sirve, mediante las palabras engañosas de Tezcatlipoca, para que Quetzalcóatl descubra que tiene un rostro y que, además, este rostro es bello, haciéndolo sucumbir así en la vanidad. Tezcatlipoca es el otro yo de Quetzalcóatl (llamado Kukulkán en maya y Gucumatz en quiché), su lado oscuro, el componente complementario de su lado luminoso. La función de las palabras de quien funge como espejo engañador es la de hacer sucumbir a quien se mira en él, causar su perdición porque la imagen devuelta siempre es falsa, aunque el engañador corra igual o peor suerte que la de su contraparte, como ocurre en «Cuculcán» y en «El rey de la altanería». Existe, por supuesto, la posibilidad de salvarse para la parte luminosa, y la posibilidad de redimirse para la parte oscura. Esto ocurre cuando el individuo logra integrar ambas a la plena conciencia de su ser, que es lo que logra Quetzalcóatl cuando desciende a sus propios infiernos y recobra su pasado, su sentido pleno, su memoria, y asciende al cielo convertido en la Estrella de la Mañana, es decir, en una forma de existencia cualitativamente superior a la que tenía cuando sus dos componentes aún estaban en lucha. Esta integración de los contrarios se logra en *Mulata de tal* mediante una metáfora que nos remite a una utopía pospolítica: la del canto de los niños al final de la novela, para quienes ya nada material importa. En «Cuculcán» todavía triunfa el bien sobre el mal, así como en «El rey de la altanería», porque la bipolaridad aún no se resuelve en su propia síntesis. En *El Señor Presi-*

dene, en cambio, el que triunfa es el mal. Tratemos de explicarnos por qué.

La función del espejo como elemento articulador de la identidad es explicada por Lacan en términos de la propiciación de una conducta acorde con la ilusoria imagen que nos sirve de modelo. El espejo es, así, el origen del fundamental carácter ficcional de la identidad. Es decir, la condición necesaria para que el sujeto se construya a sí mismo como identidad primordialmente enajenada, ya que, en términos sociales, el espejo es «el otro», y ese otro forma parte de un universo simbólico al que el «significante flotante» que le da sentido es la ley como algo válido por su mera enunciación. El espejo funciona, pues, como metáfora del «otro», quien me sirve de imagen para constituirme a mí mismo como una identidad. Así, el espejo obra en la novela que nos ocupa como recíproco condicionador de las conductas serviles que se ilustran, por ejemplo, en el capítulo XXIII, titulado «El parte al Señor Presidente», y en el constructo conductual llamado Cara de Ángel.

La función de Cara de Ángel como *alter ego* del Señor Presidente, como su espejo engañador a la vez enajenado por el (sin)sentido de la ley-voluntad presidencial, se cumple en la obra que nos ocupa pero en forma invertida en relación a como funciona en la leyenda original de Quetzalcóatl y en «Cuculcán». En este caso, el Señor Presidente es el lado oscuro de Quetzalcóatl y Cara de Ángel, su emergente lado luminoso. Vayámonos a un pasaje muy señalado, al capítulo XXXVII, «El baile de Tohil» (pp. 205-306), y veamos cómo Cara de Ángel tiene de pronto una visión macabra cuando el Señor Presidente le ordena salir del país en una falsa misión que sería el inicio de su caída definitiva. En ella, el Señor Presidente aparece como Tohil:

Un grito se untó a la oscuridad que trepaba a los árboles y se oyeron cerca y lejos las voces plañideras de las tribus que abandonadas en la selva, ciega de nacimiento, luchaban con sus tripas —animales del hambre—, con sus gargantas —pájaros de la sed— y su miedo, y sus bascas, y sus necesidades corporales, reclamando a Tohil, Dador del Fuego, que les devolviera el ocote encendido de la luz. (...) Tohil exigía sacrificios humanos. (...) «¡Como tú lo pides —respondieron las tribus—, con tal que nos devuelvas el fuego, tú, el Dador de Fuego, y que no se nos enfríe la carne, fritura de nuestros huesos, ni el aire, ni las uñas, ni la lengua, ni el pelo! ¡Con tal que no se nos siga muriendo la vida, aunque nos degollemos todos para que siga viviendo la muerte!». «¡Estoy contento!», dijo Tohil. ¡Re-tún-tún! ¡Re-tún-tún!, retumbó bajo la tierra. «¡Estoy contento! Sobre hombres cazadores de hombres puedo asentar mi gobierno. No habrá ni verdadera muerte ni verdadera vida. ¡Que se me baile la jícara!» (pp. 315-316).

En esta clara metáfora de la dictadura, expresada en las claves del *Popol Vuh,* el Señor Presidente es equiparado e identificado con Tohil, una de las transfiguraciones oscuras de Quetzalcóatl o Kukulkán o Gucumatz, y como un (anti)héroe civilizador (portador del fuego, como Prometeo): «Porque, en verdad, el llamado Tohil es el mismo dios de los yaquis cuyo nombre es Yolcuat-Quitzalcuat». [*Popol Vuh,* 1973: nota 16].

El tirano es, pues, la deidad máxima, es un dios de tiniebla para Cara de Ángel-Kukulkán. La metáfora es popolvúhica porque Asturias trabajaba entonces, entre 1922 y 1932, su propuesta mestiza; de aquí que ubique en el inconsciente ladino de Cara de Ángel la visión del Tohil-Presidente, ya que recién tomaba conciencia de que en el centro de su identidad y su cultura mestizas ocupaban un lugar fundamental las culturas indígena y precolombina, aunque fuera (esta) como elemento reprimido que solo puede formularse —siguiendo la poética surrealista y los principios psicoanalíticos— en las coordenadas de la fantasía y el sueño. Por eso, Cara de Ángel se constituye inconscientemente en el lado luminoso del Señor Presidente mediante una visión fantástica. Además, es solo en la fantasía el espacio en que se puede construir el objeto de deseo y el sujeto deseador, por lo que, sin duda, siguiendo la lógica de la dialéctica amo-esclavo, el objeto de deseo de Cara de Ángel no es otro que el mismo Señor Presidente.

Pero no solo el Señor Presidente queda perfilado en este pasaje, sino también el pueblo bajo su dictadura, el cual se nos presenta metaforizado en las tribus que piden la luz a Tohil, aunque esa luz sea la luz de la tiniebla, pues ella equivale a que «nos degollemos todos para que siga viviendo la muerte». El pueblo es, pues, un pueblo degradado que vive según los antivalores de su dios maligno. El Señor Presidente como dios oscuro y el pueblo como un conglomerado de seres condenados al mal por el mal hacen del ámbito social y político de la dictadura un purgatorio en el que ese pueblo se expresa mediante los códigos mestizos que conforman su imaginario: el catolicismo retrógrado y las mitologías indígenas que se cuelan en las leyendas, consejas y relatos fantásticos que circulan en la tradición oral desde la colonia. Según el criterio católico-popular, las almas del purgatorio vagan por el mundo porque necesitan saldar cuentas en él antes de que se les permita entrar al cielo; por eso, los vivos rezan por ellas, a cambio de lo cual estas almas protegen a quienes así proceden, en una interminable cadena de transacciones mágicas culturalmente mestizadas. El ámbito de la dictadura es, pues, un ámbito de purificación, de expiación. Por eso, la novela termina así:

El estudiante llegó a su casa, situada al final de una calle sin salida y, al abrir la puerta, cortada por las tosecitas de la servidumbre que se preparaba a responder la letanía, oyó la voz de su madre que llevaba el rosario:

—Por los agonizantes y caminantes... Porque reine la paz entre los Príncipes Cristianos... Por los que sufren persecución de justicia... Por los enemigos de la fe católica... Por las necesidades sin remedio de la Santa Iglesia y nuestras necesidades... Por las benditas ánimas del Santo Purgatorio...

Kyrie eleison... (p. 350).

Esa calle sin salida —que es el ámbito más estrecho y esencial de la dictadura, del purgatorio— constituye también el espacio en el que se suceden las interpenetraciones entre el Señor Presidente y Cara de Ángel, y entre estos y el pueblo que aparece dando partes y denuncias al tirano, soportando sus vejámenes, celebrando las humillaciones que les causa y pidiendo más y más de su poder, en una orgía de identificaciones necrófilas.

Establecimos que el Señor Presidente es Quetzalcóatl, aunque en su aspecto negativo y oscuro (Tezcatlipoca), y que Cara de Ángel es su contraparte luminosa (Kukulkán). La mitología indígena estructura, entonces, este libro haciéndolo —como querría Martin— una novela quetzlcoatliana o kukulkánica, aunque la única alusión explícita a esto se encuentre en la citada visión de Cara de Ángel en el capítulo XXXVII. Tanto el elemento estructurador de la novela como el simbolismo de la visión de Cara de Ángel en este capítulo han sido interpretados de diversas maneras. Pero si es cierto que el mito indígena estructura la historia, también lo sería que los personajes-deidades indígenas interactúan en un ámbito expiatorio católico y que de esa hibridación surge un pueblo que padece un mestizaje conflictivo con características culturales híbridas y diglósicas que quedan claramente expresadas en varios lugares de la narración. En este sentido, tanto el Señor Presidente como Cara de Ángel y el pueblo son aspectos de una misma realidad reflejada de múltiples maneras en un juego de espejos que devuelven identidades distorsionadas a todos los reflejados, como le ocurre a otro personaje asturiano posterior, la trágica mulata Lida Sal, quien muere, como Narciso, (ad)mirándose en un espejo de agua. Ilustremos cómo opera este juego de espejos en el que, como veremos, el protagonista principal no es otro que el autor.

Efectivamente, de este laberinto de espejos no sale indemne Asturias. Al contrario, él, como sujeto de deseo, es sin duda el personaje principal de la historia, toda vez que esta se nos presenta como un microuniverso cuyo desarrollo es potenciado por la sucesión de una serie de transfiguraciones de la deidad Quetzalcóatl en el Señor Presidente, en Cara de Ángel y, como parte de este juego de dualidades interpenetrables, en su propio creador, quien así se postula como objeto-causa de su propio deseo: un sujeto con poder. Esto ocurre no solo porque su condicionamiento vital tuvo que ver con la dictadura, con la interiorización del poder y con la identificación con el poder-persona del dictador, sino porque esta identificación se entroniza en él como inconfesable (y, por ello, reprimido) objeto de deseo, lo cual se evidencia en el operativo especular (el deseo «dividido» del que habla Lacan) que articula la novela que nos ocupa, en la cual queda clara la fascinación del autor por la figura del Señor Presidente, por su poder omnímodo y por las posibilidades redentoras de su contraparte positiva, Cara de Ángel. Sin embargo, la redención no ocurre en la historia; al contrario, esta termina en el purgatorio como espacio vigente de expiación colectiva. Esto se debe a que, si hubiese triunfado el bien sobre el mal, el lado luminoso sobre el oscuro, una polaridad sobre otra, el autor hubiese no solo faltado a la verdad-realidad histórica que vivía (esto es lo de menos) sino que, en el nivel íntimo de su deseo, se hubiese quedado sin el poder, sin la vigencia del objeto-causa de su deseo. Deseo que, al «dividirse», se transfigura en el Señor Presidente, quien a su vez se transfigura en Miguel Cara de Ángel, quien a su vez se transfigura en Miguel (Cara de) Ángel Asturias como objeto de deseo final de sí mismo, de su carencia, del poder que no tenía y que por eso deseaba al reprimirlo como conciencia plena de su vergonzoso deseo. Así, en la fantasía, Cara de Ángel se constituye en contrapartida de Tohil, su respectivo objeto de deseo, y el Señor Presidente a su vez desea el objeto de deseo de su enemigo: el amor, personificado en Camila, que actúa como sustituto de Cara de Ángel para el Señor Presidente. En el acto escritural, es Asturias quien se constituye en el dios que maneja los hilos que mueven las manos del dios de la novela y en el juez del purgatorio, espacio el cual opta por dejar intacto al final para mantenerse como sujeto deseador, con su objeto de deseo felizmente no satisfecho. Asturias encarna así a su propio pueblo (ese que padece y desea el poder), con la diferencia de que nuestro autor ha sido capaz de distanciarse lo suficiente de su objeto de deseo como para poder mostrarlo tal como es: un vacío que sirve para seguir deseando. Esta continuidad de la capacidad deseadora hará que sus deseos se transfiguren en cualitativamente distintos en *Mulata de tal*. Mientras tanto, y como hechos históricos que ilustran la identificación del autor con el poder dictatorial, es bien sabida la historia de que no solo trabajó para el diario oficial *(El Liberal Progresista)* durante la dictadura de Jorge Ubico (a lo largo de su estancia en Guatemala de 1933 a 1944), sino que en su propio radioperiódico siempre ofreció la versión oficial de la noticia, y que, además, formó parte de una constituyente para prolongar el mandato del tirano; quien salió al exilio cuando Federico Ponce Vaides (sustituto de Ubico después de derrocado este y con quien Asturias siguió trabajando) fue echado del poder, y que no publicó *El Señor Presidente* sino hasta 1948 (aunque estaba terminada desde 1933) precisamente para no provocar la ira del dictador. ¿Identificación conflictiva con el poder que despreciaba? Bien puede ser.

El dios-Asturias se muestra a sí mismo inconscientemente identificado con, y conscientemente distanciado de, la figura del dictador en la respectiva actitud de dios que asume el Señor Presidente, la cual se ilustra claramente, por ejemplo, tanto en su decisión de ordenar darle —por haber cometido un nimio error involuntario— doscientos palos a un tinterillo a quien llama «ese animal» (p. 39), como en su indiferencia absoluta cuando le notifican que el pobre tinterillo ha muerto porque no aguantó la paliza y, luego, cuando envía condolencias y dinero a la viuda «para que se ayude en los gastos del entierro» (p. 42). Todopoderoso, el Presidente prodiga el mal y el bien como él lo juzga conveniente. Y el pueblo —objeto de sus dádivas—, al aceptar su ley, se sorprende horrorizado de su autoantropofagia:

No era posible que lo fusilaran hombres así, gente con el mismo color de piel, con el mismo acento de voz, con la misma manera de ver, de oír, de acostarse, de levantarse, de amar, de lavarse la cara, de comer, de reír, de andar, con las mismas creencias y las mismas dudas... (p. 266).

Ese pueblo es el que se ha identificado con el «significante flotante» de la voluntad presidencial, el cual le da sentido al universo simbólico social hasta el extremo de la negación sistemática de la propia conciencia:

—Eso es lo que yo he creído —terció Cara de Ángel—; que don Juan no olvide que entre hermanos hay siempre lazos indestructibles...

—¿Cómo, don Miguel, cómo es eso?... ¿Yo cómplice?

—¡Permítame!

—¡No crea usted! —hilvanó doña Judith con los ojos bajos—. Todos los lazos se destruyen cuando median cuestiones de dinero; es triste que sea así, pero se ve todos los días; ¡el dinero no respeta sangre!

—¡Permítame!... Decía yo que entre los hermanos hay lazos indestructibles, porque a pesar de las profundas diferencias que existían entre don Juan y el general, este, viéndose perdido y obligado a dejar el país, *contó*...

—¡Es un pícaro si me mezcló en sus crímenes! ¡Ah, la calumnia!...

—¡Pero si no se trata de nada de eso!

—¡Juan, Juan, deja que hable el señor!

—¡*Contó* con la ayuda de ustedes para que su hija no quedara abandonada y me encargó que hablara con ustedes para que aquí, en su casa...!

Esta vez fue Cara de Ángel el que sintió que sus palabras caían en el *vacío*. Tuvo la impresión de hablar a personas que no entendían *español*. Entre don Juan, panzudo y rasurado, y doña Judith, metida en la carretilla de mano de sus senos, cayeron sus palabras en el *espejo para todos ausente* (pp. 124-125, cursivas mías).

El «significante flotante» de la voluntad presidencial articula el sentido de lo que se habla: la palabra «contó» de súbito es interpretada por don Juan según este sentido presidencial y Cara de Ángel la resitúa en el sentido contrario. Pero este sentido contrario, por ser contrario, cae en el «vacío», en la inconsciencia de lo reprimido. Por eso a Cara de Ángel le parece que aquellas personas no hablan «español», es decir, el código lingüístico general cuyo sentido se altera mediante la acción del «significante flotante» de la voluntad presidencial. Este vacío es, como aparece en la última línea de la cita, especular, pero el espejo está ausente: es la ausencia de la conciencia de lo real, la ausencia del objeto reprimido que es a la vez presencia reprimida. Y esta es la condición de *todos* frente al poder:

6. Nicomedes Aceituno escribe informando que a su regreso a esta capital, de donde sale frecuentemente por asuntos comerciales, encontró en uno de los caminos que el letrero de la caja de agua donde figura el nombre del Señor Presidente fue destrozado casi en su totalidad, que le arrancaron seis letras y otras fueron dañadas. (...)

11. Nicomedes Aceituno, agente viajero, pone en conocimiento que el que desperfeccionó el nombre del Señor Presidente en la caja de agua fue el tenedor de libros Guillermo Lizazo, en estado de ebriedad.

12. Casimiro Rebeco Luna, manifiesta que ya va a completar dos años y medio de estar detenido en la Segunda Sección de Policía; que como es pobre y no tiene parientes que intercedan por él, se dirige al Señor Presidente suplicándole que se sirva ordenar su libertad: que el delito de que se le acusa es el de haber quitado del cancel de la iglesia donde estaba de sacristán, el aviso de jubileo por la madre del Señor Presidente, por consejo de enemigos del

gobierno; que eso no es cierto, y que si él lo hizo así, fue por quitar otro aviso, porque no sabe leer. (...)

16. Tomás Javelí participa su efectuado enlace con la señorita Arquelina Suárez, acto que dedicó al Señor Presidente de la República (pp. 187-189).

Y justamente porque esta es la condición de *todos* frente al poder (incluyendo al maestro que despotrica discursos altruistas en la cárcel y al estudiante que solo sale de ella para irse a su casa), este sigue articulándose a sí mismo indefinidamente en el deseo colectivo. Esta podría considerarse como una razón válida por la que la novela termina sin solución al problema del poder dictatorial: porque el poder continúa articulándose a sí mismo en el deseo humano, no importa el régimen político. Y esto quizás lo habría comprendido Asturias también respecto de la democracia. Nadie tiene, en sí mismo y como tal, el poder (ciertamente, no lo tienen los dirigentes ni las clases dominantes). Este se articula gracias a la identificación de quienes lo padecen con quienes lo ejercen. El poder es una relación social. Y tal vez por haberlo comprendido es que Asturias planteó su utopía final como pospolítica, esotérica e individual.

La dualidad resuelta en tríada Señor Presidente-Cara de Ángel-Asturias funciona en el plano del inconsciente del autor, y también estructura la novela a partir de la dualidad resuelta en tríada Quetzalcóatl-Tezcatlipoca-Quetzalcóatl, la cual está remitida a una visión del mundo dialéctica en la que la dualidad y su resolución constituyen la fuente del desarrollo en general. Este hecho aparece en el texto en forma de una revelación que le ocurre a quien vive más en la fantasía y el sueño que en la realidad: nada menos que a quien es el factor desencadenante de todo el paroxismo de la acción: al Pelele. Efectivamente, es a él a quien se le revela lo que Asturias percibe como la dualidad especular de la vida, vista como factor estructurador de lo real:

—¡Soy la manzana-rosa del ave del paraíso, soy la vida, la mitad de mi cuerpo es mentira y la mitad es verdad; soy rosa y soy manzana, doy a todos un ojo de vidrio y un ojo de verdad: los que ven con mi ojo de vidrio ven porque sueñan, los que ven con mi ojo de verdad ven porque miran! ¡Soy la vida, la manzana-rosa del ave del paraíso; soy la mentira de todas las cosas reales, la realidad de todas las ficciones! (pp. 25-26).

Dualidad a la vez andrógina y asexuada (ángel) en Cara de Ángel:

El que le hablaba era un ángel: tez de dorado mármol, cabellos rubios, boca pequeña y aire de mujer en violento contraste con la negrura de sus ojos varoniles (p. 28).

Dualidad que es partición consciente y, por ello, rechazo de la contraparte en una deconstrucción de la razón cartesiana, quizás como metáfora del hecho de que el liberalismo iluminista fue dictatorial en América Latina:

—Y con lo que tenemos podemos vivir en cualquier parte; y vivir, lo que se llama vivir, que no es este estarse repitiendo a toda hora: «pienso con la cabeza del Señor Presidente, luego existo, pienso con la cabeza del Señor Presidente, luego existo...» (p. 318).

Por eso, porque rechaza a su contraparte (que es él mismo), Cara de Ángel actúa como Guacamayo, como espejo engañador de la misma, del objeto de su identificación, el cual nunca quiere alcanzar y por esa razón lo desea:

—¡Yo, el primero, Señor Presidente, entre los muchos que profesamos la creencia de que un hombre como usted debería gobernar un pueblo como Francia, o la libre Suiza, o la industriosa Bélgica o la maravillosa Dinamarca!... Pero Francia..., Francia sobre todo... ¡Usted sería el hombre ideal para guiar los destinos del gran pueblo de Gambetta y Victor Hugo! (p. 42).

(...)

—Extraño, ya lo creo, para un hombre de la vasta ilustración del Señor Presidente, que con sobrada razón se le tiene en el mundo por uno de los primeros estadistas de los tiempos modernos; pero no para mí (p. 269).

El hecho de que el Guacamayo-Cara de Ángel es consciente (y, por ello, redimido) de su condición rastrera y servil aparece evidente cuando el tirano se burla de su matrimonio *in extremis* con Camila.

Cara de Ángel se puso el vaso como freno para no gritar y beberse el whisky; acababa de ver rojo, acababa de estar a punto de lanzarse sobre el amo y apagarle en la boca la carcajada miserable, fuego de sangre aguardentosa. Un ferrocarril que le hubiera pasado encima le habría hecho menos daño. Se tuvo asco. Seguía siendo el perro educado, intelectual, contento de su ración de mugre, del instinto que le conservaba la vida. Sonrió para disimular su encono, con la muerte en los ojos de terciopelo, como el envenenado al que le va creciendo la cara (p. 270).

Esta conciencia de lo real (que redime) tiene una dimensión social también, pues el favorito no puede evitar mirarse en los espejos del pueblo enfermo:

Cara de Ángel se arrancó el cuello y la corbata frenético. Nada más tonto, pensaba, que la explicacioncilla que el prójimo se busca de los actos ajenos. Actos ajenos... ¡Ajenos!... (...) Las sirvientas le habían informado por menudo de cuanto se contaba en la calle de sus amores... (p. 168).

Es solo en el sueño que el favorito articula el sentido de lo real de una manera enteramente satisfactoria, que consiste en el vaciamiento de significados de la dictadura para dejarla tal cual: como algo que es «válido» solo en su enunciación, solo como significante y no como significado; validez que se mantiene por y que *es* el poder. Es en la «indiferencia» de lo real —lo cual resiste simbolización— el lugar en que él asume la realidad de este sinsentido total, y este lugar está situado en el sueño. Por eso sueña con que: «Camila resbala entre patinadores invisibles, a lo largo de un espejo público que ve con indiferencia el bien y el mal» (p. 219).

En tanto que el Señor Presidente es el lado oscuro de Quetzalcóatl y Cara de Ángel, su lado luminoso, la identificación de este con aquel es tal que causa su perdición, tal como ocurre con la identificación de Lida Sal con su imagen especular (falsa por disfrazada), la cual provoca su caída final dentro del espejo. Pero no causa la caída de Asturias. Asturias, autor, autoinvestido ya como encarnación de Quetzalcóatl desde las primeras páginas de *Leyendas de Guatemala,* explora simultáneamente su lado oscuro en *El Señor Presidente.* (No olvidemos que las *Leyendas* se publican en Madrid en 1930 y luego en Buenos Aires en 1948, y que *El Señor Presidente* se escribe entre 1922 y 1932. Es decir, que las *Leyendas* brotan en medio de la hechura de *El Señor Presidente*). Y al explorar su lado oscuro, Kukulkán-Asturias se distancia crítica, irónica y poéticamente de su objeto de investigación y es por eso que logra desplegar con impecabilidad la guerra de espejos en la novela que nos ocupa. Asturias no participa del «significante flotante» que da sentido a las vidas de los personajes de su novela y al pueblo retratado en ella, en un nivel consciente. De esta manera, el autor se instituye como una conciencia ubicada en un sitial superior al que ocupa la deidad-Presidente y su contraparte Cara de Ángel, en virtud de la conciencia crítica y distanciada que tiene respecto del «significante flotante» y del universo simbólico que este potencia. Por esto mismo, el objeto de deseo del autor no es ninguna de las polaridades de la deidad que articula el «sentido común» ficcional, sino la integración de esas polaridades en una síntesis que en la novela no aparece explicitada pero que constituye el eje de su enunciación: la conciencia distanciadora y crítica que evidencia el «significante flotante» dictatorial como estúpido, traumático, irracional y vacío de sentido. En otras palabras, Asturias asume el elemento reprimido del poder (consistente en que este no tiene justificaciones en significado alguno) y opta por la locura de estar cuerdo al asumir el sinsentido político y social de la tiranía. Por eso los supuestos valores de esta (paz, orden, progreso) aparecen ridiculizados, parodiados, carnavalizados, *vistos* como lo que son y no como lo que dicen ser. Esto no se contradice con el hecho de que nuestro autor permanezca inconscientemente identificado con la deidad presidencial y con el poder. El distanciamiento es un operativo eminentemente intelectual que a menudo se traslapa pero no se funde con el deseo. El distanciamiento se remite a los intereses (de clase, políticos), mientras que el deseo se remite a nuestra propia conformación como sujetos deseadores, vivos, irracionales, afectivos.

Ya en los años en que escribía sus dos primeros libros, el joven Asturias tenía una conciencia clara de que el significado ausente de los órdenes políticos obedecía a una relatividad brutal remitida al poder de las élites, y que este poder tenía una validez *per se;* es decir, que no se fundaba en ninguna significación esencial. Esta conciencia es el elemento ideológico articulador de *El Señor Presidente* y aparece explícito en un interesante artículo periodístico publicado en el diario *El Imparcial,* de Guatemala, el 17 de febrero de 1927, titulado «Así se escribe la historia», algunos de cuyos fragmentos dicen así:

Uno de los presidentes de América murió de cáncer en... No decían en dónde los periódicos oficiales, pero la verdad es que murió de estar sentado en la silla de oro que no falta quienes llaman solio. Al día siguiente de sus funerales, su pueblo discutía si había sido un buen o un mal gobernante. (...)

Los más sabios y políticos de la localidad se reunieron: en el fondo de ellos mismos, un sentimiento más fuerte que sus conveniencias les llevó al convencimiento pleno de que el gobernante recién muerto había sido malo.

¿Qué hacer?...

La solución la proporcionaron los más viejos. No se le juzga, dijeron al pueblo, porque el hombre ya pertenece a la historia... [...]

Y mientras las víctimas se repetían «lo juzgarán las generaciones venideras», otros de los viejos, los más políticos, recomendaron a los historiadores del partido del presidente muerto que escribieran la historia» [Segala, 1988: 163-164].

La versión de la historia es relativa y obedece no a una necesidad esencial remitida a la verdad, sino a una necesidad contingente remitida al poder, el cual se funda en la irracionalidad. Por eso el Señor Presidente es un dios y su voluntad constituye el «significante flotante» que, para ser aceptado y funcionar como ley, debe disfrazarse de valores liberales. Evidenciar este hecho a lo largo de toda la narración es el triunfo del Kukulkán-Asturias ya convertido en Estrella de la Mañana, en dios transfigurado en astro que prodiga luz (la luz del entendimiento) y que ha ascendido al cielo luego de haber bajado al purgatorio de su dictadura; de la dictadura interiorizada en el pueblo por el propio miedo a ser consciente del vacío de los significados que articulan su falso ser. Una vez realizada esta hazaña, Asturias asciende y deja a su pueblo en el purgatorio, orando por las ánimas benditas para que estas lo favorezcan, presa de la superstición y la sumisión a la magia, apuñuscado en su miedo al final de una calle sin salida. Pero Asturias le deja al pueblo su palabra, la palabra consciente; una palabra distanciada, deconstructora y desmitificadora de la dictadura política y de la autodictadura ideológica. Esta palabra es la llave (la clave) para que su pueblo salga de la prisión externa, política y militar, y de la prisión en la que se ha convertido su propia mente; una mente identificada con el poder, con la autoridad y el autoritarismo, y con el Señor Presidente. Una mente que aún no renuncia al sufrimiento pero que ya tiene a su alcance la clave para ser libre.

Asturias, pues, no solo *es* el Señor Presidente y *es* Cara de Ángel, sino que es, sobre todo, la fisura, la superación de ambas polaridades por medio de la plena conciencia del vacío en que se asienta su poder.

LUCRECIA MÉNDEZ DE PENEDO

EL SEÑOR PRESIDENTE: LA AUSENCIA COMO PRESENCIA DEL PODER

PODER Y DICTADURA

La literatura latinoamericana ha registrado el fenómeno de las dictaduras del siglo XIX y XX como tema de una tipología específica: «la novela del dictador». Entre ellas destaca como arquetípica *El Señor Presidente,* del premio nobel guatemalteco Miguel Ángel Asturias (1899-1974). El origen de la novela fue un cuento, «Los mendigos políticos» (1923), que el joven Asturias llevó consigo cuando se trasladó a París en 1924. Allí inició la escritura de la novela, que leía en voz alta y reescribió varias veces. Según se deduce por los datos que el autor coloca al final de la novela, el manuscrito ya estaba finalizado en 1932. La primera edición de esta novela es de la editorial mexicana Costa-Amic (1946). La segunda, de la Editorial Losada, en Argentina (1948), que la convirtió en un éxito editorial.

La distancia de catorce años para publicarla podría haberse debido al regreso de Asturias en 1933 a Guatemala, cuyo presidente era otro dictador: el general Jorge Ubico (1931-1944). Aunque parezca un oxímoron, Guatemala sufrió tres dictaduras liberales, la del general Justo Rufino Barrios (1873-1885) y las otras dos ya mencionadas.

En efecto, esta novela constituye un texto paradigmático que atrapa la esencia de una dictadura, fácilmente identificable como la de los veintidós años (1898-1920) del abogado Manuel Estrada Cabrera (1857-1924) en Guatemala a través de pistas de lugares, acontecimientos y personajes. Sin embargo, la novela rebasa el ámbito local mediante la indeterminación: nunca se menciona el nombre del dictador ni el país. De esta manera se refuerza el halo de misterio construido alrededor del personaje central, elevado a categoría de mito en el inconsciente colectivo por medio de una escritura que utiliza y reelabora estrategias vanguardistas que le permiten acceder a esos niveles profundos.

En *El Señor Presidente,* el personaje protagonista se presenta como la encarnación del poder absoluto y personalista. A diferencia de otros tipos de dictaduras de grupo (militar, oligárquica, partidista, etcétera) el dictador de Asturias es un autócrata. Su despotismo se mantiene por la fuerza, la ilegalidad y la corrupción. Se apoya en el servilismo y la ignorancia de la población, dominada en cuerpo y manipulada en conciencia. El Señor Presidente no rinde cuentas a nadie. Como en los mitos, sus escasas apariciones públicas en ritos ceremoniales lo presentan como una deidad benefactora del pueblo para validar su permanencia *ad infinitum* en el poder. Las reelecciones son apenas fachada de una democracia inexistente, como si se tratara de un telón de fondo escenográfico de engañosa profundidad —fruto de la perspectiva—, pero en efecto plano y falso.

Esta dictadura es una puesta en escena. Una re-presentación falseada de una supuesta democracia, como oficialmente se presenta. Todo el poder se concentra en un individuo que juega a ser personaje, pero que no es más que un actor, bastante mediocre en el fondo, ya que tiene que valerse de la represión y vigilancia intermitentes delegadas en sus ser-

vidores. Es la manera para que sus propios intereses predo-
minen sobre los derechos civiles y humanos de la población.
Las conciencias anestesiadas por el régimen hacen que la
población no tenga idea de lo que sería un Estado de derecho
participativo en libertad, pues solo sufren las consecuencias
de la arbitrariedad del tirano, quien de manera sistemática
los mantiene en un estado de terror permanente que los
paraliza. La población, por su parte, carece de los instrumentos para conocer y reaccionar frente a las causas de su situación, ya que se encuentran totalmente manipulados. Arre-
llanados en el conformismo en calidad de espectadores
pasivos de su propia tragedia.

El rasgo siniestro de la dictadura en la novela reside en
su amarre con el plano mítico, muy arraigado en la sociedad en todos los niveles. Si ya es casi improbable enfrentar
al dictador como contemporáneo histórico, la carga mítica
de que se reviste lo hace de hecho imposible. Fuera del
tiempo y del espacio ya no es un enemigo visible y menos
aún, alcanzable. El dictador astutamente cultiva ambas
facetas de su personaje, pero sabe que la ventaja se la da
ese otro disfraz fabuloso.

Paradójicamente, la presencia del Señor Presidente es
mucho más relevante mientras más ausente se encuentre.
Aunque no se le vea, se le siente proyectado en el clima
asfixiante de la vida cotidiana. Maniobra de forma caprichosa los hilos de sus marionetas-ciudadanos porque solo
él puede dar movimiento, que es como dar vida. Asturias
con acierto les dio un tono fantochesco a ciertas escenas
importantes de la novela para enfatizar que el poder puede
ejercerse desde espacios ficticios que operan de manera
subliminal en la conciencia de toda una población.

Escenarios generadores

Asturias fue formado en el liberalismo que predominaba por entonces en Guatemala, es decir, más teórico que práctico, y en el catolicismo tradicionalista de su hogar. La convivencia cotidiana con la dictadura, inmersa en un medio atrasado y racista, lo signó inevitablemente en alguna medida: véase el caso de su polémica tesis de licenciatura sobre el indio. Este contexto formativo, común a jóvenes de su nivel sociocultural, era poco estimulante pues la libre expresión estaba limitada. Algunas medidas espectaculares, la mayoría de veces insustanciales o coyunturales, perseguían agigantar la imagen del dictador como mecenas de la educación y la cultura.

Asturias participó en protestas y asociaciones durante su época de estudiante; su actitud rebelde se va afianzando con lecturas de intelectuales muy importantes en ese momento como José Vasconcelos y José Ingenieros [Liano, 1999]. Fue fundador de la disidente Asociación de Estudiantes Unionistas en 1920. Esta actitud rebelde se va consolidando con lecturas y en particular con un viaje que realiza en 1921 a México como representante estudiantil. Recordemos que durante ese período los Estados Unidos consideraban a Guatemala como un dique geopolítico de contención a la posible influencia de ese movimiento hacia el resto de Latinoamérica. Fue en el país vecino donde pudo observar una nación en plena efervescencia posrevolucionaria y tomar contacto directo con las ideas de Vasconcelos. Durante un viaje que realiza en 1928 de París a Guatemala dicta dos conferencias en la sede de la Universidad Popular (fue uno de sus fundadores a inicios de la década del veinte y allí dio clases de Gramática y enseñó a leer a obreros). Las publica ese mismo año con el título de «Arquitectura de la vida nueva» [Asturias, 1928]. Asturias plantea el desarrollo sano y armonioso del individuo para que, apoyado por sentimientos nobles —el amor en sentido amplio—, cultive disciplinadamente todo su potencial físico y espiritual para alcanzar una plenitud ética y estética. Desde esta especie de estética moral, el individuo podrá edificar una simbólica casa sólida pero perforada por la luz para abrigar la justicia y la sabiduría, así como erigirse él mismo en modelo de las virtudes ya señaladas. Finaliza haciendo una crítica al «positivismo liberal individualista que degeneró en pragmatismo conservador» [Asturias, 1928: 263], mientras que asevera que este nuevo modelo promoverá una política transparente a través del cultivo de sí mismo con los otros, iniciándose así los cambios que la sociedad necesita.

Al vivir Asturias desde temprana edad la dictadura, *El Señor Presidente* por su material histórico podría considerarse testimonial que opera como una catarsis —o exorcismo— de esas vivencias a través de la escritura. Conviene recordar que el medio donde se formó el escritor guatemalteco, como cualquier joven de su nivel, era fundamentalmente cerrado y racista. No admitía el cuestionamiento, al menos de forma explícita. Fue solo hasta su llegada a París, por entonces el centro de la cultura, que el clima de libertad propició un proceso de crecimiento, a través de su relación con corrientes como el socialismo, el psicoanálisis o los estudios mayas, entre otras, que le permitieron abrirse al mundo y ampliar su visión. Allí definió su vocación y su registro literarios al contacto con las vanguardias. Desde una perspectiva de distanciamiento pudo verse a sí mismo, descubriendo y valorizando la otra parte de su identidad escindida y en ciernes: la indígena. Es aquí donde Asturias prefigura, según Mario Roberto Morales, la formulación de un «mestizaje intercultural democrático»

[Morales, 2017: 16] integrador que supere los binarismos excluyentes.

NOVELA Y COMPROMISO

Para Asturias, la novela hispanoamericana debía proponerse un compromiso preciso: exponer la realidad social para despertar la conciencia del lector desde la especificidad de discurso literario, superando el mero registro de la situación, evitando caer en una modalidad mimética, mecánica o de burdo didactismo. A través de las mediaciones simbólicas del texto literario, debería surgir un espacio crítico de conocimiento, sensibilización y reflexión ante la opresión y la injusticia. Esta visión programática la elaboró mediante artículos, conferencias, entrevistas, ensayos también como justificación de su creación novelística elaborada o en proceso. En efecto, los rasgos que plantea —en el nivel conceptual: compromiso-conciencia y en el formal: sonoridad, mestizaje idiomático, imaginería— se pueden encontrar en mayor o menor medida prácticamente en todas sus novelas, incluida *El Señor Presidente.*

Asturias sostiene que:

La literatura hispanoamericana, la novelística en especial, considero que debe seguir apegada a nuestros problemas: yo pienso, y así lo sentí siempre, que *se debe escribir para algo,* y entonces, ¿qué hay más importante que tratar de *adentrarnos en la realidad de nuestros países* y exponer después la forma en que viven para *crear en los lectores reacciones por la injusticia* que implica la forma en que se nos explota? [Asturias, 1973]. (La cursiva es mía).

Mediante el impacto estético-emocional del texto narrativo se persigue sacudir la conciencia del lector y provocarle una reacción que eventualmente lo motive a algún tipo de participación activa. Según Asturias, la novela cumpliría una función genérica humanizadora. Esta especie de mesianismo intelectual de los hombres de letras como «maestro espiritual de una nación» [Liano, 1999: 15] se inscribe en la tradición hispanoamericana en la que el novelista guatemalteco participó.

De acuerdo con Asturias, un rasgo característico de las novelas hispanoamericanas es la sonoridad. Afirma que son «grandes masas musicales vibrando» [Bellini, 1999], ya que «Las mejores novelas nuestras no parecen haber sido escritas, sino habladas» [Bellini, 1999: 230]. Sin embargo, el autor guatemalteco no plantea un discurso artificioso o panfletario, sino que propone «el lenguaje como aventura», ya que toda novela debería constituir «una hazaña verbal» [Bellini, 1999: 229]. Las palabras tendrían que superar el nivel semántico e ir más allá, pues el oído afinado del escritor tendría que saber escuchar para luego procesar. A este propósito no está de más recordar el inquietante inicio de la novela, con la hipnótica jitanjáfora reiterativa: «¡Alumbra, lumbre de alumbre, Luzbel de piedralumbre!» (p. 5) y su continuación, creando así una atmósfera nocturna aterradora bajo el signo de la crueldad.

El autor guatemalteco también incluye entre los rasgos diferenciadores la riqueza del mestizaje idiomático, históricamente en principio entre el idioma español y los de los indígenas, con posteriores aportes de otros grupos de inmigrados. Esta confluencia resulta evidente sobre todo en la presencia de las hablas populares y familiares a través de un lenguaje vivo que combina de manera ingeniosa elementos de habla antigua, culta, expresiones indígenas y modismos populares con gran libertad. No obstante, la contribución más significativa, en su opinión, será la de las literaturas indígenas americanas, que comprende poesía, narrativa y teatro y que ha permanecido por siglos en calidad de silenciosa resistencia cultural y traspaso oral

Otro elemento diferenciador lo constituye la profusión de imágenes, pues las novelas poseen una rica carga ilustrativa y descriptiva plástica, pero también interesantes series de imágenes en movimiento muy cercanas al cine. No está de más recordar que Asturias también tenía grandes habilidades para el dibujo y la pintura, así como una gran afición por las artes escénicas, como se desprende de sus reseñas periodísticas durante su período parisino [Asturias, 1996] y posteriormente cuando residió en Argentina. Toda esta creatividad audiovisual la imprimirá no solo en su narrativa, sino que constituirá un recurso idóneo para la formulación de sus piezas dramáticas, como se verá más adelante. En este sentido, Asturias, así como describe la «novela-canto» basada en la palabra poética, menciona la «novela-imagen», desde su punto de vista probablemente derivada en parte de ideogramas prehispánicos. Así, considera que el novelista no se vale de palabras sino de imágenes para escribir su obra, utilizando paralelismos o disfrasismos que provienen de las expresiones literarias indígenas americanas.

CIRCULARIDAD

El Señor Presidente presenta una estructura compositiva de circularidad que se articula con la sensación de eterno retorno y sin salida propia de un régimen dictatorial. Esta circularidad determina la reacción pasiva y fatalista de casi todos los personajes, paralizados por el miedo. Exis-

ten entrecruces en ejes y niveles que refuerzan esta estructura. Hay un eje que atraviesa transversalmente la
novela: esclavitud (dictadura) / libertad (revolución), enmarcado en una pesada atmósfera de oscuridad (muerte) /
luz (vida), que se amplifica con el uso de binarios contras-
tantes, tanto de forma como de contenido, entre otros:
abierto/cerrado, arriba/abajo, amor/odio, solidaridad/indi-
ferencia. Asimismo, hay dos niveles espacio-temporales
articulados —dos cronotopos—, uno evidente en superficie y otro subyacente en profundidad. Ambos traspasan
inclusive las fronteras reales y simbólicas marcadas por el
poder. Cubren perversamente la vida de los personajes de
forma intermitente, sin dejar ningún espacio de libertad
o sosiego con el fin de que interioricen la sujeción y se con-
venzan de que toda acción resulta imposible o inútil. En
la novela, los únicos momentos en que un horizonte luminoso puede entreverse es cuando algún personaje logra escaparse fugazmente por amor, trascendentalismo o acción
política, pero sin finales felices garantizados.

La horizontalidad del primer cronotopo se refiere a los
acontecimientos que se desarrollan en la temporalidad cronológica causal del nivel consciente, mientras que en el segundo es un ámbito ácrono, propio de los niveles inconscientes individuales o colectivos. Los sueños se convierten en
pesadillas interminables porque se padecen sea que se esté
dormido o despierto. Esta experiencia invasora se transforma en una especie de esclavitud psicológica sin tregua
hasta en los más íntimos espacios de los personajes.

En el diseño circular, el personaje del dictador aparece
colocado en el centro, como cristalización del sumo poder,
en función de núcleo generador de la trama: es él quien provoca la acción desde y hacia su persona. Como si desde esa
posición fuera tejiendo siniestramente una tela de araña

para capturar a sus víctimas. Esta circularidad se irradia en círculos concéntricos con otros elementos estructurales de la novela.

Los escenarios de la novela están comprendidos en el tiempo circular del eterno retorno que incluye una acción atrapada en un espacio limitado. La novela inicia en el portal del Señor con una invocación al demonio (Luzbel, el ángel caído) por un inminente fin del mundo. La sombría escena de los mendigos y su goyesca corte de los milagros es poderosa: la crueldad mutua entre miserables y el brutal asesinato del coronel Parrales Sonriente por un Pelele enloquecido. En la escena final de la novela, el estudiante sale de la prisión y se encamina por el callejón sin salida a su hogar, donde se encuentra la madre rogando a las ánimas por un milagro misericordioso. El joven reacciona irritado ante lo que considera una solución providencialista y no de abierto enfrentamiento a la tiranía.

Desde esa perspectiva, a pesar de algunos intentos por cambiar la situación —la rebeldía del estudiante, el difuso programa revolucionario del general Canales—, todo está encaminado al fracaso. Nada ha servido y aunque el portal es destruido por órdenes del Señor Presidente como reacción irracional ante la muerte de Parrales, hay un retorno a la situación inicial. Por supuesto, podría argumentarse, enlazando la novela con referentes históricos, que esta destrucción aludiría metafóricamente al terremoto de 1917. Este fue el principio del fin de la dictadura cabrerista porque al destruir la ciudad, puso bajo la luz del sol el atraso y la corrupción existentes. No obstante, al final de la novela queda flotando un clima más derrotista que utópico. Como al principio.

EL SEÑOR PRESIDENTE: PERSONAJE Y PERSONA

Aunque, como hemos visto, la novela está construida alrededor de la figura omnipresente y opresiva del dictador, paradójicamente el protagonista constituye una presencia casi irreal, más imaginada que vista. Lo que no se conoce distorsiona la apreciación: causa temor o prejuicio. En *El Señor Presidente,* el desconocimiento de la persona del tirano —no del personaje— conduce a una doble reacción, contradictoria y con frecuencia simultánea: rechazo y admiración. Así, el protagonista, un hombre común, se convierte en mito mediante la deliberada manipulación de las conciencias. Esta estrategia de protagonista ausente pero presente resulta muy afortunada para mantener el halo mítico del personaje y acentuar su enorme poderío.

Dante Liano, en un estudio dedicado al mito en Asturias, inicia por definirlo como narración fundacional reveladora del carácter sagrado del cosmos que se realiza en un tiempo ácrono, se expresa con metáforas y «... puede servir de recurso a la clase dirigente para reafirmarse en el poder o para justificar las estructuras del poder» [Liano 2018: 29]. Asimismo, afirma que responde a la necesidad de trascendencia del ser humano y prescinde de cánones de verosimilitud y credibilidad. En síntesis, se puede concluir que mito y poder cuando confluyen poseen autoridad y dominio casi absoluto sobre las conciencias. Un dictador que se coloca en un nivel alejado y por encima de los demás, que posee con atributos aparentemente fuera de lo humano, que de forma intencional se cubre de un aura misteriosa se va convirtiendo en un ser mítico. Vive al tiempo en varias dimensiones espacio-temporales alternando en el inconsciente colectivo con personajes famosos de los mitos ancestrales de una colectividad, todo lo que legitima su autoridad.

El propio Asturias proporciona algunas claves de interpretación del mito en *El Señor Presidente* muy pertinentes que referimos fragmentariamente para sustentar nuestro análisis:

... la novela ha tomado, en las sociedades modernas, el lugar que ocupaba la recitación de los mitos en las sociedades primitivas. [...] *El Señor Presidente* debe ser considerado en las que podríamos llamar narraciones mitológicas. [...] hay la denuncia política, pero en el fondo de todo existe [...] una concepción de la fuerza ancestral, fabulosa y solo aparentemente de nuestro tiempo. Es el hombre-mito, el ser-superior (porque es eso, aunque no lo queramos), el que llena las funciones del jefe tribal en las sociedades primitivas, ungido por poderes sacros, invisible como Dios, pues entre menos corporal aparezca más mitológico se le considerará. La fascinación que ejerce en todos, aun en sus enemigos, el halo de ser sobrenatural que lo rodea, todo concurre a la reactualización de lo fabuloso, fuera de un tiempo cronológico [...]. ¿Y alrededor de ellos, de estos Señores Presidentes, no se va creando una especie de rito que implica el culto a la personalidad, como se dice ahora, aunque en verdad no es a la personalidad presente, sino a lo que ella, como fuerza ancestral, representa? [...] han sucedido esos mismos mitos con otras envolturas, como expresiones actuales. [...] Esa es la atmósfera de *El Señor Presidente* el omnipresente, el mito, el todopoderoso, no solamente como expresión política, esto viene a ser secundario, sino como manifestación de una fuerza primitiva y como supervivencia, en el mundo actual, de esos resabios de las sociedades más arcaicas. [...] Buscar por aquí las raíces de esos regímenes de terror y de sangre, desenraizarlos [...] ¿No pueden considerarse como una transposición del mito religioso al mito político? [...] *El Señor Presidente* no es una historia inventada, no es fantasía de novelista; [...] Tohil, la divinidad indígena maya-quiché que exigía sacrificios humanos. ¿Qué otra cosa exigía el Señor Presidente? [...] el mito se defiende de tal manera, que cuando cayó el Señor Presidente y fue puesto prisionero, la gente creía que no era el mismo. Al verdadero mito lo seguía amparando. A este que estaba preso, no, y la más simple explicación era que el mitológico había dejado de existir, y este era uno cualquiera [Asturias 1966: 216-219].

Entre las estrategias utilizadas por el dictador para asegurarse un control rígido sobre los habitantes, destaca el variado sistema de redes de vigilancia bidireccionales en horizontal y en vertical entre unos y otros. Pero, además, el déspota controlaba a los controladores. El autoritarismo le asegura la sumisión total por la sencilla razón de que se trata de dos fuerzas desiguales. El tirano cuenta con todos los instrumentos necesarios para ejercer despóticamente el poder, encubierto apenas por una democracia de fachada, mientras que la inmensa mayoría solo es dueña de su propio cuerpo, lo que la hace muy vulnerable ante el poder. La docilidad impuesta a la larga resulta insoportable por el difuso malestar que provoca, aunque no siempre se tenga claro el origen porque se carece de una conciencia crítica.

Estas redes de espionaje, muy bien ilustradas en la novela, parecieran administradas con diseño arquitectónico carcelario y técnicas de vigilancia panópticas que datan del siglo XVIII que acentúan el diseño circular. Hay una torre con celosías colocada en el centro de un patio, alrededor del cual hay un círculo de construcciones de varios pisos iluminadas por dentro, así que quien está encerrado no puede saber si está o no siendo observado. De tal forma, el control se ejerce indirecta e invisiblemente sobre los reclusos que permanecen incomunicados entre sí y, por tanto, desunidos. Esta situación resulta muy efectiva para generar actitudes de autocontrol/sumisión en los reclusos.

EL PODER DETRÁS DE LA MÁSCARA

El Señor Presidente revela que detrás de la máscara del mítico dictador solo hay un patético hombrecillo condicionado
por un encolerizado revanchismo que mantiene abiertas las
heridas de una infancia marcada por la doble moral provinciana.

En sus manos tiene los hilos que dan vida y condicionan
antojadizamente la existencia de los demás personajes/fan-
toches y también su muerte, que incluso puede ser en vida
como cadena perpetua real o figurada. Piénsese en la historia de Camila como joven viuda de Cara de Ángel. El
autor complementa los rasgos grotescos e inquietantes de
la novela con otros jocosos o melodramáticos —a ratos casi
carnavalescos—, que rebajan el patetismo o bien hacen
más filuda la crítica. El tono farsesco de algunas escenas
tremendas como las que tienen lugar en el burdel, sea por
la degradación de los personajes y/o el irrespeto a la dignidad del otro, recuerda al expresionista alemán George
Grosz o al muralista mexicano José Clemente Orozco.

Megalómano pero inseguro, detrás de la máscara que el
propio Señor Presidente ha creado para su personaje se
esconde un misántropo solitario atrapado en sus traumas.
El autor lo deforma y caricaturiza como un fantoche, pa-
riente de los esperpentos de Valle-nclán, es decir como un
muñeco de palo sin rastro humano, ya que carece de cordura o sentimientos. En la escena de la borrachera el dictador se exhibe como un hombre vulnerable con traumas
de infancia irresueltos y cuentas por cobrar indiscrimina-
damente. Desmitificado, cae la máscara revelando toda su
pequeña dimensión humana: «... la falda de la camisa al

aire, la bragueta abierta, los zapatos sin abrochar, la boca untada de babas y los ojos de excrecencias color de yema de huevo» (p. 270).

Pero el titiritero a su vez es títere de otro titiritero. Los verdaderos hilos del poder están en otro lado. Esto se evidencia cuando el Señor Presidente manda a llamar a Cara de Ángel para ordenarle que se traslade a Washington para defenderlo de intrigas que impiden su enésima reelección y le reiteren su confianza. Queda claro que, en el fondo, se sabe vulnerable: las decisiones últimas no las toma él sino otro poder mayor injerencista, como consecuencia de las importantes concesiones con las que el propio Señor Presidente ha favorecido a los Estados Unidos.

La sólida estructura piramidal con el Señor Presidente en el vértice es solo parcialmente cierta, pues los trastoques son amenazas constantes para su poder. De esta manera se evidencia que existe una tensión intermitente entre poder real y poder aparente. Entre las versiones escénicas y algunas cinematográficas de esta novela, destaca la versión teatral que realizó un dramaturgo guatemalteco en los años setenta del siglo pasado. Carrillo logró trasladar de manera acertada esa tensión al lenguaje escénico utilizando todos los recursos posibles para hacerla una experiencia total. Esta pieza teatral comprueba la potencial representatividad dramática de la narrativa asturiana, como ya hemos señalado, por su carga de imaginería y movimiento («novela-imagen») y la palabra que el dramaturgo resuelve con la voz y los diálogos («novela-canto») y en coherencia con sus postulados sobre la novela. La versión de Carrillo evidencia escénicamente la fragilidad e inconsistencia del protagonista y su poder.

Uno de los aciertos mayores de esta versión consiste en convertir al personaje siniestro del tirano en un títere di-

minuto que dominaba el espacio escénico desde un teatri-
no, cobrando así su lejanía un carácter ridículo, pues revelaba que su omnipotencia era en realidad limitada, ya que
los hilos de sus acciones eran movidos por fuerzas, en última instancia, ajenas. [...] Siguiendo el estilo barroqui-
zante de Asturias, utilizó fuertes contrastes de luz y sombra, dividió el espacio escénico con tarimas que marcaban
niveles diferentes y alternos, con gran rapidez y valiéndose de reflectores, imprimió a la obra un ritmo vertiginoso
en donde logró coordinar con mano segura las secuencias
de las varias historias, así como deslindar y sincronizar simultáneamente el plano onírico del real. [...] Asimismo,
los disfraces conllevan una carga simbólica: todos los personajes visten de la cintura para abajo harapos de mendigos, es decir comparten una común situación de miseria
humana [Méndez, 2003].

PERDURACIÓN DEL SISTEMA: NEOCOLONIALISMO

Al final de la novela, el Señor Presidente sigue doblemente
vivo porque continúa gobernando pero sobre todo porque
sigue existiendo como mito en el imaginario colectivo. No
obstante, pareciera que se le empiezan a abrir algunas grietas al poder monolítico: la sospecha de que el gobierno norteamericano no le confirme el apoyo para la reelección, las
frases encendidas del estudiante sobre la urgencia de la revolución, el marco de tiempo indeterminado en la tercera
parte y final de la novela: «Semanas, meses, años...», que
puede interpretarse como un final abierto con dilatación
temporal imprecisa, enfatizado por los puntos suspensivos,
a diferencia de la primera parte y segunda parte, que estaban comprimidas en fechas exactas y breves.

Todo dictador, aunque le cueste creerlo, es reemplazable. Está siempre bajo la espada de las horas contadas. Lo que permanece es el poder con el mismo u otro sistema de gobierno. En el caso del Señor Presidente en la novela, donde no se relata su caída, solo puede presuponerse que tomará el rumbo que sea más conveniente a la potencia extranjera y que con seguridad lo abandonará cuando sea inservible. (Al tratarse de un tema con referencialidad histórica, los lectores ya pueden prescindir del suspenso, pues conocen el fin de la dictadura cabrerista y su continuación). Siempre existe entonces la posibilidad de una eventual vacante del rol de presidente para un nuevo actor que quiera subir a escena, aprenderse el libreto y colocarse sobre la máscara de mandatario la máscara atemporal del mito. Pero sabiendo que en realidad solo reproduce el papel de titiritero porque él, como sus ciudadanos, es también otro títere.

En efecto, el régimen dictatorial que dirige con mano de hierro el Señor Presidente carece de verdadera autonomía. También vive en la cuerda floja, como los demás. No se trata ahora de personalismos o individualidades en pugna como en la tiranía autócrata, sino de choque de fuerzas de poder, donde obviamente un país pequeño está en desventaja. Pareciera que también se repite un modelo con la misma circularidad: el colonial, caracterizado por el ejercicio del poder hegemónico *in situ* y en todos los niveles imponiéndose como referencia cultural única sobre sujetos subalternos silenciados e invisibilizados y por supuesto explotados, mediante procesos de aculturación. Históricamente, sin embargo, siempre existió una especie de codependencia entre ambos sectores, el colonizador y el colonizado, a través de algunas negociaciones. Y también es cierto que ese fenómeno determinó la permanencia de culturas de resistencia que aprovecharon algunos intersticios de la cultura oficial para manifestarse, así como la conformación lenta de la contaminación que va conduciendo al mestizaje. Ahora se produce una versión neocolonial, sin presencia directa *in situ*, si se exceptúa lo que será en un futuro próximo los enclaves bananeros. Sin duda existe una amenaza latente: la dependencia potencial que puede conducir, como en efecto sucedió, a un neocolonialismo gestionado de manera más subliminal (el *american way of life*), pero del mismo modo injerencista y codicioso oculto tras otras nuevas máscaras.

El Señor Presidente cumple el objetivo de develar las raíces estructurales de la injusticia y la opresión sin ser sentenciosa. Asturias resuelve su registro reformulando de forma magistral estrategias vanguardistas y articulándolas con imaginería y voces propias en paritario mestizaje.

Una preocupación del escritor guatemalteco era la ausencia de una conciencia crítica, como la que mantiene narcotizados a la mayoría de personajes en la novela, porque impedía construir una «vida nueva». *El Señor Presidente* quita la venda de los ojos del lector y le revela una realidad cruda pero desafiante. Después de su lectura ya no es posible ser inocente o neutral.

El estudiante, que puede suponerse como una especie de *alter ego* del autor, se encauza coherentemente con la posición de Asturias referente a la función de los pensadores que se asumían a sí mismos como vanguardia intelectual y agentes de cambio. El callejón sin salida podría referirse a la perduración del subdesarrollo en todos los niveles enraizado en un fatalismo secular: «... las horas sin fin de un pueblo que se creía condenado a la esclavitud y al vicio» (p. 65).

Ni los mitos ni el poder pueden dejar de existir. Son factores inevitables de orden y referencia social y cultural con diferentes vestimentas. Lo que sí es intolerable es que

Señores Presidentes deshumanizados y deshumanizadores, como el ideado con maestría en la novela de Asturias, crean tener derecho a ser pequeñas divinidades.

Solo representan un injustificable poder vacío e ilegítimo ejercido con *potestas* pero sin *auctoritas.*

Anabella Acevedo

EL HORROR Y LA VIOLENCIA EN *EL SEÑOR PRESIDENTE*

Quien se da a la tarea de leer las primeras novelas publicadas por Miguel Ángel Asturias se enfrenta, sin duda, a varios desafíos. El primero se sitúa en el plano de la realidad reinventada, presentada por el escritor de una manera fragmentada que obliga a una tarea de ordenamiento y recomposición; el segundo se da a nivel del lenguaje, con juegos, quiebres y recreación del habla local de personajes particulares, entre otros elementos del singular estilo de Asturias. En ambos casos la experiencia de lectura pasa de manera constante e intermitente del asombro a la perplejidad; del placer a la incomodidad de estar situados en un terreno ambiguo e inestable; de la fácil identificación de los hechos narrados a la sensación de encontrarse frente a un universo delirante del que nos sabemos parte, aunque no lo terminemos de aceptar. Con los años, el desarrollo de la narrativa en Hispanoamérica se abrirá hacia posibilidades infinitas y estos rasgos del estilo de Asturias se normalizarán, pero en el momento en que *El Señor Presidente* se publica, estos rompimientos con la narrativa tradicional de corte realista seguramente causaron sorpresa a muchos.

Por otro lado, la riqueza multidimensional de *El Señor Presidente* ha ofrecido a lo largo de los años la posibilidad de las más diversas perspectivas de análisis, que van desde los aspectos formales y el abordaje del tema político, hasta reflexiones más específicas centradas en lo político, lo contextual, la sexualidad, entre muchas otras. Lo que propongo en este ensayo es una lectura de la novela que nos permita constatar las diferentes estrategias literarias de las que Asturias echa mano para retratar la violencia y el horror de la Guatemala de Manuel Estrada Cabrera o, en otras palabras, «su versión de lo que podría ser la experiencia cotidiana de la dictadura» [Kraniauskas, 2000]. Una experiencia que el escritor lleva al plano del lenguaje a todo nivel, construyendo una narrativa cuyo ritmo llega a parecernos, por momentos exasperante, pero que refleja de manera exacta el estado social de un país bajo la tiranía. Solo un estilo desbordante como el de Asturias en esta novela podría retratar de manera más cercana las dinámicas irracionales de una sociedad como la que le tocó vivir al escritor.

El ejercicio del poder y la violencia estatal en la novela ha sido tema de innumerables ensayos. En este sentido es fundamental el trabajo de Gerald Martin «*El Señor Presidente:* una lectura "contextual" [Martin, 1978], en el que se refiere a la novela de esta manera: «Es un novela de una violencia descomunal, violencia que se comunica no solamente por la naturaleza de sus acontecimientos sino también a través de sus recursos técnicos. El lector entra a una narración que se mueve: golpea, penetra, corta la conciencia» (XCII). En «Para una lectura política de *El Señor Presidente:* notas sobre el "maldoblestar" textual», por otra parte, John Kraniauskas señala tres maneras en las que esto se trabaja en la novela: a) la proliferación de cuerpos dañados y personajes subordinados; b) la violencia corporal y textual; y c) un relato que sigue la «trama forjada por la

paranoia presidencial y estatal» [Kraniauskas, 2000: 737].
Otro ejemplo lo tenemos en «*El Señor Presidente* o las transfiguraciones del deseo de Miguel (Cara de) Ángel Asturias», ensayo en el cual Mario Roberto Morales describe la
novela como «una exploración del poder como agresividad,
identificación, narcisismo y objeto de deseo; y como significante arbitrario que da sentido a una sociedad: es decir,
del poder como una realidad cuya mayor concreción la
extrae de su mera enunciación» [Morales, 2000^c: 701].
  Una de las primeras cosas que hay que anotar en relación con esta obra tiene que ver con el momento en su vida
en la que la escribe, me refiero al hecho de que Asturias
haya iniciado su escritura en 1922, dos años antes de partir para Europa, y la haya finalizado en 1932, un año antes
de su regreso a Guatemala, es decir, en una década fundamental de su desarrollo como persona y como escritor, marcado por tres hechos fundamentales: el haber vivido su
adolescencia y primera juventud durante la dictadura de
Manuel Estrada Cabrera; su estancia de una década en París, que, como sabemos, le permite a Asturias no solo establecer un diálogo con los movimientos de vanguardia de
la época sino también llevar a cabo un encuentro con su
país; su vuelta a Guatemala, con la dictadura de Jorge
Ubico.
  Asturias nace un año después del inicio del gobierno
dictatorial de Manuel Estrada Cabrera, quien finaliza los
veintidós años de su mandato apenas dos años antes de la
partida de Asturias hacia Londres. A su regreso en 1933
se encontrará con la recién inaugurada dictadura de Jorge
Ubico (1931-1944). La Guatemala de Asturias hasta ese
momento es la de un país dominado por el autoritarismo,
la violencia y el miedo. Como sabemos, durante su gobierno, Estrada Cabrera se rodeó de criminales, ladrones y ase-

sinos, le concedió mucho poder a la policía —sobre todo a la policía secreta— e hizo del espionaje una práctica común que creó un clima de miedo que poco a poco fue modelando las actitudes de la población. Abogado de profesión, ocupó los puestos de juez, jefe político interino del departamento de Retalhuleu, catedrático y decano de la Escuela de Derecho, presidente del ayuntamiento de Quetzaltenango, ministro de Gobierno del presidente José María Reina Barrios, quien lo designó para relevarlo en caso de su muerte y a quien se sospecha ordenó asesinar. Ya como ministro de Gobierno tenía control sobre los tribunales, los jueces, los jefes políticos y la policía. En otras palabras, conocía a la perfección las intrincadas dinámicas del ejercicio del poder en el país. Guatemala, por otro lado, era un país conservador con una población de dos millones de habitantes cuya gran mayoría estaba condenada a servir a unos pocos, con una población indígena subyugada. Una Guatemala que el escritor también pudo ver desde fuera, con la lente de los aprendizajes parisinos, fundamentalmente el estudio de los textos indígenas prehispánicos a través de sus estudios de etnología. Pero también una Guatemala que tradujo a partir de su experiencia con el surrealismo.

De acuerdo a los críticos, la temporalidad de la novela se sitúa alrededor de 1916, en la tercera reelección de Estrada Cabrera [Martin, 2000], que muchos califican como la peor etapa de su gobierno dictatorial [Little Siebold, 1994], en donde la violencia y la impunidad se exacerban hasta límites impensables.

Sin duda, el haber crecido en un país que apenas se estaba formando como nación independiente, marcado por gobiernos autoritarios aliados con los poderes económicos que venían desde la colonia [Martin, 2000: 541], tuvo una impronta en *El Señor Presidente*. El resultado, en palabras de Gerald Martin, es «un texto desconcertante porque se trata de una novela a la vez política y vanguardista, especie exótica si las hay» [Martin, 2000].

El nombre de Manuel Estrada Cabrera, nos dice Gail Martin, «se asocia con el peor tipo de dictadura, con el clima de terror, con el sistema de espionaje estatal y con una personalidad sádica y paranoica, paciente y vengativa» [Gail Martin, 2000: 541], conductas que en la novela permean prácticamente todos los segmentos de la sociedad. No por nada el título inicial de la novela era *Tohil,* que hace referencia a la divinidad relacionada con el fuego y asociada a la guerra, así como a los sacrificios. Y tal y como un dios actuaría, en la novela la figura física del presidente apenas si aparece, pero su presencia es absoluta y lo controla todo. En este sentido, *El Señor Presidente* podría entenderse como la «representación alegórica de la estructura social guatemalteca» o bien como la «representación de la estructura simbólica de clase», como ha expresado Feliu-Moggi [Feliu-Moggi, 2000: 577]. De cualquier manera, nos encontramos ante una sociedad en la que los grupos tradicionalmente más vulnerables —mujeres, indígenas, pobres, entre otros— son las presas más fáciles de un orden autoritario de carácter patriarcal tradicional que utiliza la violencia, el miedo y la ausencia de libertad como herramientas de control, una sociedad carcelaria, como Michel Foucault ha estudiado en muchos de sus escritos, y en donde los segmentos de la sociedad que controlaban la economía se aliaron con el gobierno o, en algunos casos, optaron por el silencio.

Aun cuando los nombres del país y del dictador no son mencionados ni una sola vez, no nos cabe ninguna duda de que el escenario de la novela es Guatemala y el Señor

Presidente, Manuel Estrada Cabrera, aunque, como Dante Liano comenta, el escenario podría ser cualquier país que ha pasado por condiciones políticas semejantes:

En la Guatemala de ese momento (aunque la obra fue publicada en 1947, la redacción final es de 1932) la disyuntiva se cifra entre dictadura y rebelión. No hay duda de que la novela, aunque esté situada en el marco de la dictadura de Estrada Cabrera, es una denuncia de cualquier dictadura y un llamado implícito a la rebelión contra cualquier tiranía [Liano, 1997: 149].

No obstante, existen suficientes referencias a lugares, dinámicas sociales, personajes y eventos como para dudar que así sea. Y en este marco referencial, el lenguaje adquiere una gran importancia para situar la novela en Guatemala, tal y como Asturias lo ha hecho sentir en otras novelas, a través de la intencionalidad de retratar el habla de los habitantes de este país, sobre todo aquellos pertenecientes a estratos económicos bajos.

Así, la novela dibuja, ante todo, una realidad política, social y humana distópica en donde impera el miedo y en donde la manera de interrelacionarse de los habitantes tiene que ver con las consecuencias de un ejercicio del poder perverso y enfermizo, ya sea a nivel de gobierno como de las relaciones interpersonales más cotidianas. En *El Señor Presidente* nadie parece escapar a ese violento entramado del horror y la abyección. Este sentido trágico de la novela alcanza dos únicos momentos de respiro: la relación amorosa de Cara de Ángel y Camila, y la revolución encabezada por el general Canales, ambas destinadas al fracaso, precisamente por la imposibilidad de escapar al control total que sobre la población tiene el tirano.

Ya desde «En el portal del Señor», capítulo que abre la novela, las imágenes elaboradas por el escritor anuncian el escenario de horror que va a prevalecer a lo largo de la obra:

Los pordioseros se arrastraban por las cocinas del mercado, perdidos en la sombra de la catedral helada [...]. Se juntaban a dormir en el portal del Señor sin más lazo común que la miseria, maldiciendo unos de otros, insultándose a regañadientes con tirria de enemigos que se buscan pleito, riñendo muchas veces a codazos y algunas con tierra y todo, revolcones en los que tras escupirse, rabiosos, se mordían. Ni almohada ni confianza halló jamás esta familia de parientes del basurero (p. 5).

Y más adelante,

A veces, los pasos de una patrulla que a golpes arrastraba a un prisionero político, seguido de mujeres que limpiaban las huellas de sangre con los pañuelos empapados en llanto [...]. Pero el grito del idiota era el más triste. Partía el cielo. Era un grito largo, sonsacado, sin acento humano (p. 6).

En estos primeros párrafos se habla de pordioseros y soldados y, sin embargo, la violencia de su trato se extenderá a todos los segmentos de los espacios que la novela aborda, en donde el miedo, la sangre y la violencia verbal serán los signos que los identifiquen, en un universo vil del que prácticamente nadie se salva. En el capítulo segundo del libro *La narrativa de Miguel Ángel Asturias,* Giuseppe Bellini dedica un espacio considerable a lo que él nombra como «una total subversión de valores»:

En la novela, Asturias tiende sobre todo a expresar el poder deformante de la dictadura, que se manifiesta en la violencia y en el

desarraigo de todo valor moral. Para obtener tal efecto recurre a
una secuencia de escenas en las que esta realidad se presenta como
reflejada por espejos deformados definiéndose en la oscuridad, en
lo irrespirable y en lo híbrido. Un mundo que parece deshacerse
en lo pútrido y que se expresa en una sucesión de actos indignos,
de vejaciones e hipocresía, de bajas formas de prostitución moral
en una mezcolanza sexual de tal manera híbrida que hace pensar en
algunos momentos en el infierno de Quevedo [Bellini, 1969: 38].

A partir de este primer capítulo, en las imágenes y las
descripciones del escritor habrá una predilección por referencias a la desesperanza, violencia y horror que marcan el
tono de todos los hechos narrados:

La ciudad grande, inmensamente grande para su *fatiga,* se fue haciendo pequeña para su *congoja* [Bellini, 1969: 13].

El Pelele huyó por las *calles intestinales, estrechas y retorcidas* de los
suburbios de la ciudad, sin turbar con sus *gritos desaforados* la respiración del cielo ni el sueño de los habitantes, iguales en *el espejo
de la muerte...* [Bellini, 1969: 25].

A las *detonaciones y alaridos* del Pelele, a la fuga de Vásquez y su
amigo, mal vestidas de luna corrían las calles por las calles sin saber
bien lo que había sucedido y *los árboles de la plaza se tronaban los
dedos en la pena* de no poder decir con el viento... [Bellini, 1969: 76].

La impresión de los barrios pobres a estas horas de la noche era de
infinita soledad, de una *miseria sucia* con restos de *abandono oriental,*
sellada por el fatalismo religioso que le hacía voluntad de Dios.
Los desagües iban llevándose la luna a flor de tierra, y el agua de
beber contaba, en las alcantarillas, las horas sin fin de *un pueblo que
se creía condenado a la esclavitud y al vicio* [Bellini, 1969: 82].

El perro aullaba, erizado, *como si viera al diablo.* Un remolino de aire levantó *papeles sucios manchados como de sangre de mujer* o de remolacha [Bellini, 1969: 37. Las cursivas son del autor].

Por supuesto, este sentido del horror se muestra de manera más evidente en los hechos narrados desde el inicio, en donde todos parecen espiar a todos, la desconfianza es lo que domina y el maltrato físico y verbal es de características esperpénticas. Si bien el lenguaje asturiano es de una libertad que por momentos nos deja anonadados, la novela busca trasmitir todo lo contrario, es decir, la manipulación y el control total de la información. En este sentido, Ross Chambers, en su ensayo «Las voces en la sombra: escribir al dictado(r)», se refiere al problema del control de la información en la novela alrededor de los actores sociales que lo ponen en marcha: «es posible controlar la información o es ella la que nos controla», se pregunta el ensayista [Chambers, 2000].

Esto se ve reforzado por la negación del sentido de humanidad entre los personajes, cuya conducta nos habla de una sociedad en donde todo parece obedecer a valores contrarios al sentido aceptado de la dignidad humana. Dos momentos de la novela lo retratan muy bien: «Los niños reían de ver llorar... Los niños reían de ver pegar...» (p. 62), «Lo más alegre que me acuerdo de ese tiempo es que por la casa pasaban todos los entierros. Va de pasar y va de pasar muertos» (p. 202). La única opción para salvarse, en este territorio de la impunidad, pareciera ser optar por actuar por el sistema de antivalores impuesto por el dictador. En una conversación entre el mayor Farfán y Cara de Ángel, este le aconseja al mayor que para salvarse «busque la manera de halagar al Señor Presidente»:

Ambos agregaron con el pensamiento «cometer un delito», por ejemplo, medio el más eficaz para captarse la buena voluntad del mandatario; o «ultrajar públicamente a las personas indefensas»; o «hacer sentir la superioridad de la fuerza sobre la opinión del país» o «enriquecerse a costillas de la Nación»; o...

El delito de sangre era ideal; la supresión de un prójimo constituía la adhesión más completa del ciudadano al Señor Presidente. Dos meses de cárcel, para cubrir las apariencias, y derechito después a un puesto público de los de confianza, lo que solo se dispensaba a servidores con proceso pendiente, por la comodidad de devolverlos a la cárcel conforme a la ley, si no se portaban bien (p. 211).

Así, solamente un despiadado ejercicio del poder posibilita la supervivencia en un contexto en donde cualquiera podría convertirse en prisionero político, ser encarcelado, torturado o asesinado sin ninguna razón: «El crimen es precioso porque garantiza al gobierno la adhesión del ciudadano» (p. 74) expresa en algún momento Cara de Ángel. Así, todo en la novela apunta a la inestabilidad de la existencia: el que en algún momento era el favorito luego será la víctima, el torturado adoptará la posición de torturador frente a aquel que lo ha salvado, la familia o los amigos no son sinónimos de lealtad, estamos ante un orden social y moral distorsionado por el miedo y por la excesiva crueldad de un Señor Presidente que puede continuar almorzando aun cuando su criada le comunica la muerte de un funcionario de su gobierno que ha sido torturado:

—¡Señor —dijo casi llorando al Presidente, que comía tranquilo—, dice que no aguantó porque se murió!
—¿Y qué? ¡Traiga lo que sigue! (p. 405).

Estamos, lo hemos visto ya, ante una destrucción del sentido de la legalidad y del sentido de justicia que impera en
gobiernos que buscan el bienestar de la población, de manera que el Señor Presidente se convierte, en realidad, en el
mayor victimario, en un «mundo al revés» en donde gobernar llega a entenderse como un ejercicio de poder a partir de
la negación de los derechos de los otros, de la libertad individual y de la ausencia del respeto a la dignidad humana:

A un hombre sin entrañas como él, no era la bondad lo que llevaba a sentirse a disgusto en presencia de una emboscada, tendida en
pleno corazón de la ciudad contra un ciudadano que, confiado e
indefenso, escaparía de su casa sintiéndose protegido por la sombra de un amigo del Señor Presidente, protección que a la postre
no pasaba de ser un ardid de refinada crueldad para amargar con
el desengaño de los últimos y atroces momentos de la víctima al
verse burlada, cogida, traicionada, y un medio ingenioso para dar
al crimen cariz legal, explicado como extremo recurso de la autoridad, a fin de evitar la fuga de un presunto reo de asesinato que
iba a ser capturado el día siguiente (pp. 81-82).

Como hemos dicho antes, estas conductas enfermizas y
crueles se expanden a los sentimientos y las relaciones interpersonales cotidianas de personajes que nada tienen que
ver con las dinámicas políticas descritas en la novela pero
que se ven marcadas y determinadas por el clima político
del país, por lo que el engaño y la venganza son el pan de
cada día. Vemos esto en la negativa de los tíos de Camila
de cuidarla ante la desaparición de su padre, por miedo a que
los acusen de protegerlo. La narración describe cómo uno
de los tíos, luego de haberle explicado a Cara de Ángel
que no podía hacerse cargo de la muchacha:

... cerró la puerta poco a poco, frotose las manos gordezuelas y se volvió después de un instante de indecisión. Sentía irresistibles deseos de acariciar a alguien, pero no a su mujer, y fue a buscar al perro, que seguía ladrando (pp. 126-127).

Por otra parte, *El Señor Presidente* utiliza todas las estrategias escriturales posibles para ir construyendo el retrato y la atmósfera de una Guatemala del horror, algo que a los ciudadanos de este país no nos es difícil reconocer como una realidad constante y presente en casi todos los gobiernos de nuestra historia. Un país en donde «De nada le serviría ser inocente, de nada» (p. 121), como expresa uno de los tíos de Camila, que dominados por el miedo niegan cualquier posibilidad de solidaridad ante la desgracia de los otros, y como ya en su momento le había dicho Cara de Ángel al general Canales, acusado del asesinato del coronel José Parrales Sonriente: «¡No se pregunte, general, si es culpable o inocente: pregúntese si cuenta o no con el favor del amo, que un inocente en mal con el gobierno, es peor que si fuera culpable!» (p. 74).

A la dictadura de Manuel Estrada Cabrera la seguirá pronto la de Jorge Ubico, y Guatemala no tendrá más que un breve respiro de una década, con los gobiernos de Juan José Arévalo y Jacobo Árbenz, los cuales no tendrán la fuerza suficiente para romper con las dinámicas disfuncionales de una sociedad con un pasado histórico de gobiernos autoritarios aliados con intereses económicos de grupos particulares y marcados por la intervención del gobierno de los Estados Unidos. Así, la violencia, el miedo y la represión que Miguel Ángel Asturias nos entrega en *El Señor Presidente* continuarán durante la mayor parte de gobiernos que habrán de venir.

BIBLIOGRAFÍA BÁSICA

Albizúrez Palma [1975]: Albizúrez Palma, Francisco, *La novela de Asturias,* Guatemala, Editorial Universitaria, 1975.

Albizúrez Palma [1998]: Albizúrez Palma, Francisco, *Para comprender «El Señor Presidente»,* Guatemala, Editorial Progresista Privada, 1998.

Alvar [1976]: Alvar, Manuel, *De Galdós a Miguel Ángel Asturias,* Madrid, Cátedra, 1976.

Álvarez de Scheel [1999]: Álvarez de Scheel, Ruth, *Análisis y estudio de algunos rasgos caracterizadores de «El Señor Presidente»,* Guatemala, Editorial Cultura, 1999.

Amate Blanco [1981]: Amate Blanco, J. J., «La novela de dictador, de José Mármol a Miguel Ángel Asturias», en Tascón, Valentín y Soria, Fernando, *Literatura y sociedad en América Latina,* Salamanca, San Esteban, 1981, pp. 191-213.

Arango [1990]: Arango, Miguel Antonio, *El surrealismo, elemento estructural en «Leyendas de Guatemala» y «El Señor Presidente» de Miguel Ángel Asturias,* Bogotá, Boletín del Instituto Caro y Cuervo de Colombia, 1990.

Arévalo [1971]: Arévalo, Rafael, *Ecce Pericles,* Guatemala, EDUCA, 1971.

Arias [1979]: Arias, Arturo, *Ideologías, literatura y sociedad durante la revolución guatemalteca, 1944-1954,* La Habana, Casa de las Américas, 1979.

Asturias [1928]: Asturias, Miguel Ángel, «Arquitectura de la vida nueva (I)» y «Arquitectura de la vida nueva (II)», en *Paris 1924-*

1923. Periodismo y creación literaria, Amos Segala (coord.), Madrid/París, ALLCA XX, 1996, pp. 254-258 y 259-263.

Asturias [1930]: Asturias, Miguel Ángel, *Leyendas de Guatemala,* Madrid, Oriente, 1930.

Asturias [1946]: Asturias, Miguel Ángel, *El Señor Presidente,* México, Costa-Amic, 1946.

Asturias [1948]: Asturias, Miguel Ángel, *Leyendas de Guatemala,* Buenos Aires, Pleamar, 1948.

Asturias [1949ª]: Asturias, Miguel Ángel, *Hombres de maíz,* Buenos Aires, Losada, 1949.

Asturias [1949ᵇ]: Asturias, Miguel Ángel, *Viento fuerte,* Guatemala, Ministerio de Educación Pública, 1949.

Asturias [1952]: Asturias, Miguel Ángel, *Monsieur le Président,* trad. Georges Pillement, Francisca Garcias e Yves Malartic, París, Bellenand, 1952.

Asturias [1954]: Asturias, Miguel Ángel, *El Papa Verde,* Buenos Aires, Losada, 1954.

Asturias [1956]: Asturias, Miguel Ángel, *Week-end en Guatemala,* Buenos Aires, Goyanarte, 1956.

Asturias [1957]: Asturias, Miguel Ángel, *Leyendas de Guatemala,* Buenos Aires, Losada, 1957.

Asturias [1960]: Asturias, Miguel Ángel, *Los ojos de los enterrados,* Buenos Aires, Losada, 1960.

Asturias [1961]: Asturias, Miguel Ángel, *El Alhajadito,* Buenos Aires, Goyanarte, 1961.

Asturias [1963ª]: Asturias, Miguel Ángel, *Mulata de tal,* Buenos Aires, Losada, 1963.

Asturias [1963ᵇ]: Asturias, Miguel Ángel, *The President,* trad. Frances Partridge, Londres, Gollancz, 1963.

Asturias [1964]: Asturias, Miguel Ángel, *Juan Girador,* París, Centre de Recherches de l'Institut d'Études Hispaniques, 1964.

Asturias [1966ª]: Asturias, Miguel Ángel, «El lenguaje en la novela latinoamericana», en Bellini, Giuseppe, *Mundo mágico y mundo real. La narrativa de Miguel Ángel Asturias,* Roma, Bulzoni, 1999, pp. 230-233.

Asturias [1966ᵇ]: Asturias, Miguel Ángel, «*El Señor Presidente* como mito», en Bellini, Giuseppe, *Mundo mágico y mundo real. La narrativa de Miguel Ángel Asturias,* Roma, Bulzoni, 1999, pp. 211-220.

Asturias [1967]: Asturias, Miguel Ángel, *El espejo de Lida Sal,* México, Siglo XXI, 1967.

Asturias [1969]: Asturias, Miguel Ángel, *Maladrón,* Buenos Aires, Losada, 1969.

Asturias [1971ᵃ]: Asturias, Miguel Ángel, *Novelas y cuentos de juventud,* edición de Claude Couffon, París, Centre de Recherches de l'Institut d'Études Hispaniques, 1971.

Asturias [1971ᵇ]: Asturias, Miguel Ángel, *Tres de los cuatro soles,* Ginebra, Skira, 1971.

Asturias [1972]: Asturias, Miguel Ángel, *Viernes de Dolores,* Buenos Aires, Losada, 1972.

Asturias [1973]: Asturias, Miguel Ángel, «Miguel Ángel Asturias: la palabra es sagrada», entrevista de M. Roberts, en *Crisis,* 7, Buenos Aires, 1973 (citado por Iber Verdugo, «Introducción», en la edición crítica de *Viernes de Dolores,* ed. Iber Verdugo, México, Fondo de Cultura Económica, 1978).

Asturias [1977]: Asturias, Miguel Ángel, *Tres de los cuatro soles,* París-México, Klincksieck-Fondo de Cultura Económica, 1977.

Asturias [1978ᵃ]: Asturias, Miguel Ángel, *El Señor Presidente,* edición crítica de las *Obras completas* de Miguel Ángel Asturias, t. 3, eds. R. Navas Ruiz y J.-M. Saint-Lu, París-México, Klincksieck-Fondo de Cultura Económica, 1978.

Asturias [1978ᵇ]: Asturias, Miguel Ángel, *Viernes de Dolores,* París-México, Klincksieck-Fondo de Cultura Económica, 1978.

Asturias [1979]: Asturias, Miguel Ángel, *Leyendas de Guatemala,* Buenos Aires, Losada, 1979.

Asturias [1981]: Asturias, Miguel Ángel, *Hombres de maíz,* París-México, Klincksieck-Fondo de Cultura Económica, 1981.

Asturias [1983]: Asturias, Miguel Ángel, *Mulata de tal,* Madrid, Alianza Tres/Losada, 1983.

Asturias [1988]: Asturias, Miguel Ángel, *París 1924-1933. Periodismo y creación literaria,* coord. Amos Segala, ed. Gerald Martin, París/Madrid, Colección Archivos, 1988.

Asturias [2000]: Asturias, Miguel Ángel, *El Señor Presidente,* ed. Gerald Martin, París/Madrid, Colección Archivos, 2000.

Asturias Montenegro [1999]: Asturias Montenegro, Gonzalo, *Miguel Ángel Asturias: biografía breve,* Guatemala, Editorial Cultura, 1999.

Barrera [1975]: Barrera, Ernesto, «La mitología maya en la narrativa de Miguel Ángel Asturias», en *Anales de Literatura Hispanoamericana*, 4, 1975, pp. 93-113.

Bellini [1969]: Bellini, Giuseppe, *La narrativa de Miguel Ángel
Asturias*, Buenos Aires, Losada, 1969.

Bellini [1982]: Bellini, Giuseppe, *De tiranos, héroes y brujos. Estudios
sobre la obra de Miguel Ángel Asturias*, Roma, Bulzoni, 1982.

Bellini [2006]: Bellini, Giuseppe, *Miguel Ángel Asturias*, Madrid,
Síntesis, 2006.

Benedetti [1970]: Benedetti, Mario, *El recurso del supremo patriarca*,
México, Nueva Imagen, 1970.

Beverley-Zimmerman [1990]: Beverley, John, y Zimmerman,
Marc, *Literature and Politics in the Central American Revolutions*,
Austin, University of Texas Press, 1990.

Bouchard [1977]: Bouchard, Donald F. (ed.), *Language, Counter-
Memory, Practice. Selected Essays and Interviews by Michel Foucault*,
Nueva York, Cornell University Press, 1977.

Callan [1970]: Callan, Richard, *Miguel Ángel Asturias*, Nueva
York, Twayne, 1970.

Cardoza y Aragón [1991]: Cardoza y Aragón, Luis, *Miguel Ángel
Asturias. Casi novela*, México, Era, 1991.

Chambers [2000]: Chambers, Ross, «Las voces en la sombra: escribir al dictado(r)», en Asturias, Miguel Ángel, *El Señor Presidente*,
ed. Gerald Martin (coord.), Barcelona/Madrid, ALLCA XX,
2000, pp. 716-733.

Chanady [1985]: Chanady, Amaryll Beatrice, *Magical Realism and
the Fantastic: Resolved versus Unresolved Antinomy*, Nueva York/
Londres, Garland, 1985.

Cheymol [1987]: Cheymol, Marc, *Miguel Ángel Asturias dans le
Paris des «années folles»*, Grenoble, Presses Universitaires, 1987.

Chiampi [1980]: Chiampi, Irlemar, *O Realismo maravilhoso. Forma
e Ideología no Romance Hispano-Americano*, São Paulo, Editora Perspectiva, 1980.

Conte [1972]: Conte, Rafael, «Miguel Ángel Asturias o el lenguaje»,
en *Lenguaje y violencia: introducción a la narrativa hispanoamericana*,
Madrid, Al-Borak, 1972, pp. 99-105.

Couffon [1970]: Couffon, Claude, *Miguel Ángel Asturias*, París,
Seghers, 1970.

Donoso [1983]: Donoso, José, *Historia personal del «boom»*, Barcelona, Seix Barral, 1983, segunda edición.

Feliu-Moggi, [2000]: Feliu-Moggi, Fernando, «A través del espejo: *El Señor Presidente* y Miguel Ángel Asturias en la Guatemala de Jorge Ubico», en Asturias, Miguel Ángel, *El Señor Presidente*, ed. Gerald Martin (coord.), Barcelona/Madrid, ALLCA XX, 2000, pp. 566-612.

Fuentes [1969]: Fuentes, Carlos, *La nueva novela hispanoamericana*, México, Joaquín Mortiz, 1969.

Gass [1987]: Gass, William H., «The First Seven Pages of the Boom», en *Latin American Literary Review*, vol. 15, n.º 29, *The Boom in Retrospect: A Reconsideration*, enero-junio, Pittsburgh, 1987, pp. 33-56.

Goldmann [1971]: Goldmann, Lucien, «La sociología y la literatura: situación actual y problemas de método», en Goldmann, Lucien, *et al., Sociología de la creación literaria*, Buenos Aires, Nueva Visión, 1971.

González Echeverría [1983]: González Echeverría, Roberto, «Carpentier, crítico de la literatura hispanoamericana: Asturias y Borges», en González Echeverría, Roberto, *Isla a su vuelo fugitiva*, Madrid, Porrúa Turanzas, 1983.

González del Valle-Cabrera [1972]: González del Valle, Luis, y Cabrera, Vicente, *La nueva ficción hispanoamericana a través de Miguel Ángel Asturias y Gabriel García Márquez*, Nueva York, Eliseo Torres, 1972.

Harss [1966]: Harss, Luis, «Miguel Ángel Asturias o la tierra florida», en *Los nuestros*, Madrid, Alfaguara, 2012 (1966).

Harss-Dohmann [1967]: Harss, Luis, y Dohmann, Barbara, *Into the Mainstream: Conversations with Latin-American Writers*, Nueva York, Harper & Row, 1967.

Himelblau [1990]: Himelblau, Jack, «Chronologic Deployment of Fictional Events in Miguel Ángel Asturias's *El Señor Presidente*», en *Hispanic Journal of Indianapolis*, 1990, pp. 7-28.

Hurtado Heras [2012]: Hurtado Heras, Saúl, *En la tierra del Quetzal: ensayos y entrevistas reunidos sobre Miguel Ángel Asturias y su obra*, México, Universidad Autónoma del Estado de México, 2012.

Kahn-Corral [1991]: Kahn, Norma, y Corral, Wilfredo H. (comp.), *Los novelistas como críticos*, México, Fondo de Cultura Económica, 1991.

Kraniauskas [2000]: Kraniauskas, John, «Para una lectura política de *El Señor Presidente*. Notas sobre el *maldoblestar* textual», en Asturias, Miguel Ángel, *El Señor Presidente,* ed. Gerald Martin (coord.), Barcelona/Madrid, ALLCA XX, 2000, pp. 734-744.

Krehm [1957]: Krehm, William, *Democracia y tiranías en el Caribe,* Buenos Aires, Parnaso, 1957.

Lacan [1998]: Lacan, Jacques, *Escritos I,* México, Siglo XXI, 1998.

Laclau-Mouffe [1985]: Laclau, Ernesto, y Mouffe, Chantal, *Hegemony and Socialist Strategy,* Londres, Verso, 1985.

Lara [1976]: Lara, Luis Fernando, *El concepto de norma en lingüística,* México, Colegio de México, 1976.

Lara Figueroa [1997]: Lara Figueroa, Celso A., *Leyendas de aparecidos y ánimas en pena en Guatemala,* Guatemala, Artemis-Edinter, 1997.

Liano [1992]: Liano, Dante, *Ensayos sobre literatura guatemalteca,* Roma, Bulzoni, 1992.

Liano [1997]: Liano, Dante, *Visión crítica de la literatura guatemalteca,* Guatemala, Editorial Universitaria, 1997.

Liano [1999]: Liano, Dante, «Vida nueva, nación nueva: indígenas y ladinos en Asturias», en *Vida, obra y herencia de Miguel Ángel Asturias (1899-1999),* París, Ediciones UNESCO/ALLCA XX, 1999 (catálogo de la exposición organizada por la UNESCO y la Colección Archivos en el marco de la XXX Conferencia General de la UNESCO).

Liano [2018]: Liano, Dante, «Miguel Ángel Asturias y el mito», en *Miguel Ángel Asturias: sueño y realidad,* Marc Sagaert (coord.), Guatemala, Serviprensa, 2018.

Liscano [1958]: Liscano, Juan, «Sobre *El Señor Presidente* y otros temas de la dictadura», en *Cuadernos Americanos,* México, 1958.

Little Siebold [1994]: Little Siebold, Todd, «Guatemala y el anhelo de modernización: Estrada Cabrera y el desarrollo del Estado, 1898-1920», en *Anuario de Estudios Centroamericanos,* vol. 20, n.º 1, Costa Rica, Universidad de Costa Rica, 1994, pp. 24-41.

López Álvarez [1974]: López Álvarez, Luis, *Conversaciones con Miguel Ángel Asturias,* Madrid, Editorial Magisterio Español, 1974.

López de Miguel [2010]: López de Miguel, Aurora, *Miguel Ángel Asturias,* Valladolid, Fancy Ediciones, 2010.

Lorenz [1968]: Lorenz, Günter W., *Miguel Ángel Asturias,* Neuwied/Berlín, Luchterhand Verlag, 1968.

Martin [2000]: Martin, Gail, «Manuel Estrada Cabrera 1898-1920: *El Señor Presidente*», en Asturias, Miguel Ángel, *El Señor Presidente,* ed. Gerald Martin (coord.), Barcelona/Madrid, ALLCA XX, 2000, pp. 534-565.

Martin [1978]: Martin, Gerald, «*El Señor Presidente:* una lectura "contextual"», en Navas Ruiz, Ricardo, y Saint-Lu, Jean-Marie (eds.), edición crítica de Miguel Ángel Asturias, *El Señor Presidente,* París/México, Klincksieck/Fondo de Cultura Económica, 1978, pp. LXXXV-CXXXIX.

Martin [1989]: Martin, Gerald, *Journeys through the Labyrinth: Latin American Fiction in the Twentieth Century,* Londres, Verso, 1989.

Martin [2000]: Martin, Gerald, «Nota filológica preliminar», en Asturias, Miguel Ángel, *El Señor Presidente,* edición crítica coordinada por Gerald Martin, Barcelona/Madrid, ALLCA XX, 2000.

Méndez de Penedo [2003]: Méndez de Penedo, Lucrecia, «Las versiones teatrales de la obra narrativa de Miguel Ángel Asturias en el contexto guatemalteco de la violencia hacia la paz», en Asturias, Miguel Ángel, *Teatro,* edición Lucrecia Méndez de Penedo (coord.), Madrid/París, ALLCA XX, 2003, pp. 1304-1305.

Morales [1973]: Morales, Mario Roberto, «La estética y la política de la interculturalidad», en Asturias, Miguel Ángel, *Cuentos y leyendas,* edición crítica coordinada por Mario Roberto Morales, París, Archivos, 2000.

Morales [2000ª]: Morales, Mario Roberto, «El sujeto intercultural en el teatro de Miguel Ángel Asturias», en Asturias, Miguel Ángel, *Teatro,* edición crítica coordinada por Lucrecia Méndez de Penedo, París, Archivos, 2000.

Morales [2000ᵇ]: Morales, Mario Roberto, «La colorida nación infernal del sujeto popular interétnico (A propósito de *Mulata de tal*)», en Asturias, Miguel Ángel, *Mulata de tal,* edición crítica coordinada por Arturo Arias, París, Archivos, 2000.

Morales [2000ᶜ]: Morales, Mario Roberto, «El Señor Presidente o las transfiguraciones del deseo de Miguel (Cara de) Ángel Asturias», en Asturias, Miguel Ángel, *El Señor Presidente,* ed. Gerald Martin (coord.), Barcelona/Madrid, ALLCA XX, 2000, pp. 695-715.

Morales [2017]: Morales, Mario Roberto, «Del positivismo liberal a la transculturación. El caso de Miguel Ángel Asturias», en Morales, Mario Roberto, *Estética y política de la interculturalidad.*

El caso de Miguel Ángel Asturias y su construcción de un sujeto popular interétnico y una nación intercultural democrática, Guatemala, Ministerio de Cultura y Deporte, Editorial Cultura, 2017.

Navas Ruiz [1962]: Navas Ruiz, Ricardo, *Literatura y compromiso. Ensayos sobre la novela política hispanoamericana,* São Paulo, Instituto de Cultura Hispánica, 1962.

Oakeshott [1998]: Oakeshott, Michael, *La política de la fe y la política del escepticismo,* compilado por Timoty Fuller, México, Fondo de Cultura Económica, 1998.

Popol Vuh [1973]: *Popol Vuh,* trad. Adrián Recinos, México, Fondo de Cultura Económica, 1973.

Prieto [1993]: Prieto, René, *Miguel Ángel Asturias's Archeology of Return,* Nueva York, Cambridge University Press, 1993.

Prieto [1995]: Prieto, René, «Las *Leyendas de Guatemala* de Miguel Ángel Asturias», en Pupo Walker, Enrique (ed.), *El cuento hispanoamericano,* Madrid, Castalia, 1995.

Pupo Walker [1995]: Pupo Walker, Enrique (ed.), *El cuento hispanoamericano,* Madrid, Castalia, 1995.

Rama [1976]: Rama, Ángel, *Los dictadores latinoamericanos,* México, Fondo de Cultura Económica, 1976.

Reeve [1785]: Reeve, Clara, *The Progress of Romance through Times, Countries, and Manners, with Remarks on the Good and Bad Effects of It, on Them Respectively, in a Course of Evening Conversations,* Colchester, W. Keymer, 1785.

Rodríguez [1989]: Rodríguez, Teresita, *La problemática de la identidad en «El Señor Presidente» de Miguel Ángel Asturias,* Ámsterdam, Rodopi, 1989.

Rodríguez Gómez [1968]: Rodríguez Gómez, Juan Carlos, «Miguel Ángel Asturias: una estructura del subdesarrollo», en *La Estafeta Literaria,* 396, Madrid, 18 de mayo de 1968.

Rodríguez Monegal [1969]: Rodríguez Monegal, Emir, «Los dos Asturias», en *Revista Iberoamericana,* 67, Pittsburgh, 1969, pp. 13-20.

Roh [1927]: Roh, Franz, *Realismo mágico. Post Expresionismo,* Madrid, Revista de Occidente, 1927.

Royano Gutiérrez [1992]: Royano Gutiérrez, Lourdes, *Análisis de estética de la recepción en la narrativa de Miguel Ángel Asturias,* Valladolid, Universidad de Valladolid, 1992.

Segala [1988]: Segala, Amos (coord.), Miguel Ángel Asturias, *París 1924-1933. Periodismo y creación literaria*, París, Archivos, 1988.

Séjourné [1962]: Séjourné, Laurette, *El universo de Quetzalcóatl*, México, Fondo de Cultura Económica, 1962.

Shaw [1992]: Shaw, Donald, *Nueva narrativa hispanoamericana*, Madrid, Cátedra, 1992.

Vargas Llosa [1967]: Vargas Llosa, Mario, «Un hechicero maya en Londres», en *Imagen*, 3, Caracas, 15-30 de junio de 1967, pp. 103-108.

Vargas Llosa [1981]: Vargas Llosa, Mario, «Una nueva lectura de *Hombres de maíz*», prólogo a Miguel Ángel Asturias, *Hombres de maíz*, edición crítica de las *Obras completas*, t. 4, ed. Gerald Martin, París/México, Klincksieck/Fondo de Cultura Económica, 1981.

Verzasconi [1980]: Verzasconi, Ray, «Apuntes sobre las diversas ediciones de *El Señor Presidente*», en *Revista Iberoamericana*, 46, Pittsburgh, 1980, pp. 189-194.

Villanueva [1991]: Villanueva, Darío, *Trayectoria de la novela hispanoamericana actual. Del «realismo mágico» a los años ochenta*, Madrid, Espasa Calpe, 1991.

Zimmerman-Rojas [1993]: Zimmerman, Marc, y Rojas, Raúl, *Guatemala: voces desde el silencio. Un collage épico, Parte III, Los años de Estrada Cabrera (1898-1920)*, Guatemala, Óscar de León Palacios y Palo de Hormigo, 1993.

Žižek [1989]: Žižek, Slavoj, *The Sublime Object of Ideology*, Londres, Verso, 1989.

Zuloaga [1977]: Zuloaga, Conrado, *Novelas del Dictador. Dictadores de novela*, Bogotá, Carlos Valencia Editor, 1977.

GLOSARIO

Este glosario está concebido como una herramienta de consulta que sirva al lector para tener una idea clara del significado de las voces comunes que se emplean a lo largo de la novela. También se han incluido las voces del español general de difícil comprensión. En la gran mayoría de las acepciones, ofrecemos al lector definiciones glosadas, aunque también podrá encontrar palabras definidas por su correspondiente sinónimo en el español general. Las entradas comienzan por el lema o expresión compleja en negritas, seguido después por la acepción correspondiente, detrás de la cual se indica la(s) página(s) donde se documenta en *El Señor Presidente*. En el caso de entradas de lema simple, si este tiene más de un significado, las acepciones se presentan en el orden de aparición en la obra. Si la entrada contiene, además, expresiones complejas, estas se organizan en orden alfabético. Cuando es necesario, se emplea la abreviatura V. para remitir a la entrada donde se presenta la definición de la palabra asociada, en cuyo caso la remisión se indica en versalitas. Las remisiones pueden ir separadas por punto y coma o por coma. En el primer caso, remiten a entradas distintas; en el segundo, a dos o más acepciones dentro de la misma entrada. Se indican todas las páginas donde aparece el término, si no superan el número de tres; si rebasan este número, se usa *etc.* para señalar que hay más menciones dentro de la obra. Las palabras derivadas (diminutivos, aumentativos, superlativos, etcétera) merecen una entrada aparte bien cuando modifican el significado respecto a la base de la que provienen, bien cuando en la novela no aparece dicha base para poder deducir el derivado, o bien cuando el derivado respecto a la forma base resulta poco transparente.

abarrotero 'persona que atiende una abarrotería o tienda de comestibles' 335

acedo, da 'ácido o agrio' 129, 168

acezoso, sa 'jadeante' 19, 175

achís. Interjección que se usa para expresar desprecio, indiferencia o asco 196, 279

acoquinado, da 'acobardado o atemorizado' 139, 320

adentro: de adentro 'persona que realiza el trabajo doméstico de una casa' 76, 255

agrora 'aurora' 117

agua: agua florida 'agua de colonia aromatizada con esencias de ámbar, almizcle y benjuí 151; **agüita de brasa** 'infusión de hierbas, tisana' 99

aguacalado, da 'ahuecado, de sonido retumbante y profundo' 294

aguadarse 'debilitarse, flaquear' 221

agüita. V. AGUA.

ala: rascar el ala 'cortejar, ligar' 47

alacrán. V. CRAN.

alberja 'alverja, guisante, planta leguminosa de color verde intenso' 333

alfeñique: de alfeñique 'de pequeño tamaño y poca consistencia' 322

amargo, ga 'de carácter duro, exigente y cruel' 59

amasio, sia 'amante, querido, persona que mantiene con otra una relación amorosa sin vínculo matrimonial' 314

amate 'árbol de gran tamaño' 223, 290

amelcochado, da 'almibarado, con la consistencia espesa y dulce de la miel' 179

anfiteatro: anfiteatro (anatómico) 'lugar destinado a la disección de cadáveres' 111

angurria 'gana continua e incontenible de orinar' 341

ansina 'así' 30, 207

año: a tirar de años 'con el paso del tiempo' 20, 343

apañuscado, da 'amontonados, apiñados' 14

apaste 'vasija de barro cocido con dos asas y boca grande' 98

apersogar 'atar a un animal a un poste o a otro animal, para que no huya' 233

aplastado, da 'sentado' 190

araucaria 'árbol de gran tamaño y forma piramidal' 155

arete 'persona que invariablemente acompaña a otra' 120

argeñado, da 'que muestra rasgos de niño o desarrollo por debajo de lo normal' 76

argolla 'alianza, anillo' 325

armarse 'detenerse obstinadamente' 35, 57

arrebiatarse 'juntarse, unirse' 233

arrendar 'atar y asegurar por las riendas una caballería' 233

asegundar 'realizar por segunda vez' 196

asigún: 'razón, motivo' 29

ataderas 'ligas para atar las medias' 191

atalayar 'vigilar' 12, 55, 133, *etc.*

atarantado, da 'borracho' 102

auriga 'cochero, hombre que dirige las caballerías que tiran de un carruaje' 180, 310

ayote 'calabaza, planta herbácea, cultivada como hortaliza' 184, 315

azacuán 'ave migratoria americana semejante al milano' 290

azulenco, ca 'azulado' 19

baboso, sa 'tonto, bobo, simple' 12, 23, 53, *etc.*

bagazo 'residuo fibroso de una materia a la que se ha extraído el jugo' 252

baqueta: a la (pura) baqueta 'con suma desconsideración, rigor y severidad' 328

barreta 'barra de metal que se utiliza para abrir agujeros en la tierra en los que sembrar semillas y granos' 97

barretazo 'golpe dado con una barreta' 87

barrilete 'cometa' 9

bartolina 'calabozo, mazmorra' 12, 13, 14, *etc.*

basca 'náusea, desazón e inquietud que se experimenta en el estómago cuando se quiere vomitar' 7, 39, 71, *etc.*

batería: a baterías 'a golpes o a golpes repetidos' 119, 250

belitre 'pillo, pícaro, de viles costumbres' 64, 272

berrinche 'ambiente ruidoso de confusión y desorden' 104, 222

boca: de boca 'de comida o de alimentos' 6; **la boca se le tuerza.** Expresión para reprender a quien augura cosas desagradables 239

bolero 'chistera' 93, 112

boquita 'pequeña porción de alimento que se sirve como acompañamiento de una bebida o como aperitivo' 305

bota: ponerse las botas 'perseguir, salir o ir detrás de alguien' 56

brasa. V. AGUA.

bravo, va 'enojado, enfadado, violento' 30, 94, 334

brin 'tela gruesa y áspera de lino, que comúnmente se usa para sacos de carga' 14, 159, 174

brochota: hacerse una brochota 'hacerse el tonto' 56

brosse: *à la brosse* 'a cepillo, corto y de punta' 248

burato 'tejido de lana y seda usado para manteos y para prendas de alivio de luto' 112

burrión 'colibrí, ave de América tropical muy pequeña, de pico delgado, patas cortas y plumaje vistoso de colores metálicos, y que vuela haciendo vibrar las alas con altísima frecuencia' 289

buruque. V. CUQUE.

buscaniguas 'buscapiés, cohete sin varilla que, encendido, corre y estalla a ras de tierra' 149

caballo 'persona bruta e incivil' 171

cabeza: meter cabeza 'obstinarse o encapricharse' 239

cacha 'empeño, esfuerzo o molestia' 12, 231, 318; **hacer la cacha** 'hacer un esfuerzo o trabajo supletorio' 19,

cachirulo 'refuerzo o remiendo en la entrepierna del pantalón de montar' 100

cacho: oler a cacho quemado 'inspirar sospecha, recelo' 51

cadejo 'coco, ser imaginario al que se le atribuye aparecerse a algunas mujeres para asustarlas o llevárselas' 69

caite 'sandalia' 251; **tronar el caite** 'abofetear' 192 calce 'pie de un documento' 77

calientamicos 'hombre que incita sexualmente a una mujer' 182

calzón: tener calzones 'ser de carácter fuerte y decidido' 16

cama: hacer la cama 'trabajar en secreto para perjudicar a alguien' 272

campanillas: de campanillas 'de mucha relevancia' 271

campaña 'favor, ayuda' 49

cancel 'biombo, mampara' 14, 52, 189, etc.

canillón, na 'de piernas largas o muy alto' 95

cantada 'mentira, embuste' 54

canutero 'mango de la pluma de escribir' 282

capotera 'percha para la ropa' 175

cara: poner cara de herrero mal pagado 'mostrar mala cara, enfadarse' 47

carga-sillita 'asiento formado con las manos enlazadas de dos personas, para transportar a otra' 22

casero, ra 'querido, amante' 193

casse-tête 'rompecabezas' 281

castilla 'lengua castellana, español' 281

catear 'registrar, examinar para buscar algo oculto' 109

catrín, na 'vestido elegantemente' 239

caula 'treta, subterfugio' 52

cebón, na 'perezoso' 111, 255

ceiba 'árbol nacional de Guatemala, de gran altura, tronco grueso y ramas rojizas' 230

cenceño, ña 'delgado o enjuto' 19

centinela: centinela de vista 'centinela que se pone al preso para no perderlo de vista' 214, 326, 327

cenzontle 'pájaro americano de plumaje pardo y con las extremidades de las alas y de la cola, el pecho y el vientre blancos, cuyo canto es muy variado y melodioso' 109, 280, 288, etc.

chachaguate: echar chachaguate 'inmovilizar' 182

chalaca 'conversación por entretenimiento' 190

chamarrear 'enojar, incomodar' 37

chamuchina 'bullicio, escándalo' 209

chance 'trabajo, empleo' 52

chancle 'hombre que se distingue por su elegancia en el vestir y en sus modales' 199

charol 'bandeja de loza' 184

charranga 'guitarra' 80

chaye 'fragmento de vidrio' 28

chelón, na 'legañoso' 201

chenca 'colilla de cigarro' 12, 57

chibola 'copa de cerveza' 305

chichicaste 'especie de ortiga, planta urticácea' 262

chichigua 'nodriza' 62, 100

chichita 'chiche, protuberancia en forma de pezón o teta' 315

chifleta 'sátira, crítica o censura de carácter irónico o burlesco' 188

chiflón 'corriente de viento muy fuerte' 271

chiflonudo, da 'ventoso' 249

chilca 'arbusto silvestre de flores amarillas y olor desagradable' 262

chiltepe 'chile o pimiento silvestre cuya raíz es mortalmente venenosa' 302

chipilín 'planta leguminosa, herbácea que se suele cocinar con arroz o frijoles negros' 229

chiplungún. Onomatopeya para imitar el sonido que hace algo al caer al agua 289 chiquirín 'insecto parecido a la cigarra que produce un ruido estridente y monótono' 222, 223

chirís 'niño pequeño' 107

chisguetazo 'salpicadura' 57

chispero 'revólver o pistola' 349

choco, ca 'ciego, privado de vista' 61

chojín 'plato hecho con rábanos y carne de cerdo picados, sazonados con limón y sal' 209

cholojero, ra 'casquero, persona que vende vísceras y otras partes comestibles de la res que no son carne' 19, 271

chompipe 'pavo, ave de corral' 12, 170

chon: cómo no, Chon 'en absoluto, de ninguna manera' 47, 107

chonte 'agente de policía' 13

choquezuela 'rótula' 268

choreque 'enredadera con flores' 105

chorizo: dar chorizo 'golpear, sacudir' 55

chotear 'mirar, observar' 52, 110

chucán, na 'presumido o delicado' 107, 202

chucha: la gran chucha. Expresión que indica sorpresa o fastidio ante algo 190

chujú. Interjección que expresa burla 209

chumpipe. V. CHOMPIPE.

cigarrita: a cigarritas 'entrecerrado' 117

clinudo, da 'de pelo largo y despeinado' 104

cocada 'pasta o dulce de coco' 179

coche 'cerdo' 13, 228, 229; estar coche 'estar enamorado, enamorarse intensamente' 56

cocina 'chiringuito que se instala en la calle u otro lugar público para vender en ella comidas y bebidas' 5

cocota 'prostituta' 193

cohetero: como el cohetero 'de mala manera' 312

cola: cola con orejas 'espía, agente secreto' 320, 321; cola de quetzal 'helecho, planta de uso ornamental' 103

colemico 'cola de mico, rabo de mono' 233

colipavo, va 'de forma de triángulo curvilíneo' 349

colochera 'conjunto de rizos o colochos' 179

colocho, cha 'de cabello rizado' 247

color: color de hormiga 'difícil, complicado o con riesgo' 52

columbrón 'vistazo, mirada amplia y rápida o superficial' 270

contado: por de contado 'por supuesto, de seguro' 239

conteste. V. TESTIGO.

copal 'resina aromática que se extrae de diversos árboles, que se mastica como chicle y se usa también para sahumerios' 27, 315

costilla: a sus costillas 'con el dinero o la aportación de' 51, 211, 347

cotón 'poncho hecho de una manta rectangular de lana con un agujero en el centro para meter la cabeza y cosido por los lados, menos la parte de los brazos' 106

cran: a la cran sin cola 'don nadie, insignificante' 12

crinolina 'tejido de algodón y crin de caballo' 289

cuatro 'debilidad, gusto' 202

cucaracha. V. TRAPO.

cucurucho 'penitente, persona que en las procesiones va vestida de túnica en señal de penitencia' 73

cuerpo: dar cuerpo 'mostrarse, delatarse' 43; hacer un cuerpo 'defecar' 229

culebra: como matar culebra 'con mucho afán y sin compasión' 12, 30

cumbo 'bombín, sombrero hongo' 93

cuña 'recomendación o influencia' 37, 344

cupo 'servicio militar obligatorio' 225

cuque: 'soldado' 57; cuque buruque 'soldado pendenciero' 181, 182

currutaco, ca 'grueso y de baja estatura' 205

cuto, ta 'muy corto' 58, 248

debelar 'vencer o sojuzgar' 115

descharchado, da 'destituido, despedido de un cargo o puesto de trabajo' 73

desguachipado, da 'desaliñado, descuidado en el aspecto' 111, 309

despenicado, da 'desramado, que se le han arrancado las ramas' 264

despercudirse 'blanquearse, clarearse' 91

dialtiro 'enteramente, del todo, por completo' 100, 107, 198, etc.

diente: diente de lobo 'especie de clavo grande' 12

dita 'deuda, obligación de pagar' 10

droga: a la droga. Fórmula que expresa rechazo o desaprobación 169, 308

dundo, da 'tonto, falto de entendimiento o de razón' 39

élitro 'ala dura que cubre y protege el ala membranosa' 326

elote 'mazorca de maíz tierno' 306

embelequería 'aspaviento, demostración excesiva o afectada de espanto, admiración o sentimiento' 60, 163

embelequero, ra 'aspaventero, que hace demostración excesiva o afectada de espanto, admiración o sentimiento' 110, 201

embrocado, da 'boca abajo, con el cuerpo tendido teniendo la cara hacia el suelo' 55

embrocar 'poner boca abajo' 166

engasado, da 'borracho, que tiene la mente trastornada o turbada por haber tomado bebidas alcohólicas con exceso' 69

entrealforzado, da 'serio, receloso o disgustado' 117

entremorir 'apagar, extinguir lentamente' 338

enzoguillar 'ensoguillar, atar con soga' 58

escape: a todo escape 'a todo correr, a toda prisa' 261

escupelo 'orzuelo, granito que sale en el borde de un párpado' 289

espumilla 'merengue, dulce hecho con claras de huevo y azúcar' 179

estuquería 'trabajo de estuco' 152

fajar 'pegar, golpear o agredir' 16

farolazo 'trago de bebida alcohólica' 53

fierro 'arma blanca' 53; 'firma, nombre y apellidos escritos autógrafamente en un documento para certificarlo' 247, 249

finquero 'persona que explota una finca' 262

flato 'miedo, pánico' 111

flauta: la gran flauta. Interjección que se usa para expresar admiración, sorpresa o enojo 57, 330

flojo, ja: venir flojo 'no importar, ser completamente indiferente' 12

florido, da. V. AGUA.

flota: meter flota 'pedir insistentemente' 96, 336

fogarín 'hogar, lugar en que se hace la lumbre' 300

fondear 'dormir profundamente' 208, 301

fondero, ra 'persona que posee o tiene a su cargo una fonda' 45-49, 79, *etc.*

fondín 'fonda de ínfima categoría' 44, 46, 78, *etc.*

forlón 'coche de caballos cerrado, de cuatro asientos, dos ruedas y sin estribos' 219

franco: sacar franco 'divertir, provocar risa' 55

fregado, da 'fastidiado, molesto' 47, 50, 157, *etc.*

frijol 'pormenor o detalle' 53, 201

fuerte: echar fuerte 'rechinar, crujir' 97; 'regañar, reñir o reprender' 335

fuetazo 'golpe dado con el fuete o látigo' 328, 329

fuete 'látigo, instrumento compuesto por un mango de madera al que va unida una correa o cuerda y que se emplea para azotar' 327-329

fundillo 'parte trasera de los calzones o pantalones' 111

fustán 'enagua, combinación' 19, 25, 183, *etc.*

gabacha 'prenda ancha, larga y sin mangas, que se pone sobre el vestido' 91, 306

gafo, fa 'pobre, que tiene poco dinero o bienes' 192

galillo 'garganta' 107, 266

gallina: gallina verde 'loro' 251

garnacha: a la (pura) garnacha 'por la fuerza, violentamente' 303

gas: estar gas 'estar muy enamorado' 202

gato: afilar las de gato 'aprovecharse' 83

gavilán 'rasgo que se hace al final de algunas letras' 344

gayo, ya 'alegre' 191

gaznatada 'bofetada, golpe dado en la cara con la mano abierta' 14, 192

general: generales (de la ley) 'preguntas que esta preceptúa para todos los testigos; como edad, estado, profesión u oficio, domicilio, amistad o parentesco con las partes, interés en el asunto, etcétera' 134

golpeado, da 'fuerte, en tono alzado' 263

goma 'resaca, malestar físico que sigue a la borrachera' 278

guacal 'palangana pequeña' 22, 223, 224; **guacal de horchata** 'carácter inactivo o excesivamente calmoso' 48, 49

guaje 'baratija, cosa de poco valor' 264

guanaco, ca 'tonto, bobo, simple' 103

guardabarranca 'pájaro cantor de color gris oscuro' 289

güegüecho: hacer güegüecho 'engañar' 55

guineo 'plátano o banana' 6

güipil 'especie de blusa adornada propia de los trajes indígenas' 92, 132, 289

güisquil 'fruto de la chayotera, de aproximadamente diez centímetros de longitud, de color verde claro, forma alargada y superficie rugosa con algunos pelos punzantes' 315

hormiga. V. COLOR.

hualí. Expresión de alegría miedosa 10

huelgo 'aliento, respiración, resuello' 108, 341

hueso 'empleo, ocupación' 52

hule 'caucho, goma elástica' 45, 334

indio: ni qué india envuelta. Expresión de rechazo vehemente hacia lo que se acaba de mencionar 74, 201, 311

íngrimo, ma 'solitario, abandonado' 5

ir: ir e ir 'yendo y viniendo' 333

isht. Interjección que se usa para reclamar silencio 99, 294

ishto 'niño o joven de raza indígena' 111

islilla 'clavícula' 91

jabón: jabón de coche 'jabón elaborado con grasa de cerdo' 13

jalar 'absorber' 47; 'molestar' 28; 'arrastrar, tirar' 91, 100, 107, *etc.;* 'correr' 8

jerga 'tejido basto de lana' 155

jerónimo: sin jerónimo de duda 'sin género de duda, sin duda alguna' 57, 83

jicaque 'indio salvaje' 317

jirimiquear 'jeremiquear, lloriquear, llorar de manera débil y monótona' 60

jocicón, na 'hocicón, que tiene los labios muy pronunciados' 191

jolón 'cabezón, cabeza dura' 55

juma 'borrachera' 248

jura 'agente de policía rural' 13

laja 'piedra lisa, plana y poco gruesa' 222

lamido, da 'abusivo, atrevido, que se toma excesivas confianzas' 192, 272

lengua: volar lengua 'hablar excesivamente' 53

leñatero 'persona que corta leña' 41

leopoldina 'leontina, cadena para el reloj de bolsillo' 193

lépero, ra 'soez, ordinario, poco decente' 134

leva 'levita, prenda masculina de etiqueta, más larga y amplia que el frac, y cuyos faldones llegan a cruzarse por delante' 112, 114, 119, *etc.;* **caer de leva** 'ser engañado' 8

liso, sa 'desvergonzado, atrevido, insolente, respondón' 100, 192

lodera 'pieza de caucho que cuelga detrás de las ruedas del carruaje y sirve para evitar las salpicaduras' 179

loma: de la misma loma 'de la misma camada' 161

luego: de luego en luego 'inmediatamente, con mucha prontitud, sin la menor dilación' 154

machetón 'fanfarrón' 111

madrileña 'mantilla' 92

mahushaca 'maxuxaca, billetiza, pisto, dinero, billetes, monedas' 83

malhaya. Interjección que se utiliza para expresar enojo o enfado violento 302

malobra: hacer malobra 'estorbar, importunar' 45

mames 'grupo étnico de Guatemala' 117

mamplor 'hombre homosexual' 349

manada: a manada limpia 'con golpes, sin hacer uso de otros medios' 106

mancuerna 'gemelos, pasadores para el puño de la camisa' 325

mandado: al mandado y no al retozo 'sin tardanza ni distracción' 192; comer el mandado 'tomar para sí lo que otro le ha encargado cuidar y custodiar' 330

manta: manta de las vistas 'pantalla de cine' 131, 133, 141

mashento, ta 'de color rosado fuerte' 263

mataburro 'aguardiente de muy mala calidad' 98, 99

matasano 'árbol centroamericano cuyo fruto del mismo nombre, verde o amarillo pálido, se usa para infusiones' 206

matatusa 'robo o estafa' 249

matilisguate 'árbol de madera durísima, de gran valor' 313

mechudo, da 'de cabello largo, revuelto y mal compuesto' 15, 97, 197

melcocha 'dulce de miel sin refinar, mezclado a veces con anís' 195, 218

memeches: a memeches 'a la espalda' 30

mengala 'mujer de clase popular, no indígena' 296

mero, ra 'mismo' 57, 330; 'muy' 144, 239; mero cuatro 'máximo placer' 202; ya mero 'dentro de poco' 279

metedero, ra 'entrometido' 47

metete 'entrometido' 12

miches: a miches 'a la espalda' 98

mico, ca 'presumido, coqueto' 91, 194

milperío 'campo sembrado de maíz' 322

mirujear 'ver, mirar' 110

mismas 'amigo íntimo' 329

molestentaderas 'molestias o bromas reiteradas' 192

molote 'ovillo, bola o lío' 103

morroñoso, sa 'áspero, rugoso' 14

muchá 'muchacho' 80

mugre 'persona o cosa despreciable' 52; 'porquería, suciedad grasienta' 270

música: música de carreta 'música de organillo' 8, 274

nagua 'enagua, prenda interior femenina' 11, 190, 284

negro, a 'necio, tonto' 55, 135

nequis 'no, nada en absoluto' 202

nigua 'insecto parecido a la pulga, pero mucho más pequeño y de trompa más larga' 191

novenario 'ejercicio devoto que se practica durante nueve días seguidos en sufragio de un difunto' 227, 241 nuca: tener en / sobre la nuca 'tener inquina o antipatía' 73, 171

ñañola 'abuela' 25

ocote 'madera de pino muy resinosa que sirve para encender fuego o alumbrarse' 223, 232, 297, *etc.*

oír: como oír barrer 'sin inmutarse, o con completa indiferencia' 8

ojo: ojo al Cristo 'alerta' 45; pelar los ojos 'abrir desmesuradamente los ojos en señal de atención o alerta' 10, 183; volar ojo 'mirar con disimulo' 107

onde 'donde' 8, 48, 60, *etc.*

oreja. V. COLA; pelar la oreja 'escuchar atentamente' 15

orejón, na 'zafio, tosco' 165

pájaro: írsele el pájaro 'perder la noción de la realidad' 54

palo: palito de canasto 'mimbre' 281

palor 'palidez' 154

papa: hacer papa 'arruinar' 301

papo, pa 'tonto, bobo' 54, 195

pasador 'persona que se dedica a hacer los recados y encargos de la cárcel' 12

patojo, ja 'muchacho, niño' 56

paxte 'planta cucurbitácea cuyo fruto alargado y fibroso contiene un tejido poroso usado como esponja' 69, 234

pegado: de pegado 'al lado, junto a' 66

peine: peine de manola 'peineta, utensilio en forma de peine curvo,

usado por las mujeres para sujetar el peinado' 173

pelar. V. OREJA, OJO.

pelo: cargar pelos 'tener miedo' 53

peltre 'aleación de cinc, plomo y estaño' 24

pepenar(se) 'recoger' 136; 'encontrar' 78

pepián 'guiso de espinazo de cerdo o pollo aderezado' 130, 349

perraje 'rebozo o chal, prenda femenina de algodón que se utiliza a modo de mantilla para cubrirse del frío' 147

perro: a la perra con... 'al diablo' 110

petate: de (a) petate 'muy bueno, excelente' 52

piedra: tres piedras 'cabal y capaz' 198

pintarse 'ser hábil o lucirse con algo' 108

piñuela 'planta con hojas agrupadas en roseta provistas de aguijones, flores de color blanco rosáceo y fruto comestible de color amarillo; es muy utilizada para la construcción de setos vivos' 96

pipián. V. PEPIÁN.

pipiarse 'robarse' 78

pisto 'dinero' 195, 201, 329

pita: menear pitas 'hacer gestiones' 148

planta 'mueca, monerías' 53; 'cuento, excusa' 324

plastrón 'corbata muy ancha' 248

plebe 'cantidad grande' 55

plomosa 'pistola que utiliza balas de plomo' 349

plomoso, sa 'delicado' 91, 194

pluma: volar pluma 'reparar, darse cuenta' 108

poblano, na 'pueblerino, aldeano' 262

polis 'agente de policía' 329

posolera 'sirvienta, criada' 110

potrear 'dañar, maltratar' 271

prima: de primas a primeras 'de manera súbita o inesperada' 64

pronunciados 'juego de lotería con figuras o dibujos' 248

pulque 'bebida alcohólica blanca y espesa que se obtiene haciendo fermentar el jugo extraído del maguey con el acocote' 152

puntepié: de puntepié 'de puntillas, sigilosamente' 10, 24

pusunque 'poso, asiento o residuo de las bebidas' 156

puta: llevar puta 'dejar en mala situación' 108

puyón 'trago grande de bebida alcohólica' 83

quequereque 'querida, amante' 232

quiebracajete 'enredadera silvestre que crece en las cercas de los solares y da en el otoño flores de diversos colores' 288

rajasotanas: a rajasotanas 'muy deprisa' 203

rapadura 'miel de caña, solidificada, sin purificar, que los campesinos usan para endulzar' 250

rascado, da 'cascarrabias' 53

rascar. V. ALA.

rechino 'acción de rechinar, producir o causar una cosa un sonido, generalmente desagradable, por rozar con otra' 10

rechipuste: de a rechipuste 'de primera, muy bien' 78

recio: hablar recio 'hablar con sonido fuerte o imponente' 275

refundirse 'encerrarse' 35, 314, 333

regarse 'esparcir, desparramar' 8, 118, 246

regatón, na 'persona que compra y vende en los mercados populares' 19, 116

relágrima 'muy malo, que se queja mucho' 195

repasearse 'regañar severamente' 111, 271

repasiada 'acción de regañar o reprender en tono enérgico' 200

reposadera 'rezumadero, rejilla que protege la abertura o conducto por donde salen las aguas de lluvia o residuales' 139

reseda 'flor amarillenta, de la planta del mismo nombre, originaria de Egipto, y que por su olor agradable se cultiva en jardines' 273

resmoler 'molestar, irritar' 97

retinto, ta 'de piel muy oscura sin llegar a negro' 233, 248

retobado, da 'enojado, irritado' 7

retopón, na 'rezongón, respondón' 229

retozo. V. MANDADO.

revolcado 'guiso de carne de cabeza de cerdo con tomate, chile y especias' 8

romper 'golpear, dañar' 21, 111, 165

ronrón 'especie de escarabajo pelotero' 64

rosicler 'pasta rosada, hecha de azúcar, que se diluye en agua como refresco' 12

runfia 'montón, serie de cosas similares' 95

sacar. V. FRANCO.

salado, da 'desafortunado, infeliz' 103, 109

sanate 'zanate, azulado oscuro, casi negro, propio del zanate' 73

sanguaza 'líquido sanguinolento que se desprende de la carne cruda' 18

santulón, na 'santurrón, exageradamente devoto' 196

shara 'pájaro americano de plumaje azul, cabeza negra y pico amarillo' 289

sho. Interjección malsonante que se usa para reclamar silencio 108, 111, 280

sholco, ca 'cholco, mellado, falto de uno o más dientes' 247

shute 'entrometido' 12

siguán 'barranco profundo' 227

siriaco 'sí' 107

solíngrimo, ma 'solitario, sin compañía' 302

somatar 'golpear fuertemente' 54, 251, 302, *etc.*

sombrero: de a sombrero 'con conocimiento y capacidad en las cuestiones de que se trata o se actúa' 201

sopapo: de sopapo 'de golpe o de improviso' 308

súchil 'refresco de jocote fermentado' 206

suple 'suplente' 48

suquinay 'arbusto de flores muy aromáticas' 289

tabanco 'buhardilla o desván' 83

tacuazín 'zarigüeya, mamífero americano de aspecto parecido a la rata, de hocico alargado, pelaje gris y cola prensil' 315

tamagás 'víbora muy venenosa' 276

tamal 'comida tradicional elaborada con harina de maíz, un pedazo de carne aderezada con salsa de tomate, cebolla, pimienta y otras especias. Se envuelve en hojas del árbol de plátano y se cocina al vapor' 56, 130, 146, *etc.*

tanate 'bolsa, lío o morral' 95, 323

tapado 'manta con que los indígenas se cubren la cabeza o el torso' 228

tapanco 'buhardilla o desván' 109

tapesco 'conjunto de varas, cañas, mimbres o juncos entretejidos que sirve de cama' 146

tarasca 'serpiente monstruosa de boca muy grande, que en algunas partes se saca en la procesión del Corpus' 173

tarde 'viejo, de mucha edad' 191

tarlatana 'tejido ralo de algodón, semejante a la muselina, pero de mayor consistencia que esta y más fino que el linón' 35

tartarita 'confite o dulce de leche' 179

tatita 'tratamiento cariñoso dirigido al padre o figura de autoridad' 224, 226

tecomate 'especie de calabaza de cuello estrecho y corteza dura, de la cual se hacen vasijas' 197, 298

tencha 'cárcel' 330

tener: tenerla con 'hacer objeto de continuos reproches, censuras o burlas, estar en contra' 9, 63

tenta 'juego de niños que consiste en que uno persigue a los otros hasta conseguir dar con la mano a alguno, que pasa entonces a ser el perseguidor' 178

tercio 'fardo, carga que puede llevar un hombre a la espalda' 27, 32; 'favor' 329

teresa 'arbusto de abundante floración' 180

testigo: testigo conteste 'que declara lo mismo que ha declarado otro, sin discrepar en nada' 245

tetunte 'pedazo de piedra o barro que se utilizaba para cercar el fuego en las cocinas labriegas' 223

tilichera 'mostrador acristalado para exponer y proteger objetos o productos' 65, 179

timbón 'barrigón, panzudo' 8

tinterillo 'picapleitos, abogado de secano, rábula' 12

toalla 'bufanda, prenda larga y estrecha con que se envuelve y abriga el cuello y la boca' 45, 75

tocoyal 'cinta de lana que usan los indígenas para adornar el cabello' 92

toquido 'golpe que se da en una puerta para llamar a ella' 70, 76, 102, *etc.*

torcer. V. BOCA.

torcidura 'fatalidad, desgracia' 14, 202, 241

torta: torta de pereza 54

trago 'bebida alcohólica' 48, 50, 68, *etc.*

traido, da 'novio, enamorado' 31, 56, 57, *etc.*

tramado, da 'difícil, complicado' 53

trapiche 'molino para extraer el jugo de la caña de azúcar' 264

trapo: en trapos de cucaracha 'desarreglado, descuidado en la vestimenta' 83

traquido 'crujido, ruido seco y súbito' 97

traslapado, da 'solapado, superpuesto total o parcialmente' 114

traste 'trasto, utensilio casero' 158, 159

tricófero 'producto para conservar y lustrar el pelo' 254

trisagio 'himno en honor de la Santísima Trinidad, en el cual se repite tres veces la palabra santo' 69, 96, 227

troj 'espacio limitado por tabiques, para guardar frutos y especialmente cereales' 105

trompeta 'persona que habla más de lo que aconseja la discreción' 49

tronar 'matar' 162

tuero 'juego del escondite' 96, 97, 103, *etc.*

tun 'tambor que usan los indios' 315, 316

tuna 'fruto del nopal o higuera de Indias' 217

turnio: hacer turnio 'bizquear, torcer la mirada' 110

turrón 'pelota de trigo bañada con miel' 155

tuste 'coba, halago' 47

tuza 'hoja que envuelve la mazorca del maíz' 19, 205, 322

ungüento: ungüento del soldado 'pomada contra las ladillas' 12

valetudinario, ria 'enfermizo, delicado, de salud quebrada' 6

vara 'quetzal, moneda guatemalteca' 56

varioloso, sa 'que tiene viruelas' 182

verdegay 'verde claro' 26

verdolaga 'planta cariofilácea que crece silvestre' 152

vidrio: volar vidrio 'mirar, observar, acechar' 56

vidurria 'vida regalada' 164

vivar 'vitorear' 114

vivo: pasarse de vivo 'intentar mostrarse más inteligente que otros' 43

volado 'asunto o negocio' 56

voliván 'tañido, repique' 219

volován 'pastelillo de masa de hojaldre, hueco y redondeado, que se rellena con ingredientes muy diversos' 22

volteadora: a repicar con volteadora 'estruendosamente' 192

vonos. Contracción de «vámonos» 226, 279, 311

yagual 'rodete, rosca para llevar peso sobre la cabeza' 322

yegua: mal de yegua 'dolor en la parte baja de la espalda, a la altura de la cintura' 174

zacate 'hierba, pasto, forraje, pienso de las caballerías' 31, 192

zacatillo: zacatillo como el conejo 'incitación que obliga a pagar o poner sobre el tapete el tanto de las apuestas, antes de empezar a jugar' 199, 280

zancudo 'mosquito americano' 319

zarco, ca 'de color azul claro' 181

zompopo 'hormiga de cabeza grande que se alimenta de las hojas de las plantas' 196; **de a zompopo** 'excelente' 53

zonzo 'tonto, simple, bobalicón' 256, 280, 319

zope 'zopilote, ave rapaz semejante al buitre' 275; **ni por donde pasó el zope** 'lugar indefinido y lejano' 57

zoraida: por la gran zoraida 'por la gran perra' 55

zorenco, ca 'tonto, abrutado' 55

TABLA

EL SEÑOR PRESIDENTE

LA PRIMERA EDICIÓN DE ESTE LIBRO
SE ACABÓ DE IMPRIMIR EN
EL MES DE AGOSTO DE 2020,
CENTENARIO DE LA CAÍDA DEL
DICTADOR GUATEMALTECO
MANUEL ESTRADA CABRERA.
FUE, COMO EL FAVORITO,
«BELLO Y MALO COMO SATÁN».

Papel certificado por el Forest Stewardship Council®

MIXTO
Papel procedente de
fuentes responsables
FSC® C117695
www.fsc.org

Penguin
Random House
Grupo Editorial

AL5443B